全訳 封神演義

1

二階堂善弘——監訳

山下一夫・中塚亮・二ノ宮聡——訳

勉誠社

全訳　封神演義《1》・目次

【凡例】

＊本書は、底本に国立公文書館内閣文庫蔵鍾伯敬批評『封神演義』を用いた。底本の誤字脱字・地名・人名・数字・表記等の混乱は、その整合性に鑑みて適度に修正を加え、流布本などを参考に現代語訳を行った。

＊作中に示される詩や賦などの韻文については、意訳を施しており、訓読ではない。難解な表現については、字句そのものを改変している場合がある。

＊作中では殷の時代にそぐわない事物や描写が多々あるが、これは改変していない。たとえば殷の時代には皇帝の位はなく、紂王に対して「陛下」などの呼称は行われていないはずであるが、作中の表現はそのままとした。

＊『史記』などの史書と矛盾する箇所については、一部（　）内にて注記することとした。

＊登場人物や地名の読みに関しては、原則的に漢音を優先させているが、慣用音が流通している場合はそちらに従った（申公豹《しんこうひょう》など）。また仏教に由来する人物や事物に関しては、原則として呉音を使用するが、一部の人物は、呉音と漢音の混在する表記となっている（燃灯道人《ねんとうどうじん》など）。

全訳　封神演義　《1》

人物紹介図絵　『繡像封神演義』（中華民国九年本より）

○人物紹介

【殷】

紂王《ちゅうおう》——殷（商）の天子。女媧廟に淫らな詩を書き残し、女媧の怒りを買う。

蘇妲己《そだっき》——蘇護の娘。紂王の妃となる。正体は千年狐狸精。

姜皇后《きょうこうごう》——紂王の正妃。姜楚桓の娘。妲己に濡れ衣を着せられ、憤死する。

殷郊《いんこう》——紂王と姜皇后の長子。姜皇后を陥れた姜環を斬ってしまう。

殷洪《いんこう》——紂王と姜皇后の次子。宮殿から兄と共に逃亡する。

黄貴妃《こうきひ》——紂王の貴妃。黄飛虎の妹。

楊貴妃《ようきひ》——紂王の貴妃。

商容《しょうよう》——殷の宰相。石柱に叩頭し自害。

比干《ひかん》——殷の亜相。

黄飛虎《こうひこ》——殷の武成王。黄貴妃の兄。

微子《びし》——紂王の伯父。

箕子《きし》——紂王の叔父。

費仲《ひちゅう》——殷の中諫大夫。奸臣。

尤渾《ゆうこん》——殷の中諫大夫。奸臣。

姜桓楚《きょうかんそ》——東伯侯。姜皇后の父。

姜文煥《きょうぶんかん》——姜桓楚の長子。姜皇后の弟。

崇侯虎《すうこうこ》——北伯侯。崇黒虎の兄。

崇応彪《すうおうひょう》——崇侯虎の長子。崇黒虎の甥。

崇黒虎《すうこくこ》——曹州侯。崇侯虎の弟。

鄂崇禹《がくすうう》——南伯侯。

蘇護《そご》——冀州侯。妲己の父。

李靖《りせい》——陳塘関の総兵官。托塔天王。度厄真人の弟子。金吒・木吒・哪吒の父。

金吒《きんた》——李靖の長男。文殊広法天尊の弟子。

木吒《もくた》——李靖の次男。普賢真人の弟子。

哪吒《なた》——李靖の三男。太乙真人の弟子。

【周】

姫昌《きしょう》——西伯侯。周の文王。
太姒《たいじ》——姫昌の后。
伯邑考《はくゆうこう》——姫昌の長子。
姫発《きはつ》——姫昌の次子。周の武王。
周公旦《しゅうこうたん》——姫発の弟。周の四賢。
雷震子《らいしんし》——姫昌の子。雲中子に預ける。
散宜生《さんぎせい》——周の上大夫。
南宮适《なんきゅうかつ》——周の大将軍。
姜子牙《きょうしが》——太公望。元始天尊の弟子。
武吉《ぶきつ》——姜子牙の弟子。

【仙界と妖怪たち】

女媧《じょか》——上古の神女。
元始天尊《げんしてんそん》—崑崙山玉虚宮の主。闡教教主。
雲中子《うんちゅうし》——終南山玉柱洞洞主。雷震子を引き取る。
赤精子《せきせいし》——太華山雲霄洞洞主。
広成子《こうせいし》——九仙山桃源洞洞主。
太乙真人《たいいつしんじん》—乾元山金光洞洞主。哪吒の師。
普賢真人《ふげんしんじん》—九宮山白鶴洞洞主。
燃灯道人《ねんとうどうじん》—霊鷲山元覚洞洞主。
文殊広法天尊《もんじゅこうほうてんそん》—五龍山雲霄洞洞主。
清虚道徳真君《せいきょどうとくしんくん》—青峰山紫陽洞洞主。
敖光《ごうこう》——東海龍王。水晶宮に住む。
石磯娘娘《せっきにゃんにゃん》—骷髏山白骨洞洞主。

『全訳　封神演義』1　人物関係図

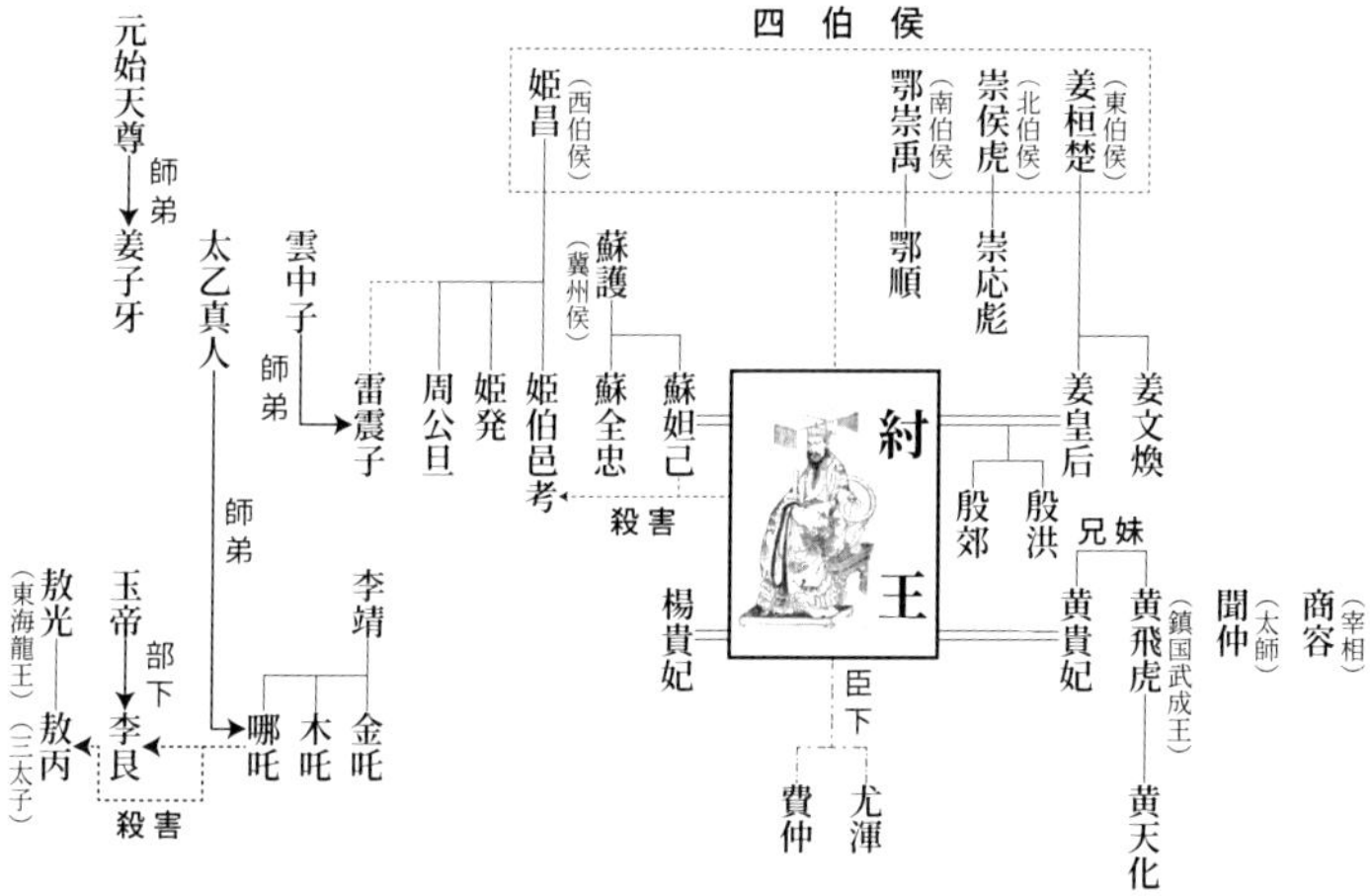

封神演義　主要地図

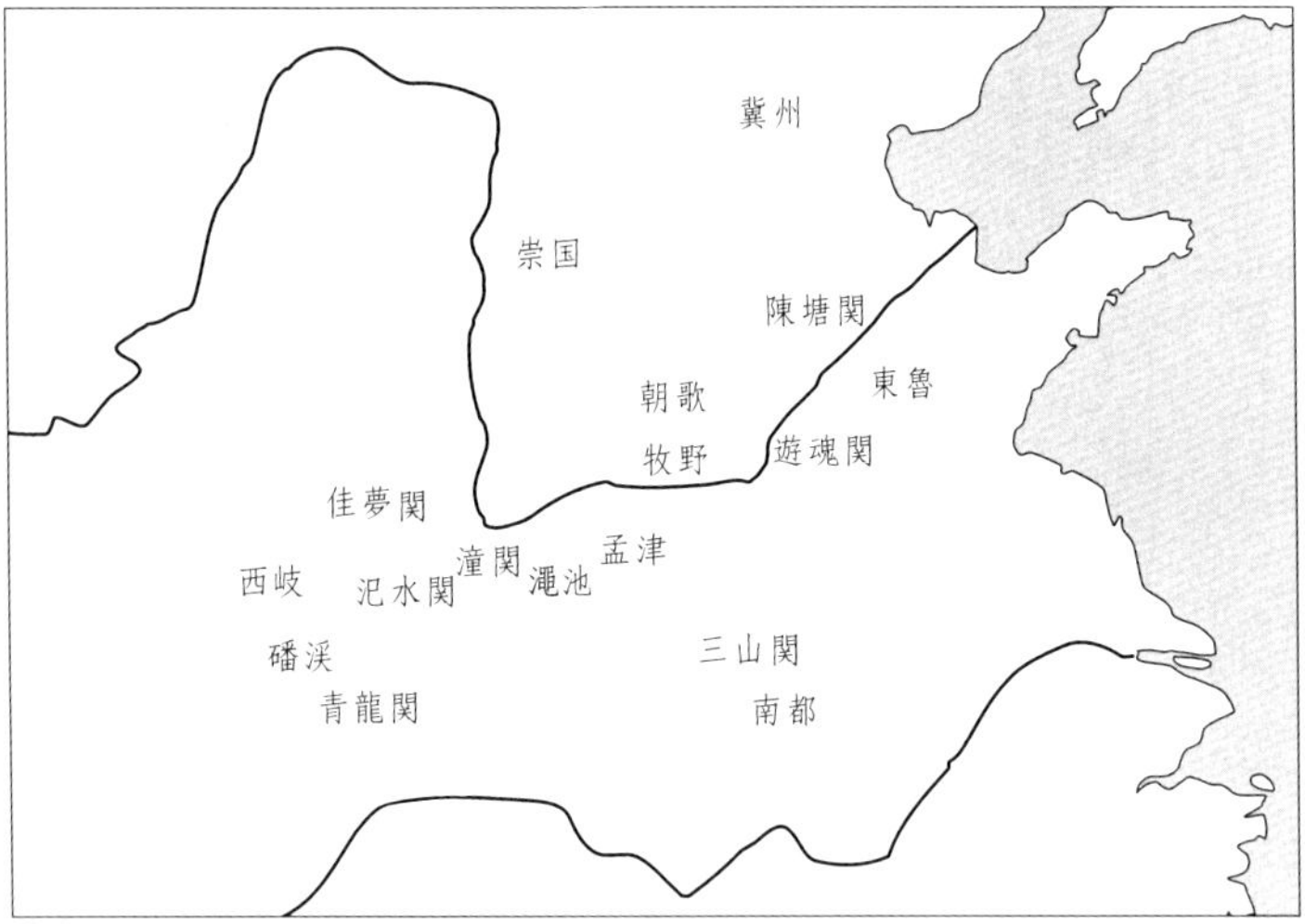

※作中の地理は殷･周期の史実と合わず、またたがいに矛盾するところもあり、当図はあくまで便宜的に概略を示したものである。

プロローグ

はるかな昔、多くの民族の歴史はまず神話からはじまる。日本でも、古代より以前は、神々の物語がずっと描かれ、かなりのちになって人間の世となる。

長い長い中国の歴史のなかでも、はじまりはまず神々の物語である。そして、いくつかの神話は、並存しながら長い間語り継がれてきた。

ところが、ずっと後世の明《みん》の時代も終わりになって、突如として「新しい神話」が誕生する。それが、「神々を封《ほう》ずる」物語、すなわち『封神演義《ほうしんえんぎ》』である。

この新しい神話は、どんどん人々の間で有名になっていき、そしてそれまであった多くの神話を塗り替えてしまうほどになった。いま中国のみならず、東南アジアを含む多くの中華系の人々の間では、この「新しい神話」こそが「標準的な神話」となっているのだ。

とはいえ、『封神演義』自体が、そもそもそれまでの神話や物語を統合し、アレンジしてできたものである。『封神演義』の舞台は、紀元前十一世紀の中国である。そのときは、商《しょう》の王朝が亡んで、周《しゅう》の王朝が起こった時期にあたる。

まず「天地開闢《てんちかいびゃく》」があり、それから「三皇五帝《さんこうごてい》」の時代があり、そして「夏《か》・商・周」の三つの王朝が続

伏羲図

く。このうち、商王朝は殷《いん》王朝とも呼ばれる。周王朝はずっと続くが、途中から王室が弱くなり、春秋《しゅんじゅう》時代になり、さらに群雄割拠の戦国時代を経て、秦《しん》の始皇帝《しこうてい》の天下統一を迎える。秦のあとは漢《かん》になり、漢が滅びると『三国志《さんごくし》』で有名な三国時代となる。

古代神話によれば、天地はそもそもわかれていなかった。そこに登場したのが盤古《ばんこ》という巨人で、この巨人が発達したことにより、天地は分離されたとする。

そして続いて、三皇の時代が来る。三皇は、ある書物では伏羲《ふっき》・女媧《じょか》・神農《しんのう》であり、あるときは燧人《すいじん》が入る。また天皇《てんこう》・地皇《ちこう》・人皇《じんこう》を三皇とする場合もある。

人類を造ったのは女媧である。女媧は泥をこねて、人間を造った。ていねいに作った人は賢く、雑に作られた者は愚かとなったという。そして地上には人類が発展していく。

天地が崩れそうになったとき、女媧神は五色《ごしき》の石を練り上げ、たいそう苦心して天地を補修したとされる。慈悲に満ちた女神である。伏羲は人類に文化をもたらした。易《えき》の八卦《はっけ》を作ったのは伏羲とされる。伏羲も女媧も、上半身が人間で、下半身は蛇の姿をしている。いずれも神とすべきものであろう。

伏羲のあとは神農であるとされる。神農も、牛の頭に人の体であったり、人の姿をしていても頭にツノが生えていたりする。これも神話の人物である。神農は人々に農業を教えた。また様々な薬草を自分の身で試したとする。そうして、医薬を人々にもたらした。

中華の世界では、りっぱな王は同時に聖人であり、そして文化をもたらすものなのである。このほかにも、燧人は人々に火をもたらし、有巣《ゆうそう》は家を作ることを教えたとされる。

次に、五帝の時代が来る。五帝も書物によってメンバーが異なっているが、だいたい筆頭に来るのは黄《こう》帝《てい》である。

黄帝になると、ほぼ人間の帝王の姿となる。黄帝の時代に、文字や音楽が定められ、政治が整えられ、衣冠の制度も定まったという。車を使うようになったのも、黄帝の時代からという。人類がようやく、文明らしい暮らしを始めたのがこの時代なのである。

ただ、黄帝のときに蚩尤《しゆう》という怪物が現れて、世界を大きく乱した。風后《ふうこう》は黄帝の師となり、軍師として活躍し、蚩尤を討伐したという。風后はまた様々なものを発明した。

黄帝のあとは、顓頊《せんぎょく》・帝嚳《ていこく》・堯《ぎょう》・舜《しゅん》と受け継がれていく。すなわち五帝の世である。五帝の数え方もまちまちで、少昊《しょうこう》を五帝のうちに含める説もある。

そして有名な堯と舜の時代が来る。いずれも天下太平で、理想的な政治が行われたとする。『封神演義』でも、しばしば堯と舜の時代を引き合いに出す。これは中華世界のみならず、日本でもそうで、ずっと「堯舜の時代」と称され、賞賛されていた。この時代になると、その伝説も神話からだいぶ離れてくる。

しかし堯舜の時代、一方では中国では洪水が起きて、人々を苦しめたとされる。そのときに洪水を治めたのが禹《う》である。

舜は禹に位を譲り、今度は禹が王となった。しかし、禹が亡くなったあと、禹の子の啓《けい》が王となった。ここからは禹の子孫に代々王位が受け継がれることになった。これが夏王朝である。夏王朝が実在したかどうかは、論争があって定まっていない。夏王朝は五百年近く続いたという説がある。

夏王朝の末になると、桀王《けつおう》という君主が登場した。のちの紂王《ちゅうおう》と並んで暴君とされる王である。桀王は政務を怠り、ぜいたくな生活をし、妹喜《ばっき》という美女を寵愛したが、反乱を招き、商の湯王《とうおう》に滅ぼされた。湯王はまた成湯《せいとう》と呼ばれる。ここからは、『封神演義』の冒頭部分にも書かれる通りとなる。

商王朝は実在の王朝である。殷王朝と呼ぶほうが日本では多い。商の最後の王である紂王が周の武王《ぶおう》に討伐される話は、『封神演義』に書かれる通りとなる。

ただ、『史記』などの資料に記されるところによれば、それは『封神演義』の話とかなり異なっている。『封神演義』では紂王は英明な君主であったのが、狐の妖怪である妲己にたぶらかされて愚かな王（昏君《こんくん》）に変じたのであるとされる。歴史的な資料では、そもそも紂王は能力はあるものの、当初から暴君であり、また妲己も狐の妖怪などではない。

周の文王《ぶんのう》が羑里《ゆうり》に囚われて、そこから脱し、のちに太公望呂尚《たいこうぼうりょしょう》（姜子牙《きょうしが》）を得て、周の国は発展した。文王が亡くなって武王が継ぎ、商を討伐する。これは『封神演義』のみならず、多くの書物が伝えるところである。しかし、他の書物では周の戦いは「牧野《ぼくや》の戦い」くらいが大きな戦で、あとはそれほどでもない。しかも、ほぼ商の側の自滅に近い。『封神演義』のように、苦労して五関を突破するなどの話は見られない。また当時は、戦車を使って戦うのが普通であって、騎馬の将軍が一騎打ちで戦うといったことはない。またこのころは青銅の武器ばかりで、鉄の武具はほとんど使われない。

さらに『封神演義』では、文王も武王もやや頼りない人物に描かれるが、『史記』などに見られる姿は、りっぱな聖王である。また太公望呂尚も、『封神演義』とはずいぶんと異なった人物像となっている。

『封神演義』よりのちの話であるが、武王は紂王を倒してのち、まだ若いうちに亡くなってしまう。子の成王《せいおう》があとを継ぐが、幼いため、武王の弟の周公旦が摂政として政治を行う。このときに、紂王の子である武庚《ぶこう》を擁立して、やはり武王の弟である管叔鮮《かんしゅくせん》・蔡叔度《さいしゅくど》などが反乱を起こす。この反乱を収めるため、周公旦はたいへんな苦労をする。その後は周の政治は安定し、長く続いていくが、やがて幽王《ゆうおう》のような暗愚な君が現れて、政治を乱していく。歴史は繰り返すのである。

商王朝については、二十世紀になってから考古学による発掘が進み、その跡地の殷墟《いんきょ》（河南省安陽）から甲骨文《こうこつぶん》などが発見され、多くのことがわかっている。

商王朝は宗教国家であった。王が祭司をつとめ、上帝などの神に祈り、そのお告げを占った。そして人間の犠牲を使って、神に捧げた。そのために奴隷や多くの捕虜などが生《い》け贄《にえ》として殺された。むろん、これはのちの儒教や道教とはかなり性格の異なる宗教である。

周王朝の時代には上帝よりも天を重んずる思想が強くなり、商のころとは宗教のあり方がだいぶ変わったようである。そして、その天の思想がのちに春秋時代になり、孔子の儒教の思想につながっていく。

『封神演義』には、道教や仏教が存在し、道士や僧侶が出てくるが、商の時代にはまだそういった宗教は現れていない。老子が実在の人物だったとしても、その活動は、はるかにあとの時代である。お釈迦さま

三清図　[奥中央]元始天尊、[奥左]老子、[奥右]霊宝天尊(『三教捜神大全』より)

も、正確な年代は不明であるが、ずっとあとであるのは確かである。当然、この時期に仙人《せんにん》も仏《ほとけ》もいない。

仏教はもともとインドの宗教であり、それが漢の時代に中国に流入した。その後仏教は中国の文化の一部となるほど浸透した。道教もこれに合わせて登場し、無為自《むいし》然《ぜん》を旨とし、不老不死の仙人になることを目指す宗教として定着した。『封神演義』では、仙人も運命により殺し合いに加わるとするが、実際の道教ではそれはあり得ない。

『封神演義』の世界観では、先ほど挙げた女媧・伏羲・神農といった神々はすでに天界に移動しており、また一応、天帝《てんてい》（玉皇大帝《ぎょくこうたいてい》）を中心とした神界も存在しているようである。この神々のメンバーが足りず、商と周の争いに乗じて大量に採用しようというのが、ある意味「封神」の主旨である。天帝は何をしているのか、あまり物語にはかかわらない。女媧神も、ほんらいの慈悲深い女神というより、怒りのあまり妖怪を召し出すなど、やや性格の異なった神となっているようである。

仙界はまた別に存在しており、元始天尊《げんしてんそん》と老子《ろうし》（太上老君《たいじょうろうくん》）が闡教《せんきょう》を、それに通天教主《つうてんきょうしゅ》が截教《せっきょう》を主催する。そしてこの三者の師匠として鴻鈞《こうきん》道人がある。もっとも、元始天尊と老子は道教でも重要な存在であるが、通天教主や鴻鈞道人は、『封神演義』で創作された仙人である。『封神演義』のこのような天上界の構造は、ほかでは見られない。

それでも一応、元ネタは存在しており、道教では、商と周の争いのときに天界も地上も大いに乱れたので、玄天上帝《げんてんじょうてい》という神が降り、そして秩序を取り戻したという神話を説く。『封神演義』は、この話を発展させたものである。

闡教と截教のほかには、西方教《せいほう》が存在し、これがすなわち仏教である。また燃灯道人《ねんとうどうじん》（燃灯仏）や普賢《ふげん》真人《しんじん》（普賢菩薩）など、ほんらいは仏教に属する人物が、なぜか道教の仙人をつとめている。のちに仏教に改宗したという設定のようである。

こういった考え方は、『封神演義』独自のものである。つまり、古代の神話などをふまえながら、さらに道教や仏教、それに民間に発達した様々な物語を取り混ぜ、これを商と周の歴史物語にくっつけてしまったのだ。そして独自の新しい神話を作り上げたのである。ところが、この奇妙な「神々が戦う」物語はこの数百年間のあいだ中華の世界に広がり、いまや誰もが知る神話となってしまった。そして数多くの、もともと存在した神話を置き換えてしまうに至るのである。

奇妙だが、それでいて圧倒的に有名な、なんとも不思議な新しい神話。それが『封神演義』なのである。

第一回　紂王、女媧宮に参拝す

紂王女媧宮進香

古風の一首の詩に言う。

混沌初めてわかれ、盤古《ばんこ》が先《さき》んじ
太極《たいきょく》、両儀《りょうぎ》、四象《ししょう》と変じ
子《ね》の時に天生《しょう》じ、丑《うし》の時に地生じ、寅《とら》の時に人あり
獣《けもの》の患を避《さ》けせし有巣《ゆうそう》は賢なり
燧人《すいじん》、火を取りて民なまの食を免《まぬが》れ
伏羲《ふっき》、八卦《はっけ》をつくり陰陽《いんよう》ととのう
神農《しんのう》、世を治むるに百草を嘗《な》め
軒轅《けんえん》、礼楽をつくり婚姻つながる
少昊《しょうこう》・五帝の時は、民物ゆたかに
禹王《うおう》、水を治めて洪水をふせぐ
和平を承け国を享《う》くこと四百年に至るも
桀王《けつおう》、無道にして乾坤《けんこん》たおる
日々妹喜《ばっき》と遊びて酒色にすさみ

湯王《とうおう》、亳《はく》を造《つく》りて汚れをすすぐ
桀を南巣《なんそう》に放《はな》ちて暴虐よりすくい
雲霓《うんげい》の願いのごとくよみがえる
三十一世、殷の紂王《ちゅうおう》に伝わるも
商《しょう》家の脈絡、弦《げん》を断《た》つがごとし
朝綱は紊乱《びんらん》し、人倫は絶《た》たれ
妻を殺し、子を誅《ちゅう》し、讒言《ざんげん》を信ず
宮廷をけがし、妲己《だっき》を寵《ちょう》し
蠆盆《たいぼん》・炮烙《ほうらく》をなして、忠は冤《えん》におちいり
鹿台《ろくだい》の税のため、万民苦しむ
恨みの声はまさに天をさえぎるべし
直諫《ちょくかん》せしは心を剖《さ》かれ、忠なるものは焼かれ
妊婦は腹を割《さ》かれ、朝に渉《わた》る者はほろぼさる
奸臣《かんしん》を盲信し朝政を棄て
師傅《しふ》を追いやれば、その性は偏《かたよ》らん
郊社は修せず、宗廟は廃《はい》され
奇技《きぎ》・淫巧《いんこう》のみ心にひびく
罪人に親しめば畏《おそ》るるなく

酒におぼれ暴虐をなすこと猛禽《もうきん》のごとし
西伯《せいはく》、商に朝するも羑里《ゆうり》に囚《とら》われ
微子《びし》、宝器を抱えて逃亡す
皇天、震怒し災毒を降し
大海を渉《わた》るがごとくあやうし
天下すさんで万民怨む
子牙《しが》、世に出《い》でし人中の仙たり
終日、糸を垂《た》れ、人主を釣り
飛熊《ひゆう》、夢に入り、岐田《きでん》に猟《りょう》す
ともに車に載り、周に帰り朝政を輔《たす》けしめ
天下三分にして二を有し、日々人心をえたり
文王、いまだ功ならずして没《ぼっ》し
武王、よく継ぎて日々つとむ
孟津《もうしん》に大いに会《かい》すること八百国
かの凶悪を除き、罪人を伐つ
甲子《こうし》のあけぼの、牧野《ぼくや》に会《かい》し
兵士は戈《ほこ》を逆《さか》さにし、かえって後ろを攻め
崩るるがごとく、ひれ伏して拝す

血が杵《きね》を流し、脂《あぶら》は泉のごとく
軍装をはじめて着るに天下は定まれり
湯王の功をあらため、さらに光《ひかり》ます
華山《かざん》に馬を牧《ぼく》し、武の終わりを示し
わが周家の八百年の基をきずく
太白旗、懸《かか》げられ、独夫《どくふ》の紂王死し
戦亡せし将士の幽魂は潜《ひそ》む
天与の賢、尚父《しょうほ》と号し
封神の壇上に、英花ならぶ
大小の英霊、尊位さだまり
商周《しょうしゅう》の演義《えんぎ》、古今《ここん》に伝わる

殷（商）の成湯《せいとう》は黄帝の子孫である。姓は子氏《し》。帝嚳《こく》の次妃であった簡狄《かんてき》は高禖《こうばい》に祈り、玄鳥の兆《きざ》しを得て、契《せつ》を産んだ。契は堯《ぎょう》と舜《しゅん》に仕えて司徒《しと》となり、民を教育するのに功績があった。商の国に封ぜられ、子孫は十三世に及んで太乙《たいいつ》（成湯）が生まれた。これすなわちのちの湯王《とうおう》である。

成湯は伊尹《いいん》が有辛《ゆうしん》の野で農業に従事しながらも堯・舜の道を楽しんでいると聞き、「これは賢者である」と思い、すぐに贈り物を準備し、三たび使者を派遣してこれを招いた。しかし伊尹を自分では用いず、夏《か》の天子に推薦した。しかし夏の桀王《けつおう》は無道であり、讒言《ざんげん》を信じて賢者を追い払うような状態であった。そのために伊尹は夏では用いられず、成湯に仕えることとなった。

そののち、桀王は日々荒淫にふけり、諫言した臣下の関龍逢《かんりゅうほう》を殺した。これより衆臣も諸人も直言して諫める者はいなくなった。成湯は使者を遣わして龍逢のため葬礼を行わせた。すると桀王は怒り、成湯を夏台《かだい》に監禁した。

のちに成湯は赦《ゆる》されて自分の領地に帰ることとなったが、郊外に出たところで、ある者が網を張って鳥を捕っているのを見かけた。その者は四方に四面の網を張り、呪文を唱えて言う。

「天より落つるもの、地より出《い》ずるもの、四方から来るもの、みなすべてわが網にかかれ」

成湯は鳥が獲りつくされてしまうことを恐れ、三面の網を取り外させ、一面のみとし、その呪文も改めさせて次のように言わせた。

「左へ飛ばんとするなら左へ行け。右に飛ばんとするなら右へ行け。高きを欲するなら高く飛べ。下に行くなら下へ飛べ。この命令に従わないもののみ、わが網にかかれ」

漢水《かんすい》より南の国の諸侯たちはこの話を聞いて言った。

「成湯の徳は鳥獣に及ぶまでになったのか、実にすばらしい」

諸侯のうち成湯に従うものが四十国あまりとなった。

桀王の暴虐は日に日に激しくなり、人民はそのために苦しんだ。伊尹は成湯の宰相となった後、夏の討伐を行い、桀王を南巣に追放した。諸侯が集まって天下について話し合った時、成湯は退いて一諸侯の身分であると謙譲したが、諸侯は皆成湯が天子たらんことを望んだ。ここでようやく成湯は即位して商（殷）の湯王となり、亳《はく》に都を置いた。湯王の元年乙未の年、桀の虐政を除いたため人民は皆喜び、遠近の諸国は商に服属した。しかし桀が長らく無道であったために、旱《ひでり》が七年にわたって続いた。これを憂えた湯王が桑林《そうりん》にて祈禱すると、天は大雨を降らせた。また荘山《そうざん》の金をもって貨幣を鋳て人々の命を救った。そのために「大《たい》濩《こ》」の楽が作られた。「濩《こ》」とはすなわち「護《ご》」という意味である。これは湯王が寛仁かつ有徳であり、よく人民を救護したことを示すものである。湯王は在位十三年、齢《よわい》百歳にして崩《ほう》じた。

商朝は国を受け継ぐこと六百四十年に及んだが、しかし商受（紂王）に至って滅亡することとなった。湯王から紂王に至る諸王は次の通り。

成湯　太甲　沃丁　太庚　小甲　雍己　太戊　仲丁　外壬　河亶甲　祖乙　祖辛　沃甲　祖丁
南庚　陽甲　盤庚　小辛　小乙　武丁　祖庚　祖甲　廩辛　庚丁　武乙　太丁　帝乙　紂王

紂王は帝乙の第三子である。帝乙には三人の子があった。長子を微子啓《びしけい》といい、次子を微子衍《びしえん》といい、第三子を寿王《じゅおう》といった。ある時、帝乙は御園において文武百官を従え、牡丹を鑑賞する宴を開いた。ところが突然飛雲閣という宮殿の一部が崩れ、その梁《はり》が落ちてきた。寿王はその時、身ひとつでその梁を受け止めた。まことに怪力無双というべきであった。そこで宰相の商容《しょうよう》、上大夫梅伯《ばいはく》、趙啓《ちょうけい》などの諸臣は王に奏して、寿王を太子として立てることを願いでた。帝乙はそれに従って第三子の寿王を太子とした。

その後、帝乙は在位三十年にして崩じ、子を太師の聞仲《ぶんちゅう》に託した。寿王は天子となり、その号を紂王《ちゅうおう》とし、朝歌《ちょうか》を都とした。朝廷において、文には太師の聞仲があり、武には鎮国武成王《ぶせいおう》の黄飛虎《こうひこ》があった。文は国を安んじ、武は国を定めるに十分であった。中宮には正室の皇后姜氏《きょうし》があり、西宮には妃の黄氏《こうし》があり、馨慶宮《けいけいけい》には妃の楊氏《ようし》があった。これら三つの宮殿の后妃たちは、みな徳に満ちしとやかで、柔和かつ賢明であった。

紂王の治世は当初太平を保ち、人々はそれぞれの業にいそしんだ。気候もおだやかであり、国は安泰、民は豊かであった。周囲の民族や遠方の国々もその威に従い、八百鎮の諸侯はすべて殷の朝廷に服属していた。そして四方の大諸侯が八百の小諸侯を支配していた。その四大諸侯とは次の通りである。

東伯侯の姜桓楚《きょうかんそ》（東魯《とうろ》にあり）・南伯侯の鄂崇禹《がくすうう》・西伯侯の姫昌《きしょう》・北伯侯の崇侯虎《すうこうこ》

四大諸侯のそれぞれは、二百鎮の小諸侯を治めていた。すべてで八百鎮の諸侯が殷に属していたわけである。しかし紂王の七年春二月になると、朝歌に北海七十二鎮の諸侯、袁福通《えんふくつう》などが反乱したとの知らせが入った。太師の聞仲はこのため勅命を奉じて北海を討伐することになったのである。

ある日、紂王は早朝に殿に昇り、文武の官と朝議を行った。その様子は次のよう。

吉祥の気ゆらめき、金殿《きんでん》に君王坐《ざ》す
祥光たなびき、白玉の階《きざはし》の前に文武列《れつ》す
香木のかおり金の炉《ろ》にみち、御簾《みす》高くあがる
蘭麝《らんじゃ》のかおり宝扇にこもり、臣下の雉尾《ちび》の冠がゆらめく

天子は近侍の者に問う。
「もし奏上することがあれば班列を出て言上するよう。もし何もなければ朝儀はこれにて散会である」
その言が終わらぬうちに、右の班中より一人の臣下が進み出て、金の階《きざはし》の下に跪《ひざまず》き、高く象牙の笏《しゃく》を差しあげて、万歳を唱え臣と称し奏上した。
「わたくしめ商容は、かたじけなくも宰相の職にあり、朝政をあずかる身でありますれば、奏上しないわけには参りません。明日はすなわち三月十五日でございまして、女媧《じょか》娘娘《にゃんにゃん》の聖誕の記念日であります。どう

か陛下には駕をお運びになり、女媧宮に参拝して祈禱をささげられますよう」

紂王は尋ねた。

「女媧神はどのような功徳があれば、朕が天子の身をもって参拝に赴《おもむ》かねばならぬのか？」

商容は答えて奏上して言う。

「女媧娘娘はすなわち上古の神女でございまして、生まれながらにして聖徳を備えておいででした。当時、共工《きょうこう》氏が頭を不周山《ふしゅうざん》にぶつけて、天が西北に傾き、地は東南に傾くという事件が起こりました。そこで女媧は五色《ごしき》の石を取り、これを練って青天を補修され、万民を助けられたのです。世間では廟を立ててその功績に報いることにいたしました。いま朝歌でもこれを福神として祀りますれば、四時は順当となり、国家も安泰、気候も穏やかに、災害も少なくなると伺っております。このように国に福をもたらし、民を庇護する正しき神でありますれば、陛下はどうか参拝されますよう」

紂王は答えた。

「それではそなたの申す通りといたそう」

紂王は宮殿に戻り、明日出かける旨を伝えた。次の日になると、天子は輦車《れんしゃ》に乗り、文武の諸官を引き連れて、女媧宮へ参拝に赴いた。

ああこの時、紂王は参拝に行かねばよかったものを。行ってしまったために、殷の国土は荒廃し、多くの民が生業を失うこととなったのである。まさにいわゆる「みだりに釣り糸と釣り針を川に垂らせば、そこから思わぬ悶着《もんちゃく》が釣れてしまう」というもの。

天子の行列の様子がどうであったかについては、詩があって次のように言う。

天子のくるま、都城を出《い》で、旌旗《せいき》はためき、貴人の装束にはえる
龍光の剣、風雲の色にかがやき、赤き旗、日月《じつげつ》をてらす
堤《つつみ》の柳はあけがたに露《つゆ》をふくみ、渓《たに》の花ひかりて緑の裘《かわごろも》きよし
巡幸《じゅんこう》を知り天子の容を見《み》んと欲せば、万国のもの衣冠を整え、聖駕をみるべし

聖駕の行列が朝歌の南門を出ると、道端の家々では香を焚き、戸ごとに綵《あやぎぬ》を掛け、敷物を施して敬意を表す。三千の騎兵、八百の近衛の兵が護衛に付き、武成王の黄飛虎が自身で聖駕を守る。また朝廷の文武諸官も付き従った。行列が進んで女媧宮に到着すると、天子は輦車を降りて廟の大殿に登った。王が香炉の中で線香を焚くと、文武の諸官が拝賀する。紂王は殿中の華麗なさまを見て感嘆する。その様子は次のよう。

殿前は華麗にして、五色の金かざらる
金童は旛幢《はた》をとり、玉女は如意《にょい》を捧ぐ
玉の鉤《かぎ》斜《なな》めにかかり、半輪の新月は空にかかる
宝帳は婆娑《ばさ》として、色とりどりの鸞《らん》が対《つい》につらなる
青く彩られた床には、舞《ま》う鶴と翔《と》ぶ鸞《らん》あり
沈香《じんこう》の宝座には、走る龍と飛ぶ鳳あり
かくのごとき奇彩、尋常に異なる
金炉《きんろ》の煙は瑞祥《ずいしょう》あり、紫雲《しうん》のぼりて銀の燭《しょく》かがやく
君王まさに行宮の景を見るに、一陣の狂風ありて胆《きも》寒し

紂王が廟の整えられた殿宇、見事な楼閣などの様子を見ていた所、突然一陣の狂風が吹き、神像の前の帳《とばり》

を巻き上げた。すると女媧の聖像が現れる。その容貌は端麗で、色鮮やかな雲気が周囲を巡る姿は、国に比肩するものの無き美貌であり、まるで命あるもののように生き生きとしていた。その美しさはまさに天上の仙宮の女仙か、もしくは月の宮殿の嫦娥《じょうが》が世に降ったかのよう。まさに古語に言う「国が興らんとするには、必ず吉兆あり。国の亡びんとするや、必ず妖《あや》しきものあり」といったところ。

紂王はその像を一目見るやいなや、魂とろけて心奪われ、淫心がたちどころに起こった。紂王は自ら思う。

「朕《ちん》は貴きこと天子の身であり、四海の富をすべて有している。しかし後宮に佳麗を揃えながら、朕のもとにはこのような美貌の者はおらぬ」

紂王はそこで命ずる。

「文房の四宝を持ち来たれ」

近侍の官が慌てて文房具を取り寄せ、紂王に捧げた。紂王は深く筆を墨に湿らせると、行宮の白い壁に御詩を一首書きあげた。

鳳《おおとり》と鸞《らん》の帳《とばり》、景は非常にして、これ金たくみにかざる
曲がれる遠山は翠色《みどりいろ》をしめし、ひるがえる袖舞い、霞《かすみ》の裳《も》に映《は》ゆ
梨花《りか》は雨を帯《お》びて嬌《きょう》をあらそい、芍薬《しゃくやく》はかおりを籠《こ》めて媚粧《びしょう》をしめす
妖艶《ようえん》のさま、よく動《うご》くものならば、取りかえりて長らく君王に侍《はべ》らさんと

このように紂王が詩を作りおわると、宰相の商容が上奏する。

「女媧神は上古の正神でありまして、朝歌に福をもたらす神であられます。老臣は陛下に参拝をお願いし、万民が業を楽しみ、天候が温順にして、世に争いのなきようにとお祈りしていただきました。しかるにいま

陛下の作られた詩は神を汚すこと甚だしく、まったく女神を敬う心がみられません。これはかえって神に罪を得るもので、天子巡幸の礼とは申せません。願わくは陛下にはこの詩を水ですすぎ、お消しください。さもなくば天下の万民がこれを見て、陛下を徳なきものと非難するでしょう」

紂王は答えた。

「女媧娘娘の容貌が絶世であるため、朕は詩を作って讃美しただけである。そこに他意があろうか。卿はもう何も申すな。朕は尊きこと天子である。万民は女媧娘娘の絶世の美貌を見て、また朕の書も見れば、絶世の美を讃える意図を理解するであろうぞ」

言いおわると、紂王は朝廷に引きあげる。文武百官たちも黙々としてうなずくだけで意見を申しあげる者もなく、口をつぐんで共に去るのみであった。そのことを詩に示して言う。

天子の車、帝京《みやこ》を出で《い》、香を女神にささげんとす
ただ万民の福を祈るべきに、なんぞ詩を吟《ぎん》じ万民驚く
目下は狐狸《こり》が太后となり、眼前に犬や虎のたぐいが大臣となる
上天象《きざし》を垂《た》れ、みなこれを知るも、いたずらに英雄をして不平を嘆《なげ》かしむ

紂王は朝廷に戻ると、龍徳殿に登った。臣下の者たちも朝賀の拝礼を行ったのち散会した。時はまた十五日で後宮の謁見の時でもあったので、三宮の妃たちが紂王に謁した。中宮の姜皇后、西宮の黄妃、馨慶宮の楊妃は、それぞれ謁見しおわると後宮へと戻っていった。この後のことについてはここでは述べない。

さて女媧娘娘は降誕の日でもあり、三月十五日には天上界の火雲宮《かうんきゅう》にて伏羲《ふっき》・炎帝神農《えんていしんのう》・軒轅黄帝《けんえんこうてい》の三聖にお目通りしたあと青鸞《せいらん》に乗って下界に戻り、女媧宮の宝殿に登って玉女・金童の拝礼を受けた。女媧娘娘

が頭を挙げて壁上の紂王の詩句を見ると、その無礼さに怒りがこみあげ、罵《ののし》りだした。

「殷受《いんじゅ》（紂王）、この無道の昏君《こんくん》め！　その身を修めて徳を立てて天下を保とうとすればよいものを。いま天を恐れずして、汚らわしい詩を作ってわらわを辱《はずかし》めるとは。なんと憎らしいことか。思えば、成湯が桀王を伐って天下を有してより六百年が経っておる。その命運はすでに尽きているのじゃ。もしやつめに報いを受けさせぬようであれば、わらわの女神としての霊力が疑われるというものであろう」

女媧は碧霞童子《へきかどうじ》を呼ぶと、青鸞に乗って朝歌へと向かう。

さて朝歌では、二人の王子である殷郊《いんこう》と殷洪《いんこう》の兄弟が父である紂王に拝謁するためにやってきた。――この殷郊はのちに「封神榜《ほうしんぼう》」において「値年太歳《ちねんたいさい》」という神となり、殷洪のほうは「五穀神《ごこくしん》」となる。いずれもよく知られた神将である――王子たちが拝礼を行っている時、その頭上より発せられる二つの赤い光が天を貫いた。女媧娘娘が天空を進んでいると、その赤光の気《き》が進路を妨げる。娘娘が下のほうを見ると、なんと紂王にはまだ二十八年ほど君臨するだけの気運が残されていた。そのため、いまは手を出すわけにはいかず、やむなく女媧宮に戻ってきたが、女媧娘娘の心は晴れなかった。

娘娘はそこで彩雲《さいうん》童子を呼びつけ、宮中から金の瓢箪《ひょうたん》を持ってこさせる。その金の瓢箪を石の階段の下に置き、蓋を開けさせると、娘娘は指で指ししめす。すると瓢箪のなかから白い光が輝きだした。その白光は細い糸のようであり、長さは三、四丈あまりであった。その白光の上に、五色の旗が出現する。多彩な光に輝くその旗は、妖怪たちを集める力を持つ「招妖幡《しょうようばん》」というものであった。この旗が出現するとすぐに、陰々《いんいん》たる風が吹きはじめ、暗い霧が充満し、黒い雲が集まる。そのありさまを詩で次のように示す。


よく亭《あずまや》のまえに草をあつめ、池の浮《う》き草をわける

御簾《みす》をあげるには義あるも、燭《しょく》を滅《めっ》するははなはだ無情なり
院を隔《へだ》てて鐘の声を聞くに、高楼《こうろう》は太鼓の音をおくる
千の樹《き》が吼《ほ》えるも、半分《はんぶん》の形《かたち》も見《み》えず

数陣の風が過ぎさると、天下の妖怪たちが数多く集まり、女媧娘娘の命令がくだるのを待っていた。娘娘は彩雲童子に次のように言いつける。

「その他の妖怪たちは必要ない。ただ軒轅墓《けんえんぼ》の三妖怪だけを呼びつけるように」

三匹の妖怪は参上すると言う。

「娘娘の聖寿《せいじゅ》が無窮《むきゅう》でありますように」

その三妖怪とは、ひとつは千年狐狸《せんねんこり》の精、ひとつは九頭雉鶏《きゅうとうちけい》の精、もうひとつは玉石琵琶《ぎょくせきびわ》の精であった。三妖怪が階《きざはし》の下にひれ伏すと、娘娘は次のように命令を伝えた。

「三妖怪よ、わらわの密命を聴くがよい。商朝の気運はすでに衰えており、天下を失おうとしている。鳳《おおとり》が岐山《きざん》に鳴き、西周《せいしゅう》にあらたな聖王が現れるきざしがあった。天意はすでに定まっておる。それは気数《きすう》のしからしむるところである。そなたたち三妖は、その正体を隠し、美人と化して宮中に身をひそめ、紂王の心を惑わすように。そして周の武王が紂王を伐つ時をむかえたら、その討伐をひそかに助けるのじゃ。しかしながら無辜《むこ》の人々に害を加えてはならぬ。成功したあかつきには、そなたらに仙道の正果《せいか》をさずけようぞ」

娘娘がこのように告げると、三妖怪は叩頭して恩を謝し、一陣の清風と化して去っていった。まさにこれ、「狐狸が命令を受けて妖術を施《ほどこ》し、商朝の六百年を途絶えさせようとする」といったところ。

その様子を詩に示して言う。

　三月中旬、帝進香《ていしんこう》し、詩一首を吟《ぎん》じてわざわい起こる
　　筆を取りて才を施すも、社稷《しゃしょく》の亡びを招くことをさとらず

この女媧娘娘が三妖怪に命じた件についてはさておく。

さて、紂王は参拝を行ったのち、女媧娘娘の美貌が頭のなかに焼きついてしまい、朝となく夕となく忘れることができず、食事も進まないありさまであった。後宮の妃や美人たちを見ても、ちりあくたのように思え、じっくりと顔を見ることもできない。一日中、女媧娘娘の容貌のことばかり考え、鬱々《うつうつ》として不快な日々をすごしていた。

ある日、紂王は顕徳殿《けんとくでん》に登った。そのときに常に付き従う者もあったが、突如、頭によい考えが浮かんだ。そして急いで諫大夫《かんたいふ》の費仲《ひちゅう》を呼ばせた。

この費仲は紂王に媚《こ》びへつらう奸臣《かんしん》であった。実はといえば太師の聞仲が勅命を奉じて北海を討伐し、大軍を率いて遠征し、外征を行って外に功績を挙げている間に、そのすきに乗じて費仲や尤渾《ゆうこん》といった奸臣どもが寵《ちょう》せられることになったのである。この両名は、毎日のように紂王を籠絡《ろうらく》し、讒言《ざんげん》を行って媚びへつらった。そのため、紂王はこの両名の言うことであれば何でも従うことになっていたのである。まさに「天下が滅びる時は、奸臣どもが出世しているものだ」というもの。

まもなく費仲が参内する。紂王は彼に言う。

「朕が女媧宮に参拝した時、たまたまその像の美しいお顔を拝し、まこと絶世の美貌であると思った。しかし朕の後宮には朕の意にかなうような美貌の者はおらぬ。いったいどうすればよいであろうか。そなたは何かよい朕の憂いを晴らす方策を思いつかぬか」

費仲は答える。

「陛下は万乗の天子でございます。この世でもっとも富まれており、かつその徳は堯・舜に比肩すると言えましょう。天下のものはすなわちすべて陛下のものでございます。陛下の思い通りにならないものなど、この天下にございません。陛下には、明日命令を四大諸侯にお下しください。四大諸侯の治める一鎮ごとに、百名の美女を選び出して宮中に送らせるのです。これであれば、天下の美女が陛下の選に漏れることを心配する必要がありません」

紂王はこれを聴いて大いに喜ぶ。

「そなたが申したことは朕の意にかなう。明日の早朝にはすぐに命を発することとしよう。そなたはしばらく下がってよいぞ」

このように言うと、すぐに左右に命じて宮殿へと戻っていった。さてさて、このあとはどうなるか。詳しくは次の回にて。

第二回　冀州侯蘇護、商にそむく

詩に言う。

丞相《じょうしょう》、宮中に君を直諫《ちょくかん》し、その忠肝《かん》・義胆《たん》、だれかよく群《む》れん
早《つと》に侯伯《こうはく》来たりて朝覲《ちょうきん》するを知らば、空《むな》しく傾葵《けいき》の紙の文を費《つい》やさんか

さて紂王《ちゅうおう》は費仲《ひちゅう》の言を聴いて喜び、すぐに宮中へと戻る。一晩が過ぎさって、次の日の早朝、文武の諸官が朝廷に班列し、拝礼を行う。それが終わるとすぐに紂王は係の官に告げる。

「すぐに朕の意を伝えよ。すなわち四大諸侯に命じて、治める鎮ひとつごとに良家の美女百名を選び、宮中に差しだすこと。貴賤を問わず、ただ容貌が美しく、性格温和にして、礼儀正しく、大らかな者であればよい。すべて後宮において仕えさせるためである」

その言が終わらないうちに、左班の文官の列から一人の臣下が進みでて、伏して奏上を行う。

「老臣商容《しょうよう》は陛下に申し上げます。君王の徳高ければ、万民は業を楽しむと申します。いわんや陛下の後宮にはすでに美女が千名をくだらず、多くの宮女の上にはさらに皇后さまから貴妃さまがたがいらっしゃいます。そのうえさらに美女を選ぶなど、民たちはさらに失望することでしょう。わたくしは『民の喜びを喜ぶ者、民もまたその喜びを喜ぶ。民の憂いを憂う者、民もまたその憂いを憂う』と聴いております。ましていまは水害や干ばつが各地で起こっているありさま。その時に女色を優先させるなど、陛下にはあってはならぬことでございます。いにしえの聖王である堯や舜は民と喜びをともにし、仁徳をもって天下を治めました。当時は武力に頼らず、討伐を行わなかったため、瑞星は空に輝き、甘露《かんろ》が地に下り、鳳凰が庭に舞い、霊芝《れいし》が野に生えるなど瑞祥に満ちており、また民は豊かで物は豊富、道行く人は互いに道を譲り、犬も吠えるのはまれでした。夜に雨が降り昼には晴れ、稲は実を二重《ふたえ》につけるというありさま。このようであってよ

うやく徳高く、国が興る兆《きざ》しと言えましょう。しかるに陛下はいま、色欲ばかりを追い、快い音楽だけを聴き、酒におぼれ、庭園に遊び、山林に狩りを行うなど、目前の快楽を追求しようとのみ考えておられるようです。これは無道にして天下を失う兆しでございます。老臣はこの朝廷に首相として列しております。三世の君に仕えし者としては、陛下に申し上げぬわけにはまいりません。どうか陛下におかれましては、賢者を薦め、不肖なる者は遠ざけ、仁義の行いを修め、道徳を旨となさいますよう。さすれば和の気風が天下に満ち、自然に民は富み、物は豊かになり、天下太平にして、四海のうちも安泰、民百姓と恩恵を分かちあえるというものでございましょう。いわんや現在は北海の反乱もまだ終息しておりませぬ。まさにいまこそ、徳を修めて民を愛し、倹約に努め、命は慎重にせねばなりませぬ。堯や舜ですら、またかくのごときであられました。いまなぜこのように美女を選び、快楽を優先させようとするのでしょうか。老臣は愚昧《ぐまい》ではございますが、陛下に疎《うと》まれますこととなりましても申し上げます。なにとぞ陛下にはお聞き入れください」

紂王はその言を聞いてしばらく考え込んでいたが、やがて答えた。

「そなたの言はまことに当を得ておる。朕の先の命令は取りやめといたそう」

言い終わると、群臣は朝廷から退き、また紂王も宮中へと戻っていった。

さて紂王の八年、夏四月となると、天下の四大諸侯たちが八百鎮侯たちを率いて、天子にお目通りするために、商の都に集まってきた。その四大諸侯とは、東伯侯の姜桓楚《きょうかんそ》、南伯侯の鄂崇禹《がくすうう》、西伯侯の姫昌《きしょう》、北伯侯の崇侯虎《すうこうこ》である。天下の諸侯たちがこぞって朝歌の都にやってくる。時に太師の聞仲《ぶんちゅう》は都におらず、紂王はもっぱら費仲・尤渾《ゆうこん》の両名を重用していた。諸侯たちはこの両名が朝政を壟断《ろうだん》し、権威をほしいままにしていると知っていたので、少なからず賄賂《まいない》を送ってその機嫌を取ろうとしていた。まさにいわゆる「天子を拝するまえに、まず大臣に取り入れ」というところである。

しかし諸侯のなかに、冀州侯《きしゅうこう》で姓を蘇《そ》、名を護《ご》という人物があった。この人は気性の激しい剛直な人物で、人に取り入ったり利益を貪るなどはせぬ性格、平時より不公平なことがあれば法でもって厳格に処置し、手心を加えたりすることはしなかった。そのために、今回の入朝に際しても、かの両名に礼物を贈ることは行わなかった。しかしこれもまた事件となるめぐり合わせであったかもしれない。

費仲と尤渾の二人は、天下の諸侯たちが贈ってきた礼物の目録をすべて確認していた。しかし、蘇護の礼物の目録は提出されていなかった。二人はそのために心中大いに怒り、恨みの心を抱くことになった。

元旦の吉の時刻になると、紂王は朝廷に出御する。文武の百官が両班に並び、拝賀の礼が一通り終わると、黄門《こうもん》の官（宦官《かんがん》）が奏上した。

「今年は朝賀の年に当たりますれば、天下の諸侯はみな午門《ごもん》の外にて陛下がおことばを賜るのを待っております」

紂王はその対応について商容に尋ねた。商容は答える。

「陛下はただ四大諸侯のみを君前にお通しなさり、各地の民の風俗のさまがいかなるか、治安がいきとどいているかをおたずねになり、その他の諸侯たちについては午門において祝賀を受ければよいと考えます」

天子紂王は、その言を聞いて喜んで言った。

「そなたの言う通りにするのがよかろう」

命に従って黄門の官が天子の意を伝える。

「四鎮の四大諸侯は宮中に入って参内し、その他の諸侯たちは午門にて祝賀を行うように」

四鎮の四大諸侯たちは朝服を整え、玉珮《ぎょくはい》を揺らしながら午門に進み、九龍橋《きゅうりゅうきょう》を過ぎ、階《きざはし》の下に至ると、そこで万歳を唱え、平伏した。紂王はねぎらいのことばをかけて言う。

「そなたたちは朕の命に従い、徳化の政治を行い、民百姓を慰撫《いぶ》し、辺境を守り、遠方の安寧《あんねい》を保つに対して多大なる功績があった。朕はそのことに満足しておるぞ」

東伯侯が代表して答える。

「わたくしどもは陛下の大恩を蒙り、諸侯を統率する位におります。わたくしどもは自らの職の責任の重さを感じ、日夜戦々兢々とし、自らの能力の足らぬこと、陛下の御心《みこころ》に背いておらぬかどうかに心を砕いております。たとえわたくしどもに少々の犬馬の労があったとしても、臣下の務めをはたしただけのことであります。陛下の大恩に万分の一も報いているとは申せません。にもかかわらずこのように陛下にお気づかいいただけますとは。われら一同、感激に耐えません」

紂王はそれを聞いて大いに喜び、丞相《じょうしょう》（首相）の商容、亜相《あしょう》（副首相）の比干に顕慶殿《けんけいでん》において宴《えん》を設けることを命じた。四大諸侯は叩頭してお礼を申しあげる。四名が紂王の御前を離れて顕慶殿に向かい、宴を始めたことはさておく。

さて紂王は正殿から別殿に移り、費仲と尤渾の両名を呼んで次のように尋ねた。

「そなたたちは以前、四大諸侯たちに美女を選ばせて宮中に進めるように勧《すす》めたな。しかし朕がその命を下そうとしたら、商容の諫《いさ》めにより止められてしまった。いま四鎮の諸侯はここにおる。明日の朝に彼らを召しいれ、改めて命を伝えたいと思う。そうして、四大諸侯が国もとに戻り、それから美女を選んで献上することとすれば、使者も派遣せずにすむというもの。さてこの件について、そなたたちはどう思うか」

費仲はひれ伏して答えた。

「首相の商容どのが美女献上の件についてお諫めし、陛下がすぐにその意見をお聞き入れになって中止させたことは、まことに美徳の行いであります。臣下も理解し、民百姓たちもすべて知っておることで、天下の称揚するところとなっております。しかしながらいまその件をもう一度持ち出すのは、臣民ともに信頼を失うことになりかねません。陛下には、この件については止めておかれるほうがよいと考えます。それより、わたくしが最近耳にしましたところでは、冀州侯の蘇護どのには一人の娘がおり、これが絶世の美女で、また性格も淑やかであるとのこと。もしこの娘を宮廷に召し、お側に仕えさせれば、ご満足いただけることでしょう。またただ一人の娘を選ぶだけですから、民百姓を騒がせることもなく、人々の注意を引くこともないかと存じます」

紂王はその言を聞いて、たいそう喜んで言った。

「そなたの言う通りにいたそう」

すぐに近侍の官を通じて命が下される。

「蘇護を呼べ」

使者が宿舎に遣わされ、紂王の命を伝える。

「冀州侯蘇護どの、陛下が国政について相談があると仰せです。ただちに宮中へ参内されますよう」

蘇護はすぐに命に従い龍徳殿に参上する。拝礼が終わると、平伏して命を待った。紂王は告げる。

「朕の聞くところによれば、そなたには品性優れ、かつ淑やかな美貌の娘がおるそうだな。朕は後宮にその者を迎えたいと思う。そうなればそなたは皇族に列し、富貴と爵位を手に入れ、冀州も長らく安泰というもの。名声は四海に広まり、天下はそなたをうらやむことになろう。さて、そなたの意としてはどうかな？」

蘇護はその言を聞くと、厳粛《げんしゅく》なおももちで答えた。

「陛下の宮中にはそもそも上に后妃あり、下には宮女あり、その数は千を下りませぬ。これほどの美女がありながら、それでもまだ王の耳目《じもく》はご満足なさらないのでしょうか。失礼ですが、陛下が左右の小人《しょうじん》どものへつらいの言をお聞き入れになることは、陛下を不義に陥れるものとお考えください。またわたくしの娘は身分も低く、礼儀もわきまえぬ不作法ものであり、品行も容色も取るに足りません。陛下にはどうか国を治めるという根本のことをお心がけください。そしてこの手の讒言を申しあげる小人については、斬首の刑に処してくださりますよう。さすれば天下の後世の人々からは、陛下が正しく身を修め、諫言を聞き入れ、女色に惑わされぬ君主であったと賞賛されることでしょう。それこそが王としての正しき姿ではございませんか」

紂王は聞くと、大いに笑って言う。

「そなたは小を知って大を知らぬ。いにしえより、娘を差しだして栄達を図るのは当たり前ではないか。ましてや娘が后妃となれば、尊きこと天子に匹敵する。それにそなたの身も皇族として扱われることになる。これほどの名誉と栄達は、誰もが望んで得られぬものであるぞ。そなたは迷わずに、みずから正しく判断いたせ」

蘇護はこの言を聞き、思わず声をあらげて言う。

「君主たる者が徳を修めて政務に尽力し、万民を悦服させ、天下が従ってこそ、天の恵みが永く続くものであると、臣は聞いております。昔、夏の桀王《けつおう》が酒や色におぼれ、政治が乱れた時に、ただ商の祖宗《そそう》の湯王さまのみは酒色におぼれることもなく、財貨をむさぼることもなく、徳のある者に官位を与え、功績のある者を賞しました。寛仁大度《かんじんだいど》に努められ、そうして夏の土地は商のものとなり、多くの民に信頼され、国が安泰となり、天命が長らく保持されることになったのです。しかるにいま陛下は祖宗たる湯王に学ばず、桀王の行いに倣《なら》われるとは。これは敗亡に至る道であります。そもそも君主が色を好めば、国を失い、卿大夫《けいたいふ》が色を好めば、その一族は滅び、庶人が色を好めば、その身を滅ぼすと申します。君主は臣下の模範たらねばなりません。それなのに君主の行いが乱れれば、臣下もこれに倣って、徒党を組んで悪事に走り、天下のことを議論などしますまい。わたくしは商の王朝の六百年にも続く伝統が、陛下の手によって断絶されることを恐れるものです」

紂王はこの蘇護の言を聞き、顔色を変え、大いに怒って言う。

「君主が来いといえば、準備がなくともすぐに参上し、君主が死を命ずれば、すぐに死ぬのが臣下ではないか。にもかかわらず、たかが一人の娘を后妃に選出することすら拒むとはけしからん。しかも愚かなへりくつを並べたて、意に背いてあしざまに罵り、あまつさえ、わしを亡国の君主呼ばわりするとは。不敬にもほどがあるぞ」

そこで紂王は、近侍の官に命ずる。

「この者を午門に引きだし、司法の官に尋問させた上で斬首せよ！」

左右の官は蘇護を取り押さえる。費仲と尤渾の二人は慌てて飛びだし、殿に登り平伏して奏上した。

「蘇護はご命令に背きました。本件はまことに死罪に値します。しかしながら、娘を後宮に入れる件で陛下が処断されたと知れば、庶民たちは陛下が賢者を軽んじて色を好む君主であると言い立てるでありましょう。ここは陛下、蘇護の身をお許しになり、帰国させますればいかがでしょうか。さすれば、彼は陛下がお許しになった恩義に感じ、自然と娘を陛下のために後宮に差しだすものと思われます。そして民百姓は陛下が諫言を受け入れ、功ある臣下を大事にする寛容な君主であるとたたえることでございましょう。これぞ一挙両得と申すもの。陛下にはどうかわれらの言をお容《い》れください」

紂王はその言を聞き、怒りをやや静めた。

「そなたらの言のようにしよう」

即刻に蘇護の赦免の令を下し、国もとに戻り、朝歌の都を離れることを命じた。

ひとたび命令が下されると、すぐに執行され、蘇護に城を出るように伝えられる。蘇護は朝廷から宿舎に戻ると、配下の武将たちが尋ねる。

「陛下が将軍を朝廷にお召しになったのは、いったいいかなる件でございましょうか?」

蘇護は大いに怒り、紂王を罵って言う。

「無道な昏君《こんくん》め。なんと王は祖宗の徳を継ごうとはせず、賊臣《ぞくしん》どもの媚びへつらいの言にまんまと乗って、わが娘を後宮に差しだし、妃とせよと申すのだ。これは必ずや費仲と尤渾の両名が酒や女色を王に勧めて心を惑わし、政務を壟断しようと図っているのであろう。わしは王の言を聞いてすぐに直言し、お諫め申した。しかし昏君はわしが命に逆らったと称して、司法の官に送れと命じたのだ。ところが賊臣めら、わしを許して帰国させれば、その恩に感じて娘を後宮に差しだすであろうなどと奏上したのだ。これはあの両名の計略に相違ない。わしが思うに、いま聞太師が遠征で留守なのをいいことに、賊臣めらが権力をほしいままにし、王は女色や酒におぼれて朝政は乱れ、天下は荒れて民百姓は苦しんでおる。ああ、このままでは湯王が苦心されて作られたこの国も、いずれ滅びることになるであろう。思うに、わしが娘を差しだすことを拒否すれば、昏君は必ずや罪を問うための軍を起こすであろう。しかしもし娘を差しだしたら、王は女色に迷って道を踏み外し、天下の人々はわしを滅亡に荷担した愚か者として笑うであろう。いったいどうすればよいのか、諸将にはなにかよい思案はないものか」

配下の武将たちはこれを聞くと、いっせいに声をそろえて答える。

「『君正《ただ》しからざれば、臣は外国へ身を投《とう》ぜよ』と申します。いま陛下は賢者を軽んじて女色を好まれるなど、もはや危うい状態と言えましょう。ここは朝歌を出て、国もとで兵を起こして守りを固めるべきです。さすれば商の面目を保ち、かつわが一族も守ることがかないましょう」

このとき、蘇護は怒りで頭が満ちており、配下の者たちの話を聞いて、さらに怒りが増し、その勢いのままに言い放った。

「大丈夫たるもの、隠し事はせぬものだ！」

左右の者を呼び、こう告げた。

「筆記具を持ってこい。午門の壁のところに詩を書いてやる。もってわしは永遠《とわ》に商に仕えぬことの証左とする」

そして壁に詩を書きつける。

　君、臣の道を壊《こわ》し、五常《ごじょう》をそこなう
　冀州の蘇護、永らく商に朝《ちょう》せざらん

蘇護は詩を書き終わると、配下の武将たちを引き連れて朝歌を出ていき、本国冀州へと帰っていった。

さて紂王は蘇護に諫言され、結局は願い通りにならずに思い悩む。

「費仲と尤渾の申したとおりにしたが、さて蘇護のやつは、はたして娘を後宮に差しだして、わしの思いどおりになるかな」

紂王が悩み続けているところ、午門を管理する官が報告して言った。

「臣が午門におりましたところ、蘇護が壁に謀反《むほん》の詩を十六字書き付けていきました。隠すわけにはまいりませんので、陛下のご判断をお願いいたします」

近侍の官が紂王の机の上にその詩が書かれた紙を拡げる。紂王は一見して怒り、罵って言う。

「あの賊子めが、なんと無礼なことを。朕は天の殺生を好まぬ徳にならい、あやつめを殺さずに赦免して帰国させてやったのに。にもかかわらず、かえって謀反の詩を午門に書きつけ、朝廷を辱めるとは。この罪は絶対に許さぬぞ！」

そこですぐに命じた。

「殷破敗《いんははい》・晁田《ちょうでん》・魯雄《ろゆう》らを呼べ。彼らに六軍を統率させ、朕はみずから親征《しんせい》し、必ずや冀州を滅ぼしてやるぞ！」

担当の官が魯雄らに紂王の御前に来るように伝える。時を経ずして魯雄らが到着し、拝礼を行った。紂王は彼らに告げる。

「蘇護が謀反を起こし商に背いた。あまつさえ午門に謀反の詩を書きつけ、朝廷を侮辱しおった。情としても許せぬし、法からしても容《い》れられん。そなたらはまず二十万の兵を率いて先鋒となれ。そのあとに朕がみずから六軍を率いて、あやつの罪を知らしめてくれるわ」

魯雄はこの言を聞きながら、うつむいて考えをめぐらせた。

「蘇護は忠義の士である。ふだんより忠義をむねとする人物であるのに、どうして陛下といさかいを起こすようなことになったのか。もし陛下みずから親征するようなことになれば、冀州はおしまいだ」

そこで魯雄は平伏して、蘇護のために申しあげた。

「蘇護が陛下に罪を得たとはいえ、陛下がみずから親征されるにはおよびません。ましてや、いま四大諸侯らはこの都に来ており、まだ帰国してはおりません。陛下は四大諸侯のうち一名か二名に命じて征伐させ、蘇護を捕らえてその罪をただせばよいではありませんか。そうなれば威信を損なうこともございません。なにも陛下がわざわざ遠方まで親征されることはありますまい」

紂王は問う。

「それでは、四大諸侯の誰を征伐に行かせるべきか?」

費仲が近くにおり、班列を出て申しあげる。

「冀州は北方の崇侯虎の管轄でありますれば、侯虎にお命じなさるのがよろしいかと」

紂王は上奏の通りにするようにと言う。しかし魯雄はその上奏を聞いて、ひそかに考えた。

「崇侯虎は貪欲でかつ粗暴な男だ。侯虎が兵を率いて遠征するとなると、途中の地域は被害を蒙るだろうし、民百姓も安心できまい。いま西伯侯の姫昌もいる。彼は仁徳にあふれ、信頼に足る人物だ。この人を推挙したほうが安全というもの」

紂王が命令を下すところ、魯雄は上奏する。

「侯虎は北方の守りを任とする者ですが、やや恩義に欠けるところがあるといいます。この者を派遣すれば朝廷の威徳を傷つけることもございましょう。ここは仁徳あると評判の西伯侯の姫昌を派遣するほうがよいでしょう。陛下が権威のあかしである符節《ふせつ》と斧鉞《ふえつ》を侯に賜れば、武力に訴えることなく、蘇護を捕らえてその罪をただしてくれましょうぞ」

紂王はそれを聞いてしばらく考えこんでいたが、やがて費仲と魯雄の双方の上奏を共に裁可することとした。そして、北伯侯と西伯侯の両名に符節と斧鉞をあたえて、遠征させることとした。使者がその命令を持参して顕慶殿に行き、紂王の命を伝える。紂王のことはさておく。

さて、四大諸侯の四名は商容と比干とともに宴に参加しており、まだ退出していなかった。そこへ急に「陛下の詔《みことのり》であるぞ」との命があり、何事かと驚いていた。使者は言う。

「西伯侯、北伯侯、天子の命である」

姫昌と崇侯虎の両名は、席を立ってひざまずき、詔書の内容を聞く。詔書には次のようにあった。

詔にいわく、朕は冠と履き物の区別は峻厳であり、臣下の道は二つあってはならぬと聞いておる。そのため、君が召せばいかなる場合でも参上し、君が死を賜ったとしても、その命に背いてはならぬ。このように尊卑を明らかにし、任に耐えるかどうかを考えなければならない。無道なる蘇護めは、無礼きわまりなく、殿において君主に逆らい、綱紀を失った。一度は赦免されたものの、反省の色もなく、謀反の詩を午門に書きつけ、反乱に至った。この罪は許すことはできぬ。なんじ姫昌らに符節と斧鉞を賜う。すべてその裁量で行って構わぬ。遠征して反乱者を捕らえ、決して許してはならぬ。罪の報いを知らしめよ。なんじらはこの詔書の示すとおりに遠征を行え。謹んで命令する。

使者が詔書を読みおえると、西伯侯と北伯侯は礼を述べて立ちあがった。姫昌は商容と比干の二名の丞《じょう》相《しょう》、それに他の三侯にむかって言う。

「蘇護は朝に参上したものの、まだ朝廷にも入らず、かつ陛下に拝礼してもおりませぬ。しかるにいま詔書には『大殿において君主に逆らい』とあります。どうしてこのようなことが書かれているのでしょうか。また蘇護は平素より忠義を抱き、軍功も多い者です。それが午門において謀反の詩を書くなど、なにか偽りの事情があるのではないでしょうか。天子は何者の言を聞いたのか知りませぬが、このようなことで功績ある臣下を討伐するなど、恐らく天下の諸侯は納得しないでしょう。どうかおふたりの丞相には、明日の朝には朝廷にお出ましあって、陛下にその詳細をおただしください。蘇護になにかの罪あって、もし詔書のとおりであれば討伐に向かいましょう。しかしもし何か過ちがあれば、すぐにお止めしましょう」

比干がすぐに答える。

「姫昌どののおっしゃることが正しいかと思います」

しかし崇侯虎はかたわらから反対して述べた。

「『王の言は糸のように細いが、あとで太い糸となる（王のちょっとした言であっても、出てしまった以上は大きな意味を持つ）』と言うではないか。いま詔書が下ったというのに、それに逆らうことなど許されぬであろう。ましてや蘇護が午門に謀反の詩を書いたのも、必ずや証拠があろう。天子が理由もなしに討伐を命ずるはずはないではないか。いま八百の諸侯が、すべて王の命に従わぬなどということになれば、大乱は必至だ。このように王の命が諸侯に行われないような事態になれば、それは乱の発端となるのではないかな」

姫昌は答える。

「崇侯虎どのの言は正しいが、それは一面の正しさでしかない。そもそも蘇護は忠義にあつい君子で、もとより至誠であり、国のために尽くしている。民を教化し兵を率いるにも理にかなっている。この数年以来、まったく間違いを犯したことがない。いま陛下はいったい誰にそそのかされて、軍を起こして善良なる臣を伐とうとおっしゃるのか。このような行いは国にとって悪い兆しである。願わくば、いまは戦《いくさ》に訴えることなく、討伐も行わず、堯のごとく太平の世を楽しめればよいのだが。また行軍は凶器でもある。その通った地域は迷惑を蒙ることになる。軍を乱用し、無名の戦を起こすことは、いにしえの聖王の世では行われなかったことだ」

崇侯虎は言う。

「そなたの言は理にかなってはおる。しかし君命は下されたのだ。これを勝手に変えてよいものか。このような明々白々たる天子のおことばに逆らって履行せぬのは、君を欺く罪に問われても仕方ないぞ」

姫昌は答える。

「やむを得ない。もしそうであるならば、貴公はまず兵を率いて進軍されよ。わたしは兵を率いてそのあとに従うであろう」

この時はそれで解散することとなった。姫昌は二人の丞相に告げる。

「崇侯虎どのが先発するなら、まずこの姫昌はいったん西岐《せいき》に戻り、それから軍を整えてあとに続くつもりです」

この場はそれでおのおの退出したことはさておく。

さて次の日、崇侯虎は練兵場で兵馬を整え、朝廷を離れて、出立していった。

蘇護のほうは朝歌を離れたのち、配下の兵とともに数日して冀州に戻った。蘇護の長男である蘇全忠《ぞぜんちゅう》が城郭を出て出迎える。そして蘇護父子は並んで城内へと入っていった。帥府《すいふ》（将軍府）にて下馬すると、配下の武将たちが殿の前に並んで拝礼する。蘇護は彼らに告げた。

「いまの天子の失政はひどいありさまだ。天下の諸侯たちが拝礼に集まったとき、誰か知らぬが奸臣がおって、ひそかにわが娘の容色について知らせたようだ。無道の昏君は、わしを殿に呼びつけ、娘を差しだして后妃にしろと言いだした。そこで諫言申しあげたところ、昏君はかえって怒りだし、君に逆らった罪でわしを斬罪に処そうとしたのだ。そこに費仲と尤渾の両名がおり、陛下をとりなして赦免したが、それもわしが許されれば恩に感じて娘を差しだすであろうとのたくらみだ。わしはそのとき怒り心頭であったから、謀反の詩を午門に書きつけ、商には絶対に従わぬとの意を示した。しかしこのたび、かならず昏君は諸侯に命じて、わしの罪を問う戦を起こすであろう。諸将よ、わしの命を聴くがよい。戦に備えて兵馬を訓練し、また城壁の上には丸太や石などを積み上げよ。もって城攻めに備えるがよい」

諸将はこの言を聞いて、日夜防備を固め、油断せずに敵軍が来るのを待った。

さて崇侯虎は五万の兵馬を率いて即日出立し、朝歌を離れて冀州へと進発する。その様子はいかなるものであったか。

天にとどろく砲声《ほうせい》響きわたり、地を振るわせる銅鑼《どら》の音《ね》鳴りひびく
天にとどろく砲声は、汪洋《おうよう》たる大海に春雷が起こるよう
地を振るわせる銅鑼の音は、万尋《ばんじん》の山の前の霹靂《へきれき》のごとし
旗のはためくさまは、三春《さんしゅん》に楊柳のゆれるさまに似て
帯のひるがえる様子は、七夕の彩雲が日をさえぎるのに似る
刀槍《とうそう》のきらめくさまは、三冬《さんとう》に雪が積もるのに似て
剣戟《けんげき》の森厳《しんげん》たる様子は、九月の秋霜《しゅうそう》が地を覆うに似る
騰騰《とうとう》たる殺気は天台をしばり、隠隠《いんいん》たる紅雲は碧岸《へきがん》をさえぎる

十里は汪洋として波浪たぎり、一座の兵山は出土しきたる

大軍が移動するなか、各地の州・府・県を通り過ぎていったが、どこでもまる一日行軍が止まらないありさま。その後、斥候《せっこう》の騎兵が侯虎に伝えて言う。

「軍の先頭はすでに冀州に至りました。千歳《せんざい》（王や侯に対する尊称）閣下のご指示を待っております」

崇侯虎は、陣営を設置するように全軍に命じた。その様子はいかなるものであるか。

東に蘆葉《ろよう》の点鋼鎗《てんこうそう》を擺《はい》し、南に月様の宣花斧《せんかふ》を擺す
西に馬閘《ばこう》の雁翎刀《がんれいとう》を擺し、北に黄花の硬柄弩《こうへいど》を擺す
中央の戊己に勾辰《こうしん》を按《あん》じ、殺気は営を離るること四十五
軍門の下に九宮星を按じ、大寨はひそかに八卦譜を蔵す

崇侯虎が陣営を築くと、その様子は斥候の兵によって冀州へも知らされた。蘇護は斥候の兵に尋ねる。

「どの鎮の諸侯が来たのか」

斥候の兵は答える。

「北伯侯の崇侯虎であります」

蘇護は聴くやいなや、怒りに震えた。

「もし他の鎮の諸侯なら、まだしも話し合いの余地もあったろう。しかし崇侯虎はいかん。こやつはもとより行いのよくない人物であり、礼儀をもって説いてもむだだ。ならば一戦してその軍を破り、わが軍の威を示し、かつ民の害を除くにしかず」

蘇護は命を伝えて言う。

「軍は城を出て出陣せよ！」

配下の武将たちは命を聴き、おのおの武器を整えて出陣する。大砲の音が鳴りひびき、殺気が天を覆う。城門が開かれると、兵馬が横一列に広がっていく。そこで蘇護は叫んだ。

「伝令の兵はこう伝えよ。そなたらの主将と陣の前で話がしたいとな」

伝令は馬を飛ばして本陣に報告する。崇侯虎はこれを聴くと、配下の兵馬を整えて進む。陣営の門旗が開くと、侯虎は逍遥馬《しょうようば》に乗り、諸将を従えて陣から出てくる。その前には龍と鳳の二本の旗がはためき、うしろには長子の崇応彪《すうおうひょう》があって守りを固めている。

蘇護が崇侯虎のいでたちを伺うに、飛鳳《ひほう》の兜《かぶと》・金鎖《きんさ》の鎧《よろい》・赤い戦袍《せんぽう》・玉の束帯《そくたい》を着け、赤い駿馬《しゅんめ》に乗り、斬将《ざんしょう》の大刀を鞍に差している。蘇護は侯虎を見るなり、上半身を起こして欠身《けっしん》の礼（略式の礼）を行って言う。

「賢侯《けんこう》には一別以来、息災《そくさい》でありましょうか。ただいま甲冑《かっちゅう》を帯びておりますゆえ、正式のごあいさつはできませぬ。いま天子は無道にも賢者を軽んじ、女色を好んでおられます。また国務に専念せず、佞臣の讒言を信じて臣下の娘をむりやり差しださせようとしております。このように酒や女色におぼれるようでは、天下は久しからずして大乱となりましょうぞ。わたしはそのため辺境を警備しておるだけです。賢侯はどうして無名の戦《いくさ》を起こされたのですかな？」

崇侯虎はその言を聞いて大怒して言う。

「そなたは天子の詔に逆らい、かつ午門に謀反の詩を書きつけおったではないか。すでに賊臣となった以上、その罪は許しがたい。いま詔書を奉じて官軍が討伐に来たのじゃから、すぐに陣の前にひざまずいて降伏すべきではないのか。それを巧言でもっていいわけし、兵を率い鎧をまとってあらわれ、武力で押し切ろうなどとは言語道断ではないか！」

侯虎は左右の者を見まわして言う。

「だれかあの逆賊を捕らえる者がおるか！」

その言が終わらぬうちに、左の軍列から一将が飛びだした。見れば頭に鳳翅の兜をかぶり、黄金の鎧、赤い戦袍に獅子の描かれた帯を着け、青色の駿馬に乗った武将である。かの武将は声をあらげて叫んだ。

「それがしがあの賊将を捕らえましょうぞ」

そして配下の一隊を率いて前進する。冀州の陣営では、蘇護の長子の蘇全忠が、かの武将が進み出たのを見て、戟《げき》を持し、馬を飛ばして迎え撃ち、言う。

「さあ来い！」

蘇全忠が見れば、その武将は偏将《へんしょう》の梅武《ばいぶ》である。梅武は言う。

「蘇全忠よ、そなたら父子は謀反を起こし、天子に逆らったにもかかわらず、なお武器を捨てて降参もせず、官軍に逆らうとは。一族皆殺しの憂き目に遭うことになるぞ」

全忠は馬に鞭をいれて飛びだし、戟でその胸にむけて突きかかる。梅武は手に持った斧でそれを受けとめた。両者の戦いはいかなるか。

二将陣前にて交戦し、銅鑼《どら》鳴り鼓声《こせい》響き、人みな驚く
世は刀兵が動くによりて、英雄をしてあい走らしむ
これは上下つきがたく、あれは両眼で見定めがたし
これがあれを捕らえれば、凌煙閣《りょうえんかく》に名とどめられ

あれがこれを捕らえれば、丹鳳楼《たんほうろう》に画据《がす》えらる

斧がくれば戟が受けとめ、身をふるわせれば鳳の飾りが頭に揺れる。戟が進めば斧が受けとめ、あごすれすれ、額すれすれのところを刃がかすめる。このようにして両馬が交わり、二十合《ごう》打ち合ったところで、蘇全忠の戟が梅武の身を貫き、馬上から突き落とした。蘇護はわが子が勝利したのを見て、進軍の太鼓を打ち鳴らさせる。すると冀州の陣営から大将の趙丙《ちょうへい》・陳季貞《ちんきてい》が馬を飛ばし、刀を振り回して進軍する。どっと喊《かん》声《せい》が起こり、殺気が蕩々《とうとう》と立ちこめる。陽《ひ》は煌々《こうこう》と輝き、しかばねが野に横たわり、血が川のように流れる。崇侯虎は配下の金葵《きんき》・黄元済《こうげんさい》・崇応彪とともに戦いつつ退却し、十里の外まで敗走した。

蘇護は鐘を鳴らして兵を引きあげさせる。城の帥府に戻り、殿に入って座ると、手柄をたてた配下の諸将に褒美をあたえてねぎらった。

「今日は敵に大勝したが、しかしまた兵を整えて復讐戦を挑んでくるであろう。あるいは他に援軍を要請するかもしれん。そうなったら冀州はますます危うくなる。諸将の考えはいかがであろうか」

その言がおわらぬうちに、副将の趙丙が進み出て言った。

「君侯は、今日は勝利をおさめられましたが、しかし戦いはまだ終わっておりませぬ。さきに謀反の詩を書きつけ、今日はまた官軍の将兵を殺し、王の命に背いたわけで、もはや赦免は期待できませんでしょう。ましてや天下の諸侯は、崇侯虎一人ではありません。朝廷が今回の件を怒り、さらに数次にわたって討伐の兵を起こしたら、冀州の小さな土地では支えきれません。まさにいわゆる『小石をもって水に投げる』というもので、危ういことこの上ありませぬ。ただ、現状がこうであるなら『毒を食らわば皿まで』というもの、崇侯虎はいま敗れたとはいえ、十里を後退したにすぎませぬ。われわれは敵軍の不備に乗じて、兵は枚《ばい》を口に

含み、馬はくつわをおさえて声をたてぬようにし、闇にまぎれて夜襲をしかけるのです。敵軍が鎧のかけらも残さぬほど敗れて、ようやくわれわれの力のほどを知るでしょう。しかるのちにいずれかの賢明な諸侯をお味方とすれば、行動の余地も出て、冀州とご一族を守りぬくことができるのではないでしょうか。君侯の意をうかがいたく存じます」

蘇護はその言を聞いて大いに喜び、告げた。

「そなたはよくぞ申した。その意見こそ、わが意に合う」

すなわちすぐに軍に命令を下すこととした。まず長子の全忠には兵三千を率いて西門から十里の五岡鎮《ごこうちん》のところで伏兵となるように命じた。全忠は命を受けてすぐに出立する。陳季貞は左軍を率い、趙丙は右軍を率い、蘇護は中軍を指揮する。時に黄昏《たそがれ》の時刻であり、旗を巻いて太鼓を鳴らさぬようにし、兵は口に枚《ばい》を含み、馬のくつわをおさえて進軍する。砲声を合図として攻撃を始めるよう諸将に命じたことはさておく。

さて崇侯虎はみだりに自らの才をたのんで遠征を行ったものの、いまこのように大敗して兵と将を失うというていたらくで、慚愧《ざんき》にたえなかった。なんとか敗軍の兵を集めて陣営を設営したものの、中軍にあって鬱々《うつうつ》として楽しまず、諸将に向かって告げた。

「わしはいままで軍を率いて、何年ものあいだ征伐を行ってきたが、これまで敗北したことはなかった。まさか今日梅武を失い、多くの兵を損なうことになろうとは。さて今後どうしたらよいであろうか？」

かたわらに大将の黄元済がおり、侯虎を諌めて言う。

「君侯は『勝敗は兵家の常《つね》』という言をご存じでありましょう。西伯侯の大軍がまもなくこちらにまいります。そうなれば冀州を破ることなど、手のひらを返すように容易であります。君侯は憂うることなく、どうかご自重《じちょう》ください」

その言を聞いて侯虎は気をとりなおし、陣営に宴を設けて諸将とともに酒を飲んだことはさておく。

その様子については詩があって言う。

侯虎、兵を提《さ》げて遠征を事《こと》とし、冀州城外に行旌《こうせい》駐す
三千鉄騎、摧残《さいざん》ののち、はじめて信ず当年のみだりに名を得《え》しを

さて蘇護は兵馬を率いてひそかに城外に出て、侯虎の本陣に夜襲をかけようとする。時に初更《しょこう》（戌《いぬ》の時）のころであった。行くこと十里にして、斥候の騎馬兵が蘇護に知らせる。蘇護はすぐに命を下して、合図の砲を鳴らす。一発の砲声が響きわたり、その音は天地を揺るがせた。そして三千の騎馬兵が、喊声をあげて崇侯虎の本陣へとなだれ込む。その勢いは当たるべからざるものがあった。その様子はいかなるか。

黄昏《たそがれ》に兵到り、暗夜《あんや》に軍臨む
黄昏に兵到れば、衝《つ》かれし隊伍、支持しがたし
暗夜に軍臨めば、撞《つ》かれし寨門、いずくんぞ立つ
人、戦鼓《せんこ》の声を聞き、ただ愴惶《そうこう》し奔走《ほんそう》するのみ
馬、轟天《ごうてん》の砲を聴き、南北東西分《わ》かちがたし
刀鎗乱れて刺し、上下交鋒《こうほう》を明らかにせんや
将士あい迎え、あに自家別個なるを知らんや
深く眠りし軍、東奔西走し、いまだ醒《さ》めざるに頭盔《かぶと》着す
先行官は鞍馬《あんば》に及ばず、中軍帥も赤足《はだし》にて鞋《くつ》なし

守護の兵はさまよい、騎兵は南北に奔走す
営を劫《ごう》ぜし驍将《ぎょうしょう》は猛虎のごとく、寨《とりで》を衝《つ》きし一軍は蛟龍《こうりゅう》に似たり
刀を着《つ》けしは肩をつらね背をひき、鎗《やり》を着けしは両臂に紅き流る
剣に逢《あ》いしは甲冑《かっちゅう》をきられ、斧に遇《あ》いしは天霊《てんれい》を劈破《へきは》せらる
人、人を撞《つ》き、みずからあい践踏《せんとう》し、馬、馬を撞き、地に屍《しかばね》横たわる
傷つきし兵は哀々《あいあい》と苦を叫び、矢のあたりし将は咽々《いんいん》と悲声あり
金鼓《きんこ》棄てられ、旛幢《はた》地に満ち、糧草焼かれて四野紅《くれない》に通ず
ただ知る命を奉じて征討《せいとう》せしも、誰か片甲《へんこう》も存するなきを望まん
愁雲《しゅううん》ただちに九重《ここのえ》の天にのぼり、一派の敗兵《はいへい》地に随《したが》いて擁せり

三路にわかれた冀州の雄兵は、勇をふるい先を争って喊声とともに陣に殺到した。幾重《いくえ》にも設けられた囲みを突破し、多くの虎狼の兵たちを突きとばす。

そのなかで蘇護は、ただ一騎と一本の槍のみで、陣中に崇侯虎を捕らえようと突きすすむ。左右の軍門から、喊声がどっと起こって地をふるわせる。崇侯虎は眠っていたところ、大音声が起こり、慌てて戦袍をまとって刀を下げ、馬に乗って陣幕を出る。すると灯火のあかりのもと、金の兜に金の鎧、赤い戦袍、玉の束帯を着け、青の駿馬に乗り、火龍鎗《かりゅうそう》を構えている蘇護の姿が見えた。蘇護は叫んだ。

「崇侯虎よ、逃げるな。さっさと馬を下りて降伏せぬか！」

叫ぶと手中の槍をくり出して進む。崇侯虎は慌ててこちらは刀で受けとめて応戦する。両者は馬を交えてわたりあう。両者が戦うなか、崇侯虎の長子の崇応彪が金葵と黄元済を引きつれて助太刀《すけだち》に入る。左の糧道《りょうどう》

門《もん》からは冀州の趙丙が、右の糧道門からは陳季貞が入って戦いに加わる。かくて蘇護の軍と崇侯虎の兵とが入り交じり、大混戦となる。そのまま深夜になっても激戦が続いた。その様子は次のよう。

征雲《せいうん》、地戸《ちこ》にこもり、殺気、天関《てんかん》を縛る
天昏《くら》く地暗《くら》きに兵を排し、月下星前に布陣す
四方には一斉に火把《たいまつ》あがり、八方には乱れて灯球《とうきゅう》長くす
彼方《かなた》の数員の戦将廝殺《しさつ》し、此方《こなた》の千匹の戦馬龍《りゅう》のごとし
灯影に戦馬ありて、火は征夫を映《うつ》す
灯影の戦馬、千条の烈火貔貅《ひちゅう》（想像上の猛獣）を照《て》らす
火、征夫《せいふ》を映《うつ》し、万道の紅霞《こうか》に獬豸《かいち》（想像上の瑞獣）こもる
弓、開いて箭《や》を射《い》て、星前の月下寒光《かんこう》をはく
背を転じて刀をまわし、灯裏《とうり》の火中に燦爛《さんらん》を生《しょう》ず
金を鳴らす小校《しょうこう》は、懨懨《えんえん》として二目ついにひらきがたし
鼓をならす児郎は、漸漸《ぜんぜん》として双手挙《あ》ぐあたわず
刀きたりて鎗うけ、馬蹄《ばてい》の下に人頭《じんとう》ころがる
剣去りて戟むかえ、頭盔《かぶと》上の血水淋漓《りんり》たり
鎚《つい》と鞭《べん》と並び挙げられ、灯前に小校はことごとく生を傾く
斧と鐧《かん》と人を傷つけ、目下の児郎すべて命をうしなう
天にさけび地ふるえ、自らあい残《そこな》い、蒼天に哭泣《こくきゅう》し苦を叫ぶ

ただ殺すこと営に満ち、炮響いて霄漢《しょうかん》にとび、星月光なく斗府《とふ》迷う

さて崇侯虎と蘇護の両軍は激突したが、蘇護の側が当初から夜襲をしかける心づもりであったのに対し、崇侯虎の陣営ではまったく防備をしていなかった。そのために冀州の兵は一をもって十にあたる勢いであった。金葵は戦いのなか、趙丙のために一刀のもと馬の下に切っておとされる。崇侯虎は支えきれぬ勢いを見て、戦いつつ逃げようとする。長子の応彪が父をかばい、ひとすじの血路を開いて後退していく。そのありさまはさながら喪家《そうか》の犬、網から逃げた魚といったところ。冀州軍はまるで猛虎《もうこ》か豺狼《さいろう》のごとく暴れまわり、敵軍のしかばねは野に横たわり、血は流れて川になるというありさま。崇侯虎の軍はあわただしく敗走し、夜もふけて道もわからず、ただただ命だけはということで落ちのびていく。蘇護は侯虎の敗残兵を二十里あまりも追撃したが、命令を伝えて金鼓を鳴らして退却し、大勝を得て冀州城に引き上げていく。

崇侯虎父子のほうは、敗残兵を連れて逃げていく。そこへ黄元済と孫子羽の兵があとから馬に鞭をあてて追いついてきた。崇侯虎は諸将に対して嘆く。

「わしは兵を起こして以来、これまでこのような大敗を喫したことはなかった。あの逆賊めがわが陣営に夜襲をかけ、暗夜に交戦したが、こちらは備えがまったくなかったために多くの将兵を損なうことになってしまった。この恨み、いつかはらしてやるぞ。しかし西伯侯の姫昌めが、のうのうと安泰を決めこんで、勅命にそむき、いつまでも静観して兵を出そうとしない。あやつも憎らしいぞ」

長子の応彪が答える。

「いまわが軍は惨敗し、鋭気もそがれております。ここはしばらく兵を休めて動かず、その間に西伯侯に対して援軍をよこすように催促しましょう。その後のことはまた考えましょうぞ」

侯虎は言う。

「息子よ、そなたの申すとおりじゃ。明けがたになったら兵馬を集め、その後はまた再議しよう」

しかしその言が終わらぬうちに、一発の砲声が鳴りひびき、喊声が天に届く。そして叫ぶ声が聞こえる。

「崇侯虎よ、はやく馬を下りて降参せよ！」

侯虎父子と諸将は慌てて前を見る。そこには一人の若い武将があり、髪を金冠でたばね、金の抹額《まっこう》（はちまき）を着け、二つの雉尾《ちび》（冠につける飾り）を揺らしている。さらに赤い戦袍に金鎖の鎧を着け、銀合馬《ぎんごうば》（白い馬）にまたがり、画杆戟《がかんげき》（画戟）を持ち、その顔は満月のようで、唇は朱を塗ったよう。その武将、蘇全忠は声をあらげて言う。

「崇侯虎よ、わたしは父の命により、そなたが来るのをここで長らく待っていたぞ。おとなしく武器を捨てて死を受けいれよ。この期《ご》に及んでまだ馬を下りぬか」

侯虎は罵って言う。

「この賊子めが。そなたら父子は謀反を起こし、朝廷に逆らい、官軍の将を殺し、天子の兵馬を損ねた。その罪は山のごときである。その身をはりつけに処しても、まだ足らぬわ。たまたまこの夜はきさまらの奸計にかかったとはいえ、この場でまだそのようにいたずらに武威を誇り、大言を弄するなど片腹痛い。まもなく朝廷の大軍が至れば、そなたら父子は殺され、葬る土地さえなくなるであろうよ。誰かあの賊子め

を捕らえる者があるか」

黄元済が馬を走らせ刀をふるって蘇全忠に突きかかる。全忠は手の画戟で受けとめる。互いに打ち合い、また両馬が交わる。この戦いはと言えば次のよう。

地に寒風吹くこと声は颯《さつ》に似たり、滾滾《こんこん》たる征塵《せいじん》は紫雪《しせつ》飛ぶ
丁々と馬蹄《ばてい》は鳴き、朗々と袍甲《ほうこう》は結ぶ
心を興《おこ》して刀は錦の征袍《せいほう》を砍《き》らんとし、意を挙げて鎗《やり》は連環甲《れんかんこう》を刺さんとす
ただ殺さんとするに旗を揺らす校手は転がり、鼓をたたく児郎は槌みだりにめぐる

全忠と元済は戦い続けるが、勝負がつかない。そこへ孫子羽が馬を走らせ股叉《こしゃ》（三股のさすまたに似た武器）をふるい、二人で全忠と戦う。全忠は大喝《たいかつ》一声、子羽を馬下に斬ってすてる。全忠は勇をふるい、そのまま崇侯虎のもとへと突進する。侯虎と応彪の父子がこれを迎えうち、全忠を止めようとする。全忠の勢いはまさに風をはらむ猛虎か、海を荒らす蛟龍のごとくであった。

三名の将が戦うなか、全忠はわざと隙をみせ、そこに突きかかった崇侯虎の金の鎧の足を覆う部分を画戟ではぎ取った。侯虎は驚き、馬を両足ではさんで、慌ててその場から逃げ出す。崇応彪は父親が敗走するのを見て、慌てたためか手元が乱れる。そこへ全忠の画戟が心臓めがけて一突きすると、応彪は身を避けてかわしたものの、左臂に画戟を受け、血は戦袍と鎧にしたたり、落馬しそうになる。侯虎陣営の諸将が急いでその場を支え、応彪の身を守りつつ逃走していく。全忠は追おうとしたものの、暗夜であることもあって思い直し、兵馬をまとめて冀州城へ戻っていった。このときすでに夜明けちかく、事情については部下たちが蘇護に報告していた。蘇護は全忠を前殿に呼んで尋ねた。

「かの賊めを捕らえたか？」

全忠は答える。

「父上の命を奉じまして、五岡鎮において埋伏しておりましたところ、夜半になって敗残兵が参りました。わたしは勇をふるって孫子羽を刺し殺し、崇侯虎の鎧の部分をはぎ取りました。また崇応彪の左臂を負傷させ、あやつは落馬しかかりましたが、諸将に助けられて逃げていきました。残念ながら夜は道も暗く、追いかけることができませんで、撤兵してまいりました」

蘇護は言う。

「あの老賊めが、命拾いをしおったな。息子よ、そなたはしばらく休息するがよい」

さて崇侯虎はいずこから援軍を得るであろうか。それは次回にて。

第三回　姫昌囲みを解き、妲己を宮に進めしむ

詩に言う。

崇君《すうくん》勅を奉じて諸侯を伐《う》つも、智浅く謀庸《ぼうよう》にして怨尤《えんゆう》を枉《ま》げる
白昼に兵を調《ととの》え戦策にやぶれ、黄昏《たそがれ》に寨《とりで》を劫《ごう》せられ前籌《ぜんちゅう》を失う

従来女色は亡国多し、いにしえより権奸《けんかん》は頭にいたらず
あにこれ紂王の妲己を求めんや、まさに知るべし天意の東周に属するを

さて崇侯虎父子は負傷し、一晩中、馬を走らせて疲労困憊であった。敗残の兵馬を集めて点検してみたところ、一割程度しか残っておらず、またそのすべてが負傷していた。崇侯虎は敗残兵の様子を眺めて悲嘆していたところ、黄元済が前に進み出て告げる。

「君侯《くんこう》は何を嘆かれますか。『勝敗は兵家の常《つね》』でありましょう。たまたま昨夜は備えのないところに攻められ、敵の奸計に陥ってしまいました。君侯にはまずは残った兵馬をとどめて休息させ、同時に西岐に文書を送り、今後の戦のために西伯侯に援軍の催促をなされてはいかがでしょうか。援軍を得れば兵力の増強がかないましょうし、またいずれ今日の敗戦の恨みを晴らすことができます。君侯にはいかがお考えでありましょうか」

崇侯虎はこの言を聞いて、考えこんだ。

「姫昌のやつめが兵を起こさずに成り行きを見守っているところ、いまわしが援軍を頼んだとしたら、やつに借りを作ることになろう。またやつを勅命に背いたという罪で糾弾することもむずかしくなる。どうしたものか?」

侯虎が遅疑《ちぎ》し迷っているところに、目前に多くの兵馬が現れた。崇侯虎はどこの軍であるかを知らず、驚きのあまり魂が身から離れそうになった。慌てて馬に乗り、前の軍を見ると、二本の旗が開いて一人の武将が現れる。その武将は鍋底《なべそこ》のような黒い顔、真っ赤なひげ、しかし眉は白く、目は金色に光り、九雲烈焔飛《きゅううんれつえんひ》

獣《じゅう》の冠をかぶり、身に連環《れんかん》の鎧をまとい、赤い戦袍、腰には白玉の帯を着け、火眼金睛獣《かがんきんせいじゅう》に乗り、二本の柄《え》が漆黒《しっこく》の金斧を手にしている。すなわち崇侯虎の弟で曹州侯《そうしゅうこう》の崇黒虎《すうこくこ》であった。

崇侯虎は弟の黒虎であるとわかり、ようやく安心した。黒虎は言う。

「兄上の軍が敗れたと聞いて、助太刀にまいったのでありますが、思いがけずここでお会いできるとは。望外の幸運であります」

崇応彪が馬上にて欠身の礼を行い、感謝の意を示して言う。

「叔父上《おじうえ》、はるばるとお越しくださり、ありがとうございます」

黒虎は答える。

「それがしはまず兄上と兵をあわせ、また冀州へと戻るといたそう。それからはまた考えがござる」

このとき、両軍は兵をあわせ、崇黒虎は配下の三千の飛虎兵《ひこへい》を先行させ、そのあとに二万あまりの兵が続いた。兵馬は冀州城の前に陣営を築いた。まず曹州の兵が先に行き、戦いを挑んで声をあげる。

冀州では斥候の騎馬が蘇護に告げる。

「いま曹州の崇黒虎の兵が城下にまいっております。閣下のご指示をお待ちしております」

蘇護はその報を聞いても、しばらく頭《こうべ》を垂れて沈黙していた。やがて口を開いて言う。

「崇黒虎は武芸に精通しておるうえに、道術《どうじゅつ》にも通暁《つうぎょう》し、この冀州の配下の武将では対抗できぬ。さてどうしたものであろうか?」

左右の諸将は蘇護の言を聞いても、意味がわからず、答える者もなかった。しかし、長子の蘇全忠は進み出て言う。

「『軍来《き》たれば将出《いで》てあたり、水来《き》たれば土もて圧《お》す』と申します。崇黒虎ひとり、何を恐れる必要がありますか」

蘇護は子をさとす。

「そなたはまだ年も若く、勇猛を自負しておるようだが、わかっておらぬ。崇黒虎は仙人より不思議な道術を授かった者である。百万の軍のなかに入ってその将の首級をあげることなど、彼にとっては袋のなかの物を取り出すように容易なのじゃ。軽視してはならぬ」

全忠は叫んで言う。

「どうして父上は敵方ばかり持ちあげ、味方の士気をくじくようなことを言われますか。ではわたしが出陣します。もし黒虎を生け捕りにできぬようでしたら、誓って父上にはお目にかかりません！」

蘇護は答える。

「そなたが行けば必ずや敗北することになろう。後悔してもおよばぬぞ」

全忠はどうして聞き入れよう。身をひるがえして馬に乗り、城門を開けると、ただ一騎にて進んでいく。

敵陣の前で声をあらげて叫んだ。

「物見《ものみ》の兵よ、中軍に戻って伝えよ。崇黒虎に話があるとな」

青い旗を持った兵が崇侯虎と黒虎に伝える。

「蘇全忠が城外にて戦を挑んでおります」

黒虎はひそかに喜んだ。

「わしがここに来たのは、ひとつには兄の軍が敗れたためだが、もうひとつの目的はわしと蘇護の友誼のため、ひそかに助力して冀州の囲みを解かせるためじゃ。ちょうどいい機会じゃな」

黒虎は左右の部下に命じて騎獣を用意させると、陣営の前にやってくる。見れば全忠はなるほど勇ましい様子。黒虎は言う。

「全忠、甥御《おいご》よ。そなたはいったん戻り、そなたの父上を呼んでくれないか。わしは話したいことがあるのだ」

しかし全忠は年若く、黒虎の言の裏にある真意を理解できない。また黒虎の猛勇については耳にしていたので、おいそれと戻るわけにもいかなかった。全忠は大言して言う。

「崇黒虎よ、そなたとわれわれはすでに敵同士となった。わが父とそなたの厚情はすでになくなったものと考えよ。速やかに武器を収めて退却せよ。さもなくばそなたの命もなきものと思え。あとで悔やんでも及ばぬぞ」

黒虎はこれを聞いて怒って言う。

「この畜生めが、無礼にもほどがあるぞ！」

早速に手中の金斧をかざして斬りかかった。全忠も手元の画戟で受けとめる。騎獣と騎馬が交わり、激しい戦いとなった。その様子はいかなるか。

二将陣前に闘を尋ねて賭け

両下鋒《ほこ》を交え誰かあえて阻《はば》まん

こなたは頭を揺らす獅子の山を下るに似たり

かなたは尾をふりし狻猊《さんげい》（獅子に似た想像上の動物）が猛虎を尋ねしがごとし

こなたは心を興して錦《にしき》に乾坤《けんこん》を定めんとし

かなたは意に江山を補わんと欲す
従来悪戦《あくせん》すること幾千番《いくせんばん》なるも
将軍の真に英武なるに似ず

二将は冀州城下において激戦を続けた。しかし蘇全忠は崇黒虎が截教《せっきょう》の仙人を拝して師とし、不思議な力を持つ瓢箪を授けられたことは知らない。その無限の神通力《じんつうりき》を持つ瓢箪を、黒虎は常に背中につけていた。

蘇全忠のほうは自らの武芸に自信があり、また黒虎の武器が短い金斧であることを見て、黒虎を武芸においてはすでに軽んじていた。すでに他の人間も眼中になく、勇をたのみ、黒虎を生け捕りにするために、平素習った武芸の技をことごとく打ち出した。

なお、画戟にはとがったまっすぐな刃《やいば》の部分と、横の三日月のような刃の部分がある。その技には九九八十一《くくはちじゅういち》の進んで攻める歩と、七十二の開門がある。飛び、もみ入れ、飛びのき、引っかけ、遅く、速く、収め、放ちと、全忠は持てる技を駆使して攻撃する。その画戟の優れたさまは次のよう。

能工《のうこう》と巧匠《こうしょう》の経営を費やし、老君《ろうくん》の炉に兵を練成す
一本の銀尖《ぎんせん》の戟を造り出し、邦を安んじ国を定め乾坤を正す
黄旛《おうばん》展《の》ぶれば三軍おそれ、豹尾《ひょうび》動けば戦将心に驚く
行営を衝《つ》けばなお大蟒《たいぼう》（蟒はウワバミ）のごとく
大寨を踏めば虎羊群に入るに似たり
言うなかれ鬼泣き神叫ぶを、多少の児郎軽くして命を喪う
全てこの宝によれば天下を安んじ、画戟と長旛と太平を定む

蘇全忠は技の限りをつくして攻めかかる。その勢いにさしもの崇黒虎も全身に冷や汗をかく。黒虎は嘆じつつ思う。

「蘇護にこれだけの優れた息子がいるとは。まことに将軍の家の血は争えぬものだな」

黒虎は斧を一振りすると、騎獣をうながして逃げ出した。それを見て蘇全忠は馬上にて全身を揺らして笑い出す。

「もし父上の言うとおりしていたら、あやうく間違いをおかす所だったぞ。さてこやつを生け捕りにして、父上が何も言えぬようにしてくれるわ」

馬をうながして黒虎を追いかける。あちらが速度を上げればこちらも上げ、速度を緩めれば自分も緩めるといった形で追い続けた。逃がさじと追いかけてしばらくの後、黒虎は背後に金の鈴の音を聞く。振り返れば全忠が必死に追いかけてくるのが見えた。そこで黒虎は背中の赤い瓢箪を取り出し、蓋を開けて呪文を唱える。すると瓢箪のなかから一筋の黒い煙が立ちのぼった。その黒煙は網のように広がっていく。立ちのぼる大小の黒煙のなかから鳥の鳴き声が起こった。さらに天をおおうほどの黒煙のなかから、鉄のクチバシを持つ神鷹《しんよう》が現れた。その神鷹は全忠の顔をめがけて襲いかかった。全忠は単に武芸に優れる馬上の英雄にすぎず、どうして黒虎の道術など理解できようか。慌てて画戟をかざしてその身を守ったものの、騎馬の片目が神鷹に突かれてしまった。馬は痛さのあまり飛びあがったため、全忠は冠が足の下にくるようにひっくり返り、鎧は鞍から離れ、馬からころげおちてしまった。黒虎は命を伝える。

「やつを捕らえろ！」

兵士たちが一斉に取り囲み、全忠を捕らえて腕を縛りあげる。黒虎は勝利の太鼓を鳴らして自軍の陣営に戻った。本営の門のところで騎獣をおりる。伝令の兵が崇侯虎に伝える。

「弟《おとうと》ぎみが勝利され、逆臣蘇全忠を捕らえて戻りました。門のところで控えておられます」

崇侯虎は命令を伝える。

「こちらに来るように」

黒虎は本営に入り、侯虎に報告した。

「兄上、それがしは蘇全忠を引っ捕らえてまいりました。いま本営の門のところにおります」

崇侯虎は喜びにたえず、命令を伝えた。

「連れてまいれ」

すぐに全忠は本営のなかに連れてこられた。蘇全忠は立ったままひざまずこうとしなかった。侯虎は罵って言う。

「賊子めが。いまこのように捕らえられて、まだ何か言うことがあるか。しかもかたくなにひざまずこうともせぬとは。昨晩の五岡鎮の英雄も、今日は運が尽きたようじゃな。ものども、こやつを表へ引きずりだして斬首し、さらし首にして見せしめとせよ」

全忠も声をあらげて罵りかえす。

「殺すならさっさと殺せ！　何ももったいをつけることもあるまい。われ蘇全忠は死などまったく恐れはせぬ。ただ、きさまのような奸賊が天子を惑わし、万民を害し、湯王の定められた天下を台なしにしようとするのは我慢できぬ。惜《お》しむらくは、きさまの身体の肉を生きたまま食らってやれぬことだ」

侯虎はその言を聞いてさらに罵る。

「くちばしの黄色い小僧め。いま捕らえられて、まだそのように舌をみだりに動かすか」

命じて言う。

「こやつを引き出して斬ってしまえ！」

刑がまさに行われようとするところ、崇黒虎が進み出て言う。

「兄上、ここはどうか怒りをお鎮《しず》めください。蘇全忠はこのように捕らえられ、その罪は斬首に値します。ただ、彼ら父子は朝廷の罪人であり、勝手に処罰はできませぬ。一族を捕らえてから朝廷の意向を伺い、朝歌に護送して、その処断を仰ぐほうがよいでしょう。また蘇護の娘の妲己は、絶世の美貌であるとうかがっております。もし陛下がその娘をお気に入りになり、その謀反の罪を許されたらどうなりますか。今度はわれわれの側がその兄を殺したということで罪を着せられかねません。そうなれば今日の功績も明日には罪に変わるというもの。また西伯侯姫昌どのの軍も来ておりませぬ。われら兄弟だけが罪に陥るのはまことに不都合。まず全忠の身柄は後軍の陣営に預けて閉じ込めることとして、冀州を敗北させ、蘇護の一族を捕らえて、それから朝歌に護送して、天子の決裁をあおぐのがよいと思われますが」

侯虎は答えた。

「弟の申すとおりである。賊子め、命拾いをしたな」

侯虎はそこで次のように命じた。

「宴を設けよ。弟の功績をたたえて宴会じゃ」

そのことはさておく。

さて、冀州の斥候の騎馬兵は蘇護に報告した。

「若君《わかぎみ》が出陣されて生け捕りになりました」

蘇護は言う。

「言われなくともわかっておる。あやつはこの父の言を聞かず、おのれの武芸をたのんで出陣し、今日生け捕りとなったのは当然じゃ。しかしまた豪傑が現れて、父子で生け捕られ、また強敵が国境に攻めてくるとなると、冀州は他人のものになるであろう。それもこれも、この家に妲己が生まれ、昏君が讒言を信じて召しあげようとしたからじゃ。そのためにわが一族は災いを蒙《こうむ》り、まきぞえで民百姓も労苦を負っておる。これもみなこの不肖の娘が生まれたせいで、とんでもない災厄にみまわれておるのじゃ。もしこの冀州が攻め落とされることになったら、妻も娘も朝歌に引っ立てられていき、人前にさらされて、処断された遺骸が道ばたに放り出されることになろう。そうなれば、天下の諸侯は、わしを無謀な輩《やから》であると笑うであろう。そんなことにならぬよう、まずは妻と娘を殺して、その後にわしも自決するべきかもしれぬ。それが大丈夫の取るべき道と言えよう」

蘇護は懊悩《おうのう》しつつも、手に剣をとって奥の間に向かっていった。娘の妲己は顔に笑みをたたえ、赤い唇をほころばせて言う。

「お父さま、どうして剣などさげていらっしゃったのです？」

蘇護は妲己を見る。仇敵などではなく、実の娘だ。どうして剣など振りあげることができようか。蘇護は思わず涙をこぼし、うなだれて言う。

「娘よ、そなたのために、兄は敵方に捕らえられ、この城も攻められ、両親は殺され、その宗廟すらも他人のものとなってしまうのだ。そなた一人が産まれたために、わが蘇一族が滅びることになろうとは」

蘇護が嘆いていると、配下の者が雲板《うんばん》（雲形をした金属の板）を叩いて告げた。

「殿、正殿におのぼりください。崇黒虎が戦いを挑んできております」

蘇護は命令を伝える。

「各城門は守りを固め、攻撃に備えること。また崇黒虎は道術をあやつる男だ。相手をすることはならぬぞ」

急いで諸将に城壁に登るよう命じた。また弓や弩《ど》を用意し、号砲《ごうほう》、石灰を詰めた壺、丸太などを準備させ、守備を固めた。

崇黒虎はこの様子を見てひそかに思う。

「蘇護よ、そなたが城を出てきてわしと話しあってくれるならば、まだ軍を退ける手段があるものを。なにを恐れておるのか。まったく出てこないのではどうしようもない」

やむなく、軍をかえして戻っていく。斥候の騎馬兵が崇侯虎にそのことを伝えた。侯虎は言う。

「こちらへ通せ」

黒虎は本営のなかに入って座り、蘇護が城門を閉じて戦に応じないことを告げた。侯虎は提案する。

「それでは雲梯《うんてい》（城攻め用のはしご）を出して攻めてはどうか」

黒虎が答える。

「いや、城を攻撃しても、こちらの損害が増すだけです。いまは敵方の糧道を断ち、兵糧攻めにすれば、城内の民の不満が積もっていき、いずれ城は労せずとも陥落しましょうぞ。長兄には『逸《いつ》をもって労《ろう》を待つ』の心づもりでお願いいたしまする。また西伯侯どのの軍がまいりましたら、また別に計を図りましょう」

崇侯虎の陣営のことはさておく。

さて蘇護は冀州の城内にあって、計略もなく、また兵を発するでもなく、万策尽きて、ただ座して死を待つという状況であった。憂《うれ》い煩悶《はんもん》するなか、報告があって言う。

「君侯に申しあげます。督糧官《とくりょうかん》（兵糧を運搬する将）の鄭倫《ていりん》どのが戻られました」

蘇護は嘆いて言う。

「いま兵糧が届いたとしても、何の役にも立たぬわ」

蘇護は命令した。

「こちらに通せ」

鄭倫は正殿の軒先《のきさき》まで来ると、欠身の礼を行う。鄭倫は言う。

「それがしは君侯が商に背き、崇侯虎が勅命を奉じて討伐にまいったと伺いました。そのために心落ちつかず、昼夜を問わずに戻りました次第です。して君侯、現在勝敗はどうなりましたでしょうか」

蘇護は答える。

「先にわしが商の朝歌に朝した時、昏君《こんくん》は佞臣《ねいしん》の讒言を聞きおって、わしの娘を妃として後宮に差しだせというのじゃ。わしは諫言して争ったのだが、昏君の怒りにふれ、かえって罪を問われることとなった。おそらく費仲と尤渾の両名が、わしを帰国させれば、かえって娘を差しだすであろうと策を弄したのじゃ。わしも一時は怒り心頭となって、商に対する謀反の詩を書いてきてしまった。いま天子は崇侯虎に命じてわが冀州を攻めさせた。当初はやつの軍を何度か破り、その将兵に損害を与え、わが軍は大勝を収めた。しかし曹州の崇黒虎が援軍にまいり、わが子の全忠を生け捕りにされてしまった。わしが思うに、黒虎は道術を身につけており、かつ三軍に勇たる人物で、とても敵対できぬ。いま天下の諸侯は八百ほどあるが、この蘇護を受け入れてくれるところがあるだろうか。わしの家族はわしを含めて四名だ。いま長子の全忠が生け捕りになった。わしは妻と娘をまずわしの手で殺し、それからわしも自尽すれば、後世の笑いものにならずにすむかと思っているところじゃ。そなたたち配下の将も、姿を変えていずれかに落ちのびることにすれば、いずれはそれぞれの道も開けようぞ」

蘇護は言い終わると、悲しんで涙を流した。鄭倫はその言を聞いて、叫んで言う。

「君侯には今日は酔っておられるのか。それとも迷って、狂っておしまいか。なぜそのような世迷《よま》い言《ごと》をおっしゃいますか。天下の諸侯の有名な者には、西伯侯の姫昌、東伯侯の姜桓楚、南伯侯の鄂崇禹がおりますが、彼らが来たとて、いいや八百鎮のすべての諸侯がすべてこの冀州に押しよせたとしても、この鄭倫の眼中にはありませぬ。それがしは幼きころより君侯にお仕えし、そのご恩を蒙って玉帯を帯びるなど過分な待遇をいただいております。それがし非才ではありますが、出陣し、犬馬の労をいとうものではありませぬ」

蘇護は鄭倫の言を聞いて、他の諸将にむかって言った。

「やれやれ、こやつは兵糧を運ぶ途中で邪気にでも当てられたか、おかしなことを言いおる。いま天下八百鎮の諸侯どころか、崇黒虎一人すら相手にならぬではないか。崇黒虎は仙人を師として道術を使い、その術は鬼神も恐れるものじゃ。またその胸には兵略を蔵し、万人を敵とすることも可能である。そなたはどうしてそのように敵将を軽んずるのか」

鄭倫はその言を聞き、剣に手をかけて叫んだ。

「君侯にお約束します。それがし、もし黒虎を捕らえることができなければ、この首を諸将の前に差しだしましょうぞ」

言い終わると、命令を待たずして正殿を飛びだしていく。火眼金睛《かがんきんせい》獣に乗り、両手に降魔杵《ごうましょ》をひとつずつ執り、号砲を鳴らして城門を開けると、配下の三千の烏鴉《からす》兵を展開する。それはまるで黒い雲が地に降りたかのよう。敵の陣営まで来ると、声をあらげて叫んだ。

「崇黒虎よ、出《いで》てわしと勝負せよ！」

崇侯虎の陣営では、斥候の騎馬兵が中軍に報告する。

「おふたかたに申しあげます。冀州の武将が弟君《おとうとぎみ》に戦いを挑んでおります」

黒虎は欠身の礼を行って言う。

「この弟がまいります」

すぐに本営にて三千の飛虎兵を調《ととの》える。一対の旗が開くところ、黒虎がただ一人にて前に出る。見れば冀州の城下に一隊の人馬が、北方の壬癸水《じんきすい》（五行で北方は黒）の方角に陣をはっている。そのありさまは黒い雲のよう。またその一隊を率いる将は、顔は紫の棗《なつめ》のごとく、髭は金の針のようで、九雲烈焔冠《きゅううんれつえんかん》をかぶり、赤い戦袍・連環の鎧《よろい》・玉の束帯《そくたい》を着けて、金睛獣に乗り、二つの降魔杵を持っている。鄭倫が崇黒虎の装束を見れば、こちらもまた似て十分に奇異な様子。九雲《きゅううん》四獣《しじゅう》冠をかぶり、赤い戦袍・連環の鎧・玉の束帯を着けて、同様に金睛獣に乗り、柄が漆黒の金斧を持つ。黒虎は鄭倫と面識がなく、すなわち次のように呼ばわった。

「冀州の将よ、来《き》たりて名を告げよ」

鄭倫は答える。

「わしは冀州の督糧官の鄭倫である。そなたが曹州の崇黒虎であるか。わが主《あるじ》のご子息を生け捕りにし、いい気になっておるようだな。速やかにわが主のご子息の身を返し、馬を下りて降参せよ。もし否《いな》と答えるのであれば、その身は粉々《こなごな》になるぞ!」

崇黒虎はその言を聞いて怒り、罵って言う。

「この愚か者めが。蘇護は朝廷の掟《おきて》にそむき、その身は砕《くだ》けんとしておるのだぞ。おぬしらはみな謀反人《むほんにん》であるのに、なおそのように大胆にも舌を動かし、妄言《もうげん》を吐くか」

すぐさま騎獣を走らせ、手の斧で鄭倫に切りつける。鄭倫も手の降魔杵でむかえうつ。二つの騎獣が交わり、激戦となる。そのさまは次のよう。

両陣咚咚《とうとう》と戦鼓を発し、五采の旛幢《ばんどう》は空中に舞う
三軍吶喊《とっかん》して神威を助け、戦に慣《な》れし児郎は弓弩《きゅうど》を持す
二将ひとしく金睛獣をはなち、四臂はひとしく斧杵をつかう
こなたは怒りを発すること雷のごとく烈焔《れつえん》生じ
かなたは小より生来性情《せいらいせいじょう》あらし
こなたはおもて鍋底《なべぞこ》のごとく赤髭長し
かなたはおもて紫《むらさき》の棗《なつめ》にて紅霞《こうか》を吐《は》く
こなたは蓬莱《ほうらい》の海島にて蛟龍《こうりゅう》を斬り

かなたは万仞《ばんじん》の山前にて猛虎を誅す
こなたは崑崙山《こんろんさん》の上にて明師を拝し
かなたは八卦炉《はっけろ》の付近にて老祖《ろうそ》に参《さん》す
こなたは学成り武芸ありて江山《こうざん》を整えんと去り
かなたはひそかに道術を授かりて乾坤《けんこん》を補わんとす
みずから来たりて将軍の戦を見んとするも
今番は杵の斧に対するに似ず

二匹の騎獣が交わり、殺気が満ちて赤い雲が惨惨《さんさん》とし、白い霧が霏霏《ひひ》となるかのようであった。二将の武芸の腕は互角であり、まさに好敵手どうしであった。二十四、五合も打ち合ったところで、鄭倫は崇黒虎の背中にある赤い瓢箪に気がついた。鄭倫は考える。

「蘇将軍はこの者には仙人から授けられた秘術があると言っておられた。おそらくそれは道術のことであろう。また『先《さき》んずれば人を制《せい》す』とも言うではないか」

この鄭倫は、かつて西崑崙《せいこんろん》の度厄真人《どやくしんじん》の弟子となって道術を学んだ者であった。度厄真人は鄭倫が「封《ほう》神榜《しんぼう》」に名が載せられている人物であるのを知っており、特に鼻を使って相手の魂魄《こんぱく》を吸い取るという秘術を授けていたのである。この道術を使うと、鼻の穴から二つの気が飛びだし、敵方の魂魄を吸い取って生け捕りにしてしまうのである。真人は鄭倫を下山させ、冀州に行かせた。度厄真人は鄭倫に人間界の福禄をしばらくは享受させたいと考えており、また下山にあたっては玉帯をあたえていた。このように両者は今日戦うこととなったわけである。鄭倫は手の降魔杵を高く上げて揺らした。するとうしろに続く三千の烏鴉兵がいっせいに喊声をあげる。そして烏鴉兵は陣形を長蛇の形に変え、一人一人が手に撓鉤《どうこう》（先にかぎが付いた長柄の武器）と鉄の鎖を携えて、雲から飛びだす雷のような早さで配置についた。崇黒虎がこれを見るに、将をからめとる陣形だなと看取したが、その詳細まではわからない。すると突然、鄭倫の鼻の穴から鐘の鳴るような大音声が響くと、二つの白い光が出てきて、黒虎の身体にまとわりつき、その魂魄を吸いとろうと迫ってくる。崇黒虎はその鐘のような音を聞いただけで、目がくらみ意識がなくなり、冠が下にくるようにひっくり返り、鞍から鎧がはずれ、軍靴が空に舞った。そこを烏鴉兵がすばやく生け捕りにし、両腕を縛りあげてしまった。しばらくして黒虎は意識を取り戻したが、そのときはすでに捕縛されている状態であった。黒虎は怒って言う。

「この賊めは、いったいどんな目くらましの術を使ったのだ。何が何だかまったくわからぬままに、このわしを捕らえるとは」

鄭倫とその配下は、手を打ち太鼓を鳴らして冀州城へ戻っていく。詩に言う。

　海島の名師、秘奇《ひき》を授け、英雄猛烈なること世まさに稀《まれ》なり
　神鷹《しんよう》十万も全く用なく、まさに男児の語の移らざるをあきらかにす

さて蘇護は正殿の中にて城外に太鼓の音が響きわたるのを聞き、嘆いて言った。

「鄭倫もこれで終わりだ」

落ち着かずにいると、斥候の騎馬兵が来て告げる。

「閣下に申しあげます。鄭倫がいま崇黒虎を捕らえて戻りました。処断をお願いいたします」

蘇護はその詳細についてはわからず、ひそかに思う。

「はて、鄭倫は黒虎には対抗できまいと思っていたが、どうして逆に生け捕りになどできたのかな」

すぐに命を下す。

「こちらに連れてまいれ」

鄭倫は正殿の前に来ると、黒虎を捕らえたことについて詳しく語った。そして兵士たちが黒虎を縛りあげて正殿の階下に来ると、蘇護は急いで階を下り、左右の者たちをしかりつけ、自ら黒虎の縄を解き、ひざまずいて言った。

「この蘇護はいま罪を天下に得て、地に容れるところもない罪人となっておる。鄭倫は事情を知らずに、このように将軍と敵対してしまったのだ。天に逆らう行為であり、実に死罪に値する」

崇黒虎は答える。

「貴兄とそれがしとは、もともと義兄弟の仲であります。どうしてその義を忘れることがありましょうか。いま貴兄の部下の将に捕らえられることとなり、慚愧《ざんき》にたえませぬ。しかもこのような温情に浴《よく》するとは、感謝のことばもありませぬ」

蘇護は配下の者に命じて崇黒虎を上座に座らせ、鄭倫と諸将を呼んで引き合わせる。黒虎は言う。

「鄭将軍の道術は見事なものであるな。このようにまんまと生け捕りにされるとは。いやはや、この黒虎も感服《かんぷく》しましたぞ」

蘇護は宴を設けて黒虎を歓待する。そして紂王が娘を後宮に差しだせと命じたことについて詳しく崇黒虎に語った。崇黒虎は言う。

「このたびそれがしが参りましたのは、一つには兄侯虎の軍が不利であるということ、二つには貴兄の城の包囲を解こうとしたことでありました。ただご子息がまだお若く、勇をたのんで斬り合うことになり、貴兄とお話する機会をあたえてくれませんでしたので、それがしの軍の後営に捕縛しております。これも貴兄のためとご諒解ください」

蘇護は感謝の意を述べる。

「その温情に感謝いたす。どうして忘れることなぞあろうか」

蘇護と黒虎が城内で飲酒したことはさておく。

さて、斥候の騎馬は崇侯虎の本営に戻り、軍営の門に入って報告する。

「将軍に申しあげます。弟君は鄭倫に生け捕りにされまして、その後の生死はわかりません。ご指示をお待ちします」

侯虎は考える。

「わが弟には道術があったはずだ。さてどうして捕らえられることになったのか？」

略陣《りゃくじん》の将（陣地を巡視する役）が報告した。

「弟君は鄭倫と戦っていたときに、鄭倫が降魔杵を一振りすると、三千の烏鴉兵がいっせいに押しよせました。すると鄭倫の鼻の穴から二筋の白い光が飛びだし、鐘の鳴るような音が鳴ったと思ったら、弟君は落馬しており、そのまま捕らえられてしまったのです」

侯虎はその話を聞いて、驚いて言った。

「世の中にそんな道術があるのか。もう一度斥候の兵を出し、状況を確かめてこい」

その言が終わらぬうちに、報告する者があって言う。

「ただいま西伯侯の使者が営門に到着されたそうです」

崇侯虎は心中不満であったが、次のように指示した。

「こちらに通せ」

そこに散宜生《さんぎせい》が白い服に角帯《かくたい》という姿で現れた。本営の天幕に入り、礼を行う。

「わたくしめ散宜生が君侯にお目通りいたします」

侯虎は言う。

「大夫《たいふ》（公卿《くぎょう》の位）よ、そなたの主はいったいどうして安逸を貪り、国家のために働こうとせず、軍を出し惜しみして動かず、朝廷の意に背いておるのかな。そなたの主は人臣の礼を尽くしておらぬ。いまそなただけが来たとして、いったい何の話があるのかな」

散宜生は答える。

「わが主はこう申しております。『兵は凶器《きょうき》なり、人君のやむを得ずして用いるものなり』と。いまこのような小事のために、民百姓は傷つき、財を損ない、また万を超える家を脅《おびや》かすことになっております。軍の通過する州・府・県については、その費用や糧食の捻出も大きなものになっております。途中の地域にも迷惑がかかります。民百姓としては税に悩まされ、将兵らは苦しい戦いに巻き込まれます。まったくもってよいことなど一つもありません。わが主はそのため、このわたくしめに一通の書状を持たせて派遣なさいました。わたくしはこの書をもって蘇護どのを説得し、もって戦を終わらせ、蘇護どのの娘を朝廷に送らせ、双方いずれも軍を引くようにしむける所存であります。もし蘇護どのが臣下の分を忘れて、忠言に従わぬようであれば、西伯侯の大軍が押しよせ、奸賊を除き、その一族は誅せられることになりましょうぞ。そのときに蘇護どのは後悔されても及ばぬでありましょう」

崇侯虎はその言を聞き、大笑して言う。

「西伯侯どのは朝廷の命に背いた罪を知りながら、まだこのように言辞を述べ立てて言い逃れする気なのか。わしがこちらに着いて以来、悪戦苦闘して多くの将兵を損なったというのに。あの賊めが一通の書状を見ただけで、娘を献じたりなどするものか。まあ、まずは大夫が冀州城に行かれて、かの蘇護を説得できるかどうか、お手並み拝見といたそう。もし不首尾であった場合、いったいどうそなたの主に復命《ふくめい》するつもりかの。まあよい、まずは冀州へ行くがよい」

散宜生は陣営を出ると馬に乗り、冀州城の門にたどり着くと叫んだ。

「城壁を守る方々に申しあげる。そなたらの主公《あるじ》にお伝えしてほしい。西伯侯の使者が書状を持参したとな」

城門を守る兵士が急いで正殿に報告する。

「将軍に申しあげます。西伯侯の使者と申すかたが城下に来ておられます。なんでも、伯侯の書状をお持ちだとか」

蘇護はちょうど崇黒虎と酒を飲んでおり、まだ解散していなかった。蘇護は言う。

「西伯侯姫昌どのは西岐《せいき》の賢人である。速やかに城門を開き、こちらにお通しせよ」

まもなく、散宜生が案内されて正殿にやってきた。礼が一通り終わると、蘇護は尋ねる。

「大夫がこのたび冀州にいらしたのは、いったいどんなわけでございましょう」

散宜生は答える。

「わたくしめはこのたび、西伯侯の命を奉じて参りました。聞けば先月、君侯には怒りのあまり午門に謀反の詩を書きつけ、天子のお怒りを買ったとのこと。陛下はすぐに勅命にてその罪を問うように出兵を命じられました。しかしわが主《あるじ》は、もとより君侯の忠義をよく存じておられます。そのためにあえて兵を出し、領土を侵すことはせず、いま書状にて君侯にご忠言されたいと望んでおります。どうか君侯には慎重にお考えのうえ、ご決断くださいますよう」

散宜生は錦《にしき》の袋を解いて書状を取り出すと、蘇護に進呈する。蘇護はすぐに開いて読み始めた。その書状には次のように記されていた。

西伯侯の姫昌が百拝し、冀州の君侯、蘇公閣下に申しあげます。

わたくしは常に「率土《そっと》の浜《ひん》も、王臣にあらざるはなし（たとえ陸地のはてでも王の領土であり、王の臣下である）」と聞いております。いま天子は美姫をお求めですが、およそ公卿《くぎょう》の家、庶人といわず、どうして隠し通すことができましょうか。いま閣下の家には貞淑な令嬢がいらっしゃるとのこと。天子がご令嬢を後宮にお容《い》れなさるのは、かえって美事というものではありませんか。しかし閣下は天子と争われ、主君に背くことになってしまいました。午門に謀反の詩を書きつけたのは、どのような意あってのことでしょう。閣下の罪については、すでに取り返しがつかないものです。閣下は小さな節義にこだわり、令嬢を愛するあまり、かえって君臣の大義を失っておられます。姫昌はもとより閣下の忠義を知っておりますゆえ、座視するには忍びません。ここで特に申しあげ、災いを転じて福となすように提言いたしたいと存じます。もし閣下がいまご令嬢を朝廷にお進めするのであれば、三つの利点がございます。

すなわちご令嬢がご寵愛を受けられますならば、その父である閣下も皇族に列し、官位は上がり、多くの禄を得られましょう。これが第一の利点でございます。冀州の地位は永遠に保全せられ、一族も安泰となります。

これが第二の利点です。また民百姓も争乱の苦しみから免れます。将兵も殺戮の憂き目から逃れられましょう。これが第三の利点です。

閣下がもし迷われるようであれば、逆に三つの大害があるでしょう。まず冀州は他人のものになり、宗廟も失われます。これが第一の大害。罪に問われれば、ご家族もご一族も、すべて滅ぼされることになりますでしょう。これが第二の大害です。さらに民百姓も将兵も、みな争乱の災いを蒙らなければなりません。これが第三の大害です。

大丈夫たるもの、小さな節義を捨てて大義をまっとうすることを旨とすべきではありませんか。愚昧《ぐまい》無知な輩《やから》に倣《なら》って滅亡を選ぶ必要などありません。この姫昌と閣下とは、同じく商に仕える臣下であります。ですからあえて直言せずにはいられませんでした。どうか閣下にはご留意ありますように。このように記します。またすぐにご決断くださいますように。謹んで申しあげます。

蘇護は書状を読み終わると、しばらくは無言のままであり、ただうなずくばかりであった。散宜生は蘇護が言を発しないのを見て告げた。

「君侯にはどうか躊躇《ちゅうちょ》なさらぬようお願いいたします。ご承知いただければ、一通の書状にて戦を終わらせることも可能となりますが、もし断られた場合、わたくしめはあるじのもとに戻って報告し、軍馬を整えて出兵するよう申しあげねばなりません。どうか上は天命に従い、中は諸侯の和を乱さぬため、下は将兵の労苦を免れさせるため、ご決断願います。このように西伯侯が意をもって示されたのに、君侯にはどうして黙っておいでですか。速やかに命令を下し、おすすめの通り行われますよう」

蘇護はその言を聞き、崇黒虎に対して言う。

「賢弟よ、そなたもこの書状を見てくれ。西伯侯のおっしゃることは、まことに理にかなっている。これぞ国を思い、民を大事にする仁義の君子のまごころというものだ。あえてその命に従わぬ理由があろうか」

そこで酒を持ってくるように命じ、散宜生を宿舎においてもてなした。翌日には返書を書き、また金品を贈り、先に西岐に戻るように告げた。

「わしはただちに後から行き、朝歌に娘を献上し、謝罪すると伝えてほしい」

散宜生は別れを告げて帰って行った。まさに一通の書状が、十万の軍に勝るというもの。詩があって言う。

舌弁《ぜつべん》は懸河《けんが》のごとく百川を匯《あつ》め
まさに知るべし君は義にして臣は賢なるを
数行の書は蘇侯の意を転じ
なんぞ用いん三軍の戟《げき》を枕に眠るを

蘇護は散宜生が西岐に帰るのを送っていった。その後崇黒虎と相談して言う。

「姫昌どのの言われるとおり、速やかに旅支度《たびじたく》を調え、朝歌に向かうべきであろう。もしまた遅れるようなことがあれば、人に何を言われるかわかったものではない」

両名は喜んだ。さて蘇護の娘はどうなるか。それは次回にて。

第四回　恩州の宿に狐狸、妲己を殺せしこと

詩に言う。

天下荒荒として戦場起こり、讒佞《ざんねい》を生ずるにいたりて家邦を乱す
忠言は商容の諌めを聴かず、語はただ費仲の良なるを知るのみ
色は狐狸《こり》をいれ琴瑟《きんしつ》を友とし、政は犲虎《さいこ》によりて鸞凰《らんほう》を逐《お》う
亡国し汚下となすに甘心《かんしん》して、世間の一つまみの香を会得せり

さて、散宜生が返書を受け取ると西岐に戻っていったことについてはこれまでとする。

崇黒虎は進みでて蘇護に告げた。

「貴兄が大事をすでに定められた以上、ご令嬢を朝歌に送るため、すぐに旅支度を調え、出立《しゅったつ》すべきでしょう。遅れるとまた何があるかわかりません。それがしはこれから戻って、すぐにご子息の身柄を解き放って城内にお返しします。またわが兄には撤兵して帰国するように申しあげます。朝廷へは、それがしからも上奏文をお送りしておきます。もって貴兄が朝歌において申し開きすることの一助になれば幸いです。また逡巡なさってはいけません。どんな災いがあるかもしれませんので」

蘇護は答える。

「わしは今回、賢弟の厚情と、西伯侯の仁徳のため助けられたのじゃ。どうして娘一人のために滅亡の道を選ぶだろうか。すぐに出立するのは間違いないので、賢弟には安心してほしい。ただ、この蘇護には男児は一人しかいない。それがいまそなたの兄の軍営に囚《とら》われておる。賢弟にはどうか速やかに城内にお戻しいただきたい。そうであれば老妻も安心するであろうし、わが一家は感謝この上ない」

黒虎は答える。

「貴兄にはご安心めされよ。それがし戻り次第、すぐに全忠どのの身柄を解きはなちましょうぞ。どうかその点はお気にかけるには及びません」

蘇護と黒虎はそれぞれ謝意を表す。黒虎は冀州城を出て、崇侯虎の軍営に向かう。左右の部下の将が侯虎に報告する。

「将軍に申しあげます。弟君が軍門の前に参られました」

侯虎は慌ただしく命ずる。

「すぐに通せ」

黒虎は軍営を進み、陣幕のなかに来ると座る。侯虎は言う。

「まったく西伯侯の姫昌め、いまいましい奴だ。いまに至るまで兵を出そうとはせず、成り行きを見守っておるとは。昨日書状を持たせて散宜生なる者を派遣してきおった。蘇護を説き伏せて朝歌に娘を差しださせると言っておったが、まだ戻ってきておらぬ。そなたが捕らえられてからというもの、わしは連日斥候を出して探らせておったが、安心できなかった。いまそなたが戻ってきたのは、望外の幸運というもの。さて蘇護は結局朝廷に向けて謝罪するのであるかな。そなたは蘇護のところにいたわけだから、詳しい事情を知っておるであろう」

黒虎はその言を聞き、思わず声をあらげて叫んで言う。

「兄者よ。われらは兄弟二人であり、先祖から脈々と続いて六代目に至っておる。われら兄弟は同根といえるものだが、古語にも『一樹《いちじゅ》の果《か》も、酸《さん》あり甜《てん》あり、一母《いちぼ》の子も、愚あり賢あり（一本の樹木から生じた果実も酸っぱいのと甘いのと違いがある。同じ母から産まれても、子どもは愚かな子も賢い子もある）』とある通りではないか。兄者、よくこの弟の言うことを聞いていただきたい。蘇護が朝廷に逆らったと聞いて、兄者はすぐに軍を率いて討伐を行った。しかし結果として多くの将兵を損なっただけで終わった。兄者は朝廷でひとつの鎮を任されるほどの大諸侯でありながら、ちっとも朝廷で徳のある行いをせぬではないか。それどころか佞臣を天子に近づけるありさま。天下の人々は兄者のことを憎んであしざまに罵っておるぞ。わかっておるのか。結局五万の大軍を率いて、結果は一枚の書状に及ばないではないか。蘇護はすでに娘を天子に献上し、陛下に向かって謝罪することを決めた。しかし兄者は、むだに兵を失っただけではないか。それを恥ずかしいと思わないのか。いずれにせよ兄者はわが崇家の門を辱めた。兄者、わしはいまここで別れたあとは、あなたとはもう今後は会わないつもりだ。何をぐずぐずしておる。ものども、さっさと蘇家の公子を解きはなて」

左右の将たちは命令に逆らうわけにもいかず、全忠のいましめを解いて釈放した。全忠は陣幕の中に入り、黒虎に礼を述べて言う。

「叔父上のご恩により、この甥《おい》めは命を救われました。感謝にたえません」

崇黒虎は言う。

「甥ごよ、そなたの父上に速やかに陛下に朝するよう、遅くなってはならぬと告げてほしい。わしもそのために上奏文を書いてあるので、陛下にお出ししてくれ。そなたら父子が謝罪を行うのに少しは助けになろう」

蘇全忠は陣営を出て、馬に乗って冀州城へ戻っていったことはさておく。

崇黒虎のほうは怒りおさまらぬまま、三千の兵馬を率い、金睛獣に乗り、曹州へ戻っていった。

崇侯虎はといえば、黒虎の言に慚愧にたえず、ただ無言のまま、残った兵馬を整えて本国に戻っていった。そして今回の出兵の不首尾について、上奏することにした。そのこともさておく。

さて、蘇全忠は冀州城に戻り、父母と会い、互いに慰労のことばをかけあう。それが終わると蘇護は言った。

「西伯侯の姫昌どのの書状のおかげで、われら蘇氏一家は滅亡の憂き目から免れたのじゃ。この恩徳は忘れてはならぬ。息子よ、わしは考え直した。君臣の義こそ重い。主君が死を命ずれば、臣下は死ななければならんのだ。わしはどうして一人の娘を惜しんで、一族の滅亡を選ぶことがあろうか。いまとなってはただそなたの妹を朝歌に送り、陛下に拝謁して謝罪するしかない。そなたはわしの代理となって冀州を治めよ。騒ぎなど起こさぬよう。また民百姓を驚かせてはならぬ。わしはすぐに戻ってくる」

全忠は父の言を承知した。蘇護は奥の間に入ると、夫人の楊氏《ようし》に対して、西伯侯の書状の勧めにより、朝廷と和解することを詳細に告げた。夫人は声をあげて泣いた。蘇護は再三にわたってなだめる。夫人は涙ながらに言う。

「あの子は子どものころからひ弱で、また陛下に仕えるための礼儀など身につけておりません。かえって災いを招くことになりませんか」

蘇護は答える。

「いまさらそれはどうにもなるまい。ただ成り行きに任せるしかなかろう」

夫妻はその晩、一晩中悲しみにくれることとなった。

その次の日、三千の兵馬、五百名の武将を従え、氈車《せんしゃ》（まわりに毛氈《もうせん》の織物を張りめぐらせた馬車）を用意して出立することとした。娘の妲己には化粧をさせて身支度を調えるように言う。妲己はそのことばを聞いて、雨のように涙を流し、母親や兄に別れのあいさつを行った。妲己はその悲しんだ様子すら美しく、なまめかしい姿であった。まさに芍薬《しゃくやく》の花の香りがたちこめ、梨花《りか》が雨を帯びたよう。子も母も別れがたく、左右の侍女たちがなだめすかしたのち、夫人はようやく諦めて奥の間へ泣きながら戻っていく。妲己も目に涙を含みながら氈車に乗る。兄の全忠は、五里ほどを送り、それから戻っていった。蘇護自身は後衛にあって妲己の車が進んでいくのを守護していた。

一行の前面には貴人の印である二つの旗を立てていた。朝歌に向かっていく道中では、腹が空けば飲食し、また朝は早くに出発し、夕方まで進むというありさま。緑の柳に彩られた古道を過ぎ、鳩《さぎ》が鳴いて春をよび、杜鵑《ほととぎす》が月に鳴く様子を見る。行程は長く、二三日のことではない。州を過ぎ県を通り、川を渡り山に登る日が続いた。ある日の夕方になると、恩州に到着した。

そこでは、恩州の駅丞《えきじょう》（官用の宿場の責任者）が一行を出迎えた。蘇護は言う。

「駅丞よ、官舎の堂の部屋を使わせて欲しい。貴人が泊まられるのだ」

駅丞は答える。

「将軍さまに申しあげます。この官舎（官用の宿舎）の堂には三年前に妖怪が出まして、それ以後はこちらに泊まられようとするお役人さまも、中に入って休まれることはありません。貴人のかたがおられるとしても、ここは幕舎（テント張りの宿舎）にお泊まりいただくのが安全だとは思いますが、将軍さまにはいかがお考えでしょうか」

蘇護は声を張りあげて言う。

「こちらは天子の貴人になろうという者だぞ。いかなる妖怪であろうとも恐れるものか。そもそもここにはちゃんと官舎があるのに、それを避けて幕舎に泊まらせるとは、いったいどういう礼儀か。さっさと官舎の部屋を掃除して片付けぬか。もし遅れるようなことがあれば、そなたの罪を問うぞ!」

駅丞はやむなく慌てて人を集め、官舎の部屋を準備する。寝具などを準備し、香をたいて掃き清める。様々な調度をしつらえて、貴人が泊まっても問題がないようにした。蘇護は妲己を連れて堂のなかに入る。五十名ほどの侍女もその左右にあって支度をする。三千人の兵馬は、官舎の外を取り囲むように配置され、また五百名の部将たちも官舎の正門のところにあって警備する。蘇護は宿舎の堂の中に座り、ロウソクをともした。蘇護はひそかに考える。

「先ほど駅丞の言うには、こちらには妖怪が出るとのことであった。しかし朝廷の官吏が泊まるような、またそれなりに人も集まるところであるのに、妖怪が出ることなど、ありうるのだろうか。まあ、それなりに用心するに越したことはない」

蘇護はいつでも使えるよう豹尾鞭《ひょうびべん》を机の上に置き、ロウソクの灯火のもとで兵法書を読んでいた。恩州の城の戌《いぬ》の刻を知らせる太鼓の音が鳴った。すでに初更《しょこう》(戌の刻)の時間であった。蘇護はどうにも落ちつかず、手に豹尾の鉄鞭を下げて、警戒のため静かに堂の後方を見回ってみた。左右の部屋のなかを見てみると、妲己もおつきの侍女たちも眠っていた。そこで蘇護もようやく安心して戻り、また灯火のもとで兵法書を読み始めた。

時刻は二更（亥《い》の刻）になり、さらに時間が過ぎ、太鼓が三回鳴って時を告げた。怪しい気配がただよい、突然一陣の風が吹きはじめる。その風は寒々とした様子で、時おり灯火を点滅させる。その様子は次のよう。

虎嘯《こしょう》をもとむるにあらず、あにこれ龍吟《りゅうぎん》ならんや
淅凛凛《せきりんりん》として寒風は面《おもて》をうち、清冷冷《せいれいれい》として悪気《あっき》侵入す
花開き柳《やなぎ》ちるあたわずして、多くひそかに水怪山精を蔵《ぞう》す
悲風の影に双睛あらわれ、一に金灯の惨霧《さんむ》のうちに似たり
黒気の叢中に四爪を探し、渾《こん》なることは鋼鉤《こうこう》のごとくして紫霞《しか》の外に出ず
尾ふり頭搖れ狴犴《へいかん》（想像上の獣）のごとし、獰猛《どうもう》なること狻猊《さんげい》（想像上の獣）に似たり

蘇護はその一陣の風に驚き、全身が慄然《りつぜん》とした。不審に思っていると、突然侍女の叫び声が聞こえた。

「妖怪が出た！」

蘇護はその声を聞いて、妖怪が出たものと思い、すぐに鉄鞭を取って奥の部屋に進んでいった。左手には灯火を持ち、右手には鉄鞭を下げていた。しかし部屋のうしろ側に回ったところで、手の灯火が怪風のため消えてしまう。蘇護は急いで身を返し、広間のところに戻り、配下の部将に命じて灯火を持ってこさせる。そして再び奥の部屋に進んでいく。すると侍女たちが慌てふためいている。蘇護は急ぎ妲己の寝台の前まで来ると、手でその帳《とばり》をかかげて尋ねた。

「娘よ、いま妖怪の気配があったというが、そなたは見たかの？」

妲己は答えた。

「わたくしは夢のなかで侍女が『妖怪が出た』という声を聞いて起きました。灯火がともり、お父さまがこ

ちらに来られるのが見えましたわ。しかし妖怪などは全く見かけておりません」

蘇護は言う。

「それはよかった。これも天地の助けであろう。そなたを驚かせたようですまなかった。こちらはもうよい」

蘇護は娘をなだめて休むように言ったが、しかし自分は安心せず、見回りを続けて朝まで寝なかった。

しかし蘇護は知らない。その時に返事をしたのは妲己ではなく、千年狐狸《せんねんこり》の精であったことに。さきに灯火が消えて、広間に出てもう一度別の灯火を持ってきた時、そのわずかな時間の間に、妲己本人はその魂を千年狐狸に吸われてしまい、亡くなっていたのである。そして千年狐狸は妲己の姿を借りてその身体に憑依《ひょうい》した。それも紂王を迷わせ、商王朝の天地を他の者に譲り渡すためである。これは天数の定めることであり、人力ではいかんともしがたい運命であった。詩があって言う。

　恩州《おんしゅう》駅内の怪風に驚き、蘇護、鞭をさげて灯を滅す
　二八（十六の意）の嬌容《きょうよう》いますでに喪《うしな》われ、あやまって妖魅《ようみ》を親生《しんせい》となす
蘇護は心が乱れて落ちつかず、その晩は休むことができなかった。

「幸いに娘を驚かさずに済んだようだ。これも天と祖宗の庇護《ひご》であろう。娘に万が一のことがあれば、陛下を欺いた罪に問われることになり、申し開きのしようがない」

夜が明けるのを待ち、恩州の官舎を離れ、朝歌に向かう。朝は早くに出発し、夕方まで進み、また道中腹が空けば飲食するありさまは同じであった。旅程は何日にもわたった。そして黄河を渡り、朝歌の近くまで来ると、陣営を構えた。蘇護は配下の部将を城内に派遣し、経緯を書いた書状を武成王の黄飛虎に送った。黄飛虎は蘇護が娘を差しだして罪をあがなうという文書を見て、急ぎ部下の龍環《りゅうかん》を差し向けた。そして蘇護に

兵馬は城外にとどめ、蘇護自身は娘とともに城内に入るように指示した。蘇護と妲己は金亭館《きんていかん》の官舎に入る。

時に権力を握る費仲と尤渾のふたりは、蘇護がまたしても礼物を送ってこないのを嘆いて言った。

「あの逆賊め。娘を献上して罪をあがなうと申しても、天子の喜怒は図りがたいし、われらが細工を少々行うだけで、その生死は決まってしまい、存亡も結局はわれらの手中にあるというのに。それでもまだわれわれを頼ろうとしないとはな。なんと腹立たしいことよ」

ふたりが恨みをつのらせたのはさておく。

さて紂王は龍徳殿にあったが、侍従の官が報告した。

「費仲どのがお目通りを願っております」

紂王は命ずる。

「通せ」

費仲は朝廷に入り、万歳の礼が終わると、平伏して上奏した。

「いま蘇護が娘を献上するためにまいりまして、すでに城内に入り、ご指示を待っております」

紂王は聞くやいなや、大怒して言う。

「あの愚か者めが。あのときは屁理屈を述べて朝政を乱したので、朕は法によって処断しようとしたのだ。しかしそなたらが諫めたため、赦免して本国に帰らせた。しかしあにはからんや、あの賊めは午門に謀反の詩を書きつけ、朕を侮辱しおった。なんと憎らしいことか。明日朝見するのであれば、必ずや国法をもって糾し、君を欺いた罪を懲らしめてやるぞ」

費仲はこの紂王の態度に乗じて、さらに述べる。

「天子の法は、天子おひとりのためではなく、万民のために作られたものです。いま謀反を起こした賊子を処断されなければ、法はないも同然の事態となります。そうなれば、天下の民から見限られることになりましょう」

紂王は答える。

「そなたの言うことは正しい。明日、朕は間違いなくやつを処断するであろう」

費仲は御前を退く。次の日になると、紂王は殿にのぼり、鐘と太鼓が鳴りひびき、文武の官が立ち並ぶ。

その様子は次のよう。

銀燭《ぎんしょく》は天に朝して紫陌《しはく》（都大路）長く、禁城《きんじょう》の春色は暁蒼蒼《あかつきそうそう》たり
池辺の弱柳は青瑣《せいさ》に垂れ、百転の流鶯《りゅうおう》は建章（宮殿名）をめぐる
剣佩《けんはい》、声を鳳池の歩にしたがい、衣冠、身には御炉の香を惹《ひ》けり
共に恩波に沐《よく》す、鳳池のほとり、朝朝翰《かん》を染めて君王に侍す
（原詩は唐の賈至《かし》「早朝に人明宮にて両省の僚友に呈す」）

紂王は殿にのぼり、文武百官が拝礼を行う。紂王は言う。

「上奏がある者は列から出て述べよ。なければこれで散会とする」

その言が終わらぬうちに、午門の係の役人が申しあげた。

「冀州侯の蘇護が午門において聖旨をお待ちしております。娘を献上してお許しを得たいと」

紂王は命じた。

「通せ」

見れば蘇護は犯官《はんかん》の服（罪を犯した官吏の服）を着て、冠などの衣装はまとっていない。階《きざはし》の下に来ると平伏し、紂王に告げる。

「罪臣の蘇護でございます。まこと死罪にあたります」

紂王は言う。

「冀州侯の蘇護よ、そなたは謀反の詩を午門に書きつけ、『永久に商に朝せず』と誓ったのではなかったか。ところが崇侯虎に勅命をあたえて罪を問うこととしたのに、そなたは官軍に逆らい、多くの将兵を損なった。いまさら何を申すことがあるのか。いま朝廷に顔を出しても何の意味もないぞ。誰ぞあるか、こやつの首を斬り午門にさらし、もって国法をただせ！」

その言が終わらぬうちに、丞相の商容が班列を出て諫言を行う。

「蘇護は商に叛《そむ》きました。それはむろん処刑に値します。しかし先日、西伯侯の姫昌どのから書状がまいっております。それによれば、蘇護は娘を献上し、君臣の大義を全うしたいと望んでおるそうでございます。そしていま蘇護はこのように王法を重んじて娘を陛下に献上しており、情義として許すべきであると存じます。そもそも陛下が蘇護の罪を問うたのは、娘を差しださぬことについてでした。いまその娘を差しだしたのに、かえって罪を重くするのはどうでしょう。また陛下のお心とは異なることになりませぬか。どうか陛下には、憐憫《れんびん》の情を加え、ご赦免くださいますようお願いいたします」

紂王がその言を聞いて、心を決めかねているところに、費仲が班列を出て上奏した。

「丞相のおっしゃることはもっともです。陛下はその言にお従いください。陛下、それでは蘇護の娘の妲己をこちらに召してはどうでしょうか。もしその容貌が優れており、その態度もよろしければ、これをお納めになり、蘇護の罪も許せばよいでしょう。もし陛下の意にそぐわぬようでしたら、その娘ともども刑場に連れて行って斬首し、その罪を糾せばよいではありませんか。そうであれば、民百姓に対して陛下が信を失うことはございませぬ」

紂王は答えた。

「そなたの申す通りである」

ああ、この費仲の一言のために、商王朝六百年の偉業を他人の手に渡してしまうことになろうとは。それはまたあとの話題。

そこで紂王は侍従の者に命を下した。

「妲己をここへ通し、朝見させるように」

妲己は午門を過ぎて、九龍橋を通り、九間殿の屋根の前までやってきた。高く象牙の笏《しゃく》をかかげ、進み出て拝礼を行い、口には「万歳《ばんざい》」と称す。

紂王が目をこらして見てみると、妲己の姿は、髪の毛は漆黒でつやがあり、杏《あんず》のような顔に桃のような頰《ほお》、眉は春の山のごとく、細い腰は柳のようにしなやか。まことに海棠《かいどう》の陽に酔い、梨花《りか》が雨を帯《お》びたよう。それはまるで、九天仙女《きゅうてんせんにょ》が瑶池《ようち》（仙女のいる天界）から降りてきたか、あるいは月世界の嫦娥《じょうが》が玉闕《ぎょっけつ》（天の宮殿）から来たのかと思えるほどであった。妲己のその桜桃《さくらんぼ》のような唇から吐く息までがよい香りを含むかのよう。鳳のような双眼からは秋波《しゅうは》が送られ、まなじりのあたりからもなまめかしい風情《ふぜい》が感じられる。ただ口に出しては次のように言う。

「罪臣の娘、妲己はただ陛下の万歳、万々歳なることを願いまする」

この言だけで、すでに紂王の魂魄は天の外、空高くに飛ぶほどで、全身の骨が柔らかくなり、耳元は熱く、目は落ちつかず、さてどのような態度をとればよいのかわからぬほど。そのとき紂王は机のところに立ち、ただこう命ずるだけであった。

「美人（女官位）よ、立つがよい」

そして左右にある宮妃に命じた。

「蘇娘娘《そにゃんにゃん》を寿仙宮《じゅせんきゅう》にお連れするように。朕もあとから行くので、待っているよう」

急いで当番の官吏に申しつける。

「蘇護の一族はすべて無罪とする。それだけではなく、加封するように。元の位に復職させることはもちろん、皇族としての待遇も加えるよう、毎月二千担《たん》の俸禄《ほうろく》を加増するのだ。さらに顕慶殿《けんけいでん》において祝宴を三日開き、丞相や百官も参加して慶賀すること。三日間にわたって天下に慶賀のことを知らせよ。さらに文官二名、武官三名に命じて冀州まで送ることにせよ」

蘇護はその恩に感謝の言を述べた。

しかし一方で、両側に並ぶ文武の諸官たちは、かくも紂王が好色を優先する態度に不満を禁じ得なかった。ただこのとき紂王はすぐに宮殿に戻ってしまい、その場では諫めることもできなかった。百官はやむなく顕慶殿におもむき、慶賀の祝宴に参加するだけであった。蘇護が娘を献上し、許されて帰ったことはさておく。

さて紂王は寿仙宮で妲己とともに宴を催した。その夜は早速に鳳鸞《ほうらん》のごとく交わり、その恩愛は膠《にかわ》か漆《うるし》のように離れがたいものとなった。

紂王は妲己が献上されてからというもの、朝昼は宴会に、夜は歓楽にふけるといった状態で、朝政を顧みなかった。そのため上奏などもできず、臣下の者が諫めようとしても全く聞き入れなかった。

紂王は日夜酒色におぼれ、そのうちにいたずらに時が過ぎていった。すでに二ヶ月もの間、朝廷は全く開かれず、紂王はただ寿仙宮にあって妲己と歓楽にふけっていた。天下の八百鎮の諸侯たちが上奏する書状が朝歌に届けられたものの、その文書が積まれて山のようになるありさま。臣下たちも紂王の顔を見ることができず、紂王もまた命を下すこともない。すでに眼前に天下の大乱が近づいている状況で、さてこのあとはどうなることやら。それについては次回にて。

第五回　雲中子、剣を進めて妖怪を除かんとす

詩に言う。

白雲と飛雨《ひう》、南山を過ぎ、天空は疎にして春色間《かん》あり
楼閣金に輝き、紫霧《しむ》の来たりて、交梨《こうり》と玉液《ぎょくえき》、朱顔に留まる

花は白鶴を迎えて仙曲を歌い、柳は青鸞を払いて秀山に舞う
これ仙と凡は隔世多し、妖気一派あり、天関《てんかん》を透《とお》せり

紂王が妲己と毎日歓楽にふけり、朝政を顧みなくなったことはさておく。

さて、終南山《しゅうなんざん》に一人の錬気《れんき》の士（気を練って修行する仙人）があった。名を雲中子《うんちゅうし》という。すなわち千百年と修行を積んで得道した仙人である。

この日、雲中子は閑居してなすこともなく、ただ手に水火の花籃《はなかご》をさげて虎児崖のところに行って薬草を摘もうとしていた。そこで雲と霧を起こして飛び立とうとすると、突然、東南の方角にひとすじの妖気が天にまで届くのが見えた。雲中子は目をこらして見ると、うなずいて嘆いた。

「なるほど、千年狐狸が畜生の分際で、人の形を借りて朝歌の皇宮のなかに潜んでいるのじゃな。これを早く除かなければ、将来必ず禍根となるであろう。われら出家した者は慈悲を旨とするものじゃ。ここは方便でもって手をさしのべるべきであろう」

急ぎ金霞童子《きんかどうじ》を呼びつけて命ずる。

「そなたは枯れた松の枝を取ってくるように。わしはそれを削って一本の木剣を作り、もって妖怪を退けるつもりじゃ」

童子は言う。

「照妖宝剣《しょうようほうけん》をお使いになり、妖怪を斬って永久に禍根を断ったほうがよろしいのではないでしょうか」

雲中子は笑って答える。

「たかが千年狐狸ごとき、わしの照妖宝剣を使うには及ばぬ。木剣で十分じゃ」

童子は言われた通り松の枝を取ってきて渡した。雲中子は枝を削って木剣を作ると、童子に言いつけた。

「洞門をしっかり守っておるように。わしは行ってもすぐに戻ってくる」

雲中子は終南山を離れると、足の下に祥雲を起こし、その雲に乗って朝歌までやってくる。詩があって言う。

騎に乗るも舟に駕すも用いず、五湖四海も逍遥にまかせり
大千世界も須臾《しゅゆ》に至り、長き時も一秋に当たる

雲中子が朝歌に妖怪退治に向かったことはさておく。

さて、紂王は日々酒色におぼれ、十日、一月と長い間、朝を開くことはなかった。そのために民百姓は不安となり、また朝廷の文武百官たちも議論紛々で落ちつかぬ様子。なかでも上大夫《じょうたいふ》の位にある梅伯《ばいはく》は、首相の商容、亜相の比干に対して言う。

「陛下がこのように淫楽にふけり、酒におぼれて政務をないがしろにして上奏文が山のように積まれるとは、いやまことに天下大乱の兆しでありましょう。おふたかたは、その身は丞相に任ぜられておるからには、その進退にも尽くすべき大義がございます。君には諫める臣下が、父には忠言を行う子が、士には忠告する友があってしかるべきであります。このわたくしめもおふたかたと同じく国に対する責任がございます。今日は必ずや鐘と太鼓を鳴らして合図を出し、文武百官を集めて陛下にご臨御たまわり、おのおの意見を述べて、力を尽くしてご諫言申しあげねばなりますまい。そうなれば我々も君臣の大義を失することなくすみましょうぞ」

商容が答えた。

「大夫の言はもっともである」

そこで係の官吏に命じて、鐘と太鼓を鳴らして紂王に朝廷にお出ましを願うように伝えた。

紂王はそのとき、摘星楼《てきせいろう》にて宴を楽しんでいたが、大殿から鐘や太鼓の音が鳴り、また左右の侍従の者が「百官が陛下に大殿にお出ましするよう願っております」と言うのを聴き、やむを得ず妲己に告げて言う。

「蘇美人はしばらく休息しておれ。朕は大殿に出てもすぐに戻る」

妲己は平伏して紂王を見送った。紂王は圭《けい》（儀礼用の玉《ぎょく》の板）を手に持ち、輦《れん》に乗って大殿に出て、玉座に登った。

文武百官は拝礼を行う。紂王が見るに、二人の丞相が多くの上奏文を持ち、また八名の大夫も同様に多くの文書を持ち、さらには武成王の黄飛虎も多くの文書を抱えている。紂王は連日酒色におぼれていたため、すでにやる気なく、うんざりしていた。さらに上奏文が多く、とても短時間では処理できそうにもない。もう朝廷からさっさと引きあげたいと思ったところ、二人の丞相が進み出て平伏して言う。

「天下の諸侯らはこのように上奏文をたてまつり、陛下の命を待っております。陛下はどうしてか長い間、大殿にお越しになられず、日々後宮にこもり、朝廷の政務を無視してこられました。これは必ずや、陛下の周囲におる者に惑わされておるのだと思います。どうか陛下におかれましては、国事を重んじていただきますよう。後宮のなかに閉じこもり、政治をおろそかにすることなく、臣民の希望にそった行いをされますよう。わたくしどもは『天子の位《くらい》は行うこと難《かた》し』と聞いております。いわんやいまは天候不順にして、水害や旱《ひでり》などの災害が起こり、民を苦しめております。これは天が政治の怠慢をとがめているのではございませぬか。願わくば陛下におかれましては、国の政治こそを大事に思われ、これまでの過ちを改め、佞臣や酒色を遠ざけ、民百姓の暮らしを第一にお考えください。そうなれば、天候不順も解消され、国は富み民は豊かになり、天下は安泰に、国中がその福を共にすることがかないましょう。どうか陛下にはご留意いただきたく存じます」

紂王は答える。

「いや、いま天下は太平、かつ万民は安楽に過ごしておるはず。ただ北海のみが反乱を起こしておるが、こちらは太師聞仲がかの一党を討伐しに出ておる。これは単に小さな病でもすべきもので、たいして気にかけるほどのこともあるまい。丞相二人の言はむろん尊重に値する。朕はどうしてないがしろにしようか。しかしながら朝廷の政務は、首相が朕に代行して見ればよいではないか。そなたらが処理すれば、政務が滞ることなどあるまい。もし朕が殿にあったとしても、ただここで手をこまねいて見ているに過ぎぬ。どうしてそのようにつまらぬことで言い争う必要があるのかな?」

君臣がまさに議論を始めようとしたそのとき、午門を守る官吏が報告して言う。

「終南山の錬気の士と称す雲中子という道士が、陛下へのお目通りを願っております。何やら機密の事項があるとのことで、わたくしどもでは判断できませぬ。どうか陛下にご判断をお願いします」

紂王はひそかに考える。

「文武の百官らは、数多くの上奏文を抱えておる。これを処理することになれば、何時まで経っても終わるまい。ここはその道士と談話することによって、百官の議論に巻き込まれるのを避けられるであろう。またそうなれば、朕が諫言に耳を貸さないという悪評も逃れることができよう」

そこで紂王は命令を伝えた。

「通すように」

雲中子は午門を進み、九龍橋と大道を通り、ゆったりとした大きな袖の道袍《どうほう》（道士の服装）を着て、手には払子《ほっす》を持ち、悠々と歩いて行く。

そのありさまは次のよう。

頭に青紗《せいさ》の一字巾を帯び、頭後は両帯の双葉飄《ひょう》たり
額の前の三点は三光を按《あん》じ、頭後の双圏《そうけん》は日月を分かつ
道袍の翡翠《ひすい》は陰陽を按じ、腰下の双条は王母のごとく結ぶ
脚は一対の雲鞋《うんかい》を踏み、夜晩の間に星斗《せいと》の法を行う
山に上れば虎は地の埃塵《あいじん》に伏し、海に下れば蛟龍は跪接を行う
面《おもて》は傅粉《ふふん》のごとく一般に同じ、唇は丹珠《たんしゅ》一点の血に似たり
一心分かてば帝王の憂いを免れしめ、好道長《こうどうちょう》、両手は天地の欠けるを補完す

その道士は左手に花籃をさげ、右手は払子を持っている。大殿の屋根の下まで来ると、払子を振って稽首《けいしゅ》の礼（頭を下げて行う礼）を行い、言う。

「陛下、貧道《ひんどう》（道士の自称）稽首の礼にてご挨拶申しあげます」

紂王は道士がこのような礼を行うのを見て、心中不快になり、思う。

「朕は尊きこと天子である。富は四海を有し、『率土《そっと》の浜《ひん》も、王臣にあらざるはなし』というではないか。この者は世俗の外にあるとはいえ、朕の領内で暮らしているのは変わらぬであろうに。なんと無礼な態度だ。本来なら君を侮った罪で断罪してやるところだが、そうなれば百官はまた朕の了見が狭いなどと言い出すで

あろう。まあまずはこやつに質問してみて、どう答えるかを見るのも一興であろう」

　そこで紂王は尋ねた。

「そこの道長《どうちょう》よ、いずこから参ったのであるか？」

　雲中子は答える。

「貧道は雲水《うんすい》に従って参りました」

　王は重ねて尋ねる。

「雲水とは何かな？」

　雲中子は答える。

「心は白雲に似て常に自由であり、意は流水のごとく東西を行くに任《まか》せまする」

　紂王はもともと聡明な天子である。雲中子の言の含意をすぐに理解する。そこでまた問うた。

「それでは雲が散じて水が枯れたなら、そなたはいずこに帰るのかな？」

　雲中子は答える。

「雲が散ずれば明月が空に現れましょう。水が枯れれば明珠《めいじゅ》が現れましょう」

　紂王はこの即妙の答えを聞いて、その怒りもすっかり喜びに転じてしまっていた。そして告げる。

「いや、先ほどは先生が稽首するだけで拝礼を行わず、君を侮る無礼な態度だと思ったのであるが、いま先生の答えを聞けば、なるほど道理にかなっている。さぞかし知識に通じる大賢人であられよう」

　そこで左右の者に命ずる。

「座を賜《たまわ》るように」

雲中子はまったく遠慮せず、紂王のかたわらに座る。雲中子は一礼を施して言う。

「さようでございますか。しかし陛下はただ天子の尊きのみを知っておられ、三教のなかで道教が尊いということをご存じないようですな」（通常三教は儒教と仏教・道教、ただここでの三教は、儒教と道教の闡教《せんきょう》・截教《せつきょう》と考えられる）

紂王は言う。

「はて、何が尊いというのかな？」

雲中子は答える。

「それでは、貧道の言うところをお聴きあれ」

　ただ三教を見るに、これ道のみ至尊たり
　上は天子に朝せずして、下は公卿に謁《えっ》せず
　束縛を避けて隠跡《いんせき》し、俗世を脱して修真す
　林泉《りんせん》を楽しみて名利《みょうり》を絶ち、山谷に隠れて栄辱《えいじょく》を忘る
　星冠《せいかん》をいただきて曜日とし、布衲《ふのう》をまといて長春とす
　あるいは蓬頭《ほうとう》にて跣足《はだし》、あるいは丫髻《あげまき》にして幅巾《ふくきん》たり
　鮮花を摘みて笠とし、野草を折りて敷物とす
　甘泉を吸い歯を漱《すす》ぎ、松柏を食して延齢す
　これを歌えば鼓掌し、舞いおわれば雲に眠る
　仙客に遇えば、すなわち玄を求め道を問い
　道友に会えば、すなわち酒を詩とし文を談ず

奢華にして濁富なるを笑い、自在の清貧を楽しむ
一毫の疑いもなく、半点の愁いもなし
あるいは三三と玄を参し道を論じ、あるいは両両と古を究め今を談ず
古を究め今を談ずれば、前朝の興廃を嘆き
玄を参し道を論ずれば、性命の根因《こんいん》を究《きわ》む
寒暑の更変に任せ、烏兎の逡巡《しゅんじゅん》に随う
蒼顔も少《わか》きに返り、髪白きも青に還る
瓢箪を携えて人市にいたり乞食し、いささか飢えを充《み》たす
花籃を提げて山林に進みて採薬し、難に臨んで人を済《すく》う
人を安んじ物を利するを解き、あるいは起死し回生す
仙を修する者は骨の堅秀にて、道に達する者は神《しん》もっとも霊なり
吉凶を判じて通爻《つうこう》の象を明らかにし、禍福を定めてひそかに人心を察す
道法を闡《あき》らかにし、太上の正教を揚《あ》ぐ
符籙《ふろく》を書し、人世の妖氛を除く
飛神に帝闕に謁し、罡気を雷門に歩す
玄関を叩き、天昏《くら》く地暗し、地戸を撃ち、鬼泣き神欽す
天地の秀気を奪い、日月の精華を採る
陰陽をめぐらし錬性《れんせい》し、水火を養いて胎凝《たいぎょう》す

二八の陰消じて恍惚《こうこつ》のごとく、三九の陽長じて杳冥《ようめい》のごとし
四時を按じて採取し、九転を練って丹《たん》成る
青鸞《せいらん》にまたがりすぐに紫府にいき、白鶴《はっかく》を騎して玉京にあそぶ
乾坤の妙用を参じ、道徳の慇懃なるを表す
儒者の官高く職顕《けん》なるに比しては、富貴は浮雲のごとく
截教の五刑の道術に比しては、正果は成りがたし
ただ三教を談ずるに、ただ道のみ独り尊し

紂王はその言を聞いて大いに喜ぶ。

「朕は先生のこの言を聴き、思わず精神が爽快となり、まるでこの身が俗世の外にあって、富貴が浮雲《うきぐも》のごとくであると感じられたぞ。しかして先生はどちらの洞府《どうふ》におられるのか。また何用かあって朕に会われたのかな。お教えいただければ幸いである」

雲中子は答える。

「貧道は終南山の玉柱洞《ぎょくちゅうどう》の雲中子と申します。貧道が閑居しており、山の峰に薬を採りに出かけましたところ、ある妖気が朝歌を貫いておりますのが見えました。なんとその妖気は宮殿に生じておりました。われら道家の者は善意を旨《むね》とします。そのため、貧道は妖怪を除くために陛下に拝謁しに参ったというわけです」

紂王は笑って言う。

「宮殿は深く広く、禁裏のなかは厳しく守られている。ここは俗世の山林のなかとは違うぞ。先生は何か間違っておられるのではないかな?」

雲中子は笑って答える。

「陛下がもしその正体が妖怪だとわかっていれば、妖怪はあえて近づこうとはなさいません。陛下が妖怪だと見分けがつかないために、それに乗じて惑わそうとするのです。この妖怪を除かなければ、将来大害となりましょう。貧道はそれを詩で示したいと存じます」

艶麗妖嬈《えんれいようじょう》なるもの最も人を惑わし、密に肌骨を侵《おか》して元神《げんしん》を喪《うしな》わしむ
もし真の妖魅《ようみ》なると知れば、世上まさに多くは不死の身なるべし
紂王は尋ねる。

「宮中に妖怪がおるとして、それをどうやって退治するのかな?」

雲中子は花籃を開き、なかから松の枝を削って作った木剣を取り出し、紂王に対して言う。

「陛下はこの木剣の威力をご存じないと思いますので、詩で示したいと思います」

松樹を削りて名を「巨闕《きょけつ》」となす、その妙用は知る人少なし
宝気なしといえども牛斗《ぎゅうと》をつき、三日にして妖気離れて灰と成る
雲中子は述べおわると、木剣を紂王に捧げた。紂王は剣を受け取って言う。

「この剣はどちらに置けばよいのか?」

雲中子は答える。

「分宮楼《ふんきゅうろう》の前にお掛けください。三日のうちに効果が現れましょう」

紂王は係の侍従に向かって命じた。

「この木剣を分宮楼の前に掛けておくように」

侍従はその命令に従って剣を受け取って去る。紂王はまた雲中子に言う。

「先生はこのように道術に優れており、陰陽の理に明らかで、よく妖怪の気配を察することができるのであれば、いっそ終南山を捨てて朕のもとで仕えぬか。高き官位を得て、後世に名を残すことができるというもの。まことによいことではないか。どうして質素な暮らしに甘んじて、世との交わりを絶とうとするのか？」

雲中子はその言に感謝しつつも答える。

「陛下がこのように隠遁の身を気におかけになり、貧道に官職を与えようとされることに感謝いたします。しかしながら貧道は山中の野人でございますれば、国を治める方法など知っておりませぬ。日が高く登っても寝ており、裸足で山中に遊ぶことを好んでおりますので」

紂王は言う。

「それほど山の中の暮らしがよいのかのう。高官となり、紫衣《しえ》を着て金の飾りを帯び、妻子も朝廷から恩賞を受け、富貴を楽しめるというのに」

雲中子は答える。

「貧道の暮らしにも、よいところは多々ございます。歌って示しましょう」

身は逍遥《しょうよう》に、心は自在
戈を揚げず、怪をもてあそばず
万事忙忙として、腹の外に付す
われ正事をおさむること思わずして、韮《にら》を種《ま》く

われ功名を取ること思わず、芥《あくた》を拾うがごとし
われ身に錦袍を服すを思わず
われ腰に角帯をかくるを思わず
われ宰相のひげを払うを思わず
われ君王の快を借りるを思わず
われ弩に伏して長駆するを思わず
われ塵を望んで下拝するを思わず
われわが者を養いて禄千鍾を享《う》くるを思わず
われわが簇《ぞく》とせし者の四被あるを思わず
小小たる廬《いおり》も、狭きをいとわず
旧旧なる服も、穢《けが》れをいとわず
芰荷《はす》を制して衣となし、秋蘭を結んで佩《はい》となす
天皇《てんこう》、地皇《ちこう》と人皇《じんこう》に問わず
天籟《てんらい》、地籟《ちらい》と人籟《じんらい》に問わず
雅は恍《こう》を懐くこと秋水と同じく
興来たりてなお天地の礙《がい》を恐る
閑来たりて一枕山中に睡る
夢に魂は蟠桃会《ばんとうかい》（西王母の主催する仙人の宴）に赴かんとす

いずくんぞ玉兎《ぎょくと》（月）の東昇し、金烏《きんう》（太陽）の西墜するを管せん

紂王は聞き終わると、嘆じて言う。

「先生の言を聞くに、まことに仙界の清浄の士であられる」

そこで左右の侍従に命ずる。

「盆にそれぞれ金銀を持ってくるように。先生の路銀としていただこう」

まもなく侍従の者が赤い漆の盆に金銀を満たして持ってくる。雲中子は笑って言う。

「陛下の恩賜はありがたく存じますが、貧道には無用のものでございます。詩でもって示しましょう」

縁分に随って塵林《じんりん》を出ず、水雲に似たり一片の心
両巻の道経と三尺の剣、一条の藜杖《れいじょう》（あかざの杖）と五弦の琴
嚢中《のうちゅう》には薬ありて人に逢《あ》えば度し、腹内には新詩ありて客に遇《あ》えば吟ず
一粒にてよく千載の寿を延ばし、みだりに人世に黄金あるを誇るなかれ

雲中子は歌い終わると、九間大殿を出る。いったん止まって稽首の礼を行うと、袖を払って風を興し、悠々と午門から去って行った。

両側に控えていた八名の大夫は、上奏文を提出しようとしていたところ、突然に道士が現れて妖怪がどうのこうのと話し始めたため、仕方なくずっと待っていた。しかし紂王と雲中子と長時間にわたって対話していたため、上奏することができなかった。しまいには紂王は疲れを感じ、龍袍の袖を払って後宮に帰ると言いだした。また百官には退出するように命じた。百官はいかんともすることができず、ただ退出していった。

さて紂王が寿仙宮の前に戻ると、妲己が迎えに来ていない。紂王は不安に思い、迎えに出てきた侍従の者

に尋ねた。

「蘇美人はなぜ朕を迎えに来ぬのか？」

侍従の者は紂王に向かって答える。

「蘇娘娘《にゃんにゃん》は急に具合が悪くなられましたようで、お倒れになり、いまは床でふせっておいでです」

紂王は聞くやいなや慌てて輦を降り、寝殿に向かった。金龍の帳を上げてみれば、妲己は顔色が黄色くなり、唇は白く真っ白な紙のよう。意識は朦朧《もうろう》として、気息奄々《きそくえんえん》たるありさまであった。紂王は叫んで言う。

「美人よ、朝に朕が後宮を出た時は、その美貌は花のように元気であったのに、どうしてこのように病気になり、命も危うくなることとなったのか。朕はどうしたらよいのか」

さて、これはむろん雲中子の木剣を分宮楼に掛けたために起こったことである。妲己は狐狸の精であり、そのために木剣の神通力によりこのような症状に陥ったわけである。もしもこのときにこの狐狸の妖怪が退治されていれば、商の天下は保たれたのかもしれなかった。しかし、やはり紂王の天下は失われ、周王朝が勃興するという運命であったのであろう。そのために、この場では紂王は結局妖怪に惑わされることになってしまうのであった。そのことについてこれ以上は述べない。

妲己は薄目を開けて、むりに唇を開き、呻吟《しんぎん》の様子で、あえぎながら答えた。

「陛下、わたくしは早朝に陛下をお見送りし、昼になりまして陛下をお迎えに出ようと、分宮楼の前まで参りましてお待ちしていたところ、突然一本の剣が掛けられているのを見ました。そのとたん、驚きのあまり冷や汗が出て、このような症状に陥ってしまいました。どうもわたくしめの運命ははかなく、これ以上陛下のお側にお仕えし、幸せを享受することはできそうにもありません。どうか陛下にはご自愛のほどを。わたくしのことなど、どうかお忘れあってください」

言い終わると、満面に涙をたたえて泣く。紂王は驚きのあまりしばらくは無言であったが、こちらも涙をたたえて妲己に向かって言う。

「朕は一時の不明により、道士のためにだまされるところであったぞ。分宮楼に掛けた剣は、終南山の錬気の士と称する雲中子が献上したものだ。何やら朕の宮中に妖気がたちのぼり、妖怪を退治するためということだ。美人に害を与えるなど、思いもよらぬことじゃ。これはあの道士めが妖術でもって、美人を害そうとしたのであろう。そのために朕の宮中に妖気があるなどとでたらめを言いおったのだ。だいたい朕の後宮は厳密に守られておる。どこに妖怪のつけいる隙があろうか。おおかた、あの道士めが人をだまし、高く剣を売りつけるために作為したのであろう」

そして左右の近侍の者に言いつける。

「あの道士の献上した木剣をさっさと焼いてしまえ！　一刻も早く処分しろ。あやうく美人の身体を害するところであったわ」

紂王は妲己を繰り返しなだめ、その夜は心配のあまり眠れなかった。

さて、紂王がこの宝剣を焼かなければ、商朝の天下は保たれたのであろう。しかし宝剣を焼いてしまったために、狐狸精の妖怪はそのまま宮中に居座り続け、紂王にまとわりついて朝政を混乱させ、やがては天下を周王朝のために譲り渡すこととなったわけである。これは天意が命ずるところで、人力ではいかんともしがたいものであった。さてその剣を焼いたあとはどうなったか。続きは次回にて。

第六回　紂王、無道にも炮烙を造る

詩に言う。

紂王《ちゅうおう》無道にして忠賢を殺し、酷惨奇冤《こくさんきえん》は上天に触る
侠烈ことごとく灰燼《かいじん》に随いて滅し、妖氛《ようふん》偏向して禁宮に旋《めぐ》る
朝歌には豔曲ありて檀板《だんばん》飛び、暮宴に龍涎《りゅうぜん》、碧煙《へきえん》をはく
催残を取りつぎて耆老散じ、孤魂計なく家園にかえる

さて紂王は妲己《だっき》が木剣を驚き恐れたのを見て、慌てて侍従に命を伝え、木剣を焼かせてしまう。この木剣は松の木で作られたものであり、火をつけるとすぐに燃えてしまった。侍従は焼き捨てたことを報告する。妲己は木剣が焼かれたとたん、妖気を取り戻し、すぐに体調を回復させた。その様子について詩があって言う。

火もて宝剣を焼き、智なんぞ庸《よう》たり、妖気は依然として九重を透す
惜しむべし商都は画餅《がべい》となり、五更の残月は暁《あかつき》の霜濃し

妲己は以前と同じように紂王のそばに侍り、あいかわらず宮中において宴会に明け暮れていた。

このとき、雲中子《うんちゅうし》はまだ終南山に帰っておらず、まだ朝歌に滞在していた。しかし、妖気の光がふたたび満ちて、宮中を照らしているのを見て、雲中子はうなずきながら嘆じて言う。

「わしはただ、あの木剣を使って妖気を鎮《しず》め、商王朝の命脈を延ばそうとしたのであったが。いや、もはや命数は尽きたようじゃ。あの木剣を焼いてしまうとは。これは一つには商家の天下が滅ぶということ。二つには周国が勃興するということ。三つには神仙たちが大劫に遭って、滅ぼし合いが行われるということ。四つには姜子牙《きょうしが》が出世して富貴を得るということ。五つには神々がいずれ封神《ほうしん》されて位を得るということなのだろう。やみなん、やみなん。貧道が下山したということの証しに、ここに二十四字の詩を記しておこう。またこれを見て覚る者もあろう」

雲中子は文房具を取りだすと、筆でもって司天台の杜太師の役所の照壁《しょうへき》（門のところに建てられる目隠しの壁）に一首の詩を記した。その詩に言う。

　妖氛、宮廷を穢乱《わいらん》し、聖徳は西土に播揚《はよう》す
　もし血に朝歌が染まるを知るならば、戊午《ぼご》の歳にて甲子《こうし》にあたる

雲中子は詩を書き終わると、終南山へと帰っていった。

さて、朝歌の庶民たちはかの道士が壁に詩を書きつけていったのを見たが、その詩の意味についてはまったく理解できなかった。そのうちに見物人がどんどん集まってきて、人であふれんばかりとなった。太師の杜元銑《とげんせん》が朝廷から戻ってくると、多くの人々が司天台の役所を囲んでいるのを見た。部下の者たちが道をあけるように叫んでいる。杜元銑は尋ねた。

「いったい、何事があったのじゃ？」

門番の係の者が答える。

「申しあげます。ある道士が照壁に詩を書きつけていきまして、その詩を見ようと多くの人が集まっている

のです」

杜太師は馬上からその詩を見てみると、二十四字で、深い意味がありそうであるが、難解ですぐには理解できなかった。その詩については水で洗って消すように命じておいた。太師は役所に入り、二十四字の詩について考察をめぐらす。しかし、その意味は深遠で、解き明かすことができない。杜元銑はひそかに考える。

「この詩は先日、あの木剣を献上した道士が書いたものに違いない。あの者は、妖気が宮中に及んでおると言っておった。これは必ずや根拠のあることであるに違いない。実際にわしがここ連日、夜に天文の象を見ていると、確かに妖気が盛んになっており、宮中をめぐっておる。これは災害の兆しであり、かの道士も注意をうながすために書き残していったものであろう。しかしいまや陛下は酒色におぼれ、朝政を顧みられぬ。このまま佞臣どもが陛下を惑わし、天は憂い民は恨むという状況になれば、国家の没落は避けられぬ。われらは先帝のご恩を受けた者である。どうして座視していられよう。朝廷の文武百官のなかにも、憂え、将来を恐れるものは多い。ここは上奏文をたてまつり、どうにか陛下をお諫め申しあげ、臣としての節を尽くさねばならぬ。これは名前を売ろうとするためではない、ただ国家の行く末を案じてのことである」

そこで杜元銑はその夜のうちに上奏文を書き上げ、その次の日には宮中に参内して文書房に来る。この日は誰が上奏文に目を通すのか知らなかったが、聞いてみれば、今日の担当は首相の商容であるという。元銑は喜び、前へ進み出て拝礼を行う。元銑は言う。

「丞相閣下、昨夜この元銑が司天台において天文の象を見ておりましたところ、妖気が宮中を貫き、災いがまさに起こらんとし、それは天下に明らかとなっております。いま陛下は国政をお治めにならず、朝政は乱れ、日夜歓楽にふけり、酒色におぼれております。これは国家の大事で、宗廟《そうびょう》・社稷《しゃしょく》にかかわり、乱のいたるところ、結果は無視しえぬものとなりましょう。これを座視してはおられませぬ。いまわたくしは上奏文を持参いたしまして、陛下にお目にかかり、諫言申しあげたいと存じます。丞相にはどうかこの元銑のお目通りがかなうよう、ご助力いただけませんでしょうか？」

商容はその言を聞いて言う。

「太師がそのように上奏文をお持ちいただいているのであれば、このわしも座視してはおれませぬ。ただここ連日、陛下はまったく朝廷にお出ましにならず、お目にかかることは難しい。そこで今日わしは宮殿の奥にあえて入り、諫言申しあげたいと思う。」

商容は九間大殿を進み、龍徳殿《りゅうとくでん》、顕慶殿《けんけいでん》、嘉善殿《かぜんでん》を過ぎ、さらに分宮楼《ぶんきゅうろう》を通る。すると奉御《ほうぎょ》の官（王の側に仕える官、護衛も兼ねていると考えられる）がおり、商容に声をかけた。

「丞相閣下、寿仙宮は内殿に属します。陛下の寝室にあたるところでございますれば、外官（内殿に仕える官は内官、外で政務を行う官は外官）は進むことができませんぞ」

商容は言う。

「それはわしもむろん承知しておる。そなたは陛下に取り次いでくれぬか。商容がここでお待ちしておると」

奉御官は内殿に入り、紂王に報告する。

「丞相の商容どのがお待ちしております」

紂王は言う。

「商容がいったい何事があって内殿にまで参ったのであろう。まあ、商容は外官ではあるが、なんと言っても三代に仕えた老臣である。通しても構わんであろう」

そこで内殿に通すように命ずる。

商容は入ると、「陛下」と称し、階《きざはし》の前に平伏する。

紂王は問う。

「丞相はいったいどのような緊急の事案があって、わざわざ内殿にまで来て朕に会おうとしたのかな」

商容は答える。

「司天台をつかさどる太師の杜元銑が申しております。昨晩、夜の天文の象を太師が見ましたところ、妖気が宮中に立ちこめており、災いが起こるのは間違いないとのこと。元銑は三代に仕えた老臣であれば、陛下の股肱であり、この現象を無視するわけにはまいりません。しかるに陛下は朝を開かれず、政務に務めようとはなさりません。ただ内殿のなかにずっと閉じこもっておられるだけです。そのため百官は日夜憂慮いたしております。いまわたくしどもは陛下の斧鉞によるご処分を恐れず、あえて天威をおかして率直に申しあげます。どうか陛下にはお聞きとどけいただきますよう」

そして上奏文を捧げる。左右に控える近侍の官が、その文書を机の上に広げる。紂王が見てみると、次のような文言であった。


臣、司天台の杜元銑が申しあげます。

国を保ち、民を安んずるため、妖怪を除き、もって宗廟と社稷を盛んならしむこと。

臣はこのように聞いております。国家が隆盛になるときはよい兆《きざ》しが現れ、国家が滅びんとするときは、妖孽《ようげつ》が生ずると。わたくし元銑は夜に天文の象を見ておりましたところ、不気味な霧があり、妖光が宮中にめぐり、またその気は深く内殿のなかにこもっている様子でした。陛下が先日大殿にお出ましになられたとき、終南山の雲中子が、妖気が宮中を貫いているとのことで、木剣を献上し、妖怪を退治したいと申し出ました。しかし聞けば陛下はその木剣を焼いてしまい、賢者の言を受け入れられなかったとのこと。そのためにまた妖気が復活したのであります。妖気は日々盛んになり、沖天《ちゅうてん》を貫くほど、その災いは小さくありません。わたくしは切に思いますに、蘇護の娘を貴人として受け入れてより、陛下は朝政にお出ましにならず、机にもほこりが積もるありさま。また階《きざはし》の下には草が生えて新芽が出て、その前には苔《こけ》が緑色となっております。朝政は紊乱《びんらん》し、百官は失望しております。このようなときに、わたくしどもは陛下のご尊顔を拝することができません。陛下は酒色を重んじ、日夜歓楽にふけっておいでです。君主と臣下が顔を合わせることができないのは、雲に陽がさえぎられているかのごとくです。民百姓が歓喜に満ちあふれ、太平の日々を過ごすようになれるのは、いったい何時のことでありましょう。臣は斧鉞によるご処断を避けず、死を賭して申しあげますれば、いささか臣の節を尽くせたかと存じます。どうか陛下には臣の言に過ちがないとご判断いただきまして、一刻も早くご聖断を賜り、実行していただきますようお願いいたします。臣らは恐懼に耐えませんが、このように上奏つかまつります。

紂王はこの上奏文を読み、思った。

「言っていることはまことに悪くはない。しかし、この文中にはまた雲中子の話が出ているではないか。先日はそのために蘇美人の命を失うところであったぞ。幸いに天の庇護により、木剣を焼いて無事であったが。ところが、また今日になって妖気が宮中にあるだのと申して、でたらめを言い立てるとは」

紂王は振り返って、妲己に向かって尋ねる。

「杜元銑が上奏し、また妖怪が宮中を乱すなどと申しておる。さてこれはどうしたらよいだろうか?」

妲己は紂王の前に平伏して言う。

「先日は、雲中子なる浮き世離れした術士が現れて、奇怪な妖言を捏造して陛下を欺き、民百姓を混乱させることとなりました。このような妖言は国を乱すもとでありましょう。いま杜元銑もまたこの奇怪な言を持ち出しております。これはみな悪賢い臣下が徒党を組んで、民百姓をだますためにでたらめを申しておるのでございます。民百姓は愚かですから、このような奇怪な言が流行することになれば、慌てなくてもよい者まで浮き足だって混乱してしまいます。民百姓が混乱し、安心できないようなことになれば、自然と乱も生じましょう。それを防ぐためには、根本を絶つのが大事です。すなわち荒唐無稽な言を流行らせて、民を惑わす者を処断せねばなりません。妖言を言いたてる者については、誅殺してお許しにならぬのがよいかと存じますが」

紂王は言う。

「うむ、蘇美人の言うことは理にかなっておる。誰か朕の意を伝えよ。杜元銑を斬首して、さらし首にし、妖言をなす者たちへの見せしめとせよ！」

丞相の商容は慌てて申したてる。

「陛下、それは断じてなりません。元銑は三代にわたって商に仕えた老臣でありますれば、もとより忠義をいだき、国のためを思って率直に申しあげたのでございます。それは朝にも夕にも陛下の恩に報いんと願うためであり、苦心してやむを得ずに諫言を行ったのです。いわんや元銑は司天台の職にある者、吉凶のしるしが天に現れたのに、これを報告しなければ、それこそ怠慢にあたりましょう。さらに、いま陛下が死を賜りましても、元銑はもとより覚悟のうえ、陛下への忠義を尽くしたと満足し、堂々と死に場所へと赴きましょうぞ。しかし他の四百の文武諸官はどう思いますか。杜元銑が無辜の罪にて殺されたとして不満をいだくのではございませぬか。どうか陛下には、元銑の忠心を哀れみ、寛大なご処分をいただきますようお願い申しあげます」

紂王は答える。

「丞相はわかっておらぬ。もしここで元銑を斬らねば、誣告が次から次へと起こるであろう。そうなれば民百姓も不安がり、安泰ではいられぬであろう」

商容は重ねて諫言を行おうとしたが、いかんせん紂王はとりあわず、奉御官に命じて商容を退去させる。仕方なく、商容は出て文書房に戻った。見れば太師杜元銑は、身に迫る災いを知らぬままに命令を待っていた。そこへ紂王の命が伝えられる。

「杜元銑は妖言をもって民百姓を惑わした。斬首して首をさらし、もって国法を正せ」

奉御官がそのように勅命を読み上げると、有無を言わさずに杜元銑の衣服をはぎ取り、縄で縛ると、午門へと出て行く。

九龍橋のところを通ると、そこに一人の大夫がいた。身には大紅袍をまとった梅伯《ばいはく》（本文では「梅栢」と書かれるが、史書に基づいて直す）であった。梅伯は太師の杜元銑が捕縛されているのを見て、進み出て尋ねた。

「太師はいかなる罪でこのようなことになられたのですか？」

元銑は答える。

「陛下は政務をおろそかにしておるため、妖気が宮中にこもり、災いが天文に現れ、このままでは天下が危ういと上奏文を作り、丞相とともに諫言したのじゃ。しかしそれが天子の怒りにふれ、陛下は死を賜ったのじゃ。むろん天子の命に逆らうわけにはいかぬ。梅伯どの、功名を追いかけてもむだでござる。数年にして、おそらく臣下の忠心もみな冷え切ってしまうであろう」

梅伯は聞いて、元銑を捕縛している官吏に向かって言う。

「その方らは、しばらく待っているのだぞ」

九龍橋のあたりを過ぎて大殿に向かうと、丞相の商容と会った。梅伯は言う。

「丞相にお尋ねします。杜太師はいかなる罪で陛下から死を賜ったのですか？」

商容は答える。

「元銑が上奏したのは、妖気が宮中に立ちこめているのを注意し、朝廷のためになされたものなのじゃ。しかし陛下は蘇美人の言をお聞きいれになり、『妖言によって百姓を惑わし驚かせた』罪で太師を斬首するというのだ。このわしは諫言申しあげたが、陛下はまったくお聞き入れにならぬ。いかんともすることができん」

梅伯はこの言を聞いて、まるで「体内の五霊神《ごれい》が騒ぎ、胸のなかの三昧火《さんまいか》が燃えあがる」ような怒りを覚え、叫んだ。

「丞相の職務とは、陰陽の変化をわきまえ、君臣の調和を整え、奸物《かんぶつ》は斬り、佞《おもね》る者は誅《ちゅう》し、賢者を薦め、能ある者には報いるというものでありましょう。君主が正しければ、丞相は何も話す必要はありません。しかし正しからざれば、直言してお諫めするのがその役目。いま陛下は無辜の大臣を殺そうとしております。ところが丞相は何も発言しようとはせず、ただ黙しておられる。ただわが身の地位だけを考えて、朝廷内の股肱の臣を軽んじ、自らの命と体面のために刑罰を恐れるのでは、丞相の位に値《あたい》しませんぞ」

そこでまた官吏に向かって叫ぶ。

「そなたら、しばらくそのままでおるのだぞ！　わしと丞相が陛下に申しあげるまで待っておれ」

梅伯は商容の手を引っ張り、そのまま大殿を過ぎて内殿のなかに入っていく。梅伯は外官であり、寿仙宮の前に来ると平伏する。奉御官が報告する。

「商容と梅伯が命をお待ちしております」

紂王は言う。

「商容は三代に仕えた老臣である。内殿に入っても構わぬが、梅伯が内殿にまで立ち入るのは、国法をないがしろにする行為だ」

紂王はとりあえず通すように命ずる。商容が進み、梅伯はそのうしろに従う。宮殿に入ると平伏する。紂王は問うた。

「そなたらは何事かあってここまで参内したのかな？」

梅伯は言う。

「陛下、わたくし梅伯が申しあげます。杜元銑はいったい、いかなる罪で国法を犯したとして、死罪に処されたのでございますか？」

紂王は答える。

「杜元銑は道士と共謀して、妖言を捏造して人心を惑わし、朝廷を混乱させ、侮辱しおったのだ。その身は大臣でありながら、恩に報いようと考えず、何やら妖怪がおるだのと言いたてて君を欺いたのだ。国法によって誅殺し、奸物を除くのであれば、何も間違ってはおらぬであろう」

梅伯はこの紂王の言を聞いて、思わず声をあらげて叫んだ。

「わたくしはこのように聞いております。かつて堯が天下を治められていたとき、天意に従い、民の言うことを聴き、文官の進言と武官の計略によく従われました。しかも毎日必ず朝政を開き、民を安んじ国を治める方法を臣下と談義されました。佞臣や女色は遠ざけられ、民と太平を享受されました。ところが陛下は、いま半年ものあいだ朝を開かれず、深く宮殿にこもり、毎日宴会を行い。夜も歓楽にふけり、政務を行われず、諫言を受けることもなさいません。わたくしは『君は心や腹のごとく、臣は手や足のごとし』と聞いております。心が正しければ、手足も正しく動きましょう。しかし、心正しからざられば、手足の動きは歪《ゆが》んでしまいます。古語にはこうあります。『臣正《ただ》しくも君邪《じゃ》なれば、国の災いは治めがたし』と。杜元銑は世を治める忠良な大臣であります。陛下が先帝の臣であった元銑をお斬りになり、寵姫《ちょうき》の言を優先されますのは、国家の根本を傷つけるものです。陛下にはどうか杜元銑の罪をお許しになり、文武百官が聖君と仰ぐように、大いなる徳を施していただきますようお願いいたします」

紂王は聞いて言う。

「梅伯も元銑と同じ一味であったか。国法に背いて内殿に侵入するとは、無礼きわまりない。もとより元銑とともに斬首の刑に処すところであるが、これまでの功績に免じて罪を軽くし、上大夫の位を奪って庶人に下すのみにしておく。今後は朝廷に顔を出すことは禁ずる」

梅伯は声をさらに大きくして叫ぶ。

「昏君《こんくん》め！　ただ妲己のことばのみを聞いて、君臣の義を失うとは何事か。いま杜元銑を斬るということは、単に元銑一人の身を切るのではない、朝歌万民の命をないがしろにするということなのだぞ。この梅伯の職などは、塵ほどの重さも感じぬわ。何も惜しくはない。しかし湯王が作られた商の数百年の偉業が、このような昏君一人の手によって失われることが惜しい。いま聞太師は北伐に出ておられ、朝廷の綱紀は失われ、政治は乱れておる。昏君は讒言を聞き、左右の佞臣に操られておる。妲己とともに宮殿にこもり、日夜淫乱にふけるありさま。このような状態では天下は乱れるのは間違いない。わしはどんな顔をして黄泉におられる先帝陛下にお目にかかればよいのか」

紂王は大いに怒り、奉御の官に命ずる。

「梅伯の身を引きずりだして、金瓜《きんか》（棒の先に瓜の形の金属が付いた殴打用の道具）にてその頭を打ち砕け」

両側の官吏が手を下そうとしたとき、妲己が突然口をはさんだ。

「わたくしに申しあげたきことがございます」

紂王は言う。

「美人には何か朕に助言でもあるかな？」

「わたくしは陛下に申しあげます。臣下の立場にありながら、怒りにまかせた態度で君主を罵るなど、大逆不道、乱倫の罪にあたります。これは死罪をもって処する以外にありません。しばらく梅伯を牢獄へ入れておいてください。わたくしがある刑具を造りましたら、狡猾な臣下たちもうかつに上奏などできなくなります。よこしまな発言を禁じるに効果がありましょう」

紂王は尋ねて言う。

「その刑具とはどのようなものか？」

妲己は答える。

「この刑具は高さ二丈、丸い形にて周囲八尺、上・中・下にそれぞれ火を入れる口を設けます。銅で造りますので、見た目は一般の銅の柱と変わりません。ただこれを炭火であぶり、真っ赤に焼く必要があります。もし妖言にて民百姓を惑わし、君主を罵り、法をないがしろにし、みだりに諫めようとするなど様々な罪を犯した者は、官服を脱がせ、鉄の鎖にてこの銅の柱に縛りつけるのです。この銅柱を抱かせれば、四肢はあっという間に骨も肉も灰になってしまいます。この刑を名づけて『炮烙《ほうらく》』と申します。このような刑をお作りになれば、狡猾な売名に走る臣下、国法をもてあそぶ輩《やから》は、恐れてよこしまな言を吐かなくなるでしょう」

紂王は言う。

「美人の提案した刑具は、なるほどすばらしいものだな」

すぐに紂王は命じて言う。

「杜元銑は斬首し、その首をさらして見せしめとせよ。もって妖言を防ぐのだ。そして梅伯は牢獄に入れておけ」

続いて命じる。

「美人の進言に基づいて炮烙の刑具を造れ。すぐに完成させるのだ」

丞相の商容は、紂王が無道な行いに走り、妲己を信じ切ってこのような残酷な刑罰まで造ろうとしているのを見て、寿仙宮の前でひそかに嘆いた。

「ああ、いまや天下の大事は失われた。湯王は政治には恭謙をもって務め、小心翼々として事に当たられたために天命を受けられたのであるが。まさかいまの天子に至って、このような無道が行われようとは。いまや廟も守られず、社稷も灰燼に帰そうとしている。かくのごとくの惨状は、もう見るに耐えぬ」

妲己が炮烙の刑を造ろうと提案したのを聞いて、商容は平伏して申しあげた。

「陛下に申しあげます。天下の大事は定まり、国家は安寧となりました。この老臣はもう老いぼれまして、国家の重任に耐えることができませぬ。様々な不始末をしでかし、陛下のお怒りを蒙ることにもなりかねません。三世にわたって朝廷にお仕えし、長年宰相の末席を汚させていただきました。これ以上むだに俸禄をいただくことは心苦しく思います。どうか陛下にはこの老臣の職を免じてくださるようお願いいたします。もとより凡庸の才でありますれば、陛下のお役に立てることもございませぬ。どうか陛下には、この老体の晩年をご配慮いただき、このまま郷里に帰り、太平の世を安楽に過ごすことをお許しください」

紂王は商容が官を辞し、丞相の位を離れると言いだしたので、慰労の意をこめて告げた。

「そなたは老齢と申すが、まだそれほど老いたという印象はないのだが。しかしそなたがそこまで言うのであれば仕方ない。これまで長年の朝廷における労苦を思えば、朕は残念に思うぞ」

そこで侍従の官に命ずる。

「朕の意を伝えよ。商容の辞任にあたっては、文官を二名派遣し、かつ四つの礼物をもって帰郷させること。その地元の役人にも、しばしば様子を見るように取りはからえ」

商容は恩を謝して退いた。

時をおかずして、文武百官たちは首相の商容が辞職して郷里に帰るということを知り、おのおの見送りに来た。また黄飛虎・比干・微子《びし》・箕子《きし》・微子啓《びしけい》・微子衍《びしえん》らは、十里の長亭において商容の帰郷を送るために待っていた。商容は百官が十里の長亭で待っているのを見ると、すぐに馬を下りた。七名の親王たちは手を挙げて告げる。

「老丞相どの、今日このように郷里に帰られるとは。丞相は一国の元老でありながら、このようにわれわれを見捨てて行くのは、あまりのなさりようではありませぬか。商朝の社稷を放り出され、鞭をあげて去られるとは。丞相どののはそれで平気なのですか？」

　商容は泣きながら答える。

「殿下のかたがた、文武百官の諸君、この商容はたとえ粉骨砕身しても、国の恩には報いきれぬと思っております。ましてやこの老体の一死など惜しむものではありませぬ。どうして逃げ出して安逸を貪ることなどありましょう。しかしいまや陛下は妲己を信任され、その意のままに炮烙などという残酷な刑を作られ、諫言した者や忠臣を殺そうとしております。この商容はお諫め申しあげましたが、お止めすることができませんでした。こうなれば、いつかは民百姓も恨み、天も見放し、大乱が生じましょう。わしは陛下を補佐することができず、かといって死してお諫めすることもできず、やむを得ずしてこの職務から退いて、他の賢者にゆだね、その才能をふるって大乱よりお救いいただきたいと願っております。これが商容の本心でありまして、朝廷より遠ざかり身の安泰を図るのが目的ではございません。殿下のかたがたがくだされた別れの酒は、お受けいたしたく存じます。またお会いする機会もございましょう」

　このように商容は答え、手に杯を持ち、次のような詩を作って再会を期した。その詩に言う。

君の十里帰程を送るを蒙《こうむ》り、酒を長亭にとるも涙すでに傾く
天顔を回首《かいしゅ》するに隔世たり、郷里に帰来して都を祝す
丹心も化しがたく関龍逢《かんりゅうほう》の血、赤日《せきじつ》に空しく桀王の名を消さん
いくたびか話しきたるも懊悩多く、何年も重ねて別離の情を訴えん

　商容が詩を作り終わると、涙を流して別れていった。商容は馬に乗って去る。百官たちもそれぞれ朝歌に戻っていったことはさておく。

さて紂王はその後も後宮にあって歓楽にふけり、朝政は乱れていた。しばらくして、炮烙を製造する担当の官が炮烙の完成を報告した。紂王は喜び、妲己に尋ねた。

「銅柱はできたが、あとはどうすればよいか?」

妲己は銅柱を宮殿に運んで見せるよう命ずる。製造の官は命に従って炮烙の銅柱を運搬した。黄色く輝き、高さは二丈、周囲八尺、三つの火を入れる口があり、下部には二つの車輪があり、移動できる構造になっていた。紂王はこれを見て、妲己を指でさして言う。

「美人が考えたこの方策は、まことに治世の宝というべきものであるな。朕は明日朝廷を開き、まず梅伯を炮烙の刑に処し、百官たちへの見せしめとしよう。そうなれば、新たな法を破る者もおらず、上奏文の面倒からも解放されるというもの」

その夜のことはさておく。

次の日、紂王は朝を開き、鐘と太鼓を鳴らして合図する。文武百官は二つの列に並び、拝礼を行う。武成王黄飛虎は、大殿の東側に二十本の巨大な銅柱が並んでいるのを見て驚いたが、それが何に使われるのかは見当もつかなかった。紂王は命ずる。

「梅伯をつれてまいれ!」

殿の護衛の官が梅伯のところに向かう。その間に紂王は命じて炮烙の銅柱を運搬させる。銅柱を据えると、三つの口から炭火であぶり、巨大な扇であおぐ。すると銅柱は焼けて真っ赤に変貌する。文武百官は何が起こるかわからずに困惑しているところ、午門を護衛する官が告げる。

「梅伯を午門につれてまいりました」

紂王は叫ぶ。

「引きたてよ！」

文武百官が見ると、梅伯は汚れた顔に乱れた頭髪、身には白い服をまとい、大殿に来るとひざまずいて言う。

「臣、梅伯が参上いたしました」

紂王は言う。

「この愚か者め、そなたはこれが何だかわかるかな？」

梅伯は見てみたが、さっぱり何だかわからない。答えて言う。

「わたくしはこれが何かわかりませぬ」

紂王は笑って言う。

「そなたはただ内殿で君主を侮り、口舌を弄してみだりに罵ることしかできんのであろう。これは朕がみずから定めた新たな刑罰じゃ。名づけて『炮烙』という。この愚か者め、今日は九間大殿において、この炮烙でその身を焼き、骨も灰にしてくれよう。愚かで君主をあしざまに罵るなど無礼な輩は、今後は梅伯のような末路をたどるのだ」

梅伯は聞いて、罵り叫んで言う。

「昏君め！　この梅伯、死ぬことなどまったく恐れておらぬ。命など惜しいものか。この梅伯、位は上大夫にあり、三代に仕えた臣下でありながら、冤罪でこのような残酷な刑に処せられなければならぬとは。ああ、哀れむべし。湯王の立てられた商朝の天下も、このような昏君の手によって葬られるのか。そなたはこの先、地下の先帝陛下に会わせる顔もなかろう」

紂王はその言を聞いて大いに怒り、梅伯の衣服を脱がせると、鉄の鎖でその手足を縛り、銅柱に身体を押しつけた。哀れ梅伯は、大声で叫んだのち、息絶えた。また九間大殿にはその皮膚や筋骨が焼けただれた臭いが広がり、まもなくすぐに灰になってしまった。

哀れむべし、梅伯は半生ものあいだ忠心を懐き、直言して君主を諫めたにもかかわらず、最後にこのような災禍に遭ってしまった。まさにこれ「一点の丹心も大海に帰し、芳名を留めて万年に揚《あ》げらる」といったところ。後世の人がこのことを嘆き、詩を作って言う。

血肉も残躯《ざんく》もことごとく灰と化し、丹心は煌々と三台を照らす
生平正直にて偏党なく、死後も英魂はまた壮たり
烈焰《れつえん》ともに亡国に随いて尽き、芳名多く史官に傍《そ》いて裁《さば》かる
憐れむべし太白旗の懸《か》かる日、なんぞ先生に似たりて俊才を嘆くか

さて紂王はこのように梅伯を九間大殿の前において、残酷きわまりない炮烙の刑に処した。忠臣たちが諫めようとするのを防ぐために、ことさらにこの新たな刑の効果について賞賛した。文武百官の心は炮烙によって梅伯が惨殺されたことにより、完全に恐れおののいて萎縮してしまい、みな官を辞して野に下ることを考えるようになってしまった。紂王が寿仙宮へ戻っていったことはさておく。

多くの大臣たちが午門の外に出る。そのなかで微子と箕子、それに比干は武成王黄飛虎に向かって告げる。

「天下は不安定で、いま北海でも反乱が起き、聞太師はそのために遠征を行っておられます。しかしこんな時に陛下は妲己の言を信じて、あのような炮烙などという刑具を造り、忠臣を惨殺しております。もしこのことが四方に伝えられ、天下の諸侯が知ったら、大変なことになりませんか」

黄飛虎はその言を聞き、手で自分の長い髭をしごきながら、怒って言う。

「殿下がた、それがしの見るところでは、この炮烙の刑は単に大臣を焼いたのではございませぬ。紂王陛下の天下、ひいては湯王の社稷を焼くことになったのです。いにしえの言に『君が臣を手足のごとく扱えば、臣は君を心のように思う。しかし君が臣を塵芥《ちりあくた》のように扱えば、臣は君を仇敵のように思う』と申します。いま陛下があのように非道を行い、刑罰を上大夫にまで加えるようになれば、数年たたずして、大乱が起こりましょう。国が滅ぶのをわれわれは、黙って見ておられましょうか」

文武百官たちはみな嘆きつつも解散し、おのおの帰宅した。

さて紂王は後宮に戻ると、妲己が出迎えた。紂王は輦を降りて、妲己の手を取って言う。

「いや美人の妙策のおかげじゃ。朕が今日大殿の前で梅伯を炮烙に処したら、百官どもはあえて諫めようとする者もおらず、みな口をふさぎ、黙って静かに退出しおったわい。まさにこの炮烙の刑は、天下を治める宝というわけだな」

そこで、妲己の功績を祝すための宴会を開くよう命じた。

笙簧《しょうこう》・簫管《しょうかん》などの管楽器が鳴らされ、紂王と妲己は寿仙宮にあって遊び酔いしれていた。そのまま二更の時間を伝える太鼓が打ち鳴らされたが、宴席はいつ果てる様子もなかった。

その音は風に乗って皇后の住む中宮まで伝わった。姜皇后はまだ就寝しておらず、この音楽を聞きつけて、宮女に尋ねた。

「こんな時間にまで、誰が音楽を演奏しておるのか？」

宮女たちは答える。

「娘娘《にゃんにゃん》、これは寿仙宮において、蘇美人と陛下が宴会を催されており、それが続いているとのことでございます」

姜皇后は嘆いて言う。

「陛下は妲己を信任され、炮烙を作り、梅伯を誅されたとか。それはそれはむごたらしい刑罰だと聞きました。あの女が陛下を惑わし、無道な行いをするように仕向けているのであれば、黙っているわけにはまいりません」

皇后は輦を用意するように命じた。

「わらわは寿仙宮にまいります」

さて、このたび姜皇后が訪問されることから、激しい嫉妬の情が起こり、あっという間に災厄が生ずることとなろうとは。このあとがどうなるかは、次回をお聞きいただくよう。

第七回　費仲、計略にて姜皇后を廃す

詩に言う。

紂王《ちゅうおう》無道にも温柔を楽しみ、日夜宣淫《せんいん》し興はいまだやまず
月光すでに西なるも重ねて酒を進め、清歌ようやくやみて箜篌《くご》を奏す
讒虐《ざんぎゃく》を養成し三綱絶《た》え、酔いて凶行し万姓愁う
諷諫《ふうかん》するも回《かえ》しがたく、下性に流れ、今に至るも余恨は西楼に鎖《とざ》す

さて姜皇后《きょう》は深夜に音楽が演奏されるのを聞いて、左右の宮女に理由を尋ねた。紂王が妲己《だっき》と宴を開いているると知り、不意にうなずき、嘆じて言う。

「天子が色にふけり、万民の生活が安定しないようであれば、それは大乱につながります。昨日は諫めようとした臣下を惨殺されたとか。いったいどうすればよいのか。しかし、目の前にこの商王朝の危機が迫っている状況では、この皇后たるわが身も座視してはおられません」

姜皇后は輦に乗り、両側に宮女を従えて、赤い灯火を先導に立てて、列をなして寿仙宮までやってくる。

近侍の官が紂王に報告する。

「姜娘娘《にゃんにゃん》が宮門のところまでまいられました」

紂王は深酒のあまり、酔眼が定まらぬ様子で言う。

「蘇美人よ、そなたが皇后を出迎えてくれぬか」

妲己は命に従って皇后を出迎え、妲己は姜皇后に向かって拝礼を行う。皇后は妲己に顔をあげるように告げる。妲己はそのまま姜皇后を先導して宮殿のなかに入る。拝礼が終わると、紂王は告げた。

「左右に席を設けよ。皇后の席を用意するのだ」

姜皇后はお礼をいい、王の右側に座った。宮中において、姜皇后は正室、皇后の位にあり、妲己は美人の位にある。そのため、妲己はかたわらに立つことになった。紂王は皇后のために酒を一杯差しだした。紂王は言う。

「皇后が寿仙宮に来てくれたのは、うれしい限りだ」

そこで妲己に命ずる。

「美人よ、そなた宮女の鯀捐《こんえん》に檀板《だんばん》（拍子木のような打楽器）を叩かせ、歌舞を披露してみせよ。皇后に見せるのじゃ」

すぐに鯀捐は軽々と檀板を打ち鳴らし、妲己は歌って舞う。その様子は次のよう。

霓裳《げいしょう》舞い、繍帯《しゅうたい》は揺れる
軽々と衣は塵に染まらず、嫋々《じょうじょう》たる腰は風柳を折る
歌は喨々《りょうりょう》として、なお月のなかに仙音を奏でるがごとし
一点の硃唇《しゅしん》、かえって桜桃の雨湿にあうに似たり
細き十指は、春笋と一般に同じ

杏の口に桃の顔は、あたかも牡丹の初めて蕊《しべ》がほころぶがごとし
まさにこれ、瓊瑶《けいよう》玉宇に神仙の降り、嫦娥《じょうが》の世間に下るにおとらず

妲己が腰を揺らして踊ると、歌声は軽く温和で、まるで雲が峰の上で風に揺られ、柳の枝が池の上をなでるようなありさま。鮌捐や近くの宮女たちは拍手喝采し、ひざまずいて万歳を唱えた。姜皇后はその様子を見ようとせず、ただうつむき、下ばかりを見ているよう。紂王はそのような姜皇后の様子を見て、笑って尋ねる。

「皇后よ、光陰は矢のごとく過ぎさり、時が流れるのは早いもの、一刻も止まってはおらぬ。だから人生は楽しまねばならない。いまの妲己の歌舞のごときは、まさに天上の舞というべきもの。めったに見られぬ、この世の宝と称すべきものだ。皇后はどうして不機嫌な態度で、あえて見ようとはせぬのだ？」

姜皇后は席から離れ、ひざまずいて言う。

「妲己の舞のごときは、珍しくもないもので、この世の宝などとは申せません」

紂王は言う。

「この舞が宝でないとしたら、いったい世にはどんな宝があるのか？」

姜皇后は答える。

「わたくしはこのように聞いております。君主たる者は道徳を重んじ、財貨を軽んじ、佞臣と女色を遠ざけると。これが人君たる者の宝と申すべきものでございます。もし天に宝ありというなら、日月星辰がそれに当たります。地に宝ありとするなら、五穀と園林がこれに当たります。国に宝があるとすれば、忠臣と良将がそれに当たります。家に宝があるとすれば、孝子と賢孫がそれに当たります。この四つが、天・地・国・

家におけるそれぞれの宝と申すべきもの。ところがいま陛下は酒色におぼれ、歌舞を求め贅沢をきわめ、讒言を行う佞臣を重んじ、忠臣を殺害し、まことの賢人を追い出し、老臣を捨てて小人と交わり、寵姫の言をお聞き入れになっております。『牝鶏《ひんけい》の晨《あした》するは、これ家の索《つ》くるなり（めんどりが朝を告げるようになったら家が滅びる前兆である）』と申します。この宝は、家を傾け亡国にいざなう宝でございます。どうか陛下には、これまでの行いを改められ、修養におつとめになり、賢者に親しみ、寵姫を遠ざけ、法規を重んじ、酒宴は控えられ、酒と女色にふけることのなきようお願いいたします。日々政務に励まれ、慢心なされなければ、天の意を取り戻すこともかないましょう。民百姓も業に安んじ、天下は太平を望むことができましょう。わたくしは女子の身で、無礼を承知のうえで陛下にみだりに申しあげました。もし陛下が前非を悔いて行動を改めてくだされば、わたくしも幸甚でございますうえに、天下も幸甚でございます」

　姜皇后はこのように申しあげると、恩を謝して、輦に乗って宮殿から去って行った。

　しかし紂王はすでに酒に酔い、皇后のこの話を聞いて怒りだした。

「あの女め、わしの好意を無にしおって。朕はただ美人に舞わせて、ともに楽しもうとしただけなのだが。ところがかえってくだらぬ理屈をつべこべ述べるとは。もし皇后でなかったら、金瓜で撃って亡き者にし、恨みをはらすところだぞ。まったく気分を害したわい」

　このとき、時間はすでに三更（子《ね》の刻）をまわっていた。紂王は酔いも覚め、叫んで言う。

「美人よ、いまの話で気分を害したわ。どうかもう一度舞って、朕の憂さを晴らしてくれぬか」

　妲己はひざまずいて答える。

「とても舞う気にはなれませぬ」

紂王は尋ねる。

「どうしてじゃ？」

妲己は答える。

「皇后さまはわたくしを叱責なさいました。この歌舞もまた亡国のものだとおっしゃいました。皇后さまのおっしゃる通り、このわたくしの身は単なる陛下の寵姫にすぎませぬ。おそばを離れることはできませぬ。もし皇后さまが外へ出て、このわたくしが陛下を誘惑し、政治を乱しているなどと申されましたら、外の文武百官もわたくしをまた非難すると思うのです。そんなことになれば、わたくしが髪をすべて抜いて謝罪したとしても、お許しにならないのではないでしょうか」

言いながら、涙を雨のように流す。紂王は聞いて大怒して言う。

「美人はただわしの側に仕えていればよいのだ。わかった。明日はあの女を廃して庶人とし、そなたを皇后にしてやる。朕が責任をもって行うことだ。美人は嘆く必要はないぞ」

妲己は恩を謝して、その後はまた楽器を奏でさせ、酒宴を行った。そのまま昼夜をわかたずに飲み続けたことはさておく。

一日となり、朔望《さくぼう》（一日と十五日）の拝礼の日であった。姜皇后は中宮《ちゅうぐう》にあって、それぞれの宮妃や宮女たちから朝賀のあいさつを受けていた。西宮《さいぐう》は黄貴妃で、これは黄飛虎の妹である。馨慶宮《けいけいきゅう》の楊貴妃もあり、この二名の妃は皇后とともにあった。そこへ宮女が報ずる。

「寿仙宮の蘇妲己さまが参られました」

姜皇后は通すように伝える。妲己が中宮に入ると、姜皇后が中央の宝座にあり、黄貴妃が左に、楊貴妃は右に座している。妲己は殿のところまで進んで拝礼を行う。それが終わると皇后は妲己に立つように言う。妲己は脇に立っていると、二人の貴妃が尋ねる。

「こちらが蘇美人でいらっしゃいますの？」

姜皇后は答える。

「そうです」

ところが、姜皇后は妲己をその場で叱責して言う。

「陛下は寿仙宮にあって、昼夜をわかたずに淫楽にあけくれ、政務を行おうとせず、綱紀は乱れております。そして誰も諫言しようとしません。このように陛下をたぶらかし、朝夕酒宴にふけり、酒色におぼれ、諫言する忠臣を殺し、湯王の定められた法を無視し、国家を危機に追い込む。このようなことはすべてそなたの罪です。すぐに改悛して陛下を正しい道に戻さず、今後もほしいままにふるまうようであれば、この中宮の法により、わらわはそなたを処断せざるを得ません。下がりなさい！」

妲己はその場では怒りを飲み込み、声を上げることもせず、ただ恩を謝して中宮から退いた。満面に怒りと恥ずかしさをたたえ、悶々として寿仙宮に戻る。

時に宮女の鯀捐が妲己を出迎え、「娘娘《にゃんにゃん》お帰りなさいませ」と声をかけた。妲己は寿仙宮に入り、繍墩《しゅうとん》（刺繡をほどこした布をかけた、或いは文様のある円形の椅子）の上に座って、ため息をついた。鯀捐は尋ねる。

「娘娘は今日は皇后さまのもとよりお戻りになってから、どうやらずっとお嘆きのようですが」

妲己は歯がみして言う。

「わらわは天子の寵姫であるのに、姜皇后は正室であるのをかさにきて、黄貴妃と楊貴妃の二人に対して、わらわを侮辱したのじゃ。おのれこの恨み、どう報復してやろうか」

蘇揖は言う。

「陛下は先日、娘娘を正室とすると言ってくださったではありませんか。報復することは可能だと考えますが」

妲己は言う。

「お許しになったとはいえ、皇后はまだその地位にある。それはどうしようもない。どうにか計略でもって、姜皇后を除かねば。そうしなければ、外の百官どももまた諫言に押しかけてくるでしょうし、安心していられぬ。おまえには何か計略はないの。そうなればおまえもいい目をみられるというもの」

蘇揖は答える。

「わたくしは一介の宮女にすぎませぬ。どうして深謀遠慮などございましょうか。ただ、このわたくしめの考えでは、ここはどなたか外官のかたお一人を召して、そして事をお図りになるべきでしょう」

妲己はしばらく考えこんで言う。

「それはよいが、外官をどうやってこちらに入らせるのか？　ここ宮中では他の者も見ている。まことに頼れる者でないと、実行は難しいぞよ」

蘇揖は言う。

「明日、天子さまは御花園《ぎょかえん》に行幸《ぎょうこう》されます。娘娘はひそかにご命令をおくだしになり、中諫大夫《ちゅうかんたいふ》の費仲さまをお召しになってはいかがでしょうか。わたくしめから大夫にはそのむねお伝えしておきます。かならずや皇后を除くためによい計略を考えてくれましょう。うまくいけば、大夫の地位を上げ、爵禄を加増すると伝えれば、かの者も力をつくしてくれるでしょう。それならば間違いありません」

妲己は言う。

「それはなかなかの計略じゃ。しかし大夫は承諾するかの？」

鯀捐は言う。

「この者は陛下の寵臣であられます。どんなことでも陛下はお聞き入れになるでしょう。また娘娘が宮中に入られるには、この大夫の推薦があったと伺います。おそらく娘娘のお力になってくださるものと思います」

妲己はそれを聞いて喜んだ。

その日、紂王は御花園に向かう。鯀捐はひそかに妲己の命令を伝えて、費仲を寿仙宮へと招き入れた。費仲は宮門の外で待つ。鯀捐は宮門を出て、費仲に告げた。

「費大夫さま、娘娘《にゃんにゃん》はこの密書にご命令をお書きです。大夫にはどうかご自身でご覧ください。事は機密に属します。漏らしてはなりません。もし事が成りましたら、蘇娘娘《にゃんにゃん》は大夫を決して悪いようにはなさらないと思います。どうか急ぎ事にあたられますよう」

鯀捐はそう述べおわると、宮中に戻っていく。費仲は書簡を受け取ると、急いで午門を出て、自宅に戻っていった。そして密室において書簡を広げて、その内容に驚く。

「妲己さまは、わしに姜皇后を謀殺せよというのか。いやこれは大変なことだ」

費仲は読みおわると、しばらく沈思する。

「しかし、わしが考えるに、姜皇后は陛下の正室である。そればかりではなく、皇后の父親は東伯侯の姜桓《きょうかん》楚《そ》だ。東魯《とうろ》の鎮護にあたり、その雄兵は百万、麾下の武将は千名もおる。さらに長子の姜文煥《きょうぶんかん》は三軍に勇たる人材で、万夫不当《ばんぶふとう》の勇者だ。もし敵に回せばえらいことになるぞ。この件でちょっとでもしくじれば、大変な被害となろう。しかし一方で、もし妲己さまのご命令を躊躇して違えれば、あちらは天子の寵姫だ。その恨みを買い、陛下へ枕元でささやかれ、酒宴のあとで讒言でもされたら、この費仲、もうおしまいだ。この身を葬る土地さえなくなるであろう。さてどうしたらよいものか？」

費仲は思い悩み、座っていても寝ていても不安で、まるで虫にずっと刺されているかのよう。終日考え抜いたものの、よい思案は浮かばない。どうしようもなく、まるで酒に酔ったかのごとく、ただ堂の前後を行ったり来たりしていた。しまいには堂のなかに座り、考え込んでいた。悩んでいるところに、突然一人の者が現れた。身長は一丈四尺ほど、肩幅は広く、勇壮な体軀を持っている。通り過ぎようとしたところを、費仲は呼び止めた。

「そなたは何者じゃ？」

その者は進み出て叩頭して言う。

「それがしは姜環《きょうかん》と申します」

費仲は重ねて尋ねた。

「そなたはこの屋敷に来て何年になる？」

姜環は答える。

「それがしは、東魯を離れてこちらに五年前に参りました。ご主人さまにはずっとお世話になりまして、その恩を重く感じております。ただ、恩に報いる機会がなく過ごしておりました。先ほどはご主人さまがこちらで悩んでおられるとは思わず、うっかり入ってきてしまいました。どうかお許しください」

費仲はこの人物を見ると、ある計略が心に浮かんできた。そこで叫んで言う。

「そなたは立ち上がるがよい。わしはそなたに申しつけたいことがある。そなたが承諾するかはわからぬが、もしうまくいった場合、富貴は思いのままじゃぞ」

姜環は答える。

「ご主人さまのおおせであれば、それがしはどんなことでも従います。ましてやそれがしはご主人さまのご恩に報いるためであれば、水火も辞さぬ覚悟であります。死ぬようなことになっても後悔いたしません」

費仲は大いに喜んで言う。

「わしは一日中考えてもよい計略が浮かばなかった。しかしそなたを見たとたんにひらめいたぞ。もしこの事がうまくいったら、そなたも金帯を帯びるような身分になり、財をなすことも可能であるぞ」

姜環は言う。

「それがしどうしてそのような大それたことを望みましょうや。どうかご主人さまには何でもお申しつけください。ご命令通りにいたします」

費仲は姜環の耳元で計略をささやいた。

「かくかくしかじか、このようにするのだ。もしこの通りにうまくいくようであれば、そなたは富貴を得られるであろう。しかし、決してこの計略を漏らしてはならぬ。もし露見すれば、そなたも無事ではすまないぞ」

姜環はうなずき、計略を胸に懐いて去って行った。

まさに「風いまだ動かずして蝉《せみ》先に知り、ひそかに無常《むじょう》（冥界の判官）に送るも死を知らず」といったところ。

詩があって言う。

姜后忠賢なるも主に報いるは難《かた》く、だれぞ知らん平地に波瀾《はらん》を起こすを

あわれむべし数載の鴛鴦《えんおう》の夢、取次ぎて凋残《ちょうざん》し、看るに忍びず

さて、費仲の側はひそかに姜皇后を陥れる計略を細かく密書に書き写し、それを穌捐に渡した。穌捐はこれを妲己に差しだす。妲己は見て大いに喜び、「皇后がいまの地位を逐《お》われるのは時間の問題」と考えた。

ある日、紂王は寿仙宮において閑居していた。妲己が奏して言う。

「陛下にはわたくしの側を離れられず、一月もの間、大殿において政務を執ろうとはなさいません。どうか陛下には明日には朝にお臨みくださいさい。文武百官の期待に背いてはなりません」

紂王は言う。

「美人の言うところはもっともじゃ。これぞいにしえの賢妃にも勝ろうというもの。明日は朝に臨んで政務を決裁しようぞ。美人の配慮に応えることとしよう」

しかしこれは費仲と妲己が仕組んだ計略であった。まったく好意からの配慮などではないことはもちろん。だがそのことはさておく。

次の日、天子は朝を開くこととした。左右の奉御の官が連なり、寿仙宮を出て、輿《こし》に乗って龍徳殿を過ぎ、分宮楼に至る。赤い灯火がともされ、香気がただよう。

紂王の輿が進むなか、分宮楼の門の傍らから、突然一人の男が飛びだした。身長は一丈四尺ほど、頭には頭巾をかぶり、手に宝剣を提げている。まるで虎狼のような勢いで、大喝して紂王に斬りかかる。男は叫んで言う。

「無道なる昏君《こんくん》め、酒色におぼれて政務をないがしろにするとは。われは皇后陛下の命に従い、昏君を誅するぞ。そうなれば湯王の天下を他人に渡さずともすむであろう。そうなればわが主《あるじ》が王になるのだ！」

宝剣でもって斬りかかる。しかし紂王の両側には護衛の官も多く、刺客が近づくまえにとりおさえられてしまった。そして縄で縛りあげられて、紂王の前に引き立てられ、ひざまずかされる。紂王は驚きつつもかつ怒り、大殿の玉座に登る。文武百官たちが拝礼を行うが、なにが起こったかわからずにやや混乱していた。

紂王は言う。

「武成王の黄飛虎、亜相の比干を呼べ」

黄飛虎と比干は拝礼し、ひざまずく。紂王は言う。

「二人とも、今日朕は朝を開こうとして、異常な事があった」

比干が問う。

「異常な事とは何でございましょう?」

王は答える。

「分宮楼において刺客が出現し、朕を刺し殺そうと狙ったのじゃ。いったい何者が指図したのであろうか」

黄飛虎はその言を聞いて大いに驚き、慌てて周囲の者に尋ねる。

「昨日警護に当たっていたのは、誰であるか?」

いならぶ武将たちの間で、総兵官の魯雄が列を進み出て、平伏して答える。——魯雄も、実は「封神榜」にも名が載せられている人物である。

「臣《わたくし》が警備に当たっておりました。しかし刺客が入り込む余地などなかったはずです。この者は五更の時刻に百官が入場したのにまぎれて分宮楼に忍びこみ、事を起こしたのではないでしょうか」

黄飛虎は申しつける。

「その刺客を連れてまいれ！」

武官たちは刺客を軒下にまで連れてくる。紂王は尋ねる。

「諸卿のなかで、誰が朕のためにこの者を尋問し、事を明らかにしてくれるかな？」

班列のなかから一人が進み出て拝礼を行う。

「この費仲が不才ながら、尋問に当たりましょう」

いや、費仲はそもそも尋問を担当すべき官ではなかった。これはそもそも費仲が姜皇后を陥れるための計略であったから、別の人間が尋問に当たって事が暴露されるのを恐れたためでもある。そのためにわざわざ尋問の役目を買って出たわけである。

さて、費仲は刺客を連れ出し、午門の外で尋問を行った。刑具を用いることもなく、すらすらと謀反を企んだ事を白状した。費仲は大殿に戻り、紂王にお目通りし、平伏して報告した。文武の百官たちは、そもそもこれも費仲が仕組んだ計略であることはわからず、ただその報告を聞いていた。

紂王は尋ねた。

「さて、何か判明したか」

費仲は答える。

「臣《わたくし》はあえて上奏を控えたいと思います」

紂王が問う。

「そなたはすでに白状させたようではないか。なぜ申さぬか？」

費仲は答える。

「臣の罪をまずお許しいただけますでしょうか。それであれば申しあげます」

紂王は言う。

「そなたの罪は許すことにいたそう」

費仲は申しあげる。

「刺客の姓は姜、名は環と申します。この者は東伯侯姜桓楚の配下でございます。陛下を狙ったのは、謀反を起こして王位を簒奪し、姜桓楚を天子となすための策謀でございます。幸いにご先祖の霊威、また天地の神の庇護、陛下の無上の福により、事は露見し、刺客も捕らわれました。どうか陛下には九名の公卿と文武百官とご相談あって、どうか寛大なご処分をお願いいたします」

紂王は聞き終わると、机を手で叩き、怒って言う。

「姜皇后はわしの正室でありながら、かくも大逆不道の事を謀るとは許せぬ。いや、いまさら何を寛大な処分などと言うのか。この宮中の害を除かなければ、禁中に不穏な輩を抱えたままとなろう。それでは身近な危険も避けえぬところ。すみやかに西宮の黄貴妃に命じて皇后を尋問させよ！」

紂王の怒りは雷のごとくであった。紂王が寿仙宮に戻ったことはさておく。

さて、大殿に残った大臣、文武百官の者たちも、事の真偽が不明で、おたがいに論じ合ったが結論が出ない。上大夫の楊任《ようじん》が黄飛虎に向かって言う。

「姜皇后は徳あり品行の正しく、また慈愛に満ちたかたであります。宮中のなかを治めるにも正しき法に従ってらっしゃいました。わたくしの考えますところ、今回の謀反については別に理由があり、おそらく陰謀を企んだ者があるのではないかと。殿下のかたがた、大臣のみなさま、ここは朝を退いてはなりませぬ。

西宮の黄娘娘がお調べになった結果を聴き、それから行動しても遅くはないと存じます」

文武百官はその言に従い、九間大殿にとどまった。

さて、奉御の官は中宮に向かい、姜皇后に天子の命を伝えた。その聖旨の内容は次のようなものであった。

勅に言う。皇后の位は中宮にあたり、徳は乾坤《けんこん》の坤《こん》にあたる。その地位は天子に匹敵する。それであれば日夜徳を慎み、修養に励み、天子を補佐すべきところである。しかしながら、皇后はいま大逆の行いに荷担《かたん》し、武士の姜環を養い、分宮楼において王の命を狙った。幸いに天地の神の庇護により、奸賊は捕らえられ、午門において尋問せらるることとなった。白状した内容によれば、皇后は父の姜桓楚と謀議を企み、王位を簒奪せんと謀った。これは天地の大倫に背くものであり、綱紀は失われる。奉御官に命じて皇后の身柄を西宮に送る。西宮はぬかりなく尋問を行い、その罪を明らかにせよ。くれぐれも私情にとらわれて、罪を軽くするようなことをしてはならぬ。ここに命ず。

姜皇后はこの勅命を聴き、声をあげて泣いて言う。

「冤罪じゃ、ぬれぎぬじゃ！　いったいどこの奸賊が事を起こし、この身に大逆の罪名を着せようというのか。この身は長年のあいだ、宮中を守り、倹約につとめ、朝早く起き夜は遅く寝て、懸命に努めてまいりました。ところがなんと事の起こりをよく確かめようともせず、西宮に身柄を送れなどとは。ああ、この身は処断を免れぬか！」

姜皇后は悲嘆にくれて泣き、襟を涙でぬらした。奉御の官は姜皇后を西宮に連れて行く。黄貴妃はやむなく聖旨を上座に置き、国法に基づいて尋問せざるを得ない。姜皇后はひざまずいて言う。

「わたくし姜氏はこれまで忠誠を誓ってきました。その心は天地の神もご存じです。いま不幸にも賊の計略により陥れられました。どうか賢妃にはわが平素の行いに鑑《かんが》み、どうかわたくしの身の潔白を証明してくださるようお願いいたします」

黄貴妃は言う。

「聖旨には、あなたが姜環に命じて陛下の弑殺を試み、国を東伯侯の姜桓楚さまに与え、商王朝の天下の簒奪を企んだとあります。事は重大で、礼に背き、人倫を乱し、夫婦の義にももとります。もし本当のことであれば、九族を誅せられる大罪となります」

姜皇后は言う。

「賢妃、どうかお聞きください。わたくし姜氏は姜桓楚の娘であります。父は東魯を鎮護し、二百諸侯を統べる身です。官位は最上であり、その勢威は朝廷の三公に匹敵します。そして身は皇族に列し、その娘は中宮にあり、四大諸侯のなかでも上位にあります。またわたくしは子の殷郊《いんこう》を生み、すでに皇太子となっております。陛下万歳の後は、わが子が皇位を継ぐのです。そしてわが身は皇太后となります。それなのに、そのような企てを起こしてどうなると言うのでしょう。また仮に父が天子となったとして、その娘が太廟に合祀されるなど、聞いたこともありません。わたくし、身は女ではございますが、そのくらいは理解しております。また天下の諸侯はわが父一人ではございません。もし天下の諸侯が天子を弑《しい》した罪を問うて戦を起こしたら、とうてい防ぎきることはできないでしょう。どうか賢妃にはこの事情をお察しあって、この冤罪をおはらしください。このようなわたくしの忠誠を陛下にお伝えいただければ、大恩このうえありませぬ」

その姜皇后の言が終わらぬうちに、尋問の報告への催促が来た。黄妃は輦に乗って寿仙宮に向かう。紂王の前に出ると黄妃は拝礼を行う。拝礼が終わると、紂王は尋ねた。

「どうじゃ、あの女は白状したかな？」

黄妃は答える。

「聖旨を奉り、厳しく姜皇后を尋問いたしましたが、疑うべき点はまったくございません。皇后は実に賢徳にあふれた方です。皇后は正室であられ、長年陛下に仕えてまいりました。陛下の恩寵を蒙り、殿下が産まれて皇太子となりました。陛下万歳ののちは、皇后の身は皇太后となります。いったい何の不満があって、わざわざ欺いてまでこのような一族誅滅の災いを招きましょうか。いわんや姜桓楚は東伯侯の位にあり、皇族に列せられ、諸侯からは千歳と仰がれる身です。人臣の極みでありながら、わざわざ刺客を派遣して陛下を狙うなど、あるわけがありません。姜皇后はこのような冤罪に心を痛めていらっしゃいます。もし姜皇后が愚かであったとしても、その父が天子となり、娘を皇太后として甥に天下を継がせるなどということがあり得ないのは承知しております。そのような高い地位を捨ててわざわざ低い身分になり、かつ位の高い者を遠ざけて低い者に親しむなど、愚か者でもいたしません。姜皇后が正室にあってからこの年月、ずっと礼教を重んじてこられたのはご存じでしょうに。どうか陛下にはこの冤罪をおはらしください。正室にある方を誣告《ぶこく》するなど、徳に背くものです。さらに皇太子の生母であられる方です。どうかこれを憐れんでお許しください。さすれば姜皇后のみならず、わたくしも感謝の極みでございます」

紂王はこの言を聞いて、考え込んだ。

「いや、黄貴妃の申すことは理にかなっている。確かに皇后がそのようなことをするはずがない。これは何

か裏の事情があるのではないか」

紂王は遅疑し、どのように事を進めるべきか迷っていた。しかしかたわらにいる妲己を見ると冷笑している。紂王はその妲己の笑みを見て、問うた。

「美人はどうして笑っているのかな？」

妲己は答えて言う。

「黄娘娘は姜皇后にだまされておいでです。そもそも何事かをしでかした人は、良いことはおのれのこととし、悪事は他人に押しつけるもの。ましてや謀反を謀るような大逆不道の輩が、軽々しく自分の罪を認めるわけはありません。かの姜環なる者が父親の配下であり、すでに自白している以上は、もう知らぬふりはできますまい。だいたい指図した者として、三宮の后妃のうち、どうして他の者をあげずに姜皇后の名だけをあげたのでしょうか。これに偽りはないと思います。おそらく、姜皇后は重い刑を科さなければ白状しないと思います。どうか陛下にはお察しください」

紂王は言う。

「なるほど、美人の言うことはもっともだ」

黄貴妃はかたわらにあって言う。

「蘇妲己、そなたは何を言うのですか！　皇后は天子の正室、天下の国母でいらっしゃいます。その位は天子に匹敵します。また三皇が世を治め、五帝が君たりし時には、もし皇后に過ちがあったとしても、その地位を失うだけで、刑罰にかけてよいという法はありませんぞ」

妲己は言う。

「法は天下のために定められたものです。天子は天を代行するのが務めです。どうして自分の意思で変えてよいものでしょうか。そもそも法を犯した者については、貴賤を論ずるべきではなく、その罪は等しいはずです。姜皇后がもし自白しないのであれば、その片目をえぐると陛下はご命令ください。目は心の苗であると申します。姜皇后がもし自白しないのであれば、その片目をえぐるとにされれば、恐れて白状するでしょう。文武百官にもこれは法の常であると知らしめてくだされば、過酷であるとの批判もないでしょう」

紂王は言う。

「妲己の言はもっともである」

黄貴妃は姜皇后の片目をえぐるという話を聞いて、慌てて輦に乗って西宮に戻り、輦を降りて姜皇后と会って、涙ながらに足踏みして言う。

「皇后さま、妲己はあなたの百代の仇と申すべきです！　陛下の前であれこれとたわごとを述べ、あなたさまが白状しなければ、片目をえぐると言いだしたのです。どうか嘘でも構いませんので、罪を認めてください。歴代の君王も、正室に害を加えることはなさいませんでした。おそらく身分を下げられ、いったん閉じ込められるということですみましょう」

姜皇后は泣きながら言う。

「貴妃がわたくしのためにおっしゃってくださることはわかります。しかしわたくしは平素より礼教の教えを尊んでおります。どうしてこのような大逆の行いを認め、父母を辱め、祖先を汚すようなまねができましょうか。妻が夫を刺し殺すなど、不徳の行いで、綱紀を損なうものです。しかもわが父を不忠不義の奸臣に仕立てあげ、一族に汚名を着せ、悪名を千年ののちまで残し、後世の人々から軽蔑されるなど、耐えられません。太子もおそらくは安泰とは申せません。しかし、たとえそうであっても、犯したこともない罪を認めるわけにはいきません。たとえわが目をえぐられようとも、また身を熱い鼎に放り込まれようとも、身体を切り刻まれようと、それは前世で犯した罪の報いなのでしょう。大義にもとるわけにはいきません。いにしえより『粉骨砕身《ふんこつさいしん》も恐れず、ただ潔白を世に留めん』と申します」

言い終わらぬうちに、聖旨が到着する。

「姜皇后が白状しなければ、その片目をえぐりとれ！」

黄貴妃は言う。

「どうか早くお認めください！」

姜皇后は泣きながら答える。

「たとえ死すとも、どうして犯してもいない罪など認められますか」

奉御の官はなんとか白状するように何度も迫ったが、皇后はどうしても認めない。やむを得ず、ついに片目をえぐり取ることになった。鮮血が衣を染めて、皇后は気を失って倒れた。黄貴妃は慌てて左右の宮女に扶《たす》けおこさせる。しかし姜皇后は気絶したままであった。憐れむべし、その様子を詩に描いて言う。

目をえぐり災禍《さいか》飛ぶも禁ぜず、ただ規諫《きかん》の語はあい侵《おか》す
つとに知る国破れて救いなきを、空しく西宮に血《ち》、襟《えり》を染める

黄貴妃は姜皇后がこのような残酷な刑に処せられるのを見て、涙が止まらなかった。奉御の官は血のしたたるままに眼球を盆の上に載せ、黄貴妃とともに紂王のもとに戻った。黄貴妃は輦を降りて殿中に入る。紂王は早速に尋ねた。

「あの女は白状したか？」

　黄貴妃は答える。

「姜皇后はそのようなお心はございません。激しく追究され、片目をえぐられることになっても、決して大義を失ったりはされませんでした。どうか陛下には皇后の眼球をご覧いただきますよう」

　黄貴妃は姜皇后の血のしたたる目が載った盆を差しだした。紂王は姜皇后の眼球を見て、さすがに長年の夫婦の情愛を思い出し、後悔してやまなかった。頭を垂れてしばらくは語らず、自責の念にたえなかった。振り返って妲己を責めて言う。

「軽々しくそなたの一言を信じて、姜皇后の目をえぐることになってしまった。しかしそれでも白状せぬではないか。いったい誰に責任があるのか。そなたの軽挙妄動のせいで事態は悪化したのだぞ。もし文武百官が不服を申したら、いったいどうするつもりだ」

　妲己は言う。

「姜皇后が罪を認めぬのであれば、文武百官はたしかに黙っていないでしょう。また東伯侯は一国に鎮たる者、娘のために兵を起こすかもしれません。ですので、必ずや姜皇后の自白が必要になります。さもなくば、百官の口を封ずることもできますまい」

　紂王はまた考え込んだが、焦り悩み、まるで羊が柵に引っかかって動けなくなっているかのごとく、進退きわまった形であった。しばらくしてから紂王は妲己に尋ねる。

「だとすれば、いったいどうすればよいのか？」

　妲己は答える。

「事ここに至れば、毒を食らわば皿までと申します。皇后が罪を認めれば問題はありませんが、認めなければ紛糾しましょう。いまやさらに酷刑でもって脅すしか手段はありません。どうか陛下には命令をお出しください。銅柱一本をもって、中に炭火を入れて真っ赤に焼き、もし罪を認めなければ、炮烙でもって姜皇后の両手を焼くのです。十本の指がすべて焼かれるようであれば、痛みのあまり、必ずや罪を認めることでしょう」

紂王は言う。

「しかし黄貴妃の言うには、姜皇后はまったく罪を認めるつもりはないというぞ。いまこのような酷刑を用いて、皇后を尋問したとなれば、文武百官も黙っておるまい。目をえぐったことも過ちだというのに、さらにこの上、誤りをおかすのか？」

妲己は言う。

「陛下は間違っておいでです。事ここに至れば、その勢いは止めることはできませぬ。どんなに姜皇后を責めたとしても、陛下の行いを天下の諸侯、文武百官に騒ぎ立てられるよりはよいでしょう」

紂王はいかんともしがたく、命令を出さざるを得なかった。

「もし白状せぬようであれば、炮烙でもってその両手を焼け。私情にとらわれてはならぬぞ！」

黄貴妃はこの言を聞いて非常に驚き、魂も抜けんがばかり。輦に乗って西宮に戻り、姜皇后に会う。姜皇后は地に倒れ、衣装は血で汚れ、惨憺《さんたん》たるありさまであった。その様子を見て、黄貴妃は声をあげて泣きながら叫ぶ。

「ああ、皇后さま！　あなたさまはいったい前世で何があり、天地の怒りを買うような罪を犯され、このような酷刑にあっておられるのですか」

そして姜皇后を扶けおこし、慰撫して言う。

「皇后さま、どうか罪をお認めください。すでに陛下は昏君となられ、心も毒に犯されているありさまです。あの卑しい女の言うことばかり聞いて、あなたさまを死地に陥れているのです。もしお認めなければ、あなたの両手を炮烙で焼くというのです。そのような残酷な光景を見るのは、わたくしは耐えられません」

姜皇后は血の涙を流しながら、泣いて言う。

「わたくしは前世で重い罪を犯したのでしょう。そうであれば、報いは避けられません。このわたくしの行いが潔白であったことをあなたが見届けてください。そうであれば、わたくしは死すとも心残りはありません」

その言が終わらぬうちに、奉御官が焼かれた銅柱を引き据えて、聖旨を伝える。

「姜皇后が白状せぬのであれば、その両手を焼くこととする！」

姜皇后の心は石や鋼のごとく固く、絶対に無実の罪などを認めようとはしない。奉御官はやむを得ず、銅柱でもって姜皇后の両手を焼く。皮膚と肉の焼ける臭いがただよい、骨が焼ける煙がたちのぼる。十本の指がすべて焼かれ、姜皇后は昏倒して地に倒れる。後の世の人がこの光景に心を痛め、詩を作って言う。

銅斗《どうと》焼かれて紅烈なる焔《ほのお》生ず、宮人この際にも無情を下す
憐れむべし一片の忠貞の意も、化して宮流となり日夜嗚《な》く

黄貴妃はこの光景を見て、悲憤にたえず、心をえぐられるような感覚を覚え、慟哭した。輦に乗って寿仙宮に戻る。宮中にて紂王に会うと、黄貴妃は泣きながら告げた。

「これほど残酷な刑で何度も問いただされましたが、罪を認めることはなさいませんでした。これは必ず

や、奸臣がおりまして宮中と外部とを通じ、皇后陛下を陥れたものと考えます。その実情を精査しなければ、災いが起きましょう」

紂王は聞いて、驚いて言う。

「これはすべて、蘇美人の言う通りにしたまでのことじゃ。しかしいまとなっては、どうしたらよいのじゃ！」

妲己が平伏して言う。

「陛下は別にご心配には及びません。刺客の姜環はまだこちらにおります。威武《いぶ》大将軍の晁田《ちょうでん》と晁雷《ちょうらい》に命じて、姜環を西宮に連行し、姜皇后と対面させれば、皇后の共犯であることが明白になり、必ずや罪を認めるでしょう」

紂王は言う。

「それはよい方策じゃ」

そこで命令を伝え、刺客姜環を連れて行き、尋問させることとした。黄貴妃が西宮に戻ったことはさておく。

さてさて、晁田と晁雷が刺客姜環を西宮に連れて行き、対面させることとなった。姜皇后の命やいかん、それについては次回にて。

第八回　方弼・方相、朝歌にそむく

方弼方相反朝歌

詩に言う。

美人は禍国《かこく》にて万民に災いあり、忠良を駆逐すること草莱《そうらい》のごとし
寵をほしいままに妻を誅し夫道絶たれ、讒を聴いて子を殺し国儲《こくちょ》灰となる
英雄主を棄てて多く亡去し、俊彦《しゅんげん》才を懐きてことごとく隠埋《いんまい》す
笑うべし紂王《ちゅうおう》の孤注《こちゅう》にして立つを、紛紛《ふんぷん》として兵甲塵埃《じんあい》に起こる

さて晁田・晁雷の二将は、姜環《きょうかん》を引き立てて西宮のところでひざまずかせる。黄貴妃は言う。

「姜娘娘《にゃんにゃん》、あなたの仇《かたき》がまいりました」

姜皇后は刑罰で痛めつけられた身体を起こし、残った片方の目でにらみつけ、罵って言う。

「この賊子《ぞくし》め、そなたはいったい誰に買収されて、このわたくしを陥れろと命じられたのか。しかもわたくしが王を狙ったなどと誣告《ぶこく》しおって。天地の神々も、そなたを許すことはないであろう！」

姜環は言う。

「そもそも娘娘がそれがしをお使いになったのではありませんか。それがしはご命令通りに行動したまでです。娘娘にはお隠しになる必要はございません。すべて本当のことなのですから」

黄貴妃は怒って言う。

「姜環、この卑怯者めが。そなたはこのように姜娘娘が酷刑を受けて苦しんでおられるのを見て、何とも思わないのですか。天地の神々も、そなたを許すことはないでしょう！」

黄貴妃が尋問することはさておき、東宮《とうぐう》では太子の殷郊《いんこう》、二番目の王子の殷洪《いんこう》の兄弟が囲碁を打っていた。しかしそこに東宮大監《とうぐうたいかん》（皇太子つきの宦官《かんがん》）の楊容《ようよう》が来て、叫んだ。

「千歳殿下、たいへんなことが起こりましたぞ！」

太子殷郊はその時まだ十四歳、二番目の王子の殷洪は十二歳であった。まだふたりとも幼く、遊戯のほうが楽しく、楊容の言も気にとめなかった。楊容は再び告げて言う。

「殿下、どうか碁を打つのはおやめください。いま宮中で事件が起こりました。国家の存亡にかかわる大事ですぞ！」

殷郊らは尋ねる。

「いったい何事が起きて、宮中の災いとなるのか？」

楊容は涙ながらに告げる。

「千歳殿下に申しあげます。いま皇后陛下は、何者かに陥れられて誣告され、陛下は怒りのあまり西宮におつかわしになりました。そして皇后の片目はえぐられ、両手を炮烙で焼かれ、いま陛下を狙った刺客と対峙させられております。どうか殿下には、娘娘をお助けくださいますよう」

殷郊は聞くなり一声叫び、弟を連れて東宮を飛びだした。そして西宮に至り、宮殿の前に進む。太子殷郊が見るに、母親の姜皇后が全身を血で染め、両手は焦げた状態で、その異臭が漂っていた。殷郊は驚き悲しみつつ、母親の身にすがりつき、ひざまずいて慟哭して言う。

「娘娘にはどうしてこのような残酷な刑に遭われましたか！　母上、もしその身に罪があったとしても、皇后の位にあるならば、このような刑を加えられることはないはずです」

姜皇后はわが子の声を聞き、残った片目を開けると、その子を見て叫んで言う。

「わが子よ、そなたはこの母の目をえぐられ両手を焼かれた姿を見るがよい。これはそこの姜環が、わたくしが陛下の弑殺を謀ったと誣告し、妲己が讒言を行って、わが手や目を失わせたものです。そなたたちは何としても、この母の冤罪をはらしておくれ。それがそなたたちを育てたこの母の願いです」

こう告げると、姜皇后はさらに「ああ、苦しい！」と声をあげ、嗚咽し、そのまま息を引きとってしまった。

太子殷郊は、母親が憤死し、さらにまた姜環が傍らにひざまずいているのを見て、黄貴妃に尋ねた。

「姜環とはどの者ですか」

黄貴妃は姜環を指さして言う。

「そこにひざまずいている男が、そなたの母親の仇である姜環ですよ」

殷郊は怒り狂い、西宮の門のところに一振りの宝剣が提げてあるのを手に取った。

「この逆賊め、自分が陛下を狙ったくせに、かえって皇后を陥れるとは！」

言うと姜環に斬りつけ、その身を一刀のもとに両断してしまった。血があたり一面に飛び散る。殷郊は叫んで言う。

「妲己を殺して、母上の仇を討ってやる！」

剣を持ったまま西宮を出る。その勢いは飛ぶがごとくであった。晁田・晁雷の兄弟も、太子が剣を持ったまま、「殺す」などと叫びながら進んでくるのを見て、その理由がわからず、身をひるがえして寿仙宮に戻ってしまった。黄貴妃は殷郊が姜環を殺してしまい、かつ剣を持ったまま西宮を出て行ったのを見て、驚いて言う。

「あの子はまだ何もわかっていない」

そこで殷洪に向かって言う。

「あなたの兄を呼び戻してくるのです。わたくしに話があると言って!」

殷洪は命に従い、宮殿を出て兄に向かって叫ぶ。

「兄上、黄娘娘があなたに戻るよう呼びかけています。お話があるそうです」

殷郊はその言を聞き、西宮に戻ってくる。黄貴妃は告げる。

「殿下、あなたさまは短気のあまり、姜環を殺してしまいました。しかし殺してしまっては証言もできません。生きていれば銅柱でこの者の手を焼いて責め、また酷刑でもって尋問し、誰が首謀してこのようなことをやらせたのか知ることができるでしょう。それを陛下に報告して冤罪をすすぐこともできます。しかし殿下が剣を手に宮殿を飛び出し、妲己を殺すなどと言われてしまってはさらに疑いを招くだけです。おそらく晁田・晁雷の二名は寿仙宮において、そのことをあの昏君に報告してしまっているでしょう。そうなれば、殿下の身も危うくなり、その災いはさらに大きなものとなるでしょう」

黄貴妃がこのように告げると、殷郊と殷洪の兄弟は後悔したが、すでに取り返しがつかない事態となっていた。

黄貴妃の予想通り晁田・晁雷の二将は、寿仙宮の門に入ると殿中に進み、慌てて紂王に報告する。

「おふたりの殿下が、剣を手にこちらに斬りこんでまいります！」

紂王は聴いて、大いに怒って言う。

「あの不孝者めが！　姜皇后が謀叛を企んで刺客を送り、その事件もまだ片付いていないのに、こんどはあの不孝者めが剣を手に父親を殺そうとするとは。このような謀反人は、放置しておけぬ。晁田・晁雷にはこの龍鳳剣を授ける。この剣でもって、謀叛の不孝者ふたりの首級を取り、国法を正せ！」

晁田・晁雷の二名は寿仙宮を出て、西宮に至る。西宮の奉御官が黄貴妃に彼らの来訪について伝える。

「陛下は晁田・晁雷の二将に剣を与え、殿下を誅するよう命じられました」

黄貴妃は宮殿の門に出て、晁田兄弟が天子の龍鳳剣を捧げ持っているのを見る。黄貴妃は言う。

「そなたらは、どうしてこの西宮に来たのですか？」

晁田・晁雷の二将は黄貴妃に向かって答える。

「われら晁田・晁雷の二名は、陛下の命を奉りまして、謀反人たる殿下、おふたりの首級を取り、もって父を弑《しい》せんとする罪を裁かんとするものです」

黄貴妃は一喝して言う。

「この愚か者ども！　いま太子が西宮から出たのを見たところであろう。どうして東宮に行って探さぬのか？　わたくしはそなたたちの真意を知っておりますよ。そなたたちは天子の命をかさにきて宮女に戯《たわむ》れようというのでしょう。そなたらのような君を欺き上に逆らう卑怯者どもは、もし天子の剣がなければその馬《うま》面《づら》を斬るところです。さっさと出て行きなさい！」

晁田兄弟はその言を聞いて、魂が飛び出るかのごとく驚き恐れ、ほうほうの体《てい》で退散するしかなかった。

あえて目を合わせようともせず、東宮へと向かっていった。

黄貴妃は急いで西宮に戻り、殷郊兄弟を呼び出す。黄貴妃は涙ながらにふたりに告げる。

「あのように昏君が妻子を殺そうとするようでは、もうこの西宮でもあなたがたを助けることはできません。とりあえずは馨慶宮《けいけいきゅう》の楊貴妃のところに行き、一日二日かくまってもらいなさい。もしその間に大臣が諫言してくれるようでしたら、おふたかたの命も救われるかもしれません」

殷郊たちはひざまずいて、こう述べた。

「娘娘、この恩にはいつの日か報いたいと存じます。ただ母上が亡くなり、その遺体は放置されたままです。どうか娘娘には天地のごとく広い心をお示しになって、母の冤罪を思い、板などを使って遺体を覆い隠してくださりますよう。そうしてくだされば、この恩は決して忘れません」

黄貴妃は言う。

「どうか早くお行きください。あとのことはわたくしにお任せください。寿仙宮に行って報告し、できるだけのことはいたします」

殷郊たち二名は、西宮の門を出て、馨慶宮にやってくる。楊貴妃は宮門のところにあって、姜皇后の消息を案じていた。殷郊たち兄弟は平伏する。楊貴妃は驚いて尋ねた。

「おふたりの殿下、皇后陛下のことはどうなりましたでしょうか？」

殷郊が涙ながらに報告する。

「父王は、妲己の言を信じてしまい、何者かにそそのかされてか、姜環が母上を誣告し、そのために母上は片目をえぐり取られ、両手を炮烙されて、非業の死をとげました。いままた妲己の讒言を信じて、わたくしどもを殺そうとなさっています。どうか姨母《いぼ》（叔母）にはわれら兄弟の命をお救いください」

楊貴妃は聞いて、満面に涙を流し、嗚咽《おえつ》しつつ言う。

「殿下がた、どうか宮殿のなかにお入りください！」

殷郊兄弟は宮殿に入る。楊貴妃はひそかに思う。

「晁田・晁雷のふたりは、東宮に太子兄弟がいないことがわかったら、こちらの宮殿を探しに来るでしょう。まずあのふたりを追い返してから、それからまた事を図らねば」

楊貴妃が宮門に立っていると、晁田兄弟がまるで狼や虎のごとくの勢いで進んできた。楊貴妃は命ずる。

「宮殿を護衛する者に命じます。あの者たちを捕らえなさい。ここは後宮にあたります。そこに外官が自由に入ってくるとは、一族誅滅の罪に値します！」

晁田はこの言を聞き、進んで楊貴妃に告げる。

「娘娘、わたくしどもは晁田・晁雷にございます。いま天子の命に従って、おふたりの殿下を探しているところです。いま龍鳳剣がございますゆえ、拝礼はできませんが、ご容赦ください」

楊貴妃は彼らを叱りつけて言う。

「太子殿下なら東宮においでコでしょう。どうして馨慶宮に来るのです？　もし天子の命でなければ、そなたらは賊臣として扱われるところでしたよ。さっさと去るがよい！」

晁田はもう返事もできず、そのまま退散するしかなかった。晁田は晁雷に相談する。

「さて、この件はどうしたらよいものか？」

晁雷が言う。

「三箇所の宮殿、すべて太子さまたちはおられなかった。われわれはもとより宮殿のなかは不案内《ぶあんない》だ。どこの道が通じているのかもわからぬ。ここはいったん寿仙宮に戻り、陛下に報告すべきであろう」

兄弟ふたりが戻っていったことはさておく。

楊貴妃は馨慶宮に入り、殷郊兄弟と会う。楊貴妃は言う。

「この宮は人の目も多く、あなたがた兄弟が長くいられるところではありません。いま君王は愚かで、臣下も当てにならぬ者が多いです。わが子や妻を殺すなど、まったく道に背き、人倫を無視した行いです。おふたりの殿下は九間大殿《きゅうけんたいでん》に行かれるとよいでしょう。そこではまだ文武百官が待機しておると思います。あなたがたは皇伯にあたる微子《びし》・箕子《きし》・比干《ひかん》・微子啓《びしけい》・微子衍《びしえん》、それに武成王の黄飛虎に会われるとよいでしょう。陛下があなたがた兄弟をお責めになるとしても、この大臣たちが保護してくれるでしょう」

殷郊兄弟はその言を聴き、姨母の楊貴妃が生きのびる方策を教えてくれたことに叩頭して感謝の意をあらわした。そして泣きつつ、その場を離れていった。楊貴妃はふたりが去ったあと、繡墩《しゅうとん》の上に座り、嘆息して思う。

「姜皇后は正室であられたのに、奸臣に陥れられて酷刑に処せられた。ましてやわれら側室はどうなることか。いま妲己は寵をたのんで、陛下を籠絡《ろうらく》している。もし誰かがおふたりの殿下はこの馨慶宮から脱出したと告げて、わたくしに罪を着せたとしたら、皇后陛下と同じような目に遭わされるのはまちがいない。どうしてあのような酷刑に耐えられようか。またわたくしは陛下に多年お仕えしたものの、子どもも産んでおらぬ。東宮の太子は実の子であるというのに、父性をみじんも感じさせず、このような結果になっている。すでにこの王室では人倫の道は絶たれて、大きな災いが起ころうとしている。わたくしとて、この身がどのようなひどい目に遭うか、わかったものではない」

楊貴妃は考えれば考えるほど悲観的になり、やがて宮門を閉じて奥に入り、そこで首をくくって自殺してしまった。馨慶宮に仕える者がこのことを寿仙宮に報告した。紂王は楊貴妃が自殺したと聞いたが、その理由がわからずにいぶかしんだ。ただ、次のように命じた。

「貴妃のために棺を用意して、白虎殿《びゃっこでん》に安置せよ」

さて、晁田と晁雷の兄弟は寿仙宮に戻り、また黄貴妃は輦に乗って戻る。紂王は問うた。

「姜皇后が死んだのか？」

黄貴妃は答える。

「姜皇后は最期に臨んでこのように叫んでおられました。『わたくしは陛下に仕えること十六年、ふたりの子を産み、長男は皇太子に立てられ、中宮にあって毎日慎み、小心翼々として過ごしてまいりました。また陛下のおそばの妃について嫉妬したこともございません。しかし、何者か知りませんがわたくしを恨み、刺客の姜環を買収し、わたくしに大逆不道の罪を着せた者がおります。そのために酷刑を受け、十指は焦がされ、肉も骨も砕けるというありさま。産んだ子の運命も知れず、恩愛も流れる水のごとく消え去り、またこの身も獣にすら劣る境遇となりはてました。この場では冤罪をすすぐことはできませんでしたが、どうか後世において正しく判断してくださるように願います』と。姜皇后はわたくしを通じて陛下に申しあげますよう願っておりました。いま姜皇后は息を引きとり、その遺骸は西宮に置かれたままとなっております。どうか陛下には皇后が太子を産まれたということを思って、棺を用意して、白虎殿に安置し、葬儀を行ってくださいますようお願いいたします。そうであれば、文武百官も納得しましょうし、陛下も徳を失わずにすまれるというもの」

紂王は聞いて命ずる。

「その通りに行うように」

黄貴妃は西宮に戻っていく。しかしその場にはまだ晁田が控えていた。紂王は問う。

「太子はどこに行った？」

晁田兄弟が答える。

「東宮にはおられませんでした。殿下がどちらに行かれたのかもわかりません」

紂王は言う。

「それでは西宮にいるのではないか？」

晁田が答える。

「西宮にもおられませんでした。また馨慶宮にもおられませぬ」

紂王は告げる。

「三つの宮殿それぞれ探してもいないところを見ると、おそらく九間大殿に逃げたのであろう。今度は必ずや捕縛し、もって国法を正せ」

晁田と晁雷がその命令を受けて寿仙宮を出て行ったことはさておく。

さて、殷郊と殷洪が大殿に向かうと、文武百官たちはまだ退朝せず、そのまま待機し、後宮内で何が起こったのか探ろうとしていた。武成王の黄飛虎は、あわただしく騒ぐ足音がするのを聞いて、孔雀の屏風の裏を見てみた。するとなんと太子殷郊と第二王子殷洪のふたりがおり、たいそうおびえた様子で、戦々兢々としていた。黄飛虎はふたりを迎えて言う。

「殿下はどうしてそのように慌てておられるのですか？」

殷洪は黄飛虎を見て叫ぶ。

「黄将軍、どうかわれわれ兄弟の命をお救いください！」

言い終わると泣き崩れる。また黄飛虎の衣服にすがりつき、地団駄《じだんだ》し足踏みをして言う。

「父である王は、妲己の言を信じて、白黒が判別できない状態になっています。わが母親は片目をえぐられ、両手を銅柱の炮烙によって焼かれ、西宮において亡くなりました。黄貴妃さまが尋問されましたが、王はまったく真実を見ず、偽りばかりを信じております。わたくしは母親があまりにも残酷な刑を受け、また誣告した姜環が嘘偽りを述べるのを見て、怒りのあまり考えなしに姜環を殺してしまいました。そのまま剣を持って妲己を刺殺しようとしたのですが、はからずも晁田が王の命令を受け、われら兄弟に死を賜るというのです。どうか伯父上がたにはわが母が冤罪に亡くなったのを哀れみ、この殷郊の命をお救いください。どうか商王朝の命脈を絶やさぬよう！」

言い終わると、ふたりの殿下は声をあげて泣く。文武百官たちもまた涙を含み、進みでて言う。

「皇后陛下が冤罪に陥れられて殺されたとなれば、われらも座視してはおられませぬ。合図に鐘と太鼓を鳴らし、天子の登殿をうながし、事の真偽を論じましょう。そうなれば、あるいは首謀者が判明し、皇后の冤罪をはらすことができるかもしれません」

その言が終わらぬうち、殿の西側で突然叫び声があがった。それはまるで雷鳴のごとき声であった。その者は叫んで言う。

「いまの天子は政治を誤り、自分の妻子を殺し、炮烙などという刑を作り、忠言に耳を貸さないなど、その非道はすでに目に余る。大丈夫たる者、皇后陛下のために冤罪をはらさず、また太子のために報復もできずに、ただ涙にくれているだけでは、児女の行いと変わらないではないか。いにしえより、『良禽《りょうきん》は木を選んで住み、賢臣は主《あるじ》を選んで仕える』と言うであろう。いま天子は非道にして、道義はすでに失われている。このありさまでは天下の主たることは難しい。われら臣下もまた恥ずべきである。われらはいまの王に背いて朝歌を出て、新たに君主を選び、無道の君主に代えて社稷を安んずるべきであろう！」

文武百官が見れば、それは鎮殿大将軍《ちんでんだいしょうぐん》の方弼《ほうひつ》と方相《ほうそう》の兄弟ふたりであった。黄飛虎はその言を聞き、大喝して言う。

「そなたらは多くの大臣らがおられる前で、でたらめなことを申すでない！　いま多くの大臣がいるところであるぞ、そなたらが話す必要はない。本来であれば、そなたらを乱臣賊子として捕らえねばならぬところだ。下がっておれ！」

方弼兄弟はこれを聞くとうつむいて、あえて発言しようとしなかった。

黄飛虎はこのように国政が乱れ、不祥の兆しが起こるのを見て、天意と人心の両方がこの王朝から離れつつあると考えた。そう考えると心中鬱々として、他にことばも出なかった。また微子・比干・箕子などの皇族、文武百官たちも、歯がみし、嘆いている様子であったが、しかしさしあたり対応策もなく、立ちつくすばかりである。そこへ身に大紅袍をまとい、宝帯を着けた一人の大臣が、前へ進んで殿下たちに告げる。

「今日のこのような事態に陥ったのは、まさに終南山の雲中子が予言していた通りです。いにしえより『君正しからざれば、臣に奸佞生ず』と申します。いま陛下は太師の杜元銑を斬られ、さらに梅伯を炮烙の刑に処しました。そしてこのような事態に陥っています。陛下はすでに黒白の区別がつかずに、妻子を殺すなどしておられますが、これはわたくしが考えますに、誰か奸臣がたきつけて賊子に行わせたものだと思います。そしてその首謀者は陰でひそかに笑っているのでしょう。ああ、憐れむべし。湯土の造られた商の社稷も、いずれは廃墟となり、われわれも誰か他人に捕らえられて終わるのかもしれませぬな」

この大臣は上大夫《じょうたいふ》の楊任《ようじん》であった。黄飛虎は嘆息して言う。

「大夫のおっしゃる通りになるのかもしれません」

文武百官はことばもなく、またふたりの殿下は泣くばかりであった。

しかし方弼・方相のふたりは、突然並んだ文武百官の者たちをかき分けて進み出る。そして方弼は殷郊を、方相は殷洪をそれぞれ抱え上げ、声をあらげて叫んだ。

「紂王は無道にして、わが子を殺し、妻を誅して人倫を棄て、湯王の命脈を絶とうとしている！　今日われわれはふたりの殿下を保護して東魯に向かい、兵を借りて昏君を除き、それから新たに湯王の子孫を奉じて王とする。われらは謀反いたすぞ！」

ふたりはそれぞれ殿下を背負うと、朝歌の城の南門から出ていく。方弼兄弟は身体も大きく、その力も衆に優れ、多くの官員を突き倒して進み、誰も止められないありさまであった。

そのことを後世の人が詩に書いて言う。

方家兄弟朝歌にそむき、殿下今番《こんばん》は網羅《もうら》を脱せり
みだりにいうなかれ美人よく舌を破ると、天心すでに去りかれを如何せん

さて文武百官たちは方弼・方相兄弟が謀反を起こしたのを見て驚愕したが、ただ一人、黄飛虎のみは知ら

ぬ顔をして落ちついている。亜相の比干が黄飛虎に近づいて言う。

「黄将軍、方弼たちは謀反を起こしましたのに、どうして何もおっしゃらないのですか？」

黄飛虎は答える。

「文武百官のうちに、方弼兄弟のごとき人物が他に見られないのは惜しむべきことです。方弼は、一介の粗忽な乱暴者にすぎませんが、それでも皇后が酷刑に死し、太子が冤罪を蒙るのを見て、身分が低いこともあって諫言せず、そのために殿下を背負って去って行ったのは、忠義の行いであるとしてよいでしょう。もしいま聖旨がこちらに送られてきたとすれば、殿下は死罪を免れず、彼らのごとき忠臣もそのために死ななければならなかったでしょう。そのように絶体絶命の境地であったため、一片の忠義の心からあえて謀反に踏み切ったものでしょう。その行いには同情すべき点が多々あります」

文武百官の誰もがまだ答えぬうちに、後殿において慌ただしい足音が響いた。百官が見ると、晁田兄弟が宝剣を捧げて大殿に入ってくる。晁田は言う。

「大臣各位、おふたりの殿下はこの九間大殿に来られませんでしたか？」

黄飛虎が答える。

「おふたりの殿下は、いましがた殿にあって泣きながら冤罪を訴えておいでだった。皇后陛下が酷刑に処せられ、また太子がたにも死を賜るということであった。それを聞いた鎮殿大将軍の方弼と方相は、憤懣《ふんまん》に耐えず、おふたりの殿下の身を背負って、都城を出て行った。まだ遠くまでは行っていないはずだ。そなたらはもし天子の命令を受けているのであれば、すぐに追いかけて身柄を奪還し、もって国法を正すべきであろう」

晁田と晁雷は、方弼兄弟が謀反したと聞いて、魂が外に出るほど驚いた。実は、方弼は身のたけが三丈六尺、方相は三丈四尺あまりもあり、とうてい晁田兄弟では相手にならない。方弼兄弟の拳を一発当てられただけで負けてしまうであろう。晁田は思う。

「これは黄飛虎がわれら兄弟を痛い目に遭わせるための方策だな。だとすればこちらにも考えがある」

晁田は言う。

「方弼がそのように謀反し、ふたりの殿下を連れて都城を出たとなれば、それがしは内宮にもどり、陛下に報告せねばなりません」

晁田は寿仙宮に戻り、紂王に申しあげた。

「臣らは九間大殿に行きましたところ、まだ文武百官が解散せずにおられました。しかしおふたりの殿下の姿はありませんでした。百官たちが言うには、おふたりの殿下は百官に涙ながらに冤罪を訴えられ、その後、鎮殿大将軍の方弼と方相の兄弟が殿下を連れ、謀反のうえ東魯に兵を借りるため都城を出たということでした。どうか陛下にはご判断をお願いいたします」

紂王は大怒して言う。

「方弼が謀反しただと。そなたたちはすぐに追いかけて連れ戻せ。法をおろそかにして逃がすようなことがあってはならんぞ！」

晁田は答える。

「方弼は勇猛な将でありまして、われらではとうてい連れ戻すことはできませぬ。もし方弼兄弟を捕らえるのであれば、陛下はすみやかに勅令をくだされ、武成王黄飛虎どのに行かせるのでなければ難しいでしょう。殿下もまた逃げることはできませせぬ」

紂王は言う。

「ではすぐに勅令を発する。黄飛虎に速やかに捕らえるように命ぜよ！」

晁田はこのように面倒事を黄飛虎に押しつけたわけである。晁田は勅令を持って大殿まで来ると、武成王黄飛虎に謀反人の方弼・方相を捕らえ、またふたりの殿下の首級を取ってくるように命じた。黄飛虎は笑って言う。

「わしにはわかっている。これは晁田が厄介事をわしに押しつけたのだ」

すぐに剣を持って午門を出ようとすると、配下の黄明《こうめい》・周紀《しゅうき》・龍環《りゅうかん》・呉謙《ごけん》などの将が申し出る。

「わたくしどもも従います」

黄飛虎は言う。

「そなたたちが行く必要はない」

みずから五色神牛《ごしょくしんぎゅう》にまたがり、騎獣をうながして出発する。この神獣は快速にて移動でき、日に八百里を走るものであった。

さて方弼・方相兄弟はふたりの殿下を背負い、一気に三十里を駆け抜け、その間ずっと殷郊兄弟を抱えたままであった。殷郊たちは言う。

「将軍がた、この恩にいつの日か報いたい」

方弼は答える。

「いやなんの。それがしどもは殿下がたが冤罪にて殺されるのを見てはいられず、怒りにまかせて朝歌を出てしまったわけです。しかしいずこへ身を寄せるべきか、いまもう一度考える必要があると思います」

相談するなか、武成王黄飛虎が五色神牛にまたがって追いかけてくるのが見えた。方弼と方相の兄弟は慌てふためき、殷郊たちに告げる。

「われらふたりは、一時の怒りに身を任せ、考えずに行動してしまいました。いま殿下をこのような窮地に陥らせるとは。いったいどうしたらよいのでしょうか？」

殷郊は言う。

「将軍らはわれら兄弟の命を救っていただいた。まだその恩に報いておらぬ。どうしてそのようなことを言うのか」

方弼は言う。

「黄将軍がわれらを捕らえに来たのです。もし連れ戻されることになれば、誅殺は免れません」

殷郊は慌てて見ると、黄飛虎はすでに目前にまで迫ってきている。ふたりの殿下は道ばたにひざまずいて言う。

「黄将軍が来たのは、われらを捕らえるためであるか？」

黄飛虎はふたりの殿下が道ばたにひざまずいているのを見ると、急ぎ神牛から飛び降り、またひざまずいて言う。

「臣《しん》は万死に値します。どうか殿下がたはお立ちくだされ」

殷郊は尋ねる。

「将軍が来られたのは、何のためでしょうか？」

飛虎は答える。

「陛下の命によりまいりました。天子は龍鳳剣を賜り、おふたりの殿下に自決せよとのことです。その命が行われたと確認しなければ、戻ることはできません。わたくしが殿下がたを害そうというのではありません。殿下がたにはどうかいさぎよくご自害なされますよう」

殷郊は聞き終えると、兄弟ふたりでひざまずいて訴える。

「黄将軍はわれら母子が冤罪であることをご存じのはず。母は酷刑に遭い、その無罪をはらすこともできませぬ。さらにわれわれのような幼き子どもまで殺されるようであれば、まさに一門は滅亡となります。黄将軍には、この孤児を憐れみくださり、慈悲の心をもって生きられる道を与えてくだされ。もしいくばくかの地を得て、生きのびることがかないますならば、死んでも将軍の恩徳を忘れることはありませぬ」

黄飛虎もひざまずいて言う。

「臣がどうして殿下と皇后陛下の冤罪を知らぬ事などありましょうか。しかし、これは陛下の命令でございまして、やむを得ぬ状況です。臣がもし殿下を見逃せば、これは君を欺き国を売った罪に問われることでしょう。だからといって陛下を捕らえたとすれば、それは冤罪であることを知って不正を行ったことになる。臣はいずれにせよ心忍びないのであります」

このような状態で、何度も考えをめぐらしたが、さりとて良計もない。殷郊はこの危機を逃れるのは難しいと判断し、黄飛虎に告げた。

「やむを得ない。黄将軍は君命を奉じており、法を違《たが》えるわけにはいかぬ。だが、一つだけ願いを聞いて欲しい。どうか将軍には徳を施していただき、一縷《いちる》の望みをつないでもらえないだろうか？」

黄飛虎は尋ねる。

「殿下には何かお考えがおありですか。どうか申してくだされ」

殷郊は言う。

「黄将軍にはどうかこの殷郊の首を斬って持参し、朝歌の都城に戻って復命してくだされ。わが弟殷洪はまだ幼く、彼だけはどうか他国に行くのを見逃して欲しい。この殷洪がいつか長じて報復の兵を借りることになれば、わが母上の冤罪をすすぐこともできるかもしれない。われ殷郊はこの日に死ぬとはいえ、なおその志は受け継いでくれるであろう。どうか将軍には憐れみを賜るよう」

殷洪はそれを聞いて、進み出て黄飛虎をとどめて言う。

「黄将軍、それはなりません。兄上は東宮の太子であります。わたしは一介の親王《しんのう》にすぎません。ましてやわたしは年も幼く、今後大事を果たすなど難しいと思われます。黄将軍にはこの殷洪の首級を持っていってくだされ。兄上は東魯に行くか、あるいは西岐に行かれ、そこで兵をお借りください。もし母上、この弟の仇を討ってくださるのであれば、わたしは死を恐れるものではありませぬ！」

殷郊は進み出て弟の殷洪の身を抱え、声をあげて泣く。

「そなたをそのようなむごい目に遭わせるわけにはいかぬ！」

殷郊兄弟は泣きながら、お互いに自分こそが犠牲になると主張する。方弼と方相の兄弟も、このふたりの痛ましい様子に、涙を滝のように流しつつ言う。

「このような悲運、耐えられませぬ！」

黄飛虎はこのように方弼らが忠誠心にあふれる人物であることを見て、また自らも殷郊兄弟の境遇が哀れに思われ、傷心にたえず、涙を流しながら方弼に教えさとした。

「そなたは泣く必要はない。またおふたりの殿下も泣きやんでくだされ。いまから話すことはこの五人だけの胸にとどめておきたい。もしこのことが他に知られたら、わが一族も誅滅《ちゅうめつ》の憂き目に遭うであろう。方弼、そなたは殿下がたを連れて東魯の姜桓楚どののところへ向かうのだ。方相、そなたは南伯侯の鄂崇禹どののもとに行くがよい。そしてわしが殿下を途中で東魯に向けて逃がしたことを伝えるのだ。そうすれば、二手から討伐の軍が起こり、奸臣を斬って冤罪をはらすこともできよう。わしはそのときになれば、またおのずから手段がある」

方弼は言う。

「われら兄弟ふたりは早くに朝に上がり、まさかこのようなことがあるとは予想しておりませんでしたので、殿下をお守りしてこちらに来たのはよいのですが、まったく路銀を用意しておりません。いまから東と南に別れて行くとすれば、いったいどうすればよいでしょうか?」

黄飛虎は言う。

「これについてはわしもまったく考えていなかった」

そのまましばらく考え込んでいたが、やがて言う。

「ここに宝玦《ほうけつ》(一部が欠けた輪の形をした玉器)がある。これを持っていって売り、路銀に充てるがよい。金がはめ込まれており、百金《ひゃくきん》に値する。おふたりの殿下、どうか道中くれぐれもご無事でありますよう。方相、方弼、そなたらは用心して事にあたるがよい。成功のあかつきには、そなたらの功績は大きいであろう。それでは臣は宮殿に戻り、陛下に復命いたします」

黄飛虎は神牛に乗って朝歌に戻った。城門に入ったときはすでに日は暮れていた。しかし文武百官はまだ午門に集まっていた。黄飛虎が騎獣を降りると、比干が尋ねた。

「黄将軍、いかがでしたでしょうか？」

黄飛虎は答える。

「追いつくことはできませんでした。ただ報告するために戻ってまいりました」

百官はその言を聞いて喜ぶ。黄飛虎は宮中に入っていって紂王に復命する。紂王は問いただして言う。

「謀反した子やその一味を捕らえてきたか？」

黄飛虎は答えた。

「臣は勅命を奉じて、七十里ほども追いかけましたが、三叉路があり、そこで道行く人に尋ねましたが、いずれも殿下らを見かけていないとのことでした。臣は対処を誤ってはならんと思い、復命しに戻ってまいりました」

紂王は言う。

「そなたが追いつけないとは。あの謀反人めら、うまく逃げたものだな。そなたはしばらく下がっておれ。明日にまた対処を考えようぞ」

黄飛虎は恩を謝して午門を出た。また文武百官もその日は自宅に戻っていった。

さて妲己は黄飛虎が殷郊らを捕らえそこねたと聞くと、また進言して言う。

「陛下、今日殷郊・殷洪兄弟が逃亡しましたが、彼らがもし姜桓楚のもとへ身を投じたら、大軍を借りてこちらに攻めてくるのは間違いありません。そんな事態になれば、被害も大きくなりましょう。ましてやいま聞太師は遠征に出ており、朝歌におられません。ここは陛下、すみやかに殷破敗《いんははい》と雷開《らいかい》に三千の騎兵をもって夜間であっても追いかけるようにお命じください。災いを芽のうちに絶って、のちの憂いになることを防げましょう」

紂王はそれを聞いて言う。

「美人の進言は、まさに朕の考えと合致するものだ」

急いで勅命を発して命ずる。

「殷破敗・雷開は三千の騎兵を引きつれ、太子たちを捕まえるべし。もし遅れるようであれば罪に問う」

殷破敗と雷開のふたりは勅書を拝受すると、割符《わりふ》を受けとり兵馬を調達するため黄飛虎の王府にやってきた。黄飛虎は府内の奥の庁にあって思い悩んでいた。

「いま朝廷は不正にして、民意も天意も離れていくような状況だ。万民は苦しみ、四海のなかは分裂し、やがて天下大乱となろう。そうなれば安寧な日々は失われ、民は塗炭の苦しみに陥る。いったいどうすればよいのか？」

悩むあいだに、軍政司の官が告げる。

「将軍閣下、殷破敗と雷開の二将が来られました」

飛虎は言う。

「こちらに通せ」

ふたりの将は奥の庁に入る。礼が終わると、飛虎は問うた。

「いましがた朝議は終わったばかりだが、いったい何事があったのか？」

殷・雷二将は答える。

「天子は勅書を下されました。それがしどもに三千の騎兵を率い、殿下たちを日夜わかたずに追いかけ、方弼らを捕らえて国法を正せとのことです。そのために割符をいただきにまいりました」

　黄飛虎はひそかに思う。

「この二将が追いかけることになれば、必ず捕まってしまうだろう。そうなれば、わしのこれまでの苦心もすべて水の泡だ」

　そこで殷破敗・雷開に命じて言う。

「今日はもう遅い。兵馬もそろえることは難しい。明日五更（寅の刻）に割符を与えるので、それから出発するように」

　殷破敗と雷開の二将は、命令に逆らうわけにもいかず、ただ退去していった。黄飛虎は軍の重鎮であり、殷・雷の二将はその配下の武将であり、判断に文句を言うわけにはいかなかった。彼らが去ったことはさておく。

　さて黄飛虎は周紀に向かって言う。

「殷破敗が殿下を追いかけるために割符と三千の騎兵を要求してきたら、そなたは明日の五更に、老弱な兵、病気のありそうな兵、体力の弱い兵を三千選んで与えよ」

　周紀は命令を承諾した。次の日の五更になると、殷破敗と雷開の二将は割符を与えられた。さらに周紀は練兵場から三千の騎兵を選び出し、殷・雷の二将に引き渡した。しかし引き渡された騎兵を二将が見るに、すべて老弱、または病気の兵ばかりであった。それでも命令を違えるわけにはいかず、その騎兵を率いて南門より出発した。三軍の出発をうながす合図の砲声が響きわたったが、老弱の兵ばかりであり、とうてい速く進むことはできない。二将は慌てたが、どうにもならず、ただのろのろと行軍するだけであった。

ておく。

さて、殷郊は殷洪に対して言う。

「弟よ、そなたはどの道を行くつもりか？」

殷洪は答える。

「兄上の指示に従います」

殷郊は言う。

「わたしは東魯に向かう。そなたは南都に行くがよい。わたしはおじいさまに会って、今回の冤罪について訴えるつもりだ。おじいさまは必ずや討伐の兵を用意してくれるであろう。そのときは使者を派遣してそなたにも伝えるので、そなたも数万の兵を借りるがよい。ともに朝歌を伐ち、妲己を捕らえて、母上のために仇を報ずるのだ。このことは忘れてはならんぞ！」

殷洪は涙を流しつつ、うなずいて言う。

「兄上、ここでお別れすれば、次に会えるのは何時のことになりましょう」

兄弟は声をあげて泣き、なかなか別れがたい様子であった。詩があって言う。

旅雁《りょがん》分かれて飛ぶこと実に傷むべし、兄は南《みなみ》して弟は北《きた》し、参《しん》・商《しょう》のごとし（参星と商星が同時に天に現れることはない）
親を思いて痛み千行の涙あり、路を失いて愁い添じ、万に腸に結ぶ
横笛の幾声、暮靄《ぼあい》うながし、孤雲一片は滄浪《そうろう》を逐《お》う
だれぞ知らん国破れて人離散し、まさに傾城を信じて女娘あるを

さて殷洪のほうは、南への道を行くが、涙もまだ乾かず、心中も凄惨なありさまで、憂いを抱えつつ歩い

た。しかしまだ年も幼く、これまで宮殿のなかでしか生活を送ったことしかないため、とうてい長旅には耐えられぬようすであった。進んでは止まり、あれこれ考えているうちに、空腹を感じた。そもそも王子として宮殿の奥深くにあり、衣服を要求すればすぐに上質な着物が提供され、空腹を訴えればすぐに豪華な食事が提供されるような生活ぶりであった。どうして簡単に物乞いなどができようか。

殷洪がある村で人家を見ると、村人の家族が食事をしていた。殷洪はなかに入っていくと尋ねた。

「食事をいただけませぬか？」

一家の者たちが見ると、殷洪は赤い服を着て、その容貌は一般の者と異なっていた。急いで身を起こして言う。

「どうぞおかけください。食事はございます」

一家はすぐに食事を卓上に用意する。殷洪は食べ終わると、立って礼を述べて言う。

「食事をありがとう。ただ申しわけないが、お返しをするのは何時になるかわからぬ」

村人は尋ねる。

「若さまはどちらに行かれますか。どちらのかたで、お名前はなんとおっしゃいます？」

殷洪は答える。

「わたしは他でもない、紂王の王子の殷洪である。いまから南都に向かい、鄂崇禹《がくすうう》に会おうと思っているところだ」

そこにいた者たちは王子殿下であると知り、急ぎ平伏して称した。

「千歳殿下、われらはそうとも知らず、お迎えにも参りませんで、どうか罪をお許しください」

殷洪は尋ねる。

「南都まで行く道はこれでよいのであろうか？」

村民は答える。

「はい、この道がそうです」

殷洪は村を離れると、先を急いだ。しかし一日に二、三十里くらいしか歩けない。そもそも王子として宮殿の奥深くで不自由なくくらしていた身である。どうして長旅など耐えられようか。村もなく、店もないところでは休むこともできず、不安なおももちで歩く。さらに二、三里ほども行くと、松の木が密である林にさしかかる。その道をさらに行くと、一つの古廟があった。殷洪は喜び、拝礼を行うために廟の前に向かう。見れば廟の門には額があり「軒轅廟《けんえんびょう》」と書されている。殷洪は廟のなかに入ると、その場に平伏して申しあげた。

「軒轅黄帝《こうてい》さまには、衣服や冠などの礼楽の制度を作られ、また交易の仕組みを作るなど、上古の聖君であられます。この殷洪は湯王の三十一代目の子孫でありまする紂王の子です。いま父の紂王は無道にして、妻子を誅するありさまです。難を逃れるため、この殷洪に黄帝さまの廟で一夜を過ごすことをお許しください。明日早くに出発します。どうか黄帝さまのご加護を得られますように。もし将来小さな土地を得て身を落ち着けることができたならば、殷洪は自らこの廟を再建し、像なども立派なものに変えましょうぞ」

殷洪はこの長途の旅の疲れが出て、疲労を感じ、黄帝像の前で衣服を着たまま倒れて寝てしまった。殷洪についてはさておく。

さて、殷郊のほうは東魯にむかう大道を行く。日はすでに暮れようとしていたが、四、五十里ほどしか歩けなかった。しかし、そこに大きな邸宅があり、上には「太師府」と額がかかっている。

殷郊は思う。

「ここは官吏の屋敷であろう。一晩の宿を借りて、明日また出発することにしよう」

殷郊はそこで尋ねた。

「こちらに誰かおられませぬか？」

このように声をかけたものの、しかし応答する者はない。殷郊はそのまま門のなかへと進んでいった。入ると、ある人物が長嘆して詩を吟じているのが聞こえた。その詩に言う。

幾年か罪を得て経綸を掌《しょう》とするも
一片の丹心あに白湮《はくいん》ならん
輔弼するに心あり国のためと知り
無地を堅持し私人に向かう
だれぞ知らん妖孽《ようげつ》の宮室に生じ
黎民《れいみん》をして化して幽鬼となす
おしむべし野臣、心は宮中にあるも
霊に乞いて宮門を叩くに計なし

殷郊はその人物が詩を吟じているのを聞いて、再び問うてみた。

「なかに人がおられるのか？」

その人物はその言を聞き、尋ねる。

「どなたかな？」

そのとき、すでに日が暮れていたため、影のみが見え、誰が誰であるか見分けがつかなかった。殷郊は答えた。

「わたくしは親戚を訪ねる途中通りかかった者です。日が暮れてしまったので、一晩の宿をお借りしたいと思いまして」

なかの老人は重ねて尋ねた。

「そなたの声音《こわね》からすると、朝歌のお人のようじゃが」

殷郊は答える。

「そうです」

老人はさらに尋ねる。

「そなたは郊外に住んでおったのか、それとも城内か？」

殷郊は答える。

「城内です」

「そなたが城内の者ならば、来てくれぬか。尋ねたいことがあるのじゃ」

殷郊は進んでいくと、その者を見るなり叫んだ。

「ああ、なんとそなたは丞相ではないか！」

商容は殷郊を見ると、拝礼して言う。

「殿下がどうしてこのような場所に来られました？　老臣は出迎えもせず失礼いたしました。どうかお許しください」

商容はさらに言う。

「しかし殿下はご世継ぎにあられ、このような所に一人で来られるはずはない。これは必ず不吉なことがあったのではございませぬか。まず殿下にはお座りください。老臣がその経緯をお聞きいたしましょう」

殷郊は涙を流しながら、紂王が姜皇后を殺した件などについて話した。商容は聞くと、憤りのあまり床を踏みしめて言う。

「なんと昏君め、そのような横暴を働き、人倫綱紀を失うとは。この老臣、身は在野にあるといえど、心は常に朝廷にあります。あにはからんや、宮殿においてこのような異事が起こり、皇后陛下が惨死し、おふたりの殿下は逃亡を余儀なくされるとは。文武百官はどうして口をつぐんで諫言を行わず、朝政が乱れるのを放置しておるのか。殿下にはご安心ください。この老臣がともに朝歌にまいりまして、天子に諫言申しあげます。どうにか過ちを覆し、禍乱から国を救いましょうぞ」

商容は家来に命ずる。

「酒食の席を用意せよ。それで殿下をもてなすように。わしが明日にでも上奏文を書くこととする」

殷郊が商容の邸宅で歓待を受けたことはさておく。

さて、殷破敗と雷開の二将は、兵を率いて殷郊と殷洪の殿下ふたりのあとを追っていた。しかしその兵馬は三千であっても、みな老弱な兵ばかりであり、一日に三十里ほど進むにとどまり、速く行軍することなどできなかった。行くこと三日にして、ようやく百里ほどの距離しか進んでいなかった。ある日、ようやくこの軍は三叉路の所にたどりついた。雷開は言う。

「兄者《あにじゃ》、いったんこちらに兵馬を置き、兄者は五十名の精兵を、わしはまた別に五十名の精兵を率いて、別々に追いかけてみてはどうか。兄者は東魯へ向かい、わしは南都へ向かうこととしては」

殷破敗は答える。

「その考えはよいかもしれぬ。もしこのままであれば、毎日老弱の兵を率いて、一日に二、三十里しか進めぬ。もし追いつけぬようなことになれば、大事を誤るであろう」

雷開は言う。

「もし兄者が先に追いつくことがあれば、いったんこちらに戻ってそれがしをお待ちくささい。もしそれがしが先に捕らえましたら、ここで兄者をお待ちいたします」

殷破敗は言う。

「そなたの言う通りとしよう」

二将は老弱な兵卒をわけてこちらの地に駐屯させ、それぞれ五十名の壮年の兵を率いて、二手に分かれて追いかける。さてふたりの殿下の命はどうなるか。次の回にて語りたい。

第九回　商容、九間殿において節に死す

詩に言う。

忠臣の直諫せしはあに名を沽《う》らんや、ただ君の明《めい》にして国政の清《きよ》きを欲す
この身の立身は願わず、すべてこれ、今日を忍べば禍《わざわい》まさに盈《み》ちんとす
儲《ちょ》に報いんとする一念は金石《きんせき》より堅く、佞を誅すれば孤忠玉京《ぎょくけい》を貫く
大志とげられずして先に首砕《くだ》け、人をして涙の傾くがごときをみせしむ

さて雷開は五十名の兵を率い、南都に向かって追いかけていった。これまでと違い、まるで雷雲が飛び、風雨がゆくような速さ。追走して夜になると、雷開は兵士に伝えて言う。

「しっかりと腹ごしらえをするのだ。そのまま夜も追うぞ。おそらくそう遠くへは逃げていないはずだ」

そして兵士たちはその言に従い、食事をすませたあとにすぐにまた追いかける。走り続けて二更（亥《い》の刻）の時間になると、兵士たちは連日の追走の結果、疲労が蓄積しており、人も馬も居眠りし、落馬しそうになる者まで出るありさまであった。雷開はひそかに考える。

「このように夜に追いかけても、あるいは気づかずに追い越してしまうかもしれない。もし殿下が遅れ、われわれが先に進んでいたとしたら、まったく意味がない。ここは一晩ゆっくり休み、明日また追ったほうが

よいだろう」

　そこで左右の兵に命じて言う。

「前方のほうに村がないか確認してくれぬか？　そこで一晩宿を借りて、それから明日出発したい」

　兵士たちは連日の追走から疲労困憊しており、なんとか休みたいと思っていたところであった。配下の兵らは松明《たいまつ》を高くかかげて前方を探る。すると先のほうには松林がある。これは村があるのかと思い、さらに進んでいくと一つの廟であった。兵士は戻ってきて報告して言う。

「申しあげます。前方には古廟が一つあります。そちらで休まれてから、明日の朝に出立されてはどうでしょう」

　雷開は言う。

「それはちょうどよかった」

　一隊は廟の前に進む。雷開は馬を降りて、顔をあげて見てみると、上には「軒轅《けんえん》廟」と書かれている。ただ廟の裏手を見ても、管理する者はいないようであった。兵卒は手で門を開けて、廟のなかに入っていった。松明で照らすと、軒轅黄帝の座像の前にいびきをかいて寝ている者がいる。雷開が見てみると、なんと殷洪殿下であった。雷開は嘆息して言う。

「もしこのまま進んでいたら、かえって見つけられぬところであった。これも天数というものか」

　雷開は叫ぶ。

「殿下、殿下！」

　殷洪は深く眠りこんでいたところ、突然起こされて驚く。見れば松明を手にした兵がおり、また兵馬の一隊が周囲を取り囲んでいる。その一隊を率いる者が雷開であるとわかると、殷洪は叫ぶ。

「雷将軍！」

雷開は言う。

「殿下、わたくしは天子の命により殿下を朝廷に連れ戻さねばなりません。文武百官が安全を保証しておりますので、殿下には安心してお戻りください」

殷洪は言う。

「将軍はそれ以上、何も言う必要はない。自分が今回の難から逃げられないことは、もうわかっている。わたしはこの身の死を恐れるものではない。ただ長く歩き続けてきて、疲労の極みにあり、歩けそうもない。将軍の隊にある馬を一騎貸していただけぬか。どうであろう？」

雷開は聴いてすぐに答える。

「殿下はそれがしの馬にお乗りください。それがしは徒歩にて従います」

このとき、殷洪は廟より馬に乗って出発した。雷開は徒歩にてうしろに従う。一隊が三叉路を目指して出発したことはさておく。

さて殷破敗のほうは東魯に向かう道を進み、一日二日と行くうちに風雲鎮《ふううんちん》に着く。そこからさらに十里ほど行くと邸宅があり、そこには八の字のように広がる白い門壁があり、金色の字で「太師府《たいしふ》」と書かれた額がかけられている。殷破敗は手綱《たづな》を引き絞って前を通り、そこが前の丞相の商容の邸宅の太師府であると知ると、すぐに鞍から降りて下馬し、商容に会うために、そのなかに入っていった。そもそも商容は殷破敗の官吏登用の時の先生であり、殷破敗は商容の弟子にあたる者であった。そのため、殷破敗はすぐに馬を降りて商容に会いに行ったのである。ただ、この時点で太子の殷郊が堂のなかで食事を摂っていることは知らなかった。

殷破敗は弟子であるので、特に名を告げることもなく堂へ入っていく。ところが、見ればなんと商容と殷郊が食事を摂っている。殷破敗は慌てずそのまま入っていき、ふたりに告げる。

「太子殿下、丞相どの、それがしは天子の勅命を奉じまして、殿下を朝廷に連れ帰るように命じられております」

商容は言う。

「殷将軍、そなたはいいときにやってきた。いやいや、朝歌には四百名もの文武百官がおりながら、一人として天子をお諫めする者もないとは。文官は口をつぐみ、武官もあえて直言しようとはせず、ただ爵禄をむさぼり、その地位にふさわしい責務をはたそうとしない。いったいどういう世なのか！」

商容が怒り罵り始めると、その勢いは押しとどめられぬほど。殷郊は戦々恐々として、顔色が真っ青になってしまった。殷郊は進み出て言う。

「丞相どの、お怒りになるには及びませぬ。殷将軍は勅命を奉じてわたしを捕らえにきたのでしょう。もう生き延びる道はないものと理解しております」

言いおわると、涙を雨のように流す。商容は叫んで言う。

「殿下にはご安心めされよ。この老体《ろうたい》はまだ上奏文は書き終わっておりませんが、陛下にお会いすれば、また別の算段もございます」

左右に控える馬番に向かって言う。

「馬を用意せよ。また行李《こうり》と旅支度も整えよ。わしみずから天子に会いに行く」

殷破敗は、商容が自ら朝歌に行って紂王に会うと聞いて、天子の叱責を受けるのではないかと危惧する。殷破敗は言う。

「丞相どの、それがしは勅命により殿下を連れ戻しにまいりました。まずは殿下とひとまず先に戻り、朝歌にて丞相どのをお待ちしたいと思います。丞相どのはあとからおいでくださりませんか。この弟子めは、陛下の命令を第一とし、私情は二の次にせねばなりません。丞相どの、ご理解いただけますでしょうか?」

商容は笑って言う。

「殷将軍、わしはそなたの言いたいことはわかっておる。わしが同行すれば、陛下から私情によって法を曲げたという罪に問われるのを恐れているのであろう。まあ仕方ない。殿下、あなたさまはまず殷将軍と朝歌にお発《た》ちください。この老いぼれはあとからまいりますゆえ」

殷郊は商容の邸宅を離れようとするが、何度も足を止めては涙をこぼすばかり。商容は殷破敗に対して言う。

「弟子よ、わしはこのまま殿下の身をそなたに預けるが、そなたは手柄をあせって、君臣の義を損なうようなことになってはならぬ。もしなにか間違いがあれば、その身が誅されてもその罪を償うことはできんぞ」

殷破敗は拝しつつ言う。

「弟子はお教えの通りにいたします。間違いなどするはずはございません」

殷郊は商容のもとを辞し、同時に殷破敗も馬に乗り、一隊は出発した。殷郊はひそかに考える。

「たとえわが身が死すとも、まだ弟の殷洪がいる。いつかはこの身の仇を討ってくれるであろう」

一日もたたずに一隊は三叉路のところまで戻ってきた。殷破敗は兵卒を派遣して雷開に到来を知らせた。

雷開が陣門のところまで出ると、太子殷郊と殷破敗がともに馬に乗ってやってくるのが見えた。

　雷開は言う。

「これは殿下、ようお戻りなされました」

　殷郊は馬を下りて軍営に入っていく。殷洪はなかに座っていたが、「殿下が来られました」と聞いて驚き、急ぎ顔をあげてみると、まさに兄の殷郊であった。殷郊も弟の殷洪を見て、心に痛みをおぼえ、走り寄って弟を抱き、大声で泣き出した。

「われら兄弟ふたりは、前世でどんな罪を天地に対して得たのであろうか！　東と南にそれぞれ別れて逃げたにもかかわらず、捕まってしまうとは。二人とも捕らえられたとあっては、母上の仇を討つという大事も、成し遂げることができぬ」

　二人は足踏みし、胸をかきむしり、悲しみ嘆いた。

「母上が冤罪にて殺されたのみならず、われら子たちも罪無くして死ぬのか！」

　殷郊と殷洪が嘆き悲しむ様子を見て、三千の兵も傷心に耐えず、小声で嘆きあう。殷破敗と雷開の二将はやむをえず、ただ兵馬をうながして朝歌へと出発する。詩があって言う。

皇天なんぞ苦にして推詳《すいしょう》を失するや、兄弟災《さい》より逃げ故郷を離る
兵を借り大恨に申せんと指望《しぼう》するも、だれぞ知らん中道に豺狼《さいろう》に遭うを
親を思いみだりに沖霄《ちゅうしょう》の志あり、佞を誅しむなしく怨方に報いんことをいだく
この日、双双として陥穽《かんせい》に投じ、行く人一見して涙千行たり

　さて、殷破敗と雷開の二将は、殷郊たちを捕らえたのち朝歌へと帰還し、城外に陣営を築いた。二将は城

内に殿下を捕らえたと報告し、ひそかに任務に成功したことを喜んだ。斥候の騎馬兵が、武成王黄飛虎のもとへこのことを伝えて言う。

「殷破敗と雷開の二将は、おふたりの殿下を捕らえまして、城内にそのことを報告したようです」

黄飛虎は聞くと、大いに怒って言う。

「あの愚か者めら！　自分の功績だけを考えて、湯王の末裔を残すことには考えが及ばぬのか。あの者らが出世する前に、その身を刀剣でもって切り刻んでやるわ」

黄飛虎は、配下の黄明《こうめい》・周紀《しゅうき》・龍環《りゅうかん》・呉謙《ごけん》といった武将たちに命令する。

「そなたらは、皇族の殿下たち、それに文武百官などに、わしに代わって殿下が捕らえられたことをお知らせしてくれ。そしてみな午門に集まるようにと」

配下の四将は命を奉じて下がる。黄飛虎は五色神牛に乗り、午門のところまでやってきた。神牛を降りると、殷郊と殷洪が捕らえられたと聞いた文武百官や官僚などが、相次いで午門にまでやってくる。そう長くもかからずに、亜相の比干《ひかん》、微子《びし》・箕子《きし》・微子啓《びしけい》・微子衍《びしえん》・伯夷《はくい》・叔斉《しゅくせい》、それに上大夫の膠鬲《こうかく》・趙啓《ちょうけい》・楊《よう》任《じん》・孫寅《そんいん》・方天爵《ほうてんしゃく》・李燁《りよう》・李燧《りすい》などの諸殿下や文武百官が集まった。黄飛虎は彼らに対して言う。

「殿下のみなさま、また大夫のかたがた、今日の成否は、丞相や大夫のかたがたの論議にかかっております。わたしは武人でありますゆえ、言論は得手《えて》ではございませぬ。どうか列席のかたがたにはよろしくご議論いただきますよう」

そう話しているうちに、兵士たちが殷郊と殷洪の兄弟を取り囲んで午門にやってきた。文武百官は進み出て、「千歳殿下」と称し拝礼した。

殷郊と殷洪は涙を流しつつ、叫んで言う。

「叔父上がた、大臣のかたがた、どうかこの湯王三十二世の子孫の身が誅殺の憂き目に遭うのを憐れみくだされ。わたくしは東宮太子の位にあって、徳を失したことはございませぬ。またたとえ罪を犯したとしても、庶民に落とされるのが通常であり、首を斬られることは法にもとると思います。どうかみなさまには社稷を重んじいただき、どうかこの命をお救いくだされば、感謝にたえませぬ」

微子啓が答える。

「殿下、ご安心めされよ。われら文武百官は殿下のために上奏し諫言いたします。おそらくお身は安全でしょう」

殷破敗・雷開の二将は、寿仙宮に入り、紂王に殷郊たちを捕らえたことを報告した。紂王は言う。

「あの親不孝者どもを捕らえたとあれば、朕にわざわざ会う必要もない。速やかに午門において斬首し、法を正せ。その屍《しかばね》を葬ったあとで報告すればよろしい」

殷破敗は奏して言う。

「いえ、臣《しん》らはまだ刑を行うためのご命令をいただいてはおりませぬ。どうして勝手に処断できましょうか」

紂王はすぐに自らの親筆でもって「行刑（刑《けい》を行《おこな》え）」との二文字を書いて渡した。殷破敗と雷開の二将は、命令を受けるとすぐに午門にまで出てきた。黄飛虎は彼らを見ると、怒りの念が烈火のごとく起こり、午門の真ん中に立って二将が進むのを阻《はば》み、叫んで言う。

「殷破敗！　雷開！　そなたらは殿下たちを捕らえて功績とし、さらに処刑して爵位にあずかるとは、まことにめでたいことだの！　しかし高官になればなったで、その身には危険が伴うものだぞ」

殷破敗と雷開の二将が答えようとする前に、一人の者が進み出た。すなわち上大夫の趙啓であった。趙啓は進み出て手を伸ばすと、殷破敗が持っていた聖旨を奪い取り、そのまま破り捨ててしまった。趙啓は声をあらげて言う。

「昏君が無道な行いをするのに、愚か者がそれに荷担するとは！　そなたらは聖旨をたてに東宮《とうぐう》太子を殺そうとし、宝剣でもって国の跡継ぎを滅ぼそうというのか。いまや綱紀は失われ、礼楽も滅びんとしている。皇族の殿下、おならびの大臣がた、午門は国事を論ずる場所としてはふさわしくありません。みなで大殿に至り、そこで鐘と太鼓を打ち鳴らし、陛下に朝に臨んでいただき、そこで諫言申しあげ、国の大事を定めるべきでしょう」

殷破敗と雷開の二将は、文武百官たちの態度が急変し、朝廷の権威も形なしになったのを見て驚き、呆然として声も出ないありさまで、その場に立ちつくしていた。黄飛虎は黄明・周紀などの四将に命じて殷郊と殷洪を守らせ、暗に刑の執行を妨害した。そこにいた八名の奉御の官は、すでに殷郊・殷洪兄弟を捕縛しており、ただあとは刑を執行するだけであったのに、百官が急に態度を変えて阻んだため、こちらも何もすることができなかった。このことはさておき、文武百官はそろって大殿に入り、鐘と太鼓を打ち鳴らし、紂王の出御を願う。紂王は鐘太鼓の音を聞いて、何事が起こったか知りたいと思っていたところ、奉御の官が報告して言う。

「文武百官が陛下の出御をお願いしております」

紂王は妲己に向かって言う。

「これはほかでもない、あの親不孝者どものために百官どもが朝を開いて命乞いをしようというのであろう。さて、これはどうすればよいかな？」

妲己は答える。

「陛下はいまのうちにご命令を伝えればよろしいでしょう。今日は殿下たちを斬首し、明日また百官は来朝するようにと。そのように聖旨をくだされれば、あとは殷破敗の報告を待つだけです」

奉御官はその聖旨を伝えた。文武百官たちはただ拝して聞く。


詔に言う。君命あらば、すぐに駆けつけ、君が死を命ずるなら、それに背いてはならぬ。これは万古からの大法である。天子ですら変えることは難しい。いま逆子《ぎゃくし》の殷郊とそれを手助けした殷洪は、人倫にもとる行いをし、法に背いて無道にも剣をもって宮殿に入り、逆賊の姜環《きょうかん》を殺して証人の口封じをした。さらに続いて剣を持し、朝廷の官を殺そうとし、父王を弑《しい》せんとした。かくのごとく人倫に逆らい、子の道に外れた者は処罰すべきである。すぐに逆子どもを午門において処断し、もって祖宗の法を正せ。大臣らは逆子どもに肩入れして悪を助けてはならぬ。朕の命令を聞け。もし国家に大事あれば、明日殿に臨んで処理することとする。このように詔書で示したことを、諸官は知悉《ちしつ》すべきである。


奉御官が詔書を読み終わると、文武百官はどうすることもできず、その後も議論紛々として、誰も去ろうとしない。その混乱のさなか、刑を執行するという命令も午門に伝えられていた。そのことはさておく。

さて、すでに天意は定まっており、王朝の興廃も、すべて命運によって決定されていた。それによれば、殷郊と殷洪の兄弟は「封神榜《ほうしんぼう》」のなかに名前が記されており、このときに命を失う定めではなかった。

そのとき、中空には太華山雲霄洞《たいかざんうんしょうどう》の赤精子《せきせいし》と、九仙山桃源洞《きゅうせんざんとうげんどう》の広成子《こうせいし》の二人の仙人がいた。仙界を統率し、道教を広める役割を持つ崑崙山玉虚宮《こんろんざんぎょくきょきゅう》の元始天尊《げんしてんそん》は、千五百年ごとに神仙たちが殺戒《さっかい》を犯す時期になってしまったために、道場を閉じて道法を説くことを止めてしまっていた。そのために赤精子と広成子は時間があり、雲に乗って三山をめぐり、五岳に遊ぼうとしていたところであった。たまたま朝歌の上空にさしかかると、殷郊と殷洪の頂上から出た赤い光が、二人の仙人の足もとの雲を突き、そのゆくてを阻《はば》んだ。赤精子と広成子は雲を割いて、下のほうを見ると、なにやら午門のあたりに殺気が広がり、愁雲《しゅううん》（憂いの気）がたちこめている。二人の仙人はすぐにその意味をさとった。広成子は言う。

「道兄《どうけい》（道教の修行で兄弟子に当たる者への呼称）、商王朝の運気は尽きようとしており、西岐にはもうすでに聖なる王が出現しております。あの一群のなかに縛られている二人から赤い気が発し、中空を突いております。あの二人の命はここで尽きる定めではありません。ましてや、彼らは姜子牙のもとで名将として活躍する運命であります。出家者は慈悲をむねといたします。あの兄弟を救出して、片方は道兄の山に、片方はわたくしの山に連れ帰って修行させ、あとで姜子牙を補佐させ、西岐の軍が五関を破るのに協力させましょう。それが一挙両得というものです」

赤精子が答える。

「そなたの言は正しい。そのようであれば、遅れてはならんな」

広成子は、黄巾力士《こうきんりきし》（黄色の頭巾《ずきん》を着けた武神）を呼び出して命ずる。

「二人の殿下の身柄を救って山に連れて行き、修行させるように」

黄巾力士はその命令に従い、強風を巻き起こして移動する。午門のあたりでは塵や土ぼこりが舞いあがり、砂や石までもが風にあおられ、天も地も真っ暗な状態になった。さらに大きな音が響きわたったが、それはまるで華山《かざん》や泰山《たいざん》が崩れるかのよう。周囲に配された一隊も、刀を持つ兵卒も、みな仰天してうろたえる。

そもそも処刑を統率する殷破敗自身が驚き慌て、袖で顔をおおい、頭を抱えた鼠のように逃げ回る始末。

風がおだやかになり、音も鳴り止んだ時、殷郊と殷洪の二人の姿は、どこに行ったか、その姿はまったく見えなかった。殷破敗は慌てふためき、気もそぞろな様子であった。また午門の外の兵士も、一斉に騒ぎ出した。黄飛虎は大殿において詔書の内容をうかがい、文武百官と議論を始めたところ、突然に騒がしい声が聞こえたので、また怪しんだ。比干が、何事が起こったのか尋ねようとしたところ、周紀が大殿にやってきて黄飛虎に報告した。

「いま強風が吹き荒れ、大道の周囲には不思議な香りが満ちました。その後、轟音《ごうおん》が鳴りひびいたと思うと、すでにおふたりの殿下の姿はどこかに消え去っていました。いやはや、なんともこんな不思議なことが起こるのでしょうか」

文武百官はこれを聞いて、むしろ喜んだ。彼らは言う。

「いや天は冤罪の子が処罰されるのを許さず、また湯王の子孫が長らえることを望んだのだ」

百官はみな喜んだが、ただ殷破敗だけは青くなって宮殿のなかへ向かい、紂王にことの子細を報告した。

後の人がこのことを詩に嘆じて言う。

　仙風一陣、異香《いこう》生《しょう》じ、土と塵とあがりて日をおおう
力士、文を奉じて道術を施し、将軍守りを失して兵もゆれる
むなしく鉄騎を労し、風影を追い、みだりに讒言ありて忠良を害す
嘆ずるにたれり、興廃はみな定数にして、周家の八百はすでに生成するを

さて殷破敗は寿仙宮に入り、紂王に奏して言う。

「臣は斬首を監視するために出向いておりましたが、まさに刑が執行されようとしていたところ、一陣の強風が吹き荒れ、二人の殿下の身柄も忽然と消え去ってしまいました。まことに不思議なことで。いったいどういたしましょうか?」

紂王はその話を聞いて、しばらくは考え込んでいた。ひそかに「なんと奇怪なこともあるものだな」と思っていたが、なお躊躇《ちゅうちょ》して決断を下せずにいる。

さてもとの丞相の商容は、殷郊などに遅れて朝歌に入ってきた。ところが民百姓は、「強風が吹いて、お二人の殿下を連れ去った」などと話している。商容自身も、これには驚嘆の思いを禁じ得なかった。

午門にまで来ると、多くの人々が集まっており、兵士も大勢いて騒がしい様子であった。商容は午門を過ぎて、九龍橋に至る。比干は商容がやってくるのを見て、百官とともに迎え、異口同音に「丞相」と称えた。

商容は言う。

「殿下のみなさま、大夫のかたがた、このわし商容は誤っておりました。まさか丞相の職を辞して去ってよりまもなく、天子は失政し、妻子を誅殺し、荒淫にそまり、このように無道を行うなどとは、誰が予想したでしょうか。また堂々たる大臣のかたがた、烈々たる大夫のかたがたがおられ、朝廷の禄をはみながら、朝廷のために事にあたり、陛下に諫言申しあげてその行いを止めさせることができないのは、何故ですかな?」

黄飛虎が答える。

「丞相どの、いま陛下は宮廷の奥深くに籠もられておりますので、この九間大殿にはお出ましになりませぬ。聖旨があっても内官から伝えられるだけなのです。われら臣下は陛下にお目にかかることすらできず、君と臣の距離は万里にも感ずるがごときです。殷破敗と雷開の二将が殷郊殿下を捕らえ、朝歌に戻ってきて復命したところ、さらに彼らは殿下たちを捕縛して午門まで連れてきて、聖旨に従って処刑することとなりました。幸いに上大夫の趙先生がこの命令書を破り捨てまして無事となりました。今日、百官は鐘と太鼓を打ち鳴らし、陛下に大殿にお出ましいただき、そこで諫言申しあげようとしました。ところが今度はまた別の命令が伝えられ、まず殿下らの処刑を先に行い、明日に百官は上奏しろというのです。われらの意見を陛下に伝えることができず、上奏も許されない状況で、どうにも手のうちようがありませんでした。しかし天はわれらの願いを無視せず、一陣の強風が巻き起こりまして、おふたりの殿下を連れ去りました。殷破敗はいま宮廷に入り報告しにいっておりますが、まだこちらに戻っておりません。丞相どの、彼が戻ってくるまでお待ちくさい。おそらくどのような状況かわかると思います」

しばらくすると殷破敗が九間大殿に出てくる。殷破敗は商容を見て、何かを語ろうとするが、その前に商容が進みでて言う。

「殿下が風にさらわれたようじゃな。そなたは大手柄ではないか、いやまもなく封土をいただき、諸侯に列せられることであろうよ」

殷破敗は欠身の礼を行って言う。

「丞相さま、どうかこの身をお責めにならぬようお願いします。これはすべて天子のご命令によるもので、おのれのために行っているのではありませぬ。どうか誤解なされぬよう」

商容は百官に向かって言う。

「わしがこのたび参りましたのは、陛下にお会いするためです。生死を顧みている余裕はありません。今日は必ずや陛下の面前にてお諫めもうしあげ、この身を捨てて国に報いる所存でございます。これでようやく先帝陛下の霊に対して顔むけができるというもの」

執殿官《しつでんかん》（大殿を管理する役人）に命じて太鼓と鐘を鳴らさせ、奉御官に命じて出殿を請わせる。紂王は宮中にあって、殷郊たちが風にさらわれたと聞いて、鬱々として不快であった。さらに来朝をうながす音楽が鳴り、太鼓や鐘の声も止まなかった。紂王は大いに怒り、登殿を命じた。玉座に登ると、百官が拝礼を行う。

紂王は問う。

「そなたらは何か上奏することがあるのかな？」

商容は丹塗《にぬ》りの階《きざはし》の下にあって、平伏して発言しなかった。紂王が見てみると、階の下に平伏した者が一人いるが、白い礼服を着ており、大臣ではないようであった。紂王は問う。

「そこに平伏しているのは何者か？」

商容は答える。

「もとの首相の商容でございます。罪を恐れず陛下に拝謁しにまいりました」

紂王は商容を見て、驚いて言う。

「そなたはすでに職を辞して帰郷したはず。また朝歌に来るとは。しかし朕の許しを得ずに大殿に入ってくるとは、進退をわきまえぬ行いではないか」

商容は御前にひざまずいて進み、泣きながら上奏する。

「臣《わたくし》は以前に丞相の位にあるも、いまだ国恩に報いておりませぬ。聞けば近ごろ陛下は、酒色におぼれ、道徳は失われ、讒言を聞いて忠言を避けておられるとか。その結果、綱紀は乱れ、五常の徳は逆しまになり、人倫はけがされており、君道は損なわれ、禍乱はすでに起こりつつあります。臣は剣による誅殺を恐れず、上奏文を提出いたします。どうか陛下にはこの上奏をお容《い》れくださりますよう。そうなれば、雲がなくなり陽がさすように、天下の者すべてが聖徳を無窮に讃えるようになりますでしょう」

商容が上奏文を献上する。比干がそれを受け取り、紂王の御案《ぎょあん》の前に広げる。紂王が見ると、すなわち次のような内容であった。

臣《しん》、商容が上奏いたします。

朝廷は現在失政の状態で、綱紀はすでに廃れ、人倫にも背いております。社稷は危機に陥り、禍乱が生じ、憂慮百出という状況です。臣はこのように聞いております。天子は道徳をもって国家と民を治め、常に身を慎み勤勉をこころがけ、日々怠ることのないよう、恐懼して務め、上帝を祀らねばなりません。それであってこそ、社稷と宗廟は安泰となり、盤石《ばんじゃく》のごときとなるでありましょう。

むかし陛下が即位なされた当初は、仁義を行い、安逸に流されることもなく、勤勉につとめ、諸侯を敬愛し、大臣を優遇し、民百姓の労苦を思いやり、貨財を惜しまず、他の民族も服属し、その威に服すものも多くありました。そのために気候も安定し、万民は自分の業に安んじました。まことに堯舜の時代の再来というべきで、過去の聖帝と比しても遜色のないものでありました。

しかるに近頃、陛下は奸臣を信任し、政務を行わず、朝政は乱れており、暴虐を行い、賢臣を遠ざけ佞臣を近づけ、日々酒色におぼれ、歌舞音曲《かぶおんぎょく》にひたっておられるとか。奸臣の讒言を信じて、皇后陛下を陥れるとは、人道にもとるものです。また妲己を信じて太子に死を賜るとは、先王から続く血脈を絶とうとするもの、慈愛とはかけ離れたものです。また忠言もて諫めた臣下を炮烙という酷刑で殺すなど、君臣の大義もすでになくなりました。陛下はこのように三綱の徳を汚し、人道を損なうなど、その罪は夏の桀王にひとしいもので、実に君主たる資格などありません。いにしえより、無道の君は多けれど、陛下のごときはございません。臣は誅殺を避けるものではございません。あえて耳に逆らう言を奉ります。願わくば陛下にはすみやかに妲己に自尽を命じ、皇后陛下や太子殿下の無罪を明らかにし、奸臣を市中に引き出して誅殺し、諫言を行った忠臣たちに謝罪していただきたいと存じます。それで民百姓は敬服し、文武百官も安心し、朝政は整い、宮中も粛然とするでありましょう。陛下も座して太平を享受し、安寧に年月を過ごすことができましょう。臣は死すとも、後悔はいたしません。このように不遜にも申しあげ、戦慄して死罪を待ちます。謹んで上奏いたします。

紂王はこの上奏文を読んで怒り狂い、破り捨てると、当駕《とうが》の官（王の周囲を警護する官）に命じて言った。

「この老いぼれめを午門に引きだし、金瓜《きんか》でもって頭をたたき割れ！」

両脇に控えた当駕の官が進み出ると、商容はその前に立ちはだかって叫ぶ。

「だれがあえてこのわしを捕まえるか。わしは三代の股肱、先王に陛下を託された大臣であるぞ！」

商容は紂王を指さし、罵って言う。

「昏君め！　酒色におぼれ、国政をかように乱すとは。先王陛下がいかに勤勉で倹約につとめ、徳を治めて天命を受けられたかを学んでおらぬのか。そなたが天を敬わず、宗廟をないがしろにするのであれば、恐れるに足らずとして、いつか国は滅び、身は弑殺され、先王の名を辱《はずかし》めることになろうぞ。そもそも皇后陛下は正室であり、天下の国母ぞ。何の罪もなかったのに、そなたは妲己にそそのかされ、酷刑に処した。すでに綱紀は失われた。また佞臣にそそのかされ、太子殿下も冤罪を着せられて殺されるところであった。たまたま強風にさらわれたとはいえ、これでもう父子の人倫は失われた。またさらにそなたは忠臣を陥れ、炮烙にて大臣を処刑し、まったくもって君主たる道も失うことになった。もはや眼前に災禍はあらわれておるぞ。久しからずして宗廟は廃墟となり、社稷は主《あるじ》を変えることとなろう。惜しむべし、先王が心血を注いで作り上げたこの豊かで堅牢な国の基《もとい》が、そなたのような昏君の手によって破壊されてしまうとは。そなたは死んだのち、地下の先王に会わせる顔があるのか！」

紂王は御案を叩いて罵って言う。

「さっさとこの愚か者の頭を打たぬか！」

商容は左右の者に叫んで言う。

「わしは死を恐れるものではない。ああ、先君の帝乙《ていいつ》よ、わたくしめは社稷を任されながら、君を救うことができませんでした。まったく先君に会わす顔はございません。昏君よ、そなたの天下はあと数年ももつまい。いずれ失われて他人のものになるぞ」

言い終わると、商容は突然うしろを振りむき、龍の彫り物のある石柱にむかってみずから頭をぶつけた。ああ憐れむべし、七十五歳の老臣も、今日忠義をつくすも、脳漿《のうしょう》を噴きだして死に、血は衣を染めることとなろうとは。一代の忠臣、孝子であっても今日ここに死ぬのは、おそらく前世の定めなのであろう。後の世の人が詩を作って弔って言う。

馬を速めて朝歌にいたり、紂王にまみえ、九間殿上に忠良を尽くす
君を罵るも、身の粉砕するを恐れず、主を叱って何ぞ剣の下に亡びるを愁《うれ》えん
炮烙もあに辞せんや、心は鉄に似たり、忠言直諌するに、意は鋼《はがね》のごとし
今朝金階のしたに撞死するも、声名を留めて万古に香る

さて文武百官は商容がみずからの頭を砕いて亡くなったのを見て、互いに驚いて顔を見合わせた。紂王は

怒りがやまず、奉御の官に命令して言う。

「この愚か者の死骸は城外に捨ててしまえ。決して埋葬してはならぬぞ！」

左右の兵らは商容の遺体を城外へと移動させたことはさておく。さて、このあとはいかなることとなるか。それについては次回を聞かれよ。

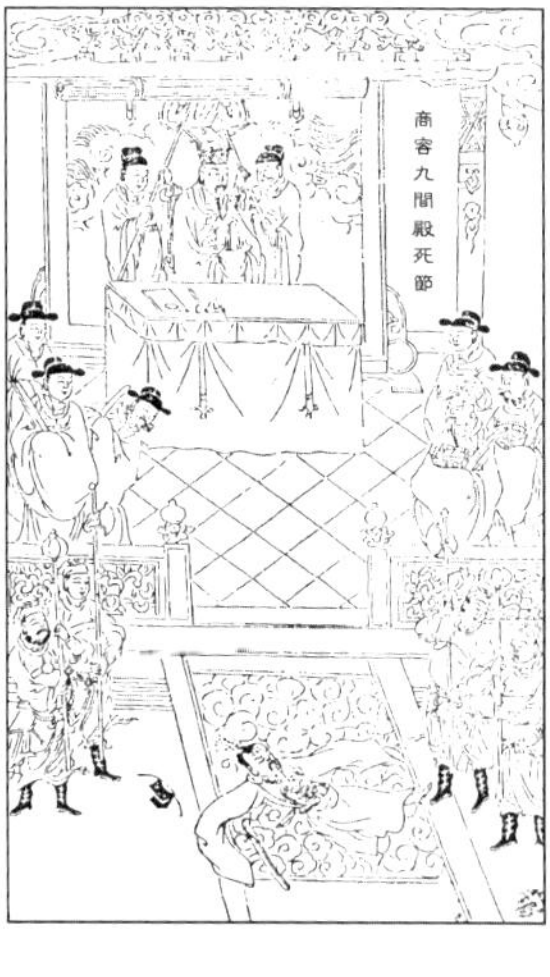

第十回　姫伯、燕山にて雷震を収む

詩に言う。

燕山《えんざん》このきわに瑞煙籠《ずいえんこ》もり、雷東南に起こり暁風《ぎょうふう》を助《たす》く
霹靂の声のなか蝶夢《ちょうむ》に驚き、電光影裏に塵蒙《じんもう》発す
三分にして二を有して岐業《きぎょう》を開き、百子の名全て鎬《こう》・酆《ほう》に応ず
世をトすに、龍虎の将、周を興して紂を滅《めつ》するに奇功を建つ

さて商容《しょうよう》はみずから頭を砕いて死に、紂王は怒り心頭のまま、文武百官は驚きのあまり声も出ない。しかし大夫の趙啓《ちょうけい》だけは、商容が老体の身でありながら非業の死を遂げ、さらにその遺体が放置されると聞いて、心中はなはだ不平であった。思わず眼を怒らせ、我慢できずに班列を出て、叫んで言った。

「無道なる昏君《こんくん》め！　丞相どのを殺し、忠臣を退け、諸侯の失望を買い、さらに妲己を寵愛し、佞臣を信頼し、社稷を危機に陥れるとは。昏君の悪行三昧《あくぎょうざんまい》は述べてもきりがない。まず皇后を冤罪に陥れて酷刑に処した。これは妲己に皇后の地位をあたえるためだ。次に太子を処刑しようとした。太子は行方不明となってしまったではないか。国はこのように根本を失い、もはや廃墟になろうとしている。昏君よ、ああ暗君！　そなたは義を失って妻を殺し、慈悲を失って子を殺す。道なくして国を治め、徳を懐かずして大臣を殺す。明察なくして奸臣を近づけ、正ならずして酒色におぼれる。智恵なくして三綱の徳を立て、恥なくして五常の徳を損なっている。暗君め！　人倫も道徳も、すっかり失われてしまったではないか。それで人君として空しく帝の座に折るとは何事か。湯王の名を汚し、死んでもその罪は償うことはできぬであろうよ」

紂王は大いに怒り、切歯扼腕《せっしやくわん》して御案を叩き、罵って言った。

「愚か者め、かくも主君を侮って罵るとは！」

命じて言う。

「この逆賊を炮烙の刑に処せ！」

趙啓は言う。

「わしは死んでも命など惜しくはない。この忠義を世に知られれば十分だ。しかしそなた昏君は国を失った汚名だけが万年ののちも残されるであろうよ」

紂王は怒り心頭となり、左右の近侍に炮烙の刑に処すよう命ずる。趙啓はその衣服や冠をはぎ取られ、鉄の鎖で身体を炮烙に縛りつけられる。まもなくその皮膚と肉体は焼け、骨が煙と化すこととなる。九間大殿に異臭がただよい、文武百官は心を痛めるも、そのありさまに口を閉ざす。紂王はこの刑罰をみて少し溜飲を下げ、宮中に戻っていった。詩があって言う。

炮烙庭に設けられ、火の威勢に乗じて熱し
四肢いまだ抱えざる時、一胆先に摧烈《さいれつ》せり
須臾《しゅゆ》にして骨筋を化し、頃刻《けいこく》に膏血《こうけつ》となる
もし紂の山河を知るならば、この煙に随《したが》いて燼滅《じんめつ》す

紂王が九間大殿において大臣を炮烙の刑に処し、文武百官が恐れおののいたことはさておく。

さて、紂王が宮殿に戻ると妲己が出迎える。紂王と妲己は手を携えて並んで龍墩《りゅうとん》に座る。紂王は言う。

「今日、商容は頭を砕いて死に、趙啓は炮烙に処した。あの老いぼれどもは朕をあしざまに罵りおって、もう我慢ならん。しかし炮烙のような酷刑でも百官が恐れぬとなると、また別の刑罰を考え、あの頑固な輩を治めねばならんな」

妲己が答えて言う。

「それはわたくしに考えさせてくださいませ」

紂王は言う。

「美人が皇后の位に就くのはもう決まった。朝廷の百官も反対を表明する者はおらんじゃろう。だが朕は東伯侯姜桓楚のことが気がかりじゃ。もしあやつが、その娘が死んだと知ったならば、領内の軍を率いて反乱

を起こすであろう。桓楚が諸侯たちを引きつれて朝歌を攻撃することとなると、聞仲は北海よりまだ戻っておらぬし、どうしたらよいであろうか」

妲己は言う。

「わたくしめは女の身、難しいことはわかりませぬ。どうか陛下はすぐに費仲どのを呼び寄せてご相談なさったらどうでしょう。あの者であれば、計略でもって天下を安定されることができるでありましょう」

紂王は言う。

「そなたの言うことはもっともじゃ」

そこですぐに命令を伝え、費仲を呼び出す。費仲はすぐに宮中に参内し、拝礼を行う。紂王は言う。

「姜皇后はすでに亡くなった。ただ、朕は姜桓楚がこのことを知ったら、兵を率いて反乱を起こすのではないかと恐れている。そうなれば東方諸国は安定を欠くこととなろう。そなたには何かよい策はないものか?」

費仲はひざまずいて上奏する。

「姜皇后が亡くなり、太子殿下も行方不明となり、商容は頭を砕いて死に、趙啓は炮烙の刑に処されました。文武百官はこのために不平不満を口にしております。そうなればその話が漏れて姜桓楚に伝われば、大乱となりますのは必定《ひつじょう》でございます。陛下、ここはどうかひそかに四鎮へと偽って聖旨をお伝えになり、四大諸侯に朝歌に参内するようにお命じください。そして彼らを処刑してその首をさらし、禍乱の根を絶つのです。かの八百諸侯も、四大諸侯がいなくなれば、あたかも龍が首を失い、猛虎が牙を失ったと同然で、なすすべもなく、いずれはおとなしくなりましょう。かくして天下は安泰となりますれば、どうか陛下にはご一考くださいますよう」

紂王はその言を聞いて大いに喜んで言う。

「そなたはまことに世の奇才というべきであるな。はたして国家を安んずるに足る良策じゃ。いや、蘇皇后の期待に背かぬ者だの」

費仲は宮中より退出する。紂王はひそかに聖旨を作ると、四名の勅使《ちょくし》を選び、四鎮にむけて出発させた。この聖旨が姜桓楚・鄂崇禹・姫昌・崇侯虎のもとにそれぞれ届けられたことはさておく。

さて、西岐に差し向けられた勅使は、道中の砂ぼこりや雑草を踏みしめながら進んだ。いくつかの州府を通り、村の宿などに泊まりつつ、朝から晩まで進み続けること数日にして、ようやく岐山の西七十里ほど、西岐の都城に入ることができた。

勅使が城内の様子を見ると、民の生活には余裕が見られ、また物資は豊富、街中は平穏である。商人も客もおだやかな態度で応対しており、道行く人々も、たがいに道を譲り合っている。勅使はこのありさまを見て、感嘆して言う。

「西伯侯は仁徳に溢れると聞いてはいたが、まことにこの光景を見れば納得できる。まるで堯《ぎょう》・舜《しゅん》の世の再来のようだ」

勅使は金庭館《きんていかん》の官舎において馬を降りて投宿する。次の日、西伯侯姫昌は昇殿し、文武諸官とともに政務について討論を行っていた。そこへ、端門《たんもん》を管理する官が報告して言った。

「陛下よりの聖旨が下されました」

姫昌は、文武諸官を率いて拝礼し、天子の命令をひざまずいて待つ。勅使は殿に登ると、聖旨を読み上げた。

詔《みことのり》に言う。

北海の反乱は猖獗《しょうけつ》をきわめ、横暴な行いは民百姓を塗炭の苦しみに遭わせておる。しかし文武百官には良策もなく、朕は、はなはだこれを憂えるものである。朝廷内に補弼《ほひつ》にあたる臣は少なく、外にも協力する者は少ない。そのため、四大諸侯に特に命ずる。ただちに朝廷に至り、ともに国政を論じ、禍乱を定めよ。この聖旨を受けたのであれば、すぐに西伯侯姫昌は朝歌に赴くこと。遅疑逡巡《ちぎしゅんじゅん》して遅れることのなきよう。どうか朕の期待に背かぬように願う。成功のあかつきには、位階を進め、封土を増すこととする。謹んで命令を果たすよう。朕に二言はない。特にかくのごとく聖旨にて命ず。

姫昌は詔書を受け取ると、勅使を宴において歓待した。その次の日には金銀をそろえて礼物として渡す。姫昌は言う。

「勅使どの、朝歌にてお待ちくだされ。姫昌は旅支度を調《ととの》えてすぐにまいります」

勅使は姫昌に礼を言い、朝歌に戻っていったことはさておく。さて、姫昌は端明殿《たんめいでん》に座し、上大夫《じょうたいふ》の散宜生《さんぎせい》に向かって言う。

「わしが留守のあいだは、内政のことは大夫にお願いいたす。また外政のことは、南宮适《なんきゅうかつ》と辛甲《しんこう》らに任せることとする」

さらに息子の伯邑考《はくゆうこう》（原文では伯夷考）を呼び出し、言いつける。

「昨日勅使が見えられて、わしは朝歌に赴くことになった。しかし、わしが易をもって占ってみると、今回は凶運多く、吉は少ない。命を失うまではいかぬものの、七年の間、大難《たいなん》に遭うとの卦《け》が出た。そなたは西岐にあって、先祖の法を守り、国政を変えてはならぬ。すべてこれまでのしきたり通りに行え。兄弟はむつまじく、君臣は和するように努めよ。決して自分のみの利益を優先させてはならぬ。すべて考え抜いた末に行うこと。西岐の民については、妻のおらぬ者には金銭をあたえて娶《めと》らせること。貧しくて年頃の娘がいても嫁に出せぬという家庭があれば、金銀をあたえて嫁に出させること。身よりのない者があれば、毎月食糧をあたえて飢えぬようにさせよ。七年の運が解ければ、わしは自然に戻ることができる。そなたはその間、人を差し向けぬように心せよ。これが肝心なことである。決して忘れてはならんぞ」

伯邑考は父の言を聞くと、ひざまずいて言った。

「父上は七年の大難に遭われるのであれば、子のわたくしが代わってまいりましょう。父上がみずから行かれる必要はありませぬ」

姫昌は答える。

「わが子よ、君子はむろん難があれば避けるものである。しかし、今回は天の命数は定まっており、逃れることはできぬ。いたずらに策を弄してもむだじゃ。そなたはただこの父の言うことを守るべきじゃ。それが孝行というもの。父に代わって難を受ける必要などない」

姫昌は後宮を訪れ、母親の太妊《たいじん》（原文では太姜《たいきょう》）に会った。あいさつが終わると太妊は言う。

「わが子よ、母はそなたのために天数を占ってみた。そなたには七年の災難が待ち受けておるぞ」

姫昌はひざまずいて答える。

「今回、天子の聖旨が参りましたおり、わたくしも天数を占ってみました。確かに災厄が待ち受けており、七年ものあいだ、抜け出すことはできません。ただ、命を落とすことはございませぬ。いま内政と外政については、ともに文武百官に委託いたしました。また国政は伯邑考に任せることにしました。わたくしはいま母上にお別れのごあいさつにまいりました。明日には朝歌へ向けて出立いたします」

太妊は言う。

「わが子よ、そなたは万事よく考えて行動するのですよ。軽率な行いは慎むように」

姫昌は答える。

「謹んで母上の言う通りにいたします」

後宮を出ると内宮へ向かい、王妃の太姒《たいじ》（原文では太姫《たいき》）に会って別れを告げた。

さて西伯侯はそもそも産まれて四つの乳があるという奇瑞があった。妃は二十四名おり、九十九名の子があった。長子は伯邑考、次子は姫発《きはつ》、これはのちに天子となる武王である。周には「三母《さんぼ》」があるという。すなわち姫昌の母である太妊、姫昌の妻である太姒、それに武王の妃である邑姜《ゆうきょう》である。そのために「三母」と称され、すべて聖賢を育てた聖夫人であるとされる（原文では太姜・太姫・太姙とするが、太姜《たいきょう》は祖父の古公《ここう》亶父《だんぽ》の妃である。ここは史書によって改める。ほんらいの三母は太姜・太妊・太姒）。

次の日、姫昌は出立の支度を調えて朝歌に向かう。あわただしい準備で、同行する者は五十名ほどであった。出立に際して文武諸官と会う。上大夫の散宜生、大将軍の南宮适、毛公遂《もうこうすい》・周公旦《しゅうこうたん》・召公奭《しょうこうせき》・畢公《ひつこう》・栄《えい》公《こう》・辛甲《しんこう》・辛免《しんめん》・太顚《たいてん》・閎夭《こうよう》、これら四賢《しけん》（毛公遂・周公旦・召公奭・畢公高）、八俊《はっしゅん》（周の八士、伯達《はくたつ》・伯适《はくかつ》・仲突《ちゅうとつ》・仲忽《ちゅうこつ》・叔夜《しゅくや》・叔夏《しゅくか》・季随《きずい》・季騧《きか》）、さらに世継ぎの伯邑考、次男の姫発、さらに領国の兵士や民などが、十里亭まで来て見送る。そこで九龍の宴席を設けて餞別を行った。

文武諸官と王子たちは杯を取る。姫昌は言った。

「いまそなたらと別れることになったが、七年ののちに、また君臣ともに会うことができよう」

姫昌は伯邑考の手を取って言う。

「わが子よ、そなたら兄弟は仲良く過ごせ。そうであればわしは心配はない」

そののち数杯を重ね、宴が終わると、姫昌は馬に乗り出発した。君臣は涙ながらに別れた。姫昌らはまる一日進んで、七十余里を走り、岐山《きざん》のふもとを過ぎた。さらに進んで、夜には宿泊し、明けがたには出発するという日程がしばらく続いた。ある日に燕山のふもとにいたる。姫昌は馬上にて言う。

「そなたたち、前に雨宿りできる村あるいは森があるか確かめるのじゃ。まもなく大雨が降ってくるぞ」

配下の者たちは不審に思って言う。

「いまは青天で、雲も全然見えないし、陽も照っているというのに、雨が降るのか?」

その言が終わる前に、みるみるうちに雲が起こった。姫昌は馬を走らせ、林のなかに入って雨を避けた。供の者たちも林のなかに進む。その雨の様子は次のよう。

雲、東南に生《しょう》じ、霧、西北に起こる
しばしの時に風狂い冷気生じ、須臾《しゅゆ》にして雨気侵入す
はじめ起こるは微々たる細雨《さいう》にして、のちに密密《みつみつ》たり
植物は潤い、花枝の斜めに掛かり冷たし
地は肥田《ひでん》たり、草やや乱れ滴《したた》る珍珠《ちんじゅ》転がる
高山に翻下せる千重の浪、低く凹平《おうへい》に添う白き水
地の草にそそぎ鴨頂《おうちょう》緑たり、満山の石洗われて仏頭《ぶっとう》青し
流れし錦江《きんこう》は四海に並び、かの好雨、天河《てんが》を倒し下に傾けり

姫昌は林のなかで雨を避けていたが、かなりの大雨である。まるで盆を傾けたかのごとく、どしゃ降りが半

刻ほども続いた。そのとき、姫昌はまた配下の者たちに告げた。

「気をつけろ、雷が落ちるぞ！」

供の者たちはたがいに話しあう。

「ご主人が言われることには、雷が来るそうだ。気をつけよう」

その話が終わらぬうちに、大音響が鳴りひびき、霹靂《へきれき》が交わって大地を震わせる。その勢いはまるで華山《かざん》の高峰の一部が崩れ落ちるよう。みな大いに驚き、不安げに一箇所に固まって身を寄せ合った。

まもなく雲が去り雨も止み、陽もまた照りだした。みなようやく林を出ることができた。姫昌は馬上で全身を雨に濡らし、嘆じて言う。

「雷がこのように通り過ぎる時は、将星が出現するものだ。おまえたち、わしと一緒に将星を探すのだ」

配下の者たちはひそかに笑って言う。

「将星とは誰か。またいったいどこに探しに行くというのか？」

しかしながら命令に背くわけにもいかず、四方を探し回った。配下の者たちが探していると、古い墓があり、その近くから赤子が泣く声が聞こえた。見てみると、はたして赤子であった。配下の者たちは話しあう。

「こんなに古い墓であるのに、赤ん坊がいるのは不思議だ。これがたぶん将星に違いない。この赤ん坊を抱いていってご主人さまに見せてはどうだろう」

そこでみなはその赤子を抱いていき、姫昌に差しだした。姫昌はその赤子の元気そうな様子、また顔は桃の花のようで、眼が輝いているのを見て喜んだ。姫昌はまた思う。

「わしはほんらい百人の子があるはずであった。しかしいまはまだ九十九人しかおらぬ。おそらくこの子が百人目の子となって、その命を満たすのであろう。いやこれは確かにすばらしいことだ」

そこで姫昌は配下の者たちに命ずる。

「この子はこの先にある村に里子に出すことにしよう。わしが七年の難ののちに戻ってきたら、西岐に連れていこう。この子の持つ福運は計りしれぬものがある」

姫昌は馬を走らせ、山や峰を越えて燕山を越えた。そのまま行くこと十里二十里ほどのところで、ある道士が現れた。その姿は秀麗であり、容貌も一般と異なるものであった。道家の雰囲気をただよわせ、大きな袖のゆったりとした道服をまとっている。その道士は俗世を離れた態度で、悠然と姫昌の馬の前に来て一礼を行って言う。

「君侯《くんこう》どの、貧道《ひんどう》がごあいさつ申しあげます」

姫昌は急いで馬を下りて、礼を返し、言う。

「これは姫昌が失礼いたしました。しかし道長《どうちょう》はどうしてこちらに来られましたか？　どちらの山のどちらの洞府のかたでしょうか。またこの姫昌に何かお教えくださるのでありましょうか。どうかお聞かせ願いたい」

その道士は言う。

「貧道は終南山玉柱洞《しゅうなんざんぎょくちゅうどう》の錬気《れんき》の士、雲中子《うんちゅうし》であります。さきほど雨が過ぎ雷が鳴るのを見て、これは将星の出現であるとさとり、千里を遠しとせずにまいったものです。将星を探していたら、君侯のご尊顔を拝することができました。これは望外の幸運であります」

姫昌はこの話を聞くと、左右の者に命じて赤子を道士に差しだした。雲中子は受け取って、顔を見て言う。

「将星よ、そなたはこのときに至ってようやく出現するとは！」

雲中子は続けて言う。

「君侯、貧道はこの子を連れて終南山に戻り、弟子として育てたいと思います。君侯が戻られるころになりましたら、この子をお返しいたしましょう。君侯にはいかがお考えでしょうか？」

姫昌は言う。

「道長がお連れくださるならばそれで問題ありません。ただ、のちに会うことになるのであれば、名前を付けてその証拠としたいと思います」

雲中子は言う。

「それでは、雷のあとに出現したということで、『雷震《らいしん》』という名にしたいと思います」

姫昌は言う。

「わかりました。それではお連れください」

雲中子はその子雷震子《らいしんし》を抱えると、そのまま終南山に戻っていった。この両者が顔を会わせるのは、七年後に姫昌の難が終わり、雷震子が下山することになってからのことである。しかしそれはのちの話で、いまここでは語らない。

さて、姫昌は朝歌に向かったが、その間は特に何もなく進んだ。五関を過ぎ、澠池《べんち》県を過ぎ、黄河を渡り、孟津《もうしん》を過ぎて、朝歌に至る。そして官舎である金庭館《きんていかん》に入った。館にはすでに他の三鎮の大諸侯が来ていた。すなわち東伯侯姜桓楚・南伯侯鄂崇禹・北伯侯の崇侯虎である。三名の諸侯が館のなかで宴を開いて飲酒していると、館の配下の者たちが告げる。

「西伯侯どのがまいられました」

三名の諸侯は出迎える。姜桓楚は言う。

「姫昌どのはどうして遅れてこられましたか？」

姫昌は答える。

「いや道は遠く、なかなか思うとおりに進みませんで、遅れました。どうかお許しください」

四名の諸侯はあいさつの礼が終わると、さらに一席を設け、飲酒を再開した。酒杯が数巡すると、姫昌は尋ねて言う。

「おのおのがた、ところで陛下はいったいどういった用事で、急にわれわれ四名を集めたのでしょう？　もし大きな問題が発生したとしても、朝廷には武成王黄飛虎どのがおられます。武成王は天下の支えで、国を正しく治められています。また亜相の比干どのもおられます。比干どのは各方面を調整し、民をきちんと治めていられます。この二人が朝廷にありながら、われら四名をわざわざ勅命で呼び出す必要があるのですかな」

鄂崇禹は言う。

「姜桓楚どの、姫昌どの、それがしはひとこと、崇侯虎どのにご忠告申しあげたいことがございます」

崇侯虎は笑って応対する。

「鄂崇禹どのから何かご教示いただけるのであれば、わしは聞きいれますぞ」

鄂崇禹は言う。

「いま天下の諸侯で、われら四名がその主となっております。しかし崇侯虎どのは失礼ながらあまりよい評判を聞きませぬ。どうも大臣としての矜持《きょうじ》もなく、民から収奪して私腹を肥やすことにのみご熱心なようだ。さらに費仲《ひちゅう》・尤渾《ゆうこん》といった奸臣どもと結託しておるとか。摘星楼《てきせいろう》を作る時の監督にしても、三名の男子のうち二名を工事に充《あ》て、あとは裕福な家のものについては見逃し、貧賤な家の者をことさらに使役したとか。そなたはそのように財利をむさぼり、民百姓を苦しめ、独断で事を行うようなことをいつまで続けられるのか。その虎の威を借り、飢えた狼か虎のような態度、朝歌の城内の民百姓も恨んでいると聞いておりますぞ。崇侯虎どの、ことわざにも『災禍は悪をなすにより、福は徳をなすによる』と申すではありませんか。どうかこれからの行いを改め、今後は災いを招くような行動はお控えあるよう」

崇侯虎はこの言を聞いて満面に怒りをたたえ、まるで火がついたかのよう。叫んで言った。

「鄂崇禹よ、きさま妄言もいいかげんにせぬか。そなたとわしは同じ大臣の身、あえてこのような宴席でわしを侮辱しおったな。そもそもなんの資格があって、そのようにわしを罵るのか！」

実のところ、崇侯虎は費仲や尤渾などといった奸臣たちと結託しており、その威を背景に、酒の席の上で鄂崇禹と争わんとしたのであった。しかしながら、その場では姫昌が崇侯虎を指さして言う。

「崇侯虎どの、鄂崇禹どのはそなたによかれと思って忠言申しあげたのです。そのように怒られる必要はありますまい。ましてやわれらの目の前で、鄂崇禹どのを殴り倒す気でもおありか。かりに鄂崇禹どののことばに行きすぎたところがあったとしても、それは崇侯虎どのに忠言申しあげたいとの心から出たもの、もし言に心当たりあれば、行いを改め、心当たりがなければ、みずから努力すればよいでありましょう。そもそも鄂崇禹どののことばは良言であり、金石の言と申すべきです。いま崇侯虎どのはみずからは反省なさらず、かえって忠言に怒られるとは、非礼な行いでありますまいか」

崇侯虎は姫昌の言を聞いて、手を出そうとするのを引っ込める。しかし今度は鄂崇禹が酒杯を崇侯虎の顔に向かって投げつける。崇侯虎は鄂崇禹につかみかかろうとして、姜桓楚に止められる。姜桓楚は叫んで言う。

「大臣どうしが殴り合うなど、恥さらしもいいところであるぞ。崇侯虎どの、すでに夜もふけた。そなたは休まれるがいいだろう」

崇侯虎は怒りの声を飲み込み、部屋へと戻っていった。そのことは詩があって言う。

館舎に杯を伝え短長を論じ、奸臣計を設けて忠良を害せんとす
刀兵これより紛々として起こり、朝歌は乱れて万姓に殃《わざわい》あり

さて残った三名の諸侯は、久しぶりに会ったことでもあり、さらに一席を設けて、宴会を続けた。しかし二更（亥《い》の刻）の時間になると守衛の兵卒の一人は、三人の大臣が飲酒を続けているのを見て、嘆じてつぶやいた。

「ああ、諸侯のかたがたよ、あなたがたは今夜は宴にて飲酒しておりながら、明日には刑死して市を血で赤く染めることに気がつかないのか」

すでに夜がふけてあたりは静かであり、そのつぶやきは、はっきりと聞こえた。姫昌はその言を怪しみ、尋ねた。

「いまつぶやいたのは誰か？　ここへ呼ぶがよい」

左右の給仕をしていた者たちは、諸侯たちのところに進み出て、みなひざまずいた。姫昌は重ねて問う。

「いましがた『今夜は宴にて飲酒しておりながら、明日には刑死して市を血で赤く染める』と話したのは誰か？」

給仕の者たちは答える。

「いえ、そのような事は申しておりませぬ」

姜桓楚と鄂崇禹には、そのつぶやきは聞こえていなかった。姫昌は尋ねる。

「このわしにははっきりと聞こえたぞ。どうして言っていないととぼけるのか」

そこで配下の武将を呼び出して告げる。

「この者たちを外へ出して首を刎《は》ねよ！」

給仕の者たちを含め、その場にいた者は驚いた。しかし他人の身代わりで殺されるのはまっぴらであったので、発言した者の名前を明らかにした。彼らはみな口をそろえて言った。

「西伯侯さま、わたくしどもには関係ございませぬ。これは姚福《ようふく》がつぶやいたことです」

姫昌はそれを聞くと、配下の武将に「やめよ」と告げる。

そしてみなの者を下がらせると、姚福を呼んで問いただす。

「そなたはいったいどうしてあのような話をしたのだ？　その話が真実ならほうびをとらす。もし偽りであれば罰するぞ」

姚福は答える。

「『口はわざわいのもと』との通りで、つい口がすべりました。この件はもらしてはならぬ重大な秘密なのです。わたくしは宮廷に仕える下っ端の者でありまして、それで姜皇后が西宮にて冤罪に死し、二人の殿下が風にさらわれたことなどを知っております。実は、陛下は妲己娘娘にそそのかされてひそかに聖旨を下し、諸侯のかたがたは明日の早朝、有無《うむ》を言わさずに首を刎ねるということになっているのです。それでわたくししは耐えかねて、思わず先のようなことを口走ってしまったわけです」

姜桓楚はその話を聞いて、慌てて尋ねる。

「わしの娘の姜皇后が、なぜ西宮において亡くなったのか？」

姚福はすでにここまで話した以上、隠しだてはできぬと諦め、すべての実情を話すことにした。さらにこれまでの事情について、最初から詳しく述べた。

「陛下は無道にして、妻を殺しわが子を誅し、そして妲己を皇后に立てようとしたのです。それからまた、このようなことがありました……」

姚福はこれまでの経緯《いきさつ》を詳細に述べる。姜皇后は姜桓楚の娘である。桓楚は娘が死んだと聞いて、その心は張り裂けんばかり。まるで身体を切り刻まれるかのような痛みを感じ、大声で叫ぶと、その場で昏倒した。姫昌は急いで配下の者に命じて助け起こさせる。姜桓楚は泣きながら言う。

「わが娘は眼をえぐられ、その手を炮烙で焼かれたとか。いにしえより、このような残酷なことがあっただろうか」

姫昌は慰めて言う。

「皇后が無念の死をとげられ、太子殿下は行方不明となりましたが、人は亡くなったからには生き返りません。それよりいま、われわれは上奏文を書き、明日陛下にお会いして極力お諫め申しあげるべきです。事の白黒をはっきりさせ、もって人倫をただささねばなりません」

姜桓楚は泣きながら言う。

「これはしかし、わが一門にふりかかった災厄。あなたがたに上奏させるには及ばぬ。この姜桓楚一人が陛下に拝謁し、そして冤罪を晴らせばよいこと」

姫昌は言う。

「それでは東伯侯は上奏文を一部用意してくだされ。われわれ三名は、別にまた上奏文を用意いたします」

姜桓楚は涙を溢れさせつつも、一晩かけて上奏文を書きあげた。そのことはさておく。

さて、奸臣費仲は四鎮の諸侯が官舎に入ったと聞き、ひそかに内宮に入って紂王と会った。費仲が四鎮の諸侯たちが罠とも知らずに来たことを告げると、紂王はたいそう喜んだ。

「明日陛下が大殿にお出ましになれば、四名の諸侯はかならずや上奏して諫めるでありましょう。そこで陛下は明日、特に上奏文をご覧になる必要はありません。とにかく有無を言わさずに午門から引きだし、首を刎《は》ねてさらすようにご命じください。これが上々の策であります」

紂王は言う。

「よい計じゃ。その通りにいたそう」

費仲は紂王の前を辞して戻る。一晩が過ぎて次の日となる。早朝に朝が開かれ、文武百官が大殿に集まる。午門の官が紂王に告げる。

「四鎮の諸侯が陛下のご命令を待っております」

紂王は言う。

「よし、通せ」

四鎮の諸侯は命にしたがってすぐに御前に現れた。東伯侯の姜桓楚は、象牙の笏をかかげて、拝礼して臣下の礼を行う。続けて姜桓楚は上奏文を差しだした。亜相の比干がそれを受けとる。しかし、紂王はいきなり姜桓楚に告げた。

「姜桓楚よ、そなたは自分の罪を知っておるか？」

桓楚は答える。

「臣《わたくし》はこれまで東魯《とうろ》を守護し、領域を守り、公《おおやけ》のために臣の務めを尽くしてきました。それなのに何の罪があるというのでしょう。陛下は讒言を聞いて美女を寵愛され、正室を重んぜずして酷刑を加え、わが子を誅して跡継ぎを絶とうとしておられます。また怪しい妃の陰謀に惑わされ、佞臣のことばを信じ、忠臣を炮烙の刑に処すなど、まったく間違っておられます。臣は先王の大恩を受けた身、いま陛下のご尊顔を拝し、誅《ちゅう》戮《りく》の斧を避けずに、あえてお諫め申しあげます。かりに陛下が臣に背かれたとしても、臣は陛下に背いたことはございません。どうか憐憫《れんびん》をお示しになり、冤罪を明らかにするようお願い申しあげます。さすれば世にある者は喜び、亡くなった者たちも安らぎを得られるでしょう」

紂王は聞いて大いに怒り、罵って言う。

「この逆賊め、娘に命じて君を弑《しい》し、簒奪《さんだつ》をたくらんでおったくせに。その罪は山のごとく重いのに、いま強弁して罪を免れようとしておる。とうてい許すわけにはいかぬ」

控える武将たちに命じて言う。

「そやつを午門の外へ引きだして処刑せよ。その死体を切り刻んで塩漬けにし、もって国法を正せ！」

金瓜を持った武将たちが姜桓楚の冠や衣服をはぎ取り、縄で縛る。姜桓楚は罵ることを止めなかった。有無を言わさず、午門に引きだす。このとき、西伯侯姫昌・南伯侯鄂崇禹・北伯侯崇侯虎の三名が班列を出て、臣下の礼を行って奏上する。

「陛下、臣《しん》らも上奏文を持参しております。姜桓楚はまことに国を思う心から申したもの。まったく簒奪を企んだことなどございませぬ。どうか実情をお調べください」

しかし紂王は四鎮の諸侯をすべて殺そうと思っており、姫昌などが差しだした上奏文を机の上に放り投げる。さて姫昌らの命はどうなるか。次の回をお聞きあれ。

第十一回 羑里城に西伯侯、囚わる

詩に言う。

君虐《きみぎゃく》にして臣奸《しんかん》なれば国事は非たり、いかんぞ口を信じて天機《てんき》をもらさん
もし御座にて忠心に諫むれば、すでに刑場に血色《けっしょく》飛ぶを見る
羑里《ゆうり》七年によく世を化し、伏羲《ふっき》の八卦精微《せいび》をあきらかにす
従来世運は明主に帰す、みだりに言うなかれ岐山の日まさに輝《かがや》くを

さて西伯侯姫昌は、紂王が姜桓楚の上奏文を見ることもなく、何の理由もなくいきなり姜桓楚を午門に引きだし、塩漬けの肉の刑に処せと命ずるのを見て、たいそう驚く。そして紂王の無道ぶりがいかにはなはだ

しいものかを理解した。姫昌ら三名の諸侯は、さらに奏上する。

「『君は臣下の元首にして、臣下はまた君の股肱《ここう》』と申します。陛下は上奏文を見ることもせずに大臣を殺すとは。これは臣下を虐待するものと言わざるをえません。文武百官も納得いたしませぬし、また君臣の道を閉ざすものです。どうか陛下にはまずは意見をご覧いただきますよう」

亜相の比干《ひかん》が姫昌らの奉った上奏文を広げる。紂王が見ると、次のような内容が記されていた。

臣《しん》、鄂崇禹・姫昌・崇侯虎などが奏上いたします。

国を治めるには、国法を正し、奸佞なる者を除き、冤罪をすすぎ、正しき者を代えず、綱紀を重んじ、妖怪のごとく奇怪な輩は除かねばなりません。われらは聴いております。聖王が天下を治めるにあたっては勤勉を旨とし、豪華な楼閣や庭園などを建てず、賢者を近づけて奸臣を遠ざけ、遊興は行わず、酒や色欲におぼれることはございませんでした。そのため天命は続いて維持され、政務は内外ともにすべて治まり、堯《ぎょう》・舜《しゅん》はその階《きざはし》を降りずに、手をこまねいたままで天下太平となり、万民は各自の業を楽しみました。しかるにいま陛下は皇位を受け継がれていらい、よい政治を行うという話はございませぬ。日々政務をみることなく、佞臣を信じて賢臣を遠ざけ、酒色におぼれていらっしゃいます。そもそも姜皇后は賢にして礼あるかた、これまで徳を失した行いはございませんでした。しかし突然、酷刑に処せられることになりました。また妲己は宮中を乱しているにもかかわらず、かえって寵せられて位を上げるありさま。さらに太師の杜元銑《とげんせん》を殺し、天台を司る官を失い、大臣を切り刻む刑を行って、国家の股肱を失い、また炮烙を作って忠臣の諫言を拒むこととなりました。そのうえ、讒言を聴いて太子を殺そうとする無慈悲な行い。これは許されるものではありません。どうか陛下には費仲・尤渾の両名を罷免し、君子たる臣下を近づけ、また妲己を斬って宮中の風紀を正すことをお願いいたします。そうであれば、天の心を取り戻し、天下は安泰となりましょう。もしそうでなければ、わたくしどもはその身を終えるところすら失うでありましょう。わたくしどもは斧鉞による誅殺を恐れず、あえて死を避けずに諫言いたします。どうか陛下には、この直言をお聞き入れになり、速やかに施行していただくようにお願いいたします。そうなれば天下の幸い、万民の願うところでございます。わたくしどもは処刑の処分を戦慄して待ちながら、あえてこのように奏上いたします。

紂王はこの上奏文を見て激怒し、その文章を破り捨てると、机を叩いて言った。

「この逆臣どもの首を刎《は》ねてさらし首にせよ！」

そばに控える兵士たちがいっせいに動き、三名の大臣の身を捕縛して午門に引きだす。紂王は魯雄《ろゆう》に処刑の監督を命じ、すぐに刑を行うように命を出す。そこへ、右班の臣から中諫大夫《ちゅうかんたいふ》の費仲・尤渾が列を出て、平伏して奏上する。

「臣は申しあげたいことがございます。奏上をお許しください」

紂王は問う。

「両名に何か意見があるなら聴こう」

費仲らは答える。

「陛下に申しあげます。この四名の諸侯には確かに罪がございます。不遜《ふそん》にも陛下のご威光を恐れずに直言申しあげ、その罪は許されるものではありません。ところで姜桓楚には弑逆《しいぎゃく》の罪があり、鄂崇禹は主君を叱咤するという罪があり、また姫昌も巧言を弄して君を侮るなどの罪がございます。そして崇侯虎にも、この三名に従って陛下を誹謗した罪はございます。しかし、崇侯虎はもとより心に忠をいだき、これまで国家のために力を尽くしてまいりました。摘星楼《てきせいろう》を造るにあたっては、その忠心から作業を行い、また寿仙宮《じゅせんきゅう》の建設においても日夜休まず働き、皇家のために尽くしております。崇侯虎はたまたま他の諸侯の口車《くちぐるま》に乗ったにすぎず、決してその本心から従ったのではございませぬ。もしここで白黒を分かたずに、玉石ともに焼くようなことになっては、功績のある者と功績なき者とを同列に扱うことになり、臣下たちも納得しないものと思われます。どうか陛下には、崇侯虎についてはその命をお救いください。あとで功績をたてさせ、その手柄をもって今回の罪の償いとすればよろしいではございませぬか」

紂王は費仲と尤渾の二人が崇侯虎を許すように告げるのを聴いた。そもそも費仲と尤渾の二人は寵臣《ちょうしん》であり、この二人の言うことは何でも聞き入れるようになっていた。紂王は言う。

「そなたらの言によれば、崇侯虎は以前に国家において功績があったとのこと。朕はその労苦に報いねばならん」

そこで奉御官《ほうぎょかん》を呼び出し、命を伝えた。

「崇侯虎を赦免するように」

費仲・尤渾の両名は、恩を謝して列に戻る。そして崇侯虎のみは赦免するようにとの命令が伝えられる。殿の東側にいた武成王黄飛虎は、その命令を聞いて悩み、笏《しゃく》を執《と》り班列を出て奏上しようとする。その動きに亜相比干と、微子《びし》・箕子《きし》・微子啓《びしけい》・微子衍《びしえん》・伯夷《はくい》・叔斉《しゅくせい》ら皇族の殿下が続き、この七名も列を出て平伏した。比干が奏上して言う。

「臣《わたくし》どもは陛下に申しあげます。大臣は天子の股肱であります。姜桓楚はこれまで東魯に鎮し、しばしば武事に功績がありました。君主を弑逆する罪に問われましたが、何ひとつとして証拠があるわけではありません。それなのに刑罰に処するとは、いかがなものでありましょうか。また姫昌についても、その忠心は明らかであります。国のため民のために、尽力してまいった大臣であります。その行いは天地に合致し、徳は陰陽を配し、その仁義は諸侯を安んじ、義は文武諸官に知れわたっています。その礼もて国家を治め、智もて背いた者たちを服せしめ、兵たちからも信頼を置かれ、綱紀を粛清し、政治はまた厳正であります。西岐においても、臣下は賢にして君は正しく、子は孝行に父は慈悲深く、兄弟も恭謙にすごす気風となっております。またかの地では、君臣は一体にて、兵事を好まず、死罪に処せられる者もおりませぬとか。道行く人は互いに譲り、夜に民の家では鍵をかけることもなく、勝手に道に落ちているものをひろうこともございませんそのような徳は四方から賞賛され、姫昌を西方の聖人と称しているほどです。鄂崇禹も重任を負う大臣であり、常に一方を安泰ならしめ、日夜朝廷のために尽力しております。どうか陛下には憐憫の情を起こされ、彼らをご赦免くださるよう。そうなればわれら臣下は感激に耐えませぬ」

紂王は言う。

「姜桓楚は弑逆を図ったのだぞ。それに鄂崇禹・姫昌も風説に惑わされ、君主を罵ったのだ。その罪は許しがたい。そなたたちは、どうしてみだりに赦免を口にするのだ」

次に黄飛虎が進み出て、奏上して言う。

「姜桓楚・鄂崇禹ともに重任をになう大臣でございます。もとよりこれまで過失などございませぬ。また姫昌は心正しい君子でありまして、よく天意を占うことができます。みな国家の大任を負っている人物。いま彼らを無罪にして処刑すれば、どうして天下の民百姓の信頼を得られるでしょうか。また彼らの三鎮には、それぞれ軍兵数十万を抱える身であり、猛将や精兵も数多くおります。もし、それぞれの国の臣民が、諸侯たちが死罪に処せられたことを聴けば、理由もなく冤罪で殺されたとして、決して黙っておりますまい。必ずや反乱の兵を起こすでありましょう。そのような反乱が起きますれば、四方の民百姓は労苦にあえぐこととなります。ましてや、いま聞太師が北海に遠征されております。さらにまた国内に反乱が起きれば、どうして国家は安泰でいられるでしょう。どうか陛下には憐憫の情をお示しになり、彼らをご赦免ください。そうなれば国家の幸いでございます」

紂王はその奏上を聴き、さらに七名の皇族の者たちが並んで諫めるのを見て、次のように述べた。

「姫昌については、もとより朕もその忠良なることを聴いておる。今回は他の者たちの口車に乗って付和雷《ふわらい》同《どう》したため、ほんらいであれば重刑に処するべきところ、みなの上奏により、ここは赦免することとする。ただし、姫昌が帰国ののちにもし反乱を起こすようであれば、そなたらもその責任を取るのだと心得《こころえ》よ。また姜桓楚・鄂崇禹についてはは弑逆の罪は許しがたい。すみやかに刑を行え。そなたらは、これについてはもうみだりに意見を述べることとまかりならぬ」

そして「姫昌を赦免せよ」との命令が伝えられる。

紂王はさらに奉御官に命ずる。

「すみやかに刑を行うのだ。姜桓楚・鄂崇禹を刑に処して、国法を正せ」

そこへ、左の班列から奏上する者があった。大夫の膠鬲《こうかく》・楊任《ようじん》ら六名の大臣が進み出て拝礼する。

「臣《わたくし》ども天下泰平のため奏上いたします」

紂王は問う。

「そなたらはまた何の奏上じゃ？」

楊任が答える。

「四名の大臣が罪とされましたが、陛下が姫昌どのを赦免されたのは、すなわち七名の殿下が国のため、賢明なるご提言をなされたからだと思います。しかしながら姜桓楚・鄂崇禹の両名も立派な大臣であることは変わりませぬ。桓楚どのはこれまで重任にあたられ、これまで徳を失したことはありません。弑逆《しいぎゃく》を謀ったなど証拠はございません。どうして罪に陥れることなどできましょうか。また崇禹どのも粗忽《そこつ》な点はありますが、諫言に努められ、その行いには過ちはありません。わたくしどもは『君明《めい》ならば臣はすなわち直《ちょく》』と聞いております。君主の過ちを諫める者、それは忠臣です。阿諛迎合《あゆげいごう》する者、それは佞臣です。わたくしどもは国家が危ういこの時にこそ、あえて論議をつくして諫言しないわけにはまいりませぬ。願わくば陛下、姜桓楚・鄂崇禹の両名を赦免し、本国にお戻しになり、また各地の鎮護に当たらせてください。そうなれば君臣ともに泰平の世を楽しみ、民百姓もその気風を謳歌するでありましょう。陛下が寛大なお心をもって直言をお容れくだされば、われらも民も、その天下を思うお心づかいに感謝いたします。われらも感激にたえません。どうかご赦免あるよう」

紂王はその言を聞いて、怒って言う。

「逆臣が謀反を企んだのに、その徒党がこれをかばうというわけか。桓楚は弑逆を謀ったのであるぞ。切り刻んで塩漬けにしても、なお飽き足らぬわ。崇禹は君主を誹謗したのだ。さらし首にして当然じゃ。そなたらは、強いてたわごとを申して君を欺き、国法を汚してはならぬ。もしこれ以上申したてる者があれば、両名の逆臣と同罪とする！」

そして近侍の者に命を伝える。

「すみやかに刑を行え！」
楊任らもこの紂王の怒る様子を見て、それからは誰も諫言しようとはしなかった。あるいは、この二名の諸侯の命が尽きる運命であったのであろう。聖旨が出され、鄂崇禹は首を刎ねられたうえ、さらし首となり、姜桓楚は大きな釘で身体を固定されたうえで切り刻まれた。この刑を「醢《ししびしお》の刑」（本来は、処刑した死体を塩漬けにしてさらすものであり、ここではやや意味が異なっている）という。

刑を監督した魯雄《ろゆう》はそのむねを報告し、紂王は輿《こし》に乗って宮中に戻っていった。姫昌は七名の殿下に感謝の意を伝えつつも、泣きながら言う。

「姜桓楚は無実の罪にて惨死し、鄂崇禹は諫言を行いながら命を落としました。その子らがこれを知ったら必ず謀叛を起こすでしょう。東の鎮も、南の鎮も、安寧の日が来るのは何時になりましょうか！」

その場にいた者たちは、みな涙を流し、また言う。

「しばらくおふたりの諸侯の遺体を収拾し、しばらくは仮に浅く埋葬することにしましょう。のちほど状況が変わりましたら、また改葬を検討いたしましょう」

このことを詩に記して言う。

忠告すれども徒労《とろう》にして諫の名あり、逆鱗《げきりん》犯しがたく、せむるも軽んずるなかれ
醢《ししびしお》にせらる桓楚の身は惨にあい、服せし崇禹の命もすでに傾く
両国の君臣、むなしく望眼し、七年の羑里《ゆうり》に孤貞屈《こていくつ》せり
上天は意ありて人国を傾け、紛々として禍乱《からん》を生ぜしむ

処刑された姜桓楚・鄂崇禹の配下の武将たちは、夜に朝歌を脱出し、急ぎ各鎮に戻り、それぞれの長男に

報告を行った。

さて翌日、紂王は顕慶殿《けんけいでん》に出御する。亜相の比干は、姜桓楚・鄂崇禹の遺体を収容すること、姫昌を放免すること、この二点について認可を求める。紂王はすべて許可した。比干はその聖旨を受け取って退出する。紂王のそばにいた費仲は諫めて言う。

「姫昌は外面的には忠誠を示していますが、内面は奸悪に満ちており、巧言でもって百官を惑わしております。外面と内面がこのように異なっているとなれば、いずれはよからぬことをしでかすことは間違いありません。いま姫昌を赦免して帰国させれば、東魯の姜文煥《きょうぶんかん》・南都《なんと》の鄂順《がくじゅん》と結んで天下に争乱を起こすでありましょう。そうなれば兵士は出兵の労苦にさらされ、武将たちも戦場にかり出されることになります。民百姓も生活を乱され、朝歌も混乱に陥りましょう。いま姫昌を解き放つことは、まるで龍を海に放ち、虎を山に帰らせるようなものです。あとでかならず後悔することになりましょう」

紂王は言う。

「しかし詔《みことのり》はすでに出されてしまった。また百官もみなすでに知っている。どうして簡単に前と異なる命令を出せるだろうか」

費仲は言う。

「わたくしめに一計がございます。その通りにすれば姫昌を除くこともかないましょう」

紂王は言う。

「どのような計略か？」

費仲は答える。

「姫昌は赦免されたので、かならずや朝廷に拝謁し、それから帰国するでありましょう。そして百官も姫昌のために送別の宴を行うに違いありません。そこにわたくしめも参加し、姫昌の心中を探ってまいります。もし殷の朝廷に対して忠誠心を懐いておれば、陛下はそのまま赦免なさってよいと考えます。しかしもし異心あらば、すぐに姫昌を斬首に処して、のちのちの害を絶っておくべきでありましょう」

紂王は言う。

「そなたの言はもっともとじゃ」

さて比干は朝廷から退出すると、姫昌と面会するために宿舎としている館に向かう。左右の者が知らせ、姫昌は門まで出迎える。礼が終わると、比干は言った。

「わたくしは今日、宮中におきまして陛下に裁可をいただきました。亡くなったお二人の諸侯の遺体を収容する件と、姫昌どのを放免し帰国させる件です」

姫昌は拝謝して言う。

「殿下の恩徳によりまして赦免されました。この姫昌、いつの日かこの恩に報いさせていただきたいと思います」

比干は前に進み、姫昌の手をとり、声をひそめて言う。

「すでに朝廷から綱紀は失われております。理由もなく大臣を殺すなど、よい兆しとは思えませぬ。西伯侯どのは明日陛下に拝謁したら、急いで出立なされるべきでしょう。もしここで遅疑するようであれば、また奸臣どもにつけ込まれ、変事が起こるかもしれません。どうかお気をつけください」

姫昌は欠身の礼をして謝して言う。

「丞相の言は、まことに至言であります。そのご恩は、この姫昌、決して忘れますまい」

次の日の朝、姫昌は午門に至り、紂王に拝謁して赦免の礼を申しあげた。そのあと、すぐに配下の者たちを連れ、朝歌の西門を出る。十里亭のところに来ると、百官が送別のために集まっていた。武成王黄飛虎・微子・箕子・比干などが、そこで長らく姫昌を待っていた。姫昌は着くとすぐに馬を下りる。黄飛虎と微子がねぎらいのことばをかける。

「今日西伯侯どのが帰国されるにあたり、われらはいささか酒を用意しております。ひとつには西伯侯どのを送別するため、もうひとつは、一言ご忠告申しあげるためでござる。どうかお許しくだされ」

姫昌は言う。

「お聞きしますので、おっしゃってください」

微子は言う。

「このたびの陛下のあなたに対するなされよう、まことに残念なことでありました。ただ、どうか先王の徳を思い、どうか西伯侯には臣下のありかたを失わず、不穏な考えを起こさぬように申しあげます。そうであれば、われらも安心でありますし、万民も安心いたすでありましょう」

姫昌は再拝して礼を言う。

「天子が赦免してくださった恩、みなさまがたがご尽力なさって救われた恩、この姫昌は決して忘れませぬ。姫昌の命のある限り、天子の恩に報いたいと思っております。どうして異心など懐きましょうか」

文武百官と姫昌は杯を重ねた。もともと姫昌は酒好きであり、百杯の杯でも辞さぬほどであった。またそのときは、まさにいわゆる「知己《ちき》至れば言尽《つ》きず」という状態で、飲むほどに話は尽きず、なかなか別れがたい状況であった。
宴が続くなか、費仲・尤渾の二人が馬に乗ってやってくる。彼らは自分らで酒席を準備して、姫昌の送別に加わりたいという。文武百官は費仲・尤渾の二人を見て、多くの者が気分を害し、それぞれ席を立ちはじめた。姫昌は彼らにも謝して言う。

「これはおふたりの大臣、この姫昌のために、わざわざお見送りに来てくださるとは」

費仲は言う。

「西伯侯どのが帰国されると聞きまして、わたくしどもは送別のためにまいりました。用務のために来るのが遅れましたが、どうかお許しください」

姫昌は誠実な君子であり、人にはまごころをもって接するのが常であった。そのため、悪意をもって心を偽っているような人物には気がつかない。一見すると、費仲・尤渾の両名は慇懃《いんぎん》な態度で接してくる。そのため、姫昌は喜んで彼らを歓待した。しかし文武百官はこの両名を恐れているので、どんどん席を立って帰ってしまった。残る三名で、続けて宴を行う。酒が数巡すると、費仲・尤渾の二人は配下の者たちに言う。

「大きな杯をもってくるのだ」

二人は大きな杯になみなみと酒をつぎ、姫昌に差しだす。姫昌は杯を受けとり、欠身の礼をして言う。

「大臣のご好意に感謝いたします。いつかは返礼さしあげたいと存じます」

一気にすべて飲み干す。姫昌は酒量が大きく、思わず数杯を続けて飲む。費仲は言う。

「西伯侯どのにおうかがいいたします。この費仲は侯が占いにより先天の命数を知ることができると聞いております。さてそのようなことはほんとうにあるのでしょうか？」

姫昌は答えて言う。

「陰陽《いんよう》の理は、おのずから定数が決まっております。そのため、ほぼ当たらぬことはございません。しかし、人がその結果に反する行いをした場合や、よくこれを回避する行動をとった場合などは、その害から抜けだすことができます」

費仲は重ねて問う。

「もしいまの天子の乱れた行いが続くとなれば、さて将来はいったいどうなりますかな。お聞かせ願いたい」

このとき姫昌はすでにかなり酒に酔っており、この両名がわざわざやってきた理由など、まったく思いいたらない。また天子の吉凶について問われたこともあり、つい眉をしかめ、涙を流しながら嘆じて言う。

「まことに申しあげにくいことですが、王朝の気数はすでに尽きており、現在の陛下の代で絶えることとなります。陛下も終わりを善くすることができないでしょう。そもそもいまの陛下のなさりようでは、その滅亡を早めるだけです。わたくしども臣下の身では、とてもこれ以上申しあげることができません」

姫昌は言い終わると、暗然たる表情となる。費仲は重ねて問う。

「その滅亡とやらは、何年後になりますかな?」

姫昌は答える。

「二十八年ののちとなります。戊午《ぼご》の年で、甲子《こうし》にあたる日がその最後となるでしょう」

費仲・尤渾の二人は、ともに長嘆し、また酒を姫昌にむけて注ぐ。しばらくしてから、二人はまた尋ねた。

「われらふたりの運命はどうですかな。どうか西伯侯どのには占っていただき、われらが最期についてお教えいただきたい」

姫昌は君子であり、嘘いつわりを話すことなどない。すぐに袖のなかに手を入れて、占ってみせる。しばらく考えてから答える。

「この運命は不思議としか言いようがありませんな」

費仲と尤渾の二人は本気にせず、笑いながら尋ねる。

「どうしましたか。われら両名にどういう不思議な運命が待っているのでございますか？」

姫昌は告げる。

「人の死生には定数があります。病気なら中風《ちゅうふう》、結核《けっかく》、腹部の腫《は》れなど、多くの難病があります。あるいは刑罰ならば五刑があり、事故であれば、溺死《できし》、焼死、縊死《いし》、打撲死など、様々な死にかたがあるのはもちろんです。ただ、おふたりの最期はどれにも当たりません。いやはや、本当に不思議なありさまです」

費仲・尤渾の二名は笑いながら問う。

「いったいどうなるのでしょうか。どこで亡くなるというのですかな？」

姫昌は答える。

「いったいどういうわけなのかはわかりません。ただ、おふたりは雪に埋もれ、氷のなかで凍死されると出ています」

のちに姜子牙が岐山を法術でもって凍らせ、魯雄を捕らえ、費仲・尤渾の二人もそのときに殺されて封神《ほうしん》台《だい》に魂が飛んで封神されることになる。しかしこれはまたのちの話であり、ここでは述べない。

費仲・尤渾の二人はこの話を聞いて、笑って言う。

「いや『生には時あり、死には地あり』と申します。そういうものなのでしょう」

三人は再び飲酒をはじめる。費仲と尤渾は機に乗じて、姫昌からさらに失言を引きだそうとして話しかける。

「それでは西伯侯どのご自身の最期がどうなられるか、占ったことはございますかな？」

姫昌は答える。

「むろん、占ったことがございます」

費仲は言う。

「それでは、西伯侯どのの最期についてお聞かせ願えますか？」

姫昌は答える。

「わたくしの場合は特に変わったこともなく、国もとの宮殿のなかで往生いたします」

費仲・尤渾の二人は、快く思わなかったものの、口からは祝いのことばを述べる。

「いや、西伯侯どのが福と寿をまっとうされることをお祝いいたします」

姫昌はそれに対して礼を述べる。さらに三名は数杯の酒を重ねる。費仲・尤渾の二人は告げる。

「われらはまだ朝廷にて政務がございます。そのためあまり長く留まっておられませぬ。どうか西伯侯には道中ご無事でありますよう」

それぞれ別れて出立する。費仲と尤渾の二名は、馬上で罵って言う。

「あの老いぼれめが。自分自身は死が目前にありながら、国もとで往生などと言う。しかもわれらは凍死するなどと、でまかせをぬかしおった。これはあきらかに、われらを罵っているのであろう。なんと憎たらしいことか」

話しているうちに、午門に至る。両名は下馬すると、殿にのぼって紂王に拝謁する。紂王は尋ねて言う。

「姫昌は何を申したかな？」

両名は答える。

「姫昌は心に怨恨を懐いております。暴言でもって陛下を侮辱いたしました。この罪は不敬に当たりましょう」

紂王は怒って言う。

「あの老いぼれめ。朕がわざわざ赦免して国に戻してやったのに、その恩を思うこともなく、暴言を吐いて侮辱するとは。なんとも憎らしい。して、やつは何と申したのだ」

二人は奏上して言う。

「姫昌は占いを行って、この商の王朝が陛下の代で途絶えると申すのであります。しかもあと二十八年で終わるなどと言っております。さらに陛下は終わりをまっとうすることができぬなどと暴言を吐きました」

紂王は罵って言う。

「そなたらは、あやつめがどう死ぬのかについては尋ねたのか？」

費仲が答える。

「われら二名は姫昌に問いただしました。すると姫昌は、自分は国もとの宮殿で普通に亡くなると申しました。だいたい姫昌は、口からでまかせばかり吐き、その言で人々をだますことばかり行っています。生死が陛下のお心しだいで決まることをわかっておらず、それで自分が普通に亡くなるなどと申しております。これは自分で自分をだましておるのでございます。またわれら二名の運命について尋ねたところ、われらは氷のなかで凍死するのだと申しました。陛下のおかげでわれらは日々を過ごしております。そのあたりの庶民でも、氷のなかで凍死するなどありえましょうか。すべてこのようなでまかせばかりを申し、虚言でもって世を騒がす輩なのでございます。陛下には、すみやかに姫昌を処断なさいますよう」

紂王は言う。

「朕は命を伝える。晁田に命じて姫昌を連れ戻し、すぐに首を刎ねてさらし首にせよ。もって朝歌の城全体に知らせ、虚言への戒めとせよ」

晁田が命を受けて出発したことはさておく。

さて、姫昌は馬に乗り、しばらくして酔いから覚め、みずからの失言に思いいたり、配下の将たちに告げた。

「一刻も早くここを離れるのだ。遅くなればおそらく問題が生じるであろう」

一行はすみやかに出立し、先を急ぐ。姫昌は馬上で自ら思う。

「そもそもわが占いによれば、七年の災厄は逃れがたいとの結果が出ていた。いま平穏に帰国できそうだという状況が、そもそもおかしかったのだ。あの失言をしたことによって、是非もなく問題となるのは、やはり運命であったのであろう」

遅疑するなか、一騎の武将が飛ぶような速さで追いかけてくる。その武将は姫昌の前に出てゆくてをさえぎる。その武将とは晁田であった。晁田は言う。

「西伯侯どの！　天子の聖旨であります。どうかお戻りください」

姫昌は答える。

「晁将軍、その件はわかっております」

姫昌は配下の者たちに告げる。

「こうなっては、災厄は逃れがたい。そなたらは国もとへ戻るよう。わしは七年ののちに無事に帰国するであろう。伯邑考には母の命に従い、兄弟は和し、西岐の国の決まりを変えないようにと伝えて欲しい。これ以上は言うことはない。そなたらは行くがよい」

配下の者たちは涙ながらに西岐へと戻っていった。姫昌は晁田とともに朝歌に戻る。ここに詩があって言う。

十里長亭に酒杯をはなむけ、ただ直語によりて委細を欠く

もし天数にて羑里《ゆうり》に囚するにあらざれば、いずくんぞ姫侯、伏羲《ふっき》を讃《たた》えんや

さて姫昌は晁田とともに午門のところに戻る。斥候の騎馬兵が黄飛虎にそのことを伝える。黄飛虎は驚いて、次のように考えた。

「どうして帰国したはずなのに戻ってきたのか。これは費仲と尤渾のやつらめが、何やら策を弄して姫昌どのを陥れたに違いない」

そこですぐに周紀に命ずる。

「皇族の殿下のかたがたに、急ぎ午門まで来ていただくよう知らせて欲しい」

周紀はすぐに出向いた。黄飛虎は神牛に乗り、急ぎ午門にやってきた。時に姫昌は午門において聖旨を待っていた。黄飛虎は慌てて問う。

「西伯侯どのは国もとへ帰られたはず。どうしてまた戻ってこられましたか？」

姫昌は答える。

「陛下がお召しになったのです。どのような理由かはわかりません」

さて晁田は紂王に姫昌を連れ戻したことを復命した。紂王はたいそう立腹して、叫ぶ。

「すぐに姫昌を連れてこい！」

姫昌は階《きざはし》の下に至り、平伏して申しあげる。

「陛下のご恩を蒙りまして、赦免されて国に戻る途中でしたが、どうしてまた召し戻されたのでしょうか。陛下のお考えをうかがえれば幸いでございます」

紂王は罵って言う。

「この老いぼれめ！　そなたを許して帰国させたというのに、その恩に報いようとはせず、かえって天子を侮辱するとは、いったい何事か。もし申し開きすることがあれば聞こうか」

姫昌は答える。

「わたくしは愚かな身でありますが、世には、上に天があり、下に地があり、中には君がおられることを理解しております。また人は、生まれてすぐに父母があり、さらに教育するには師匠がつきます。すなわち『天・地・君・親・師』の五文字は、世に重視すべきものとして、わたくしは片時も忘れたことがございません。もし陛下を侮辱したなどということがあるならば、罪は万死に値します」

紂王はさらに怒って言う。

「そなたは巧言を弄して言い逃れるつもりか！　なにやら天数などと申して朕を侮辱したそうではないか。その罪は許されぬものだぞ」

姫昌は申しあげる。

「天数については、聖王の神農《しんのう》・伏羲《ふっき》が演じて八卦を作られたものです。人事の吉凶を占うために定めたものので、これは臣《しん》の捏造《ねつぞう》ではございません。さきの話も、天数に基づいて申しあげたものであり、決して妄言などではありませぬ」

紂王は言う。

「ならば朕について占ってみよ。この天下はいかなることとなるか？」

姫昌は答える。

「さきに陛下をお占いしたときは不吉な運でありましたので、費仲と尤渾の二人の大臣には申しあげました。不吉であるとは申しあげましたが、その是非について論じたわけではございません。臣はどうして妄言などいたしましょうか」

紂王は立ちあがり、叫んで言う。

「そなたは朕が終わりをまっとうせず、自分は宮殿で普通に亡くなるなどと申したそうではないか。君を侮辱することはなはだしい。このような妄言でもって民百姓を惑わすようでは、さきゆきどんな乱を起こすかわかったものではない。朕はまず、そなたの命を奪い、その天数とやらが当てにならぬことを証明してみようではないか」

配下の者たちに命を伝える。

「姫昌を午門に引き出し、打ち首に処して、もって法を正せ！」

左右の配下がすぐに進み出る。しかし殿の外から何人かの臣下が叫ぶ。

「陛下！　姫昌を斬ってはなりません。わたくしども、お諫めいたします」

紂王は見てみると、黄飛虎と微子など七名の大臣である。彼らは殿に進み出て、平伏して奏上する。

「陛下は、姫昌どのを赦免して帰国することをお許しになりました。臣下も民も、その徳をお慕いもうしあげております。また姫昌どのの占いは、伏羲などいにしえの聖王の定められたものです。決して捏造などではございません。もし結果が当たっていなければ、それはあくまで卦を推し量ったもので、もし当たっていれば、それはそれで姫昌どのは直言する君子であり、虚偽を申す小人ではないということです。陛下にはどうかその過ちについてはご赦免くださりますよう」

紂王は言う。

「怪しい占いなどでもって、主君を誹謗するなど、とうてい許せるものではない！」

比干が奏して言う。

「臣らは姫昌どののために諫言するのではございません。あくまでこれは国のためです。いま陛下が姫昌どのを処断なさるのは小さきこと、社稷の安泰こそが、優先されるべき大きなことです。姫昌どのはもとより名声高く、また諸侯よりの信頼も篤く、兵士や民からも慕われております。また天数をよく知り、天理に基づいて予知することができます。それは捏造ではありません。もし陛下がこれを信じられないというのであれば、いま姫昌どのに命じて、目下の吉凶について占わせればよいでしょう。もし当たれば、赦免されるべきですし、もし当たらなければ、妄言を捏造したとして罰すればよいでしょう」

紂王は大臣たちが諫言するのを見て、その意見を容れて、姫昌に命じて目下の吉凶を占わせることとした。姫昌は命令のままに金銭を取りだして占う（本来の卜占は筮竹《ぜいちく》や算木《さんぎ》を使って行うが、後世になると金の銭を使ってその裏表で占う。この時代の文王が金銭などを使うことはあり得ないが、ここでは明代《みんだい》の風習に従って書かれている）。たいそうに驚いて言う。

「陛下、明日太廟《たいびょう》（王家の先祖を祀る廟）にて火災が発生します。どうか祖先のご位牌などを避難なさるようお願いします。社稷の根本である位牌が失われてはなりません」

紂王は言う。

「明日起こるというのであれば、それは何時となるか？」

姫昌は答える。

「正午となりましょう」

紂王は言う、

「そうであれば、まずは姫昌を牢獄に閉じこめておけ。そして明日に実際に火災が起こるか、見てやろう」

文武百官は午門を出る。姫昌は七名の殿下に感謝の意を伝える。黄飛虎が尋ねる。

「西伯侯どの、明日はもし予知が当たらねば危機となりますぞ。よくよくお考えあってのことでしょうか」

姫昌は答える。

「いや、天数に任せるしかございません」

文武百官が解散したことはさておく。

その後、紂王は費仲・尤渾に話しかける。

「姫昌は明日太廟に火災が発生すると言いおったが、もしその言う通りになったら、どうしたらよいか」

尤渾が答えて言う。

「明日は太廟を守護する官吏に命じて、厳重に見はらせることとし、また線香などは焚《た》かせぬようにすれば、火災など起こるはずもございません」

紂王は言う。

「そなたの申す通りだ」

天子は後宮に戻り、費仲・尤渾の二名も退出していったことはさておく。

さて、次の日となる。武成王の黄飛虎、それに七名の殿下たちは王府にあって、火災が実際に起こるかどうか待つこととなった。陰陽を司る官が時刻を告げる。陰陽官は言う。

「殿下のかたがた、いま正午となりました」

比干たちは太廟に火災など起こらないのを見て、やや驚き慌て始めた。しかし、そのときに空中に雷の霹靂の音が鳴りひびき、大地も揺れる。そして陰陽官が報じて言う。

「殿下のかたがたに申しあげます。ただいま太廟が火事となりました」

比干が嘆いて言う。

「太廟がこのように火事になるとは、商王朝の天下も長くないのであろうか」

彼らは王府を出て火災を見る。その火災の様子は次のよう。

この火はもとより石のなかに生じ、その実、威《い》あり雄《ゆう》あり
離《り》の地より、東南位に座して、勢いは丹砂《たんしゃ》を九鼎のなかに転ずるがごとし
この火はすなわち燧人《すいじん》氏の出世するに似て、木を刻み金をけずり、乾坤《けんこん》を転ず
八卦のうちにその威あり、五行のなかにひとり無情
朝に東南に生じ、万物を光輝に照らす
暮には西北に落ち、一世の混沌となす
火の起こるところ、するどく閃電飛騰《せんでんひとう》す
煙発するとき、黒暗にして天をさえぎり日をおおう

高低を見るに、百丈の雷声あり
遠近を聞くに、三千の火炮を発するがごとし
黒煙が地をおおい、百忙のうちに多くの金蛇走る
赤い煙が空にのぼり、みじかき時間に火の玉となる
狂風、助力し、金の釘も珠の戸も一時に休む
悪火、飛来し、碧の瓦も刻む屋も燃えあがる
火は千の焰《ほのお》をおこし、星流れて天紅を満たす
都城のうちひとしく吶喊《とっかん》し、轟動《ごうどう》して万民驚く

また詩に言う。

先天を敷演《ふえん》してみだりに猜《さい》するなく
成湯の宗廟ことごとく灰となる
老天すでに興衰のことを定め
算は人によらずして自ら媒《ばい》するを枉《ま》ぐ

さて紂王は龍徳殿のなかにあり、文武百官を集めて論議を行おうとしていた時に、奉御の官が報告して言う。

「はたして正午に太廟が火災となりました！」

それを聞いて紂王は驚きのあまり魂が天に飛び出たよう。費仲・尤渾の二名の奸臣たちも、肝が破れるほどに驚いた。

「まさに姫昌は聖人であったことよ」

紂王は問う。

「姫昌の天数の占いは、はたして正しいものであった。大夫よ、さてここはどうしたらよいかな？」

費仲と尤渾の二名は奏して言う。

「姫昌の占いが、たまたま当たりましたとはいえ、それは偶然にすぎません。どうしてすぐに帰国など許すことができましょうか。陛下がもし文武百官らの諫言を面倒に思われるのでしたら、まずは姫昌を放免しておいて、さらにかくかくしかじか、このような計略を用いればよろしいでしょう。この策を用いれば、天下も安泰ですし、強い権力を持った臣下を抑えることもできます。天下の民も福を享受いたすでありましょう」

紂王は言う。

「そなたらの申すことは正しい」

その言が終わらぬうちに、微子・比干・黄飛虎らが殿に来て拝礼する。比干は奏して言う。

「今日、太廟が火災となりました。姫昌どのの占いは当たりましたぞ。どうか陛下におきましては、姫昌どのの直言の罪をご赦免ください」

紂王は言う。

「姫昌の占いが当たったのであれば、その死罪は許そう。ただ帰国については、すぐには認めるわけにはいかぬ。いましばらく羑里に住まわせておいて、国事が安泰となったのちに、帰国させることとしよう」

比干らは恩を謝して退出し、午門にいたる。比干は姫昌に

対して言う。

「西伯侯どののために陛下に奏上申しあげました。いまは死罪を免じ、ただ国に戻るのは許さぬとのことでした。おそれいりますが、一月あまりは羑里にお住まいあって、しばらくご辛抱ください。天子のお心が変わるのを待てば、いずれは自然にお国へ帰ることができましょう」

姫昌は再拝し、謝して言う。

「今日、天子がこの姫昌を羑里に拘禁されるのも、広い意味で大いなる恩というべきものです。どうして命に背くことなどいたしましょうか」

黄飛虎が言う。

「西伯侯にはしばらく一月はご辛抱ください。われらは機会をうかがい、西伯侯どのが帰国できるように取りはからいます。決して西伯侯どのをずっとその地に縛りつけるようなことはいたしませぬ」

姫昌は重ねて百官に礼を言う。午門に出ると、宮殿のほうを拝して恩を謝し、その後は護送の官吏が来て羑里まで連れて行く。羑里に到着すると、付近の兵士や老人、村人などが羊をひっぱり、酒壺をかついでやってくる。彼らは道に広がり、姫昌が来るとひざまずいて迎える。老人や村人たちは言う。

「羑里にいま聖人がお出ましになり、まるで一面に光がともったようです」

喜びの声があちこちであがり、また太鼓の音が鳴りひびく。そのなか、姫昌は羑里の城内に迎えいれられた。

護送の官は嘆じて言う。

「聖人の心は日月と同じように、四方を照らすという。今日、民百姓のこの西伯侯どのを迎える態度を見れば、その罪はいわれのないことだとわかる」

姫昌はあたえられた邸宅に入る。護送の官が朝歌に戻っていったことはさておく。

さて、姫昌がひとたび羑里に入ると、近辺の風紀は改まり、兵士も民百姓も、それぞれの暮らしに安んずることとなった。姫昌は時間ができたので、伏義の八卦を改変し、反復して重ね、六十四の卦を造り、さらに中ほどを三百八十の爻象《こうしょう》とした。姫昌は自らの分に安んじ、主君を恨む心などまったくない。のちの人が賛嘆し、詩を作って言う。

七年、羑里城に艱難《かんなん》せしに、卦爻は一一変じて分明たり
玄機、先天の秘を参透《さんとう》し、万古に大聖の名を留め伝う

（同じ詩は『春秋列国志伝』にも見える。それによれば劉道原の詩）


さて紂王はこのように姫昌を拘禁してからは、悩むこともなくなった。しかし、ある日元帥府に報告がいたる。黄飛虎はその内容を見てみる。すると東伯侯を継いだ姜文煥《きょうぶんかん》が謀反を起こし、四十万の軍を率いて遊魂関《ゆうこんかん》を攻め、また南伯侯を継いだ鄂順《がくじゅん》も反乱し、二十万の兵を起こして三山関《さんざんかん》を攻めたとの知らせであった。天下の諸侯のうち、四百鎮の諸侯が反乱に加わったことになる。黄飛虎は嘆いて言う。

「東と南の二つの鎮が反乱を起こした。天下はこれで大荒れとなろう。民百姓が安寧となるのはいつの日であろうか」

軍の命令である令箭《れいせん》を発し、関を守る武将たちに守りを固めるように命じた。そのことはさておく。

さて話は変わる。乾元山金光洞《けんげんさんきんこうどう》に太乙真人《たいいつしんじん》という神仙があった。神仙たちにも宿命があって、それは逃れらぬものであった。すなわち千五百年に一度、殺戒《さっかい》（生き物を殺してはならぬという戒律）を犯して、戦《いくさ》に参加せねばならぬのである。長い年月にわたって「業《ごう》」が積まれ、天下は大乱となり、そしてそのあとにまた安定する。

　また姜子牙が戦場にて武将たちを斬り、「封神《ほうしん》（仙人になれぬ者たち、功績のあった者たちを神に封《ほう》ずる）」の儀式をとりおこなわねばならないという宿命でもあった。湯王《とうおう》以来続いた商王朝の天下が終わり、かわって周王朝が興起する運命でもある。

　そのために崑崙山《こんろんざん》玉虚宮《ぎょくきょきゅう》での元始天尊の説法も中止されたままであった。太乙真人も、金光洞において閑居していた。そこへ玉虚宮の白鶴童子《はっかくどうじ》が天尊の命である玉札《ぎょくさつ》（玉でできた札《ふだ》）を持ってやってくる。太乙真人は玉札を受け取ると、玉虚宮のほうにむかって拝礼した。

　白鶴童子は言う。

「姜子牙はまもなく下山します。どうか師叔《ししゅく》（自分の師匠の兄弟弟子に対する称）には霊珠子《れいじゅし》を下山させてください」

　太乙真人は言う。

「その件であれば、わかっておる」

　白鶴童子が崑崙に戻っていったことはさておく。

　太乙真人は、配下の老道士を派遣し、その道士が下山するのを送っていった。さてこの先はどうなるか。

次回以降をお聞きあれ。

第十二回　陳塘関に哪吒、出世す

詩に言う。

金光洞に一奇珍《きちん》あり、塵寰《じんかん》に降落《こうらく》し至仁《しじん》を輔《たす》く
周室すでにこれ気色生じ、紂の家まさに精神を滅《めっ》すべし
従来、泰運《たいうん》に棟梁多く、いにしえより昌期《しょうき》に劫燐《ごうりん》あり
戊午《ぼご》の時甲子《こうし》にあたり、みだりに嘆くなかれ朝野のことごとく沈淪《ちんりん》するを

さて陳塘関《ちんとうかん》の総兵官《そうへいかん》（総司令）に、姓を李《り》、名を靖《せい》という者があった。若きころより西崑崙山《せいこんろんざん》の度厄真人《どやくしんじん》の弟子となって道術を学んだ。そこでは五行の遁術《とんじゅつ》などを会得したが、結局仙人になることはできず、下山して紂王の臣下となり、総兵官として人間界での出世を望み、豊かな生活を送っていた。正夫人は殷氏《いんし》といい、二人の子どもを産んだ。長男は金吒《きんた》といい、次男は木吒《もくた》といった。殷氏はそのあとまた子どもを身ごもったが、三年六ヶ月が過ぎても、なお出産しなかった。李靖は悩み疑いつつ過ごしていたが、ある日、夫人の腹部を指して言う。

「三年以上も懐胎しながら、まだ生まれ落ちないのは、あるいは妖怪のたぐいではないだろうか」

夫人もまた悩みつつ言う。

「このたびの妊娠は不吉なものとしか思えません。わたくしも日夜思い悩んでおります」

李靖はこの言を聞き、ますます気が重くなった。

その夜三更（子《ね》の刻）の時刻に、殷氏は熟睡していたが、夢に一人の道士が現れた。頭を双髻《そうけい》（髷《まげ》を二つ頭の上で結ぶ髪型）に結び、身には道服をまとっている。道士はそのまま寝室に入ってきたため、殷氏は叱って言う。

「この道士はなんと無礼なのでしょう。ここは婦人の寝室ですよ。そこに押し入ってくるなど、何とも礼儀をわきまえぬこと」

道士は言う。

「夫人よ、どうか麒麟児《きりんじ》を受け取られよ」

殷氏が答えぬうちに、その道士はある物を殷氏の懐に押しこんだ。殷氏は驚いて目が覚める。全身にびっしょりと汗をかいていた。慌ただしく李靖を呼ぶ。

「いま夢のなかでこんなことが起こって……、かくかくしかじか」

一通り説明する。しかしその言が終わらぬうちに、殷夫人は腹中に痛みを覚えた。陣痛が始まったのである。李靖は急いで立ちあがり、侍女に世話を命ずる。そして前庁に出て座った。

「懐妊すること三年六ヶ月で、今夜ようやく産まれることとなった。しかし、この誕生ははたして吉と出るか凶と出るか」

そう考えるあいだに、二名の侍女が、慌てた様子で進みでて告げる。

「ご主人さま、ご夫人が妖怪を産み落とされました」

李靖は聞くと、手に宝剣を持ち、急いで寝室のほうに回る。見れば、部屋には一面の赤い気が立ちこめており、よい香りが満ちていた。そしてそこには車輪のように、ひとかたまりの肉の球が転がっている。

李靖は驚き、肉の球に宝剣でもって切りつけた。サクッという音がして、肉球が割けると、そのなかから子どもが飛びでる。その子の周囲には赤い光が満ち、その顔はおしろいを塗ったように白く、右手には金の輪をひとつ持っており、腹には赤い布が巻かれている。そしてその両眼は鋭く光り輝いていた。

これぞまさに神仙が世に下り、陳塘関に顕現《けんげん》したもの。すなわち姜子牙の先行官《せんこうかん》となる者にして、霊珠子《れいじゅし》の化身である。身につけていた金の輪は「乾坤圏《けんこんけん》」といい、赤い布は「混天綾《こんてんりょう》」という。これらの宝器は乾《けん》元山《げんざん》の金光洞《きんこうどう》を鎮護していたものである。これについてはさておく。

さて李靖は肉球を切り開いてみると、子どもが飛びだしたのを見て、非常に驚き、進み出てその子の身体を抱えた。見たところ、かわいい子どもである。とうていこのような子どもを妖怪扱いして害するなどできようはずもない。そして夫人殷氏にこの子を見せてやる。夫婦ともども、この子に対する愛情がわき、悲喜こもごもであった。

次の日になると、配下の文官や武将など多くの来客があり、お祝いのことばを述べる。李靖は来客に応対して、彼らを送り出すと、中軍官《ちゅうぐんかん》（侍従の武官）が来て告げる。

「総兵閣下に申しあげます。いま外に一人の道長が見えられ、面会を求めておられます」

李靖はもともと仙人のもとで道術を学んだ者である。そのことは武人となったいまも忘れてはいない。すぐに答える。

「お通しせよ」

配下の武官が道士を案内する。その道士は庁の大広間に来て、李靖にむかって拝礼する。

「李将軍、貧道があいさついたします」

李靖は急いで答礼し、道士に上座を譲る。道士は遠慮なく上座に座る。李靖は言う。

「道長はどちらの山の、どちらの洞府のかたでありましょうか。いまこの陳塘関に来られたのは、何を教えてくださるためでしょうか？」

その道士は言う。

「貧道は乾元山金光洞の太乙真人《たいいつしんじん》であります。聞けば将軍はこのたびお子さまがお産まれになったとか。そのためお祝いにまいりました。できれば子のお顔を貧道に見せていただきたいのですが、どうでしょうか？」

李靖は太乙真人の言を聞き、侍女に子どもを連れてこさせた。侍女はその子を抱いてくる。太乙真人は子を受けとり、顔を見て尋ねる。

「この子が産まれた時間はいつ頃ですかな？」

李靖は答える。

「たしか、丑《うし》の刻に産まれました」

太乙真人は言う。

「それはいかん」

李靖はまた問う。

「この子は育ててはいけないということですか」

真人は言う。

「そうではない。この子は丑の刻に生まれたのであれば、それは千七百の殺戒を犯すということになろう」

また尋ねる。

「この子はもう名前をおつけになりましたか？」

李靖は答える。

「いえ、まだつけておりません」

真人は言う。

「それでは貧道が名前をつけ、かつこの子を貧道の弟子にしたいと思います。いかがでしょうか」

李靖は言う。

「道長がこの子の師となられるのであれば、言うことはありません」

真人は言う。

「将軍には何名のお子さまがおありかな？」

李靖は言う。

「それがしには三名の子がおります。長男は金吒《きんた》といい、五龍山雲霄洞《ごりゅうざんうんしょうどう》の文殊広法天尊《もんじゅこうほうてんそん》の弟子となっています。次男は木吒《もくた》といい、九宮山白鶴洞《きゅうきゅうざんはっかくどう》の普賢真人《ふげんしんじん》の弟子となっています。もし道長がこの子を弟子になさってくれるのであれば、どうか名前をつけてやり、師匠となってくださりますよう」

太乙真人は言う。

「この子は第三子である。それでは名を『哪吒《なた》』といたそう」

李靖は礼を言う。

「名前を命名していただき、感謝にたえません」

左右の配下に命じて言う。

「斎食《さいしょく》（精進料理）を用意せよ」

太乙真人はそれを断って言う。

「いえいえ、それにはおよびません。貧道はまだ用事がありますので、山に戻ります」

真人が辞退したため、李靖はただ真人を見送って府に出ることとなった。太乙真人はすぐに去って行った。

さて、李靖はしばらく陳塘関にあって何事もなく平穏であったが、ある日、突然天下の四百鎮の諸侯が反乱を起こしたとの知らせがあった。李靖は慌ただしく命令を出し、陳塘関の守備を固めることとなった。また配下の軍とその兵士に命じて、激しい訓練を行った。また野馬嶺《やばれい》などの要害の地の守備を固めることとなった。そうこうしているうちに、光陰矢のごとく過ぎ去り、七年の月日が経過した。

哪吒はそのときに七歳である。身長は六尺ほどになった。時は夏の五月にあたり、すでにかなりの暑さであった。そのとき、東伯侯の姜文煥が反乱を起こし、遊魂関《ゆうこんかん》において竇栄《とうえい》と戦っていた。そのために李靖も毎日のように配下の兵馬を訓練していた。そのことはさておく。

さて、三男の哪吒は天気があまりにも暑かったため、心も晴れず、母親のところに行く。一礼すると、母親のそばに立って、こう告げた。

「ぼくは関の外に出て遊びたいんです。母上のお許しがあれば、すぐにでも行きたい」

殷氏は日ごろからこの息子については可愛がっており、次のように告げる。

「わが子よ、そなたが関の外で遊ぶというのなら、誰か一人家来《けらい》の者を連れていきなさい。あまり遊びすぎてはなりません。早く行って早く帰ってくること。お父さまが兵隊の訓練から戻られる前に帰ってくるのですよ」

哪吒は答える。

「わかりましたよ」

哪吒は家来の者と一緒に陳塘関を出た。しかし時は五月、まさに暑いさかりであった。その様子は次のよう。

　太陽の真火は塵埃《じんあい》を錬《れん》し、緑柳《りょくりゅう》・嬌禾《きょうか》も灰に化さんと欲す
　行旅は威を畏《おそ》れ挙歩《きょほ》にものうげ、佳人も熱を怕《おそ》れ登台にものうい
　涼亭は暑ありて煙燎《えんりょう》のごとく、水閣《すいかく》も風なくして埋火《まいか》に似たり
　みだりにいうなかれ荷香《かこう》の曲院に来たるを、軽雷《けいらい》・細雨《さいう》はじめて懐を開く

さて、哪吒は家来を連れて陳塘関を出た。ほぼ一里ほどを歩いたくらいで、あまりの暑さにうんざりしてしまった。歩いたため哪吒の顔にも汗が満面に流れる。家来を呼んで言う。

「あの前の木陰で少し涼めないかな？」

家来は柳の下に来てみると、そこはそよ風が吹いており、やや涼めるようであった。すぐに戻り、哪吒に対して言う。

「ぼっちゃま、さきに見える柳の木陰は少し涼しくて、暑さをしのげると思いますよ」

哪吒は聞くと喜び、木陰のなかに入っていった。入ると衣の襟を広げ、帯をゆるめてくつろいだ。ふと前方を見ると、河があって滔々と流れ、清らかな波が立っていた。両岸には柳の木が風に揺れて、大きな岩がゴロゴロと転がっていた。哪吒は立ちあがると、河のそば行き、家来に呼びかけた。

「いま関を出て歩いたら、暑くて汗びっしょりだ。この岩のところで水浴びしよう」

家来は言う。

「ぼっちゃま、気をつけてくださいよ。将軍さまがお帰りになるまえに、戻らないといけませんし」

哪吒は言う。

「大丈夫だよ」

哪吒は衣服を脱ぐと、岩の上に座り、七尺の混天綾を水につけ、それで身体を洗い始める。哪吒は知らなかったが、この九湾河《きゅうわんが》は東海に流れる入り江につながっていた。哪吒がこの宝器を水中で動かしたため、水は赤色に変じた。混天綾は、その布を動かすと、河の水自体が波打ち、さらに動かすと、天地までが揺れるという宝器であった。哪吒が水浴びをしていると、その影響は東海龍王《とうかいりゅうおう》の住む海の底の水晶宮《すいしょうきゅう》にまで及んだのであった。哪吒の水浴びについてはさておく。

さて東海龍王の敖光《ごうこう》は、龍宮《りゅうぐう》である水晶宮において座していたが、突然宮殿が揺れ動きはじめたのを見て、驚いて左右の侍従の者を呼び、問いただした。

「海底は別に揺れていないのに、どうして宮殿がこのように揺れ動いているのか？」

そこで巡海夜叉《じゅんかいやしゃ》の李艮《りこん》を呼び、入り江に向かわせ、何者の仕業か確かめてくるよう命じた。李艮が九湾河のところまで来てみると、水がすべて赤色に変じており、光り輝いていた。見ると、一人の人間の子どもが赤い布を使って水浴びをしていた。李艮は水を分けてその姿を現し、叫んで言う。

「そこの子ども、いったいどんな道具を使って河の水を赤色にし、また龍宮を揺らしておるのか」

哪吒がふりかえってみると、川底に何かがいる。その顔は青く、髪は真っ赤であった。大きな山には牙が生えており、手に大斧を持っている。哪吒は言う。

「この妖怪め、おまえは何者だ。話せるのか？」

李艮は怒る。

「わしは東海龍王さまの配下の巡海夜叉だ。それを妖怪扱いして罵るとは何事か」

李艮は河の水をかき分けて飛びだし、岸に上がる。そして哪吒の頭めがけて斧を振りおろした。哪吒は裸身で立っていたが、夜叉が猛然と斬りかかるのを見て、身をかわして避けた。そして右手に持っていた乾坤圏を空中に放り投げる。この宝器は、そもそも崑崙山《こんろんざん》の玉虚宮《ぎょくきょきゅう》において太乙真人が賜ったもので、金光洞を鎮護する宝である。どうして夜叉ごときが対抗することができようか。乾坤圏はそのまま落ちてくると、夜叉李艮の頭上に落ちてその頭を打ち砕く。李艮は脳漿《のうしょう》を流して倒れ、岸上にて死んでしまった。哪吒は笑って言う。

「ああ、乾坤圏が汚れちゃった」

そして岩の上に戻って座ると、今度は乾坤圏を洗う。水晶宮は乾坤圏と混天綾の二つの宝器の影響を受け、その建物が壊れそうになるほど揺れる。敖光は言う。

「夜叉の李艮が戻らぬというのに、また揺れが激しくなったぞ！」

そう言っている間に、龍兵《りゅうへい》らが報じて言う、

「申しあげます。夜叉李艮は人間の子どもに陸地で打たれ、亡くなってしまいました。龍王さまに特にお知らせいたします」

敖光はたいそう驚く。

「李艮は霊霄殿《れいしょうでん》において玉皇大帝《ぎょくこうたいてい》（天上界を統《す》べる天帝《てんてい》）陛下からじきじきに御筆でもって任命された者であるぞ。いったい誰が殺したというのか」

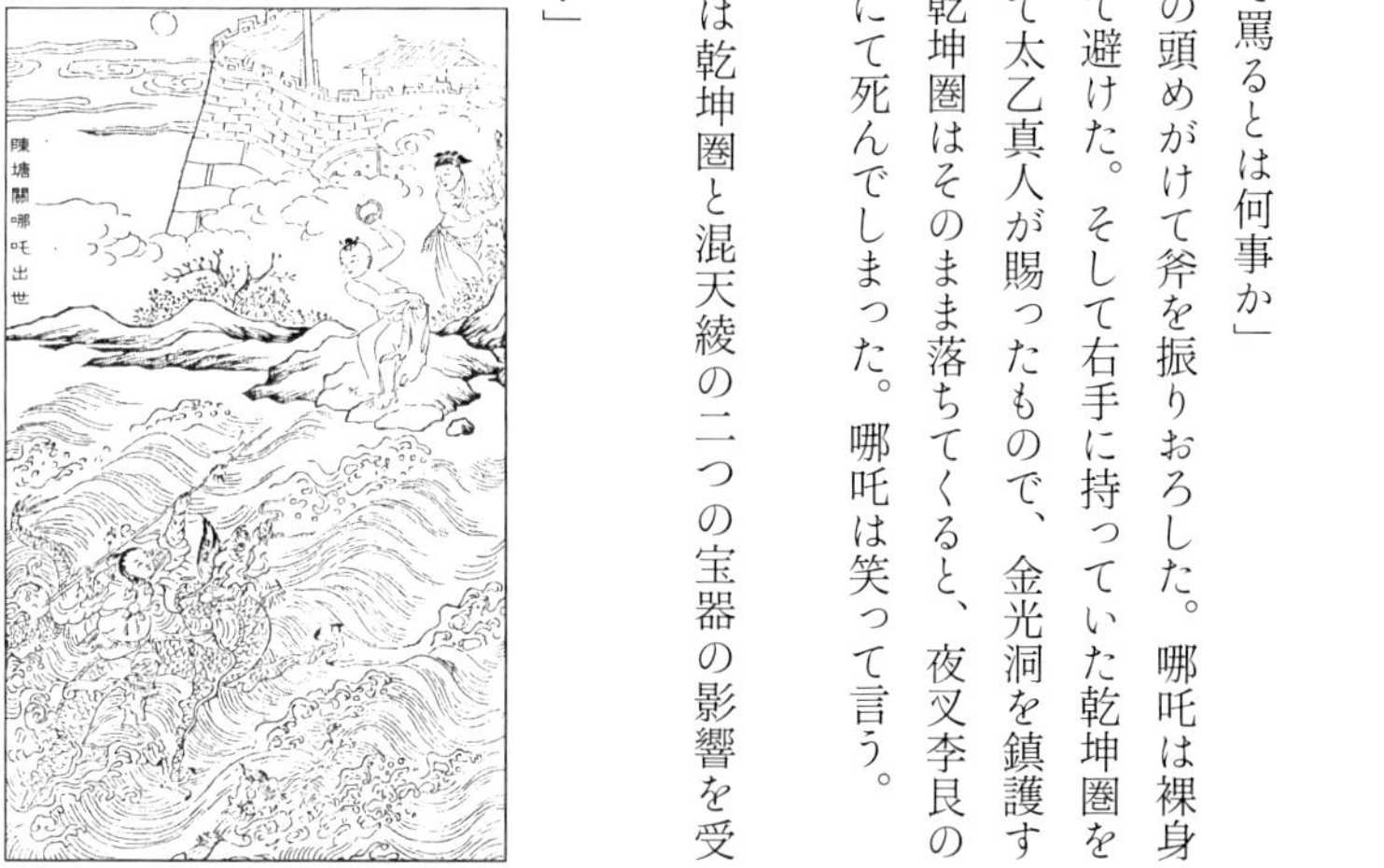

敖光は命を伝える。

「龍兵を招集せよ。わしがみずから確かめに行く。いったい何者なのか」

その言が終わらぬうちに、龍王の三太子《さんたいし》である敖丙《ごうへい》が現れて、言う。

「父上、いったい何を怒っておられるのですか？」

敖光は、李艮が打ち殺されたことについて説明する。敖丙は告げる。

「父上、ご安心ください。このわたくしめが行ってかの者を捕らえてまいります」

そこで三太子敖丙は急ぎ龍兵の隊を調えると、逼水獣《ひっすいじゅう》にまたがり、画杆戟《がかんげき》を取り、水晶宮から出発する。

一隊は水を分けて進み、そのために山を倒すような大波が起こり、波涛が広がった。平地も浸水して水かさが数尺になった。哪吒は身を起こしてその様子を見て言う。

「わあ、大波だ、大波だ！」

ところがその波のなかから水獣が現れる。そしてその水獣の上には戦袍をまとい、戟を持つ勇ましい者がまたがっていた。その者は叫んで言う。

「誰がわが巡海夜叉の李艮を殺したのか？」

哪吒は応ずる。

「ぼくだよ」

敖丙は尋ねる。

「おまえは何者だ？」

哪吒は答える。

「ぼくは陳塘関の李靖将軍の第三子、哪吒だ。ぼくの父上はこの一帯を守護する鎮の主だ。ぼくはここで暑さを避けるために水浴びをしていただけなのに、あいつが騒ぐもんだから、打ち殺してやったんだ。ただそれだけだよ」

三太子の敖丙は驚いて言う。

「なんと悪辣な輩《やから》だ！　夜叉の李艮は玉帝陛下が任命した役人なのだぞ。それを大胆不敵にも打ち殺しておきながら、まだ言い逃れするか」

敖丙は手の画戟にて哪吒に打ちかかる。哪吒は手に寸鉄も帯びていない。腕を下げて、戟をよける。

「ちょっと待て。おまえは何者だ？　まず名前を聞かせろ。話はそれからだ」

敖丙は言う。

「わたしは東海龍王の三太子敖丙だ」

哪吒は笑って言う。

「なんだ、おまえは敖光の子か。そんなに尊大ぶるな。もしぼくに逆らうようだったら、おまえの父のドジョウの怪物だって捕まえて、皮を剥いでしまうぞ」

三太子敖丙は怒る。

「よくもわたしを怒らせたな！　この小僧め。なんと無礼な輩だ！」

敖丙はふたたび戟で突きかかる。哪吒はすばやく七尺の混天綾を空中に放り投げる。その様子はまるで赤い火の玉が千個も放たれたかのよう。混天綾はたちまちのうちに敖丙とその騎獣の逼水獣を包み込んでしまう。哪吒は一歩進んで彼らを捕らえると、足で敖丙の首筋を踏みつけ、乾坤圏でその頭を叩く。すると三太子の原形が現れた。一匹の龍であり、地上に転がっている。哪吒は言う。

「なんとこいつの正体は小龍だったか。まあいいや、こいつの筋を引き抜いて、父上の甲《よろい》を結ぶためのひもとして使うことにしよう」

哪吒は敖丙の筋を引き抜くと、そのまま陳塘関へと戻っていく。家来は一部始終を見ていたものの、驚きのあまり手足に力が入らない。ただヨロヨロと哪吒のあとに着いていくのが精一杯であった。そして陳塘関の将軍府のなかの屋敷へと戻っていく。戻ると、哪吒は母親殷氏のもとに顔を出した。殷氏は言う。

「わが子よ、おまえはどこに行って遊んでいたの。こんなに遅くなって」

哪吒は答える。

「陳塘関の外に出たら、遅くなってしまったんだ」

哪吒はそう告げると、奥の園のほうに引っ込んでしまった。

さて、李靖は訓練を終えて戻ってくる。左右の配下の者に休息を命じ、みずからは戦袍と甲《よろい》を脱いで奥の間に入って座る。しかし世の中の乱れ、紂王の失政、四百鎮の諸侯の反乱などが続き、民百姓が苦難にあえいでいるのを見て、思い悩んでいた。

そのころ、水晶宮の敖光は逃げ戻った龍兵たちから報告を受けていた。

「陳塘関の李靖の子の哪吒が、三太子を打ち殺し、その筋まで引き抜いたのです」

敖光は聞いて、たいそう驚いて言う。

「ばかな、わが子は雲を起こし、雨を降らせて万物を潤す神であるぞ。どうして簡単に打ち殺してよいものか！　李靖め！　そなたは西崑崙で道術を学び、わしと知らぬ仲でもあるまいに。どうして息子に非道な行いをさせ、わが子を打ち殺したというのか。これだけでも恨み骨髄であるのに、さらに残酷にも筋を引き抜くとは。むごいことこのうえない」

敖光は怒り狂い、すぐにでも仇を討とうとする。まず一人の秀才《しゅうさい》（官僚になる前の読書人）に化けて、陳塘関へとやってきた。将軍府の前まで来ると、門衛に告げる。

「旧友の敖光が訪れたと、なかの将軍に伝えて欲しい」

軍政官が奥の間に行き、伝える。

「ご主人さま、外に旧友の敖光というかたがお見えになりました」

李靖は言う。

「道兄《どうけい》（修行仲間の年齢の高い者）にはずいぶん長いことお会いしていない。今日お会いできるのは、幸運というものだ」

すぐに衣装を整えて迎えに出る。敖光は大広間に来て、あいさつの礼が終わると座る。李靖はすぐに敖光の表情が怒りに満ちているのがわかった。そのことを尋ねようとする前に、敖光は言う。

「賢弟《けんてい》よ、そなたは大した子どもを生んだものだな！」

李靖は笑って答える。

「道兄、長い間お目にかからず、今日こちらでお会いできるのはありがたく思います。しかし、突然何をおっしゃるのですか？　いまこの弟には三人の息子がおります。長子は金吒、次子は木吒、三男は哪吒と申します。すべて名山の高名な道長のかたを師にあおぎ、弟子となっています。三人ともまだ優れたところは見えませんが、かといって無頼《ぶらい》の輩《やから》というわけではございません。道兄は何か勘違いされているのではないですか？」

敖光は言う。

「賢弟よ、勘違いしているのはそなたじゃ。わしが勘違いなどするわけがない。そなたの息子が九湾河にて水浴びをし、いったいどんな法術をつかったのか知らぬが、わしの水晶宮まで揺れて倒れるところであった。わしは夜叉を派遣して様子を見させたが、その夜叉は殺されてしまった。次にわしの三太子を派遣したが、これもまた殺されてしまい、その身から筋が抜き取られてしまったのだ」

敖光はここまで話すと、悲しみのあまり怒りがこみあげ、叫んで言う。

「そなたはまだこれでも認めぬというのか！」

李靖は慌てつつも笑って言う。

「それはわたくしの家の者ではありませぬ。道兄は疑っておいでのようだが、わが長子は九龍山《きゅうりゅうざん》にて修行しており、次子は九宮山《きゅうきゅうざん》で修行しております。三男は七歳で、門を出たこともありません。どうしてそのようなことをしでかすことができるでしょうか？」

敖光は言う。

「その第三子の哪吒がしでかしたのだ！」

李靖は言う。

「いやそんなことはあり得ません。道兄は性急にお決めにならぬようお願いします。いま息子を呼んで確認させますので」

李靖は奥の間へ行く。殷氏は李靖に尋ねる。

「どなたが広間にいらっしゃっているのですか？」

李靖は言う。

「旧友の敖光どのだ。何者かは知らぬが、三太子どのが打ち殺されたというのだ。そしてその犯人はうちの哪吒だというのだ。これについて確認する必要がある。哪吒はいまどこにいる？」

殷氏は考える。

「今日確かにあの子は出かけたわ。まさかそんなことをしでかすはずはないと思うけど」

しかしそのことはあえて告げず、ただ言う。

「奥の庭園におりますわ」

李靖は奥の庭園に入り、呼びかける。

「哪吒はどこにおるか？」

しばらくのあいだ呼びかけたが、返事はなかった。李靖は進んで海棠軒《かいどうけん》のところまで来る。見れば門が閉まっている。李靖は入り口のところでまた呼びかける。哪吒は海棠軒のなかにいたが、その声を聞いて急いで門を開いて李靖を招き入れる。李靖はすぐに哪吒に尋ねた。

「息子よ、おまえはここで何をしていたのか？」

哪吒は答えて言う。

「今日は時間があったので、陳塘関を出て九湾河で遊んでいました。あまりにも暑かったので、水辺で水浴びをしてたんです。そうしたら夜叉の李艮というやつが現れて、ぼくは何もしてないのに、やたらと罵るんですよ。さらに斧で斬りつけてきたので、ぼくは乾坤圏でやっつけてやりました。ところが、こんどはまたなんとか三太子の敖丙というのが現れて、戟でぼくを刺そうとするもんだから、混天綾でもって岸に引きだしてやりました。足でやつの首を踏みつけ、また乾坤圏で叩いたら、龍の正体をさらけ出しました。ぼくは龍の筋は高価なものだと聞いておりましたので、その筋を引っこ抜いてやりました。この龍の筋を父上の甲のひもに使ってはどうでしょう」

李靖は話を聞くうちに、驚きのあまりふぬけたように口をあんぐりと開け、しばらくは声も出なかった。少しするとおのれを取り戻し、叫んで言う。

「なんというやつだ！　おまえはとんでもない事をしでかしたのだぞ。まずは伯父上《おじうえ》にあたる敖光どののところに行くのだ。そこで申し開きをせい」

哪吒は言う。

「父上はご安心ください。知らずに行った者は罪になりません。また龍の筋はほかに持っていくこともなく、まだここにあります。もし必要とあれば、ぼくが持参したうえでお会いしましょう」

哪吒は急ぎ大広間に出て、進みでて礼を行い、こう述べた。

「伯父上、この甥《おい》めは知らぬ事とはいえ、間違いを起こしました。どうかご寛大にお許しいただきたく思います。龍の筋はまだここにございます。まだほかに持っていっておりませず、お返しいたしますので、どうかお許しください」

敖光は、筋だけになった息子の変わりはてた姿を見て、李靖にむかって言う。

「そなたはなんという悪逆《あくぎゃく》非道《ひどう》な子を生んだのか。さきほどそなたはわしのほうが勘違いしていると言ったではないか。しかし、いまその子は自分で罪を認めたぞ。そなたはとぼけてごまかすつもりであったのだろうが、そうはいかぬ。そもそもわが子は正しく神の地位にある者だ。また夜叉李艮は、玉帝陛下が御筆でもってわざわざ任命くださった者だぞ。そなたら父子がほしいままに打ち殺してよいものではない。わしは明日、玉帝陛下に奏上し、またそなたの師匠に訴えて、そなたらの罪を問うぞ」

敖光は言い終わるとすぐに、李靖たちをかえりみることなく去っていった。李靖は地団駄《じたんだ》を踏み、泣きながら叫ぶ。

「なんという災禍だ！」

夫人の殷氏は泣く声がするのを聞いて、左右の下女に尋ねさせる。下女は戻って言う。

「今日、ぼっちゃまが河で遊んで、龍王の三太子を打ち殺してしまいました。龍王さまがご主人さまを問い詰め、明日には天の朝廷に訴えると言っておられました。ご主人さまがどうして泣かれているのかはわかりません」

夫人は急いで前庭に来て、李靖と会う。李靖は殷氏を見て、涙が止まらず、恨みごとを言う。

「この李靖は、当初仙人を目指したが、仙人になることはできなかった。しかしどういうわけか、あのような子どもが生まれることになり、まさか一族滅亡の災禍を招くことになるとは！　龍王は天の命により雨を降らせる神であるぞ。それをあやつが打ち殺してしまったために、明日玉帝陛下に上奏が行われることになれば、そなたもわしも三日ほどで、あるいは短ければ二日で処刑場において命を失うことになろう」

言い終わるとまた泣く。そのありさまは凄惨なものであった。夫人の殷氏もまた涙を雨のように流し、哪吒を指さして言う。

「わたしはおまえを三年六ヶ月の間孕《はら》んで、ようやく産まれたと思ったら、このような苦難をもたらすことになろうとは。まさかおまえが一族滅亡の災禍を招く元凶とは、思いもよらなかったわ」

哪吒は両親が泣いて嘆くの見て、心悩まされ、ひざまずいて言う。

「父上、母上、ぼくは今日、真実を申しあげます。ぼくは普通の者でありません。乾元山金光洞の太乙真人の弟子で、この宝器も師匠から賜ったものです。敖光とてもぼくをどうにかすることはできません。ぼくはいまから乾元山に登って、師匠に尋ねてみます。必ず解決策があるはずです。そもそも『一人で事をなしたなら一人で当たれ』と申します。どうして父母を巻きこんで罪に陥れることができましょうか」

哪吒は将軍府の門を出ると、ひとつまみの土をつかみ取ると、空中に向けてばらまく。するとその姿は見えなくなっていた。これぞ土遁《どとん》の道術であり、哪吒は生来会得していたものである。この土遁の術で乾元山に瞬時に移動する。その様子について詩があって言う。

乾元山上にわが生に叩き、敖光の東海の情を訴う
宝徳門《ほうとくもん》の前に法力を施し、まさに知る仙術の名の虚しからざるを

さて哪吒は土遁を借りて乾元山金光洞にやってくる。洞の前にて師匠の命を待つ。弟子の金霞童子《きんかどうじ》が太乙真人に告げる。

「兄弟子がこちらに来て、師匠のご命令を待っております」

太乙真人は言う。

「こちらに来させるがよい」

金霞童子は洞門に来て哪吒に告げて言う

「師匠が来るようにお命じです」

哪吒は碧遊床《へきゆうしょう》の前に来て、拝礼を行った。太乙真人は尋ねる。

「そなたは陳塘関におらず、どうしてここに来たのか？　話してくれぬか」

哪吒は答える。

「先生に申しあげます。先生の恩により陳塘関に生まれ、すでに七歳になりました。ところが昨日、たまたま九湾河で水浴びをしていたのですが、龍王敖光の子の敖丙なる者に突然罵られました。この弟子は一時の怒りにかられ、これを打ち殺してしまいました。いま敖光は天の朝廷にこのことを訴えると申しております。父母はそのために驚き慌て、弟子も不安でなりません。よい手段もなく、ただ先生を頼って山に登ってまいりました。どうか弟子の無知の罪をお許しくださり、ご教示いただけるようお願いいたします」

太乙真人は考える。

「哪吒は無知ではあったが、誤って敖丙を傷つけたのは、これは天数であって、あらかじめ定められていたものだ。いま敖光は龍の王であり、雲を起こし雨を降らす者だ。それならば、天の象であることを理解していなければならないのに、どうしてこうもまた無知であるのか。このような小さな事で天の朝廷を動かすとは、まったくもって物事の軽重をわきまえぬことははなはだしい」

真人は急ぎ叫んで言う。

「哪吒よ、こちらに来なさい。衣服の前を開くのじゃ」

真人は手でもって哪吒の胸に道術の符籙を書きあたえる。そして哪吒に言いつける。

「そなたは宝徳門の前に至ったら、かくかく、かくのごとくするのじゃ。その後、陳塘関に戻ってそなたの父母に告げるがよい。もしなにかあれば、師匠がおると伝えよ。決して父母に累《るい》を及ぼしてはならぬ。そなたは行け」

哪吒は乾元山を離れて、天上界の宝徳門のところまでやってきた。天上界の宮殿の様子はといえば、まさに人間界とは異なっており、紫の霧、赤い雲が緑の空に満ちている。
天上界のありさまについては、次のようなものであった。

初めて天上界に登り、たちまちに天堂《てんどう》をみる
金光は万道に紅霓《こうげい》を吐き、瑞気《ずいき》は千条にて紫霧《しむ》を噴く
ただ見る、かの南天門、碧沈沈《みどりしんしん》なる瑠璃の造就《ぞうしゅう》、明晃晃《めいこうこう》たる宝鼎は粧成《しょうせい》たり
両旁には四根の大柱あり、柱上にまつわるは興雲《こううん》し布霧《ふう》せる赤鬚《せきしゅ》の龍
正中に二座の玉橋あり、橋上に立つは彩羽《さいう》・凌空《りょうくう》の丹頂《たんちょう》の鳳
明霞《めいか》は燦爛《さんらん》にして天光に映《は》え、碧霧《へきむ》は朦朧《もうろう》として斗日《とじつ》を遮る
天上に三十三座の仙宮あり
すなわち遺雲宮《いうんきゅう》・毘沙宮《びしゃきゅう》・紫霄宮《ししょうきゅう》・太陽宮《たいようきゅう》・太陰宮《たいいんきゅう》・化楽宮《けらくきゅう》、一宮ごとに柱に金獬豸《きんかいち》あり
また七十二重の宝殿あり
すなわち朝会殿《ちょうかいでん》・凌虚殿《りょうきょでん》・宝光殿《ほうこうでん》・聚仙殿《しゅうせんでん》・伝奏殿《でんそうでん》、一殿ごとに柱に玉麒麟《ぎょくきりん》を連《つら》ぬ
寿星台《じゅせいだい》・禄星台《ろくせいだい》・福星台《ふくせいだい》、台下に千年にしおれざる奇花あり
煉丹炉《れんたんろ》・八卦炉《はっけろ》・水火炉《すいかろ》、炉中に万年に常なる青き繍草《しゅうそう》あり
朝聖殿《ちょうせいでん》中に絳紗《こうさ》の衣ありて、金霞燦爛《きんかさんらん》たり
彤廷《たんてい》の階下《かいか》に芙蓉《ふよう》の冠ありて、金碧輝煌《きんぺききこう》たり
霊霄宝殿《れいしょうほうでん》、金釘《きんてい》にて玉戸を攢《さん》す
積聖楼《せきせいろう》の前にて、彩鳳《さいほう》朱門に舞う

伏道の迴廊《かいろう》、処々《しょしょ》に玲瓏剔透《れいろうてきとう》す
三簷四簇、層層に龍鳳翱翔《こうしょう》す
上面に紫巍巍《むらさきぎぎ》、明幌幌《めいこうこう》、円丟丟《えんちゅうちゅう》、光灼灼《こうしゃくしゃく》、亮錚錚《りょうそうそう》の葫蘆《ころ》の頂あり
左右は緊簇簇《きんぞくぞく》、密層層《みつそうそう》、響叮叮《きょうていてい》、滴溜溜《てきりゅうりゅう》、明朗朗《めいろうろう》たる玉佩《ぎょくはい》の声
まさにこれ天宮の異物《いぶつ》般般有りて、世上かくのごとく件件たるはまれ
金闕《きんけつ》に銀鸞《ぎんらん》紫府に並び、奇花異草は瑶天《ようてん》におよぶ
朝王の玉兔《ぎょくと》壇辺に過ぎ、参聖の金烏《きんう》は着底に飛ぶ
もし人福ありて天境に来たれば、人間に堕せずして汚泥を免《まぬが》る

哪吒は宝徳門に来ると、時間がやや早かったようで、まだ敖光の姿は見えなかった。そしてまた天宮の各門もまだ開いていなかった。しばらくして、敖光が朝服を着て、音を響かせながらやってくる。敖光は南天門に来るが、まだ門は開いていない。敖光は言う。

「まだ早かったかな。黄巾力士もまだ来ていない。ここでしばらく待つしかないのう」

哪吒は敖光の姿を見ることができるが、敖光のほうは哪吒の姿を見ることができなかった。哪吒は太乙真人によって、胸のところに符籙を描かれていた。その符の名は「隠身符《いんしんふ》」といい、その符呪の力によって、敖光には哪吒の姿が見えなかったのである。

哪吒は敖光がそこで待っているのを見て、思わず心中に怒りを発する。そのまま大股で歩き、手に乾坤圏を取り、敖光の背中めがけて打ちおろす。まるで飢えた虎が地に餌を捕らえるように、地上に崩れ落ちる。哪吒はさらに進んで、その背中を踏みつける。さて敖光の命はどうなるであろうか。続きは次回にて。

第十三回　太乙真人、石磯を収む

詩に言う。

天然の頑石《がんせき》機先を得たり、結して霊胎《れいたい》につくことすでに万年
月を吸い星を餐《さん》し地窟《ちくつ》を探し、離《り》をうめ坎《かん》を取り天乾《てんけん》を復《ふく》す
みだりに誇るなかれ霧を踏み雲を興す術を、しばらく吟龍《ぎんりゅう》・嘯虎《しゅうこ》の仙を聴け
劫火《ごうか》の運、難にあい手をおく、すべからく知るべし邪正に偏全《へんぜん》あるを

さて哪吒は宝徳門《ほうとくもん》の前にて敖光の背中を踏みつける。敖光が振り返ると、なんと哪吒であった。思わず怒りが生じ、なんとか哪吒をこらしめたいと思ったものの、踏みつけられている身ではどうにもならず、ただ舌を動かして罵って言う。

「おまえはなんという大胆なやつだ！　そもそも歯も生えかわっておらず、産毛《うぶげ》も乾かぬ小僧のくせに、凶行をほしいままにして御筆にて任命された夜叉李艮《りこん》を殺し、さらにわしの三太子を殺すとは。いったい三太子とおまえの間になんの恨みがあったというのか。その筋を抜くなどなんと残酷なことだ！　そのような凶行は許されるものではない。さらにいま宝徳門の前でわしを待ち伏せするとは。わしは雲を起こし雨を降らす神であるぞ。おまえの天を欺く罪は、もしその身が切り刻まれたとしても、償えるものではないわ！」

哪吒はこのように罵られ、手もとの乾坤圏で敖光を打ち殺してやろうかと思ったが、太乙真人からは殺すなと命じられており、それはできなかった。ただ敖光を押さえつけたまま、罵って言う。

「せいぜい、わめけ、わめけ！　ぼくがおまえのような老いぼれドジョウを打ち殺したとしても、別に問題になどなりはしないさ。ぼくが言わなかったから、おまえはぼくが何者なのかわからないのだろう。ぼくはほかでもない、乾元山金光洞の太乙真人の弟子の霊珠子だ。玉虚宮の元始天尊のご命令により、陳塘関の李氏の家の子となっただけだ。いま商の天下が亡び、周が興ろうとしている。そのために姜子牙がまもなく下山しようとしている。ぼくは紂王を破る周の先行官《せんこうかん》となる予定なんだ。たまたま九湾河で水浴びをしている時、おまえの一族にからまれたので、ついかっとなって打ち殺してしまったんだ。しかしそんなことはどうでもいいことだ。こんな小さな事にすぎないのに、わざわざ玉帝に訴えるのか。師匠が言うことには、おまえのような愚鈍な老いぼれを殺しても、別にかまわんとのことだったよ」

敖光は聞いて、さらに罵って言う。

「この小僧めが、ならば打てばよいだろう。打て！」

哪吒は言う。

「ほう、殴ってもよいというのであれば、殴ってやろう」

そこで、拳をあげて殴りはじめる。上下左右、雨あられと十回、二十回と打ち据える。敖光はたまらずに泣き叫びはじめた。哪吒は言う。

「なんとまあ、愚鈍な老いぼれの頑固なこと。殴ってやらなければ、恐れいるってこともわからないんだから」

いにしえより「龍は鱗《うろこ》を剥がされるのを恐れ、虎は筋を抜かれるのを恐れる」と言う。哪吒は敖光の朝服を引き裂いて、左脇をむき出しにする。そしてそこからのぞく鱗を剝がしはじめた。そのまま手で四、五十片も剝がすと、鮮血が流れ落ち、痛みは骨髄にまで達した。敖光は痛くてたまらず、叫んだ。

「お助けください！」

哪吒は言う。

「おまえが助けてくれと言うのなら、玉帝への上奏は許さないよ。それから陳塘関にいっしょに行って謝るんだ。そうすれば許してやる。もし言うことを聞かないのであれば、この乾坤圏で打ち殺してやる。もしそうなっても、こちらは師匠の太乙真人がついてるんだ。おまえなんて怖くない」

敖光はこの哪吒の凶悪ぶりにさすがにどうすることもできず、ただ唯々諾々とするだけであった。

「いっしょに行きます」

哪吒は言う。

「それなら立つんだ」

敖光は立ちあがる。そして出発しようとするとき、哪吒は言った。

「いや、かつて龍は変化できると聞いたことがある。なんでも大きくなれば天地の柱となるほど大きくなり、小さくなれば芥子粒《けしつぶ》ほどになって隠れることもできるとか。おまえが逃げたりしたら、探すのがめんどうだ。おまえは小さな蛇の姿に変化しろ。それで陳塘関までつれていくから」

敖光は逃げることもできず、やむを得ず、小さな青蛇の姿に変化した。哪吒は敖光を袖のなかにしまい込むと、宝徳門を離れて陳塘関にやってくる。すぐに将軍府に行くと、家来が慌ただしく李靖に報告する。

「ぼっちゃまが戻られました」

李靖は聞いても喜ばない。哪吒は将軍府のなかに入り、父親の様子を見ると、眉をひそめ、憂いが顔に満ちている。哪吒は進み出てまず謝罪のことばを述べる。李靖は尋ねた。

「そなたはどこに行っておったのだ？」

哪吒は答える。

「天の南天門のところまでまいり、伯父敖光どのに上奏を辞めさせるよう申しました」

李靖は大喝して言う。

「なんとこの畜生め、嘘を言うでない。そなたがどうして天上界にまで行けるものか。そのような嘘でもって父母をだますとは、なんと腹の立つ！」

哪吒は言う。

「父上、どうか怒らないでいただきたい。いま伯父の敖光どのがこちらにおられますのが証拠になりますでしょう」

李靖は言う。

「さらに嘘を申すか。敖光どのがどちらにおられる」

哪吒は答える。

「こちらにおられます」

哪吒は袖のなかから青蛇を取りだす。放り投げると、敖光が一陣の風とともに現れ、人の姿となった。李靖は驚き、慌てて尋ねて言う。

「道兄はどうしてこちらにこられましたか？」

敖光は大いに怒り、南天門のところで打たれた話を聞かせる。そして脇の下の鱗を剝ぎとられたところも李靖に見せる。

「よくもこのような悪逆な子を生んでくれたものだな！　わしはいずれ四海龍王のすべてを従えて霊霄殿に行き、このことを訴えてやる。そなたはそのときになってどう申し開きをするつもりかな！」

言い終わると、一陣の風となって去って行った。李靖は足を踏みならし、嘆いて言う。

「ああ、ますます厄介なことになってしまった。どうすればよいのか」

哪吒は進み出て、ひざまずいて言う。

「父上、母上、どうか安心なさってください。ぼくは師匠にこの件で助けを求めました。師匠がおっしゃるには、ぼくは勝手にこちらに生まれたわけではなく、玉虚宮の元始天尊のご命令を受け、いずれは明君を補佐するために転生したのだそうです。また『四海龍王がすべて来たとしても、それは大したことではない』とおっしゃっていました。もしなにか問題が起きれば、師匠がご助力いただけるものと思います。父上はこれ以上お悩みにならぬよう」

李靖は以前に道術を学んだ者である。そのため哪吒のことばに深い意味があることは理解できた。また哪吒が南天門において敖光を打ちのめしたことや、天上界に行けることなどについても、一応の理解を示した。また夫人の殷氏は子を愛する気持ちが強く、哪吒のそばに立ち続けた。しかし、李靖のほうは今後のことについて懊悩《おうのう》し、わが子に対する憎しみの情もわいてきた。不安になった殷氏は哪吒に告げる。

「そなたはもうこちらにいる必要はありません。奥のほうに下がっていなさい」

哪吒は母のことばに従い、後園のほうに移動した。座っていると、また心に煩悶《はんもん》が起こる。後園の門を出ると、陳塘関の城壁の上に来て涼んだ。このとき、まだまだ天候は猛暑であった。この場所は、哪吒は初めて来るところであった。しかしながらその風景はなかなか見事なものであった。薫《かお》る風がただよい、緑の柳が揺れ、遠くを眺めると、風景はまるでひとつの火ぶたに覆われたような形。その様子は次のよう。

　　行く人は満面に汗流れ落ち、避暑《ひしょ》せる閑人《ひまじん》は扇《おうぎ》を揺らす

哪吒はこの様子を見て、思わずつぶやく。

「こんないい場所があるなんて、知らなかったなあ」

そう思いつつ、ふと見ると武器を保管する棚に、弓がかけてあるのが目についた。この弓の名は「乾坤《けんこん》弓《きゅう》」といい、さらに三本の矢があり、この矢は「震天箭《しんてんせん》」といった。哪吒は考えた。

「師匠はぼくがあとで周の先行官になるって言っていた。商の軍隊をやっつけるなら、いまから弓矢や馬の練習もしておくべきじゃないかなあ。ちょうどそこに弓と矢があるんだから、練習しなくちゃ」

哪吒は喜びつつ、その弓を手に取った。そして矢をつがえると、西南の方角に向けて矢を射た。すると大きな弦音《つるおと》が鳴りひびき、赤い光を発しながら、その矢は雲のあたりをめぐって進んでいった。この矢がまた新たな事件を引き起こすことになる。いわゆる「みだりに釣り糸と釣り針を川に垂らせば、そこから思わぬ悶着《もんちゃく》が釣れてしまう」というもの。

哪吒は知らなかったが、この弓矢は陳塘関の宝物であった。乾坤弓・震天箭のふたつは、いにしえの軒轅《けんえん》黄帝《こうてい》が蚩尤《しゆう》を打ち破った時に使われたもので、それが伝えられて陳塘関に残されていたものであった。しかしこれまで、誰としてこの弓を射ることはできなかった。いま哪吒がこの矢を射ると、その矢はなんと骷髏《ころ》山白骨洞《ざんはっこつどう》にまで届き、そこにいた石磯《せきき》娘娘《にゃんにゃん》の弟子の一人に当たったのであった。その弟子の名は碧雲童子《へきうんどうじ》

といった。碧雲童子は籃を持って薬草を採っていたが、崖の下にいたところ、たまたま飛来した矢がのどに当たり、倒れて死んでしまったのである。すぐに同じ弟子の彩雲童子《さいうんどうじ》が、碧雲童子が矢に当たったのを見つけ、石磯娘娘に報告したのであった。

「兄弟子がどういうわけか、矢をのどに受けて亡くなりました」

石磯娘娘はこの話を聞くと、洞を出て見に行く。崖のあたりに行くと、確かに碧雲童子が矢に当たって死んでいた。そしてその矢の矢羽根のところには、「陳塘関の総兵李靖」との署名があった。石磯娘娘は怒って言う。

「李靖め、そなたは仙道を志しながら道成《みちな》らず、わらわがそなたの師匠に助言して下山せしめ、人間界の出世を求めさせ、いまや王侯の位を得たというのに、その恩に報いようともせず、かえってわが弟子を矢で射るとは何事か。恩を仇でかえすとはまさにこのこと！」

娘娘は彩雲童子に申しつける。

「そなたはここで洞府を守っておれ。わらわは李靖を引っ捕らえ、仇を報じて恨みを晴らす」

石磯娘娘は青鸞《せいらん》に乗って陳塘関にやってくる。娘娘が飛ぶと、金の霞がたなびき、彩雲がたちこめる。神仙の道術の妙なること、たちまちのうちに青鸞は陳塘関に到着する。娘娘は空中にあって呼びかける。

「李靖よ、姿を見せよ！」

李靖は誰が叫んでいるのかわからなかったが、出てみると、石磯娘娘のようであった。李靖は平伏して告げる。

「弟子の李靖でございます。娘娘のお出ましとは知らず、迎えに出ませんでした。どうかご寛恕のほどを」

石磯娘娘は言う。

「そなたは悪逆な行いをしておきながら、なんとまだ言い逃れを申すか」

そこで八卦雲光帕《はっけうんこうばつ》を取りだす。この宝器には坎《かん》・離《り》・震《しん》・兌《だ》の象《しょう》が描かれており、すべての物を包みこむ効能がある。この宝器を投げると、黄巾力士（明版では「黄金力士」となっている）に命じて言う。

「李靖を捕らえて、わが洞府まで連れていけ」

黄巾力士は命に従い、空中から手を伸ばして李靖を捕まえ、白骨洞まで運んでいくとそこで放す。娘娘は青鸞を降りて、蒲団の上に座す。黄巾力士は李靖を娘娘の前まで連れていき、ひざまずかせる。石磯娘娘は言う。

「李靖よ、そなたは仙道成らずして人間界の出世を得たのであろうに。いったいどういうわけで恩知らずにも悪逆な行いをして、わが徒弟の碧雲童子を射殺したのか。何か申し開きすることはあるか？」

李靖はそもそも何のことだかわからず、突然の災厄に呆然とするばかり。李靖は言う。

「娘娘、この弟子はいったいどういう罪を犯したというのでしょうか？」

石磯娘娘は言う。

「そなたは恩を仇でかえし、いまわが門人を射殺したのじゃ。とぼけるのもいいかげんにせよ」

李靖は言う。

「その矢はどこにございますか？」

娘娘は命ずる。

「矢を取りだして李靖に見せよ」

李靖が見てみると、まさに震天箭である。李靖は驚いて言う。

「この乾坤弓と震天箭は、軒轅黄帝の残されたものです。いま陳塘関を鎮護する宝器として置いてありました。しかしいままで誰もこれを持ちあげることはできませんでした。この李靖は運悪く、誰かの巻き添えとなってしまったようです。どうか娘娘にはそれがしが無実であることをお信じいただきたい。いよその人物は不明ですが、陳塘関にお戻しいただければ、矢を放った人物を見つけて、こちらへ連れてまいります。そのように白黒をはっきりさせれば、冤罪に陥ることもありません。もし矢を射た者が見つけられなければ、この弟子は死んでも無念が晴らせませせぬ」

石磯娘娘は言う。

「そうであれば、ひとまず戻るがよい。もしそなたが矢を射た者を見つけられぬのであれば、そなたの師匠にお話しして、そなたの身を処分することになるぞ。まずは行くがよい」

李靖は矢を手にしたまま、土遁の術を借りて陳塘関に戻ってきた。土遁の法術を収めると、将軍府に入っていく。夫人の殷氏はどういうわけだか知らず、李靖が空中に消えてしまったのを見て、驚き慌てていたところであった。李靖は殷氏に会う。夫人は言う。

「あなたさま、どうして突然空中に連れていかれたのですか？　わたくしは驚きのあまり、卒倒するところでした」

李靖は地団駄《じたんだ》をふみ、嘆いて言う。

「夫人よ、この李靖は軍官となって二十五年、まさかこんな不運にでくわすとは思ってもみなかった。陳塘関の城楼の上には乾坤弓と震天箭があるが、これは関を鎮護する宝器だ。ところが、誰かは知らぬがこの矢を射て、石磯娘娘の徒弟を殺してしまったのだ。矢にはわしの署名があったから、先ほど娘娘に捕らえられ、命をもって償えと迫られておったのだ。わしは無実であることを訴え、その犯人を見つけ出すと約束して戻してもらった。矢を射た者を見つけ出さねば、わしの無実は証明できん」

李靖は続けて言う。

「もしや、この矢を射た者とは。そもそもこの弓を動かせる者などめったにおらぬ。まさか、また哪吒のしわざではあるまいか?」

殷氏は言う。

「それはどうでしょうか。龍王の敖光さまのこともまだ終わってはおりません。それでまたこのような事をしでかすでしょうか。また哪吒だったとしても、とても弓は持ち上げられないのでは」

李靖はしばらく考えこんでいたが、何かを思いついたのか、侍女を呼んで命じた。

「哪吒を呼んできなさい」

まもなく哪吒が現れ、側に立つ。李靖は尋ねた。

「おまえは師匠が後ろ盾になり、将来は明君を補佐するとのことであったが、どうして弓馬のことを学ばないのか。あとで明君を補佐するためには必要なことだと思うが」

哪吒は言う。

「ぼくもそう思います。たまたま城壁の上で弓矢を見つけました。そこで矢を射たら、赤い光と紫の霧を帯びながら、遠くまで飛んでいって見えなくなりました」

李靖は怒りのあまり、大声で叫んで言う。

「この親不孝者め！　おまえは龍王の三太子を打ち殺しておいて、まだそのことも片付いていないのに、いまた別のもめ事を引き起こすとは」

夫人は黙々として語らなかった。哪吒はその理由がわからず、尋ねて言う。

「どうしたんです。いったいなにがありましたか？」

李靖は答える。

「おまえがその矢を射たために、石磯娘娘の徒弟の命を奪うことになってしまったのだ。娘娘はわしを洞府まで連行し、そのあとわしは娘娘を説き伏せてようやく戻ってきたところなのだ。矢を射た者を探そうと思っていたら、なんとおまえであったとは。おまえ自身で娘娘のもとに行って釈明せよ！」

哪吒は笑って言う。

「父上、怒らないでください。石磯娘娘はどちらにおられますか？　その徒弟はどちらに？　またぼくはどうやってその徒弟を射殺したって言うんです。理由もなく人のせいにするのはおかしいですよ」

李靖は言う。

「石磯娘娘は骷髏山白骨洞におられる。おまえが殺したのだ。おまえ自身で会ってみればよいだろう」

哪吒は言う。

「父上のおっしゃるのはもっともです。それでは一緒にそのなんとか白骨洞までまいりましょう。もしぼくでないことが判明したら、その白骨洞もぶっ壊してやってから戻ってきます。まず父上は先に行ってください。ぼくはあとに従います」

李靖と哪吒の父子は、土遁を借りて骷髏山にやってきた。この話について詩があって言う。

箭《せん》射られて金光起こり、紅雲太虚《こううんたいきょ》を照らす

真人いま出世し、帝子はすでに安居《あんきょ》す
みだりに仙術を誇るなかれ、すべからく玉書《ぎょくしょ》を知念せよ
万邪は正に克つこと難し、三軍を破るを免れず

さて李靖は骷髏山に到着すると、哪吒に言いつける。

「ここで待っておれ。まずわしが入っていって、娘娘のご指示を待とう」

哪吒は冷笑して言う。

「はいはい、待ってますよ。ぼくを人殺し呼ばわりして、いったいどんな命令を出すってんですかね」

李靖は洞のなかに入っていき、娘娘に拝謁した。娘娘は言う。

「して何者が碧雲童子を殺したのじゃ？」

李靖は娘娘に申しあげる。

「それがこの李靖の不孝の子である哪吒がしでかしました。弟子めはご命令のとおり、哪吒を洞府の前で待たせております。どうかご指示を願います」

娘娘は彩雲童子に命ずる。

「哪吒を通しなさい」

哪吒は洞のなかから人物が出てくるのを見て、考えた。

「相手をやっつけるならば、先手を打つべきだ。だいたいここは娘娘の一味の巣窟だ。出遅れれば不利となるだろう」

そこで乾坤圏を持ち出して、その人物に振りおろす。彩雲童子は防ぐこともできず、首に乾坤圏を受け、

「あっ」と悲鳴をあげて倒れ伏してしまう。彩雲童子は息も絶え絶えな様子。石磯娘娘は洞の外側で人が倒れた音を聞きつけ、洞から出てくる。すると彩雲童子が地に倒れ伏している。娘娘は言う。

「この畜生めが。またも凶行を働き、弟子を傷つけるとは！」

哪吒は石磯娘娘を見ると、頭には魚尾金冠《ぎょびきんかん》をかぶり、赤い八卦衣《はっけい》を着《つ》け、麻の草履を履き、手には太阿剣《たいあけん》(いにしえの宝剣)を持っている。哪吒は乾坤圏を手中に戻すと、今度は娘娘めがけて振りおろす。娘娘はそれが太乙真人の乾坤圏であることをすぐに見抜く。

「ああ、そもそもおまえであったのか！」

ところが石磯娘娘は難なく、手で乾坤圏を受けとめる。哪吒は驚愕し、慌てて七尺の混天綾を娘娘に投げる。娘娘はまた笑い、袖のなかに混天綾をしまい込んでしまう。結局、混天綾もなんの威力も発揮せずに娘娘の袖のなかに入ってしまった。娘娘は叫ぶ。

「哪吒、おまえの師匠の宝器はどれくらいあるんだい！　わらわの道術をもっと見せてやるから」

哪吒は手に他の武器も、宝器も持っておらず対抗できない。しかたなく身を翻して逃げるだけであった。娘娘は言う。

「李靖、そなたには関係ないことであったな。帰るがよい」

李靖が陳塘関に戻ったことはさておき、石磯娘娘はそのあとも哪吒を追いかけた。そのありさまはまるで雲が飛び雷電が飛び、雨や風が走るかのようであった。追いかけることしばらくして、哪吒は乾元山にやってきた。金光洞に着くと、急いで洞門に入っていき、慌ただしく太乙真人を拝した。真人は尋ねる。

「哪吒よ、そなたはどうしてそのように慌てておるのか？」

哪吒は答える。

「石磯娘娘が、弟子を射殺したとかでぼくを追いかけ、宝剣でもって殺そうとするんです。師匠の乾坤圏も、混天綾もすべて取られてしまいました。いまぼくを追いかけて洞の外まで来ています。どうしようもなく、師匠に救いを乞います。どうかお助けください！」

太乙真人は言う。

「この畜生め。しばらく後園のほうに下がっていなさい。わしがなんとか対処するから」

太乙真人は出て、洞門に寄りかかって待っていた。するとと石磯娘娘が満面に怒りの色をたたえ、手に宝剣を持ち、凶悪な面持ちでやってきた。太乙真人を見ると、稽首《けいしゅ》の礼を行った。

「道兄《どうけい》、ごあいさつを申しあげます」

太乙真人も礼を返す。石磯娘娘は言う。

「道兄、あなたの弟子の哪吒が、あなたから授けられた道術でもって、わらわの弟子の碧雲童子を射殺し、さらに彩雲童子を傷つけました。そして乾坤圏と混天綾で、わらわにまで打ちかかってくる始末です。道兄、どうか哪吒をこちらに引きわたしてください。もしおとなしく引きわたしてくれるなら、何も問題は起きません。ただ、もし道兄が哪吒をかばってかくまうようなことになれば、それは明珠で雀を撃つようなものので、よい結果を招くことにはなりませんが」

真人は言う。

「哪吒はこの洞におる。その身を差しだすのは難しくはないが、もしそうするなら、そなたはまず玉虚宮に赴き、そこで教を司るわが師の天尊に会って許可を得るがよい。わが師が許可するなら、わしもすぐに哪吒を引きわたそう。しかし哪吒は天尊の命によりこの世に転生し、明君を補佐することが決まっておる。それはわしとて勝手に変えられぬものなのだ」

娘娘は笑って言う。

「失礼ながら、道兄は間違っておられる。そちらの教主の権威を持ち出して、弟子の凶行を正当化するとは。わらわの徒弟を殺しておきながら、大言《たいげん》でもってこちらを脅すつもりか。さてはそなたの道術にわらわが勝てぬとおもってか。ならば詩でもって示そう」

娘娘は謳《うた》う。

道徳は森々《しんしん》として混元に出で、修成りて乾《けん》建ち長存を得たり
三花は頂《ちょう》にあつまること閑説にあらず、五気は朝元して、あにみだりに言わん
蒼龍に閑坐して紫極《しきょく》に帰し、喜んで白鶴に乗りて崑崙《こんろん》にくだる
教主をもってわが党を欺くなかれ、劫運《こううん》は廻環《かいかん》して万源におわらん

太乙真人は言う。

「石磯よ、そなたは自分らの道徳が高いという。しかしそなたは截教《せつきょう》、われらは闡教《せんきょう》に属するもの。われらは千五百年のあいだ、三尸《さんし》（体内にあって欲望を起こさせる虫、ほんらいはこれがあると仙人になれない）を断っておらぬため、殺戒《さつかい》を犯すことになるのだ。そのために人間界に下り、そこで起こる争いに参加して、殺戒の命数を満たすことになる。周王朝が興起し、玉虚宮では封神《ほうしん》の儀が行われる。そして他の者たちには人間界の富貴が与えられるのだ。三教の教主すべてが『封神榜《ほうしんぼう》』に署名し、わが師もわが闡教の徒弟たちに命令を下し、人間界に転生して明君を補佐せよと命じられたのである。哪吒はすなわち霊珠子の転生である。すでに

元始天尊の命を奉じ、姜子牙を補佐して商の天下を滅ぼすことは決まっておる。そなたの弟子を殺めたのも、これは天数で決まっていたことなのじゃ。そなたは森羅万象を包み、遅かれ早かれ飛昇し天に向かうと言うが、どうかな。もしそうであれば、このような小事にはかかわらず、無為自然な態度に徹し、栄辱も生死も意識の外に置いて、悠然《ゆうぜん》と処すればよいではないか。どうしてこんな小事に拘泥《こうでい》して、自らの道を傷つけるのか」

石磯娘娘はこの言を聞くと、怒り心頭に発し、叫んで言う。

「道はそもそもひとつの理しかない。どうしてそれに高低の差があろうか！」

太乙真人は言う。

「道はひとつの理ではあるが、それぞれの教において述べるところは異なる。そなたにわしが語って聞かせよう」

今度は太乙真人のほうが詩で示す。

　こもごも日月は光りて金英を錬し
　一個の霊珠、室明に透す
　乾坤を動せし道力を知り
　生死を避移して功成るを現す
　四海を逍遥《しょうよう》して蹤跡《しょうせき》をとどめ
　帰して三清にありて姓名を立つ
　ただちに五雲にのぼるも雲路は隠れ
　鸞・鶴は自ずから来迎《らいごう》す

聞いて石磯娘娘は大いに怒り、手の宝剣で太乙真人の顔面めがけて斬りかかる。太乙真人はこれをかわし、すばやく洞内に入っていく。そして宝剣を取り、またひそかに何かをふところに忍ばせると、東方の崑崙山に向けて拝礼を行う。

「弟子はいまから、この山にて殺戒を犯します」

　拝礼が終わると洞を出て、石磯娘娘を指さして言う。

「そなたは道の素質も薄く、さらに修行も浅い身であるのに、あえてこの乾元山において凶暴を働くか！」

　石磯娘娘は答えず、宝剣でさらに斬りつける。太乙真人は剣でこれを受けとめ、口には叫ぶ。

「善哉《よいかな》！」

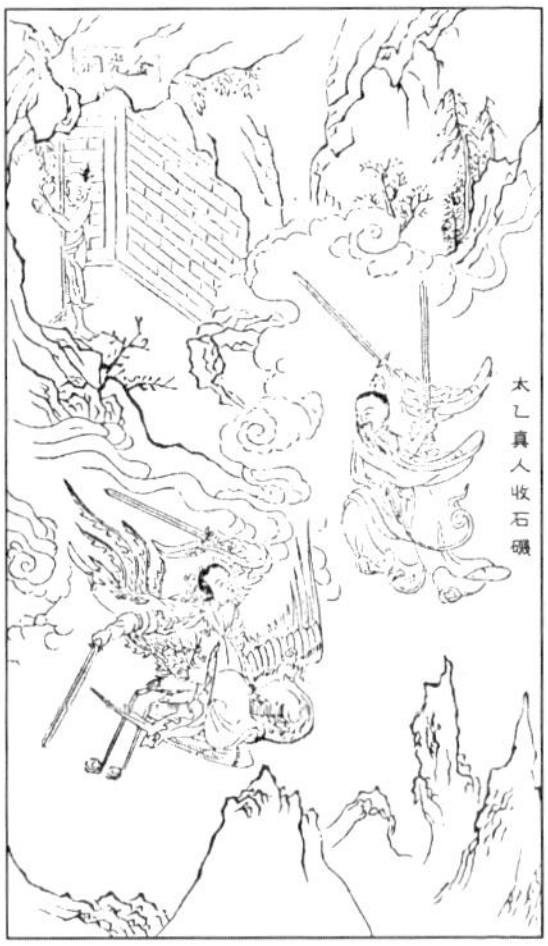
太乙真人收石磯

　石磯娘娘は、もともと岩石が精となったものである。天地の霊気を取り、日月の精華を受け、修行すること数千年。しかしなお、まだ仙道の正果をなしとげるには至っていない。いまここで災厄に遭い、その姿を保つことも困難になり、乾元山に来ることになってしまった。これはひとつには石磯の運気がもう尽きていたということ、ふたつには哪吒がこの山の弟子であったことによる。天数はすでに定まっており、避けることはできぬものであった。
　石磯娘娘と太乙真人は何度か切り結び、激しく激突する。ふたつの宝剣が交わり、数合《すうごう》にいたらぬうちに、彩雲が光り輝く。石磯娘娘は八卦龍鬚帕《はっけりゅうしゅばつ》を取りだして空中に投げ、真人を傷つけようとする。太乙真人は笑って言う。

「邪道は正道に勝つことはできぬ」

太乙真人は口のなかで呪文を唱え、指さして言う。

「さて何時まで待っておる。さっさと落ちるがよい！」

八卦帕は威力を発揮せぬまま、空中より落下する。石磯娘娘は怒り心頭、その顔色も真っ赤になる。そして宝剣をものすごい勢いで振り回す。太乙真人は言う。

「事態がここにいたっては、出さぬわけにはいかぬな」

真人は身を躍《おど》らせて、石磯娘娘の剣の届く範囲から抜けだすと、九龍神火罩《きゅうりゅうしんかとう》を空中へと放り投げる。石磯はこの宝器を見ると、その威力から逃れようとするが、気づいた時にはすでに神火罩のなかに取り込まれてしまっていた。

哪吒は師匠がこのような宝器を使って石磯娘娘を捕らえたのを見て、嘆いて言う。

「ぼくにこの宝器を使わせてくれたら、あんなに苦労することもなかったのに」

哪吒は洞の入り口まで出てきて、師匠に声をかける。太乙真人は振り向き、弟子を見て思う。

「まったく、この暴れん坊め。この神火罩を見てさっそく欲しくなったな。しかしいまはまだ使わせるわけにはいかぬ。姜子牙が軍を率いることになってから、譲り渡すこととしよう」

太乙真人は慌ただしく叫ぶ。

「哪吒よ、早く戻るがよい。いま四海龍王が玉帝陛下に願い出て、そなたの父母を捕らえようとしておる」

哪吒はこの話を聞き、満面に涙を流しつつ、真人に願う。

「どうか先生には、この弟子の父母をお救いください。子の罪を父母が負うことになれば、心が安まりません」

言い終わると、大声で泣き出した。太乙真人は哪吒のこの態度を見て、耳元にささやいて言う。

「ならば、かくかく、かくのごとくするのじゃ。それで父母の災厄を救うことができよう」

哪吒は感謝して、土遁の術で陳塘関に戻っていく。

太乙真人は石磯娘娘を神火罩に閉じこめたが、そのなかで石磯は右へ左へとさまよう。真人が両手を合わせて一回、拍手をすると、神火罩のなかに火炎が巻き起こって光り輝き、九匹の火龍が揺れ動く。この火は三昧神火《さんまいしんか》であり、通常の火とは異なる。そして神火によって石磯娘娘は焼かれてしまう。雷鳴が鳴りひびき、娘娘の真の姿が明らかになる。それは一塊の岩石であった。この岩石は天地の外にあって、地・水・火・風の四大にとりまかれ、多くの歳月を経て精となったものである。しかしこの日、天数はすでに定まっており、この地で哀れにも亡びることとなった。そしてその正体を現すことになったのである。太乙真人は、神火罩を収めると、さらに乾坤圏・混天綾も回収して、洞のなかにもどっていった。そのことはさておく。

さて哪吒は陳塘関に戻ってみると、将軍府の前に人々が集まって騒がしい様子であった。配下の者たちは哪吒が戻ってきたのを見て、急いで李靖に報告する。

「ぼっちゃまが戻られました」

そこには四海龍王の敖光・敖順《ごうじゅん》・敖明《ごうめい》・敖吉《ごうきつ》の四名がいた。哪吒は声をあらげて言う。

「『一人で事をなしたなら一人で当たれ』と言う。ぼくが敖丙や李艮を殺したのだから、その償いは自分で行う。どうして父母に責任を負わせてよいものか！」

さらに哪吒は敖光に対して言う。

「ぼくは普通の人間ではない。すなわち霊珠子の化身である。玉虚宮の命令により、人間界に下ってきたものだ。このぼくがいま腹を割《さ》き、腸をえぐり、骨肉を削って父母に返すのであれば、それはもう親子の関係はない。それで責任を取るのはどうだ？　もしそれで納得がいかないなら、さらに霊霄殿に行って玉帝陛下にお会いするしかないだろう。そうなれば、こちらにも言い分はある」

敖光はこの言を聞いて言う。

「わかった。そなたがそうして父母を救うのであれば、孝行の名が世に伝わるというものだ」

四海龍王は李靖夫妻の身柄を解きはなつ。哪吒は右手で剣を持ち、まず自分の臂を切り落とし、さらに腹を割いて腸や骨を取りだす。その魂魄は身体より離れて、一命は亡くなった。四海龍王たちはその様子を見届け、玉帝へ報告するために去って行った。夫人の殷氏は哪吒の遺体を棺に入れ、埋葬した。そのことはさておく。

さて、哪吒の魂魄は行くところもなく、ふらふらとさまよい続けた。もともと哪吒は宝器が変化して人となったものであるが、いま人の精と血を得て変化したために、魂魄が生じたのである。哪吒の魂は風のままにさすらい、乾元山にたどり着いた。さてその後はどうなるか。次回を聞かれよ。

第十四回　哪吒、蓮花の化身を現す

詩に言う。

仙家の法力は妙にして量りがたし、起死回生に異方《いほう》あり
一粒の丹砂、命宝に帰し、幾根の荷葉、魂湯《こんとう》を続けしむ
超凡に骨を用いず、入聖にすべからく返魂《はんごん》の香を尋ねよ
これより境界を開きて聖主に帰し、岐周《きしゅう》の事業に補佐となる

金霞童子は洞のなかに入り、太乙真人《たいいつしんじん》に告げた。

「兄弟子がゆらゆらと風に揺られ、さまよう姿で現れました。どういうわけなのか、さっぱりわかりません」

真人は聞くと、すぐにその原因を察した。急いで洞を出て、哪吒に言いつける。

「ここはそなたの魂が落ちつく場所ではない。そなたは陳塘関に戻り、母親に夢のなかで懇願するとよい。陳塘関から四十里のところに翠屏山《すいへいざん》という山がある。山のうえには空き地があり、そこに母に『哪吒行宮《なたこうぐう》』という廟を建ててもらうのだ。そこで三年のあいだ香火を受けることができるなら、そなたは人間の姿を取り戻すことができよう。そうして明君を補佐するのだ。理解したらさっさと行くがよい。遅れてはならぬ」

哪吒の魂魄はその話を聞き、乾元山を離れて陳塘関に向かった。時刻は三更（子《ね》の刻）であり、遅かったが、哪吒の魂は母親の寝室を訪れ、告げた。

「母上、ぼくは哪吒です。いま魂魄になってしまい、行くところがありません。どうか母上にはこの息子が死後も苦にあえいでいることをお憐れみください。ここから四十里の地に翠屏山という山があります。そこにぼくの行宮を建ててください。そこで香火を受ければ、天上界に行くこともかないましょう。ぼくも母上の慈悲に感謝いたします」

殷氏はそこで目が覚める。気がつけば夢であった。殷氏は泣いて悲しんだ。李靖がその様子を怪しんで問う。

「夫人はどうして泣いているのか？」

殷氏は夢のなかの話を一通り告げる。李靖は怒って言う。

「夫人はまだあの子のために泣くのか。あやつのためにわれらはたいへんな迷惑を蒙ったのだぞ。『夢は心から生ず』というではないか。ただあの子を思うから、そんな夢をみて驚くことになるのだ。あまり気にしてはならん」

殷氏は何も言わなかった。ところが、次の日も同じ夢を見て、また三日目も同様であった。殷氏が眠ると、すぐに哪吒が目の前に現れる。そうして五日、七日と経ったあと、哪吒は生前勇猛な性格であったこともあって、死後もその態度はそう変わらなかった。しまいには哪吒は母親に対して言った。

「ぼくがこれだけ毎日お願いしているのに、母上は子どもの苦しみを無視するんですね。もし行宮ができないのであれば、騒いで屋敷中に祟りを起こしますよ」

殷氏は目覚めたあと、今度は李靖に何も告げようとしなかった。殷氏はひそかに自分の配下の者に銀を与え、翠屏山に派遣して工事を行わせた。そして行宮を建てて、哪吒の神像を作ってそこに安置させた。この工事は一ヶ月ほどで終わる。

その後、哪吒はこの翠屏山において霊験を顕《あらわ》し、しばしば民百姓に恩恵をもたらした。どんな願い事でも、霊験あらたかであったため、この廟の祭祀はさかんになり、廟の設備も次から次へと充実していった。

その整然たるありさまについては、次の通り。

行宮は八字に壁開き、珠戸の銅環は左右に排せらる

瓦の軒に三尺の水、数株《すうかぶ》の檜柏《かいはく》に両重の台
神廚の宝座は金に飾り、龍鳳の幡幢《ばんどう》は瑞色《ずいしょく》あり
帳幔の懸鉤《けんこう》は半月をのみ、獰猛《どうもう》なる鬼判は塵埃《じんあい》に立つ
檀《だん》に煙は鳳を結び、逐日《ちくじつ》に紛々として祭祀来《きた》る

哪吒が翠屏山で霊験を顕したために、遠近の民百姓が参拝にやってくる。その様子はまるで多くの蟻《あり》が群がるよう。日一日と詣《もう》でる者が増え、廟の前は人が途切れぬほどであった。願い事にしろ、厄払いにしろ、かならず霊験があり、そのような状態が続いて光陰矢のごとく過ぎ去り、すでに半年が経っていた。

さて東方の姜文煥《きょうぶんかん》は父の仇を報ずるため、四十万の軍を調え、遊魂関《ゆうこんかん》において竇栄《とうえい》と戦っていた。竇栄はこれに勝つことができず、守りを固めていた。李靖もその影響を受け、野馬嶺にて軍の演習を行うとともに、こちらも守備に徹していた。ある日、李靖が兵馬を収めて翠屏山のあたりを通り過ぎると、老若男女が互いに手を携え、参拝するために山を訪れている。そのありさまは蟻が群がるようで、人々の流れが途切れることはない。李靖は不思議に思って、馬上から問いかけた。

「この山は確か翠屏山であったと思うが、どうしてこれだけの人々が、波のごとく押しよせているのか？」

配下の軍政官が答える。

「半年前から、ある神さまが霊験を顕したため、そのために老若男女が集まっております。願い事も、厄払いも、すべてかなうそうで、そのために四方の人々が熱心に参拝に訪れるようになりました」

李靖はこの話を聞くと、思うところがあった。中軍の官に尋ねる。

「この神の名は何というか？」

中軍の官は答える。

「哪吒行宮と申します」

聞いて李靖は激怒する。そして配下の軍に命ずる。

「ここでしばらく休息せよ。わしは山に登って参拝してみる」

兵士と軍馬はそこに留まる。李靖は馬に乗って山に登り、人々が参拝しているほうに向かっていった。参拝に来ている老若男女は避けて道をあける。李靖はそのまま乗馬で廟の前まで進んだ。すると廟の門前には額が掛けてあり、「哪吒行宮」の四文字が書されている。廟のなかに入ってみると、哪吒の生前の容貌のままの像が置かれており、左右には冥界の判官たちの像もある。李靖は指をさして罵って言う。

「この畜生めが！　生前は父母に災厄をもたらしただけではなく、死んだあとも、今度は民百姓を愚弄しおって」

罵り終わると、六陳鞭《りくちんべん》をかかげ、哪吒の神像を打ち砕いた。李靖の怒りはやまず、判官《はんがん》の像も蹴り飛ばす。そして配下の兵に伝えた。

「火を放て。この廟を焼くのだ」

そして参拝する民百姓にはこう告げた。

「この廟は神ではない。今後は参拝することは許さぬ」

人々は慌ただしく下山していった。李靖は馬に乗ったが、まだ怒気が収まらぬ様子。詩があって言う。

雄兵にわかに翠屏にいたり、たちまち黎民《れいみん》の日に進香するを見る
鞭で金身《こんしん》を打ちて粉砕し、鬼判を蹴り飛ばし殃《わざわい》に遭う

火もて廟宇を焚《や》き、騰騰《とうとう》たる焔、煙は長空を透す烈烈《れつれつ》たる光
ただ一気によりて牛斗《ぎゅうと》をつき、父子は商に戦場あるに参ず

李靖がそのあと、陳塘関に戻って馬を下り、命ずる。

「軍は解散せよ」

李靖は奥の間に行き、殷氏と会う。李靖は罵って言う。

「おまえがあんな子を産んだために、われわれはたいそうひどい目にあったではないか。いまあやつのためにこっそり行宮を立てるとは何事か。民百姓もずいぶん惑わされていたようであった。おまえはこの玉帯をわしに結んでいれば、それでよいのだ。いま朝廷は奸臣が政治を壟断《ろうだん》しておる。わしは費仲や尤渾の二人とはよしみを通じてこなかった。もし誰かが朝歌にこのことを伝えて、わしが邪神を使って民をたぶらかしているなどと奏上したらどうなるのか。わしのこの数年の功績などはまったく考慮されず、すぐに処刑されてしまうだろうに。おまえの行為はまったく婦女子の考えに過ぎぬ。わしは今日その廟を焼き払ってきた。もしおまえがあの廟を再建するなどと言いだしたら、そのときは離縁を申しつけるぞ」

李靖のことはさておき、哪吒は魂魄のまま外に出て、一日廟を留守にしていた。しかし帰ってみると、廟は跡形もなく壊されており、山は赤く染まり、煙がまだもくもくと上がっていた。配下の判官二名が、涙ながらに出迎える。哪吒は問いただす。

「いったい何があったのか？」

判官が答えて言う。

「陳塘関の李将軍が突然山に登られ、神像を打ち砕き、行宮を焼き払ったのです。どういう理由かはわかり

ませぬ」

哪吒は言う。

「李靖め、もうそなたと自分は何の関係もない。身の骨と肉はすでに父母に返した。どうしてわが神像を打ち砕き、廟を焼いたのだ。さてこの身をどこに置けばよいものか？」

哪吒は不快な気持ちでいっぱいであった。しばらく考え込んで言う。

「ここは師匠のおられる乾元山に行くべきだろう」

哪吒は半年間香火を受けることができたので、肉体は一部分形成されていた。すぐに山に飛び、洞府に来る。金霞童子が太乙真人に引き合わせた。

太乙真人は言う。

「そなたは行宮で香火を受けている途中ではないか。どうしてまたここに来たのか？」

哪吒はひざまずいて事情を訴える。

「父の李靖に廟の神像を打ち砕かれ、さらに廟を焼かれました。この弟子めは行くところもなく、こうして先生にお願いするしかありませんでした。どうかお憐れみください」

太乙真人は言う。

「それは李靖のほうが間違っておる。哪吒はすでに骨肉を父母に返した。翠屏山のことは、もう李靖とは関係ないことじゃ。いま李靖のために香火を受けられず、身体を取り戻すことができないのは困ったことじゃ。そもそも、もう姜子牙が下山する時はせまっておる。こうなれば、他の手段を使って身体を造りだすしかないのう」

そこで真人は金霞童子に命ずる。

「五蓮池《ごれんち》のなかの蓮《はす》の花を二つ、それから蓮の実や葉を三枚取ってくるがよい」

金霞童子は急いで蓮の花と葉を取りに行く。それを地上に置くと、真人は花びらを天・地・人の三才《さんさい》をかたどって配置する。さらに蓮の葉と実を折り曲げ、人体を模して三百の骨の節を造る。三つの蓮の実と葉で、上・中・下に配し、それを天・地・人に見立てる。太乙真人はそのなかに一粒の金丹を入れ、先天の気を巡らして九転させ、離《り》の青龍《せいりゅう》（離は火の気）、坎《かん》の白虎《びゃっこ》（坎は水の気）の気を分ける。そこに哪吒の魂魄を動かし、蓮の実や葉のところに据えつける。そして太乙真人は叫ぶ。

「哪吒よ、いま人の形を取らずして、いったいどうするのか！」

そのことばが鳴りひびくと、人の形となった哪吒が飛びあがる。その顔はおしろいを塗ったように白く、唇は真っ赤であり、瞳には鋭い光が宿る。その身長は一丈六尺、すなわち蓮華の化身となった哪吒である。哪吒は師の真人に平伏する。真人は言う。

「李靖がそなたの神像を打ち砕いたのは、まことに残念なことであるな」

哪吒は言う。

「師匠がお許しあれば、報復したいと存じます」

太乙真人は言う。

「そなたは桃園のほうに来るがよい」

そこで真人は、哪吒に火尖鎗《かせんそう》をあたえる。哪吒は短時間でそれを操る術を身につける。哪吒は下山して、すぐにでも報復しようとすると、真人は言った。

「火尖鎗についてはよいだろう。しかし高速で移動するためには、風火《ふうか》の二輪に乗るがよい。さらに霊符の秘術を授ける」

真人はさらに豹の皮の袋を授ける。その袋のなかには、乾坤圏と混天綾があり、さらに金磚《きんせん》がひとつ入っていた。

「さて、それでは陳塘関に行くがよい」

哪吒は平伏して恩を謝すと、風火輪に足を踏みしめて乗り、手には火尖鎗を持ち、あっという間に陳塘関にやってきた。

その様子を詩に描いて言う。

　両朶《りょうだ》の蓮花、化身をあらわし、霊珠は二世に凡塵《ぼんじん》に出ず
　手には紫焔《しえん》の蛇矛の宝を提《さ》げ、足には金霞の風火輪を踏む
　豹皮《ひょうひ》の嚢内《のうない》に天下を安んじ、紅錦の綾中に世民を福とす
　歴代聖人の第一となし、史官の遺筆《いひつ》万年新たなり

さて哪吒は陳塘関にやってくると、すぐに将軍府のほうに進み、大声で呼ばわる。

「李靖よ、早く出てきて勝負するがよい！」

軍政官が府内に入って報告する。

「外に亡くなったはずのご子息が現れまして、足には風火輪を踏み、手には火尖鎗を持っております。そして将軍のお名前を呼び捨てにし、なぜかはわかりませんが、勝負を求めております」

李靖は叱って言う。

「ばかなことを言うな。人は死んだら生きかえりはしないのだぞ」

その言が終わらぬうちに、もう一人の家来が報告して言う。

「ご主人さまが出てこなければ、将軍府に突き進むと申しております」

李靖は激しく怒る。

「そんなばかなことがあるか！」

李靖は慌てて画戟を手に取り、青みがかったあし毛の馬にまたがって、将軍府の門を出る。見れば哪吒が風火の二輪を踏みしめ、手には火尖鎗を取り、生前とは大きく異なる姿をしている。李靖は驚いて告げる。

「この畜生めが、生前に何度も事件を起こしたのに飽き足らず、死後も魂となって帰り、ここで騒ぎを起こすとは！」

哪吒は言う。

「李靖よ、ぼくはもう肉体をおまえに返した。もう父子の関係ではない。それなのにどうして翠屏山でぼくの神像を打ち砕き、さらに廟まで焼いたのか。今日はきさまを捕らえて、打ち砕かれた像の仇を討ってやる」

言うと、火尖鎗を揺らせて、李靖の頭を狙って突きかかる。李靖は画戟で迎え撃つ。馬は走り回り、鎗と画戟とがぶつかり合う。しかし哪吒はいま蓮花の化身となって大きな力を得ていた。三合《さんごう》、五合《ごごう》と打ち合うと、李靖は人馬ともに翻弄され、支えるだけの力もなく、背には冷や汗が流れる。李靖はただ東南の方角に向かって逃げるのが精一杯であった。哪吒はその背後から呼びかける。

「李靖よ、今回はもうきさまを許すわけにはいかんぞ。きさまを殺さねば、帰らぬ！」

哪吒は李靖を追いかける。しかし短時間で哪吒は追いつく。哪吒の風火輪は速度が速く、李靖の馬は遅い。李靖は慌てて馬から下りて、土遁を借りて逃げる。哪吒は笑って言う。

「五行の術は、道術のなかでも平凡なもの。もしきさまが土遁で逃げたとしても、逃がすものか」

そこで風火二輪を踏みしめ、進んでいく。ただ風火の音だけが鳴り、それはまるで雲が飛び、雷が行くような速度であった。たちまちに李靖は追いつかれる。李靖は考えた。

「いま追いつかれたら、今度こそあの鎗を受けて終わりだ。さてどうすればよいか」

李靖が哪吒に間近にまで追いつかれ、まさに刺されるかと思ったその時に、突然、ある人物が現れて歌い始める。その歌に言う。

清水池《せいすいち》そばの明月、緑の柳堤《りゅうてい》のほとりの桃花
別《わか》つはこれ一般の清味、湊空《りょうくう》に幾片かの飛霞《ひか》
李靖がこれを見ると、ひとりの道童《どうどう》（年少の修行中の道士）である。髹巾《てききん》（頭のとがった帽）をかぶり、袖の大きな道袍を着け、麻の草履を履いている。これは九宮山白鶴洞《きゅうきゅうさんはっかくどう》の普賢真人《ふげんしんじん》の弟子の木吒《もくた》であった。木吒は言う。

「父上、わたくしがここにおります」

李靖が見ると、次男の木吒であったので、少し安心する。哪吒は風火輪で追いかけるが、李靖が道童と話しているのを見ると、空から降りてくる。木吒は進みでて、哪吒に対して一喝する。

「急ぐな。そなたのような畜生が大胆なこと。子が父を殺すとは、道理に悖《もと》ることはなはだしい。さっさと戻って、許しを乞うがいい」

哪吒は言う。

「おまえは何者で、どうしてそんな大言を吐くのか？」

木吒は言う。

「そなたは、わたしすらわからんのか。わたしは木吒だ」

哪吒は二番目の兄と知り、慌てて告げる。

「兄者《あにじゃ》、それは兄者が事情を知らないからです」

哪吒は翠屏山の一件について、詳しく話す。

「こういう事情です。李靖とぼくと、どちらが間違っているのですか？」

木吒は叱って言う。

「なんということだ。そもそも天下に父母のない者などおらぬ」

哪吒は言う。

「しかし腹を割《さ》き、肉体を切り刻んで父母に返しました。すでに父子のつながりはありません。父母の情も、もはや消えうせました」

木吒は激しく怒る。

「なんという親不孝なやつだ」

木吒は手に持った宝剣で哪吒に斬りつける。哪吒は火尖鎗で受けとめ、言う。

「木吒よ、ぼくとおまえの間には恨みもない。おまえはそこで手を出さずにいればよい。ぼくが李靖を捕らえて仇を討つのに邪魔をするな」

木吒は言う。

「わからずやな畜生だ。あえて親殺しの罪を犯すか」

剣を構えて進みでる。哪吒は言う。

「これも天数で決まったことなのか。こうなればお互い死生をかけて争うしかない」

手に取った火尖鎗で顔をかばい、交戦する。かたや徒歩、かたや輪に乗って、兄弟が戦い合う。哪吒は李靖がそばに立っているのを見て、逃げられるのではないかと危惧した。そこで哪吒は急いで鎗で剣を受けとめると、手に金磚を持って空中に放り投げる。木吒は防ぎきれず、金磚は木吒の背中に命中する。その一撃を受けて、木吒は地に倒れる。哪吒は風火輪を動かして李靖のほうに向かう。李靖は危険を感じてまたもや逃走する。哪吒は叫んで言う。

「たとえ海の島に逃げようとも、おまえの首級を取って、恨みを晴らしてやるからな！」

李靖はとにかく逃げる。そのありさまは、森を失った鳥か、網から逃げ出した魚のようでもあった。東西南北の方角もわからず、ひたすらに逃げる。しかし李靖は追い込まれた状況をさとり、嘆いて言う。

「止めよう、もう止めよう。このわし李靖は前世にどんな罪業を犯したというのか。仙道を志して結局はならず、またこのような冤罪を生むことになろうとは。事ここに至った以上は、みずからの刀でいさぎよく自決し、子に殺されるという恥辱から免れるべきであろう」

まさに自尽しようとするとき、別の者がそれを留めて叫んだ。

「李将軍よ、早まってはならぬ。ここにわしがおる」

その道士は歌を口ずさむ。その歌に言う。

野外の清風は柳をはらい、池中の水面に花をゆらす

借問《しゃくもん》す、いずくに何の地におるか、白雲の深きところを家となす

歌った者は、五龍山雲霄洞《ごりゅうざんうんしょうどう》の文殊広法天尊《もんじゅこうほうてんそん》であった。手に払子《ほっす》をもってやってくる。李靖は見ると、告げた。

「先生、どうかそれがしの命をお救いください」

天尊は言う。

「そなたはまずわが洞のなかに入るがよい。わしはここで哪吒を待つ」

しばらくすると、哪吒が意気軒昂《いきけんこう》に、風火輪を踏みしめ、火尖鎗を手にやってくる。そこにひとりの道士がいるのを見た。その道士の様子は次のよう。

ふたつの抓髻《そうけい》あり、雲分かれて靄靄《あいあい》たり

水合《すいごう》の袍、きつく絲絛《しとう》を束《たば》ぬ

仙風道骨は逍遥《しょうよう》にあり、腹に幾多の玄妙《げんみょう》を隠す

玉虚宮元始の門下、群仙の首にて蟠桃《ばんとう》に赴く

すべて五気によりて成豪を練り、天皇氏《てんこうし》は修仙養道す

さて哪吒はその道士が山の坂のところにひとりで立っており、李靖の姿が見えないのをいぶかしく思い、その道士に問う。

「そこの道士、武将がここを通っていかなかったか?」

天尊は答える。

「李将軍ならいましがた、わが雲霄洞のなかに入っていったよ。そなたは彼をどうしようというのかな?」

哪吒は言う。

「道長、やつはぼくの仇なんだ。やつを洞から出してこちらに引き渡してくれれば、何も手出しはしない。しかし、もし李靖を逃がしでもしたら、きさまはこの鎗で三突きほど刺されることになるぞ」

文殊広法天尊は言う。

「そなたは何者か？　なんと凶暴な。このわしにすら鎗で刺そうとするとは」

哪吒はその道士が何者か知らず、叫んで言う。

「ぼくは乾元山金光洞の太乙真人の弟子で哪吒という者だ。ぼくを甘く見ないほうがいいぞ」

広法天尊は言う。

「わしは太乙真人の知り合いだが、徒弟に哪吒なんて者がいたとは聞いておらんな。そなたはここで引き返すなら別にわしも何もせん。さっさと帰るがよかろう。しかしもし、この洞で野蛮にも何かしでかすというなら、桃園のところに連れていって、罰として三年間吊《つる》しておくぞ。そして平たい棒で、二百回ほど打ってやろう」

哪吒はどうしてそんな勧告を聞き入れるだろうか。火尖鎗を伸ばして、天尊に突きかかる。天尊は身を翻して洞のなかに入っていく。哪吒は輪に乗って追いかける。天尊が振り返ると、哪吒が進んでくるのを見て、袖のなかからひとつの宝器を出した。この宝器は名を「遁龍椿《とんりゅうとう》」といい、またの名を「七宝金蓮《しちほうきんれん》」という。この宝器を空中に投げる。すると風が巻き起こり、霧や雲が発生し、また土ぼこりが舞い、物が次々に落ちてくる。哪吒は視界をさえぎられ、方角もわからぬ状態になってしまう。真っ暗ななかで周囲のものも見えず、気がついたら首には金の輪がはめられ、足には二つの輪がはめられており、身体自体も黄金の柱にしばりつけられている。哪吒が目を開けた時、その身体は身動きひとつできない。

文殊広法天尊は言う。

「この畜生め、なんとまあ野蛮な事だ」

弟子の金吒《きんた》を呼ぶ。

「平たい棒を持ってくるがよい」

金吒は急いで棒を取りに行き、天尊の前に来ると差しだした。

「棒はこちらにございます」

天尊は命ずる。

「わしに代わって、哪吒を打て！」

金吒は師匠の命令に従い、棒をもって哪吒を打つ。身体の穴のすべてから三昧真火《さんまいしんか》が噴き出して身が焼かれるほど、打ちすえる。しばらくすると天尊は言う。

「そこまでにしておけ」

天尊は金吒とともに洞のなかに入っていく。哪吒はひそかに考える。

「李靖を捕まえることができないどころか、こんどは棒で打たれてしまい、さらに逃げだすこともできぬありさまだ」

哪吒は切歯扼腕《せっしやくわん》して悔しがるが、しかしどうにも抜けだすこともできない。ただそこにしばりつけられているだけである。怒りはますます強くなっていく。

ここまでの哪吒の起こした騒ぎについては、そもそも師の太乙真人が哪吒の粗暴な気性を少しこらしめようとして行っていたものである。太乙真人はその事情について察し、雲霄洞にやってくる。

哪吒が怒り悩んでいるときに、大きな袖のゆるやかな道服をまとい、麻の靴を履いてやってくる者がいた。師の太乙真人である。哪吒は見て、叫んで言う。

「先生、どうかこの弟子をお助けください！」

何度か叫んだのだが、太乙真人はほとんど無視する。そして洞のなかに悠然と入っていく。白雲童子が天尊に告げる。

「太乙真人がまいられました」

広法天尊は洞を出て出迎える。太乙真人の手を取って笑って言う。

「申し訳ありませんが、あなたの徒弟に対してちと厳しいしつけをいたしました」

二人の仙人は座る。太乙真人は言う。

「貧道はあの者の殺戒が非常に重いのを案じておりまして、それで少しこらしめようと送り出したのです。まさか天尊にこのようなご迷惑をおかけするとは、申し訳ありませせぬ」

広法天尊は金吒に命ずる。

「哪吒を解きはなつように」

金吒は哪吒の前に進みでて言う。

「そなたの師匠が呼んでいるぞ」

哪吒は言う。

「いまぼくがどうなっているのかわかるだろうに。どんな手段を使ったか知らないが、ぼくをこんなふうに動けなくするとは。それでまたあざ笑いに来たのか」

　金吒は笑って言う。

「そなたは目を閉じるがよい」

　哪吒は目を閉じた。そして金吒が霊符を書き終え、遁龍椿を収める。哪吒は耐えきれずに目を開けるが、その時にはもう輪も、遁龍椿も見えなくなっていた。哪吒はうなずきながら言う。

「ああ、ああ！　今日は無限の宝器の力を思い知ったぞ。ここは洞のなかに入り、師匠に会ってからまた対処するとしよう」

　金吒と哪吒は洞のなかに入っていく。見れば、自分を打たせた道士が左側に座り、師匠の太乙真人が右側に座っている。太乙真人は言う。

「こちらに来るがよい。師伯《しはく》（師匠の兄弟子）に向かって拝礼を行うのじゃ」

　哪吒は師匠の命令に背くことはない。いやいやながら広法天尊に向けて拝礼を行った。哪吒は言う。

「ご教訓、ありがとうございました」

　向きを変えて今度は師の太乙真人に拝礼を行う。そこで太乙真人は言う。

「李靖を連れてくるがよい」

　李靖は来ると、天尊と真人に拝礼を行う。太乙真人は言う。

「翠屏山のことは、そなたが狭量であるために起こったことじゃ。そうして親子のあいだが不和なのはよくない」

　哪吒は隣にいたが、まだ怒りが止まずに顔色を変えてまるで火がともったようであった。李靖をこの場で殺してやれないのが恨めしい。天尊と真人は、哪吒の意をさとった。そこで太乙真人は言う。

「いまからは、父子があい争うことはまかりならぬ」

そして李靖に対して言う。

「そなたは先に帰るがよい」

李靖は太乙真人に感謝の意を述べ、そこから出て行った。哪吒は慌て、怒りが収まらない様子で、あせっていらだっていた。真人はその姿を見てひそかに笑う。真人は哪吒に告げる。

「哪吒よ、そなたも先に帰れ。わが洞府を守護しておるがよい。わしはこれから天尊と囲碁を打つ予定じゃ。しばらくしたら帰る」

哪吒はこの言を聞いて、心に花開いたように喜ぶ。哪吒は言う。

「弟子めは、言いつけの通りにいたします」

急いで雲霄洞を出ると、風火の二輪を踏みしめ、李靖を追いかける。しばらくのあいだ進んで、哪吒は李靖が土遁の術で進んでいるのを見た。そこで叫んで言う。

「李靖よ逃げるな。また来たぞ！」

李靖は哪吒を見て、苦しげに言う。

「なんと真人さまも誤られたことよ。先にわしが出たのを知っている以上、わしの安全のためには、やつを下山させるべきではなかったろうに。こんな短時間にやつを解きはなって、わしに追いつかせるなど、どうも深い配慮があってのこととも思えん。さてどうしたらよいか」

李靖はひたすら逃げるしかなかった。李靖が哪吒に追いつかれそうになり、もう逃げ道はないという危急の際に、丘のうえに、松の木と石によりかかったひとりの道士が現れた。その道士は言う。

「丘の下にやって来ているのは李靖かな？」

李靖が頭を挙げると、ひとりの道士がたたずんでいる。李靖は言う。

「先生、それがしは李靖でございます」

その道士は言う。

「どうしてそんなに慌てておるのかな？」

李靖は答える。

「息子の哪吒に追いつかれて殺されそうなのです。どうか先生にはお助けください！」

道士は言う。

「そなたはこの丘に登り、わしのうしろに隠れるがよい。わしが助けてしんぜよう」

李靖は丘に登り、その道士の後ろに隠れる。激しい息がまだ収まらないうちに、哪吒が風火輪の音を響かせてやってくる。すぐに丘の下にいたると、哪吒はふたりが立っているのを見て、冷笑して言う。

「今度はどうにか損をしないですみそうだ」

輪を踏みしめて丘の上にやってくる。その道士が哪吒に尋ねる。

「そなたが哪吒か？」

哪吒は答える。

「そうだ。そちらの道士は、どうして李靖をうしろにかくまっているのか？」

道士は言う。

「そなたはどうして李靖どのを追いかけるのじゃ」

哪吒はまたしても翠屏山の事を一通り話して聞かせる。道士は言う。

「しかしその件については、もう五龍山にて解決ずみであろうが。そなたが李靖を追いかけることは、信に悖《もと》るのではないかな」

哪吒は言う。

「おまえはぼくらに関わる必要はない。今日こやつを捕らえて、恨みを晴らしてやるのだ」

道士は言う。

「そなたがあえてそうするのであれば、仕方ない」

すぐに李靖のほうに向きなおって言う。

「そなたは哪吒と戦ってみなさい。わしがここにいて見ているから」

李靖は言う。

「先生、こやつの力は強大で、それがしではとてもかないません」

道士は立ちあがると、李靖に唾《つば》を吹きかけ、さらに背中を手で打った。

「わしが見ているから戦ってみなさい。もし何かあっても、わしがここにおるから、大丈夫じゃ」

李靖は画戟を持って戦うしかなかった。哪吒は火尖鎗を

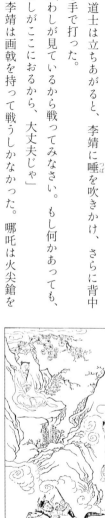

取って迎え撃つ。かくして父子ふたりは丘のうえで再戦することとなった。しかし今度は、五十合、六十合を打ち合っても、哪吒のほうが押されぎみで、満面に汗が流れ、身体に傷がつく。哪吒はしばらくして李靖の画戟を支えきれなくなってきた。哪吒はひそかに思う。

「おかしい。李靖はそもそもぼくに勝てるほどの力量はなかったはずだ。さっきあの道士が唾を吹きかけ、手で打ったら、どういうわけかこんなに強くなってしまった。これは間違いない。だとすれば、ここは少し計略でもってかわし、先にあの道士のほうを片付けてやろう。それから李靖を捕まえても遅くはない」

哪吒は身を躍らせると、戦いの場からいったん脱出する。そしてすぐにその道士を刺そうとする。道士は口を開けると、白蓮の花を出して、哪吒の火尖鎗を受けとめる。その道士は言う。

「李靖よ、しばらくこれを支えよ」

李靖は言う通りに従い、哪吒の火尖鎗を受けとめる。道士は哪吒に言う。

「この畜生め！　そなたら父子が争うのはともかく、わしは関係がないではないか。どうしてこのわしを刺そうとするのか。いまたまたま白蓮で受けとめたからよいものを。そうでなければ殺されていたであろう。理由を話せ」

哪吒は言う。

「先に李靖とぼくが戦ったときは、李靖はとうていぼくの敵ではなかった。ところが、こんどはおまえが唾を吹きかけ、手で打ったら、なんと互角以上になってしまったじゃないか。これはおまえが何やら術を使って負けないようにしたのだろう。そこでまずおまえを殺して、そのあとに仇を討とうとしたのさ」

道士は言う。

「なんという畜生だ。このわしまで殺そうとするとは」

哪吒は激怒し、鎗を構えなおすと、道士の頭に振りおろそうとする。道士は身をひるがえしてよけると、袖のなかから宝器を出して放り投げる。すると輝く雲が発生し、紫の霧が立ちこめる。そして変化した塔が落ちてくる。その塔は玲瓏塔《れいろうとう》といい、哪吒をなかに閉じ込めてしまった。道士が塔のうえで両手を叩くと、塔のなかから火が起こり、哪吒の身を焼く。焼かれた哪吒は大声で叫ぶ。

「お助けください！」

道士は塔の外側から尋ねる。

「哪吒よ、それでは李靖どのを父親と認めるか？」

哪吒はやむなく答えるしかなかった。

「先生、ぼくは父上を認めます」

道士は言う。

「父親と認めたのであれば、そなたを許してやろう」

道士は玲瓏塔をすぐに収める。哪吒が目を開いてみると、全身くまなく、どこも焼かれたところなどない。哪吒はひそかに思う。

「こんな道術が存在したのか。この道士はまことに不思議な術を使う」

道士は言う。

「哪吒よ、李靖どのを父と認めたなら、父に対して拝礼を行うがよい」

哪吒は、もちろんそんなことはしたくない。しかし道士は再び塔を使おうとする。哪吒はやむを得ず、怒りの心を忍んで、頭を下げて拝礼した。顔にはまだ不満の色があった。道士は言う。

「ちゃんと口に出して、父と言いなさい」

哪吒は答えようとしなかった。道士は言う。

「哪吒よ、ちゃんと父と口に出して言わないのであれば、またこの玲瓏塔で焼かれることになるぞ」

哪吒は慌てて、声を高くして叫んだ。

「父上、哪吒は反省しております」

哪吒は口にはそう叫んだものの、心のなかはまだ納得していなかった。ただ切歯扼腕して、考える。

「李靖よ、きさまはずっとその道士といっしょにいるわけではあるまい」

その道士は李靖を呼んで言う。

「そなたはそこにひざまずくがよい。わしはそなたにこの玲瓏塔を授けよう。もし哪吒がこれからそなたに逆らうようであれば、この塔を使ってその身を焼くがよい」

この言を聞いて、哪吒はそばにいながら、心のなかで懊悩する。道士は言う。

「哪吒よ、そなたら父子はここで和解をなしとげた。しばらくののちには、そなたらは父子ともに一国の臣となり、明君を補佐することになる。そしてさらにのちにはともに正しき教えに帰依することができるであろう。そのため、もうこれまでの恨みについては過去のこととして持ち出さないように。哪吒よ、そなたは先に戻っているがよい」

哪吒はこのような状況であるので、あきらめて乾元山に戻っていくしかなかった。李靖はひざまずいて言う。

「先生がこのように恩徳を示されましたので、この弟子は災難から逃れることができました。どうか先生にはお答えください。先生のお名前は？　またどの山のどの洞府に属されておられますか？」

道士は答える。

「貧道《ひんどう》は、霊鷲山元覚洞《りょうじゅせんげんかくどう》の燃灯道人《ねんとうどうじん》という者じゃ。李靖よ、そなたは道術を志してならず、いまは人間界において出世しておる。しかしいまや商の紂王は徳を失い、天下は大乱となる。そなたはいま軍官に就いておるが、もうその必要はない。山中に隠れ、しばらく世とは無縁に過ごすがよい。その後、周の武王が兵を起こす。そのときになったら、そなたら父子は世に出て、武王を助けて功績を立てよ」

李靖は拝礼して恩を謝す。その後、李靖は陳塘関に戻ったが、あとで消息を絶ってしまった。

そもそも燃灯道人は、太乙真人の依頼で、哪吒の凶暴な性を収めるため、また李靖と哪吒の父子を和解させるために現れたものであった。のちに、李靖と金吒・木吒・哪吒の父子四名は肉身のままに神となった。托塔天王《たくとうてんのう》とは、李靖のことである。

後の人に詩があって言う。

黄金の造就《ぞうじゅ》の玲瓏塔《れいろうとう》、万道の毫光《びゃくごう》は九重に透《とお》す
燃灯の法力《ほうりき》を施すにあらざれば、父子またあい従いがたし

これぞ哪吒が再び陳塘関に現れた話であった。のちに姜子牙《きょうしが》が下山し、そして文王が七年にわたり羑里《ゆうり》にあったことに呼応するものである。さて、今後の展開はどうなるであろうか、それには次回を聞きおよぶよう。

第十五回　崑崙山の子牙、下山す

詩に言う。

子牙このとき凡塵《ぼんじん》に落ち、白首《はくしゅ》にて野人《やじん》に類《るい》す
幾度も策身《さくしん》するも老拙《ろうせつ》となり、三番世にわたりかえってあい嗔《いか》る
磻渓《ばんけい》にいまだ飛熊《ひゆう》の夢に入らずんば、渭水《いすい》いずくにか瑞麟《ずいりん》あるを知らん
世際《せさい》の風雲に帝業《ていぎょう》を開き、享年《きょうねん》八百の慶長《けいちょう》の春あり

さて、崑崙山《こんろんざん》の玉虚宮《ぎょくきょきゅう》において闡教《せんきょう》を司る教主である元始天尊《げんしてんそん》は、門下の十二大弟子が災厄の運に巻き込まれ、殺戒を犯す気運がせまっていることから、玉虚宮を閉じて、説教を中止していた。

天上界を支配する昊天上帝《こうてんじょうてい》（ここではおそらく玉皇上帝《ぎょくこうじょうてい》と同じ）のもとに、神仙の首となる者十二名が臣と称し、さらに三教において議論が行われ、すなわち、闡教《せんきょう》・截教《せっきょう》・人道《じんどう》の三つの教えから、三百六十五の神々を生みだすことが決められた。その神々の群は、また八部にわかれる。上の四部は、雷部《らいぶ》・火部《かぶ》・瘟《おん》部《ぶ》・斗部《とぶ》の四つである。下の四部は、群星列宿《ぐんせいれっしゅく》（星の神々）・三山五岳《さんざんごがく》（山を司る神々）・布雨興雲《ふうこううん》（風雨を司る神々）・善悪の神の四つである。

このときに、商の天下が亡び、周王朝が興起する。その気運に合わせ、神仙たちも殺戒を犯し、多くの者

たちが陣没する。元始天尊の命により彼らを神に封《ほう》ずる、すなわち「封神《ほうしん》」の儀が行われ、姜子牙は宰相となって出世する。これらはみな天数であり、すべては偶然に起こることではない。つまり「五百年に一度王者が起こり、そのときに名が世に知れ渡る」とあるのは、まさにこのような原因があるのである。

さてある日、元始天尊は八宝雲光座《はっぽううんこうざ》にあって、白鶴童子《はっかくどうじ》に命じて言う。

「そなたの師叔《ししゅく》（師匠の弟弟子の門下）の姜尚《きょうしょう》（姜子牙のこと、名は尚、字《あざな》が子牙）を呼んでくるがよい」

白鶴童子は桃園に行って姜子牙を呼び出す。口にはこう称した。

「師叔、天尊さまがお呼びです」

姜子牙は急いで宝殿のところに行き、拝礼を行って言う。

「弟子の姜尚、まいりました」

元始天尊は問う。

「そなたは崑崙山に登って何年になるか？」

姜子牙は答える。

「弟子は三十二歳のときに山に入りました。むなしく馬齢を重ね、いまは七十二歳になります」

天尊は言う。

「そなたはもともと素質が浅く、仙道を成しとげることはできないであろう。人間界において出世すべきなのだ。いま商の王朝の命運が尽きようとしており、周の王朝が興起する。そなたはわしに代わって、封神の儀を執り行え。そして山を下りて明君を補佐し、宰相となるのだ。それでこの山にあって修行した四十年の力を発揮することができるであろう。この山はそなたが長くいる土地ではない。荷物をまとめて、早くに下山することだ」

姜子牙は天尊に哀願して言う。

「この弟子めは、これまで出家してよりずっと修行に努めてまいりました。多年にわたり労苦をいとわず、また現在でも継続しております。修行の成果は確かに浅いものでありましたが、どうか天尊には慈悲の心を発していただき、迷妄から救っていただきたく存じます。弟子はこの山にて修行を続けたいと思います。もはや人間界の汚れた富貴などには関心はございません。どうか先生にはこのままこの身を置いていただきますよう」

元始天尊は言う。

「そなたの命運は決まっておるのじゃ。天命がそのように定まっておるのに、どうして逆らうことができようか」

姜子牙は未練が残っているようであったが、南極仙翁《なんきょくせんおう》が進みでて告げる。

「子牙よ、この機会を逃してはならぬ。すでにもう天数は定まっておるのじゃ。その運命からは逃れることはできぬ。そなたはいま下山したとしても、いずれ功績をあげたのちには、またおのずから山に登ることもあろう」

姜子牙はただ下山するしかなかった。荷物といっても、琴や剣、それに幾つかの衣服のみであった。それを整理し、師匠の元始天尊に別離のあいさつに行く。姜子牙はひざまずき、泣いて言う。

「わたくしはご命令により下山いたしますが、いったいこのあとどんな運命となるのでございましょうか?」

元始天尊は言う。

「そなたが下山するに際して、わしは八句の偈《げ》を吟じよう。後日またこのことは明らかになるであろう」

天尊が唱えた偈は次のようであった。

二十年来は窮迫つらなるも、耐えてすればかつ安然たり
磻渓《ばんけい》の石上に釣り竿を垂れ、おのずから高明を訪れる賢あり
聖君を補佐して相父《しょうほ》となり、九三に将を拝して兵権を握る
諸侯会合すること戊申《ぼしん》にあい、九八に封神してまた四年

天尊は歌い終わって言う。

「これで終わりじゃ。そなたはまず行くがよい。また山に戻る日もあろう」

姜子牙は天尊のもとを辞して去る。また修行仲間の道友たちにも別れを告げ、荷物を持つと、玉虚宮を出て行った。南極仙翁が見送り、麒麟崖《きりんがい》のところで告げる。

「子牙よ、どうか達者でおるのだぞ」

姜子牙は南極仙翁と別れたあと、ひそかに思う。

「しかしわしにはもう伯父《おじ》や嫂《あによめ》はおらぬし、むろん弟や妹、甥などがいるわけでもない。さてどこにいけばよいのやら。まるで森を失った鳥のようで、住むべきところがあるわけでもない」

ところが、突然そこで思い出す。

「朝歌には、むかし義兄弟の兄として仰いだ宋異人《そういじん》がいたはずだ。まずは兄のところを尋ねてみるか」

姜子牙は土遁の術を使い、すぐに朝歌にやってきた。朝歌の南門から三十五里のところに、その家、宋家荘《そうかそう》がある。姜子牙は、その門や庭が以前と変わらぬままで、柳の木もまだ残っているのを見て、嘆いて言う。

「わしがここを離れてもう四十年になるのに、なんと家や庭はそのままじゃ。しかし人の顔は変わっている」

子牙は門前に来ると、門番の者に対して尋ねる。

「この家の員外《いんがい》（員外郎は名目的な官位で、富裕な者が買うことが多かった）どのは家におられますかな？」

門番の者は問う。

「どなたさまでございますか？」

子牙は答える。

「ただ、古い友人の姜子牙が来たとお伝えください」

丁稚《でっち》が宋員外に伝える。

「外に、古い友人である姜子牙と名のるかたがいらっしゃっています」

宋異人はそのとき、帳簿を整理していたが、姜子牙が来たと聞いてすぐに出迎えに出た。口には次のように声を出す。

「賢弟、どうしてこの数十年というもの、音信不通であったのか」

子牙は応じて言う。

「申し訳ありませんでした。弟はこちらにおります」

二人は手を携えて進む。草堂に入ると、礼を行って座につく。宋異人は言う。

「いつも会いたいと思っておったのじゃ。今日再び会えることになって、うれしく思うぞ」

子牙は言う。

「兄上とお別れしてのち、俗世間を脱し出家しておりました。ただどうも素質にめぐまれなかったようでして、神仙となることはできませんでした。いまこちらにまいりまして、兄上にお会いできたのは幸運でした」

宋異人は、家の奉公人に食事の支度を命ずる。姜子牙に尋ねて言う。

「賢弟は精進料理がよいかな。それとも肉料理でも大丈夫かな？」

姜子牙は答える。

「出家した者ですので、酒や肉はいただけません。精進料理でお願いします」

宋異人は言う。

「しかし酒は『瑶池《ようち》の玉液《ぎょくえき》』、『洞府の瓊漿《けいしょう》』とも称するではないか。そもそも神仙が蟠桃会《ばんとうかい》に赴くときも飲むものだ。酒は少々ならば構うまい」

子牙は言う。

「兄上がそうおっしゃるなら、わしも従いましょう」

二人は酒を飲む。異人はまた言う。

「賢弟は崑崙山に登ってどれくらいになる？」

子牙は答える。

「かれこれ四十年になります」

異人は嘆いて言う。

「なんとも時の流れは速いもの。賢弟は崑崙にあってどんなことを学んだのかな？」

子牙は答える。

「それはいろいろ学びました。さもなくば暇でしかたありません」

異人は尋ねる。

「それではどんな道術を学んだのか？」

子牙は答える。

「水を担いだり、松に水をやったり、桃を植えたり、火をおこしたり、炉をあおいだり、丹を練ったりですな」

異人は笑って言う。

「いや、それは下働きの者がすることであろう。大したものではあるまい。いま賢弟が戻られたからには、何か商売を始めるのがいいのではないかな。何も出家にこだわる必要もあるまい。しばらくはわが家に住めばよい。別のところに行くこともない。賢弟とわしは義兄弟なのであるから、遠慮することはないぞ」

姜子牙は言う。

「ありがたくお受けいたします」

異人は続けて言う。

「いにしえより『不孝な行いは三つあるが、一番大きいのは跡継ぎがないことだ』と言われておる。賢弟、もしよければ、おぬしも婚姻の話を考えてもよいのではないか。明日このことをちゃんと相談したい。そして子どもを産み育て、姜氏の跡継ぎを作ることが重要なのではないか」

姜子牙は手を振って答える。

「兄上、このことはまた別の機会に相談しよう」

二人は夜遅くまで話し込み、姜子牙は宋家に住むことになった。

さて、宋異人は二日目には早く起き、驢馬に乗って馬家荘《ばかそう》に向かい、婚姻について話しあうことにした。異人が到着すると、丁稚が馬員外に告げる。

「宋員外が来られました」

馬員外は喜び、早速門に迎えに出る。馬員外は問う。

「宋員外はどういう風の吹きまわしで、こちらに来たのかな?」

異人は答える。

「実は、わしは今回お宅の娘さんの縁談について相談にまいったのです」

馬員外はたいそう喜び、宋員外を招きいれると礼を行い、互いに座す。茶が出されると、馬員外は尋ねた。

「宋員外、わしの娘にどなたを紹介してくれるのかな?」

宋異人は説明する。

「この者は東海許州《とうかいきょしゅう》の出身で、姓は姜、名は尚、字《あざな》を子牙《しが》、号《ごう》を飛熊《ひゆう》と申します。昔からわが家と交流のある者で、よい人物です。そのために貴家に縁談をご紹介にまいりました」

馬員外は言う。

「員外が仲人になってくださるのであれば、間違いはないでしょう。それならば早く」

宋異人は白金四錠《よんじょう》を出して結納として差しだす。馬員外はそれを受けとり、急いで酒席を設けて異人を歓待する。そのまま夕方まで宴会を続け、それから解散となった。

姜子牙は起床してから、一日宋異人の姿が見えないので、丁稚に向かって尋ねる。

「員外どのはどちらに行かれたのかな？」

丁稚は答える。

「朝早くに門を出られました。恐らく集金に行かれたのではと思います」

しばらくして、宋異人は宋家荘の門まで戻ってくる。姜子牙はそれを見て、門まで迎えに出て言う。

「兄上はどちらに行っておられたか？」

すると宋異人はいきなり告げる。

「賢弟、おめでとう」

姜子牙は疑問に思って尋ねる。

「いや、何かめでたいことでもありましたかな？」

宋異人は言う。

「今日は賢弟の縁談をまとめてきたのだ。いやまことに千里の縁と称すべき、ふさわしい縁談じゃ」

子牙は言う。

「いや、今日は日の吉凶としてはよくない日ですぞ」

異人は言う。

「本日は、陰陽《いんよう》には悪からず、吉人天相《きつじんてんしょう》の日であるぞ」

子牙は尋ねた。

「どこの家のかたですかな？」

異人は答える。

「わしの知り合いでな、馬洪《ばこう》の娘じゃ。才色兼備で、賢弟にふさわしいと思う。そしてわしの義理の妹でもある。六十八歳の生娘《きむすめ》じゃ」

異人は子牙に祝いのための酒席を設けた。二人が飲み終わると、異人は言う。

「吉日を選んで婚礼をあげるとしよう」

子牙は礼を言う。

「兄上の言う通りしよう。その徳は忘れますまい」

そして吉日を迎えると、姜子牙は馬氏《ばし》を娶《めと》った。宋異人は酒席を設け、宋家荘の近隣、知り合いなどをすべて呼び寄せ、盛大に慶賀の式を行った。その日に馬氏は宋家に入り、新婚の部屋には花やロウソクなどがしつらえられる。姜子牙と馬氏は夫婦となったが、そのことは天の配剤であり、偶然ではなかった。

詩があって言う。

崑崙を離れて帝邦にいたり、子牙、今日は妻房《さいぼう》を娶る
六十八歳の黄花女《こうかじょ》、稀寿にて二つありて新郎となる

さて姜子牙は結婚ののちも、終日崑崙山を思うことが多く、また神仙となれなかったことを後悔していた。そのため、馬氏との暮らしを楽しむこともできず、悶々としていた。馬氏はそんな子牙の心中を知らずに、単なる役立たずだと思っていた。二月が過ぎ去り、馬氏は子牙に尋ねて言う。

「宋おじさまはあなたの従兄《いとこ》ですか?」

子牙は答える。

「兄上は義兄弟だ」

馬氏は言う。

「そうでしたか。しかし、たとえ血のつながった兄弟であっても、ずっと歓待し続けるわけにはいかないと思います。いまは宋おじさまがご健在だから、わたくしども夫婦も安閑としておれます。でも、もしものことがあれば、わたくしたちはいる場所がなくなってしまいますよ。世間のことばにも、『人生天地に生きるには、産業に従事するのが主である』と言われています。どうか何か商売を始めてください。であれば、わたくしも後々《のちのち》まで安心できますわ」

子牙は言う。

「そなたの申す通りじゃ」

そこで馬氏は尋ねる。

「あなたさまは、どんなことができますか？」

子牙は答える。

「わしは三十二歳で崑崙山にのぼって仙道を学んだ。しかしだから一般の商いについては全然わからないのだ。ただ、ざるを編《あ》むくらいしかできん」

馬氏は言う。

「それでもりっぱな商売ですわ。幸いにこの奥の園には竹がたくさんあります。これを切って細かく裂いて、ざるを編んで、朝歌の街で売ればどうでしょうか。少しは商売になるのではないかしら」

子牙はそのことばに従い、竹を切り、編《あ》んでざるを作り、それを担いで朝歌に売りに行った。しかし、朝から昼過ぎ、さらに午後になってもまったく売れない。夕方になって、また三十五里ほどを担いで戻っていった。腹も減ったが、そのまま帰ることしかできなかった。往復にして七十里、子牙は肩が圧迫され、腫《は》れあがって痛くなってしまった。門のところに帰ってくると、馬氏が出迎える。馬氏が見ると、子牙は出かけた時と帰ってきた時でまったく同じ量を担いでいる。そのことを尋ねようとすると、子牙が馬氏を指さして言う。

「妻よ、そなたは賢くないようだな。わしが家で閑居しておるので、ざるを作らせて売らせようと思ったのだろうが、朝歌はどうも誰もざるを必要としてはいないようじゃ。まる一日売り歩いたが、結局ひとつも売れなかった。肩が腫れあがってしまっただけで、骨折り損のくたびれもうけじゃ」

馬氏は言う。

「ざるはどこでも使うものですわ。自分が売れなかったのに、人のせいにするのはおかしいでしょう」

二人は言い争って、大声で罵りあう。その夫婦げんかの様子を聞いて、宋異人が急いでやってきて、子牙に尋ねる。

「賢弟、いったいどうして夫婦で争っているんだね」

姜子牙はざるを売りに行った話を聞かせた。異人は言う。

「いや、うちでは夫婦二人どころか、二三十人ほどを養ったとしても、別に問題ない。そんなことで争う必要はないだろうに」

馬氏は言う。

「宋おじさまのご好意はありがたく思います。しかし、夫婦の後日のことも考えねばなりません。じっと待っているだけでは、いずれだめになるのではないでしょうか」

宋異人は言う。
「なるほど、それはまた一理ある。しかしなにもざる売りにこだわる必要もないだろうに。そういえばわが家の倉庫には小麦がかなりある。それをうちの使用人に臼《うす》で碾《ひ》かせて粉にするから、賢弟はそれを担いで売ってくればいい。ざるを編むよりはこちらのほうがよいのでは」
その言に従い、子牙は籠を用意し、使用人は臼で碾いて粉にする。姜子牙はその次の日、今度は小麦の粉を売りに朝歌に向かった。四つの門をすべてめぐったが、今回も全然売れなかった。腹も減り、また担いでいる荷物も重い。南門を出たところで、また肩が痛くなってきた。担ぎ棒を置いて、城壁に近づき座って休む。そのとき、自分の運がないのを嘆いて、詩をひとつ作った。その詩に言う。
四八崑崙に道玄を訪れるも、あに知らん縁浅く全《まっと》うするあたわざるを
紅塵《こうじん》は暗然として見極めがたし、浮世は紛々としてなんぞ肩を脱せん
一枝を借りて止処に棲《す》もうとするも、金枷《きんか》・玉鎖《ぎょくさ》また纏《まつ》わる
いつか平生の志を遂げんと、静かに渓頭に座して老禅を学ばん
さて姜子牙がしばらく座してから、身を起こそうとすると、ある者が現れて言う。
「粉売り、ちょっと待ってくれないか」
子牙は言う。
「ようやく買い手が現れたか」
担ぎ棒を下ろすと、その人が前に寄ってきた。姜子牙は訪ねる。
「どれくらいご入り用ですか？」

その人は答える。

「銭一文ぶんだけ買おう」

子牙としてはとにかく売るだけである。頭を低くして小麦粉をすくおうとした。ただ、姜子牙は担ぎ棒で荷物を持つことに慣れていなかった。そのために担ぎ棒と荷物を地面に置き、縄もほどいて地面に放り出していた。しかし、ちょうどこの時は紂王の政治が乱れており、東南の四百鎮の諸侯が反乱を起こしていた。そのために、ひっきりなしに軍の急を告げる使者が出入りしていたのである。武成王黄飛虎は、反乱に備えて毎日兵馬を調練していた。そのために軍営を解く炮が鳴りひびくと、たまたま一頭の馬が驚いて、手綱を振り切って走り出した。姜子牙は腰を曲げて小麦粉を取りだそうとしていたので気がつかず、よけることもしなかった。近くにいた人が叫んで言う。

「粉売り、危ないぞ、馬が来る！」

子牙は急いで避けようとするが、馬はすでに寸前まで来ていた。また縄も地面にあったが、七寸くらい宙に浮いていた、急に来た馬がそのまま縄を引っかける。そのまま担ぎ棒に二つ下げていた荷物を引っ張り、五・六丈も引きずって走る。なかにあった小麦粉はすべて地面にぶちまけられ、たまたま風が強く吹いてあたりに飛び散ってしまう。子牙は慌てて拾い集めようとするが、全身粉まみれになっただけであった。もともと粉を買おうとしていた人も、このありさまを見て去って行く。子牙も仕方なく、家に戻るしかなかった。宋家荘の前に来ると、馬氏は荷物が空《から》になっているのを、全部売れたと勘違いし、喜んで言う。

「朝歌の城内では小麦粉は全部売れたようですね」

姜子牙は、馬氏の近くまで来ると、荷物をなげうち、罵って言う。

「それもこれも、みんなおまえが面倒なことを言うからだ！」

馬氏は言う。

「粉が全部売れたのはいいことなのに、どうしてわたしに文句を言うんですか」

子牙は言う。

「一回粉を担いで城内に行ったくらいでは売れん。午後に一文銭でようやく買い手があったくらいだ」

馬氏は言う。

「全部空になっているんだから、掛け売りをしてきたのではないかと思いますよ」

子牙は怒りだして言う。

「走ってきた馬に縄が引っかけられて、なかにあった粉も全部地面にこぼれてしまったよ。さらに風まで吹いてきて、粉は吹き飛ばされてしまった。まったくおまえが面倒なことを言うから、おかしな目にあった」

馬氏は聞くと、姜子牙の顔に唾を吐きかけて言う。

「自分が無能なのを棚に上げて、わたしを罵るとはねえ。単なる居候《いそうろう》、ただ飯食らいじゃないの」

子牙は怒る。

「夫に唾を吐きかけるとは、いったいどんな女か！」

夫婦二人はつかみ合いのけんかとなる。宋異人とその妻の孫氏が止めに入ってくる。

「子牙どのはどうして奥さまと争われるのですか？」

子牙は小麦粉を売りに行った経緯を話して聞かせる。異人は笑って言う。

「いや、粉を担いで売りに行ったとしても、大した値段にはならんよ。そもそもそんなことで夫妻が争う必要もあるまいに。賢弟はわしと一緒に来るがよい」

姜子牙と宋異人は書斎のなかに行って座る。子牙は言う。

「兄上にこれほど世話になりながら、どうも何をしても運が悪く、やることなすことまるでだめだ。いやほんとうに慚愧《ざんき》に耐えん」

異人は言う。

「人はそれぞれ運がある。花はその時を得て咲くものだ。ことわざにも、『黄河にすら流れが澄《す》む時がある。人もいつかは必ず運が上向くものだ』と言うではないか。賢弟はそのように恥じることはない。わしのところには多くの使用人がおるし、朝歌の城のなかにも三十か四十くらいの飲食店を持っている。わしが友人たちを招くから、賢弟は一回会ってみるといい。そのなかの各店を受け持って、順番に担当してみたらどうか。そうやって店の運営を一通り回ってまたもとに戻る。これをずっと繰り返して過ごせばよいではないか」

子牙は感謝して言う。

「兄上の引き立てには感謝のことばもない」

宋異人は、まず朝歌の南門の張家飯店を子牙に任せることにした。朝歌の南門は一番の繁華街であり、練兵場も近く、各地へ向かう道路が集まる場所でもあった。人口も密集しており、にぎやかな場所である。その日は羊や豚を多めに割いて肉を用意し、点心を蒸して料理や酒を整えた。姜子牙は主人として奥に座る。ところが、実は姜子牙はのちに封神の儀を行う万神の統領である。そのために、鬼神も避けて通るような効果がある（姜子牙は魔除けの札《ふだ》に後世使われる）。さらにこの日は運勢が悪かった。そのために客が誰も来ない。幽霊ですら現れなかった。そして昼になると、突然大雨が降り出した。黄飛虎はそのために訓練を中止する。そのために客が来なくなってしまった。当時天候は暑く、豚や羊の料理もだんだんと腐敗していく、点心もだめになっていき、酒も酸っぱくなる。子牙は座っていてもどうにもならず、店の使用人に命ずる。

「このままでは用意したものもむだになってしまう。そなたらで酒も料理も食べてしまうがよい。このままだと食べられなくなってしまうからな」

子牙は詩を作って言う。

黄天われを塵寰《じんかん》に生じさせ、虚しく風光を度して世間に困《こん》ぜしむ
鵬翅《ほうし》、時あらば万里を飛び、また九重山《きゅうじゅうざん》を過ぎるべきものを

この日、姜子牙は夜になってから帰宅した。異人は尋ねる。

「賢弟、今日の商売はどうだった？」

子牙は答える。

「いや兄上には申し訳ない。元手を全部だめにしてしまったにもかかわらず、一銭も儲けることができなかったのだ」

異人は嘆いて言う。

「賢弟は悩む必要はない。じっくりと時を待たねば、君子にはなれんものだ。今回は大して損というわけではない。次にはもっと別の方策を考えよう」

異人は子牙が心配しなくてすむよう、五十両の銀を渡し、若い使用人と一緒に市場に行って牛・馬・豚・羊を買わせた。

「生きているものなら、腐ることもないからな」

姜子牙が豚や羊を買い付けに行くのには、数日の時間を要した。そして買い入れた豚や牛を連れて、朝歌に売りに行った。

しかしこの時、紂王の失政が続き、妲己が多くの者たちの命を損ない、奸臣が世にはびこり、朝廷の政治が乱れたことから、天候は不順であった。ある地域では干ばつが起き、ある地域では洪水が起こるというありさま。朝歌は干ばつが続き、この半年間はまったく雨が降っていなかった（この前の段で大雨が降ったことは都合よく無視）。紂王は民百姓にも広く祈禱を命じ、屠殺が禁じられていた。そのことは布告され、兵隊や民衆にも広く知らされ、各門のところにも立て札で記されていた。

姜子牙はその禁令のことを知らず、牛・馬・豚・羊を連れて城内に入っていく。すると門番の役人がいて叫ぶ。

「禁令を破る者だ、捕らえろ！」

姜子牙は聞いて、慌てて逃げだそうとするが捕まってしまった。牛馬などはすべて役所に没収されてしまう。そのあと、姜子牙は手ぶらで帰るしかなかった。異人は子牙の慌てふためき、顔色が土色になった様子を見て、急ぎ子牙に尋ねた。

「賢弟、いったい何があったのだ？」

子牙はため息をついて嘆きつつ答える。

「いや兄上の恩義を蒙り、何度も商売に失敗し、損をさせることになって申し訳ない。今回は豚や羊を売りに行ったのだが、天子は祈雨のために屠殺を禁じていたようだ。そのために城に入ったとたん、豚も羊も牛も馬も、全部役所に没収されてしまった。元手も全部なくしてしまい、この姜尚は穴があれば入りたいくらいだ。どうにも謝罪のしようもない」

宋異人は笑って言う。

「そんなもの、役所に銀何両かを収めたと思えばいい。どうして悩む必要があろうか。いま酒を温めておるところだ。気晴らしのために、裏庭の花園のところに行って飲むとしよう」

このあと、姜子牙にも少し運が向いてきて、花園でもって五路の妖怪を収めることになるが、それについては次の回にて語るとしよう。

第十六回　子牙、火もて琵琶精を焼く

詩に言う。

妖孽《ようげつ》しばしばありて興国の勢みだれ、大都の天意久しく乱れる
言うなかれ怪気の牛斗《ぎゅうと》を侵すを、しばらく精霊の衣冠を殺すをまつ
千載《せんざい》に修持して枉事《おうじ》を成し、一朝に捕獲すれば歓となす
当時天仙の術にあわねば、いずくんぞ琵琶の火に処せらるるを見ん

さて姜子牙は異人とともに花園に入った。周囲を眺め渡すと、すばらしい庭園であった。
その様子は次のよう。
墻《かき》の高きこと数仞《すうじん》、門壁は清幽《せいゆう》たり
左辺には両行の楊《よう》あり
右壁には幾株の松樹あり
牡丹亭は玩花楼《がんかろう》に対し
芍薬《しゃくやく》の野に秋千《ぶらんこ》連なる
荷花《はすはな》の池内には、来来往往と錦鱗游《きんりんおよ》ぎ
木香《もくこう》下には蝴蝶《こちょう》戯《たわむ》る
まさにこれ
小園の光景は蓬萊《ほうらい》に似たり
天年《てんねん》を楽守《らくしゅ》して晩景《ばんけい》をたのしまん
さて、宋異人と姜子牙は気晴らしのために奥の庭園に行くことにした。姜子牙はここを訪れるのは初めてであった。その様子を一見して、子牙は言う。
「兄上、この空き地のところに、五間《ごけん》の楼を建ててはどうかな?」
異人は言う。
「五間の楼を建ててどうするのか」
子牙は答える。

「わしは兄上の恩に報いるすべがないのを恥じておる。しかしこの場所に楼を建てれば、風水《ふうすい》によると三十六の玉帯があり、金帯はさらに無数に存在するという相《そう》となる。そうなれば、兄上の子孫は大いに繁栄するであろう」

異人は言う。

「賢弟は風水に詳しいのかな？」

子牙は答える。

「いささか心得があります」

異人は言う。

「いや賢弟には隠さずに申すが、実はもうここに建物を建てようとしたのは七・八回になるのだ。しかし工事をはじめると、すぐに火事になって燃えてしまう。それで何かを建てるのはあきらめたのじゃ」

子牙は言う。

「わしが日取りを選ぶので、兄上はその日に工事を開始してくだされ。そしてその日になったら、兄上は大工や職人のお相手をしてほしい。わしは別に、ここで邪気を払うこととする。それであれば問題ないはずだ」

宋異人は子牙の言を信じ、吉日を選んで工事を行うこととし、五間楼を立て始めた。その日の起工の時間になると、異人は大工の相手を前堂で行う。子牙は牡丹亭のところにあって、妖怪が出現するのを待っていた。しばらくすると、強風が起こり、小石や砂ぼこりが舞いあがる。その砂塵のなかに、火の光が見え、そこに妖怪がいるのがわかった。五匹の妖怪はそれぞれ顔の色が異なり、ひじょうに獰猛な様子であった。

そのありさまは次のよう。

狂風大いにおこり、悪火飛騰《あくかひとう》す
煙めぐるところ、黒霧《こくむ》朦々たり
火起こるところ、千団の紅焔《こうえん》
顔は五色にわかれ、赤・白・黒色と青・黄
巨口に獠牙《りょうが》、霞光《かこう》千万道を吐《は》く
風に火勢逞《かせいたくま》しく、たちまちに万道の金蛇走る
火めぐり煙迷い、赤く、天黄にして地黒し
山紅く土赤く、煞《さつ》たる時間に万物ひとしく崩《くず》る
閃電光り輝き、一会に家千門ことごとく倒《たお》る
まさにこれ、妖気烈火は霄漢《しょうかん》をうき、まさに龍岡《りゅうこう》に怪物の凶なるを顕《あらわ》す

さて、姜子牙は牡丹亭にあって、その風や火のなかで五匹の妖怪が怪異を起こしているのを看破した。子牙はざんばら髪で剣を持ち、法術を使う。指で指し示し、剣を一振りすると、叫んで言う。

「この畜生ども、早く降りてこないか！」

そしてもう一度指すと、雷鳴が空中にとどろく。そして五匹の妖怪が慌てて前にひざまずき、申しあげる。

「仙人さま、われらは仙人さまがおいでと知らずに、申し訳ありませんでした。どうかここは見逃してくださるよう、お願い申しあげます」

子牙は叫ぶ。

「この畜生どもめ、これまでここでたびたび火を点けたのはおまえたちだな。今日でその悪行も終わりだ。

おとなしく罰を受けよ」

言い終わると、子牙は剣を妖怪たちにむけ、切って捨てようとする。妖怪たちは命乞いをして言う。

「仙人さま、神仙は慈悲を重んずると申します。われらは修行すること多年にわたっております。このたびは仙人さまを驚かすことになりましたが、どうかご放免ください。いまここで誅殺されましたら、多年にわたる修行がすべて水の泡になってしまいます」

そうして妖怪たちは地面に平伏し、切々と訴える。子牙は言う。

「わしはもとより殺生を好むのものではない。しかし民百姓に迷惑をかけることは許さぬ。おまえら五妖怪はわが命令を受けよ。そして西の岐山に行き、そこで土砂運びをするがよい。そこで仕事を続けて、功績が認められれば、おのずから道の成果を得られよう」

五匹の妖怪は叩頭して礼を言い、岐山にむけて去って行った。

さて姜子牙がそのように妖怪を退治している時、すなわち宋異人は大工に工事を始めさせていた。三更(子《ね》の刻)の時間になると、異人は大工を接待する。馬氏は孫氏ともに、ひそかに奥の庭園に行き、姜子牙が何をしているかを見に行った。二人が庭園に来ると、何やら子牙が妖怪たちに命令している様子が聞こえた。馬氏は孫氏に言う。

「孫おばさま、聞いてごらんなさい。あの人は一人でぶつぶつと独り言を言っています。この人は一生うだつが上がらないんでしょうねえ。こんなおかしな行いをする人が、いずれ出世するなんてあり得ません」

馬氏は怒りのあまり、姜子牙の前に進み出て、問いただす。

「あなたはこんなところで、誰と何を話しているんですか?」

子牙は言う。

「おまえの知ったことではない。いま妖怪を退治していたのだ」

馬氏は言う。

「一人でたわごとを話していただけでしょうに。妖怪退治なんていい加減なことを」

子牙は言う。

「おまえに言ってもわかることではない」

馬氏が庭園のなかでまた子牙といさかいを起こそうとすると、子牙が言う。

「おまえは何もわかっておらんのう。わしは風水を見ることができ、陰陽の理がわかるのじゃ」

馬氏は尋ねる。

「それなら、あなたは占いの術もできますか?」

子牙は答える。

「占いなら得意とするところだ。じゃが占《うらな》い館《かん》を開くには場所がないのう」

そう話しているあいだに、宋異人が現れる。馬氏と孫氏が子牙と話すのを聞いて、異人は言う。

「賢弟、いまここで雷が鳴ったが、何が起こったのか知らぬか?」

姜子牙は妖怪退治をしたことについて話して聞かせる。異人は礼を言う。

「賢弟がそのような道術を心得ておるとは。まこと修行のたまものであるな」

孫氏は言う。

「そのようにおじさまが占いに秀でておりますのに、占術を行う場所がないとは残念。どこかに場所を借りて、占い館を開いたらどうでしょう」

異人は言う。

「そなたはどんな場所がよいか？　朝歌の南門は一番栄えている場所だ。使用人に命じてどこか一軒小屋を整理させよう。そこで占い館を開くといい。まったく問題はない」

そこで異人は、使用人に命じて南門の近くの小屋を整理させた。その小屋の表側には、対聯《ついれん》を次のように貼った。

左辺には、「ただ玄妙《げんみょう》なる一団の理を言うのみ」

右辺には、「尋常に半句の虚《きょ》も言わざるなり」

そして内側の対聯には、次のように書いた。

「鉄のごとき口、世間の吉と凶とを説破《せっぱ》す。二つの異眼《いがん》、よく世上の興廃《こうはい》を観《み》る」

席の上にはまた対聯があり、次のように書してある。

「袖のなかに乾坤《けんこん》の大《だい》あり、壷のなかに日月《にちげつ》の長《ちょう》あり」

姜子牙は吉日を選び、この小屋で占い館を開くことにした。そのまま月日は流れていったが、四五月ほどは、誰も占いに訪れる客はいなかった。

ある日、姓は劉《りゅう》、名は乾《けん》という一人の木樵《きこり》が現れた。劉乾は薪《たきぎ》を担いで南門に来る。すると占い館があるのが目についた。劉乾は薪を下ろして見てみると、対聯がある。その対聯を読んでみて、「袖のなかに乾坤の大あり、壷のなかに日月の長あり」と書いてあるのがわからなかった。劉乾はもともと朝歌の旧家の出身だったのが、いまは木樵に落ちぶれていたのである。劉乾が占い館に入っていくと、子牙が机の上に突っ伏して居眠りをしていた。劉乾が机を叩くと、子牙は驚いて眼を覚ます。眼をこすってみると、一丈五尺ほどの身長で、乱暴そうな目つきをした者が立っている。子牙は言う。

「占いかな、それとも相《そう》を見るかな？」

その者は言う。

「先生のお名前は？」

子牙は答える。

「わしは姓を姜、名を尚、字《あざな》を子牙といい、号を飛熊という」

劉乾は言う。

「いや先生のところに書いてある『袖のなかに乾坤の大あり、壺のなかに日月の長あり』てのが気になったんで。これはいったいどういうことなんで？」

子牙は答える。

『袖のなかに乾坤の大あり』というのは、過去と未来、森羅万象《しんらばんしょう》を知るということで、『壺のなかに日月の長あり』とは、長生の術を会得していることを指すのじゃ」

劉乾は言う。

「いや先生は口からまた大言を言うもんだね。過去未来を知るというのなら、占いはさぞかし当たるんだろう。試しにわしを一回占ってくれませんかね。当たったら、二十文を差しあげますよ。しかしはずれたら、あんたを殴りつけたうえで、二度とこの店が開けないようにしてやるからな」

子牙はひそかに思う。

「この数月全然客が来ないのに、やっと一人客が来たと思ったら、またとんでもないやつが来たものだ」

子牙は言う。

「そなたは卦帖《けちょう》（易の卦の書いてある帳）を取るがよい」

劉乾は卦帖を取って、子牙に渡す。子牙は言う。

「この卦は、そなたがわしの言う通りにすれば当たる」

劉乾は答える。

「かならず言う通りにしましょう」

子牙は言う。

「ではわしが四句を札《ふだ》に書くから、あとはそのまま行きなさい」

その札には次のようにあった。

「まっすぐに南へ行くと、柳のかげに老人がいる。薪の値段として百二十文くれ、四つの点心《てんしん》と酒二杯をくれる」

劉乾は見終わると言う。

「いや、こんな卦は当たらないよ。わしは二十年ずっと薪を売っていたが、いままで点心をふるまってくれたり、酒を飲ましてくれたところなんて、ありはしない。この占いは、はずれだね」

子牙は言う。

「まあ行ってみることだ。きっと当たる」

劉乾は薪を担いで、南に向けて歩き出す。するとはたして柳の木の下に老人があり、声をかける。

「薪売り、こちらに来てくれ」

劉乾はひそかに思う。

「すごい占いだ。まさに言う通りだ」

老人は尋ねる。

「この薪はお幾らだね？」

劉乾は答える。

「百文でさあ」

占いをはずしてやろうと思ったので、わざと二十文安く答えた。老人は見て言う。

「なかなかいい薪だ。よく乾いているし、束《たば》も大きい。ならば百文で買おう。すまんがわしの家まで運んで欲しい」

劉乾は薪を家のなかまで運ぶ。置いた時に薪の葉っぱが落ちてしまった。劉乾はきれい好きだったので、箒《ほうき》を取ってそこを掃《は》いてきれいにする。そして担ぎ棒と縄を整えて、支払いを待っていた。老人は出てきて、地面がきれいになっているのを見て言う。

「おや、今日は下僕がきれいに掃除したのかな」

劉乾は言う。

「ご老人、これはわしが掃いたんで」

老人は言う。

「おや兄さん、今日はわしの末っ子が嫁を迎える日なんだ。いやいや今日はいい人に会って、いい薪をもらったもんだ」

老人は言うと、中に入って行く。そのあと童子が出てきて、四個の点心と、一瓶の酒、それに酒碗をひとつ持ってくる。

「員外が、あなたさまに召しあがるようにとのことでした」

劉乾は感嘆して言う。

「姜先生はまことの仙人だ。いやいや、ここははじめの一杯をいっぱいにまで注いでやろう。二杯目が足りなくなるようであれば、当たったとは言えなくなるのでは」

しかし劉乾がなみなみと一杯を注いで、さらに二杯目を注ぐと、やはりいっぱいになった。まことに占いの通りであった。

劉乾が酒を飲み終わると、老人が出てくる。劉乾はお礼を述べた。

「員外に感謝いたします」

老人は二封に包んだ銭を持ってきた。さきに百文を劉乾に渡して言う。

「こちらはまず薪の代金だ」

またさらに二十文の銭を劉乾に渡して言う。

「いや今日は末っ子の婚姻でな。めでたい日なので、これは心づけとして与えよう。酒でも買って飲むがよい」

劉乾は占いがすべて当たったのに驚き、また同時に喜び、思う。

「これはほんとうに、朝歌の城に神仙が現れたぞ」

担ぎ棒を手に、急いで姜子牙の占い館に戻る。この時、朝方に劉乾がなにやら姜子牙に脅すようなことを言っていたのを聞きつけた者が何人か来ていた。彼らは言う。

「姜先生、あの劉乾は乱暴者で有名なんですよ。占いが当たってなかったりしたら、ろくでもないことをしでかすかもしれません。ここはひとまず、逃げたほうがいいですよ」

子牙は答える。

「なに、それにはおよびません」

何人かの者たちはそこで立ったまま、劉乾が戻ってくるのを待っていた。まもなく、劉乾が飛ぶような速さで戻ってくる。子牙は尋ねた。

「占いは当たったかな?」

劉乾は叫んで言う。

「姜先生はまことの神仙だ! すべて当たりました! 朝歌の城がこのようなすばらしい人を得たのは、まことに幸運だ。凶事は避けられ、吉事は得られる。すべての万民に福があるでしょうよ」

子牙は言う。

「卦が当たったなら、代金を支払いなさい」

劉乾は言う。

「いや二十文では逆に安すぎるってもんです。それではかえって失礼でしょう」

そう言いながら、代金を払う様子はない。子牙は言う。

「当たらなかったとしたら、ろくでもないことを話すつもりだったんだろう。当たったのだから、代金を支払えばすむことじゃ。そなた何をぐずぐずしておる」

劉乾は言う。

「いや、百二十文すべて払っても、まったく損ではありませんよ。姜先生はどうか慌てず、わしのやることを見ていてください」

劉乾は小屋の前に立ち、南門を通り過ぎる人々を見ていた。そこへある人物が通りかかった。腰には皮の帯を締め、布の服を着ている。急ぎ足でどこかへ向かっていたが、劉乾はその男をめがけて走って行き、その腕をつかんだ。その者は言う。

「おい、いったい何をするんだ」

劉乾は言う。

「いやほかでもない。運勢を見てもらおうと思ってね」

その人は言う。

「わしは急いで公文書を届けなければならんのだ。占いなどやっている時間はない」

劉乾は言う。

「ここの先生は、とにかくよく当たるんだ。見てもらいなさいよ、どんなことでもかならず悪いことにはなりませんよ」

その人は言う。

「いやほんとうにおかしな人だなあ。わしが占ってもらうかどうかは、わし自身が決めることだろうに」

劉乾は怒り出す。

「占うのか占わないのか、どっちだ」

その人は答える。

「占いなどやらん」

劉乾は言う。

「そうか、占わないというのなら、わしと一緒にそちらの河に飛び込んでもらおうか」

そのままその人を引っ張っていき、ほんとうに河に飛び込もうとした。周囲の者たちが言う。

「そこの人、劉さんの顔を立てて、占ってはどうかね」

劉乾は言う。

「もし当たらなければ、わしが代わって代金を支払いますよ。もし当たったら、わしに酒をおごってもらいましょうかね」

その人は仕方なく、また劉乾の横暴ぶりを見てあきらめて、姜子牙の占い館に入っていく。その人は公務があって急いでいたので、八字《はちじ》（占いに必要な自分の生まれた時間）を占う時間も不要だと言う。

「卦をひとつ見てくれれば十分だ」

そして卦帖を自分で引っ張り出して子牙に見せる。子牙は言う。

「この卦で何を占いますかな？」

その人は言う。

「食糧と金銭の催促です」

子牙は言う。

「その卦帖はあとで、自分で当たったかどうか確認してくだされ。いま卦を見るに、これは『艮《ごん》に逢《あ》う』の象《しょう》です。食糧と金銭は問題なく受け取れるでしょう。相手はもう準備してあなたを待っています。その金額は、百三錠《じょう》でしょう」

その人は卦帖を受け取ると、尋ねた。

「先生、この占いは一回に幾らとなりますか？」

劉乾が答える。

「この占い館の卦はほかとは違う。一回に五銭だ」

その人は言う。

「いや、あんたが占うわけではないだろうに、どうしてその値段を決めるんだね」

劉乾は言う。

「当たらなかったら返す。銀五銭でも、それでも十分に値すると思うよ」

その人は急いでおり、公務が遅れては困ると思い、銀五銭を置いて去って行った。劉乾は子牙に礼を言って別れる。子牙は言う。

「兄さんにも世話になったな」

姜子牙の占い館には大勢の人がいまの顚末《てんまつ》を見届けようと集まっていた。一刻くらいの時間が過ぎたあと、その人は得た食糧と金銭を持って戻ってくる。そして姜子牙の占い館の前に来ると、こう告げた。

「姜先生はまことに神仙だ！　はたしてほんとうに百三錠だった。いやこれは一回五銭にふさわしい！」

姜子牙の占いは、このとき以来、朝歌で知れわたり大評判となる。民百姓や兵士まで、争って子牙の占い館にやってきて、銀五銭で占ってもらおうとする。姜子牙は急にたくさんの銀を稼ぐことになり、馬氏は大喜びであった。

そうこうしているうちに、月日は光陰矢のごとく過ぎ去り、半年となる。そのころには、姜子牙の占いは有名になり、遠くからも近くからも客がやってくるようになっていた。そのことはさておく。

さて、南門外の軒轅墓《けんえんぼ》のなかには、三妖怪のひとつである玉石琵琶《ぎょくせきびわ》の精が住んでいた。この妖怪は朝歌の城内に来ては妲己と会い、そして宮中にあって夜中は宮女などを殺して食べていた。そのために、御花園《ぎょかえん》の太湖石の下に白骨が現れたほどである。

その日、琵琶精は宮中を出て、巣穴である軒轅墓に戻ろうとしていたところであった。そして妖光に乗って飛んでいたところ、南門を通り過ぎた。そこでは多くの人々が話しあっているのが聞こえ、騒がしい様子であった。琵琶精は妖光を開いて、下界をのぞいてみると、そこには姜子牙が占い館で占術を行っているのが見えた。琵琶精は言う。

「わたしが運命を占ってもらったら、あの者はなんと言うのだろうねえ」

琵琶精はそこで、変化して一人の婦人に化けた。いま葬儀に出ていたように、身には喪服をまとっていた。そして腰をひねりながら歩き、言う。

「みなさん、わたくしに道を譲っていただけませんか。わたくしが先に占っていただきたく存じます」

紂王の時代、人々は素朴で親切であった。すぐに道を空ける。姜子牙はそのとき、ちょうど別の者を占っているところであった。そしてひとりの婦人が入ってくる。子牙が目をこらして見ると、その正体は妖怪であった。ひそかに子牙は考える。

「妖怪め！　ここに来たのは、わしの眼力を試そうというのじゃな。ここはすぐに退治してやるぞ」

子牙はそこで言う。

「占いをお待ちのみなさん、『男女は直接手で物をやりとりしない』と申しますが、時には融通をきかせることも必要かと。どうかそのご婦人に先に占わせてやってください。そのあと、また順番通りに占いますので」

　そこにいた者たちは言う。

「そうだな、われわれはこの人に順番をゆずろう」

　琵琶精はなかに入り、正面に座る。子牙は言う。

「娘さん、右手を出してくれませんか」

　琵琶精は尋ねる。

「先生は卦で占うのではないのですか。手相も見ることができるのでしょうか」

　子牙は答える。

「まず手相を見まして、それから卦を立てましょう」

　琵琶精はひそかに笑い、右手を子牙に差しだしてみせる。子牙は寸関尺脈《すんかんせきみゃく》のところをおさえると、丹田《たんでん》に気をめぐらし、火眼金睛《かがんきんせい》の術を使うと、琵琶精の妖光が動けないようにする。姜子牙はそのあいだ一言も発せず、ただ見ていた。琵琶精は言う。

「この先生は相を見ることもしないし、何も言わない。そしてわたしの手をつかんで放さないのです。手を放してください。ほかの人が見ているというのに、なんとふしだらなまねを！」

　周囲にいる人は、子牙が術を使っていることなどわからず、ただ呼ばわる。

「姜子牙のじいさんよ、あんたいい年をして、何をしでかすつもりかね。美人に目がくらんだかどうだか知らんが、みんなの前でそんなふるまいをして。ここは天子のお膝元《ひざもと》なんだよ。そんなむちゃな行いができるわけないじゃないか」

子牙は答える。

「みなのもの、聞いてくれ。こやつは人ではない。妖怪なのだ」

周囲の者たちは叫ぶ。

「でたらめを言うな。見るからに娘さんじゃないか。それがどうして妖怪なもんか」

周囲の者たちは、取り囲んで騒ぎ出す。子牙はひそかに考える。

「もしこの手を放せば、妖怪は逃げてしまうであろう。そうなれば白黒をはっきりさせることができなくなる。この事態に至ったからには、この妖怪を退治して、わしの名を広めるしかなかろう」

姜子牙は手元に武器がなかった。ただ近くには紫の石の硯《すずり》があった。その硯を持ち上げると、琵琶精の頭めがけて振りおろした。琵琶精は頭から脳漿を吹き出し、血で衣服が赤く染まる。それでも子牙は片手を放さなかった。脈門をおさえていたので、琵琶精は変化することができなかったのである。しかし周囲の者たちは、それがわからずに叫ぶ。

「こいつを逃がすな！」

店を囲む者たちも、叫ぶ。

「占い師が人を殺したぞ！」

そして大勢の者が姜子牙の占い館を取りかこむ。そうしているうちに、「道を開けろ」との知らせが来る。すなわち亜相の比干が馬に乗って現れたのである。比干は配下の者たちに問う。

「どうして大勢の者たちが騒いでおるのか？」

周囲を取りかこんだ者たちは言う。

「丞相閣下が来られたぞ。姜尚を捕まえて閣下に突きだせ」

比干は馬を止め、尋ねる。

「いったい、なにごとがあったのじゃ」

事件を見ていて不満に思った者が、比干の前にひざまずいて告げる。

「丞相閣下に申しあげます。ここに一人の占い師がおりまして、名を姜尚と申します。たまたまある娘が占いに来たところ、この占い師はその容姿を見て邪念を起こしました。しかし娘が貞節を守って従いませんでしたので、姜尚は怒りのあまり、石の硯でもってその頭を打ったのでございます。哀れにも娘は全身血まみれになって、亡くなってしまいました」

比干はこの話を聞くと、大いに怒り、配下の者に命じた。

「引っ捕らえよ！」

子牙は片方の手であいかわらず妖怪を捕まえたまま、比干の前まで引きずってこられる。子牙がひざまずくと、比干は言う。

「そなたはそのように白髪に白いひげの老人であるのに、どうして国法を守らず、白日堂々と女子を襲うようなまねをしたのか。しかも女子が従わないとなると、硯でもって打ち殺すとは！　人命は天に関わるものである。そのような悪人は放ってはおれぬ。厳しく取り調べて、もって国法を正すぞ」

子牙は答える。

「丞相閣下、この姜尚は申しあげます。姜尚は幼少より読書にはげみ、礼を守ることを旨としております。

どうして国法を犯すでしょうか。この娘は人間ではありませぬ。妖怪であります。ここしばらく、妖気が宮中を貫き、災いの星が天下をめぐっております。わたくしは陛下のもとにあって、その恩徳には感謝しております。妖怪を退治し、駆邪を行うことは、民百姓の願うところでもあります。この娘はまぎれもなく妖怪です。どうしてわたくしが悪人などでありましょう。どうか詳しくお調べいただき、疑いを晴らしていただきたく存じます」

しかし周囲の者たちは納得せず、また比干の前にひざまずいて言う。

「閣下、この者は世間の術士であって、口からでまかせを言って、嘘を並べたてて、閣下をだまそうとしているんです。われわれ多くの者が見ていました。この娘が言うことを聞かないもんだから、凶暴にも殺したんです。この者の話を信じてしまったら、この娘の恨みが晴らせませんし、われらも納得できません。どうか公正なお裁きをお願いします」

比干は一同の怒りが抑えがたいと感じた。また子牙がずっと娘の手を放さないのを見て、尋ねる。

「姜尚よ、その娘はすでに死んでおる。どうして手を放さないのか。何かわけでもあるのか？」

子牙は答える。

「もしわたくしが手を放しましたら、妖怪は逃げてしまいます。そうなれば証拠が残りません」

比干はこの話を聞き、そこにいる者たちに告げる。

「ここでは調べることもできん。わしはこのことを陛下に奏上する。そして判断していただくことにする」

大勢の者たちは子牙を取りかこみ、また子牙も妖怪を引きずったまま、午門に来る。比干は摘星楼に進んで告げる。紂王は比干を目通りさせる。比干は宮中に進み、上奏する。紂王は言う。

「朕は別に召してはおらぬ。いったいなんの奏上なのか？」

比干は言う。

「わたくしが南門を通り過ぎましたところ、ある術士が占いを行っておりました。そこへ一人の娘が占いを見てもらいに来たところ、術士はそれが妖怪であり、人間ではないとし、石の硯でもって打ち殺しました。しかし周囲でそれを見ていた者たちは納得せず、術士が色に目がくらみ、乱暴しようとして女子を打ち殺してしまったのだと申しております。ただ、わたくしが術士の話を聞きましたところ、そちらも道理があるように思えました。しかし大勢の者たちは、自分の目で見たことは間違いないと申しております。わたくしは陛下にこのことをご判断いただきたいと思います」

妲己は奥のほうで、比干の奏上を聞いて、ひそかに嘆き悲しみながら考える。

「ああ、妹《いもうと》よ。そなたはおとなしく巣穴に帰っていればよかったものを、どうしてまた占い館などに行ったのか。このような術士に殺されるようなことになってしまったではないか。こうなったら、必ずやその術士を殺して仇を報じてやる」

妲己は紂王に言う。

「わたくしも陛下に申しあげます。亜相比干の申すことだけでは、真偽はわかりませぬ。どうか陛下には命をお下しあって、その術士と娘を摘星楼のところまでお呼びください。わたくしが見てみれば、その真偽のほどもわかるというもの」

紂王は言う。

「そなたの申す通りじゃ」

そこで紂王から命令が伝えられる。

「その術士と娘を、摘星楼のもとまで連れてこい」

命がひとたび出ると、子牙と琵琶精は摘星楼の下に連れてこられた。姜子牙は階下に平伏する。ただ、右手は依然として琵琶精を放さない。紂王は九曲彫りの欄干の外にあって、尋ねる。

「階下にひざまずくのは誰か？」

姜子牙は答える。

「わたくしは東海許州の出身で、姓は姜、名は尚と申します。若くして多くの道術の師に学び、陰陽の術を授けられました。そのために妖怪を識別することができます。いまわたくしは朝歌に住んでおりまして、南門において占術によって生計を立てておりました。ところが、突然妖怪が現れて、われらをたぶらかそうといたしました。わたくしはその正体を見破り、退治しようといたしました。宮中や朝歌における妖怪を誅滅することで、この姜尚は天子の恩に報いたいと思い、またわが師から伝授された術の正しさも明らかにしたいと考えております」

紂王は言う。

「朕が見るところ、この娘は人間であって、妖怪には思えぬ。どうして妖怪だと言うのじゃ？」

子牙は答える。

「陛下がもしこの妖怪の真の姿を見たいとおっしゃるのであれば、薪《たきぎ》で火あぶりにすればよろしい。そうすれば正体が明らかになりまする」

紂王は命令を伝え、薪を摘星楼のところに運搬させる。子牙は琵琶精の頭に符印を施して、ようやくそこで手を放した。さらに娘の衣服を解き、胸のところには符を、背中には印を施す。そうして妖怪の四肢を動けないようにし、薪の上に載せると、火を着けた。その火の様子は次のよう。

濃煙は地角《ちかく》にこもり、黒霧は天涯《てんがい》を鎖《さ》す
積風は烈焔を生み、赤火は紅霞を冒《おか》す
風はすなわち火の師にて、火すなわち風の帥なり
風は火行によりて凶、火は風をもって害をなす
滔々《とうとう》たる烈火、風なくんば形をなすあわたず
蕩々《とうとう》たる狂風、火なくんばいずくんぞよく勝《しょう》を取らん
風は火勢にしたがい、須臾《しゅゆ》の時に天関を焼き
火は風威によりて、頃刻《けいこく》の間に地戸を焼き開く
金蛇《きんじゃ》はとりまき、火あぶりの災いを逃れがたし
烈焔《れつえん》身を囲み、大難来たりてなんぞ避けん
あたかも老君の錬丹炉《れんたんろ》を倒すに似て
一塊の火光、地に連なりてみなぎる

姜子牙は火によって妖怪を焼くが、二刻ほどの時間が過ぎても、全身を火で覆われているにもかかわらず、まったく焼ける様子がない。紂王は亜相比干に問う。

「朕の目の前で、このように二刻も焼きつづけているのに、まったく焼ける様子はない。いやほんとうにこ

れは妖怪なのかもしれぬ」

比干は答える。

「こうして見ますと、姜尚は奇才を持つ人物のようです。ただ、この妖怪の正体が何なのかがわかりませんな」

紂王は言う。

「そなたから姜尚に聞いてみてくれ。この妖怪はいったい何の精なのかと」

比干は楼を降りて、子牙に尋ねる。子牙は答える。

「この妖怪の正体を暴くのは、難しくありません」

姜子牙はそこで三昧真火《さんまいしんか》を用いて妖怪を焼こうとする。さて妖怪の命はどうなるか。それについては次回をお聞きあれ。

第十七回　蘇妲己、蠆盆をつくる

蘇妲己置造蠆盆

詩に言う。

蠆盆《たいぼん》の極悪《ごくあく》すでに天にみなぎり、宮女無辜《むこ》に血肉化す
骨すでに玉を埋める処なく、魂なお汚穢の羶《せん》を帯《お》ぶ

故園に夢むなしく歌月あるも、この地は沈冤いまだ止まず
怨気は漫然として天に応じ、周家の世業さらに安全たり

さて姜子牙《きょうしが》は三昧真火《さんまいしんか》を用いて琵琶精を焼こうとした。この火は一般の火とは異なっている。目・鼻・口から吹き出る。すなわち体内の精・気・神を錬成して三昧とし、離の精に従って力を養うのである。この三昧真火と普通の火と、両方で焼かれたものだから、いかな妖怪でもたまらない。琵琶精は火のなかにあって、起き上がり、叫んで言う。

「姜子牙よ、おまえとわたしの間で特に怨恨があるわけでもない。どうして三昧真火でわたしを焼こうとするのか」

紂王は火のなかで妖怪が話すのを聞いて、驚きのあまり汗が背中を流れ、目はまるで呆《ほう》けたよう。子牙は紂王に告げる。

「陛下、楼のなかに入られますよう。雷が落ちます」

子牙は両手を突き出して、何かを放つ動作を行う。すると雷が落ち、大音響が響きわたる。すると火も煙も消えていた。あとには玉石の琵琶がひとつ残されていた。紂王は妲己に向かって言う。

「これが妖怪のまことの姿なのか」

妲己はそのことばを聞いて、腹のなかが煮えくりかえるよう。ひそかに心のなかで叫んだ。

「そなたはわたしに会ったあと、すぐに帰っていればよかったものを。どうしてまた占い館などに行ったのか。このような、たちの悪い術士に関わってしまって、その正体を現すまでになってしまったではないか。

なんとかそなたの身体を取り戻してあげようぞ。しかし、この姜尚めを殺さなければ、このわたしも決して生きておらぬぞ」

妲己はそこでむりやりに笑顔を作って、申しあげる。

「陛下は左右の者に命じて、あの玉石琵琶を楼のなかにお納めください。あとでわたくしが弦を張り、朝に晩に陛下に音楽を奏でて差しあげます。わたくしの見るところ、姜尚は才能もあり、法術に優れた人物のようです。どうしてこのような人物を朝廷でお用いなさいませんの？」

紂王は言う。

「そなたの申す通りにしよう」

紂王は命を伝える。

「その玉石琵琶は、摘星楼に入れるがよい。また姜尚は朕の命をもって官に封ずる。位は下大夫《かたいふ》とし、特に司天監の職を授ける。今後は朝廷に出仕するよう」

姜子牙は王の恩に謝し、午門の外に出た。そして官服である冠と帯を持って異人の宋家荘に戻った。宋異人は子牙が官職に就いたことで祝宴を行い、異人の知り合いも祝賀のためにやってくる。祝宴は数日に及び、その後、子牙が朝廷に出仕することになったことはさておく。

さて妲己は、玉石琵琶を摘星楼の上に置き、天地の霊気と日月の精華をそこで受けさせるようにした。そして五年が経過すると、もとの姿を取り戻し、商の天下を滅ぼすために妲己と協力することとなる。

さてある日、あいかわらず紂王は摘星楼で妲己と宴会に明けくれていた。酒宴もたけなわとなったところで、妲己は歌舞を行い、紂王は大いに楽しむ。後宮の三宮殿の妃や、宮女などもみな見て喝采する。ところが、そのなかで七十数名の宮女だけが、喝采もせず、涙にくれている様子であった。妲己はそれを見て、即座に歌舞をやめ、その七十数名の宮女の身元を調べさせた。彼女らはもともとひとつの宮から来た者たちであった。奉御官を使って詳しく調べたところ、もともと姜皇后の宮殿に仕えていた宮女であった。妲己は怒って言う。

「そなたたちの主人は弑逆をはかって死を賜ったのではないか。そなたたちはそれをかえって恨むとは。いずれは宮中で問題を起こすであろう」

そこで紂王にそのことを告げる。紂王は激怒し、命令を伝える。

「その宮女どもを楼より下し、金瓜でもって処刑せよ！」

ところが妲己はそれに対して言う。

「陛下、この不忠者を殺すのに頭を割るようなことは不要です。しばらくは冷宮《れいきゅう》（宮女などを閉じ込めておく宮）に閉じ込めておいてください。あとでわたくしが別の刑を考えます。その刑でもって宮中のふらちな者たちを除くことができると思います」

奉御官はそれらの宮女を冷宮に移送した。さて妲己は紂王に提案して言う。

「摘星楼の下に、丸い穴を掘ります。大きさは二十四丈、深さは五丈。さらに陛下は城内の住民にお伝えください。一戸ごとに蛇四匹を納めること。その蛇を掘った穴のなかに入れます。そしてふらちな宮女どもは、衣服を剝いだうえで、その穴のなかに突き落とし、毒蛇の餌食とするのです。この刑を名づけて『蠆盆』と申します」

紂王は言う。

「おお、そなたはまたもすばらしい方法を考えついたな。それであれば、宮中の不穏な動きを一掃できよう」

紂王はすぐに勅命を伝え、各門に通達を貼りだした。「国法は峻厳《しゅんげん》である。万民は怠りなく執行するよう。期限までに龍徳殿に蛇を差しだすこと」と。このため、民は毎日朝廷に入ることを許され、宮殿の中も外もなく、入っても罰せられることはなかった。これによってまた朝廷の政治は乱れた。さらに住民が蛇を納めようとしても、朝歌の都城のなかに蛇などいるわけがない。しかたないので、多くの者たちは郊外の県にまで行って蛇を買うことになった。

ある日、文書房にいた上大夫《じょうたいふ》の膠鬲《こうかく》は、各地域から出された上奏文を読んでいた。外を見ると、多くの民百姓が三々五々、手に籠《かご》を持ち、九間大殿《きゅうけんたいでん》に進んでいく。膠鬲は執殿官《しつでんかん》（宮中を管理する官吏）に尋ねた。

「これらの住民は、みな手に籠を提げてやってくるが、いったい中には何が入っているのだ？」

執殿官は答える。

「彼らは蛇を献上しに来ております」

膠鬲は驚く。

「陛下が蛇などをいったい何にお用いになるのか？」

執殿官は答える。

「申し訳ありませんが、わたくしは知りません」

膠鬲は文書房を出て九間大殿に向かう。朝歌の住民は上大夫の姿を見て叩頭する。膠鬲は問う。

「そなたらは何を持ってきているのか？」

住民たちは答える。

「天子さまが通告文を出されました。各門に掲げられ、それによれば各戸ごとに蛇四匹を献上せよとのことです。しかし都城には蛇などおりませんので、都城を百里ほど出て郊外で買ってきたのでございます。天子さまが何にお用いになるのかは知りません」

膠鬲は告げる。

「そなたらは蛇を持っていくがよい」

住民たちは去る。膠鬲は文書房に戻ったが、上奏文を見ようとはせずにいると、そこへ武成王の黄飛虎、比干《ひかん》・微子《びし》・箕子《きし》・楊任《ようじん》・楊修《ようしゅう》など次々とやってきた。あいさつの礼が終わると、膠鬲は問う。

「大臣のみなさまがたは、陛下が朝歌の各戸に蛇四匹を差しだすよう命じたことを知っておられますか。いったい何にお使いになるのでしょうか」

黄飛虎が答えて言う。

「それがしも昨日、調練が終わって帰ろうとしたところ、住民たちが陛下の出された、戸ごとに蛇四匹を出せという布告を見て、みな不平なようで、ずっと騒いでおりました。そこで今日はこちらにまいったわけです。大臣のかたがた、何かご存じでしょうか」

比干と箕子が答える。

「われわれはまったく何も知らされておりませぬ」

黄飛虎は言う。

「みなさまがたがご存じでないとなれば、これはまた別の手段で探りましょう」

そこで黄飛虎は執殿官を呼び寄せて言う。

「そなたはわしの言うことを聞くように。しっかりと覚えておくのだぞ。陛下はいったいあの蛇を何にお使いになるのか。もし何かわかったら、わしにすぐに知らせるのだ。もしうまくいったら、そなたにほうびを与えよう」

執殿官は命を受けて去って行く。その場に集まった大臣たちも解散したことはさておく。

さて、住民たちはその後も続々と蛇を献上し、ようやくほぼ全戸蛇を渡し終えた。蛇を受け取る係の官吏は、摘星楼に行って紂王に報告する。

「朝歌の住民たちはほぼ全戸蛇を持ってまいりました。このように報告いたします」

紂王は妲己に問う。

「穴のなかの蛇はほぼ満杯になった。そなたはこれをどうするのじゃ？」

妲己は言う。

「陛下はご命令をお伝えください。先日宴会に参加して冷宮に入れられたふらちな宮女たちを連行するように。そして宮女どもの衣服を剝ぎ、縄でうしろ手に縛り、穴に落とし、蛇たちの餌食とするのです。このような恐ろしい刑であれば、今後の宮中の不穏な動きを防ぐことができるというもの」

紂王は言う。

「そなたのこの刑により、ふらちな輩が除かれるであろう」

蛇はすでに穴に満ちていたため、奉御官に命じて先日冷宮に送った宮女たちを連れてこさせる。奉御官は命令通りに、すぐにこれらの宮女たちを連れてきた。宮女たちはその穴の恐ろしげな様子を見る。蛇は恐ろしげに頭をあげて舌を吐く。その凶暴なありさまに、七十二名の宮女たちはみな悲鳴をあげる。

膠鬲はその日、文書房にいたが、この件についてずっと探っていた。しかし、突然に恐ろしげな悲鳴があがったので、文書房を出ようとする。すると執殿官が慌てて入ってきて告げる。

「大夫に申しあげます。天子は先日来、蛇をお集めになっていましたが、今日それを大きな穴のなかに入れ、さらに七十二名の宮女たちを、服を脱がせたうえで放り込み、蛇の餌食とするというのです。その知らせを得ましたので、報告にまいりました」

膠鬲はそれを聞くと、心中激怒した。そのまま宮中に進んでいく。龍徳殿を過ぎ、分宮楼も超えて、摘星楼の下に着く。見れば宮女たちは裸のまま縛られ、顔には涙をたたえ、泣き叫んでいる。そのありさまは実に凄惨なものであった。膠鬲は大声をあげて叫ぶ。

「このようなことは断じて行ってはなりません。膠鬲が上奏いたします！」

紂王はまさに毒蛇が宮女たちを食い殺す様子を見て、楽しもうと思っていたところであったのに、大夫の膠鬲が入ってくるとは予想外であった。紂王は膠鬲が楼に登り、平伏しているのを見て問う。

「朕はそなたを呼んだ覚えはないぞ。そなたは何か上奏でもあるのか？」

膠鬲は泣きながら上奏して言う。

「わたくしがまいりましたのは、ほかでもありません。陛下がこのような残酷な刑罰を行い、民百姓にまで被害がおよぶのをお止めするためでございます。いまこのように君臣の間、上下の間が隔てられているのでは、この世のもろもろの現象にも難が生じましょうぞ。陛下、宮女たちは何の罪あって、このような残酷な刑に処せられるのでありますか。昨日、わたくしが多くの民百姓が蛇や蠍《さそり》を献上するために来ているのを見ました。民百姓は、すでに恨み言を申しております。そもそもいまは旱《ひでり》の害がありますのに、蛇をわざわざ百里の外に買いに行かねばならぬありさまです。これでは民の生活は安定しません。わたくしは聞いております。『民が貧《ひん》なれば盗《とう》となり、盗が集まれば乱となる』と。さらにいまは遠方の国々が反乱を起こしております。特に東の諸侯、南の諸侯との戦乱は激しく、その地の民百姓にまで害がおよんでおります。陛下はここで、ほんらいなら仁政にお努めになるべきなのに行わず、かえって暴虐に染まりつつあります。盤古《ばんこ》より以来、このような残酷な刑罰は聞いたこともありません。いったいこの刑は何ですか。そもそもどの時代の王が制定されたものなのですか」

紂王は答える。

「宮女たちが不穏な動きを行い、それを除くことがかなわぬゆえに、見せしめとしてこの刑を設けたのじゃ。この刑の名は『蠆盆』という」

膠鬲はさらに奏上する。

「人の四肢《しし》は、肉や皮でできています。そこに貴賤の差はありません。すべてひとつの身体です。それを穴のなかに突き落とし、毒蛇に食わせるなど、心痛の極みであります。陛下はそれをご覧になって、哀れに思わず、楽しむというのでしょうか。ましてや宮女たちは女性です。朝夕宮中で陛下に仕える身で、お側で雑用に従事しているにすぎません。それなのに何の罪があって、このような残酷な刑に処されなければならないのですか。どうか陛下には、これらの宮女たちをお憐れみになり、赦免してくださいますよう。そ

うなれば、恩徳は限りなく、上天の生を尊ぶという徳とも合致するでありましょう」

紂王は言う。

「そなたの申すことにも一理ある。しかし側にいる者たちの不穏な動きについては、なかなか発覚しにくいものなのじゃ。普通の刑罰のみではこれは治めがたい。ましてや婦人の陰険な陰謀などは知りがたい。そこでこのような刑で驚かす必要があるのじゃ」

膠鬲は声をあらげて言う。

「『君主は臣下のかしら、臣下は君の股肱《ここう》』と申します。さらに『聡明なるものが元后《げんこう》となり、元后は民の父母となる』（元后はこの場合は帝王、『書経』泰誓に基づく）とも申します。ところが、いま陛下は徳を失われ、臣下の諫言を聞かず、暴虐を行いながらも、改悛《かいしゅん》の心がありません。そのために天下の諸侯は恨みをつのらせることとなりました。東伯侯は無罪にして誅戮され、南伯侯は朝歌に冤罪のため刑死しました。諫めた臣下は、炮《ほう》烙《らく》の刑に処せられました。このうえ無辜《むこ》の宮女たちをさらに蠆盆に落とすとは、いったいどんな政治なのでありましょうか。陛下はいま宮殿の奥深くにこもられ、佞臣の讒言を聴き、酒色におぼれておられます。まことに国が重病に陥っているようなもので、いつ発作が起こって命まで失う事態にならないとは申せません。陛下はこの状況にまったく反省なさらず、ただ衰亡の勢いに任せておられます。どうして国家を盤石《ばんじゃく》の安きに置こうとは思われませんのか。ああ惜しむべし、このままでは先王の勤勉にして天命を恐れ、社稷を保ち、広く外も内も服した国のありかたが失われてしまいます。どうか陛下にはいままでの悪行を善行に代え、賢者を近づけ美姫を遠ざけ、佞臣を退け忠臣を進め、社稷《しゃしょく》を保ち、国家を安らかに、民を安泰ならしめるようお願い申しあげます。わたくしどもは日夜心が安まりません。陛下が不善なる行いにひたり、民百姓の心が離れていくのを憂いております。このままでは大きな災害が起こりましょう。社稷、宗廟は陛下おひとりのものではございませぬ。わたくしは諫言を忍ぶことはできませぬ。どうか陛下には祖宗の天下を重んじられ、近くの婦人の言われることなどに惑わされず、忠臣の諫言をお聞きくだされ。そうなれば万民の幸福にございます」

紂王は聞いて、激怒して言う。

「この無礼者め、無知蒙昧《むちもうまい》にも主君を誹謗《ひぼう》しおるとは、その罪は許しがたい」

左右の配下に命ずる。

「この無礼者の衣服を剝ぎ、蠆盆に落とし、もって国法を正せ！」

配下の者たちが膠鬲を捕まえようとするところ、膠鬲は叫ぶ。

「無道なる昏君《こんくん》め、諫言を行った臣下を殺すとは。これは国家の大難じゃ。わしはもうこの商の天下が他人のものになるのを見るには忍びん。死んでも瞑目《めいもく》できぬ。わしは諫言の職にあるもの、どうしてそのような蠆盆などという刑に遭ってたまるか」

さらに紂王を指さして罵って言う。

「この昏君め、そのような横暴を働くとなれば、いずれは西伯の予言した通りとなろう！」

膠鬲は言い終わると、摘星楼の上から飛び降りる。かなりの高さから飛び降りたため、頭から脳漿を噴きだして亡くなってしまう。その様子については詩があって言う。

赤胆《せきたん》・忠心《ちゅうしん》にして国を憂い、先生、摘星楼より落ち来たる

つとに天数の成湯を滅ぼすを知らば、惜しむべし体を損じ血水の流るることなきを

さて膠鬲が摘星楼より落ち、その身体が砕けてしまうと、紂王はさらに怒りをつのらせ、命令を伝える。

「宮女七十二名を蠆盆に落とせ。さらに膠鬲の遺体も、蛇に食わせるがよい」

哀れにも犠牲になる七十二名の宮女は叫ぶ。

「何の非もないわれらをこのような残酷な刑に陥れるとは、これまで天地になかったこと。卑しい妲己め！われらは生きておまえの肉を食らうことができなくても、死後にかならずおまえの魂を食らってやる」

紂王は宮女たちが穴のなかに落ちていくのを見ていた。飢えた蛇は宮女たちに絡みつき、その皮膚を咬《か》みやぶり、腹のなかに潜り込む。非常に凄惨な様子であった。妲己は言う。

「もしこの刑がなければ、宮中の不穏な動きを封ずることはできません」

紂王は妲己の背を手でさすり、言う。

「いやそなたがこのような刑を考えついたのは、実にすばらしいことだ」

側にいた他の宮女たちは、この光景を見て恐ろしさに震えた。詩があって言う。

蠆盆の蛇蝎《だかつ》は勢い獰猛《どうもう》、宮女殃《わざわい》に遭《あ》ってこの坑《こう》に入る
一見して魂は千里の外に飛ぶ、憐れむべし惨死すること油烹《ゆほう》にまさる

さて紂王は宮女たちを穴のなかに落とし、これをすばらしい刑だと賛嘆したが、それだけにとどまらず、妲己はさらに意見を言う。

「陛下はさらに命令をお伝えくださいさい。蠆盆の左側に池をひとつ掘り、右側には沼をひとつうがちます。その池のなかには、糟邱《そうきゅう》（酒糟《さけかす》で作った山）を作ります。右の池には酒を満たし、糟邱には木の枝をさし、そして枝には薄い肉片を飾りつけます。これを名づけて『肉林《にくりん》』と申します。そして右の酒を満たした池を、名

づけて『酒海《しゅかい》』といたします。陛下は天下でもっとも富まれておられ、その財産は無窮でありましょう。これらの酒池《しゅち》・肉林（いわゆる酒池肉林）は、天子の尊き身分でなければ、とても享受できませんでしょう」

紂王は言う。

「そなたの提案したこの風景は、実に奇観であるな。そもそも奇抜なる発想の持ち主でなければ、このような奇観を考えられまい」

そして命令を伝えて、その通りに作らせることとする。数日して、酒池肉林が完成する。紂王はそこで完成を祝って宴を設け、妲己とともに酒池肉林を楽しむ。そうして宴をつづけるなか、妲己がまた奏上する。

「楽の音《ね》もあまりおもしろくありませんし、歌も平凡ですわ。陛下、ここは宮女と宦官の者たちに相撲《すもう》をとらせてはどうでしょうか。勝った者には賞として池の酒をあたえ、負けた者は無用の輩で、天子の御前《ごぜん》に侍《はべ》るのは恥ですから、金瓜《きんか》で頭を打って、糟邱のなかに放り込んでおけばいいと思います」

もはや妲己が何を言っても、紂王は従わないことはない。すぐに命令を伝え、宮女と宦官に相撲をさせた。あわれにも、この妖怪が宮中にいたために、今度はまた宦官や宮女たちが命を落とすことになったのである。むろん民の被害は言うまでもない。

さて、妲己はどうしてこのように宮女や宦官を殺して糟邱に捨てろと命じたのであろうか。実は妲己は二更、三更（亥《い》の刻、子《ね》の刻）になると、その正体をあらわして、酒糟のなかで宮女や宦官などを食らっていたのである。その人間の血や身体で、妖気を養っており、そしてさらに紂王を惑わすことになった。

詩があって言う。

肉をかけて林をつくり、酒を池となし、紂王無道にして狂に類す

　　蠆盆《たいぼん》の怨気は霄漢《しょうかん》をつき、炮烙の魂はかたわらの火に焼かる
　　文武は社稷を扶《たす》くるに心なく、軍民は宮を破るに意あり
　　将来国土いずれにか尽《つ》きん、戊午《ぼご》の旬、甲子《こうし》の期にあたる

　さて紂王は妲己をこのように信任し、酒池肉林を作った。何もはばかることもなく、朝政は乱れていき、荒淫をほしいままにしていた。

　ある日妲己は突然、玉石琵琶の恨みについて思い出す。そして計略を設けて姜子牙を殺害しようと考えた。そのために、一枚の絵図を作成する。その日、摘星楼で妲己と紂王は宴会を行う。酒たけなわの時に、妲己は言う。

「わたくしは一枚の絵図がございまして、どうか陛下にご覧にいれたく存じます」

　紂王は言う。

「持ってきて、見せるがよい」

　妲己は宮女に命じて、その絵図を掲げさせた。紂王は見て言う。

「ふむ、この絵は鳥を描いたのではなく、また獣でもなく、山水でも、人物でもないな。いったい何じゃ」

　その絵図には、ひとつの建物が描かれていた。ひとつの大きな台宇である。高さは四丈九尺、その殿は高くそびえ、神仙の住むようなきらびやかな建物で、欄干は瑪瑙《めのう》で飾ってある。宝石で梁や棟を飾りつくし、夜もあざやかに光り輝くようなものであった。この台には、鹿台《ろくだい》という名がつけられていた。

　妲己は言う。

「陛下は万乗《ばんじょう》の尊き天子でございますから、富は天下に冠たるもの。もしこのような台を作らねば、その

ご身分にふさわしくありません。この鹿台はまことに天上界の瑶池《ようち》玉闕《ぎょくけつ》にちかく、神仙の住む蓬萊《ほうらい》の殿のごときもの。陛下は朝晩この台の上で宴会を開かれるとよいでしょう。そうなれば、仙人や仙女も降りてきます。陛下はそこで神仙のかたがたと遊ばれれば、寿命も延び、財富も得られましょう。陛下とわたくしとで、末永く人界の富貴を享受するのですわ」

紂王は尋ねる。

「しかし、この鹿台を作るとなると、膨大な工事になりそうだ。いったい誰に命じて建築を監督させるのか?」

妲己は答える。

「この工程には、才能があり聡明で、かつ陰陽に造詣《ぞうけい》が深く、五行の理に通じた者がふさわしいでしょう。わたくしの見るところ、下大夫《かたいふ》の姜尚でなければなりません」

紂王はその言を聞いて、すぐに命令を伝える。

「下大夫の姜尚を呼ぶように」

使者が比干の丞相府に行き、姜尚を召すこととなった。比干は急ぎ勅旨を受けとる。使者は言う。

「陛下のご命令で、下大夫の姜尚をお召しでございます」

姜子牙は急いで勅旨を受けとり、恩を謝して言う。

「ご使者どの、お先に午門に行ってください。わたくしは、すぐにまいります」

使者は去って行く。子牙はそこでひそかに占いの卦を立てる。占いの結果は凶で、今日災厄に陥ることがわかった。子牙は比干に感謝の意を述べる。

「この姜尚は、丞相閣下にこれまでたいへんお世話になりました。また朝晩、お教えをいただき感謝の極みです。しかし、どうやらお別れの日がやってきたようです。この恩にいつ報いることができるか検討もつきません」

比干は尋ねる。

「先生はなぜそのようなことを申されます？」

子牙は答える。

「わたくしは運命を占うことができます。陛下のお召しの目的はよくありません。害のみで利なく、凶ばかりで吉はありません」

比干は言う。

「しかし先生は諫言を行う役職というわけでもありません。またここしばらくは陛下にも会っておりませんし、従順な態度を示せば、何の問題もないでしょう」

子牙は言う。

「わたくしは書状を一通したためてございます。これを書房の硯台《けんだい》の下に置いておきますので、もし丞相閣下が難に遭われたとき、危機が迫りましたら、この書状をご覧ください。そこに危険を脱する方法が書いてあります。わたくしが丞相のご恩に少しでも報いることができますれば幸いです。いまお別れいたしますが、どうかまたいつかご尊顔を拝したいと存じます」

姜子牙はそう言って比干の前を辞す。比干は忍びがたい様子であった。

「先生がもし難に遭われるのであれば、わたくしが宮中に入って陛下にお会いし、お許しを請いたいと思いますが」

子牙は言う。

「いえ、命運は定まっておりますので、それはかえって面倒なことになります。どうかおやめください」

比干は姜子牙を送る。子牙は丞相府を出て、馬に乗って午門まで来る。そして奉御官に従って摘星楼に登る。拝礼が終わると、紂王は言う。

「朕はそなたに命ずる。朕にかわって鹿台の建造を行うよう。もし無事に立てたあかつきには、そなたの官禄を増し、官位も上げてやろう。朕は食言はせぬ。ここに図面があるので、その通りに作れ」

子牙が見ると、鹿台の高さは四丈九尺、その殿は高くそびえ、豪壮な殿宇は重層になっており、欄干は瑪瑙で飾り、さらに宝石で梁や棟を満たしたものであった。子牙はその図面を見終わると、ひそかに考えた。

「朝歌はわしが長くおるべき土地ではない。とりあえずはこの昏君に対して諫言を行ってみよう。しかし昏君は受け入れず、かならず怒るに違いない。ここは死んだふりをして、身を隠すとしよう。仕方ない」

さて姜子牙の吉凶はいかに、それについては次回をお聞きあれ。

第十八回　子牙、主を諫めて磻渓に隠る

詩に言う。

渭水《いすい》は滔々《とうとう》と日夜流れ、子牙これより独り鈎《かぎ》を垂らす
当時いまだ飛熊《ひゆう》の夢に入らずんば、幾たび斜陽に向かいて白頭を嘆くか

さて姜子牙《きょうしが》は鹿台《ろくだい》の図面を見終わった。紂王《ちゅうおう》は問う。

「この鹿台はどれくらい完成に時間がかかるかな？」

子牙は答える。

「この台は高さ四丈九尺、天上界の建物のような壮麗な建築で、さらに欄干や壁面などを宝石で飾ります。このような工事は多くの時間を必要とします。いまから着工しても、完成までには三十五年ほどかかります」

紂王はそれを聞いて妲己に言う。

「皇后よ、姜尚の言うことを聞いたか。何でも鹿台の完成には三十五年もかかるそうじゃ。朕が思うに、光陰矢のごとしで、歳月は流れるがごとく過ぎ去るもの。年齢が若ければまだ楽しめるが、そんなに長くかかるようでは、あまり楽しめぬのう。そんなに長く生きられるとも限らぬし、これは鹿台は作っても無益ではないかな」

妲己は告げて言う。

「姜尚は世事に疎《うと》い術士であって、でたらめを言っているのですわ。いくらなんでも、三十五年もかかるというのはあり得ません。君主を欺いた罪でもって、炮烙の刑に処するのが妥当でしょう」

紂王は言う。

「そなたの言う通りじゃ。奉御官に伝えよ。朕の命により姜尚を捕らえて炮烙の刑に処し、もって国法を正せ」

姜子牙は言う。

「わたくしは陛下に申しあげます。この鹿台を建造することは、いたずらに民百姓の負担を増やし、その財を費やすだけです。どうか陛下には、このようなむだな工事はお止めくださいますよう。そもそもいまは四方に反乱の兵が起こり、また旱《ひでり》や洪水があちこちで起きています。国の財政は厳しく、民は日々重税にあえいでおります。陛下は国の根本について考えず、また民百姓の幸福についてはなおざりです。日々酒色におぼれ、賢人を遠ざけ佞臣を近づけ、国政は乱れ、忠臣を殺害し、民は憂えております。そして亡国の兆しについては、陛下はまったく顧みることをなさいません。ただ狐のごとき婦女の言うことを聞き、みだりに土木を興し、万民を害に陥れるなど、わたくしは陛下の身を終えるところを想像できません。わたくしは陛下の知遇の恩を受けました。だからこそ、ここで忠誠を表さぬわけにはまいりませぬ。死罪を恐れず申しあげます。もしわたくしの言を聞かねば、夏《か》の桀王《けつおう》が瓊宮《けいきゅう》という豪華な宮殿を作って滅びた故事に倣《なら》うことになりますぞ。陛下の社稷や民も、いずれは他人のものとなりましょう。わたくしはこれを座視するわけにはまいりませぬ」

紂王はこの言を聞いて、罵って言う。

「この無礼者め、天子を愚弄《ぐろう》するか！」

左右の承奉官《しょうほうかん》に命ずる。

「この者を捕らえて、醢《ししびしお》の刑にて切り刻み、もって国法を正せ！」

大勢の者が姜子牙を捕らえようと前に進む。すると子牙は身をひるがえして摘星楼の外に走り出す。紂王はそのありさまを見て、怒りつつも笑って言う。

「皇后よ、あの老いぼれを見よ。『捕らえよ』のひとことを聞いただけで、あのように逃げ出していきおった。いや礼節も何もあったものではないな。そもそも逃げられるとでも思っているのか」

さらに承報官に命ずる。

「捕まえて来い！」

多くの者たちが、姜子牙を追いかけて龍徳殿、九間大殿を過ぎる。姜子牙は九龍橋のところまで来ると、大勢の者たちが追いかけてくるのが見えた。子牙はそこで言う。

「承報官どの、追いかけるには及ばぬ。ここでわしは死んでみせるのでな」

子牙はそう言うと、九龍橋の欄干をまたぎ、水中に飛び込んだ。水の表面に大きな穴ができる。承報官たちが橋の上にあがって見てみると、水しぶきもあがらずに静かなものであった。これは姜子牙が水遁《すいとん》の術を使って逃げたものである。承報官たちは摘星楼に戻り、紂王にそのことを報告した。紂王は言う。

「あの老いぼれめが！」

紂王のことはさておく。さて姜子牙が橋から水中に落ちると、その様子を執殿官ら四名の者が欄干につかまって確認していた。執殿官らが嘆じていると、たまたま上大夫《じょうたいふ》の楊任《ようじん》が午門を通る。楊任は執殿官らが水面を見ているので、問いかける。

「そなたらは何を見ているのか？」

執殿官は言う。

「大夫さまに申しあげます。下大夫の姜尚どのが水中に投じて亡くなられたのでございます」

楊任は尋ねる。

「いったい、何事があったのか？」

執殿官は答える。

「いえ、わたくしどもは存じません」

楊任はそのまま文書房に進み、上奏文を見ることとした。それもさておく。

さて紂王のほうは、妲己ともう一度鹿台を造らせる監督を誰にするか論議していた。妲己は提案する。

「もしこの鹿台を造るなら、崇侯虎《すうこうこ》でなければならないでしょう」

紂王はその意見に従い、さっそくに承報官を遣わして崇侯虎を呼び寄せることとした。承報官は勅旨を得て、九間大殿を出て文書房に向かう。承報官が来ると、楊任が尋ねる。

「下大夫の姜子牙どのはいったい何の件で陛下に逆らい、入水《じゅすい》して死ぬことになったのか？」

承報官は答える。

「陛下は姜尚どのに鹿台を造るようにお命じになりました。しかし姜尚どのはその件で陛下に逆らい、陛下はわれらに捕まえるように命じられたのです。姜尚どのはこちらまで逃げてきて、そのまま水中に投じて亡くなりました。いま、別の詔書がありまして、今度は崇侯虎どのに工事の監督を命じられるとのことです」

楊任は問う。

「その鹿台とは何か？」

承報官は答える。

「蘇皇后がその絵画を献上されました。高さ四丈九尺、天上界の建物のような壮麗な建築で、殿宇は屋根が重層になっており、欄干を瑪瑙で飾り、梁や壁面を宝石で飾ります。いま崇侯虎どのを建造の監督に当たらせるようです。僭越ながら、このような建物はわたくしも桀王の道を行うものだと思います。国が危うくなるのを座視してはおられません。そこで大夫どのに報告にまいりました。大夫どのはどうか陛下に諫言し、この工事をお止めくださいますようお願いいたします。工事が行われれば、万民が土木運搬の工事に駆りだされ、商人は過重な負担にあえぐことになります。大夫どのが万民の安泰を望んでおられるのであればお止めください。そうなれば大夫の名は代々伝わることとなりましょう」

楊任はそれを聞くと、承奉官に言う。

「そなたはしばらくその詔書をここに留めておいてくれ。わしはすぐに陛下に会って諫言申しあげる。このことは再度検討することになろう」

楊任は摘星楼に行ってお目通りを願う。紂王は楊任を摘星楼に上がらせる。紂王は言う。

「そなたは何の上奏でまいったのか？」

楊任は言う。

「わたくしは天下を治めるには、君主は明察し、臣下は直言し、意見を聞くことが重要だと考えております。また師とあおぐ人物を採用し、忠臣に親しみ、佞臣を遠ざけることを旨とすべきです。外国とは親和し、民心に従い、功績は賞し、罪は罰し、それが正しく行われねばなりません。そうなれば、国内はすべて従い、他国も徳をあおぎましょう。そして仁政を民に施せば、天下は従い、万民はその業を楽しみます。これが聖王の政治であります。ところがいま陛下は后妃の言をみだりに信じ、忠言を聞かず、鹿台などを建設しようとしておられます。陛下はただ歓楽や歌舞音曲《かぶおんきょく》をお求めのようですが、それは陛下個人の楽しみというだけです。それはかえって万民の憂いとなります。わたくしが思いますに、陛下は国家の重大な病《やまい》を放っていて、このような享楽にふけるのは不可能であると思います。その国家の病を先に解決しないのであれば、陛下の憂いも、いずれは大きくなり治癒することができなくなるのではないでしょうか。いま国家の害のうち、三つは外からの害です。ひとつは内なる害です。害のひとつめは、東伯侯の姜文煥《きょうぶんかん》が雄兵百万を率いて、父の仇を報ずるために兵を起こしていることです。このために遊魂関では日夜戦闘が止まず、しばしば兵が損なわれ、苦戦すること三年、多大なる財を費やし、いまだ止んでおりません。これが害のひとつめです。ふたつめは、南伯侯の鄂順《がくじゅん》が、無実の父を殺されたことを恨み、多くの兵馬を率い、日夜三山関を攻めております。鄧九公《とうきゅうこう》がこれを防ぐこと多年にわたっておりますが、やはり多くの財を費やし、国庫は空《から》にならんばかりで、多くの者たちも失望しております。これが害のふたつめであります。三つめの害は、聞太師が北海に遠征すること十数年にわたっていることです。いまにいたるまで、帰られておりませぬ。勝敗はわからず、その吉凶も未定です。陛下はこのような状況で、どうして讒言を聴かれ、正しき臣下を殺されますか。狐のごとき后妃を信頼され、公正な言は聞かれません。小人のみを近づけ、君子は遠ざけられます。官衙《かんが》の内と外もなく、怪しい者たちが宮殿に跋扈《ばっこ》しております。このようななかで、三つの害がはびこり、国の周囲は乱れております。陛下は諫言を容れようとせず、忠臣を拒むありさま。それなのに、いままた無用の土木を起こし、社稷の安定をないがしろにし、宗廟を揺るがすような事態は避けねばなりません。わたくしは、朝歌の民百姓がこれ以上塗炭の苦しみを受けることは容認できません。願わくば陛下には、速やかにこの鹿台の工事を取りやめになり、民が業にいそしめるよう、ご配慮いただきたく存じます。そうなれば、天下にも一縷《いちる》の望みがあるというもの。しかしむりに工事を強行すれば、民心は離反し、乱はたちまちに広がりましょう。いにしえより申します。『民乱れれば国破れ、国破れれば君主は滅ぶ』と。これまで六百年安定してきたこの秩序が乱れるのは惜しむべきことです。そして何かあれば、その身も捕虜となってしまうかもしれませんぞ」

紂王はこの言を聞き、大いに罵って言う。

「この無礼者め。書生の身でありながら、無知蒙昧にも、君主を誹謗するか！」

奉御官に命ずる。

「この無礼者の両目をえぐってやれ。ただ朕はこれまでの功績を思い、死罪には処せぬこととする」

楊任は再び上奏する。

「わたくしは目をえぐられても何とも思いません。しかし、天下の諸侯は直言の臣下の目をえぐるという行為を、なんと思うでしょうかな」

奉御官は楊任の身を楼の下に連れていき、そこで両目をえぐって、紂王に献上した。

さて、楊任はこのような忠義を行ったがゆえに、その両目をえぐられることになったのだが、その忠心はなお止まず、その気はまっすぐに天にまで届く。そしてその気は青峰山紫陽洞《せいほうざんしようどう》の清虚道徳真君《せいきょどうとくしんくん》のところに届いた。真君はその意をさとり、黄巾力士に命じて言う。

「楊任を救い出してこの山に連れてくるがよい」

黄巾力士は命を奉じて、摘星楼の下に向かうと、神通力で風を起こし、そして不思議な香りが満ちた。摘星楼の下には、土ぼこりが舞いあがり、土砂が飛び、大きな音が鳴りひびくと、楊任の姿は見えなくなっていた。紂王は急いで楼のなかに入り、土ぼこりを避けた。しばらくすると、風もやみ、土ぼこりもなくなる。配下の者たちが紂王に報告する。

「楊任の姿が見えません。風に飛ばされたのでしょうか」

紂王は嘆じて言う。

「以前にも、太子らを斬った時も、風に連れて行かれたようだったな。似たようなことはあるものだ。怪しむには足りぬ」

紂王は妲己に言う。

「鹿台の工事については、すでに崇侯虎に勅書を下した。楊任など諫言を行ってみずから刑に赴いたわ。速やかに崇侯虎を召せ！」

侍駕の官が催促に出むく。

さて楊任は目をえぐられたあと、黄巾力士によって紫陽洞に連れて行かれた。道徳真君は洞から出て、白雲童子に命じて二粒の仙丹を取ってこさせる。そして楊任の目のところにその仙丹を置く。真人は先天の気を楊任の顔面に吹き付けて言う。

「楊任よ、まだ目が覚めぬのか」

神仙の妙なる術であり、楊任は生きかえり、目を覚ます。そして楊任の目のところからは、二つの手が生えてきており、さらにその伸びた手の真ん中に目が付いていた。この目は不思議な力を持っており、天上界から地獄まで、すべての物事を見ぬくことができる特殊な目であった。

楊任は起き上がると、自分の目が奇妙な形になっており、さらにある道士が洞の前に立っているのを理解した。楊任は尋ねる。

「道長どの、ここは冥界でありますか？」

真君は答える。

「いいや違う。ここは青峰山紫陽洞である。貧道は錬気の士、清虚道徳真君という。そなたが忠心から紂王に諫言し、万民を救おうとしながら、目をえぐられることになったのを知り、貧道はそなたの命運がまだ尽きておらぬことから、そなたをこの山に連れてきたのじゃ。そなたは今後、周の王を補佐して正しい道を行くがよい」

楊任は聞いて感謝して言う。

「わたくしは真君によって救われました。再びこの世に生きることになり、この恩は忘れるものではございません。どうか真君にはお見捨てなく、わたくしを弟子にしてくださるようお願い申しあげます」

楊任はそれから青峰山に住み、修行することとなった。のちに瘟癀陣《おんこうじん》を破るとき下山し、姜子牙を助けて功績を立てる。詩があって言う。

大夫直諫《ちょくかん》して非刑《ひけい》を犯し、目をえぐられ傷心聴くにしのびず
真君の妙術を施すにあらざれば、いずくんぞよく両眼にて天庭《てんてい》を察せん

楊任が身を落ち着けたことはさておく。

さて、紂王は崇侯虎に命じて鹿台の建築を監督させた。この台の完成には膨大な労力を必要とし、無限とも言えるほど費用と糧食が必要であった。さらに無限とも言えるほど人手を必要とし、運搬する樹木・泥《でい》土《ど》・煉瓦《れんが》については、運ぶ者たちの労苦は耐えがたいものであった。各州府の兵士や民も動員され、男性三人のうち二人は夫役を課され、一人は兵役にかり出される。裕福な者はこの夫役に代金を払って免れたが、貧乏な者は借り出されて死ぬこととなった。民百姓は驚き恐れ、この工事のために日夜不安になり、男も女

も恐れ、兵士たちは怨嗟した。各家では門を閉ざし、やがて遠くの地方へと逃げていった。崇侯虎はその権勢を頼んで暴虐を尽くし、老いた者も若き者も数え切れないほど死んでいった。崇侯虎はその死体を鹿台の下に埋めて隠した。朝歌の街はこのために変貌し、逃亡する者があとを絶たないありさまであった。

さて崇侯虎が工事を担当した話はさておき、いったん水遁にて逃亡した姜子牙に話を戻す。姜子牙は水遁の術で宋異人の館に戻ると、馬氏が出迎えた。

「大夫さま、お帰りなさいませ」

子牙は突然告げる。

「悪いが、わしは宮仕えを辞めることとなった」

馬氏はたいそう驚き、尋ねる。

「いったい何があったのです」

子牙は答える。

「陛下は妲己の言を信じて、鹿台などという台を作ることとなった。そしてわしにその工事の監督をさせようというのだ。そんな工事を行ったら民百姓の労苦は極まりないものとなり、民は災難に陥るであろう。わしはそのため、天子に諫言を行ったが、かえって陛下は激怒され、わしは免職されて野に帰ることとなった。わしが思うに、紂王はわしの仕えるべき主ではない。妻よ、そなたはわしとともに西岐《せいき》に向かうことにしよう。そこでしばらく時を待つのじゃ。しばらくすれば、運が至り時が満ち、もっと高い官職に就くことになる。最も高い位をいただき、功績第一となる。それであって、ようやくわしが学んだことが発揮できるのじゃ」

馬氏は言う。

「別にあなたは文人の家の出身ではないのでしょう。それどころか一介の術士にすぎないのに、天子が幸いにも下大夫に任じてくださったのよ。それを天子の恩に感ずることもなしにどうして。いま台の工事の監督をしろと言われたのも、あなたを重んじてのことでしょうに。いくら費用がかかろうが、そんなものは気にしないで監督すればよいでしょうに。天子ならばいくらでも財を引き出すことは可能でしょう。あなたは大官になったとしても、またこんな諫言なんて行って、なんと福と縁のない。しょせん一介の術士であるのがお似合いなのよ」

子牙は言う。

「妻よ、安心するがよい。わしがこのたびのような官位に就いたとしても、その程度ではわしの学んだことを発揮できぬし、また普段よりの志を遂げることもできんのじゃ。そなたは荷物を整理するがよい。わしとともに西岐に行けば、いずれ官位は一品《いっぽん》となり、公卿に列せられる。そなたも一品の官の夫人となる。身には佩玉をまとい、頭には宝石の冠をいただき、その栄誉は西岐にとどろくことになろう。そうなれば、出仕したかいもあるというもの」

馬氏は笑って言う。

「子牙さん、あなたの言うことはとんでもない間違いですわ。だいたい、いま現に就いている官位ですら免職されるほどに福がないのに、どうしてさらに徒手空拳《としゅくうけん》でほかの国に行って官職を探すというのですか。それはあなたの頭のなかだけの、妄想に近い話ですわ。そもそも投ずべき道もないのに、遠くに求め、なおかつ官位は一品を望むですって。あり得ませんわ。天子があなたを工事の監督に当たらせるのは、明らかにあなたを重んじてのことでしょうに。あなたがなるのはどこの清く正しい官吏なんですかね。いまはいくらでも代わりの官吏がいるでしょうに」

子牙は言う。

「そなたのような婦人は、遠大な目標がわからぬのじゃ。いま運命はすでに定まっておる。いずれはその時期が来る。臣下になる者も、それぞれふさわしい主があるのじゃ。そなたはわしと一緒に西岐に行けば、いずれ理解できるじゃろう。その日が来れば、富貴は思いのままなのじゃぞ」

馬氏は言う、

「子牙さん、残念ですがわれら夫妻の縁はここまでです。わたしは朝歌にて暮らします。あなたは国外でもなんでも、すきなところに行けばいいでしょう。いまから、あなたはあなたのことを、わたしはわたしのことを、それぞれ行えばいいだけのこと」

子牙は言う。

「妻よ、それは間違っておる。鳥ですら、つがいであれば追い出したりはしないもの。夫妻の縁はそう簡単に別離できるものでもあるまい」

馬氏は言う。

「わたしはもともと朝歌の出身です。どうして故郷を離れて移れましょうか。姜子牙さん、あなたは実のところ、離縁書を一枚書いて渡してくれればそれでよいのです。あとはおのおの人生を歩めばよいでしょう。わたしは西岐など行きません！」

子牙は言う。

「妻よ、どうかいっしょに行ってくれ。いつの日か、栄達し、富貴も得られるのだぞ」

　馬氏は言う。

「わたしの運命はそれまでということでしょう。こちらもそんな福を受ける縁はないのですわ。あなたは一品の官でもなんでも、好きなものになればいいでしょう。わたしはここで貧窮のままでいます。あなたはまた新しいお嫁さんをもらえばよいではないですか」

　子牙は言う。

「そうか、それではそなたは後悔するでないぞ」

　馬氏は言う。

「わたしの運勢はこの程度なんです。決して後悔などするものですか」

　子牙は頭を振って嘆いて言う。

「そなたはわしのことをわかっておらぬ。いったん嫁いだ以上は妻である。どうしてわしといっしょに行けないのだ」

　馬氏はついに怒って言う。

「姜子牙！　あなたは離縁状を書いてくれればそれでいいんです。もし断るようでしたら、わたしは父や兄に知らせますわ。そして朝歌の天子にこのことを訴えます。そうなれば、どちらの言い分を聞いてもらえるでしょうかね」

　姜子牙夫妻が言い争っていると、宋異人と妻の孫氏がやってきて、子牙に離縁状を書くように勧める。

「賢弟よ、そもそもそなたらの縁をとりもったのは、わしじゃ。馬氏が行きたくないと言っておるのだから、離縁状を三下り半書いて与えればすむことだろう。賢弟は優れた人物じゃ。これから別の縁ができることもあるじゃろう。なにも馬氏ひとりにこだわる必要はないのではないかな。ことわざにも、『心が去れば意を留めることはできない（いったん決意してしまったら、もうその意が変わることはない）』というではないか。むりにおしととどめたとしても、よい結果を生まぬだろうよ」

姜子牙は答える。

「兄上と姉上がおられるので申しますが、馬氏がわしといっしょになってからというもの、ほとんどよいものを与えられませんでした。そのためわしは離縁するのに忍びないのですが、これほど心が離れてしまっているなら、兄上のおっしゃる通り、離縁状を書いて渡しましょう」

子牙はそこで離縁状を書き上げ、手に持って言う。

「妻よ、離縁状はここにある。夫婦の縁はまだ壊れてはおらぬが、もしそなたがこの離縁状を受け取ったら、もうもとに戻ることはないぞ」

馬氏は手を伸ばして離縁状を受け取る。その態度には、まったくと言ってよいほど、かけらほども夫婦の情など存在していなかった。子牙は嘆いて言う。

「青竹で作った蛇や、黄色い蜂の尾には毒はない。しかし、婦人の心には見えない毒があるものだなあ（荘子が死んだふりをして妻を試したという故事に基づく）」

馬氏は荷物をまとめて実家に戻っていき、さっさと別の縁を見つけることとした。そのことはさておく。

姜子牙のほうも、荷物をまとめて出立することとした。宋異人と妻の孫氏に対し、別れのことばを告げる。

「この姜尚はずっと兄上、姉上の世話になりながら、申し訳ありません。今日ここでお別れすることになります」

宋異人は別離の宴を開き、姜子牙と飲酒する。宴が終わると、かなりの距離を送っていった。宋異人は尋ねる。

「賢弟はこれからどこに住むのかな？」

子牙は答える。

「わしは兄上と別れたのち、西岐に行って、そこで事業を起こす予定です」

異人は言う。

「もし賢弟が出世したら、その旨を伝えて欲しいものだな。わしもそれなら安心できる」

二人は涙を流して別れた。

異人送別すること長途にあり、両下《りょうか》分離するも心に孤を思う
ただ金蘭《きんらん》の恩義の重きがために、幾たびか首をかえして躊躇《ちゅうちょ》す

さて子牙は宋家荘を離れ、孟津《もうしん》に進み、黄河を渡り、澠池県《べんちけん》を経て、さらに臨潼関《りんどうかん》にいたる。ところが、この臨潼関では朝歌から逃げてきた七八百ほどの民百姓が足止めされていた。父は子の手を携え、弟は兄のために悲しみ、夫婦は泣き、大勢の者たち泣きわめく声があたりに響きわたる。子牙はその様子を見て尋ねた。

「そなたらは朝歌の民か？」

なかに姜子牙の顔を知る者があった。大勢の者たちは叫ぶ。

「姜大夫さま、われらは朝歌の住民でございます。紂王陛下が鹿台を作ることを命じ、崇侯虎さまが工事の監督に任命されました。しかし崇侯虎の奸臣めが、男が三人いればそのうち二名を工事に当たらせ、一人は

兵役を課されるありさま。お金のある家は金銭でもって代わりの人間をさがしますが、貧乏なわれわれはそうもいきません。工事のため、数万もの人間が亡くなり、その遺体は鹿台の下に埋められたという話です。工事は日夜止まらず、日々おびえるばかりです。われわれはこのような苦しい状況に耐えられず、五関から出てよその国に行こうと思っております。しかし総兵の張将軍がわれわれを外に出してくれません。もし連れ戻されたら、工事にかりだされて殺されるだけです。そのために、ここで嘆いていたのです」（時系列的には姜子牙が逃亡したすぐあとなので、そこまで工事は進んでおらず、この話は矛盾するが、話の展開上、すでに崇侯虎の悪事が行われたこととする）

姜子牙は言う。

「そなたらはここにいる必要はない。わしは張総兵に会ってくる。そこでそなたらの実情を訴えれば、関から出してくれるだろう」

大勢の者たちは感謝して言う。

「大夫さまの甘露の雨のようなお恵みのおかげで、どうにか生きのびることができそうです」

子牙は荷物をその者たちに預け、ひとりで張鳳《ちょうほう》の軍府へ向かう。門を守る者が誰何《すいか》する。

「どこから来た者か？」

姜子牙は答える。

「お手数ですがお伝えくだされ。朝歌の下大夫の姜尚が総兵閣下にお目にかかりたいと」

すぐに報告がいく。

「総兵閣下に申しあげます。朝歌の下大夫の姜尚どのがお目にかかりたいそうです」

張鳳は考える。

「下大夫の姜尚が来たとか。あの者はたしか文官であったはず。わしは武官じゃ。彼は朝廷におり、わしは関を守っている。あの者を煩わすようなことがあったかな」

急いで配下の者に命じて通させる。

この時、姜子牙は道服をまとっており、官服ではなかった。軍府のなかに入り、張鳳と会う。張鳳は子牙が道服を着ているのを見て、座ると同時に尋ねる。

「来たのは何者か？」

子牙は答える。

「わしは下大夫の姜尚であります」

張鳳は重ねて問う。

「大夫どのはどうして道服をまとっておられるのかな？」

子牙は答えて言う。

「わしがここにまいりましたのは、ほかでもありません。民百姓の苦難を助けるためです。天子は一時の不明から、妲己の言をお聞きになり、不必要な工事を起こされることになりました。鹿台を造り、その監督を崇侯虎どのに任じられました。ところが、崇侯虎どのは万民を虐げ、賄賂《わいろ》を貪り、民の財を浪費するありさま。いま四方の兵乱がまだ止んでおらず、天もその意を示し、洪水と旱《ひでり》があちこちで起こっています。民百姓の生活もままなりません。天下の人々は失望し、庶民は苦しんでいます。そもそも鹿台の工事にかり出されて死んだ者たちは、台の土台に埋められているそうです。天子は酒色にふけり、奸臣が天子を籠絡しています。さらに狐の妖怪ごとき宮妃がその耳をふさぎ、陛下は周囲の状況がわかりません。このわしは鹿台の建造を命じられましたが、どうして君主を欺き、国家を誤ることができましょうか。鹿台は民を害し、財を浪費することははなはだしく、わしはそのため諫言しましたが、陛下はお聞き入れならず、かえって刑を加えることとなりました。わしはもとより一死をもって陛下のご恩に報いるつもりでしたが、なお天数は尽きておらず、放免されて故郷に戻ることになりました。そのためにここにまいったものです。ただ、この地では多くの老若男女が手を携えて助け合いながら、非常に嘆いているのに出会いました。彼らは悲惨な様子で、同情にたえません。もし彼らがこのまま朝歌に戻ったとしたら、炮烙《ほうらく》や蠆盆《たいぼん》のごとき酷刑に処され、手足を切り取られ、骨まで微塵にされて亡くなるのは目に見えています。それらの罪なくして亡くなった霊魂は、また怨霊と化す可能性があります。いまわしは彼らの身を憐れみ、あえて恥をかえりみず、将軍にお目にかかりにまいりました。どうか彼らをこの臨潼関の外に逃がしてやってはくださいませんか。彼らが一死を免れるならば、将軍の広大な恩徳に感じるでしょう。また上天の徳にも合致するというものです」

張鳳は聞いてたいそう怒り、言う。

「そなたはやはりただの術士に過ぎぬな。いったん富貴な身分を得ながら、君主の恩に報いることもせず、かえってことば巧みにわしを説得しようとするとは。その逃げてきた民は不忠な者たちではないか。そなたの言を聞くということは、すなわちわしを不義の道に陥れるものだ。わしは君命を得てこの関を守っておる。臣下としての行いをまっとうするだけじゃ。逃亡した民というのは法規を守ろうとしないのだから、そのまま朝歌に送り返すのが当然だ。しかしこの関を通れないのであれば、彼らは自然にもとのところに戻るであろう。だからわしは彼らの命だけは保ってやっているつもりだ。もし法をもって論ずるなら、そもそもそなたの身柄も朝歌に戻し、裁きを受けさせるところだぞ。ただ、そなたとわしは初めて会ったわけで、怨恨もない身であれば、ここは追い払うだけで見逃してやる」

そして配下の者たちに命じて言う。

「この姜尚を追い出せ！」

配下の何人かの者たちがその声に応じ、子牙の身を軍府から追い出した。姜子牙は不首尾だったことを恥ずかしく思った。民は子牙が戻ってきたのを見て尋ねる。

「姜大夫さま、張将軍はわれわれを関から逃がしてくれますか？」

姜子牙は答える。

「張将軍はわしすら捕まえて朝歌に送り返すと言いおった。どうもわしの考えが誤っていたようじゃ」

大勢の者たちは、それを聞いて泣き叫ぶ。七八百名ほどの民が泣き叫ぶ声が、野にこだまする。姜子牙はその様子を見るに忍びなくなり、彼らに次のように告げた。

「そなたらは泣く必要はない。わしがそなたらをなんとか五関の外に出してやろう」

子牙のことを知らない民は、そのことばを聞いても、単に慰めるために言っているのだと思った。

「大夫さまご自身が出られないというのに、いったいどうやってわれわれを助け出すというのですか」

ただ、なかには子牙のことを知っている者もいて、子牙に哀願する。

「大夫さまがお救いくださるのであれば、そのご恩は決して忘れません」

姜子牙は言う。

「そなたらのうち、五関から逃げたいと思っている者は、黄昏のころになったら集まるがよい。そしてわしが目を閉じろと言ったら、ずっと閉じておるのじゃ。もし耳の近くで風雨《ふうう》の音が聞こえても、決して目を開けてはならん。もし途中で目を開けたらなら、その頭は落ちてしまうぞ。もしそうなっても、わしを恨むでないぞ」

大勢の者たちは応諾した。

姜子牙は初更（戌《いぬ》の刻）の時間になると、崑崙山のほうに向かって拝礼し、さらに口のなかで呪文を唱えた。さらに一声叫ぶ。そして、姜子牙は土遁の術を使って、この民たちを移送しはじめた。大勢の者たちは、ただ風雨の音が飄々《ひょうひょう》と鳴りひびくのを聞くだけであった。あっという間に、四百里の距離を移動し、臨潼関、潼関《どうかん》、穿雲関《せんうんかん》、界牌関《かいはいかん》、汜水関《しすいかん》の五関を抜け、金鶏嶺《きんけいれい》にいたる。そこで子牙は土遁の術を収め、民を地に下ろす。子牙は言う。

「みなの者、目を開けなさい」

大勢の者たちは目を開ける。子牙は言う。

「ここはすでに汜水関の外の金鶏嶺である。すなわち西岐の地方じゃ。そなたらは安心してすきなところに行くがよい」

民たちは叩頭して礼を言う。

「姜子牙さま、天が甘露を垂れるように、この命をお救いくださった恩、決して忘れはいたしません」

そしてその者たちは去って行った。そのことはさておく。

姜子牙はこのときより、磻渓に行ってその身を隠すことに

なった。それについては詩があって言う。

朝歌を捨てて市塵《しじん》より遠ざかり、法は土遁を施して民生を救う
渭水《いすい》に閑居して垂竿《すいかん》を待し、ただ風雲の際の会縁《かいえん》を待つ
武吉《ぶきつ》の災殃《さいおう》が引道となり、飛熊《ひゆう》夢の兆《きざし》に主《あるじ》は賢を求む
八十にてようやく聖主に逢明《ほうめい》し、まさに周朝の八百年を立つ

さて脱出できた民たちは朝になるのを待ち、それから西岐の国境を目指した。金鶏嶺を離れると、そこは首陽山《しゆようざん》である。さらに燕山《えんざん》を過ぎ、また白柳村《はくりゆうそん》を過ぎる。すると西岐山《せいきざん》にいたる。そして七十里を進むと、そこが西岐城《せいきじょう》であった。

大勢の者たちが城内に入っていくと、そこにはまったく違った光景が広がっていた。民の多くは豊かで、物はあふれている。道行く人たちは道を譲り合い、老人や子どもを虐げる者もいない。街は和気にあふれ、まるで話に聞く堯《ぎょう》や舜《しゅん》の時代のような風景であった。民のうちある者が書状を書いて上大夫《じょうたいふ》府に提出する。散宜生《さんぎせい》がそれを受け取る。翌日になると、伯邑考《はくゆうこう》が散宜生に命じて言う。

「朝歌より逃げてきた民たちは、紂王の失政によりこの地に来たものだ。保護せねばならぬ。妻のなき者には銀をあたえて娶《めと》らせるように。また別に銀をあたえ、それぞれの民に住まいを用意させるようにせよ。もし老いて、或いは死別により身よりのない者がいるならば、三済倉《さんせいそう》に名を登録させ、そこから食糧を得られるようにするといい」

散宜生はその通りに処置する。

そして伯邑考は別の話題を切り出した。

「父上はすでに羑里に捕らわれて七年だ。そこでわたしは朝歌に向かい、父に代わって赦免を願い出たいと思う。そなたはどう思うか？」

散宜生は答える。

「伯邑考さまに申しあげます。西伯侯さまはお別れするときに、七年の災厄が満ちれば、自然に帰還できるとおっしゃっていました。いま軽率に動き、西伯侯さまの言いつけと異なることをされれば、その言に背くことになりましょう。もし伯邑考さまが不安であられるなら、誰か配下の者をひとり派遣して安全を確認すればよいと思います。それで子の道を失することにはならないでしょう。どうしてわざわざご自身行かれ、危険に身をさらされることをなさいますか」

伯邑考は嘆《たん》じつつ言う。

「父上はもう七年ものあいだずっと監禁され、肉親にも会えずに苦しい思いをされているのだ。人の子として、どうして放っておけようか。そもそも国のためにも、いたずらに時を過ごしてなどおられぬ。われらは九十九人も兄弟がいながら、ひとりとして父上のお役に立てぬというのか。われらには祖先から伝わった三つの家宝がある。これを携えて朝歌に行って献上し、父の赦免を願い出ようと思う」

伯邑考がこのように朝歌に行くのは、さて吉となるか凶となるか。それについては次回をお聞きあれ。

第十九回　伯邑考、貢ぎ物を進めて贖罪す

詩に言う。

忠臣孝子無辜《むこ》に死し、ただ殷商のために怪狐《かいこ》あり
淫乱を羞《は》じずして先に恥をすすめ、貞誠あに後来誅されるをおそれん
むしろ万刃《ばんじん》に甘んじて青白に留めん、千嬌《せんきょう》を受けずして独夫《どくふ》に学ぶ
史冊を汚《けが》さざるも千載《せんざい》の恨《こん》、人をして指を屈し涙珠《なみだたま》のごとくせしむ

さて伯邑考《はくゆうこう》は朝歌に行き、父のために赦免を願おうとした。しかし上大夫の散宜生《さんぎせい》は反対して諫める。伯邑考の意は固く、諫言を聞き入れない。伯邑考は宮殿に入り、母の太姒《たいじ》（原文は太姫）に出立のあいさつに訪れた。父のために赦免を願い出るために朝歌に行くというと、太姒は尋ねる。

「そなたの父は羑里に捕らわれたままじゃ。西岐の政務は誰に託すべきか？」

伯邑考は答える。

「国内の政務は弟の姫発《きはつ》に託し、外のことは散宜生に託せばよいでしょう。軍務については、南宮适《なんきゅうかつ》にお委ねください。わたしは朝歌で陛下にお目にかかり、貢ぎ物を献上して父上の赦免をお願いするつもりです」

太姒は伯邑考の意思が固いことを見て、やむなく許可するしかなかった。ただ、次のように言いつける。

「わが子よ、万事気をつけて行動するのですよ」

伯邑考は母親のもとを辞す。宮殿の前に来ると、姫発に告げる。

「弟よ、民百姓のことを大切にせよ。また兄弟たちに不和があってはならぬぞ。西岐のこれまでの法規はそのまま行うように。わたしは朝歌に行き、長くて三ヶ月、短ければ二ヶ月ほどで帰ると思う」

伯邑考はそのように指示したあと、朝廷に献上する宝物を調え、吉日を選んで出立した。姫発は九十八名の兄弟たちとともに、十里亭まで見送り、そこで宴を行う。宴が終わると、伯邑考は出発する。一行は馬をうながして進む。赤い杏林を過ぎ、さらに緑の柳のしげる古道をゆく。伯邑考一行はそのまま一日進むと汜水関にたどり着く。関を守る兵士たちは、貢ぎ物を献上するための一行で、上に西伯侯の号が書かれている旗を見て、関の司令に報告する。司令である韓栄は関の門を開いて受け入れる。伯邑考一行は関に入るが、その間のことは特筆すべきこともない。そのまま五関を進み、澠池県にいたり、黄河を渡って孟津に着く。そして朝歌の城内へと入っていった。伯邑考たちは官舎である皇華館《こうかかん》に逗留する。

次の日、伯邑考は館を管理する駅丞《えきじょう》に尋ねる。

「丞相府はどちらにあるかな？」

駅丞は答える。

「太平街《たいへいがい》にございます」

さらに次の日、伯邑考は午門まで来る。しかし大臣も官僚も、誰ひとりとして午門を出入りすることはなかった。伯邑考は午門のなかにはあえて入ろうとはせず、同じことを繰り返して五日目、白い質素な服を着て午門の外に立っていた。しばらくすると、ひとりの大臣が馬に乗ってやってくる。それは亜相の比干であった。伯邑考はその前に進みでてひざまずく。比干は尋ねる。

「階下にひざまずくのは何者か？」

伯邑考は答える。

「罪を犯した臣下、姫昌の子の伯邑考でございます」

比干はその言を聞くと、転げ落ちるように慌てて馬を下り、その手を取って言う。

「公子よ、お立ちなさい」

二人は午門の外に立つ。比干は問うて言う。

「公子はどうしてこちらにまいられましたか？」

伯邑考は答える。

「父は天子に罪を得ましたが、幸いに丞相のおかげをもちまして、その命をまっとうすることができました。この恩は天地より重く、感謝にたえません。わたくしども父子は片時も忘れたことはございません。ただ、この七年間というもの、父は羑里に捕らわれたままです。人の子としてどうして安閑としておられましょうか。天子は忠良なることを思えば、決してその命を奪うことはなさらないと思います。わたくしは散宜生と協議いたしまして、このたび先祖伝来の宝物を献上し、父に代わって赦免を願い出るつもりです。どうか丞相閣下におきましては、仁慈の心をもちまして、姫昌の羑里の苦よりお救いいただき、引退して郷里に戻ることをお許しください。そうなれば恩は泰山のごとく、徳は海よりも深くに思えます。西岐の民百姓も、丞相閣下の大恩に感ずるでありましょう」

比干は言う。

「公子が持参されたのは、どんな宝でありますかな？」

　伯邑考は答える。

「わが始祖の古公亶父《ここうたんぽ》（周の始祖は后稷《こうしょく》のはずで、古公亶父は曾祖父に当たるが、話の都合上、このままとする）が遺《のこ》された七香車《しちこうしゃ》・醒酒氈《せいしゅせん》・白面猿猴《はくめんえんこう》、それに美女十名を献上したいと思っております」

　比干は尋ねる。

「七香車などは、どういった宝ですかな？」

　伯邑考は答える。

「七香車とは、むかし軒轅黄帝《けんえんこうてい》が蚩尤《しゆう》を北海において討伐された時、用いた車で、いまに伝えられました。この車に人が乗りますと、牽引する必要がなく、東に向かおうとすれば東に、西に行こうとすれば西に、そのまま動きます。まさに世の宝と申すべきもの。また醒酒氈は、もし人が酒に酔ったとしても、この上に横臥するならば、すぐに酔いが覚めるというものです。白面猿猴は動物ではありますが、三千の短い曲、八百の長い曲をそらんじております。そして宴会の席などで歌い、よく人の掌の上で舞うこともできます。その声はまるで鶯のよう、また柳のごとくしなやかに踊ります」

　比干はその言を聴いて考える。

「これらの宝物は確かにすばらしいものだ。しかしいま天子は徳を失っており、このような遊興にふけるものを進呈するのは、桀王を助けて暴虐に至らせるようなものではないか。陛下の耳をふさぎ、朝廷の乱れを悪化させることになりかねん。ただ、いま伯邑考どのは父が捕らわれているのをなんとかするためにやってきたのだ。その行いは孝であり、真心にあふれたもの。ここは伯邑考どののために、なんとか天子のお耳に達するようにせねばなるまい。さもなくば公子がわざわざ来られた意味がなかろう」

そこで比干は摘星楼に向かい、そこで拝謁を願い出た。奉御官が紂王に伝える。

「亜相《あしょう》の比干どのが来られました」

紂王は告げる。

「比干を楼に上がらせよ」

比干は摘星楼にのぼり、紂王にお目通りする。紂王は尋ねる。

「朕はそなたを召し出した覚えはないが、いかなる上奏があるのか？」

比干は申しあげる。

「陛下に申しあげます。西伯侯姫昌《きしょう》の子の伯邑考が、いま貢ぎ物を献上し、父の赦免を願うために参内しております」

紂王は言う。

「伯邑考はいったいどんな貢ぎ物を持ってきたのじゃ？」

比干は献上物の目録を進呈する。紂王は見終わると、比干に対して言う。

「七香車に醒酒氈、白面猿猴、それと美女十名を献上して、西伯侯の罪を軽くしろというのだな」

紂王はそこで命じて伯邑考を摘星楼に登らせる。そのとき、伯邑考はひざまずき、平伏したまま進み、そのまま奏上して言う。

「罪を犯した臣下の子、伯邑考がお目通りを願います」

紂王は言う。

「姫昌は君に背いた大罪を犯したとはいえ、いまその子が父の赦免のために貢ぎ物を献上するというのは、孝なる行いと言うべきである」

伯邑考は奏上して言う。

「君に逆らうという罪を犯しました臣下の姫昌は、幸いにも死罪を免れ、羑里《ゆうり》において蟄居《ちっきょ》いたしております。われわれ臣下は、陛下の海よりも広い恩、山よりも高いその徳に感謝しております。ただ、われわれはいま愚昧《ぐまい》にして、死罪をかえりみず、陛下に対して父に代わって赦免をこいねがう次第です。もし陛下の慈悲により、ご赦免いただき、帰国することがかなえば、母もわたくしどもも家の絆を取り戻すことができます。どうか陛下にあられましては、万物を生かすという徳を施していただければ、われらも万年にわたって仰ぎ申しあげまする」

紂王は伯邑考の父のために訴える態度が切実で、悲愴なおもちである様子を見て、まさに孝子の行いであると感動し、伯邑考に立つように命じた。伯邑考は欄干の外に立つ。妲己は伯邑考の姿を御簾《みす》のなかから見て、眉目秀麗でその振る舞いも温和であることから興味を持つ。妲己は命ずる。

「御簾を上げるように」

左右の宮女たちは御簾を高く上げ、金の鈎《かぎ》で止める。紂王は妲己が出てきたのを見て言う。

「妃よ、いま西伯侯の子の伯邑考が父のために赦免にまいったとのことだ。これは憐れむべき話だと思うが」

妲己は答える。

「わらわは西岐の伯邑考はよく琴を弾く名人であり、世上に並ぶ者はないと聴いております」

紂王は尋ねる。

「そなたはどうしてそのことを知っておるのか？」

妲己は答える。

「わらわは婦女子でありますゆえ、深窓《しんそう》にあって父母から教えを受けました。伯邑考どのが広く音楽に通じられていること、また琴を弾く名人であり、大雅《たいが》（『詩経』の大雅のことであるが、やや時代的におかしい）の音を継ぐかたと言っておられました。わらわはそれでお名前を知ったのです。陛下は伯邑考に命じて、なにか一曲弾かせていただけませんか。それでその実力のほどもわかりましょう」

紂王は酒色の徒であり、このときはもう妖気に惑わされて久しかった。その言を聞くと、すぐに伯邑考を妲己に会わせる。伯邑考は妲己に拝礼を行う。妲己は言う。

「伯邑考どの、わらわはそなたが琴の名手であると聞き及んでおります。いまここでなにか一曲弾いてもらえませぬか？」

伯邑考は答える。

「皇后陛下のご希望ではありますが、父母に病あるときは、人の子たる者、くつろぐことも食事をするのも気が休まらぬと申します。いまわたくしの父は七年にわたって蟄居いたしております。その苦労のさまがしのばれますゆえ、わたくしが喜んで琴を弾くことなどありえましょうか。そもそもいまわたくしの心は沈んでおりまして、宮《きゅう》も商《しょう》も（音楽の音階）もわからぬありさまです。どうして天子のお耳に入れることなどできましょうか」

紂王は言う。

「伯邑考よ、それではこうしよう。そなたが一曲琴を弾いてみて、それがもしよい演奏であれば、西伯侯を赦免し、そなたと一緒に帰国させよう」

伯邑考はそのことばを聴いて、たいそう喜んで恩を謝す。紂王は宮中の者に命じて、一張りの琴を持ってこさせる。伯邑考は地に座り、琴を膝の上に置くと、十本の指を自在に操り、弦をかきならして、一曲を弾いた。その曲の名を「風《かぜ》松に入《い》る」という。

楊柳《ようりゅう》は依依《いい》として暁風《ぎょうふう》を弄び、桃花は半吐《はんと》にして日紅《くれない》に映《は》える

芳草《ほうそう》は綿綿《めんめん》として錦繍《きんしゅう》を鋪し、他に任《まか》せし車馬おのおの西東《せいとう》す

伯邑考がその曲を弾き終わると、その演奏は実にすばらしく、余韻があたりをただよっていた。その音は、まるで珠が鳴るようであり、山谷に松の風の音が響きわたるようであり、その清々しさは言い表せぬほど。人の心を爽快にし、身をまるで天上の瑶池に置くようであった。笙《しょう》や管《かん》などの楽器の演奏や、檀板《だんばん》を打って歌うことも、俗気が強いほどに感じられるほど。まことに「この曲は天上にあるべきで、人の世には聴くことがかなわぬ」と感じられるものであった。

紂王は伯邑考の演奏を聴き終わって、心中はなはだ喜び、妲己に向かって言う。

「いや、まさにそなたの申す通りであったな。伯邑考のこの曲は美と善とを極めたものである」

妲己が答えて言う。

「伯邑考の琴については、天下に広く知られておりましたが、いま実際に演奏するところを見た限りでは、その伝聞すら真実を伝えきれておりません」

紂王は大いに喜び、命じて摘星楼において宴会を開く。その宴のあいだに妲己はひそかに伯邑考の容貌を見る。伯邑考の顔は満月のごとく、秀麗かつ優美な容姿であった。その俗と異なる姿に、情が動く。いっぽ

うで妲己は紂王の容貌を見るに、すでに衰えて、すでに妲己の意に合うものではなくなっている。

さて、どうしてこのようなありさまとなったかというと、理由がある。そもそも紂王は帝王の優れた容貌を持っていたが、しかし長い間、淫楽に身を任せた結果、枯れた骨のごとくに精力が減退しているのであった。また昔から、佳人は青年に惹かれるものである。妲己は加えてさらに妖怪であったため、その色欲はますます盛んであった。

妲己はひそかに考える。

「この伯邑考をわらわのもとに琴を習うという名目で留めて、機を見て情を通じることにいたそう。ともに快楽を極め楽しもうぞ。彼は年少で精力を補うこともできよう。なにもあの老いぼれにこだわることはあるまい」

妲己は伯邑考を自分のもとに留めるため、次のように申しあげる。

「陛下は西伯侯父子を赦免して帰国されると言われました。これは陛下の深い温情を示すものでありましょう。しかしまた伯邑考どののこのようなすばらしい演奏が、いま帰国してしまったら朝歌では聴くことができなくなりますわ。それはたいへん残念ではありませぬか」

紂王は尋ねる。

「それでは、どうすればよいか？」

妲己は答える。

「わらわによい方法がございますれば、一挙両得となりまする」

紂王は言う。

「それはどんな方策で、一挙両得となるのかな？」

妲己は言う。

「ならば陛下は伯邑考どのに、わらわに琴の奏法を伝授するようお命じください。わらわが奏法に習熟すれば、わらわは陛下のおそばにおりますゆえ、毎日のようにこのすばらしい音をお聴かせすることができます。これであれば、ひとつには西伯侯さまは赦免されてその恩に感じ、ふたつには朝歌においてこの琴の音を続けて聴くことができます。これが一挙両得というものでございましょう」

紂王はその言を聞いて、手で妲己の背を打って言う。

「いやなんと、そなたの賢明なことよ。まさにそれこそが一挙両得の手段じゃ」

すぐに配下の者に命ずる。

「伯邑考をこの摘星楼に留めて、琴の奏法を伝授させるよう」

妲己はひそかに喜ぶ。

「こうなったら、いまは陛下を酔わせてしまうに限るわ。陛下が酔いつぶれて眠ってしまえば、わらわが邑考と事に及んだとしても、露見することはない」

そこで慌ただしく宴席の用意を申しつける。紂王は妲己が好意から行っているのだと思っていたが、そこには色欲にまみれ、破廉恥の極みである意図が込められていたのである。妲己は金の杯にて紂王に酒を勧める。

「陛下にこの長命の酒を捧げます」

紂王はそれが愛情ゆえと思い、歓楽にふける。そのまましばらくして酩酊《めいてい》し、妲己は左右の配下の者に命じて、紂王を床に連れていかせる。そしてそのまま、伯邑考に琴を教えるように伝える。宮女たちが琴をふたつ持ってくる。ひとつは妲己に、ひとつは伯邑考に渡した。伯邑考は言う。

「わたくしは皇后陛下に申しあげます。琴には内外の五形《ごけい》、それに六律五音《ろくりつごおん》がございます。まず吟《ぎん》・操《そう》・勾《こう》・剔《てき》の奏法があり、左手は龍睛《りゅうせい》の型、右手は鳳目《ほうもく》の型となります。さらに宮《きゅう》・商《しょう》・角《かく》・徴《ち》・羽《う》の音階があり、また八法があります。すなわち抹《まつ》・挑《ちょう》・勾《こう》・剔《てき》・撇《へつ》・托《たく》・摘《てき》・打《だ》でございます。さらに六忌《ろくき》（六つの忌むべきこと）と、七不弾《しちふだん》（七つの弾いてはいけない時）があります」

妲己は尋ねる。

「何を六忌というのかしら」

伯邑考は答える。

「悲しいことを聞くこと、慟哭《どうこく》すること、心があることにとらわれていること、怒りで情が不安定なこと、欲を戒めすぎること、驚きで心定まらぬことでございます」

妲己はまた尋ねる。

「何を七不弾というのかしら？」

伯邑考は答える。

「疾風驟雨《しっぷうしゅうう》のとき、大きな悲哀があったとき、衣冠が整っていないとき、酒に酔っているとき、香がたかれずにいるとき、音の俗に近いのを理解できないとき、不潔で汚れているものがあったときです。これらに該当するときは、琴を弾いてはなりません。この琴の音は、すなわち太古の遺音《いいん》でありますれば、その音楽は雅に近いのです。そのために、この音楽は通常の音楽とかなり異なります。そのなかには八十一の大調《だいちょう》と、五十一の小調《しょうちょう》、三十六の等音《とうおん》がございます。このために詩がございます」

伯邑考はそこで詩を吟ずる。

　音は和平にして心目を清め、世上の琴の音はまさに天上の曲
　ことごとく千古の聖人の心をもて、三尺の梧桐《ごどう》の木に付与せしむ

伯邑考は言い終わると、琴を弾きはじめる。その音は清涼であり、妙なること言いがたいものがあった。しかしもともと妲己は琴を習うというのは口実にすぎない。伯邑考の容貌を近くで見たうえで色事に及ぼうとしただけである。そのために琴に関しては上《うわ》の空《そら》であり、淫欲をひたすらにつのらせていた。もはや琴などうでもよく、ただ近くに引きだしたうえで顔には嬌態を示し、その国色のなまめかしい美貌でもって秋《しゅう》波《は》を送る。ひたすらに媚びをつくして情を説き、赤い唇から誘惑のことばをつむぎだす。

しかしながら、伯邑考のほうはまったくその誘惑に陥らず、心を乱すこともなかった。そもそも伯邑考は聖人の子であり、さらに父親が虜囚に捕らわれており、ひたすら孝の道を行わんとしていた。そのためにわざわざ遠い旅程を厭わずに朝歌に貢ぎ物を献上しに来たわけである。父のために赦免を願い、親子で故郷に戻るのが目的であった。その決意が固いため、琴を教える立場となっても、心は鉄石《てっせき》のごとく固く、その意思は揺るぎもせず、目は妲己のほうを見ようとしなかった。ひたすら琴を教えることに専念していたわけである。しかし妲己のほうは諦めず、二度三度にわたって伯邑考を誘惑する。それでも伯邑考の意を動かすことはできなかった。妲己は言う。

「この琴はすぐに習得するのは難しいわ」

左右の宮女を呼んで言う。

「宴席の用意をしなさい」

宮女たちはすぐに宴席の用意をする。妲己はその隣に座を設け、伯邑考に隣に座るように命ずる。皇后の隣に座るなど恐れ多いことで、伯邑考はまったく生きた心地もない。そこでひざまずいて言う。

「この伯邑考は罪を犯した臣下の子であります。皇后陛下の恩を蒙りまして、再生の道を得ました。その海より深く、山より高い厚意には深く感謝いたします。しかしながら陛下は皇后にあらせられ、国母たる身分をお持ちです。伯邑考ごとき者がどうしてその隣に座すことができましょうか。わたくしは罪万死《ばんし》に値します」

伯邑考は平伏したまま、あえて頭をあげようとしなかった。妲己は言う。

「伯邑考どのの言は間違っておられますよ。これがただの臣下であるなら、それは隣に座ってはならないでしょう。でも、いまは琴を習う師弟の身なのですから、先生が隣に座っても何の問題もありませぬ」

伯邑考は妲己のことばを聞いて、ひそかに切歯扼腕し悲嘆する。

「この女はわたしを不忠・不孝・不徳・不仁・非礼・非義・不知・不良の輩《やから》に陥れるつもりか。わが始祖の古公亶父は堯の臣下となり、司農の職にあった（堯に仕えて農業を司ったのは后稷、古公亶父は曾祖父）。それから数十代を伝え、歴代に忠良な態度を示してきた。いまこの伯邑考は父のために商の朝廷に来たが、なんとここでこのような陥穽に陥るとは。この妲己という女は淫欲に目がくらんで、破廉恥な行いをものともしない。このようなありさまでは、天子を辱めることとなろう。その害は小さなものではない。この伯邑考は、幾重《いくえ》にも刃で切り刻まれることになろうとも、わが一族の誇りを傷つけてはならぬ。さもなくば、死後に九《きゅう》泉《せん》のもとで始祖に会わせる顔がない」

妲己は伯邑考が平伏したまま何も話さないのを見て、誘惑に動かされないその様子にいかんともしがたく思ったが、邪念は止まなかった。

「わらわがこれほど愛慕の情を示しているのに、まったく誘惑に動かされようとはしないわねえ。まあいいでしょう。また別の方法を考えてその気にさせるだけだわ。その心が鉄石のごとくでも、動かせぬことなどない」

妲己は仕方なく、宮女に命じて酒を片付けさせた。そして伯邑考に起き上がるように言う。

「そなたがそのように飲酒しないということであれば、先ほどのごとく琴の練習に専念いたしましょう」

伯邑考はその命令通りに、先のごとく琴を弾き始める。そしてその演奏が速い動きになったとき、妲己は突然言う。

「わらわが上座に座り、そなたが下座に座るのでは、離れすぎではありませぬか。このような速い動きではよくわかりません。これではどうして習熟することができましょう。ここはもっと近寄って、隣で教えてくだされば、問題はないでしょう」

伯邑考は答える。

「いえ、しばらく練習されれば習熟されると思います。陛下にはどうかお急ぎなさらぬようお願いします」

妲己は言う。

「そのようにのんびりしているわけにはまいりませんわ。今夜一晩でたいして進歩もなければ、陛下が明日にでもそのことを問われたら、わらわは何とお答えすればよいのでしょうか。それはいけませんわ。どうかそなたはこの上座に移り、わらわを後ろから抱きすくめるように座ってくださいまし。そしてわらわの両手をとって弦をおさえてくださるといいでしょう。それならばもっと時間がかからずに習熟することができますわ。何日も費やす必要はないでしょう」

伯邑考はそのことばを聞いて、驚きのあまり魂が万里の外に飛び去るかのよう。伯邑考は思う。

「やんぬるかな。天数はすでに定まっており、この張りめぐらされた網から逃れることはできぬようだ。どうあがいても死は免れぬところ。ここはせめて父上の教え通りに、忠言し諫言することで名を立てよう。ならば死しても心残りはない」

伯邑考は姿勢を正して言う。

「皇后陛下のおことばは、このわたくしめを犬畜生にも劣る人間に落とそうとするものです。歴史を記す官吏も、今後陛下をどんな皇后として書かれるでしょうか。皇后陛下は民百姓の国母たる身であれば、天下の諸侯からも朝賀を受ける身でございます。後宮の主たるかたとしての地位があり、六宮を司る長でもあられます。いま琴を習うという小さな事柄にとらわれ、その尊貴を汚すようなことは、児戯《じぎ》にも等しく、まったく体面を欠くものに過ぎませぬ。もしこの一件が外にでも漏れましたら、陛下は純潔であろうとも、天下に対しては信を失うこととなりましょう。どうか皇后陛下には急がれることなく、時間をかけて学ばれるようお願いします。紂王陛下の恥となるような行為は、厳《げん》に慎まねばなりません」

妲己はその言を聞くと、耳まで真っ赤になって恥じる。伯邑考に答えることもできなかった。しばらくして伯邑考には退出するよう命がくだる。伯邑考は楼を下りて、官舎に戻っていく。そのことはさておく。

妲己のほうは、この一件で伯邑考に深い恨みを持つこととなった。

「あの匹夫《ひっぷ》め、人をばかにするにもほどがある。わらわは明月《めいげつ》のごとく澄んだ心で対応しておったのが、その好意をどぶに捨てるようなことをしおって。かえってわらわに恥をかかせるとはな。ならばあやつの身を引き裂いて、わが恨みを晴らすとしよう」

妲己は紂王の寝所に行き、そこで寝るしかなかった。次の日の朝になると、紂王は妲己に問いかける。

「昨晩に伯邑考に琴を習ったようだが、習熟することができたかな？」

妲己は枕元で機を見て紂王に言いつける。

「陛下に申しあげます。伯邑考どのは琴を伝授するつもりなどなく、わらわに対してよこしまな念を懐き、ふしだらな言で戯れましてございます。なんと臣下の礼を欠くことはなはだしいではありませんか。わらわは耐えられず、申しあげぬわけにはまいりませぬ」

紂王はその言を聞いて大いに怒って言う。

「あの匹夫め、よくもそのような畜生まがいの行為を」

立ちあがると、そこに朝食の用意が調えられる。紂王は侍衛の者たちに伯邑考を呼び出すように伝える。すぐに命令が伯邑考に伝えられる。伯邑考はそのときまだ官舎にあった。紂王の命令を聞いてすぐに摘星楼の下に参上する。紂王の命により、楼に登るよう言いつけられる。

伯邑考は楼に登ると、すぐに平伏する。紂王は言う。

「昨日琴を伝授せよと命じたのに、どうして意をつくして教えなかったのじゃ。しかも伝授に時間がかかるということじゃが、何か申し開きがあるか」

伯邑考は答える。

「琴を学ぶには、志を強く持ち、誠意をつくしてこそ習熟することが可能となります」

妲己は紂王の傍らにおり、口をはさむ。

「琴の奏法が難しいのはわかりますが、もっと細かく説明し、丁寧に教えてくれるのであれば、習熟することは容易でありましょう。そなたはろくに伝授もせずに、ことばでごまかしておる。どうして音律の妙なることを会得しているなどと申すのじゃ」

紂王は妲己の言を聞き、昨晩何があったのかについては明言せずに、伯邑考に命じて言う。

「それではもう一度朕のために演奏してみせよ。それで判断しようぞ」

伯邑考はその命を受け、地に膝をついて座し、琴を奏ではじめた。そのとき自ら思うに。

「こうなっては、琴の歌のなかに諷諫《ふうかん》の意を込めるしかない」

そこで紂王を嘆じた歌を作り、歌い上げる。

一点の忠心、上天に達し、君の寿を算すること永らく無窮なるを祝う
風和雨順《ふうわうじゅん》にして当今の福あり、山河を一統して国祚《こくそ》の長からんことを

紂王はその琴の演奏と歌を聴いても、忠義と愛国の意を示したものであり、まったく誹謗の言はないので、特に伯邑考を害そうとも考えなかった。妲己はその紂王の害意のない様子を見て、さらに言を発する。

「伯邑考は白面猿猴を献上するとのことです。よく歌を歌うそうです。陛下はその歌を聴いてさらにご判断されては？」

紂王は言う。

「昨晩の琴を伝授するには問題があり、まだその猿猴については試していなかったな。今日は伯邑考に命じて摘星楼に来させ、一曲試してみよう。どうかな」

伯邑考は命令を受けて官舎に戻り、白面猿猴を持って摘星楼に来る。赤い籠を開いて、猿猴を解きはなつ。伯邑考が檀板《だんばん》（拍子木《ひょうしぎ》）を猿猴に授けると、白面猿猴は軽快な動作で檀板を叩き、その喉をふるって歌い始める。その音はまるで笙《しょう》などの管楽器を鳴らしたかのようで、摘星楼全体に響きわたる。高い音は鳳《おおとり》の鳴くようであり、低い音は鸞《らん》が鳴くよう。その歌声により、憂いのある人は眉を開かせ、喜びのある人は手を叩いて喜び、泣く人はその涙を止め、明察の人も恍惚の状態となる。

紂王は、この歌声を聞いて、胸を打たれて情がひっくり返るかのように感じ、妲己もまた聴いて、心がまるで酔ったように感じた。宮女たちも聞き惚れ、まさに世にもまれな音楽であった。この白面猿猴の歌は神仙の域《いき》に達しており、嫦娥《じょうが》（天上界の美女）もまた耳を傾けるほど。ところが妲己はあまりにも聞き惚れてしまい、その意思が保てないほどになってしまった。魂が飛びだすように、まるで酔ったようになってしまった。その結果、自分の化けた姿を維持できなくなり、その妖怪としての正体を現しそうになった。白面猿猴は千年にわたり修行した猿であり、十二個の横骨がすべてなくなっていた。そのためによく歌うことができたのである。また火眼金睛《かがんきんせい》の目を持っており、妖怪と人間を見分けることができた。妲己が正体を現すと、白面猿猴はそれが千年狐狸の妖怪であると気づいた。しかしそれが妲己の姿を借りていることはわからなかった。白面猿猴は千年得道の者であるとはいえ、所詮は動物である。そのために檀板を放り出すと、すぐに上座にある九龍の飾りのある席にまで向かい、妲己につかみかかろうとした。ただ、つかみかかる寸前に、紂王の一拳をくらい、猿猴は地に倒れ、死んでしまった。宮女に助け起こされると、妲己は言う。

「伯邑考は明らかにあの猿猴を使って、わらわの身を殺《あや》めようとしたのですわ。もし陛下がお助けくださらなければ、わらわの命はないものでした」

紂王は激怒し、左右の者に命ずる。

「伯邑考を捕らえて、蠆盆に入れよ！」

両側の侍御官が伯邑考を捕まえる。伯邑考は「冤罪でございます！」と叫んでやまなかった。紂王はそのことばを聞き、しばらく処刑を留まるように命じた。紂王は尋ねる。

「この匹夫めが、猿猴を使って暗殺を企んだのはみな見ておるぞ。まだ強弁して冤罪だとぬかしおるか」

伯邑考は泣きながら言う。

「白面猿猴は、所詮は山の動物のたぐい。人語を解するとはいえ、その野性は収まっておりませぬ。猿は果実を好みます。料理したものは好みませぬ。いま陛下が九龍の飾りの宴席にあって、そこに多くの種類の果実が並べられておりました。そこでその果実を取ろうとして、檀板を放り投げて宴席に向かったのでございます。そもそも猿猴は手に何の武器らしきものを持っておりませんでした。どうして暗殺などかないましょうか。わたくし伯邑考は陛下の恩を受けた身であります。暗殺などとはとんでもない。どうか陛下にはその実情をお察しいただきますよう。このわたくしめの身は殺されようとも、死してまた瞑目するところでございます」

紂王は伯邑考のことばを聞き、しばらく考え込んでいたが、そのうち怒りを喜びに転じ、告げた。

「皇后よ、伯邑考の言はその通りなのではないか。猿猴は所詮山中の動物じゃ。結局野性が抜けきれてなかったのであろう。どうして手に寸鉄もないのに、暗殺などできようか」

そこで紂王は伯邑考を赦免する。伯邑考はその恩を謝す。そこへ妲己が言う。

「もし伯邑考を赦免するのであれば、再びここでその琴を弾かせて歌ってみせる必要があります。もしその歌が見事な調子であり、音楽に忠良の心が現れているなら、それでよしとしましょう。しかし逆に少しでも反逆の意図が見えましたら、決して許さぬように」

紂王は言う。

「そなたの申すことは正しい」

伯邑考は妲己のことばを聞いて、ひそかに考える。

「どう見てもこの災厄からは逃れることはできそうにもない。ならばこの身をもって諫言を尽くすべきであろう。この身は刃のもとに引き裂かれようと、歴史に名を留めれば、わが姫姓の一族が忠良であった証《あか》しとなろう」

伯邑考はそこで地に座すと、膝のうえに琴を置いて一曲奏で始めた。その歌に言う。

明君作《おこ》るに徳を布《し》き仁を行う、いまだ聞かず心を忍んで斂《れん》を重くし刑を煩《はん》にするを
炮烙《ほうらく》は熾烈にして筋骨は砕け、蠆盆《たいぼん》は惨《さん》にして肺腑《はいふ》驚く
万姓の精血ことごとく酒海《しゅかい》に入り、四方の膏《あぶら》はことごとく肉林にかけらる
機織りは空《くう》をぬき、鹿台《ろくだい》はようやく満《み》ち、鋤折られて国倉の粟盈《ぞくみ》つ
われ願う明君に、讒《ざん》を去りて淫《いん》を逐《お》い、綱紀を刷新して天下太平とならんことを　（『列国志伝』に由来するもの）

伯邑考が歌い終わると、紂王にはその歌の意味がよく理解できなかった。妲己は妖怪であって、その歌のなかに君主を誹謗する意図があると見て取った。妲己は指で伯邑考を指し、罵って言う。

「大胆な匹夫め！　琴の歌のなかにそのように王を誹謗する意図を隠すとは。君主を侮辱し罵るなど、とうてい許せるものではないわ。そなたのような極悪の徒は、誅殺を免れぬぞ」

紂王は妲己に尋ねる。

「いまの琴と歌にどのような誹謗の意があったのかな。朕はよくわからぬ」

妲己は歌の意について詳しく述べる。紂王は激怒し、左右の者に捕らえるように命ずる。伯邑考は騒がずに言う。

「わたくしの歌はまだ最後の一句が残っております。どうか陛下には最後までお聞きになりますように」

その歌に言う。

願わくば王は色を遠ざけ再び綱常を正し、天下太平なるには速やかに娘娘を廃せ
妖気は諸侯の悦服《えっぷく》を滅し、淫邪を却《しりぞ》ければ社稷は寧康《ねいこう》たり
邑考は陥《おとしい》れらるも万死を恐れず、妲己を絶して史氏に称揚《しょうよう》せられん

伯邑考は歌い終わると、頭をめぐらせて琴を持ち、そのまま宴席にいる妲己に向けて打ちかかる。しかし皿や盆などの食器が砕けただけで、妲己自身は身をかわして避ける。妲己が地に倒れると、紂王は怒って言う。

「この匹夫め！　猿猴を使って暗殺を企んだのは、なんとか巧言でごまかしたが、今度は琴で皇后を打つとは。その行為が弑逆たることは間違いない。誅殺は免れんぞ」

左右の護衛の者に命ずる。

「伯邑考を摘星楼から下ろし、蠆盆に入れよ！」

宮女の何人かが妲己を助け起こす。妲己は言う。

「陛下にはしばらく伯邑考を楼より下ろしてお待ちください。わらわみずからこの者の処置をいたしますゆえ」

紂王は妲己のことばを聞き、伯邑考を摘星楼から下ろす。妲己は左右の護衛の者に命じて、大きな釘を四

本用意し、その釘で伯邑考の手足を打ち付ける。そして刀をもって伯邑考の身を切り刻むこととする。憐れむべし、伯邑考は捕らえられて手足を釘で刺されてしまう。しかし伯邑考の口は罵ってやまない。

「あばずれ女め！　そなたは成湯のこの堂々たる天下を失わせるつもりなのか。わたしは死を恐れるものではない。忠義の名、孝行の節はずっと残るであろう。しかしあばずれ女、わたしは生きておまえの肉を食らってやることはできぬが、死後幽鬼となっておまえの魂を食らいつくしてやるぞ！」

憐れむべし、孝子は父のために商に出向いたのに、かえってその身は刃によって切り刻まれることとなろうとは。

まもなく、伯邑考の身体は切り刻まれてひき肉のようになってしまう。紂王は蠆盆に入れて蛇蝎に食べさせるよう命ずるが、妲己はそれを押しとどめて言う。

「それはなりません。わらわが聞くところによると、姫昌は聖人と号されているとか。なんでも姫昌はよく占いを行い、禍福を明らかにし、陰陽をよく知るのだそうです。わらわはまた聖人はわが子の肉を食らわぬと聞いております。いま伯邑考の肉を使って、厨房に命じて肉餅《にくへい》（ひき肉を固めて作る料理）を作らせてください。そしてそれを姫昌に賜《たまわ》るのです。もしその肉を食べたとしたら、聖人などというのは虚名に過ぎず、陰陽にて禍福を知るなどというのも、間違いであるとわかります。それならば許してもよいでしょうし、陛下の赦免の恩もまた感ずることでありましょう。しかしもしそれが子の肉であることを見破って食べなかったとしたら、速やかに姫昌を斬って、のちのちの問題にならぬようにすべきでしょう」

紂王は言う。

「そなたの申すことはまさに朕の意と合致する。速やかに厨房に命じて、伯邑考の肉餅を作らせるとしよう。そして使者を遣わして羑里に送り、姫昌に賜ることとするぞ」
さて西伯侯の命はどうなるか。それはまた次回をお聞きあれ。

第二十回　散宜生、ひそかに費仲・尤渾に通ず

詩に言う。

いにしえより権奸《けんかん》はただ銭を愛し、機会を構成して忠賢を害す
黄金なくんば生路を開くをえず、金銭の懐に入るを要す
己を成すも亡国の恨みを知らず、災をのこすもいずれか家のみを問う
だれか知らん反復もとより定めなく、呉鉤《ごこう》（いにしえの名剣）のりて倒錯《とうさく》するを悔いるか

さて、西伯侯はずっと羑里の城に囚われていた（すなわちいまの河北の相州湯陰県《そうしゅうとういん》である）。毎日蟄居《ちっきょ》して罪に服すいっぽう、その間に伏羲の八卦を変じて六十四の卦を作り上げた。それは三百八十四の爻を重ねたものである。陰陽のなかにある機を按じ、天の角度の妙になぞらえたものである。これがのちに「周易《しゅうえき》」と称されるようになる。

姫昌は蟄居しており時間があったので、憂いを散ずるために琴を取りだして一曲弾じてみた。ところが、琴の大弦が突然殺声《さつせい》（凶兆の音）を響かせる。姫昌は驚いて言う。

「この殺声にはいったいどんな意味があるのか？」

琴を弾くのをやめ、金銭を取りだして占ってみる（金銭で易《えき》をたてるのは後世のやりかた。この時代にはない）。そして伯邑考が殺されたことを知る。姫昌は覚えず涙を流しながら言う。

「わが子は父の言を聞かずに、このように切り刻まれる災いを招くとは！　いまわが子の肉を食べなければ、誅殺の運命から脱することはできぬ。しかしわが子の肉を食らうなど、どうして我慢できようか。心が締めつけられるようだが、泣き叫ぶわけにはいかぬ。もしこのことが露見すれば、わが命も保ちがたい」

姫昌はただ悲しみをこらえながら泣くばかりであり、声は出さなかった。詩を作って嘆じて言う。

孤身《こしん》に忠義を抱き、万里に親の災《さい》を探る

いまだ羑里城に入《い》らずに、先に殷紂の台にのぼる

琴を抛《ほう》りて孽婦《げつふ》を除かんとするも、頃刻《けいこく》に怒心に推さる

惜しむべし青年の客、魂《たましい》の運に従いて灰《はい》にめぐる

姫昌が嘆じたあと、左右に仕えている者たちはその心がわからずに、みな黙々としているだけであった。そのさなかに、紂王からの使者が訪れる。王からの聖旨であると称すると、姫昌は質素な服にてこれを受け取る。そして口には次のように称した。

「罪を犯した臣下に、恐れ多いことでございます」

姫昌は聖旨を受けとり、開いて読む。使者は龍鳳《りゅうほう》の飾りのついた食膳《しょくぜん》を調える。使者は言う。

「陛下は西伯侯どのが羑里でご苦労なされていると聞き、心苦しく思われ、昨日猟をして得られた鹿や獐《のろ》などの肉でもって肉餅を作られました。特に西伯侯どのに賜るとのことです。そのために参りました」

姫昌は卓の前にひざまずき、食膳のふたを開け、言う。

「陛下がわざわざ狩をして、このわたくしめに鹿の肉餅を賜るなぞ、もったいないことでございます。願わくば陛下のお命の万歳たらんことを！」

謝し終わると、続けざまに三つの肉餅を食べる。そしてふたをする。使者は姫昌が伯邑考の肉を食べたのを見て、ひそかに嘆じて思う。

「世の人たちは姫昌が先天の数を知り、吉兆を明らかにすることできると言うが、いまわが子の肉を知らずに食べて、しかも美味として続けざまに食するとは。いやいや、陰陽を見て吉兆を知るなどというのは、世間の虚言に過ぎぬな」

しかしながら姫昌は伯邑考の肉であることを知っており、食べることは非常に苦痛を伴った。その悲しみをおもてには出さず、むりやりに明るくふるまい、使者に対してはこう告げた。

「ご使者にお伝えいたします。このわたくしめは自ら陛下の恩に直接お礼を申しあげることができず、お手数をおかけしますが、ご使者を通じてお答えするしかありません。姫昌はこの恩にたいへん感謝いたします」

そして姫昌は平伏して言う。

「陛下の恩を蒙りまして、その光はこの羑里にまで届きましてございます」

使者はその様子を見届けて、朝歌に戻っていった。そのことはさておく。

しかし姫昌は、伯邑考が惨殺されたことに思い悩み、しかも泣くこともできず、ひそかに詩を作り、嘆じた。

西岐にて一別してこの間にいたり、かつて言う、必ず江関《こうかん》を渡るなかれと
ただ知る進貢《しんこう》して昏主《こんしゅ》に朝《ちょう》すを、迎君《げいくん》するを解するなくして犯顔《はんがん》あり
年少忠良なるもむなしく惨切《さんせつ》にして、涙多く雨ただ縷々たるがごとし
遊魂《ゆうこん》一点、いずくに帰る、青史に名標《めいひょう》たるもこれ等閑《とうかん》たり

姫昌は詩を作り終わってからも、悶々と気が晴れず、その後は食事もままならず、眠れない夜を過ごすこととなった。羑里に関してはこれまでとする。

さて使者は朝歌に戻り、紂王に復命した。紂王は顕慶殿《けんけいでん》において費仲・尤渾と碁《ご》を打っていた。左右の侍従の官が伝える。

「羑里に遣わした使者が戻りました」

紂王は伝える。

「使者を殿に来させて報告させせよ」

使者は紂王に報告する。

「わたくしは聖旨と肉餅を奉り、羑里にまいりました。すると姫昌は恩を謝して、『姫昌は罪万死に値します。聖上の恩を蒙りまして、生きながらえておるだけでも望外の喜びでありますのに、いま陛下は狩の労苦をしてまで、このわたくしめに鹿肉の肉餅を賜ってくださいました。聖恩に大きさに感謝いたします』と申したあと、ひざまずいて食膳のふたを開け、三つの肉餅をたちどころに食べ、叩頭して感謝しておりました。そして臣《しん》にむかって、『この姫昌は龍顔《りゅうがん》を拝することができませぬ』といい、そのあと八拝しておりました。このように陛下に報告し、復命いたしまする」

紂王は使者の言を聞き、費仲に対して言う。

「姫昌はこれまでよく先天の運を占い、吉凶を必ず当てるとか、禍福をすべて知るとか言われておったが、いま自分の子の肉ですら判別できぬとは、人の言うことも当てにならぬではないか。いま朕は姫昌を七年間の蟄居から解放し、赦免して国に帰そうと思うが、そなたらはどう考えるかな？」

費仲は答える。

「姫昌は天数を占って、いまだ外れたことがありません。これはわが子の肉であることを知りながら、もし食べなかったら、誅殺の憂き目にあうことがわかったのでしょう。それでむりに食べたのです。これはおそらく逃げ帰るための計略です。やむを得ずに行ったことですので、陛下はお察しください。やつの奸計《かんけい》にはまってはなりません」

紂王は言う。

「そうかな？　もし子の肉であると知っておったら、さすがに食べはすまい」

また言う。

「姫昌は賢者だというが、賢者が自分の子の肉を食らって知らぬということがあろうか」

費仲は言う。

「姫昌は、外面は忠誠を装《よそお》っておりますが、内は偽《いつわ》りに満ちています。人はみなやつにだまされておるのです。姫昌を羑里から出さぬほうがよいでしょう。それはまるで虎が罠にはまり、鳥が籠《かご》に閉じ込められているようなもの。もし殺さなくても、その鋭気を損なうことができましょう。いまは東や南の諸侯たちが反乱を起こし、まだ服従しておりませぬ。そこに姫昌を西岐に帰すなどとは、さらに災いをひとつ増やすようなもの。どうか陛下にはご賢察ください」

紂王は言う。

「そなたの申す通りじゃな」

この時、西伯侯の災厄の命数はまだ満ちていなかったのである。そのことについては、詩があって言う。

羑里城中に災いいまだ満ちず、費・尤は側にあって讒言《ざんげん》す
もし西地に宜生《ぎせい》の計なくんば、いずくんぞ文王、故園《こえん》に帰るを得んや

さて紂王がこのときは姫昌を赦免しなかったことはさておく。

いっぽう、伯邑考の従者たちは、伯邑考が紂王によって惨殺され、また切り刻まれて肉片になったことを知ると、日夜をついで逃げ帰った。西岐に戻ると、次男の姫発に会う。姫発は殿に登ると、端門《たんもん》を守護する官が報告する。

「伯邑考さまとともに朝歌に行った者たちが、報告にまいっております」

姫発はその言を聞くと、すぐに命令を伝え、伯邑考と一緒だった家来たちを殿の前に通した。家来たちは、会うとすぐに泣いて地に伏す。姫発はその理由を尋ねる。家来たちは答える。

「伯邑考さまは朝歌に貢ぎ物を献上しにまいりましたが、羑里の姫昌さまには会えず、紂王陛下のもとにお目通りすることになりました。しかしその後何が起こったかは知りませんが、伯邑考さまは切り刻まれて肉片と化したのであります」

姫発はそのことばを聞くと、殿のなかで泣き崩れ、気絶せんばかりであった。そこへ文武の臣下の班列から、大将軍の南宮适《なんきゅうかつ》が進み出て叫んで言う。

「伯邑考さまは西岐の跡取りでありました。いま紂王陛下に貢ぎ物にまいられたのに、かえって残酷にも肉片に切り刻まれることとなりました。われらの主君はいまだ羑里に囚《とら》われたままです。商の国は非常に混乱しているとはいえ、われらはこれまで遠くより臣下としての礼を尽くしてまいりました。それは先王の遺訓に背かぬということもあったからです。しかしながら、いま伯邑考さまは冤罪によって誅殺されることになり、この悲しみには耐えられません。こうなれば臣下としての義理をはたす必要もないでしょう。綱紀はすでに失われました。いま東の諸侯、南の諸侯らは反乱を起こし、それが多年に及んでおります。われらはこれまで国法を奉じて臣下としてふるまってまいりましたが、このような事態になれば、もはや遠慮はいりません。文武の両班を率いて、国の兵をすべて動員し、まずは五関を奪取し、そのまま朝歌に攻め入り、昏君を誅殺いたしましょう。そして明君を君主として立て、天下の禍乱を平定して和平を導けば、臣下としての節を尽くしたと、かえって言えるでしょう」

文武の官のうち、武将たちは南宮适の言に聞き入っていた。四賢《しけん》と八俊《はっしゅん》、それに辛甲《しんこう》・辛免《しんめん》・太顚《たいてん》・閎《こう》夭《よう》・祁恭《ききょう》・尹積《いんせき》、また西伯侯には三十六名の武将としての教練を受けた姫叔度《きしゅくど》などの子らがいたが、彼らも声を合わせて叫んだ。

「南将軍の言う通りですぞ！」

文武諸官の者たちは切歯扼腕し、眉を縦にし目をいからせ、七間大殿《しちけんたいでん》のなかは喧騒《けんそう》の声に満ちた。姫発はこのとき確たる意思もなく、ただ見ているだけであった。ところが、そのとき突然、散宜生が声を荒げて叫ぶ。

「姫発さま、惑わされてはなりませんぞ。わたくしに意見がございます」

姫発は言う。

「上大夫どのは何か意見がおありか？」

散宜生は答える。

「姫発さま、まずは処刑人に命じて、南宮适めを端門から引きだして、斬首の刑に処してください。大事を議するのはそれからです」

姫発と諸将は尋ねる。

「先生はどうしてまず南将軍を斬れなどと申されますか？　おそらく諸将は納得しませんぞ」

散宜生は諸将に答える。

「これは乱臣賊子の言で、君主を不義に陥れるものです。まずは先に斬首して、それから国事を論議したいと思います。諸将は威勢のいい話ばかりで、勇はあっても策はありませぬ。それは無謀と申すもの。そもそも姫昌さまは臣下としての節を守り、二心《にしん》なく陛下に仕え、羑里にあっても恨み言など言われませぬ。もし諸将のみながうかつにも攻め込んだとしたら、兵が五関にいたる前に姫昌さまは不忠の名を着せられて殺されてしまうでしょう。いったいどこに主君を気づかう心があるというのです。先に南将軍を斬り、それから国事を議すとは、つまりそういった意味をこめてのことです」

姫発と諸将はこの言を聞いて、黙々として何も言えない。南宮适もまた無言で頭を下げるだけであった。

散宜生はさらに告げる。

「実は伯邑考さまはこの散宜生の忠言を聞かずに出発し、このような災厄を招いてしまわれたのです。姫昌さまが朝歌に向かわれた日、先天の数を占っておられ、七年の災厄があっても、その数満ちれば自然に帰れるのだから、誰も迎えに来る必要はないと言っておられました。そのおことばはまだこの耳に残っております。しかし伯邑考さまは聴かれずに、この災禍を招いてしまわれました。ここでまた失敗するわけにはまいりませぬ。いま紂王陛下は費仲と尤渾の奸臣どもを寵愛しています。伯邑考さまはこの二名に礼物を献上されておられませぬ。そのために災禍に陥ることになりました。そこでいま一計を施す必要があります。まず誰かを派遣して、費仲と尤渾に重く賄賂を送るのです。そして紂王陛下に向けて内と外から説き伏せるのです。同時にわたくしが嘆願状を書き、哀切をもって訴えます。奸臣どもは賄賂を受けて、紂王の面前では都合のいい話をしてくれるでしょう。そうして姫昌さまが赦免されて帰国されたあと、さらに徳を積み仁義を行えば、いずれ紂王の悪行はますますひどくなり、天下の諸侯が会盟して無道の君を伐つことになりましょう。そのときに殺された民を弔い、罪を問うための軍を起こせば、天下は自然と従うようになります。そうなれば昏君を捨て明君を立てて、天下を安泰ならしむことができます。この道を取らねば、われわれは敗滅の危機に陥りましょう。後世に悪例を示し、天下の笑いものになってしまいます」

姫発は言う。

「先生がこのように万全の策を示してくださり、この姫発は蒙を啓かれた気がします。まさに金玉の論と申すべきでしょう。さてそれではどういった礼物を送りましょうか。また誰を派遣すべきでしょうか？　どうか先生、ご教示ください」

散宜生は答える。

「とりあえずは明珠《めいじゅ》・白璧《はくへき》・彩絹《あやきぬ》・黄金《おうごん》をご用意ください。その礼物を二つに分けます。そして一つは太顚を通じて費仲に送ります。もうひとつは閎夭を通じて尤渾に送ります。お二人の将にはご苦労だが、商人の姿に化けて、夜に五関を進んでもらいます。そしてひそかに費仲と尤渾の両名に礼物を渡します。そうなれば、姫昌さまはいずれ遠からず、無事に帰国なさいましょう」

　姫発は大いに喜び、急いで礼物を用意させる。散宜生は嘆願状を書くと、太顛と閎夭の二将を朝歌に送り出す。詩があって言う。

明珠・白璧と黄金を共にし、ひそかに朝歌に進んで佞臣《ねいしん》に賂《まいない》す
みだりに言うなかれ、財神《ざいしん》は鬼使《きし》に通ず、はたして世は利もて人心動く
成湯の社稷は残燭《ざんしょく》となり、西北の江山《こうざん》は茂林《ぼうりん》のごとし
宜生の妙策を施すにあらざるも、天は殷紂《いんちゅう》をして自ら擒《とりこ》となさしむ

　さて太顛と閎夭の二将は、行商人に扮し、さらにひそかに礼物を運搬して夜に汜水関《しすいかん》にいたる。関の調べも普通にくぐり抜け、二将は関を進む。道中特筆すべきもなく、さらに界牌関《かいはいかん》に進む。八十里を進んで穿《せん》雲関《うんかん》にいたる。さらに潼関《どうかん》に進み、百二十里を進んで臨潼関《りんどうかん》に着く。澠池県《べんちけん》を過ぎ、黄河を渡り、孟津《もうしん》に着き、朝歌に入った。太顛と閎夭の二将は、官舎には宿泊するのは避けて、一般の民宿に入った。そこでひそかに礼物を調える。太顛は費仲の邸宅に書状を届け、閎夭は尤渾の邸宅に書状を届けた。

　さて費仲が夕方になって朝廷から邸宅に戻ると、とくに何事もない様子であったが、そこへ門番の官が告げる。

「西岐の散宜生という者の使者が書状を届けにまいりました」

　費仲は笑って言う。

「遅かったな。その者を引き入れよ」

太顚は邸宅の庁まで来て、まず拝礼を行う。費仲は尋ねる。

「そなたは何者で、いったいこんな夜にどうしてわしを訪ねてきたのかな？」

太顚は身を起こすと、答えて言う。

「それがしは西岐の神武《しんぶ》将軍《しょうぐん》の太顚と申す者です。いま上大夫の散宜生の命令によりまして、お礼を告げにまいりました。大夫のおかげを蒙りまして、わが主君はその命をまっとうすることができました。この再生の恩は深く、限りなく広いものであります。なんとかこのご恩に報いるために、わずかではございますが、礼物を用意しております。そのためにそれがしが派遣され、また散宜生の書状を持参いたしましてございます」

費仲は太顚に立ちあがるように言い、書状を開いて見る。その書状には次のようにあった。

西岐の散宜生が、頓首《とんしゅ》して大夫の費仲さまに申しあげます。久しくその徳を仰いでおりましたが、いままでお会いする機会がございませんでした。いずれはご指導を仰ぎたく、夢のごとく渇望しております。さて、わが地の西伯侯姫昌でありますが、無謀にも君主に逆らい、罪は許さざるところ、大夫のご慈悲によりまして、どうにか命をまっとうすることができました。いま羑里に囚われておりますが、これも大夫がお救いくださったおかげであります。この幸運に対して、また何を望むでしょうか。わたくしめは僻遠《へきえん》の地におり、遠く朝歌にまで参上することはかないませぬ。遠くから朝歌におられる紂王陛下の万寿をお祈りするのみです。いまわが将の太顚を派遣し、いたらぬものではございますが、白璧をふたつ、黄金を百鎰《ひゃくいつ》、絹織物若干、これは西岐の者たちのほんの志でございます。幸いにもお見捨てなくば、わが主君はもうすでに老境の身であります。久しく羑里におり、哀れにも蟄居いたしております。しかし西岐には老母もおり、また幼い子ら、われわれ臣下も、日に夜に主君に思いをいたしております。どうか再び会わせていただければ、これぞ仁徳にあふれる君子の行いと存じます。どうかご慈悲を賜りくださいませ。もし寛大なお心をもって、赦免されて帰国がかなえば、その恩は海より深く、山よりも高く、西岐の民百姓にいたるまで、代々恩徳に感謝するでありましょう。これを書するに及んで、恐懼のいたりでございます。謹んで申しあげます。

費仲はこの書状を読み終わり、また礼物の目録を見て思う。

「この礼物は黄金一万に値するものじゃな。さて、いまどう行動すればよいか」

しばらく考えていたが、太顚に次のように言いつける。

「そなたはまず帰られよ。いずれそなたらの主君は帰国するであろう『こちらは返書を書くわけにはいかぬが、すぐに手立てを調える。そして大夫散宜生どのには、『こちらは返書を書くわけにはいかぬが、すぐに手立てを調える』とわしが言っていたと伝えてくれぬか。決してそなたらや大夫どのの付託《ふたく》には背かぬつもりじゃ」

太顚は拝謝して帰っていき、宿舎に戻った。まもなく閎夭のほうも、尤渾のところに行って礼物を進呈して戻ってきた。二人は相談したが、ほぼ同じ結果であった。二人は喜んで、急ぎ西岐へと戻っていった。このことはさておく。

さて、費仲は散宜生からの礼物を受けとったが、そのことは尤渾には告げなかった。尤渾もまた費仲には問わなかった。二人はそれぞれ暗に態度で理解した。ある日、紂王は摘星楼にあってこの両名と囲碁を打つ。紂王は立て続けに二勝し、はなはだ機嫌が良かった。そこで宴を開くと、費仲・尤渾の二人も相伴にあずかる。宴会が続くなか、突然紂王は伯邑考の琴の腕前や、白面猿猴の歌がすばらしかったことについて話し始める。そして論じて言う。

「姫昌が伯邑考の肉を食べたということで、いわゆる先天の数などということは妄言であるとわかったな。

どうして先に運命が決まっておるなどと言うのか」

その機に乗じて費仲は言う。

「わたくしは姫昌どのが反逆の下心を持っていると聞いておりましたので、用心していました。しかし、数日前に腹心の者を羑里に派遣して虚実を探ったところ、羑里の兵士や民百姓はみな姫昌どのの忠義ぶりを賛嘆していました。毎月、一日と十五日の日には、香をたいて陛下のご健康、異民族の服属、国家の安泰、天候の順、民百姓の安楽、社稷の永続、宮廷の安定などなどを祈っているそうでございます。陛下はもうすでに七年にわたって姫昌どのを蟄居せしめました。しかし恨み言はひとことも言わぬそうです。わたくしが思いますに、姫昌どのこそ真の忠臣ではございませぬか」

紂王はその言を訝《いぶか》って尋ねる。

「しかしそなたは先日、姫昌は『忠誠を装っているが、内は偽りに満ちている』と申したばかりではないか。心に反逆の意を抱き、善人ではないと。今日になってそれと反対のことを申すのは何故じゃ？」

費仲はそこで答える。

「人づての話では、姫昌どのが忠義の者であるか奸佞の者であるか、わかりませんでした。耳に入ることばだけでは、その真実は見極めがたいものがあります。しかし今回、臣はひそかに腹心の者を遣わして、深くその虚実を探らせました。いや、姫昌どのはまことの忠臣であること間違いございませぬ。これぞいわゆる『道遠くして馬の力を知り、日久しくして人心あらわる』というものあります」

紂王は、今度は尤渾に尋ねる。

「尤大夫の見るところはどうじゃ？」

尤渾は答える。

「費仲どのの申すところ、これぞ真実であると思われます。臣もまた申しあげます。姫昌どのはこの数年間困苦にあえぎ、蟄居の身でありながら、羑里の民百姓を訓導していたようです。民はその徳になつき、その風習が善なるものとなりました。民は忠孝節義を重んじ、よこしまな行いをせぬようになったとか。そのため姫昌どのは聖人と称されておるようです。日々民は善なるほうに導かれております。陛下がいま問われたので、臣も真実をもって告げぬわけにはまいりませぬ。費仲どのが告げずとも、臣もまた上奏する次第でございます」

紂王は言う。

「二人の大臣の言うことが同じであれば、姫昌は善人なのであろう。ならば朕は姫昌を釈放しようと思うが、そなたらはどう思うか?」

費仲は言う。

「姫昌どのを釈放するかしないかについては、臣はあえて申しあげませぬ。ただ姫昌どのは忠孝の心あつく、久しく羑里に蟄居なされていても、恨み言はひとこともらしておらぬそうです。もし陛下が憐憫をおくだしになり、本国に帰すとお決めになられましたら、姫昌は死地から脱し、国を取り戻すことになり、望外の喜びに、陛下のご恩にひたすら感謝することでありましょう。そうなれば犬馬《けんば》の労を厭《いと》わず、陛下の期待に背かずに恩に報いることに必死になると思います。臣が思いますに、姫昌どのはその命をまっとうするまで、最後まで陛下に忠心をもって仕えるでありましょう」

尤渾は費仲が力説して姫昌のために訴えるのを見て、必ずや西岐からの礼物を受け取ったためにそうしているのだと理解した。ここで費仲だけに情を訴えさせるわけにいかず、自分も姫昌に恩を売るために説くことにした。尤渾もまた列を出て言う。

「陛下の威徳により姫昌どのを釈放されるならば、さらにこれに重き恩賞を加えますれば、さらに国のために忠勤に励むこととなりましょう。いわんやいまは東伯侯の姜文煥《きょうぶんかん》が造反し、遊魂関《ゆうこんかん》を攻めております。大将の竇栄《とうえい》はすでに七年間戦っておりますが、勝敗は決しておりませぬ。南伯侯の鄂順《がくじゅん》も反乱を起こし、三山関を攻め、大将の鄧九公《とうきゅうこう》とやはり七年にわたって戦っております。互いに殺戮しあい、軍の動きは止むことなく、四方に反乱ののろしが上がっております。臣の愚見によりますれば、このたび姫昌どのに号を与えて王に封じたらどうでしょうか。そして白旄《はくぼう》と黄鉞《こうえつ》（帝の代わりに専断することを許可する宝器）を授けて、王の名代《みょうだい》として征伐を行うことを許すのです。その勢威は西岐を鎮し、さらに賢人との名が知れ渡っております。天下の諸侯は敬服しておりますので、姫昌どのを東と南の両路の討伐に当たらせれば、敵はおのずから退《しりぞ》くのではないでしょうか。まさにいわゆる『一名を推挙すれば遠方もなびく』というもの」

紂王はそのことばを聞いて大いに喜んで言う。

「尤渾は才知双全《さいちそうぜん》と言うべき者じゃな。いやすばらしい提案じゃ。費仲もよく賢者を推挙してくれたぞ。すぐにでも命を下して釈放いたそう」

二人の大臣は恩を謝した。紂王はすぐに釈放の命令を書かせ、姫昌に羑里から速やかに戻るように命じた。詩があって言う。

天運は循環するも同じからず、七年にして満ち籠を脱せん
費・尤賂を受け諫言せんとするも、社稷の成湯は画餅《がべい》に帰せん

加えて文王に任じ故土《こど》に帰せしめ、五関に父子また重逢《ちょうほう》す
霊台《れいだい》、兆《きざし》に応じて飛熊《ひゆう》いたり、渭水の渓にて太公にあわん

紂王の使者は釈放の命令を持って朝歌を出発した。文武百官たちは喜ばぬ者はいない。使者が宮殿より出発したことはさておく。

さて西伯侯姫昌は、羑里にあって長男の伯邑考が紂王に切り刻まれて殺された件について、ずっと思い悩んでいた。思わず嘆じて言う。

「わが子は西岐に生まれながら、朝歌にて死すこととなった。この父の言を聞かずに、災禍を招くことになった。聖人はわが子の肉を食らわずという。しかしわしがやむを得ずに子の肉を食べたのは、あくまで方便としてのこと、その意はまったくなかったのじゃ」

伯邑考に思いをいたす。そこへ突然一陣の奇怪な風が吹き、屋根の上の瓦がふたつほど落ちてきて砕けた。姫昌は驚いて言う。

「これは何か起こる兆しであろう」

香をたき、金銭を取りだして八卦を占う。そして紂王が赦免の命を下したことを知った。姫昌はうなずいて嘆じて言う。

「今日、これから天子の釈放の命が届くであろう」

そこで左右の配下に命じて言う。

「天子の釈放の命が届く、ただちに出立の準備をするのじゃ」

配下の者たちも、完全には信じられずにいた。そこへまもなく天子の使者が来て、本当に赦免状が届くと

の知らせがあった。姫昌は聖旨を受けとるため拝礼すると、使者は告げた。

「聖旨により、姫昌さまを蟄居より解放いたします」

姫昌は北の方角を向いて恩を謝した。そして羑里を出発する。すると羑里の民が、老若男女を問わず、羊を連れ、酒樽《さかだる》を担ぎ、道ばたを埋め尽くしている。老人がひざまずいて言う。

「お殿さまは今日、陛下の命により解きはなたれましたが、それはまるで龍が雲に乗り、鳳が桐《きり》に止まり、虎が山に登り、鶴が松や柏《はく》に舞い降りたようなもの。七年ものあいだわれらを訓導くださったおかげで、みな忠孝を知り、女性は貞潔を重んじ、風俗が改まりました。老いも若きも、男も女も、みなお殿さまの恩に感じております。いまお別れすることとなり、再びお教えを受けられなくなるとなると、その悲しみに耐えません」

老人の左右の者たちも落涙する。姫昌もまた涙を流しながら言う。

「わしはここで蟄居すること七年、そなたら民百姓についてはまったく面倒を見ることもできなかった。いま酒や肉を用意してくれるなぞ、わしはむしろ心苦しく思う。今後ともわしの常の教え通りに行動すれば、自然と無事に過ごすことができよう。そうなれば朝廷も太平の福を得られるというものだ」

民百姓は嘆き悲しみ、そのまま十里を送ったのち、涙を流して別れて行く。姫昌はそのまま進んで、一日の旅程で朝歌に到着する。文武百官が午門にて出迎える。そこには、微子《びし》・箕子《きし》・比干《ひかん》・微子啓《びしけい》・微子衍《びしえん》・麦雲《ばくうん》・麦智《ばくち》・黄飛虎《こうひこ》、それに八人の諫議大夫《かんぎたいふ》などがすべて西伯侯に会うためにやってきた。姫昌は文武百官を見ると、すぐに拝礼を行って言う。

「この罪臣は七年ものあいだ、大臣のかたがたにお会いすることができませんでした。いま天子の恩を蒙り、赦免されることになりました。これもまた大臣のかたがたがお助けくださった幸運のたまものと存じます。いままさに日のもとへ出ることがかないました」

文武百官は、姫昌が高齢であるにもかかわらず、かなり元気であるのを見て、喜びあった。使者が戻っていくと、紂王は龍徳殿にあって、姫昌たちに拝謁するように命ずる。姫昌は質素な服のまま、紂王の前に進みでて、平伏して言う。

「罪臣の姫昌は、その罪は誅されるに値するものの、陛下のおかげを蒙りまして、赦免を得ることができました。粉骨砕身して働きまして、陛下の賜りましたご恩に報いたいと存じます。臣は陛下の万歳を願うものです」

紂王もまた言う。

「そなたは羑里にあって、七年間囚われていたものの、その間ひとことも恨み言はなかったそうであるな。そして朕の治世の長からんことを願い、また天下の太平であること、庶民が業を楽しむことを求めていたと聞いておる。まことにそなたの忠誠心は明らかである。朕はそなたにむしろ申し訳なく思うぞ。いま朕は特赦を発し、そなたを無罪とする。そして七年の間、罪なく虜囚にあったことを思い、そなたを賢良・忠孝として諸侯の長《おさ》に任ずる。今後はすべてそなたの独断で征伐を行ってよろしい。そのために特に白旄・黄鉞を賜る。王の位を贈るので、西岐を鎮護してほしい。毎月に禄米《ろくまい》を一千石《いっせんせき》送る。また文官二名、武将二名を付けて、そなたの帰国を送らせる。また龍徳殿に宴席を用意し、かつ街で誇官《こかん》（官位を封じられた者が行列を行う）の遊行《ゆうぎょう》を三日間行うことを許す。謹んで受けるように」

姫昌は王の恩を謝した。そして姫昌は衣服を王号にふさわしいものに着替える。文武百官も祝賀を称し、みな龍徳殿での宴席に参加した。その様子は次のよう。

条台の卓椅《たくい》を擦抹《さつまつ》し、奇異なる華筵《かえん》を鋪設《ほせつ》す
左は粧花《しょうか》の白玉《はくぎょく》の瓶を設け、右は瑪瑙《めのう》の珊瑚樹《さんごじゅ》を配す
酒を進めし宮娥《きゅうが》はふたりの洛浦《らくほ》（美人の称）に似て、香を添える美女はふたりの嫦娥《じょうが》（美人の称）に似る
黄金の炉のうちには麝檀《しゃだん》の香ありて、琥珀の盃のうちに珍珠滴《したた》る
両辺は囲繞《いにょう》せし繍屏《しゅうへい》開き、満座に重ねて銷金《しょうきん》の簟《てん》を鋪《ほ》す
金盤に犀《さい》の箸、掩《おお》いて龍鳳の珍饈《ちんしゅう》を映す
整整斉斉《せいせいせいせい》たり、またこれ一般の気象
繍屏に錦の帳、花卉《かき》に翎毛《れいもう》を囲繞す
畳畳重重《じょうじょうちょうちょう》たり、自然の彩色稀《まれ》に奇なり
誇るなかれ交梨《こうり》と火棗《かそう》、おのずから雀舌《じゃくぜつ》と牙茶《がちゃ》あり
火炮《かほう》に白杏《はくあん》、醬牙《しょうが》に紅薑《こうきょう》
鵝梨《がり》、蘋果《ひんか》、青脆《せいせい》の梅
龍眼《りゅうがん》、枇杷《びわ》、金赤《きんせき》の橘《たちばな》
石榴《ざくろ》は盞大にして、秋の柿は毬円《きゅうえん》たり
また兎絲《とし》、熊掌《ゆうしょう》、猩唇《せいしん》、駝蹄《たてい》を配列す
誰か羨《うらや》まん他の鳳髄《ほうずい》、龍肝《りゅうかん》、獅晴《しせい》、麟脯《りんほ》を
みだりに酌《く》むなかれ、かの瑶池《ようち》の玉液《ぎょくえき》、紫府の瓊漿《けいしょう》を
しばらくは吹く鸞簫《らんしょう》と鳳笛《ほうてき》と、象板《ぞうばん》と笙簧《しょうこう》と

まさにこれ、西伯の誇官は飲宴を先にし、蛟龍《こうりゅう》水を得て泥沙《でいさ》を離る
要するものはすべてあり、珍饈百味《ちんしゅうひゃくみ》はそろう
一声に鼓楽《こがく》動き、まさにこれ帝王の歓《かん》

さて比干・微子・箕子それに百官らは、ほぼすべて全員が、姫昌が赦免されたことを喜んでいた。百官は宴席に出て楽しむ。文王《ぶんのう》（姫昌は生前「王」に封ぜられることはなかったが、原文はここより先は多く「文王」と称す）は恩を謝して朝廷を出て、三日にわたり誇官を行うこととなった。さて、その誇官の様子といえばどうであろう。

前は遮《さえぎ》り後は擁《よう》し、五色の旛《はた》揺れる
桶子《とうし》の鎗は朱縷蕩蕩《しゅるとうとう》として、朝天の凳《とう》は艶色輝輝《えんしょくきき》たり
左辺の鉞斧《えつふ》、右の金瓜《きんか》、前に黄旄《こうぼう》を配し後に豹尾《ひょうび》随《したが》う
帯刀の力士は光彩《こうさい》を増し、随駕《ずいが》の官員は喜気《きき》添《そ》う
銀の交椅《こうい》は玉芙蓉《ぎょくふよう》に襯《は》え、逍遥馬《しょうようば》は黄金の轡《くつわ》を飾る
走龍《そうりゅう》と飛鳳《ひほう》の大紅袍《だいこうほう》、暗に団龍《だんりゅう》を隠す
粧花《しょうか》と繍彩《しゅうさい》の玉束帯《ぎょくそくたい》、箱は八宝《はちほう》を成す
百姓争《あらそ》って西伯の駕を見《み》、万民は聖人と称して賀す
まさにこれ、靄靄《あいあい》たる香煙と声は道に満ち、重重《じゅうじゅう》たる瑞気《ずいき》は台階《たいかい》をおおう

朝歌の城内の民百姓は、老若男女が手を携え、幼児を抱えてみな文王の誇官の様子を見に来ていた。人々はみな言う。

「忠臣のかたが今日赦免されたのはよいことだ。文王の災厄の時は終わったのだろう」

文王は城内で誇官を行うこと二日間、その日の未《み》の刻になろうという時、前面に旗を押し立てた隊伍に出会った。剣や戟がものものしい一軍の行列であった。文王は問いかける。

「前の兵馬はどちらのものであろうか?」

左右の配下の者たちが答える。

「殿下に申しあげます。あれは武成王黄飛虎さまの兵馬で、いま演習から戻られたところです」

文王は慌てて馬から下りて、道の脇に立ち、欠身の礼を行う。武成王は文王が馬を下りたのを見て、こちらも急いで下馬し、文王にむかって言う。

「文王殿下が来られるのに、それがしは大駕を避けるのを忘れました。どうかお許しのほどを」

さらに次のように告げる。

「いま殿下が釈放されて戻られたのは、大いなる喜びです。それがしもお祝いを申しあげたいのですが、殿下にはご同意していただけるでしょうか?」

文王は答える。

「むろん、まいりますとも」

武成王は言う。

「ここはそれがしの王府から遠くありません。少々ではありますが、酒を用意しております。どうかお立ち寄りくださいませんか?」

文王は誠実な君子である。ここでは特に謙譲などはせず、すぐに答えて言う。

「武成王殿下のせっかくのお誘い、この姫昌断るわけにはまいりませぬ」

そこで黄飛虎は文王を連れて武成王府に行く。到着するとすぐに配下の者に命じて宴席の用意をさせる。二人の王は杯を重ねて歓談する。特に忠義について二人は論じた。そのまま夕方になる。燭《しょく》がともされるようになると、武成王は人ばらいをして、文王に告げる。

「今日文王殿下が誇官されたことは、まことに幸運でありました。しかしいまは佞臣が寵愛を受けており、忠言は聞き入れられず、大臣は陥れられる始末です。陛下は酒色に染まり、朝廷は綱紀とてありませぬ。諫言を容れず、かえって炮烙でもって忠臣を焼き殺し、蠆盆でもって臣下を阻むようになっています。そのため多くの者が恐々とし、反乱の軍があちこちで蜂起しており、東と南ですでに四百の諸侯が背きました。いま殿下はその徳でもって羑里の蟄居を解かれましたが、いまの状態は龍が大海に戻り、虎が山に帰り、鰲《おおがめ》が釣針から逃れたかのようです。しかしこの状態がそのまま続くでしょうか。いまの朝廷は三日として正常であったためしがありません。文王殿下はこのまま誇官を続けても、また陛下の命で何時ひっくり返されるかわかったものではありませんぞ。そうなったら、いったい何のための誇官ですか。何の王号ですか。ここは一刻も早く朝歌を脱出され、西岐に戻り、お子さまやご夫人と再会され、お命をまっとうすべきでしょう。どうしてまだこの朝歌の危ない地に留まっておられるのです。吉凶はまだ定まっておらぬのですぞ」

武成王の語ったこのことばによって、文王は全身から力が抜けるほどに驚愕した。そして立ちあがり、礼を述べる。

「武成王のおことばはまことに金言であります。この姫昌を誤りから救い出してくださいました。この恩にはどうして報いましょうか。しかし一点問題があります。もし朝歌を脱出したとしても、五関を通るのは難しそうです。どうしたらよいでしょう?」

黄飛虎は言う。

「それは難しくありません。それがしの王府には関を通るための銅の割符《わりふ》がございます」

すぐに銅の割符と令箭《れいせん》を取りだして文王に渡す。そして衣装を一般のものに着替えさせた。夜の闇にまぎれて五関に向かうのに目立たぬような衣服を着る。

文王は感謝して言う。

「武成王殿下が再生させてくださった恩には、いったいいつ報いることができましょうか」

時はすでに二更（亥の刻）の時分であった。武成王は副将の龍環《りゅうかん》と呉謙《ごけん》に命じて、朝歌の西門を開けさせ、文王を城内から脱出させた。さて文王の命はどうなるか。それには次回をお聞きあれ。

第二十一回　文王、誇官して五関を逃げる

詩に言う。

黄公《こうこう》の恩義は岐王《きおう》を救う、令箭《れいせん》・銅符《どうふ》もて帝疆《ていきょう》を出《い》ず
尤・費讒謀《ざんぼう》し聖主を追うも、雲中顕化《けんか》し慈航《じこう》を救う
従来徳大なるは世《よ》容《い》れがたし、これより龍飛《りゅうひ》の兆《きざし》瑞祥《ずいしょう》あり

留めて児《じ》を吐く名誉《めいよ》あり、今に至るも歯角《しかく》に余芳《よほう》あり

　さて文王は朝歌を離れてから、夜を日に継いで孟津に着き、そこで黄河を渡る。さらに澠池を過ぎて、そして臨潼関までいたったことはさておく。

　ところで朝歌の官舎の官吏は、一晩にわたって文王が帰らなかったのを知り、非常に慌て、急ぎ費仲の府に知らせた。配下の者が費仲に告げる。

「外に官舎の官吏が来て申しあげております。文王姫昌さまは一晩戻られなかったそうです。どこにおられるかは不明です。事は重大ですので、まずご報告にまいりました」

　費仲《ひちゅう》はその知らせを聞くと、命ずる。

「官舎の者は帰らせよ。わしはそのことは理解しておる」

　しかし費仲は思い悩む。

「事は自分の身にもふりかかるものだ。さてどう処置すればよいか？」

　そこで費仲は配下の者に命ずる。

「尤渾《ゆうこん》どのを呼んでくれぬか。相談したい」

　まもなく尤渾が費仲の府に来る。あいさつの礼が終わると、費仲は早速に告げた。

「あの姫昌については、賢弟が奏上申しあげ、陛下は彼を王に封じた。そのことはもうよい。ただ思ってもみなかったが、陛下が彼に三日間誇官させることになったのに、二日間はその通りにしたものの、三日目には逃亡してしまった。陛下の命を待たずにだ。これは困ったことで、重大な問題じゃ。いま東と南の二路の

諸侯が長年にわたって反乱を起こしておる。ここで姫昌を逃がしたら、さらに陛下にとって頭痛のたねが増えることになりはせぬか。この責任は誰が取るべきであろうか。さてどうしたらよいかわからぬ」

尤渾は言う。

「兄者には安心めされよ。必ずしも悩む必要はありませぬ。われら二人のことは、失敗とも何とも申せませぬ。まずは宮廷に行き陛下にお会いし、二名の将軍を派遣して姫昌を捕らえさせるように進言しましょう。そうなればその後、もしわれらが君を欺いた罪によって市で斬首されることになりましても、心配する必要もないというものです」

二人はそのように目下の策を定めると、急ぎ出仕のために衣服を整え、すぐに参内することにした。そのとき、紂王は摘星楼にあって、遊興にふけっていた。侍する者たちが紂王に告げる。

「費仲・尤渾の両名が参内しております」

紂王は言う。

「二人を摘星楼に上げよ」

両名は紂王に拝礼する。王は尋ねる。

「そなたらはいったい何があって急に参内してきたのか？」

費仲が上奏して答える。

「実は姫昌は陛下の恩に背き、朝廷の命を守らず、陛下を欺いていたのでございます。誇官を行うこと二日にわたりましたが、その後は陛下に恩も謝すことなく、王位を報ずるでもなく、ひそかに逃亡いたしました。おそらく反意を抱いてのこと、国へと帰ったのであります。臣らは先に姫昌について推薦申しあげたこともありますので、罪を得るのを恐れ、臣らは奏上いたします。どうか陛下にはご判断のほどを」

紂王は怒って言う。

「そもそも姫昌が忠義であると申したのはそなたら両名ではないか。毎月一日と十五日に香を焚いて礼拝し、風雨の順なることを願い、国家安泰を祈願していたと言うことであったぞ。それゆえに朕は赦免したのじゃ。ところが今日になって反乱を企んでいるなどと。それもこれも、みなそなたら両名が軽挙して赦免を願ったせいではないか」

尤渾は答える。

「いにしえより人の心は測《はか》りがたしと申します。面従腹背《めんじゅうふくはい》するのが人の常《つね》、外面はわかっても内面は理解できませぬ。まさにいわゆる『海は涸《か》れれば底が見えるが、人は死してもその心がわからぬ』というものでございます。ところで、姫昌はまだ遠くには行っておらぬと存じます。陛下は命令をお下しになり、殷破敗《いんははい》と雷開《らいかい》の二将に三千の騎兵を率いさせ、姫昌めを捕らえて、許可なく逃亡した罪を問うてもよいと思いますが」

紂王はその奏上を可とした。

「殷破敗・雷開の二将に命じて、騎兵を準備して追わせよ」

すぐに命令が伝えられる。神武大将軍の殷破敗と、雷開の二将は命を受けて武成王府から三千の騎兵を調えて朝歌の西門から姫昌を追いかける。そのありさまは次のよう。

旛幢《ばんどう》は招展《しょうてん》され、三春の楊柳こもごも加わる
号帯《ごうたい》は飄揚《ひょうよう》たりて、七夕の彩雲《さいうん》、日になびく
刀鎗は閃灼《せんしゃく》たりて、三冬の瑞雪《ずいせつ》、天にみなぎる

剣戟は森厳《しんげん》にして、九月の秋霜《しゅうそう》、地をおおう
咚咚《とうとう》と鼓響き、汪洋《おうよう》たる大海、春雷《しゅんらい》を起こす
地は振れ鑼鳴り、馬山前にいたり霹靂飛ぶ
人は南山の食を争う虎に似て、馬は北海の波に戯《たわむ》れる龍のごとし

このように雷電さながらの速さで騎兵たちが追いかけていったことはさておく。

さて、文王のほうは朝歌を出て、孟津を過ぎ、黄河を渡った。澠池県の街道を徐々に移動する。夜にまぎれて身を隠しながら進むことが多かったので、文王が移動する速度は遅かった。しかし殷破敗と雷開の二将は、騎馬で飛ぶように追いかける。そのために、早くも文王に追いつかんばかりとなった。このとき、文王が振り返って見てみると、後方から軍が動いて土ぼこりが舞いあがり、さらに人馬の殺到する音が聞こえてきた。文王はそれが自分を追いかけてきた兵だとわかり、驚きのあまり魂が飛んでいくようであった。そして天を仰いで嘆じて言う。

「武成王どのはわしのためによかれと思って忠告されたのであるが、わしはやや軽率であったな。夜に逃げ出したことを誰かが気づいたであろうし、もしそのことを他の臣下が奏上すれば、わしは許しを得ないで逃走したことを処罰されてしまう。そうなれば必ず軍が派遣されるであろう。もし今回捕らえられたとしたら、生きて戻るのは難しい。ここはなんとか馬を急がせて、逃げ延びるしかあるまい」

文王はこの危機にあって、森を失った鳥、網から逃げ損なった魚にも似て、南北もわからず、東西もわからぬ状況で逃げ回るだけであった。文王の心は矢のごとく、雲のごとくであったが、しかし他になすすべもなかった。まさにこれ、顔を上げて天に語っても天は語らず、下を向いて地に語りかけても無言、ただいた

ずらに馬に鞭を加えて走るのみ、馬の足に雲がわき、羽がないのを恨むばかりというありさま。

このとき文王は臨潼関から二十里ばかりのところにいた。追いかける騎馬兵はすでに迫っている。文王が危機にあったことはさておく。

さて、終南山《しゅうなんざん》の雲中子《うんちゅうし》は、玉柱洞《ぎょくちゅうどう》の碧遊床《へきゆうしょう》において元神をめぐらせる修行を行っていた。身体内の気である離龍《りりゅう》を守り、坎虎《かんこ》を納《い》れる。そのように修養を行っているとき、突然血が騒ぎ、気が乱れるのを感じた。雲中子は指を使って卦を立て、占いを行う。そこで現在なにが起こっているかを知った。

「おお、なんといま西伯侯が、その災厄の数が満ちたにもかかわらず、危機に遭っておられるのだな。今日はすなわち親子が再び会う日というわけじゃ。貧道は燕山において約束したことを違《ちが》えてはなるまい」

そこで叫ぶ。

「金霞童子《きんかどうじ》よ、どこにおるか？　そなたは桃園に行ってそなたの兄弟子を連れてくるがよい」

金霞童子はその命を受け、桃園にやってくる。兄弟子の雷震子《らいしんし》を見て言う。

「兄弟子、師匠がお呼びですよ」

雷震子は答える。

「弟《おとうと》弟子よ、先に行ってくれないか。ぼくはあとから行こう」

雷震子は雲中子のところにいき、拝礼する。

「師匠、この弟子に何かご用でしょうか？」

雲中子は告げる。

「弟子よ、そなたの父がいま難儀に遭っておる。そなたが行って救ってくれぬか」

雷震子は驚いて尋ねる。

「ぼくの父とは、どなたですか？」

雲中子は答える。

「そなたの父とは、西伯侯の姫昌どののことだ。いま臨潼関にあって、危機に陥っておられる。そなたは虎《こ》児崖《じがい》に行ってまず武器を探してくるのじゃ。その後にわしが兵法を授けるので、行ってそなたの父上を助けるがよい。今日はそなた親子の再会の日じゃ。後にまた再び会う日が来よう」

雷震子は師匠の命を奉じて、洞府を離れ、虎児崖の下に行く。しかし右を見ても、左を見ても、武器らしいものは見つけられなかった。またそもそもどんな武器があるのかも聞いていなかった。雷震子は考える。

「これは失敗したかな。武器といえば、刀や剣、あるいは戟《げき》・鞭《べん》・斧《ふ》・金瓜《きんか》などがあるけど、師匠は具体的にどんな武器があるとは言っていなかった。いったん洞府に戻って、詳しく尋ねてみなければ」

雷震子が引き返そうとしたところ、不思議な香りがした。その香りは肺腑にしみいるようであった。その香りのもとを探してみると、前のほうに渓流と谷が広がっていた。水の流れる音が鳴りひびき、雷が静かに響く。雷震子が見ると、まことに奇観であった。幽明な趣があり、藤《ふじ》のつるが伸びて檜《ひのき》や柏《はく》に絡みつく。竹が崖にさささるように生え、狐や兎がさかんに往来する。鶴や鹿が前後に鳴き、霊芝《れいし》が緑草に隠れる。梅の実が枝になり、このような風景はいままで見たことがなかった。そこに緑の葉の下に、赤い杏《あんず》の実がついているのを見た。雷震子は喜んで、かなり高いところに生えているのにもかかわらず、藤と葛のつるをよじのぼって、ふたつの真っ赤な杏の実をつかんだ。いい香りがして、鼻孔をつく。甘露《かんろ》のような甘い香りがますます強く感じられる。雷震子はひそかに思う。

「このふたつの杏は、片方は自分が食べて、もうひとつは師匠に持っていこう」

雷震子が片方の杏の実を食べると、まことに美味であり、香りが口のなかにしみた。あまりの旨さに、つい食べることに夢中になってしまい、もうひとつの実もかじってしまった。

「ああ、うっかりしてかじってしまった。こうなれば全部食べるしかない」

杏を食べ終わってから、また武器を探そうとしていたところ、左脇の下から音が響いた。そして長い翼が生えてきた。その羽は地にまで届く。雷震子は驚きのあまり、魂が天の外に飛び出るほどであった。雷震子は叫ぶ。

「ああ、なんてことだ！」

慌てて両手で翼をおさえようとする。しかし今度は右側からもうひとつの羽が生えてきた。雷震子は驚きのあまりなにもできず、ただ地べたに座るだけであった。しかしさらに、両側から羽が生えるだけでなく、今度は顔も変わってしまう。鼻が高く突き出し、顔色は青色に変ずる。髪の毛は朱になり、目もとも恐ろしげな様子になる。さらに口からは牙《きば》が生えてきて、唇の横に突き出る。身の丈も二丈《にじょう》ほどになる。雷震子は呆然としてことばも出ない。そこへ金霞童子が現れて、呼びかけて言う。

「兄弟子、師匠がお呼びですよ」

雷震子は言う。

「弟弟子よ、見てくれ。ぼくはどのように変わってしまったか？」

金霞童子は言う。

「いったいどうしてそのような姿に？」

雷震子は言う。

「師匠はぼくに虎児崖に行って武器を探してこいと命じたんだ。ところがいくら探しても武器などない。そこにふたつの杏の実があったので、食べてみた。すると不思議なことに、ぼくの髪は赤くなり、顔は青くなってしまった。口の上下に牙まで生え、さらに翼まで出てくる始末だ。どうしてこんな姿で師匠にお会いできるだろう」

金霞童子は言う。

「いや、早くお行きなさい。師匠はずっとお待ちですよ」

雷震子は立ちあがって歩き始める。自分の姿が奇怪であるのを自覚しているため、ふたつの翼を引きずりながら進む。その様子は、まるで戦いに負けた雄鶏《おんどり》のようであった。玉柱洞のところまで来ると、雲中子は雷震子の姿を見て、手を撫して言う。

「奇なるかな！　奇なるかな！」

そして雷震子の姿を指さして詩を作る。

ふたつの仙杏《せんきょう》天下を安んじ、一條の金棍乾坤《きんこんけんこん》を定む

風雷の両翅《りょうし》先輩を開き、変化千端後昆《こうこん》を起《た》たす

眼は金鈴《きんれい》に似て九地に通じ、髪は紫草《しそう》のごとくして三髡《こん》短し

秘伝の玄妙は真仙訣《しんせんけつ》にして、錬りて金剛体《こんごうたい》につき昏ならず

雲中子は詩を作り終わると、雷震子に命ずる。

「わしに従って洞に入るがよい」

雷震子は雲中子とともに桃園のなかに入る。雲中子はそこで一本の金の棍棒を雷震子に与え、その使いかたを伝授する。上下に揺らすと、その動きによって風雨の音がする。進退には龍蛇の勢いがあり、身を翻すさまは猛虎が頭を揺らすよう。立ちあがる様子は蛟龍が海から出るよう。棒を振れば風のような音が起こり、光が放たれる。その空中において動くさまは錦のふられるようで、左右に花が舞い散るようであった。雲中子は洞のなかで雷震子に棒の使いかたを伝授し、雷震子が習熟したとみるや、その左の翼には「風」の文字を、右側の翼には「雷」の文字を書き、呪文を唱えて力を与えた。するとと雷震子は空中に飛びあがり、半空にて停止し、天に昇り、回転することができるようになった。ふたつの羽を伸ばすと、空中において風雷の音が響く。雷震子は着地すると、雲中子に向かって平伏し、礼を述べる。

「師匠がこのように教えの玄機《げんき》を伝えてくださったことに感謝します。そしてこの力でもって父を救うことができます。まことにこの恩にはどう報えばよいのかわかりませぬ」

雲中子は言う。

「そなたはまず急ぎ臨潼関にむかえ。そこで西伯侯、このたび文王になられた姫昌どの、すなわちそなたの父上に当たるが、そのかたをお救いするのだ。しかし速やかに行き、速やかに戻るように。遅れてはならぬ。またそなたは父を救って五関を出たのちは、父に従って西岐に行ってはならん。さらに紂王の軍兵を損なってはならない。終わったらすぐに終南山に戻るのじゃ。そこでまたさらに多くの道術を教えよう。そしていずれは、そなたは兄弟のもとに戻り、ともに過ごすこととなる」

雲中子はこのように告げると、命ずる。

「行くがよい！」

雷震子は洞府を出ると、二枚の翼を広げ、飛び立つ。あっという間に臨潼関に到着した。そこに岡が見えたので、雷震子は空から下りると、その岡の上に立つ。しかし見まわしてみても、誰の姿も見えない。雷震子は思う。

「ああ、これはまた失敗だった。師匠には西伯侯文王さまがどんな姿であるのかまったく聞かされていない。さて、そもそもどうやってお会いするか」

そのことばが終わらぬうちに、ある人物がやってくるのが見えた。その人物は、青い氈笠《せんりゅう》（官僚がかぶる帽子）をかぶり、黒い衣服を身に着け、白馬に乗っている。そして先を急いでいるのか、馬を飛ばしていた。雷震子は考える。

「もしやこの人が、わが父上ではあるまいか？」

そこで大声で叫ぶ。

「岡の下に来るのは、西伯侯姫昌どのではありませぬか？」

文王はその自分を呼ぶ声を聞いて、馬を止めて頭を挙げて見てみた。しかし、周囲には人のいる様子がない。ただ声だけが聞こえた。文王は嘆いて言う。

「わが命もこれまでか。どうして声だけが聞こえて人の姿が見えないのか。これは鬼神がわしに戯れたに相違ない」

もともと雷震子の顔は青色になっており、また青い道服を着けていたので、山の色にまぎれて、文王の目にも見分けにくかったので、結局疑うだけで返事をすることはなかった。雷震子は文王がいったんは馬を留めたが、無言でまた行こうとするのを見て、さらに叫ぶ。

「そこに行かれるのは、西伯侯の姫昌殿下ではありませんか」

文王が頭をあげて見てみると、そこには顔が青く、髪の毛が赤く、口に牙があり、目が銅の鈴のごとく光輝く人物がいた。驚きのあまり魂が飛びでるよう。文王は自ら考える。

「もし幽鬼のたぐいであれば、人語をもって語ることもあるまい。事がここにいたっては、避けることもできなさそうだ。この者が呼びかけたのであれば、とりあえず岡に登って会ってみよう。それから様子を見ればよいだろう」

文王は馬を飛ばし、岡の上に来る。そして告げる。

「そこの豪傑どの、なぜわしを姫昌であると知ったのですかな？」

雷震子はその言を聞くと、平伏して拝礼する。そして告げる。

「父上、この息子は来るのが遅くなりました。また殿下を驚かせたことについては、この息子の罪をお許しください」

文王は言う。

「豪傑どのは何か間違っておられるのでは。この姫昌とそなたは一面識もござらん。どうして息子などと称するのですか」

雷震子は答える。

「ぼくはかつて燕山において養子となりました雷震子です」

文王は言う。

「おお、そうであったか、わが子よ。しかしいったいどうし

てそんな姿になったのじゃ。そなたは終南山の雲中子どのが山に連れて行き、確か今年で七歳になったはず。どうしてここに来たのじゃ？」

雷震子は答える。

「ぼくは師匠の命を奉じてこちらにまいりました。父上をお救いし、五関を出て、兵を退けよとのことでした」

文王は聞いて驚く。そしてまた考える。

「わしがこのように逃亡して、朝廷に罪を得ることになったのに、この子の姿を見てみると、凶暴そのものじゃ。もしその力で追っ手の兵を退けたとしても、兵たちはかなりの数が殺されてしまうであろう。そうなればますます罪を重くすることになる。ここはこの子に一言告げておいて、無辜《むこ》の兵を殺すのを止めさせねば」

文王は言う。

「雷震子よ、そなたは紂王陛下の兵を傷つけてはならぬ。彼らは王の命を奉じているだけなのじゃ。わしは逃亡した者であり、王の命に背いて西に帰ろうとしている。それだけで王の恩をないがしろにしておるのに、さらに朝廷の軍兵を傷つけるとなると、それはこの父のためにならず、かえって父を害することになるのじゃ」

雷震子は答える。

「わが師匠も、そのようにぼくに命じられました。王の軍兵を傷つけるなということです。ただ父上をお救いして、五関を出ればそれでよいとのことです。その後すぐに終南山に帰れとも命じられました」

雷震子は追っ手の兵が地を揺るがし、旗を押し立て、銅鑼と太鼓を鳴らし、喊声をあげて前進し、日を遮らんばかりにやってくるのを見た。雷震子はその様子を見極めると、すぐに脇の下の翼をはためかせ、空中に飛びたつ。手には黄金の棍棒を持っていた。そのありさまは文王を驚かせ、そのために文王は地に座り込んでしまう。そのことはさておく。

さて、雷震子は追っ手の軍の前に飛びだす。大声をあげて兵たちの前に現れる。手には金の棍棒を持ち、叫んで言う。

「こちらに来るでない！」

兵たちは頭を挙げて見ると、雷震子の顔は青く、髪は真っ赤であり、口には大きな牙が生えている。兵卒たちは殷破敗と雷開に知らせる。

「将軍に申しあげます。前に凶神がおりまして、道をふさいでおります。そのありさまは凶暴で、恐ろしいほどです」

殷破敗と雷開は大声で退くように命じ、両将は馬を走らせて軍の前に出て、雷震子と会う。さて二人の命はどうなるか。次回を聞かれよ。

第二十二回　西伯侯文王、子を吐く

詩に言う。

恥を忍んで帰来するはあわれむべし、ただ子を食らうによりて涙乾きがたし
難を度《ど》するを求むるにあらずして天性を傷つく、忠をなさざれば愛縁《あいえん》をそこなう
天数の来るは誰かこれ、聚処《しゅうしょ》を劫灰《ごうはい》として愆《とが》となすがごとし
従来人間《じんかん》の事をいうことなく、いにしえより分離してすべては天にあり

さて殷破敗《いんははい》と雷開《らいかい》の二将は馬をうながして軍の前に進み、雷震子《らいしんし》と会う。その雷震子の姿はどのようであったか。賛があって言う。

天雷鳴を降らし虎躯《こく》を現す、燕山《えんざん》に出世し遺孤に託す
姫侯まさに傑子を産むべし、仙宅まさに不世の珠《たま》を蔵すべし
ひそかに七年にして玄妙の訣を授け、長生せし両翅《りょうし》に風《ふう》・雷《らい》あり
桃園に伝えて得し黄金の棍《こん》、鶏嶺《けいれい》にてまず聖主を扶けんとす
目は金光に似て閃電《せんでん》飛び、面は藍靛《らんてん》のごとく髪は硃《しゅ》のごとし
肉身にて聖となる仙家の体、功業は天に斉《ひと》しく帝子を図《はか》らん
みだり言うなかれ姫侯百子を生むと、名は雷震と称しあに凡夫《ぼんぷ》ならんや

さて殷破敗と雷開の二人は、気を大きくして声をあらげて叫んだ。

「そなたは何者か、どうしてわが軍の行く手に立ち止まっているのか?」

雷震子は答える。

「わたしは西伯文王の百番目の子、雷震子だ。わが父は仁徳のある君子であり、賢人である。そもそも君

に仕えて忠義を尽くし、親に対しても孝の極みである。友人には誠をもって対し、臣下には義を通すかたである。民を治めるには礼をもってし、天下に道義を示されている。公《おおやけ》の法を守り、臣下としての節を尽くしている。罪なく羑里に囚われていたが、七年ものあいだ、ひたすらに蟄居《ちっきょ》し、怒りをあらわすこともなかった。いま赦免されたというのに、どうしてまた追撃するようなまねをするのか。そのように行動が容易に変わるのは、天子の行いとしてどうだろうか。わたしがわが師の命を奉じて、父上が帰国されるのを迎えに来たのは、われら親子を再び会わせるためである。そなたら二人はおとなしく引き返すのが身のためというもの。いたずらに勇を誇る場合ではあるまい。わが師は無辜の兵を傷つけるなと言っておられた。そのため、わたしもそなたらに一度は退くように忠告しておくぞ」

殷破敗が笑って言う。

「奇妙な姿の匹夫《ひっぷ》めが！　そのように口から大言を弄して、わが軍を乱すとは。わが軍に勇なきと申すか」

そして馬を飛ばし、刀を舞わせて襲いかかろうとする。雷震子は手に持つ棍棒で、その刀を受けとめて言う。

「来るでない。そなたがわたしと雌雄を決しようとするのであれば、それもまたかまわぬ。ただそれは父上の命、それに師匠の命に背くことになるので、なるべくなら行いたくはない。それではまず手並みを見せてやるとするか」

雷震子は翼をはためかせて空中へと飛ぶ。風・雷の音が鳴り、山の頂上へと飛びあがる。足もとを見ると、西側の山麓のところに突き出た場所がある。そこをなで回して、雷震子が言う。

「この山の突き出た部分を、この棍棒で叩いてやるから見ていろ」

大きな音が鳴りひびき、山の突き出た部分は大半が崩れ落ちてしまった。雷震子はそこから飛んで移動してきて、殷・雷の二将に向かって言う。

「そなたらの頭は、この山より固いのかな？」

二将はあまりの凶暴さに、肝をつぶして驚く。二人は言う。

「雷震子、そなたのことばに免じて、われらは朝歌に戻って陛下に報告する。今回はそなたらが帰るのを見逃してやろうか」

殷破敗と雷開の二人は、とうてい雷震子にはかなわぬと知り、ただ逃げ帰るだけであった。詩があって言う。

一怒するや飛騰《ひとう》し起ちて空にあり、黄金の棍は気を配すること虹のごとし
たちまちに風響き天地に来たり、すみやかに雷鳴宇中《うちゅう》にあまねし
猛烈に恍《こう》なること鵬翅鳥《ほうしちょう》のごとく、獰猛に渾《こん》なるは鬼山の態に似たり
いまより殷・雷は胆をうしない、手を束《つか》ねて帰り商勢《しょうぜい》はすでに窮まる

さて殷破敗・雷開の二将は、雷震子がかくも勇猛であり、さらに翼を持ち、風・雷の力を秘術として会得しているのを見て、とうてい相手をするのはむりだと考え、かつむだに命を捨てることはないと感じ、機を見てさっさと撤退してしまった。そのことはさておく。

雷震子のほうは彼らを退けると、岡の上の文王のもとへと戻っていった。文王も雷震子のすさまじさに驚き、ほとんどことばもない様子である。雷震子は言う。

「父上の命を奉じて、追っ手の兵を退けました。父上を追ってきたのは殷破敗・雷開という二人の将でした。二人はぼくが戻るようにと告げた勧告をおとなしく聞いて、退却していきましたよ。さて、それではぼくが父上を五関の外までお送りします」

文王は言う。

「わしには銅符と令箭がある。関所で検問を受けても大丈夫じゃ。関を出られるであろう」

雷震子は言う。

「父上はそのようにおっしゃいますが、もし銅符があったとしても、すぐに通れるとは限らず、帰国が遅れることになりかねません。いま事態は切迫しております。おそらくまた別の追っ手の兵も現れましょう。そうなればまた問題が発生しかねません。ぼくが父上を背負って五関を飛び越えるならば、無事に戻ることもできましょう」

文王はその提案を聞くと言う。

「それは結構だが、この馬はどうしたらよいだろうか」

雷震子は言う。

「いまは父上が一刻も早く五関を出るのを願うのみです。馬のことはささいなこと。この際はお諦めください」

文王は言う。

「この馬はわしとともに七年の患難の歳月を乗り越えてきたのだ。今日ここで捨て去るのは、心に忍びない」

雷震子は言う。

「事態がここにいたりましたなら、よい行為と思われることも問題になりかねません。君子は小を捨てて大をまっとうするものです」

文王は馬の前に進みでて、手で馬を叩き、嘆いて言う。

「馬よ、この姫昌が不仁なのではない。そなたをここで置いていかねば、あとから追っ手の兵に捕まるおそれがあるのじゃ。そうなればわが命もない。わしはいまここでそなたと別れるが、そなたはすきなところに行くがよい。そして新たな主を探すのじゃ」

文王はそう言うと、涙を流しつつ、馬と別れた。詩があって言う。

勅を奉じ朝歌に来たりて主を諫《いさ》む、吾と同じく羑里《ゆうり》にて七年囚わる
臨潼《りんどう》にて一別し西地に帰る、なんじの逍遥に任じて主を選び投じよ
雷震子は言う。

「父上、お早く。ゆっくりとしているわけにはまいりません」

文王は言う。

「それではわしを背負ってくれ。あとは任せる」

文王は雷震子の背中に乗り、両目を固く閉じる。耳に風の音が聞こえたが、一刻（三十分程度）も経たずして、すでに五関から出ていた。金鶏嶺《きんけいれい》のところまで来ると、地上に着地する。雷震子は言う。

「父上、すでに五関を出ました」

文王が目を開いてみると、確かに西岐の土地である。文王は喜んで言う。

「今日また故郷の地を見ることができたのは、すべてそなたのおかげじゃ」

雷震子は言う。

「父上、どうかお体を大切に。ぼくはこれにて失礼いたします」

文王は驚いて尋ねる。

「わが子よ、どうして途中で別れるなどと言うのか？」

雷震子は答える。

「ぼくは師匠の命を奉じてまいりました。それによれば、ただ父上をお救いして五関を出たら、すぐに洞へ戻れとのことでした。いまここで留まれば、師の命に背き、罪を犯すことになります。父上はどうか先にご帰国なさってください。この息子は道術をさらに学んで完全なものとし、それから下山し、再びご尊顔を拝したいと思います」

雷震子は叩頭すると、文王と涙を流して離別した。まさにこれ「世間に多くの悲しいことはあれど、死別や別離にまさるものなし」といったところ。雷震子が終南山に戻っていき、師の雲中子に復命したことはさておく。

さて文王はただ一人になり、馬もなかったため、一日歩くしかなかった。しかし文王は高齢であり、歩き続けるのはかなりの労苦であった。夕方になり、ある宿屋を見つけた。文王は投宿し、次の日にまた出発しようとしたが、身には一文《いちもん》の金銭もない。店の丁稚が尋ねる。

「宿屋に泊まっておいて一文も払わないとは、どういうことですか」

文王は答える。

「すまぬが、一文ももたずに出発してしまったのじゃ。帳面に代金を記しておいてくれぬか。西岐に到着したら、すぐに人を派遣して払わせるゆえ」

店の丁稚は怒って言う。

「この国は他の国とは違いますよ。ここは西岐だ。人を騙すことは難しいし、騙す行為もありえない。それは西伯侯さまが仁義をもって万民を感化しておられるからですよ。道行く人は互いに譲り合い、道に落ちたものを拾わず、夜に犬が吠えることもない。民百姓は安穏と暮らしている。まるで堯《ぎょう》の世か、あるいは舜《しゅん》の日に生きるかのようだ。さあさあ、さっさと代金を払いなさい。払えばそれで問題なく、行かせてあげますよ。でも払わないのであれば、西岐の城に訴えて、上大夫の散宜生《さんぎせい》さまのお裁きを受けることになりますよ。そのときに後悔してもむだです」

文王は言う。

「わしは決して約束を破るようなことはせぬ」

そこへ、言い争いを聞きつけた宿屋の主人が現れる。

「いったい、なんで言い争いしているんだね」

丁稚は文王が宿代と食事代を払おうとしないことを告げる。店の主人は、文王が高齢であり、かつその容貌が非凡であるので、尋ねてみた。

「あんたは西岐に行ってどうしようと言うんだね。どうしてまたお金を持っていないんだ。そもそもあんたとわしは面識もないのに、どうやって帳面に代金を記しておくことができるのかな。もし答えられたら、行かせてあげてもいいよ」

文王は言う。

「ご主人、わしはほかでもない、すなわち西伯侯の姫昌《きしょう》なのじゃ。羑里に囚われて七年、陛下の聖恩にてご赦免をいただき、ようやく帰国することができたのじゃ。幸いにわが子の雷震子の力で五関を出ることができたものの、身には一文も持っていないありさまじゃ。申し訳ないが、数日のあいだ帳面につけておいて欲しい。わしが西岐に到着したら、配下の者を派遣して、料金を支払う。決して偽りは申さぬ」

店の主人は西伯侯と聞いて、慌てて身を倒して拝礼し、言った。

「千歳殿下であらせられましたか。わたくしめ、愚かにも殿下であるとは存じあげませんでした。どうか失礼の段はお許しください。殿下のお食事については進呈させていただきます。またこのわたくしめが殿下をお送りしていきますので、どうかご安心を」

文王は問う。

「そなたの名は何と申すか？」

店の主人は答える。

「わたくしの姓は申《しん》、名は傑《けつ》と申します。五世代にわたってこちらに住んでおります」

文王は喜んで、申傑に言う。

「そなたのところに馬はあるだろうか。もし一頭借りることができれば、それに乗っていきたいのじゃが。帰国したら必ず礼は厚くする」

申傑は答える。

「わたくしどもの小さな家に、どうして馬などおりましょうか。家の前には小麦を碾《ひ》くための驢馬《ろば》がおります。これに轡《くつわ》と鞍《くら》を着ければ、なんとか形になりましょう。殿下が乗られれば、わたくしめが轡を引いて随行いたします」

文王は大いに喜び、そして驢馬に乗り金鶏嶺を離れ、首陽山《しゅようざん》を過ぎ、それから数日は、夜に宿に泊まり、朝出かけるといった形。時に秋も深まる時期で、風が飄々《ひょうひょう》と吹き、梧《あおぎり》の葉もひらひらと落ち、楓《かえで》の林も緑の色が変わるという風情《ふぜい》である。景色は見るべきものがあるが、風が冷たく吹きすさび、虫の鳴き声も寂しさを感じさせる。文王は久しく故郷を離れていたため、この景色を見て心中懐かしさを覚えていたが、このように西岐にありながら、母親や妻子にすぐに会うことができぬもどかしさに、悲嘆を感じていた。文王の道中についてはさておく。

さて、文王の母の太妊《たいじん》（原文は太姜）は、宮中においてわが子姫昌のことを心配していたが、突然強風が三度吹き荒れ、その風にはまるで獣が叫ぶような音が聞こえた。太妊は侍女に命じて香を焚かせ、金銭を取りだして天数を占ってみる。すると、姫昌がすでに数日前に西岐に到着していることがわかった。太妊はたいそう喜び、急ぎ文武の諸官・孫の公子たちに命じて、西岐から文王を迎えに出るように命じた。

文武の諸官と公子たちは、その報を聞いてたいそうな喜びようであった。西岐の民百姓も、その知らせを聞くや、羊を引いて酒樽をかつぎ、家ごとに香を焚いて、さかんに集まって道を掃いて清める。文武諸官と公子たちは、吉をあらわす赤い衣服をまとう。このとき骨肉の親族が揃い、龍虎が会うという気運であった。めでたい気分も増すというもの。詩があって言う。

万民よろこびて西岐を出《い》で、龍車《りゅうしゃ》を迎えて大道を過ぐ
羑里の七年いますでに満ち、金鶏《きんけい》の一戦にて窮追《きゅうつい》を断つ
いま聖化は堯・舜に過ぎ、目下霊台《れいだい》をつくりて帝基《ていき》を立つ
いにしえより賢良《けんりょう》周《あまね》きは少なく、臣忠にして君正しければ太平あらわれん

さて文王は申傑とともに西岐へと進む。目を転じて行く手を見れば、故郷の様子は以前と同じである。文王は覚えず心に悲嘆を覚え、考える。

「昔ここを出て朝歌に朝し、難儀な目に遭うことになった。思わず今日帰郷することになったが、もう七年が過ぎている。故郷の山は旧のごとくだが、人々の顔は異なるというもの」

そう考える間に、前方に赤い大きな二本の旗が掲げられ、砲声がとどろく。そして一隊の人馬が進みでる。文王は心中驚き、まだ意が定まらぬまま呆然とする。すると左側からは大将軍南宮适《なんきゅうかつ》、右側には上大夫散宜生の二人が進みでる。彼らは四賢《しけん》・八俊《はっしゅん》・三十六傑を率い、さらに辛甲《しんこう》・辛免《しんめん》・太顚《たいてん》・閎夭《こうよう》・祁恭《ききょう》・尹籍《いんせき》などの面々が道ばたに平伏する。次男の姫発が驢馬の前に平伏して告げる。

「父上は異国にて囚われ、すでに長い時が過ぎました。しかし人の子でありながらその苦しみを分かち合うことができませんでした。まことにわたくしは天地の罪人であります。どうか父上にはご寛恕のほどを。今日、この場でご尊顔を拝することができ、喜びにたえませぬ」

文王は文武諸官、息子たちを見て、覚えず涙を流す。

「わしは今日、悲嘆な思いであった。わしは家がない状態、国がない状態、臣下がいない状態、子もいない状態から、家も国も臣下も子もある状態に戻れた。七年間、羑里に囚われており、一時は死ぬことも覚悟した。しかし幸いに、いま赦免されて日を見ることができたし、そなたらとも再び会うことができた。またいっぽうで、悲しい気持ちもまたこみ上げてくるのじゃ」

大夫の散宜生が言う。

「昔、商の湯王《とうおう》は桀王《けつおう》によって夏台《かだい》に囚われました。いったん帰国し、その後、徳をもって天下を有することになりました。いま殿下が帰国され、さらに徳をもって治め、民百姓を慈しむことに専念され、時を得て行動を起こされましたら、今日の羑里のことも、昔の夏台のことと同じように考えられるのではないでしょうか」

文王は言う。

「大夫の言は、このわしのために言ってくれたのじゃろうが、それは臣下の分を犯し、下剋上《げこくじょう》を正当化する理屈に過ぎぬぞ。この姫昌は聖恩を蒙り、命を救われたのじゃ。七年のあいだ囚われたとはいえ、片時《かたとき》も天子の恩を忘れたことなどない。頭の上から足の下にいたるまですり減らしたとしても、恩に報いることはできぬ。さらに爵位を文王にまで進めていただき、黄鉞《こうえつ》・白旄《はくぼう》を賜り、征伐の権も得られ、帰国することを許されたのじゃ。これほどの恩義があるだろうか。臣下としての節を尽くし、国家のために身を粉《こ》にして働くのが筋というもの。それでも恩義に万分の一も応えることはできぬのじゃ。大夫はどうしてそのような言を言いだし、文武諸官を動揺させるようなことを申すのかな」

文武諸官はその言い分に服する。姫発が進みでて言う。

「父上には衣装を変えられ、また輦《れん》にお乗りかえください」

文王はその言に従い、王服に着替え、輦に乗る。そして申傑に西岐まで随行するように命ずる。文王の一行が進むと、路上では民衆が歓声をあげ、道にあふれんばかりである。笛や太鼓を鳴らし、家ごとに香を焚き、彩絹《あやきぬ》を広げる。文王は輿《こし》に端座《たんざ》し、文武の諸官は脇に従って進む。旗が日を覆わんばかりであった。この光景を見た民百姓は叫ぶ。

「七年ものあいだ、ご尊顔を拝することができませんでした。いま大王が帰国され、万民は再びご尊顔を見ることができ、ほんとうに喜びに堪えません」

文王は民百姓の様子がそのようであるのを見て、今度は逍遥馬《しょうようば》にまたがり、進むことにした。民百姓は歓呼して言う。

「今日、西岐には主《あるじ》が戻られたのだ！」

多くの人が心から喜びあう。文王は小龍山のところまで来て、文武諸官、それに九十八名の子たちが従っているのを確認する。しかしそこには、長子伯邑考の姿だけが見えない。伯邑考が醢《ししびしお》の刑に遭い、そして羑里にて自分がその肉を食べたことを思い出し、心に痛みを覚え、涙が雨のように流れ落ちる。文王は衣の袖で顔を覆い、歌を作って言う。

臣節を尽くして旨《し》を奉じて商に朝す、君を直諫せしは綱常《こうじょう》を正さんと欲す
讒臣《ざんしん》に陥《おとし》いれられて羑里に囚われ、あえて怨まざるも天はその殃《わざわい》をくだす
邑考は孝にして父のために贖罪《しょくざい》す、琴音を鼓するも忠良は害せらる
子の肉を啖《くら》いし痛みは骨髄《こつずい》を傷つけ、聖恩に感じて位《くらい》は文王にいたる
誇官に逃難せしも路《みち》に雷震《らいしん》と逢う、命絶《た》たれずして幸いにわが疆《きょう》に救わる
いま西土に帰りて母子団円《だんえん》たり、ひとり邑考見えずして肝腸断裂《かんちょうだんれつ》す

文王は歌を詠み終わると、叫ぶ。

「痛くて死にそうじゃ」

逍遥馬から転げ落ちると、その顔色はまるで白紙のようであった。慌てた公子たちや文武諸官によって助け起こされる。諸官は文王を抱き起こすと、茶や白湯《さゆ》を用意して飲ませる。文王は徐々に気を取り戻すが、一声叫ぶと、腹から肉のかたまりを吐き出す。その肉のかたまりは、地上に転がり落ちたとたん、四足の足、二つの耳が生えて、西へと走り去る。それが三回続き、三羽の兎《うさぎ》が走り去っていった。

文武諸官は文王を助け起こすと、もう一度輿《こし》に乗せて西岐城へと急いだ。端門に入り、大殿へと進む。姫発が文王を助けて後宮へ連れていく。そこで白湯や薬を飲ませる。文王は数日して徐々に回復した。その日

に大殿に登ると、文武諸官も参上して賀を述べる。文王は大夫の散宜生を呼ぶと、散宜生は平伏する。文王は告げる。

「わしが天子に会いに行くと決めたとき、それから七年の災厄が起こると告げた。しかし残念ながら長子の伯邑考は、わしのために贖罪して誅殺に遭った。これはすなわち天数である。わしは聖恩を蒙り、赦免されて帰国することができた。そのうえ、文王の位までいただき、誇官を三日行うように命じられたのじゃ。幸いに鎮国武成王の徳により、銅符をいただいて五関を出ることになったのじゃが、殷破敗と雷開の二人が、陛下の命を受けて追跡してきたのだ。わしは一人であって味方もなく、どうにも手段も見つからず、そのまま捕まるのを待つだけだったのだ。しかしかつて商に向かう途中、燕山にて得た赤子を養子にしたのじゃ。その子は終南山の錬気の士である雲中子どのが連れていった。名を雷震子と名づけた。七年が過ぎ、追っ手の兵が迫っているなか、雷震子が突然現れてわしを助けて、五関から脱出させてくれたのじゃ」

散宜生は尋ねる。
「五関にはそれぞれ守護する武将がいたと存じますが、どうやって関を出ることができたのでしょうか？」
文王が答える。
「それが雷震子の姿というのが非常に奇妙であって、いやわしも驚きのあまり気を失いそうになった。七年経ち、その顔は青く、髪は赤く、脇には羽が生えており、空を飛べるのじゃ。そして不思議な風《ふう》と雷《らい》の術を駆使し、手には金の棍棒を持っておる。その威力はまるで熊のようであった。雷震子は棍棒を一振りすると、山の先端が崩れ落ちてしまった。恐れをなした殷破敗と雷開の二将は、あえて敵対しようとはせず、唯々諾々《いいだくだく》と帰って行くばかりであった。雷震子は戻ってわしを背に乗せると、あっという間に五関を飛びでた。半時の時間もかからずに、金鶏嶺の地に着いた。雷震はそこで終南山に帰ると告げた。わしは別れるのに忍びなかったが、『師の命に逆らうことはできません。いずれまた下山して、父に会えるでしょう』と言うので、去るに任せるしかなかったのじゃ。それからは一人で歩くしかなかった。まる一日歩いて、ようやく申傑の店にたどりついた。申傑は驢馬を用意してわしを送ってくれたのじゃ。どうか申傑には重い報償を与え、そのうえで帰宅させてやってくれぬか」

散宜生はひざまずいて言う。

「いまや文王殿下の徳は天下を貫き、仁義はあまねく四方に及び、天下の三分の二は周に服属しております。万民は周のもとで安寧に過ごし、民百姓はその徳を仰いでおります。いにしえより、『念に克《か》つ者は百の福生《ふくしょう》じ、念を作《な》す者は、百の殃《わざわい》生ず』と申します。いまや文王さまは西岐に戻られ、これは龍が大海に戻り、虎が山に戻ったようなもの。力を涵養《かんよう》して時を待って動くべきだと思います。いまや天下の四百の諸侯が紂王の無道なる政治に反乱を起こしております。そもそも紂王は、妻を殺し子を誅し、炮烙《ほうらく》・蠆盆《たいぼん》のごとき残虐な刑を造り、大臣を切り刻み、先王の政治を廃しております。さらに酒池肉林を作り、宮女たちを惨殺し、妲己の讒言を聞き、国の元老の教えを捨て、奸臣を近づけ、諫言を拒んで忠臣を下ろし、かつ酒色にふけるありさま。まさに天も恐れず、善行を欠く行為であります。そして酒色にふけりながらも、まったくこれを改悛《かいしゅん》することはありません。このままでは、朝歌は久しからずして他者のものとなりましょうぞ」

その言が終わらぬうちに、殿の西側から新たな声が上がる。

「いま文王殿下が西岐に戻られたのであれば、何も遠慮することはない。公子伯邑考さまが切り刻まれて殺された仇を討つべきでしょう。いま西岐には雄兵四十万、大将は六十名もおります。この兵をもって五関を破り、朝歌に進軍いたしましょう。そして費仲や妲己を市に斬り、昏君を廃して明君を立てるべきです。そして天下の恨みをはらしましょう」

これは南宮适のことばであった。しかし文王は聞いて喜ばず、言う。

「わしはそなたら二人を忠義の士と思っておった。そのために西岐の政務を委ねたのじゃ。しかし、今日そのような不忠の言を申し、みずからを赦《ゆる》さざる地に置くとは。そのような仇を報ずるなどの言は論外である。天子は万国《ばんこく》の元首である。もし過ちがあったとしても、臣下はその過ちは明言せずに、君の過ちを正していくべきである。もし父親に過ちがあったとしたら、子はやはり明言せずに、その過ちを正すであろう。それと同じだ。そのために、『君が死ねと命ずれば、臣下は死に、父が子に死ねと命ずれば、子はすぐに死ぬ』ということばもある。臣下や子たるもの、まず忠孝を先にすべきであって、君父に逆らうようなまねはしてはならぬ。この姫昌、まずは陛下をお諌めもうした。そのためにわしは羑里に閉じ込められた。七年の間、困苦に耐えねばならなかったが、陛下をお恨みするようなことはない。責はみずからにあるものと考える。いにしえのことばに、『君子は難を見ても避けず。ただ天命に従う』とある通りじゃ。いまこの姫昌は陛下のご恩により、文王の位を賜り、西岐に戻ることができた。わしはいつも朝晩にいまの世が安寧になり、あちこちに起きている兵乱が収束し、万民が安心して暮らせることを願っておる。これが人臣たるの道というものじゃ。どうしていまそなたら二名の大臣は、天に逆らう謀反の理を説いて、後世を誤らせるのか。それは君子のなすところではない」

南宮适は言う。

「しかし公子伯邑考さまが貢ぎ物を献上し、殿下に代わって贖罪に行かれた時、たとえ反乱の疑いがあったとしても、身体《からだ》を切り刻まれる刑に処すのは、さすがにやり過ぎではありませんか。情としても法としても、受け入れがたい面があります。ですので、兵を起こして無道の君を伐《う》ち、そして天下を正すことこそが、万民の心にかなうものかと」

文王は言う。

「そなたの言は単に一時の言に過ぎぬ。そもそもわが子の伯邑考はみずから死を招いたものじゃ。わしは出発する際に、子どもたちや文武諸官には言いつけておいた。わしが七年間の災厄に遭うのは、すべて天数で定まったことゆえ、いっさいわしのもとに来てはならぬと。七年の厄が満ちれば、自然に戻れるのだから。しかし伯邑考は、父の教えに従わず、みずから才を恃《たの》んで、忠孝の節にこだわり、時を失し、進退を測らず、自己の徳が薄く、一途《いちず》な性格で、天の時に従わずに、その身体を切り刻まれることになったのじゃ。わしはいま公の法を守り、妄《みだ》りに行わず、徳に悖《もと》らず、切々《せつせつ》として臣下の節を尽くすのみじゃ。天子の行いは確かにいま著しく乱れておる。しかし、それについては天下の諸侯たちの公論に委ねるべきであろう。どうしてそなたら二人の大臣が反乱の首魁となる必要があろうか。いたずらにみずから強勢《きょうせい》を恃むだけでは、滅亡の憂き目に遭うことになりかねん。いにしえのことばに、『五倫《ごりん》のうち、君に親しむことを最も重んじ、百行《ひゃくこう》のうち、忠孝を先にすべきである』と言うではないか。わしが帰国したからには、まずは民の教化と風俗の美化につとめ、人々の生活を豊かにし、民百姓が安寧に暮らせることを最も重視する。そうなれば、わしもそなたらも太平の世を享受できよう。たとえ世の中が不穏になったとしても、耳に軍務のことは聞かず、目には征伐のことは見ず、身は軍馬に乗ることはせず、心に勝敗の憂いは気にかけずと、このような姿勢で臨まねばならぬ。わが国の軍勢には、身に甲冑をまとって戦に従事する労苦はあってはならぬ。民がそのような災害から逃れるのであれば、これぞ福であり、楽であるというもの。戦乱となれば民の財は失われるし、その生活も乱れる。以後は、そのようないたずらに功績を誇るような発言はせぬように」

南宮适と散宜生の両名は、文王のこのような訓令を聞き、頓首して謝した。文王は続けて言う。

「わしは西岐の西側に、ひとつの台を建てたいと思う。その名は『霊台《れいだい》』という。しかし、このような土木を起こすことは諸侯のすべきことではないし、また民百姓をいたずらに苦しめることになりかねん。そのため控えたいと考えるのじゃが、実はこの霊台を造るのは、天数の吉凶を占うためであるので、なさねばならんのじゃ」

散宜生は告げる。

「殿下がこの霊台をお造りになることが、天の吉祥に応ずるのであれば、それは西岐の民のためであり、遊興のためではございません。ならば民の労苦ということはないでしょう。そもそも殿下の仁愛は、西岐に生きるものすべてに及んでおります。多くの民はその恩に応えたいと思っております。もし殿下が霊台を造るとのおふれを出せば、民百姓は喜んでこれに従うでありましょう。しかし殿下が民の力を使われるのをご心配されるのであれば、賃金を多く出すことにいたしましょう。そして民には工事に参加するかしないかは、おのおの各自に任せればよいかと存じます。むりに労役に従わせることがなければ、民を害する恐れもありません。もともと西岐の天数を占うために造るのであれば、民は喜んで従うと考えます」

文王は喜んで言う。

「大夫の言は、わしの意に合うものじゃ」

そこで西岐では、各門に霊台を造るためのおふれを出すことにした。さて続きはどうなるか。それは次回にて聞かれよ。

第二十三回　文王、夜に飛熊の兆しを夢みる

詩に言う。

文王節を守りて臣忠を尽くし、仁徳兼ねて施して大工《だいこう》を造る
民力教えずして胼胝《へんち》を砕く、役銭《えきせん》を常に賜わり錦纏《きんてん》紅し
西岐の社稷は盤石《ばんじゃく》のごとく、紂王の江山は波したがうがごとし
みだりに言うなかれ孟津《もうしん》に天意合《てんいがっ》すると、飛熊夢に入りてすでに先に通ず

さて文王は散宜生の言の通りに実行することにし、西岐の各門に布告を掲げることにした。兵士や民百姓は驚いてこれらの布告を見に来る。その布告には次のように書かれていた。

西伯である余《よ》、文王は次のように兵士や民に知らせることとする。西岐の国は、道徳の境である。兵や武力を用いることなく、民の生活を安定させ、物が豊かに、また官吏が清廉であるように努めてきた。余はしばらく羑里に囚われていたが、このたび聖恩によって帰国することができた。しかし、ここ近年の世を見るに、災害がしばしば起こり、水害などが発生している。また西岐における災害の影響を調べようとしても、そのための壇などがない。西岐城の西に官有地があり、そこに余は台をひとつ建てたいと考える。名づけて「霊台」という。そこで占いを行い、またみなのために災害を予測したい。ただ、このような工事を起こすことは、兵や民の力をいたずらに使うことになりかねない。そこで毎日の労賃として、銀一銭を支払うこととする。この工事については工期を定めているわけではないので、みなの都合に合わせ、余裕をもって参加してほしい。工事に参加したいと思う者は名簿に名を記してほしい。支給するに便ならしむためである。もし工事に参加したくなければ、もちろんそれで構わない。おのおの自らの生業を優先させてほしい。工事に強制的に参加させることはない。このように布告するので、みなに広く知らせること。

この布告を見て、西岐の民百姓や兵士たちは、みな喜び、声をあげて言う。

「文王さまの恩徳は天のごとく、報いるすべもない。われらが日が出たら業に出て、日が暮れたら家に戻り、太平な暮らしができるというのも、すべて文王さまのおかげだ。いま文王さまが霊台をお造りになると言うことだが、さらに銀一銭を支給してくれるという。いや、われらは肝脳《かんのう》を地にまみれさせることになっても、手足にできものができても、それでも構わない。そもそもわれわれ民のために占う場所を造ろうというのだ。どうして文王さまの銀を受け取ることなどできようか」

一帯の住民と兵士は喜びにたえず、力をつくして台を造ることに協力しようとする。散宜生《さんぎせい》は民百姓のこのような様子を見て、上奏文を持って参内する。文王は言う。

「民や兵士の意思がそうであるなら、銀を与えて台の作業に参加してもらうとしよう」

住民や兵士たちは命令を拝受する。文王は散宜生に対して言う。

「吉日を選んで、工事を始めるように」

民百姓は慎重に土を運んで土台を作り、木を斬って台の建築に取りかかった。まさにこれ、窓の外に日光がさし、席の前の花の影がすぐに移るというもの。また、まさにこれ、落ちた花が赤く地を満たしていたのに、すぐに黄色の菊が東の垣に採れるというもの。なんと霊台は一旬、一月という短い時間のうちに完成してしまった。工事を監督する官吏が、工事の完成を報告する。

文王は大いに喜び、文武諸官を引きつれ、自分は輿に乗って宮殿を出て霊台を見に行く。見れば霊台は高くそびえ、まことに一大奇観であった。賦があって言う。

台《だい》高きこと二丈、勢《せい》は三才《さんさい》に按ず
上は八卦に分かれ、陰陽を合《あ》わせ、下は九宮に属して龍虎《りゅうこ》を定む
四角には四時《しじ》の形あり、左右には乾坤《けんこん》の象《しょう》を立つ
前後は君臣の義を配《はい》し、周囲に風雲の気あり
この台は上は天心《てんしん》に合わせ四時に応じ、下は地戸《ちこ》に合わせて五行に属す
中は人意に合わせて風調《ふうちょう》雨順《うじゅん》なり
文王は有徳にして、万物をして輝きを増さしむ
聖人の治世、百事《ひゃくじ》に感じて逆なるはなし

霊台はこれより王基《おうき》を立つ、災祥を験《けん》じて帝王を扶《たす》く
まさにこれ、治国は江山茂る、今日霊台は鹿台《ろくだい》にまされり

さて文王は文武諸官とともに霊台にのぼり、四面を一望した。しかし文王は急に黙然として語らなかった。そのとき、上大夫の散宜生が班列から進みでて言う。

「今日このように霊台が完成しましたのに、殿下はあまりお喜びでない様子。どうしてでしょうか？」

文王は言う。

「いや、喜ばなかったわけではない。この台はよいのだ。しかし台の下にほんらいはひとつ池が必要なのじゃ。なぜならそれは『水火《すいか》すでに整い、陰陽に配合する』の意に沿うからじゃ。わしは池を造ろうと考えるが、それはまた民の力を浪費することになろう。そのためにやや気分が暗くなったのじゃ」

散宜生は答える。

「この霊台の工事ですら、これだけ大きなものでも短期間で完成したのです。それであれば、池を造ることもたやすいでしょう」

散宜生は急ぎ、王の命令を伝える。

「台の下に池を造ってくれぬか。それは『水火整う』に応じているためじゃ」

そのことばが終わらぬうちに、民百姓は鋤《すき》や鍬《くわ》を持って作業を始める。土を掘ると、なかから人骨が出てきた。百姓はその骨を周囲に投げ捨てた。文王はその様子を台の上から見ていた。文王は問いただす。

「みなの者が投げ捨てたものは何か？」

左右の配下の者たちが答える。

「池を掘削《くっさく》したため、人骨が出てきたのであります。それを彼らが放り捨てました」

文王は急いで命令を下して、作業に従事する者たちに告げる。

「その人骨を一箇所に集めよ。そして箱を使ってそのなかに安置するのじゃ。その人骨は岡のほうに大切に埋めてやるのだ。池を掘削したからといって、それで人骨が野ざらしになるようなことはあってはならない。それはわしの罪じゃ」

民百姓は文王のこの言を聞いて、叫んで言う。

「聖徳の君の徳は、死人にまで及ぶのか。ましてやわれら生きている民においては、もっと期待できよう。骨を雨ざらしにしないようにとは、まことに広く人心に合い、天の心にも沿うものだ。西岐は、ほんとうに民の父母となる王を得たものだ」

民百姓は歓声をあげて喜ぶ。文王は霊台にあって池が完成するのを見ていた。その日は日も暮れて遅くなり、宮殿に戻ることが難しくなった。文王はそこで文武諸官に命じて霊台の上で宴席を設けた。君臣ともに完成を祝う。宴が終わってから、文武諸官は台の下で就寝し、文王自身は台の上に布団を用意してそこで就寝する。時は三更（子《ね》の刻）にいたり、文王は夢を見た。夢のなかで、東南から白い額《ひたい》の猛虎が現れた。その虎にはふたつの翼が生えていた。虎はなかに入ってきて文王を打とうとする。文王は慌てて左右の者を呼ぶが、台のうしろに大きな音が響くと、火の光が空を突くほどに輝く。文王は驚いて目が覚めた。驚きのあまり汗びっしょりであった。台の下では三更を告げる太鼓が鳴る。文王は思う。

「いまの夢ははたして吉兆であったのか、それとも凶兆であったのか。夜が明けてから、みなと相談すべきであろう」

そのことを詩に歌って言う。

　文王治国《ちこく》して霊台を造る、文武そうそうとして駕を保《ほ》す
　たちまち沼池《しょうち》に枯骨《ここつ》現《あらわ》る、命じて高阜《こうふ》に速やかに埋蔵《まいぞう》す
　君臣ともに盃盞《はいさん》を楽しみ、夜に飛熊の撲《う》ちて帳開くを夢みる
　龍虎風雲にてこれより遇《あ》い、西岐はまさに棟梁《とうりょう》の才を得んとす

さて文王は、次の日の朝に霊台にのぼると、文武諸官があいさつの礼を施す。文王は言う。

「大夫の散宜生はどちらにおるか？」

散宜生は班列を出て拝礼して言う。

「わたくしに何かご用命でしょうか」

文王は言う。

「わしは夜の三更の時間に、ある夢を見た。東南の方角から白い額の虎が現れた。その虎にはふたつの翼が生えていた。なかに入ってきてわしを打とうとするので、慌てて左右の者を呼んだのじゃ。その後、台の後方に火の光が輝き、大きな音がしたと思ったら、驚いて目が覚めた。つまり夢であったのじゃが、これは吉兆か凶兆かいずれになるのであろうか？」

散宜生は身をかがめる拝礼を行い、文王に祝福を告げる。

「この夢は文王さまの吉兆となる夢です。殿下はついに国の棟梁となる臣を得ることができましょう。これは大賢者であられ、いにしえの風后《ふうこう》（黄帝のころの賢臣）、伊尹《いいん》（商初期の賢人）にもまさる才の者かと」

文王は尋ねる。

「そなたはどうしてそのように考えるのか？」

散宜生は答える。

「むかし、商の高宗《こうそう》（武丁《ぶてい》）は飛熊《ひゆう》が入る夢を見まして、その後、傳説《ふえつ》（商の賢臣）を建築の現場から見いだしました。いま殿下が虎に翼が生えたものを夢でご覧になったそうですが、これこそ飛熊であります。さらに霊台のうしろに火光が見えたそうですが、火は物を鍛錬する象《しょう》です。いま西方は金に属します（五行説による）。金は火でもって鍛錬されます。鍛錬されることによって金は大いなる器となります。これはかならずや周の国が賢人を得て、将来興起するということを現した夢です。それでわたくしはお祝いを述べたのです」

文武の諸官も、この散宜生の話を聞いて、声をそろえて慶賀する。文王はそれから城内に戻ったが、心のなかでは賢者を求め、もって吉兆に応じようとする決意が固まっていた。そのことはさておく。

さて、姜子牙《きょうしが》のほうは、官位を捨てて朝歌から逃亡し、その後馬氏とも別れて、土遁の術で難民を救ったあとは、磻溪《ばんけい》の地に隠棲し、渭水《いすい》のほとりで釣り糸を垂れる日々を過ごしていた。姜子牙は静かに修養して時を待つことにし、ほかの物事には関わらぬようにつとめていた。日々『黄庭経《こうていきょう》』を読誦《どくじゅ》し、道術の修行に励む。修行の合間には、釣り竿と糸を用意して柳を背にして釣りに出ていた。ただ、子牙の心はつねに崑崙山の上にあり、いつも師である元始天尊のことを考え、道教の教えを忘れぬようにしていた。そのように朝から晩まで過ごすうち、ある日、釣り竿を手にしつつ詩を作って嘆息した。

　崑崙の地より離れて、すでに八年
　商都に栄えるも半年、天子を直諫《ちょっかん》す

捨てて西土《せいど》に帰す、磻溪にて釣り竿をとる
いつかは真主《しんしゅ》に逢い、雲を開いて再び天を見ん

姜子牙は詩を吟じおわると、柳の下に座す。見れば滔々《とうとう》と渭水の水は流れ、止むことはない。昼も夜も東に流れ、その間に人の世はまた変わっていく。まさにこれ、ただ青山の流水は依然としてあり、しかし古今の世の物事は、すべて空《くう》に帰すというもの。子牙がそう嘆いているところに、ある者が歌を歌いながらやってくるのが見えた。

登山して嶺を過ぎ、木を丁々《ちょうちょう》と斬る
身に従う板斧、枯藤をきざむ
崖のまえに免走り、山のうしろに鹿鳴く
樹梢に異鳥あり、柳外に黄鶯あり
みれば青き松・檜・柏あり、李は白く桃は赤し
憂いなき樵子、勝ること腰金に似たり
柴一石をかつぎ、米三升にかう
随時に菜蔬となり、酒二瓶をかう
月に対して飲み、孤林を守る
深山は幽僻にして、谷は声もなし
奇花異草ありて、日をおってあい侵す
逍遥自在にして、任意に縦横たり

歌っていたのは一人の樵夫《きこり》であった。その樵夫は歌い終わると、背に負った柴を下ろして休憩する。そこで姜子牙に告げる。

「じいさん、わしがいつもここを通ると、釣り竿を持って魚を釣っているねえ。わしとあんたで、まるで物語のようだな」

子牙は尋ねる。

「どんな物語に似ているのかね？」

樵夫は答える。

「わしとあんたで、『漁樵問答《ぎょしょうもんどう》』になるんじゃないのか」

子牙は喜んで言う。

「うむ、確かにこれは『漁樵問答』になるのう」

樵夫は尋ねる。

「あんたの姓は、どこの出身で、どうしてここに？」

子牙は答える。

「わしは東海許州の出身で、姓は姜、名は尚、字《あざな》は子牙で、道号を飛熊という」

樵夫はその答えを聞くと、笑ってやまない。子牙は尋ねる。

「そなたの姓はなんと申すか？　名はなんと言う？」

樵夫は答える。

「わしの姓は武《ぶ》、名は吉《きつ》だ。祖先の代からずっと西岐の人間だ」

子牙は言う。

「そなたはいまわしの名を聞いて笑ったが、さてどうしてかな？」

武吉は答える。

「そらあんたが飛熊なんて号だとか言うから、つい笑ってしまったんだ」

子牙は言う。

「人であれば号があっても不思議ではなかろう。どうして笑うのじゃ」

武吉は言う。

「いや、それは昔から古人では、高人《こうじん》、聖人《せいじん》、賢人《けんじん》など、いわゆる『胸に多くの計略を蔵し、腹に無限の智恵がある』とかいう人がいるだろう。たとえば、風后とか、老彭《ろうほう》とか、傅説とか、常桑《じょうそう》とか、伊尹とか。そういった人であってようやく偉そうな号が似合うだろうに。それなのにあんたは号だけが偉そうで、実質を伴ってないもんだから、つい笑ってしまったんだ。あんたときたら、わしが見てる限りではいつもその柳にもたれて釣りをしているだけじゃないか。とくに努力もしないで、まるで『株を守って兔を待つ』じゃあないか。その様子を見てると、全然智恵も計略もなさそうだ。それなのに、どうしてそんなに号だけが偉そうなんだね」

武吉は言い終わると、子牙の釣り竿から渭水の水に垂れ下がっている針を見た。なんとその針はまっすぐであって、曲がっていない。武吉はさらに大笑いし、子牙にむかって何度もうなずいて、嘆いて言う。

「あんたときたら、年のわりに全然智恵がありゃしない。そんなんで百歳まで過ごす気かね」

武吉は続けて言う。

「いやあんたの釣り針は、どうして曲がってるのを使わないんだ。昔から『よい餌であってようやく大魚を釣れる』というじゃないか。わしが教えてやろう。まず針を熱く焼いて鉤《かぎ》の形にするんだ。そしていい餌をそこにつけ、糸には浮きをつける。それを水の上に浮かべれば、魚が来て食らいつく。浮きが動いたら、魚が食いついた知らせだから、そこで引き上げる。鰓《えら》などに針が引っかかる。それで魚は釣り上げられるってもんだ。だけどそんな針を使っていたら、三年とは言わず、百年経ったとしても一匹も釣れはしないよ。どうしてそんなに智恵がないんだね。それで飛熊なんて号は、ふさわしくないんじゃないかい」

子牙は言う。

「そなたは一を知って二を知らぬ。わしがここにいるのは、釣りをしているように見えるのは確かだが、別に魚を釣ろうとしているのではない。わしはここにあって、いずれ青雲がわき上がるのを待ち受けているのじゃ。魚を曲がった針で釣るなどとは、大丈夫のすることではない。わしはむしろまっすぐであることを大事に思い、曲がったことは受け入れない。魚を釣り上げるのではない、王や侯を釣り上げるのじゃ。詩で示そう」

そう言って子牙は詩を吟ずる。

短き竿と長き糸にて磻渓《ばんけい》を守り、この機微《きび》は誰か知らん
ただ朝廷の君と相とを釣りあげんのみ、なんぞ魚に意あらん

武吉は聞いて大笑いする。

「あんたときたら、自分が王侯になろうってのか。しかし自分の顔を見てみな。王侯には見えないよ。せいぜい猿に似てるってところだ」

子牙も笑って言う。

「そなたはわしの顔が王侯に見えぬというか。それはそれでよし。しかし、わしがそなたの顔を見るに、あまりよくない相《そう》が出ているぞ」

武吉は言う。

「わしの顔はあんたに比べればましだよ。わしは樵夫に過ぎないが、あんたよりは活発に動いている。春になれば桃や杏《あんず》を、夏になれば蓮《はす》を、秋になれば菊を、冬には梅や松を愛《め》でて楽しむってもんだ。わしにも詩があるよ」

　薪《たきぎ》を担いで街で売り、酒を買って戻り親子で楽しむ
　木を伐《き》って生業《なりわい》とし、天地を自分の家と見なす

子牙は告げる。

「いや、わしはそなたの顔のつくりを言ったわけではない。そなたの顔の相に、どうもよくない気配が出ているようなのじゃ」

武吉は尋ねる。

「いったいわしの顔にどんなよくない気配があるってんだい？」

子牙は答える。

「そなたの右の目が青みがかっており、左の目は赤みがかっている。これは凶兆なのじゃ。そなたは今日城のなかで人を打って殺すことになるだろう」

武吉は怒って言う。

「あんたとわしは戯《ざ》れ言《ごと》を話していただけなのに、どうしてまたそんな悪口で人を傷つけるんだね」

武吉は薪を担ぐと、そのまま売るために西岐の城のなかに入っていった。ところが、南門に来ると、文王の一行の車列が霊台に向かうのにぶつかる。文王は吉兆を占うために、文武諸官を連れて城を出たところであった。両側に並ぶ護衛の兵たちが叫ぶ。

「殿下のおなりだ。こちらには来ぬように！」

武吉はちょうど薪を担いで南門を通っていたところであった。しかしその道は狭く、片方の肩で担いでいた薪を、もう片方の肩に移し替えた。ところが、そのときに薪がぐるりと回り、それは門を守護していた王《おう》相《そう》という兵士の耳の下を直撃してしまう。あいにく打ちどころが悪く、王相はそのまま死んでしまう。その時に近くにいた者たちが叫んだ。

「樵夫が兵士を殺したぞ！」

武吉はすぐに取り押さえられ、文王の前に連れて行かれた。文王は尋ねる。

「この者は誰だ？」

左右の配下の者たちが答える。

「文王殿下、この樵夫はなぜか知りませぬが、王相という兵士を殺したのでございます」

文王は馬上で武吉を問いただす。

「そこの樵夫よ、名は何と申すか？　どうしてまた王相を殺したのか？」

武吉は答える。

「わしは西岐の庶民で、武吉と申します。殿下のご一行にぶつかり、道路が狭かったため、たまたま薪を持ち替えたところ、誤って王相を打ってしまったのでございます」

文王は告げる。

「武吉はそのように王相を殺したというのであれば、それは罪に当たる」

そこで南門の一角の地べたに線をひいて、それを牢とした。また木を立てて、官吏の代わりとした。武吉はその四角の線のなかに入れられる。文王は霊台に去る。

紂王の時代、このように地に線を描いて牢とすることは、西岐だけで行われることであった。東方・南方・北方や朝歌では、当然ながら牢獄が造られていた。西岐の文王は天数を占うことができ、百発百中であったため、そもそも逃亡自体が不可能であった。それで、地面に四角を描いて、それを牢とすることができたのである。罪を犯した民は逃げることもできなかった。たとえその者が逃げ出したとしても、文王は天数を占ってすぐに探し出してしまう。そして捕まれば、倍の罪に問われるのである。どんなにずるがしこい者であっても、守るしかなかった。それで、「地に描いて牢とす」という話があるわけである。

さて武吉は、三日間この牢に閉じ込められ、家に戻ることができなかった。武吉は考える。

「わしの母は頼る者がない。ましてやわしがこのように牢に囚われているとは、思いもしないに違いない」

武吉は母親のことを思い、大声で泣き叫ぶ。道を行く人たちがその様子を取り囲んで見る。たまたま散宜生が南門を通り過ぎた。見れば武吉が大声で泣いている。散宜生は尋ねる。

「そなたは先日王相を殺《あや》めた武吉ではないか。殺人の罪は命を償う。それは理の当然ではないか。なぜ大声で泣く？」

武吉は答える。

「わしは今回運が悪く、たまたま王相を殺してしまいました。罪を償うのは当然だと思います。そこに恨みはありません。ただ、わしの村の家には七十余歳の老母がおります。わしには兄弟もなく、また妻もなく、母親は孤独の身です。もしこのままであれば、餓死して骸《むくろ》をさらすことになりかねません。それはあまりに哀れでありましょう。子を養って無益、子も母を失うとなれば、なんと残念なことか。そのように考えると、苦痛でなりません。そのためにわしは我慢できずに泣いたのです。大夫をお騒がせすることになり、申し訳ありません」

散宜生はこの話を聞いて、考え込む。

「いや、そもそもこの武吉が王相を殺したのも、別に殴り合いなどして争ったわけではない。薪を移し替える時に誤って殺しただけだ。一般の殺人と同じ罪に問うのも、いささか問題があるな」

散宜生は告げる。

「武吉よ、泣くのをやめよ。わしが文王殿下にお会いして奏上する。そなたはいったん釈放される。そなたの母親に棺などの費用、それに当面の生活の糧を調えたら、そなたはまた戻って、国法に服するがよい」

武吉は叩頭して言う。

「大夫さまの大恩に感謝いたします！」

散宜生はその日にすぐ大殿に進み、文王と朝見する。散宜生は奏して言う。

「わたくしは殿下に申しあげます。先日、武吉なる者が兵の王相を殺めまして、南門において牢に入っております。わたくしが南門を通ると、武吉が泣いて止みません。わたくしがその理由を問いますと、武吉には七十歳あまりの老母がおり、子どもは武吉ひとりで、他に兄弟はないとのことです。また武吉は独身で、妻もおりませぬ。その母は頼る者がありません。武吉は国法を犯し、いま牢から出られません。そのために母親の身を案じて、泣いていたのでございます。わたくしが思いますに、王相を殺めたとはいえ、もともと争ったのではなく、誤って殺しただけです。武吉はこのように牢に入っておりますことを、母親はひとりであるために知りません。わたくしが思いますに、いったん武吉を釈放して家に帰らせてはどうでしょうか。当面の生活の費用や、棺の用意などをすべて調えて、それから戻って王相を殺した罪に服せばよいかと存じます。どうか文王殿下にはご裁可のほどをお願いいたします」

文王は散宜生のこのことばを聞いて、即座に許可した。

「すぐに武吉を釈放して帰宅させるように」

詩に言う。

文王城を出て霊台に占う、武吉柴《しば》を担いで禍《わざわい》起こる
王相その先端に当たりて没し、子牙は八十にして運きたる

さて武吉は牢を出ると、家の状況を思い、飛ぶように戻っていった。武吉の母は門の前にて武吉を待っていた。武吉が家に戻ると、すぐに問いただす。

「わが子よ、おまえはどうしてこの数日帰らなかったんだい。この母は家で不安で寝られなかったよ。おまえが山のなかで谷に落ちたんじゃないか、あるいは虎にでも襲われたんじゃないかって。心配のあまり、食事もできなかった。今日はおまえを見て安心したが、いったいどうしていま帰ってきたんだね」

武吉は泣きながら、地に平伏して言う。

「おっかさん、わしは運の悪いことに、南門に薪を売りに行ったんだが、文王さまの行列に行き当たり、薪

を移し替えようとしたら先端が当たって、兵士の王相を打ち殺してしまったんだ。それで文王さまはわしを獄中に投じた。親類がないためわしのことがわからず、また誰も世話する者がいないために、おっかさんがどうにかなってしまうんじゃないかと心配で、わしはずっと泣いていたんだ。そうしたら上大夫の散宜生さまがそのことを文王さまに告げてくれたので、家に戻ってこられたんだ。散宜生さまは棺桶の費用や当座の必要な食糧など調えてから戻るようにとのことで、わしは王相の命を償うためにまた戻らなければならん。おっかさん、わしを養っても無益だったのう。申し訳ない」

言うとまた泣く。武吉の母親はわが子がこのように人命に関わる事件に巻き込まれたことを初めて知り、たいそう驚く。片手を武吉にかけて、こちらも涙を流す。涙が珠のように流れ、天に対して嘆いて言う。

「わが子は天道に対し忠実な人生を送ってきたし、偽りを言うことはせず、孝行な行いを守ってきた。今日はどうして天地に罪を得て、このような災厄に陥ってしまったのか。わが子よ、おまえの身にもしものことがあったら、この母も生きていけぬ」

武吉は言う。

「そもそも、こんなことがあったんだ。わしが数日前、薪を担いで磻渓に行ったところ、ある老人が釣り竿に針を着けて、魚を釣っていた。わしはその老人に尋ねたんだ。どうして曲がった針を使わず、餌も着けないで魚を釣るのかと。そうしたらその老人は、むしろまっすぐな針で求めるべきで、曲がった針ではだめだというんだ。魚を釣るのではなく、王侯を釣り上げるのだと。だからわしは笑って言ってやった。あんたは王侯になるなんて無理だ。王侯というよりは、むしろ猿に似ていると。そうしたらその老人、今度はわしの顔を見て、わしの人相が悪いというんだ。わしがどこが悪いのか尋ねたら、左目が青く、右目が赤く、それは人を殺める相だというんだ。そうしたらその通りになって、本当に王相という兵を殺すことになってしまったんだ。あの老人がろくでもないことを言うからおかしくなった。いま思い出しても憎らしい」

しかし武吉の母親は尋ねる。

「その老人の名は何というのか」

武吉は答える。

「その老人は、たしか姓を姜、名を尚、字《あざな》を子牙、号を飛熊だと言っていた。その老人が号だなんて言うから、わしは笑ってやったんだ。それからそういう人相の話になった」

母親は言う。

「いや、その老人はおまえの運命をよく言い当てたんだ。これは必ず明察の老人に違いない。おまえはすぐにその老人のところに行って救いを求めるがいい。その老人は必ずや才徳の高い人だよ」

武吉は母の命令を聞いて、すぐに磻渓に行って姜子牙を探すこととした。

さて続きはどうなるか。次回を聞かれよ。

第二十四回　渭水に文王、子牙を聘す

詩に言う。

朝歌より退きてこの間に隠《かく》る、喜んで緑水の青山をめぐるを見る
『黄庭《こうてい》』の両巻は昼に長く、金の鯉は三匹笑顔を示す
柳に鶯《うぐいす》の鳴く声響き、岸辺には水の流れる音響く
天の華があらわれ祥瑞を開き、文王の駕の訪れるを得ん

さて、武吉は岸辺にやってくると、姜子牙は柳の下で釣り糸を垂れていた。浮きが緑の波の上を漂《ただよ》う。そして自分で作った歌を歌っていた。武吉は子牙の後ろに進み、声をかけた。

「姜のだんな！」

子牙が振り向いて見ると、武吉である。子牙は言う。

「そなたは先日の樵夫《きこり》ではないか」

武吉は答える。

「そうです」

子牙は尋ねる。

「そなたはその日、人を打ち殺すことになったであろう？」

　武吉は急いでひざまずき、泣きながら言う。

「わしは山のなかの粗忽者《そこつもの》で、斧を振るうだけの愚か者です。どうして深い見識なんて持っているものですか。凡人であるがため、姜だんなが優れた予見の目を持ちながら隠棲しておられるお人だなんて、夢にも思いませんでした。先日は失礼なことを申しあげましたが、だんなは大人、わしは小人、どうか姜だんなの深いお心に免じて、慈悲を起こされ、惻隠《そくいん》の情でもってどうかお許しください。あの日、わしはだんなと別れたあと、南門に行ったんです。ところがそこで文王さまの行列に当たってしまい、慌てて薪を持ち替えたら、誤って門番の兵士の王相《おうそう》を殺してしまったんです。文王さまはわしの罪を定め、命をもって償うとしました。しかしわしは年老いた母親がおりまして、わしが世話をせぬと骸《むくろ》をさらすことになりかねません。そのことを牢のなかで嘆いていたら、上大夫の散宜生さまがわしのために話してくださいまして、いったん仮に釈放されて、家に戻ることができたんです。しかし、母親の世話が終わったら、また王相の命を償おうために戻らなければならないんですわ。もしそうなったら、われら親子はふたりとも生きていられるかわかりません。それで今日は姜のだんなにお願いにまいったわけです。どうかわしの命を救っていただき、親子ともどもお助けくださらんもんでしょうか。もしそうなれば、わしは犬馬の労を厭わず、だんなのため恩返しをいたしますゆえ、どうか！」

　子牙は言う。

「すべては天数で定まっておる。そなたは人を打ち殺したのじゃ。命をもって償うのは当然。わしがどうしてそなたを助けられよう」

武吉は泣きながら平伏して訴える。

「だんなが恩を施してくださるのは、虫や草木にも及ぶとか。慈悲を広く施していただき、なんとかわしら親子の命も救っていただけないでしょうか。この恩は忘れません！」

姜子牙は武吉が誠実な人間であり、いずれは出世して富貴の身分になることがわかっていた。そのため、子牙は言う。

「そなたがわしの助けを必要とするなら、わしを師匠と仰ぐがよい。そうすれば、そなたを救ってやろう」

武吉はそのことばを聞くと、すぐに弟子としての拝礼を行った。子牙は言う。

「よし、そなたがわしの弟子となったからには、わしは助けねばならん。そなたはまず家に戻るのじゃ。そしてそなたの床の前に、そなたの身の丈と同じ長さの穴を掘るのじゃ。深さは四尺。そして夜になったら、そなたはそこの中で寝るがよい。そしてそなたの母親にお願いして、寝るときには頭のほうに灯火をともし、足のほうにもまた灯火を置くようにせよ。また米でも米飯でもよいが、それを少量でよいからそなたの身にまくよう。そして同時に草もまくのじゃ。そうして一晩寝たあとは、そなたはいつもの通りに生活してよろしい。あとは、問題はなくなるはずじゃ」

武吉はこの話を聞き、師の命令を実行するため、早速家に戻り、穴を掘ることにした。詩があって言う。

文王は天数に先んずるも、子牙はよく厭星《えんせい》す
武吉のことあらずんば、いずくんぞよく帝廷に達せん
磻渓に将相《しょうそう》生じ、周は天丁を産む
大いなる造化すでに定まり、すべからく天数と合致す

さて武吉は家に戻るが、満面に笑みをたたえていた。その母は言う。

「わが子よ、おまえは姜さまに会えたかね。どうだった？」

武吉は姜子牙から教えられたことをすべて詳しく母に告げた。母親は喜ぶ。武吉は命じられた通りに穴を掘り、母は灯火の準備をしたことはさておく。

さて、姜子牙は三更（子《ね》の刻）の時間になると、ざんばら髪に剣を執り、足は北斗を踏み、手は手訣《しゅけつ》と印を結び、武吉の運命の星を厭《えん》する（道術を使って運勢を操る）。

次の日になると、武吉は子牙のもとに来て、師匠と称して拝礼する。子牙は言う。

「そなたはすでにわしの弟子になったからには、毎日わしの教えを受けよ。薪を取るのもよいが、それはそなたがずっと行うべきことではない。そなたは朝早く起きて薪を売るがよい。しかし昼を過ぎたら、わしのもとで兵法を学ぶのだ。いまは紂王の無道な行いにより、天下では四百鎮の諸侯が反乱を起こしているのだ」

武吉は尋ねる。

「老先生、四百鎮の諸侯が反乱を起こしたとはどういうことですか？」

子牙は答える。

「東では東伯侯の姜文煥《きょうぶんかん》が四十万の軍勢を率いて、遊魂関《ゆうこんかん》を攻めておる。南では南伯公の鄂順《がくじゅん》が三十万の兵馬を率いて、三山関《さんざんかん》を攻めておる。わしは先日、天文の象《しょう》を見たが、いずれこの西岐でも世の乱れに応じて兵乱が起きると考えられる。この時は武を用いる時である。そなたは武芸と兵法を学び、出仕して功績を挙げれば、いずれ天子の臣となろう。ただ薪を採るだけではいけない。いにしえの語にも、『将軍や大臣に種《しゅ》はない。男子は強くあるべき』といい、『文武の学芸を学ぶのは、帝王の家に貸しを作るもの』とも言うではないか。そなたもまずはわしについて学ぶのじゃ」

武吉は師匠の言を聞き、朝晩修行に励んだ。姜子牙の側を離れず、武芸を学んで精通し、かつ兵法の『六《りく》韜《とう》』(太公望の兵法)を会得《えとく》することとなった。そのことはさておく。

さて、散宜生はある日、武吉のことを思い出した。武吉が去ってから半年、姿を見せなかったのである。

散宜生は文王に拝謁を願い、上奏して言った。

「武吉が王相を打ち殺した件でございますが、わたくしは武吉に老母があり、誰も世話をする者がないために、殿下に申しあげまして、いったん武吉を釈放して帰宅させました。その後、棺や日常の費用を工面したあとは、戻ってくるということでしたが、どうも国法を無視しているようです。いまにいたるまで半年、結局戻ってきません。狡猾《こうかつ》な民ではありませんか。どうか殿下には天数を占ってくださりませんか。武吉がどこにいるか突きとめたいと思います」

文王は答える。

「よし、その通りにいたそう」

金銭を取りだして、武吉の運について占う。文王は首を振って嘆いて言う。

「武吉は狡猾な民ではないようだ。刑罰を恐れて深い谷底へと身を投げて死んでしまったのじゃ。もし法でもって処したとしても、争っての殺人ではなく、誤って人を傷つけたに過ぎぬ。死罪には当たらなかったろう。しかしかえって武吉を死なせてしまったのは、あまりに哀れであったのう」

嘆息すること久しくして、文王も散宜生もそれぞれ退出した。

それから光陰矢のごとく、時は流れるがごとく過ぎた。ある日、文王も文武百官も政務がなく、時間ができた。見れば季節は春で、美しい光景が広がっている。柳絮《りゅうじょ》が飛び、桃や李《すもも》の花が妍《けん》を競う。のどかな春の景色が見られるところであったので、文王は諸官に告げる。

「いま春の景色が見頃である。花や草木がほころび、衣類も暖かくなって緩む季節である。わしはそなたら諸官とともに、南郊《なんこう》の狩り場《かば》に出て景色を愛《め》で、山水のさまを楽しむとしよう」

散宜生《さんぎせい》が進みでて言う。

「殿下、以前に霊台をお造りになり、夢に飛熊の兆しがありました。西岐が棟梁の才を得て、殿下を補佐する賢人が現れる前ぶれであると思います。いま春の景色が美しく、花も柳も妍を競うなか外に行かれるのは、ひとつには南郊の狩り場を視察なさること、ふたつには賢者を山野に尋ねるという目的に合致しましょう。わたくしが付き随いますし、また南宮适と辛甲が護衛に当たります。これはまた堯や舜が民とともに楽しまれた例と同じでありましょうぞ」

文王はたいそう喜び、すぐに出発のため命を下した。

「明日の朝、南郊の狩り場に行楽に出かける」

次の日になると、南宮适は五百名の部将を率い、狩り場を設ける。多くの兵士が武具を備えて、文王とともに城を出る。南郊に到着すると、まことに見事な春の光景である。その様子は次のよう。

なごやかに風吹き、百花が争って咲く
桃は火のごとく赤く、柳は金となる
芽は初めて土を出で、百草はすでに新たに
芳草は綿々として錦のごとく、嬌花《きょうか》はあでやかに春風に競う

林には清奇に鳥さえずり、樹には煙のごとく気が満ち
黄鸝《うぐいす》と杜宇《ほととぎす》とは春を呼び、あまねく人々は行楽《こうらく》す
柳絮《りゅうじょ》飛び花落ち、ひらひらと水面に文様を描く
牧童は短笛を持って牛の背に乗り
田畑には鋤《すき》を手に持つ人忙しく
桑を摘《つ》む人はかごを持って走る
茶を摘《つ》む人は歌を歌いかごに入れ
一面には青、一面には赤、春の光は豊かに
一面の花、一面の柳、花と柳と妍《けん》を競う
無限の春光は見るに飽きず、渓の春水に鴛鴦《おしどり》戯れる
人々は春の三月を貪《むさぼ》り、春光に心動かし惹《ひ》かれる
君に勧《すす》めん三春《さんしゅん》の景を過《あやま》てるなかれ、一寸の光陰《こういん》は一寸の金なり

さて文王は文武諸官とともに郊外に出て行楽し、春の景色を楽しんだ。山に行くと、そこには広大な狩り場が設けられていた。網《あみ》や縄《なわ》などが張りめぐらされている。文王が見れば、多くの部将たちが武装し、手には刺叉《さすまた》や棒などを持ち、鷹や猟犬などを連れている。そのありさまは次のよう。

立ち並ぶ旗は火に似て、輝く天蓋《てんがい》は天をさえぎる
将たちは鷹を連れ、戦袍の者が猟犬を従える
青い戦笠《せんりゅう》、赤い纓《えい》

青い戦笠は、池に蓮の葉が風に舞うよう
赤い纓は、桃花が水面に浮くよう
獐を追う猟犬あり、天に羽ばたく鷹の赤い纓を帯び
兔を捕らえる鷹あり、そのさまは金彪か鳳のごとし
鷹が飛べば、空中にて天鵝をかみ
猟犬が来れば、花鹿が地に倒れる
青錦と白衣、錦豹《きんぴょう》と花彪《かひょう》の飾り
青錦と白衣は、長い鎗の血にて赤く染まる
錦豹と花彪の飾り、鋭い刃の血がしたたる
野の鶏《けい》が矢にあたり、羽を貫かれて動けなくなる
鵜《う》が刺叉《さすまた》に捕らえられ、地に羽を激しく打つ
大弓《おおゆみ》が射られて、白鹿も逃げられぬ
矢が来たる時、雀も鳩もどうして躱《かわ》せよう
旌旗《せいき》が縦横《じゅうおう》に振られ、太鼓や銅鑼が鳴り吶喊《とっかん》の叫び
囲む者たちは心盛んに、猟をする将は楽しむ
崖を登ること虎にまさり、谷を飛ぶこと海龍のごとし
火炮《かほう》と鋼叉《こうさ》は地にみなぎり、弓と弩《ど》とは空に矢を射る
長らく天鵝《てんが》の叫びあり、籠《かご》を開くこと海東《かいとう》の青きがごとし

文王はこの光景を見て、慌ただしく問いかける。

「大夫よ、この狩り場はどうしてこの山に設けられたのかな？」

散宜生は欠身《けっしん》の礼を施して答える。

「今日は殿下が春の行楽に出かけ、春の景色を楽しむということですので、南将軍がこの狩り場を設けたのでございます。文王殿下が猟を営まれ、心から楽しんでいただきますように。君臣ともに楽しめるということで、まことによきしつらえと存じます」

文王はこの話を聞いて、真剣な面持ちで告げる。

「大夫の言は間違っておるぞ。確かにわしは狩り場と申したが、それは猟をするためのものではない。むかし、伏羲《ふっき》や黄帝《こうてい》などの聖人は獣《けもの》の肉を食べなかったという。それで聖人と称されたのじゃ。当時、首相に風后があったが、彼が伏羲に獣の肉を進呈した時に、伏羲は言った。『この肉は百獣の肉ではないか。わしは飢えれば肉は食べるし、渇《かわ》けば血を飲むのは仕方ない。それは生きるためには普通のことじゃ。しかしその生命を奪うことになるのは、わしは心に忍びない。わしは禽獣《きんじゅう》の肉は食らわず、むしろ粟《ぞく》や百草《ひゃくそう》を食したい。それぞれ生きものが命をまっとうするのが、天の意にかなうことである。生きものが害されぬこと、それこそが美であろう』。伏羲の世はまだ産物は十分でなかったので、穀物もそれほど採れたわけではない。しかしそれでも伏羲は獣の肉を退けたのじゃ。いまの世は五穀が満ちており、その舌を満足させることができるのだから、なおさらである。わしはそもそも、そなたらと春の景色を愛でる行楽に出るつもりであった。しかしいまは狐や鹿などを追い立てることになっている。それは武人としては楽しみではあるのだろう。だが獣たちは別に罪があるわけではない。どうして追われて殺されねばならんのだ。ましてやいまは春で、万物が育つ時期に当たる。どうしてこの時期に生きものを殺さねばならんのだ。それは仁者《じんじゃ》の心を痛めるものである。いにしえの人は、生を重んじ、天地を体して仁を主としたのである。わしもそなたらも、不仁の行為については戒めなければならん。すみやかに南宮适《なんきゅうかつ》将軍に命じて、この狩り場を撤去させよ」

配下の部将たちに命令が伝えられる。文王は言う。

「わしとそなたらは、馬上にて行楽を楽しむとしよう」

見れば、往来する民百姓は春の行楽に出かけ、花や草木を愛でている。ある者は酒を持って川辺に遊び、ある者は歌を歌って田野を行く。文王と臣下たちは、馬上にあってこれらの風景を見て、嘆じて言う。

「まさに、君主正しく、臣下が賢であれば、民はその業を楽しむというところであろうか」

散宜生は馬上でそのことばに答えて言う。

「文王さま、西岐の地は、いまや堯の治世に勝ると言えましょうぞ」

君臣もそのまま行楽を楽しみつつ進む。すると近くに漁師が何人かいて、歌を歌っていた。

思えば成湯《せいとう》が桀《けつ》を伐ちし時、その征伐たるや葛《かつ》に始まる
堂々とまさに天人に応じ、義の一挙にして民は安んぜられる
いまに至るも六百余年、綱《あみ》に祈る恩はようやく止まん
いたずらに酒池肉林《しゅちにくりん》をつくり、鹿台《ろくだい》には血の高さ千尺《せんしゃく》
内は色にすさみ外は荒れ、四海は呻吟《しんぎん》に沸きたつ
われもとはこれ滄海《そうかい》の客、耳を洗って亡国の音を聴かず
日には波を追って歌い、夜は星斗《せいと》を見て釣り糸を垂れる

われ釣りしは天地の寛にしかず、白頭《はくとう》もて天地の長きを仰く

文王は漁民たちの歌を聴き、散宜生に言う。

「この歌の響きには秀麗なものがある。まさか、あのなかに賢者がいるのではないだろうか」

文王は辛甲《しんこう》に命ずる。

「あの歌を作った賢人をこちらにお連れするように。会ってみたい」

辛甲は命を受け、馬を下りて進む。声をあらげて尋ねた。

「もしそちらに賢人がおられますようであれば、わが主君にお会いくだされ」

漁民たちはすべてひざまずいて答える。

「われらはすべて『閑人《かんじん》』です」（「閑」と「賢」は発音が同じ）

辛甲は言う。

「そなたらはすべて賢人とはどういうことか？」

漁民は答える。

「われらは朝に出かけて魚を捕ります。何もなければそのまま帰ってきます。そのためにわれらは閑人と称しております」

まもなく、文王の馬も来る。辛甲は文王に告げる。

「彼らはみな漁民にて、賢人ではないとのことです」

文王は言う。

「しかしわしがあの歌を聴くに、響きは秀麗なものがあった。このなかに賢者がいるに違いない」

漁民たちは答える。

「あの歌はわれらが作ったものではありません。ここから三十五里ほどのところに、磻渓というところがございまして、そこに老人がいつもおります。その老人が何度もこの歌を歌うもんですから、われらも覚えてしまい、つい先ほども歌ってしまったものです。われらが作ったものではありません」

文王は言う。

「それでは、そなたらは帰ってよろしい」

漁民たちは叩頭して去って行く。

文王は馬上で歌の意味について考える。

「『耳を洗って亡国の音を聴かず』とはよく言ったものだ」

上大夫の散宜生が、馬上にて礼を施しながら尋ねる。

「『耳を洗って亡国の音を聴かず』とはどういう意味でございますか？」

文王は言う。

「大夫は知らないのかな？」

散宜生は言う。

「わたくしは愚昧《ぐまい》にて存じませぬ」

姫昌は告げる。

「この話は、堯《ぎょう》が舜《しゅん》に天下を譲った時、その前に賢者を探していたことに由来する。むかし堯は有徳の天子であったが、その子は不肖《ふしょう》であった。堯は民が失望するのを恐れて、ひそかに視察を行い、天下を譲ってもよい賢者を探したのじゃ。その話の内容はこうである」

ある日、堯は人里から離れた僻遠の深山幽谷《しんざんゆうこく》ともいう場所にやってきた。見ればそこではある人物が渓流の水辺にあって、小さな瓢箪《ひょうたん》を水中に投じて転じている。堯は尋ねる。

「どうしてそなたは瓢箪を水中に投じたのですかな？」

その人物は笑って言う。

「わしはいまの世情を見限り、名利については捨てた。家も捨て、家族もない。欲得や是非も離れ、俗世に関わらず、深山幽谷に行き、素食をむねとし、林の泉を楽しみつつ、寿命を終えようと思う。それがわしの平生の願いだ」

堯はそのことばを聴いて、大いに喜ぶ。

「この人は俗世を塵芥《ちりあくた》のように感じ、富貴もすでに眼中にない。是非の判断からも遠ざかり、人傑と言える。この人物に帝位を譲るのが正しい道というものであろう」

堯はそこで告げる。

「賢人よ、わしはほかでもない、帝の堯である。いまそなたの態度を見るに、賢者にして有徳であることがわかった。わしは天子の位を譲りたいと思うが、どうであろう？」

その人物はその話を聴くと、瓢箪を取りだして、踏みつけて粉砕してしまう。また両手でもって耳をふさぎ、河のほうに走っていき、そこで耳を洗いはじめる。洗っている間に、また別の人物が牛を牽いてやってくる。その人物は言う。

「そこの人、すまないが牛に水を飲ませたいんだが」

しかしその人はずっと耳を洗い続けている。牛を連れた人物が問う。

「その耳はどうしてそんなに汚れて、ひたすら洗っているんだね？」

その人は洗い終わり、ようやく口を開いて言う。

「いま帝の堯がわしに天子の位を譲るとか言ってきた。その話を聴いて耳が汚れたから、洗っていたんだ。その水を牛に誤って飲ませないように」

その牛を連れた人物は、牛を上流のほうに牽いていって、そこで水を飲ませた。その人は尋ねる。

「おい、どうしてそんなところに行って飲ませるんだね？」

牛を連れた人物は答える。

「いやだって、水は汚れてしまったじゃないか。そんな水、うちの牛に飲ませるわけにはいかん。だから上流のほうで飲むんだよ」


この話に続けて文王は言う。

「当時は高潔の士とはこのようなものであった。それで『耳を洗って亡国の音を聴かず』という一句があるのじゃ」

文王はそのまま馬上で臣下たちと語り合う。まず王朝の興亡について論じ、さらにその政治の影響について語る。君臣はそのまま馬上にて杯を取って語り、民百姓とともに楽しむ。見れば桃は赤く李《すもも》は白く、鴨《かも》は緑に鵞鳥《がちょう》は黄色。鶯の声は鳴りひびき、燕《つばめ》はさえずる。風に吹かれて遊ぶ人たちは酔いながら揺れ、三春の景色は美しい。文王の一行が進むなか、ある樵夫が歌を歌って言う。

　鳳飛ぶに乏しく麟なきにあらず、ただ治世に興廃あるを嘆く
　龍に雲興り虎に風生ず、世人はみだりに賢を尋ねるを惜しむ
　君見ずや莘《しん》の野夫《やふ》、心に尭舜を楽しみて鋤鍬《すきくわ》を動かす
　成湯の三使の聘《へい》に会わず、経綸《けいりん》を抱きつつ閑官にあり
　また見ずや傅説を、蕭々《しょうしょう》として蓑笠《みのがさ》を着て寒貧に甘んず
　当年高宗《こうそう》の夢に入らずんば、霖雨して終身版土に蔵す
　古来賢人は辱にして栄あり、あにただにわれ水滸《すいこ》に終わらん
　しばらくは牧笛もて昼に歌わん、みだりに牛の白雲を耕すを叱るなかれ
　王侯の富貴は夕日のもとに、天を仰いで笑い明君を待たん

文王は文武諸官と馬上にてこの歌を聴く。文王はこの句にも奇なるものを覚え、賢者がいるのではないかと考えた。辛甲に命じて言う。

「賢者をお連れするように」

辛甲は命に従って、馬をうながして進む。そこには数名の樵夫がいた。辛甲は言う。

「そなたらのなかに賢者がおられるかな。もしおられるなら、わが殿下がお目にかかりたいとのこと」

樵夫たちは担ぎ棒を放り出して、声を揃えて言う。

「われらのなかに賢者はおりませぬ」

すぐにまた文王もやってくる。辛甲は復命する。

「こちらには賢者はおりませぬ」

文王は言う。

「しかしあの歌には、秀麗で奇なるおもむきがあった。どうして賢者がいないと言うのか？」

樵夫のなかでひとりが答える。

「いえこの歌はわれらが作ったものではありませぬ。さきに十里ほど行くと、磻渓というところがございますが、そちらに老翁がおられ、朝から晩まで釣り竿を垂れております。われわれは薪を取るときにそこで休んでいたら、朝晩にこの歌を歌うので、自然と覚えてしまい、つい歌ってしまったのでございます。文王さまが来られたとは知らず、つい避けずにぶつかってしまいました。どうかお許しください」

文王は言う。

「賢者がいないのであれば、下がってよろしい」

樵夫たちは去って行く。文王はそのまま馬上にて思いをめぐらす。またしばらく行くと、文武諸官は杯を手にし、傾けて楽しみはつきない。春の光は明るく、花と柳が美しく、赤と緑が交わり、春を彩る。

一行が進むなか、またひとりの者が背に薪を担いで、歌を歌って言う。

春水は悠々とながれ春草は奇なり、金魚いまだ遇わずして磻渓に隠る
世人は高賢の志を知らず、ただ渓辺にて老者の釣るとみなせり

文王はこの歌を聴き、嘆じて言う。

「奇なるかな。今度こそ必ずや賢者に違いない」

散宜生がその薪を担ぐ者を見ると、以前に逃亡した武吉によく似た容貌である。散宜生は言う。

「殿下、いまあの歌を歌った者は、王相を打ち殺して逃亡した武吉によく似ておりますが」

文王は言う。

「いやそんなはずはない。大夫の見当違《けんとう》いであろう。武吉は深い谷に落ちて死んでしまったはずだ。先に天数を占った時そうであったのじゃ。どうしてここに武吉が生きている理があろうか」

散宜生はその事実を確かめるために、辛免に命じて言う。

「そなたはあの者を捕らえてくるがよい」

辛免は馬を飛ばす。武吉は文王の一行を見て避けようとしたが、間に合わず、薪を下ろして地にひざまずく。辛免が見ると、確かに武吉である。辛免は文王のもとに戻り、告げる。

「はたして武吉でありました」

文王はこの言を聞くと、顔を真っ赤にして怒り、武吉に対して大声で言う。

「匹夫め！　このようにわしを欺くとは」

続けて散宜生に対して言う。

「大夫よ、このような狡猾な民については、厳しく取り調べなければならん。人を殺めておきながら、逃亡して罪を逃れるとは。罪は殺人より重い。いまこの武吉を逃がしてしまうようであれば、そもそも天数を測ること自体が間違っていたことになる。そうなれば、どうして後世に伝えられるものか」

武吉は地に平伏して泣いて言う。

「この武吉はもとより法を重んずる者で、狡猾な民ではございませぬ。誤って人命を傷つけましたために、ある老人に相談いたしました。ここから三里ほどの地、磻渓におられるかたです。このかたは、東海許州の出身で、姓は姜、名は尚、字《あざな》は子牙、号は飛熊と申されます。わしはこのかたを師匠とし、弟子になりました。そしてわが師はある方法を伝授されました。家に戻って穴を掘り、そのなかでわしに眠り、草でもって身を覆うように指示されました。また頭の側に灯火を、足の側にもうひとつ灯火をともし、かつ草の上に米をまくようにも言われました。次の日に目が覚めて、薪を採りに行きましたが、その後は問題も起こりませんでした。文王さま、『虫けらですら生を尊ぶ、ましてや人においてをや』と申します。どうかお許しくださいますよう」

そのことばを聞き、散宜生が馬上にて欠身の礼を行って言う。

「殿下にお喜びを申しあげます。武吉が示した、号を飛熊と申されるその人こそ、霊台の兆しに応じた賢人に違いありません。昔、商の高宗は夢に飛熊を見て、その後賢者の傅説《ふえつ》を得ました。いま殿下は夢に飛熊を見て、子牙を得ることになるでしょう。そもそも殿下がこの行楽に出かけたのも、賢者を得るためでした。どうか殿下には武吉を無罪にてご赦免ください。そして武吉を案内役として、その林に行って賢者とお会いしましょう」

武吉はすぐに叩頭して礼を言う。そしてすぐに、飛ぶように林のなかに入っていった。文王は一行の者たちを林の前に待たせ、あえて賢者を驚かせないように気づかった。林のやや手前のところで、文王は馬から降り、散宜生とともに徒歩で林に入っていった。

だが武吉が林のなかに入っても、師匠の姜子牙の姿は見えなかった。武吉は心中慌て出す。文王と散宜生も林のなかに来る。散宜生が問う。

「賢者はおられるかな？」

武吉が答える。

「いましがたおられたのですが、いまは見えなくなりました」

文王は問う。

「賢者は、別に住居がおありかな？」

武吉は答える。

「前の草堂のみです」

武吉は文王を案内して門のところまで来る。文王は手で門を叩くが、騒がしくならぬように配慮した。するとなかから童子が出てきて門を開く。文王は笑顔にて尋ねる。

「師匠はおられるかな？」

童子が答える。

「おられません。道友のかたがたと出かけられました」

文王は重ねて尋ねる。

「いつごろ帰られるかな？」

童子は答える。

「それが決まっておりません。あるいは一日二日であったり、また三日か五日であったり。浮き草のごとく、行き先が定まりませんで、よい山、よい水に出会えば、そのまま逗留したりします。また道友のかたや、ほかの誰かと会い、道術を論じたりするので、お帰りになる時はわからないのです」

散宜生がそばにいて言う。

「殿下に申しあげます。賢者を求めるには、敬虔《けいけん》に礼儀を尽くすのが必要かと。今日はたまたま来ただけで、まだ誠意を示してはおりません。今日はひとまずお戻りになるのがよろしいかと存じます。昔、上古の神農《しんのう》が常桑《じょうそう》を拝した時、軒轅《けんえん》黄帝が老彭《ろうほう》を拝した時、さらに風后《ふうこう》を拝した時、湯王《とうおう》が伊尹《いいん》を拝した時、すべて斎戒沐浴《さいかいもくよく》し、吉日《きちじつ》を選んで招聘に出むきました。これが賢者を尊ぶ道であります。どうか今回はいったんお戻りください」

文王は言う。

「大夫の言はもっともじゃ。まずは武吉を連れ帰って、朝廷に入らせることにしよう」

文王が渓流の付近の光景を見ると、秀麗であり、林のなかに幽明な気がただよう。そこで詩を作って言う。

山河を宰割するに遠謀あり、大賢の抱負ともに謀るべし
このたび来るも垂竿の叟見えず、天下の人をして愁いいつか止まん

また緑林のところ、座る石のそばに釣り竿がありながら、姜子牙の姿が見えないことについて、文王は懊《おう》悩《のう》を感じてまた詩を吟じて言う。

賢を求めて遠出し渓頭《けいとう》にいたるも、賢人を見ずしてただ釣り竿あり
竹青《ちくせい》の糸緑柳《いとりょくりゅう》に垂れ、江に満つ紅日《こうじつ》に水むなしく流る

文王はなお恋々として捨てがたい様子であったが、散宜生にうながされ、ようやく文武諸官とともに戻ることとした。夕方になって、大殿の前に着く。文王は文武諸官に伝える。

「みなの者には、それぞれの邸宅には戻らぬようにしてほしい。すべて殿のなかで宿泊し、三日のあいだ、斎戒《さいかい》していただきたい。もって賢者を迎える準備としたい」

しかしそれを不満に思った南宮适が進みでて言う。

「磻渓の老人など、単に虚名の者ではありますまいか。まだその虚実が不明でありますのに、殿下がこのように礼を厚くして迎えに出るなぞ、その実に過ぎるのではないかと危惧します。殿下がそのように誠意を示されましても、結局愚夫のもてあそぶところとなるのではありませぬか。それがしの考えでは、殿下はそのようにわざわざ斎戒なさる必要はないと存じます。明日それがしが訪れて、その虚実を見てまいります。もし言われている通りに大賢であるとすれば、礼を厚くしてお出迎えになってもよろしいかと思います。しかし、単なる虚名の者に過ぎなければ、叱責して用いざればよいこと。必ずしも殿下が斎戒して出むく必要などないのではありませぬか」

その言を聞くと、散宜生が声を荒げて言う。

「将軍、この件に関してはそのように言ってはなりませぬ。いま天下は荒れに荒れ、四海のうちはどこも乱れるありさま。この状況では賢人や君子は隠棲してしまい、世に出てきません。そもそも飛熊の予兆があったのは、天が象を下され、特に大賢をわが国に賜ろうとしているのです。これは西岐の福と申すべきです。この時に当たって、いにしえの王者の賢人を招いた故事に学ばず、無礼な態度で接するのは、賢者を尊んでの行為とはとても思えませぬ。将軍にはどうか、そのような言をなさらぬように。諸官が心得違いをすると困りますゆえ」

文王はそのことばを聴いて、喜んで言う。

「大夫がいま言われたことが、わしの意と合致する」

このようなことがあり、文武諸官も殿において三日間の斎戒を行い、その後に姜子牙を迎えることとした。詩があって言う。

西岐城中に鼓楽喧《かまびす》しく、文王太公の賢なるを聘《へい》す
周家はこれより皇基《こうき》固まり、九五《きゅうご》の位尊ぶこと八百年

文王は散宜生の言に従って、斎戒すること三日、四日目になると、沐浴して衣を着替え、誠意を示す。文王は輿に端座し、配下の者が担ぎあげる。文王は文武諸官とともに車列をつくり、磻渓へ子牙を迎えるために出発する。武吉はそのとき、すでに武徳将軍に任じられていた。笙や笛などの楽器が道ばたで奏でられる。民百姓が、老若男女ともに出てきて行列を見物する。その様子は次のよう。

旗は五采にはためき、戈戟もかがやく
笙や笛が道にそろい、鶴がなき、鸞が鳴くよう
太鼓の音も鳴りひびき、雷の音のごとく響く
人馬も人々も喜び、兵士もうれしさを隠せない
文官は東にあり、大きな袍に長袖、武官は西にあり、甲《よろい》にかぶと
毛公遂《もうこうすい》・周公旦《しゅうこうたん》・召公奭《しょうこうせき》・畢公高《ひつこうこう》（原文は畢公栄）の四賢が助け、伯達・伯适・叔夜・叔夏などの八俊が従う
城内にはよい香が満ち、外には彩絹が敷かれる
聖主が西の土地にありて、五鳳が岐山に立つ
万民はひとしく太平の日をうけ、宇宙に雍熙《ようき》すること八百年
飛熊なる兆《きざし》は周室を興し、文王が大賢を聘《へい》するを感ず

文王は文武諸官を率いて城郭を出る。そして磻渓に向かう。行くこと三十五里にして、林の前に着く。文

王は配下の者たちに伝える。

「兵士たちはしばらく林の外に待機するように。喊声をあげてはならぬ。賢者を驚かしてはいかん」

文王は馬を下りると、散宜生とともに歩いて林のなかに入っていった。見れば、姜子牙は渓流のところで釣りをしている。文王は静かに近づいていって、子牙の後ろに立った。子牙はすぐに文王が来たことを覚る。

そこで歌って言う。

西風起こりて雲飛び、歳はすでに暮れて終わらん
五鳳鳴きて真主現れ、竿を垂れて我を知るはまれ

子牙が歌い終わると、文王は問う。

「賢者どのには楽しまれておいでか?」

子牙が振り返ると、文王がいる。急いで釣り竿を放り投げて、地に平伏して答える。

「わしは殿下のお越しと知りませず、迎えにも出ませんでした。どうか殿下にはお許しいただきたく」

文王は慌てて子牙の身を助けおこし、拝礼して言う。

「久しく先生のお名を慕っておりました。以前に訪れたときは敬意が足りませんでしたので、今回は斎戒沐浴し、もって拝謁にまいりました。先生のご尊顔を拝することができて、この姫昌、うれしさを隠せません」

散宜生に命じて言う。

「賢者どのを助けおこすよう」

子牙は立ちあがる。文王は笑顔で、子牙と手を携えて茅屋のなかに入っていく。子牙は再拝し、文王も同じ礼を返す。文王は言う。

「久しくその徳を仰ぎながら、これまでお会いすることができませんでした。いま幸いにお顔を拝することができました。先生にはどうか、今後はこの姫昌をずっとご指南いただけないものでしょうか。そうなればわが身の幸福というもの」

子牙は再拝して言う。

「この姜尚は浅学不才でありまして、とうていそのような任にはたえませぬ。文の才は国を安んずるに足りず、武の才も、国を定むるに足りませぬ。文王殿下のそこまでのお願いをいただきながら恐縮の極みでありますが、ご期待を裏切ることにならぬか心配です」

散宜生が側にあって言う。

「先生には必要以上にご謙遜なさらぬよう。われわれ君臣は、みな斎戒沐浴のうえでまいりました。特に先生への敬意を表すためでございます。いま天下は紛々として大乱になろうかという状況です。しかしいまの天子は、賢者を遠ざけ、佞臣を近づけ、酒色におぼれて、民百姓を虐げております。そして諸侯の多くが反乱を起こし、天下の民の生活は安定しません。わが主君は、昼も夜もそのことについて思い悩み、夜も寝られぬありさま。久しく先生の才徳を仰いでおり、このたびこちらを訪れまして、ささいな礼物ではございますが、先生のご指南をいただきたいとの所存でございます。どうか先生にはお見捨てなく、ともに世を治めていただけますならば、主君にとっても、民にとっても幸いに存じます。どうか先生には胸中の計略をお示しいただき、民を塗炭《とたん》の苦しみから救い出してくださるようお願いいたします。どうかその才を惜しむことなく、この傾いた世を正してくださいますよう。それこそ、先生の徳を世に示すことになりましょうぞ」

散宜生はそう言って礼物を差しだす。子牙は見て、童子に命じて礼物を受け取らせ、承諾の意を示した。散宜生は輿を用意して、姜子牙に乗るように勧める。しかし子牙はそれを固辞して言う。

「わたくしはすでに殿下の恩を賜りましてございます。いま礼物をもってお招きいただき、感謝にたえません。しかし輿に乗ることは、さすがに僭越であろうかと存じます。これはお受けするわけにはまいりません」

文王は言う。

「これはわしが先生のために特に設けたものでありますので、まったく問題はございません。どうかお乗りいただきますよう」

子牙は再三固辞する。いくら勧めても、決して乗ろうとはしない。散宜生は子牙の意が固いのを見て、文王に言う。

「先生が乗られないということであれば、殿下にはその意にお従いくださいませ。その代わり、殿下の逍遥馬に乗ればよいのではないでしょうか。殿下は輿にお乗りください」

文王は言う。

「そのようであれば、このわしも敬意を失することにはなるまい」

このように謙譲しあうこと数度、文王は輿に乗り、子牙は馬に乗る。一行が進むと、歓声が起こり、喜びが伝わる。このときは吉の時刻に当たっていた。そして姜子牙の年齢は、八十歳であった。

詩があって嘆じて言う。

渭水《いすい》の溪の釣竿《つりざお》ひとつ、霜や雲に似て白髪頭

胸には星斗あり霄漢《しょうかん》をつく、気は虹を吐きて日も寒し
養老しつつも西伯のもとに帰し、危を避けて旧王の冠を捨つ
夢に飛熊の入りてのち、八百余年に安泰を受く

さて文王は姜子牙とともに西岐の城に戻る。万民は争ってその様子を見ようと押しかける。みな喜ばぬ者はなかった。子牙は朝門にて下馬する。文王は大殿に登る。朝廷での拝礼が終わると、文王はすぐに子牙を右霊台丞相《うれいだいじょうしょう》に任ずる。子牙は恩を謝す。そして殿において宴席が設けられ、文武諸官はそれに参加し、飲酒する。時に君臣がそろい、龍虎が相和すかのごとき雰囲気であった。姜子牙はその後、国をどう治めるか、民を安んずるにはどうあるべきかを、じっくりと具体的に述べていった。

しばらくして西岐城内に、丞相府《じょうしょうふ》が建てられることとなった。そしてその知らせは、五関に伝えられる。汜水関《しすいかん》を守る韓栄《かんえい》が、そのことについて詳しく朝歌について報告する。姜子牙が西岐の丞相になったという知らせである。さて、子牙についてはどうなることか、それについては次回をお聞きあれ。

第二十五回　蘇妲己、妖を招き宴に赴く

蘇妲己請妖赴宴

詩に言う。

鹿台に神仙を迎えるを望むも、あにはからん妖狐降る
身体は濁世《じょくせ》を超ゆるあたわず、心もなんぞ凡を出んや
ただ巧みに明哲を欺くも、誰かよく汚れを打つを招くを思わん
ただ愚かなる殷紂のつたなさありて、妲己《だっき》の賢者を殺すを聴かん

さて、韓栄《かんえい》は文王が姜子牙《きょうしが》を周国の宰相に迎え入れたと聞くと、急ぎ書簡を作り配下の者に持たせ朝歌へ遣わした。数日ならずして朝歌に到着すると、配下の者は文書房へとやってきて報告した。この日、報告に目を通したのは丞相の比干《ひかん》であった。比干は、この報告の「姜尚が周の宰相となり」という一文を見るや、考えこんで押し黙り、天を仰ぎ嘆息して言う。

「姜尚はかねてから知見に富む人物じゃ。それが今では西周を補佐するまでになるとは。その志は無視できぬ。このことは上奏せねばなるまい」

そこで比干は上奏文を抱え、摘星楼《てきせいろう》におもむき紂王《ちゅうおう》への拝謁を願う。紂王は比干を召し謁見する。紂王が言う。

「叔父上《おじうえ》、どういった上奏か？」

比干は奏して言う。

「汜水関《しすいかん》の総兵である韓栄の報せによりまするると、姫昌が礼をもって姜尚を迎え、宰相に任じたとのことです。その志は小さくありません。いま東伯侯は東魯の郷にて反乱を起こし、南伯侯は三山の地に兵を駐屯させております。そこに加えて西伯侯の姫昌《きしょう》に変乱があるならば、まさに四方から兵乱がおこり、民百姓は塗《と》

炭《たん》の苦しみに陥るでしょう。まして度重なる水害や干害のために、民は疲弊し軍隊は弱り、倉庫の備蓄もわずかでございます。そのうえ、聞太師は北の地に遠征しており、その戦の勝敗は未だ決しておりません。まことに国家にかくのごとき困難があり、今こそ君主と臣下が互いに理解しあう時にございます。願わくは陛下の御意により裁定を下されるよう、ご判断いただきたく上奏いたします」

紂王が言う。

「では朕も登殿して、諸官と共に朝議いたそう」

紂王と諸臣が国事について朝議していると、当駕官が上奏して言う。

「北伯侯の崇侯虎《すうこうこ》どのの直奏にございます」

すると紂王が命じる。

「侯虎を召し登殿させよ」

そして崇侯虎が登殿すると紂王が尋ねる。

「そなたはなんの報告でまいったのか？」

崇侯虎が上奏する。

「以前に勅を奉り、それがしが建築を監督していた鹿台《ろくだい》のことでございます。建造の期間、二年四ヶ月をもちまして、ここに完成いたしましたので、ご報告に参上いたしました」

これを聞くと紂王は大いに喜び言う。

「この楼台はそなたの力なくして、かくも早い完成はなかったであろう」

すると崇侯虎が返答する。

「わたくしめが昼も夜もなく工事を監督いたしました。どうしてこの任をおろそかにすることができましょうか。それゆえ、このように造成を早く終えることができたのでございます」

また、紂王が尋ねる。

「目下、姜尚が宰相となった周国は、その志ははなはだ大きなものである。汜水関総兵の韓栄が送って来た書簡には、今これのための対応策をいかにしたらよいか、とある。姫昌という大患を取り除くための考えがそなたにあるか」

すると崇侯虎が返答する。

「姫昌ごときに何ができるでしょうか。姜尚がいかほどの者でありましょう。『井の中の蛙、大海を知らず』、また『蛍の光は遠くを照らさない』と申します。その身分は今でこそ周の宰相でございますが、冬の蝉が枯れた柳にしがみついているように、すぐに滅びましょう。もし陛下が兵によって周を攻めますれば、かえって天下の諸侯の笑い者となりましょう。それがしの見たところ、力不足で何もすることができません。願わくは、陛下はこれと争われないよう申し上げます」

すると紂王が言う。

「そなたの言はもっともとである」

紂王は続けて言う。

「鹿台はすでに完成した。朕はここに御幸せん」

崇侯虎が答える。

「願わくは、聖駕にてご覧にお越しくださいますよう申し上げます」

紂王はたいそう喜び言った。

「崇侯虎と比干の二人は先に鹿台に行き、朕と皇后の二人が行くのを待て」

さらに命を下して言う。

「駕を用意せよ。鹿台を見に行くことにする」

その様子は次のように詩に述べられる。

鹿台は高くそびえ天にとどくも、成湯の根と苗を断つ
土木の工、行われて、人は望みを失い、黎民《れいみん》の怨み鬼を起こし妖《あやかし》応ず
人を食らうがごとき崇侯の悪、へつらいを献じて迎合せし費仲の奸
狐狸の歌、夜の月を拘引し、商朝は水中にただように似たり

さて、紂王は妲己と共に七香車《しちこうしゃ》に乗り、臣下たちはそれに付き従う。侍女たちも次々にあとに従い、鹿台に向かう。鹿台ははたして誠にきらびやか。紂王と妲己は車から降り、両脇に侍女を付き従えつつ鹿台を登っていく。

鹿台はまことに瑶池《ようち》の紫府《しふ》、玉闕《ぎょくけつ》の珠楼《じゅろう》のようで、蓬萊《ほうらい》の建物とでも称すべきものであった。囲いの壁はすべて白石で作られ、周囲はことごとく瑪瑙《めのう》で装飾されている。重なりあう楼閣の軒《のき》は碧《みどり》の瓦で彫刻され、ひしめく殿閣はいずれも獣馬の金環がほどこされる。殿内にはさまざまな明珠がはめ込まれ、夜になると光り輝き、あたり一面を照らす。左右の壁には美しい玉や質の良い金がしつらえられ、まばゆく輝く。

紂王に随行した比干は鹿台を目にし、鹿台の建造にどれほどの金と食糧が費やされたのか、目もくらむようであった。また無数の宝物や骨董や民衆の財を無用のものに充てる愚かしさと、多くの無辜の民百姓の魂

がここに埋められていることについて、思いをめぐらせた。そして紂王が妲己を伴い中に入っていくのを見送る。比干は鹿台をひとしきり見終えると、嘆息してやまなかった。その様子は賦に次のように述べられる。

賦に言う。

台の高きこと天漢にとどき、そびえること雲をしのぐ
九曲の欄干、金玉で飾りてその彫は輝く
千層の楼閣、星と月に映え
怪草奇花、香りは四時につきず
珍禽《ちんきん》異獣《いじゅう》、声を十里に響かせ
宴に遊ぶ者は情をほしいままにし
力を供える者は労苦にあえぐ
壁に脂泥《しでい》を塗るに、これすべて万民の膏血《こうけつ》たり
華堂の色をとるに、ことごとく百姓の精なり
綺羅《きら》の席は、空に織女《しょくじょ》の機杼《きしょ》をつくし
器楽管絃は、変じて野夫の啼哭《ていこく》となる
まことに天下に一人を奉じ、独夫を信じ万姓をそこなう

比干が鹿台に登ると、紂王が音楽を奏でて宴を催すよう命を下していた。比干と崇侯虎も宴席を賜った。二人は酒を数杯のむと謝して鹿台をあとにしたことはさておく。

さて一方で、妲己と紂王は酒を飲み続ける。紂王は言う。

「以前そなたは、鹿台が完成すれば神仙や仙女、仙姫が自然と集まり、共に遊楽するといっておったな。いま鹿台はすでに完成したが、神仙や仙女、仙姫はいつやってくるだろうか？」

この話はもともと、以前、妲己が玉石琵琶の精の復讐を果たそうと、鹿台の図面を紂王に献じ、姜子牙を陥れんがために紂王をそそのかしたことから始まったものであった。まさかこの話を実現せねばならぬとは思いもよらない。そもそもかくも早く工事が早く完成しようとは夢にも思わなかった。ところが紂王は神仙に会ってみたいと本気で願っており、このように妲己に尋ねたわけである。妲己はやむをえず、曖昧に答える。

「神仙や仙女は清浄虚無で有徳の士です。月が満ちるのを待たなければなりません。そして明るく清らかとなり、碧天にかげりがなければ、きっと神仙はやってくることでしょう」

これを聞き紂王が言う。

「今日は十日であったな。十四、五日の夜に月は丸く満ちる。きっと明るく輝き、朕を神仙や仙女に会わせてくれるに違いない。そうであろう」

妲己ははっきり言うこともできず、うやむやに返答した。この時、紂王は鹿台で享楽に耽り酒食を貪っていた。もともと福を有する者は、福や徳を多く備えて生まれる。福がない者は、妖怪などが近寄ってくる。奢侈や淫佚《いんいつ》は身を滅ぼす薬である。紂王は日夜、ほしいままに過ごし全く憚ることがなかった。

さて、妲己は紂王が神仙や仙女に会いたいと言い出してからというもの、心中思い悩み、日々不安に過ごす。そして九月十三日になった。三更を過ぎた頃、妲己は紂王が寝入るのを待ち、本来の姿を現すと、一陣の風とともに朝歌の南門から三十五里にある軒轅墓《けんえんぼ》にやってきた。原形を顕にした妲己がやってくると、大勢の狐狸の妖怪の子分や手下が迎え入れる。さらに九頭《きゅうとう》雉鶏《ちけい》の精がでてきて互いに挨拶をかわした。雉鶏精が言う。

「お姉さまはなぜここにいらしたのですか。宮中では後宮に住まわれ、無限の福を享受なさっておられます。なにゆえわれらがいるこのようにみすぼらしい場所を思い出されておいでになったのですか？」

妲己が答えて言う。

「妹よ、おまえたちと別れ、日々天子に付添い、夜ごと君王に侍《はべ》っているが、お前たちのことを思わない日はないぞ。いま天子は鹿台を完成させた。ところがそのために仙姫や仙女に会いたがっておるのじゃ。そこでわらわは計略を施すこととし、おまえや配下のことを思い出したのじゃ。そなたらのなかで変身ができる者、または神仙・仙女・仙姫に変化できる者は、鹿台に行き天子の九龍の宴席に列席するがよい。変身できない者は、今回は運がないと思い、留守番をしておれ。十五日を待って、そちと子供たちは朝歌に来るのじゃぞ、いいな」

雉鶏精が答えて言う。

「その日、わたくしは用事があり宴席に加わることはできませんが、見たところ三十九名が変身できます」

妲己は委細を申付けると、一陣の風とともに後宮へ帰り、人の姿に戻った。紂王は酔いつぶれ寝ていたため、妖狐が出入りした由など知らぬまま、次の朝を迎えた。

翌日、紂王は妲己に尋ねた。

「明日は十五夜で満月の日である。神仙たちはやって来るだろうか」

妲己が答える。

「明日は三十九席の宴席を設け、それを三段に分けて鹿台に準備して、神仙の来臨をお待ちいたしましょう。陛下が神仙にお会いになれれば、長寿を得られるでしょう」

紂王は大いに喜び、さらに尋ねる。

「神仙が降臨したら、大臣の一人に命じて宴に同席させよう」

妲己が言う。

「お酒の飲める大臣でなければ陪席させられません」

紂王が言う。

「朝廷の文武百官の中では、比干が最も酒量があるな」

そして「亜相比干に命ず」と勅命を下した。

まもなく比干は鹿台にやってきて紂王に拝謁する。紂王は言う。

「明日、多くの仙人を宴席でもてなすことになる。そなたには台にて待機することを命じる」

比干は聖旨を拝領したが、どのように神仙をもてなせばいいか、さっぱり見当もつかず、天を仰いで嘆息した。

「昏君《こんくん》め。社稷《しゃしょく》をこのように乱しおって。国事を日ごとに傾け、今また神仙に会うなど戯言に夢中になりおって。このような甘言がなぜ国家の吉兆となることがあろうか」

比干は宰相府に戻っても、どのようにもてなせば良いか見当もつかなかった。

さて、翌日に紂王は命を下した。

「鹿台に宴席を用意せよ。一列十三席を三列つくり、三十九席すべて北面させるのじゃ」

紂王の言いつけにより、滞りなく準備が進められた。紂王は太陽をせかして西の山に送れないことをもどかしく思いながらも待つ。やがて明るい月が東から昇った。九月十五日の夕暮れ、比干は朝服をまとい鹿台に赴き命令を待っていた。一方の紂王は、日が西に沈み月が東に昇ったのを見て喜ぶ様は、あたかも多くの珠玉を得たかのようであった。そして妲己を伴い鹿台に登ると、九龍宴席《きゅうりゅうえんせき》の準備が終えられたのが目に入る。宴席はまことに豪華で、珍味や酒やご馳走が山のように並べられていた。宴の準備はすでに整い、紂王と妲己は席に着き杯を交わしつつ、神仙の来訪を待ちわびる。妲己が奏して言う。

「仙人たちがここにいらしても陛下はお姿をお見せになってはなりません。もしも天の気運が漏れ伝わったなら、二度と仙人はやってこなくなるでしょう」

紂王が言う。

「そなたの言うことはもっともである」

話は尽きぬまま時刻は一更頃になった。すると、にわかに四方から風の音が聞こえた。その様子は詩に次のように述べる。

妖雲は四方に起こり乾坤をおおい、冷霧こもり天地暗し
紂王は台の前にて心おそれ、蘇妲己は子孫を尊ぶ
ただ知る飲宴の福を生じるを
だれか料らん杯を貪り門を滅ぼすを招くを
怪気は王気に従い
いまに至るも鹿台の魂に笑わる

さて一方、軒轅墓の狐狸たちは、ある者は百年から二百年、またある者は三百年から五百年にわたり天地

の霊気を採り、日月の精華を受けていた。この日は仙女や仙姫に変化し、神仙の姿となってやってきた。この狐狸たち妖気の一群は、またたく間に月の光を覆い、虎が咆哮するときのような強い風を吹かせる。そして鹿台ではゆらゆらと空から人が舞い降りてくるのが見え、再び月が明るく輝きだすと、妲己は密かに奏する。

「仙人がやってまいりました」

慌てた紂王は刺繍の施された暖簾から隠れ覗くと、青・黄・赤・白・黒それぞれの色の袍をまとい、魚尾冠を戴く者、九揚巾をかぶる者、一字巾をした者、さらに坊主頭の者や二つに小さく団子状に髪を結った者などがいた。中には龍がうねり天に昇っていくような形の髪形をした仙女や仙姫もいる。紂王が暖簾越しにこの様子を見て大いに喜んでいると、ある仙人の言葉が聞こえた。

「道友たちよ、お越しくださり感謝申しあげる」

周囲の仙人たちが返礼して言う。

「本日は紂王が宴を設けてくださり、鹿台にわれらを招いて下さった。心から厚恩に感謝し、国家が千年先も繁栄し、王家がとこしえに続きますように」

その時、妲己が宴席から命じた。

「陪宴官は登台せよ」

命を受けて比干が鹿台に登り、月明かりに照らされた宴の様子を見ると、はたして、各々仙人の風格を備え、不老長寿のごとき者たちがいた。これを見て比干は心の内に思った。

「まことに理解しがたいことであるが、容姿は神仙そのものである。この比干、礼に赴かねばならない」

仙人の一人が尋ねる。

「貴殿はどなたかな？」

比干が答える。

「わたくしは亜相の比干と申します。この度の宴に陪席するよう申し付かっております」

仙人がさらに言う。

「そういったご縁でこの宴にいらしたのですから、千年の寿命を貴殿に賜りましょう」

しかし比干はこのことばを聞き、いぶかしく思った。そして紂王が命ずる。

「酒をつげ」

比干は金壺を手に三十九席すべてに酒をついでまわった。比干は亜相という位にありながら、妖気に気づくことなく金壺を抱え、仙人たちの傍らに侍る。

この狐たちは人間に変化しているとはいうものの、少しも憚ることがない。礼服の色は変えているが、狐の獣臭さまで隠すことができない。比干はこうした狐の臭いに気づくと思案する。

「神仙は目・耳・鼻・舌・身・意の六根が清浄な身体であるはずだ。このような臭気がするのはおかしい」

比干は嘆息して言う。

「いま天子は道を失い、妖怪が出没までして、国家はまことに不吉である」

このように思い悩んでいると、妲己が陪宴官に大杯で酒を献じるように命じた。比干は先ほどと同様、三十九名の仙人一人一人に酒をついでまわり、自身もいちいち返杯を献じた。比干は百斗の酒が飲めるほどの酒豪であり、三十九席すべてに酒を献じ終えると、妲己がさらに命じる。

「陪宴官はもう一献ささげよ」

そこで比干は再び一席ずつ酒をついでまわった。これは勧杯であったため、狐狸たちは二杯の酒を続けて飲んだ。妖狐たちは皇室の御酒を飲んだことがないため、酒量の多い者は酒に酔うことはなかったが、少ない者は酒に飲まれてしまった。まさか酒に酔って人間の姿を維持できなくなり、みなが正体をあらわしてしまうとは思いもしなかった。妲己はこうした状況を知る術もなく、ただ手下の者や仲間に酒を振る舞うのに懸命であった。そして酔いが回った妖怪のなかには、尻尾をあらわにして揺らす者までいた。

比干は、二列目の者たちに酒をついでいる途中、一列目の者たち全員から狐の尻尾が出ているのに気付く。宴席の中央がちょうど月に照らされており、比干がよくよく注意して見ると、はっきりと尻尾が確認できる。しかし、すでに後悔しても遅く、ひそかに悲痛を叫び思った。

「わしは、位は亜相にありながら、妖怪などに叩頭してしまった。なんと情けないことよ」

比干は狐狸たちの騒ぎの音や臭いが耐え難くなり、密かに歯ぎしりをする。

一方、妲己は簾の中から陪宴官に三杯の酒を献じられたことで、狐狸たちが酔ってきたのに気づき、もし正体を現したらまずいと思い命じる。

「陪宴官はひとまず鹿台より下がりなさい。もう酒を献じなくてよい。神仙たちはおのおの洞府へとお帰りになられる」

比干はこの命を拝すと悶々として思い悩んだまま鹿台を後にした。内庭を出ると分宮楼《ぶんきゅうろう》、顕慶殿《けんけいでん》、嘉善《かぜん》殿《でん》、九間殿《きゅうけんでん》と通り過ぎた。殿内には宿直の官員がいた。午門を出ると馬に乗り、その前を紅紗灯を持った二人の役人が先導した。

二里も進まぬ時、前方に明かりがゆれ、堂々たる兵馬の一行が音を立ててやって来るのが見えた。よくよく見てみると、武成王黄飛虎《こうひこ》が宮中を巡回しているのであった。比干が黄飛虎の前に進み出ると、黄飛虎は馬から降り、驚いて比干に尋ねる。

「丞相どの、何か緊急の用事ですか。このような時分に午門から出てこられるとは」

比干は地団駄《じたんだ》を踏みながら言う。

「武成王どの、いまや国家が乱れ傾き、続々と妖怪が押し寄せ、朝廷を汚し乱しているありさまです。どうしてこのようなことがあってよいでしょうか。昨晩、天子は小官に仙人、仙女の宴に陪席するよう命じられました。そして夜の一更に鹿台に登台する命を奉りました。宴席には仙人らしき者たちがおり、それぞれ青・黄・赤・白・黒の服を着て、確かに神仙の気風をまとっておりました。これがどうして狐狸の妖怪だと思いましょう。妖怪どもは二、三杯続けて酒を飲むと、月明かりの下ではっきりと尻尾を露わにしました。このような事態、いかがすればよろしいのでしょう」

黄飛虎が言う。

「丞相どのはご自宅へお戻りください。それがしが明日、何とかいたしましょう」

それを聞くと比干は邸宅へ戻って行った。黄飛虎は、配下の黄明《こうめい》・周紀《しゅうき》・龍環《りゅうかん》・呉謙《ごけん》に命じる。

「そなたら四名は各々二十名の兵卒を連れ、朝歌の東・南・西・北に分かれ待機せよ。ニセの神仙たちが東西南北いずれかの門から出てきたら、その後を追い巣穴を突き止めよ。場所を確認したら報告に戻ってまいれ」

四人の将軍は命令を受けると、それぞれ散って行った。武成王も王府に戻った。

一方、狐狸の妖怪たちは酒をたらふく飲んだため腹がいっぱいになり、妖風に乗ることも、霧を起こすこともままならない。午門までは何とか妖雲に乗ってきたものの、一人またひとりと地上に落ちていく。そして地上に落ち三々五々となっていた狐狸たちは、身を寄せ合いひとつの塊りとなって午門を出て行った。ようやく南門を出た時は、まもなく五更になろうかという時であり、すでに門は開かれていた。周紀は遠くの人影の中にはっきりと狐狸の姿を認めたため、そのあとをつけていく。すると城から三十五里ほど離れた軒轅墓の脇に石洞があり、ニセの仙人や仙女たちは這《は》うように中に入って行った。

翌日、黄飛虎が登殿すると、四人が報告した。周紀が言う。

「昨日、南門で発見したニセの神仙たち三、四十名は、いずれも軒轅墓の石洞に入っていきました。この報告に間違いはございません。どうかご命令を下してください」

するとと黄飛虎はすぐさま周紀に命じた。

「三百の将兵を率い、全員に薪木を持たせるのだ。この薪で洞の入り口を塞ぎ、火をつけよ。午の刻以降になったら報告せよ」

周紀は拝命するとその場を去った。そこへ門番の兵が報告する。

「亜相比干さまがお見えになられました」

黄飛虎は比干を庭に通し拝礼すると、それぞれ席に着く。茶を飲み終えると、黄飛虎は周紀の一件について比干に説明した。比干は大いに喜び感謝する。そのあと、二人は国政について論じた。そして武成王は宴席を設け、比干と酒を酌み交わしていると、いつの間にか午の刻になっていた。

しばらくすると周紀が戻り報告する。

「ご命令を奉じ石洞に午の刻までに火を放ちました。ここにご報告いたします」

黄飛虎が言う。

「丞相どの、わしと共に様子を見にいきませんか」

比干が答える。

「ぜひご一緒させてください」

二人は将兵を率い出発し、南門を出た。三十五里離れた軒轅墓までやってくると、まだ煙がくすぶっていた。黄飛虎は馬から降りると、将兵に火を消し、鉤で洞窟から狐を引っ張り出すよう命じた。将兵たちは拝命した。

さて狐狸たちは、酒をたらふく飲み死んだ者はまだあきらめもつくが、変身できず、酒を飲めなかった者もあった。どちらの狐狸も無残にも洞穴の中で焼かれ死んだ。

詩に言う。

　歓飲するに伝えて杯は鹿台に在り
　狐狸はなんぞ仙に化してきたる
　ただ穢気《あいき》によりて人に看破され
　身を焦し骨を砕かるるの災いをまねく

将兵たちは瞬く間に狐狸の死体を引きずり出す。その死体の毛は焼かれ、肉は焼けただれ、たまらない臭いであった。そこで比干が武成王に言う。

「これら狐狸の中には、まだ焼けてないものもあります。状態のよいものを選び、その皮を剝ぎ、襖袍《おうほう》（古代の上着）を作って陛下に献上いたしましょう。そうなれば妲己の心を乱し、宮中に巣食う妖怪どもが混乱することは必至です。陛下が正気に戻られ、または妲己を遠ざければ、われらの忠誠を明らかに示せるでしょう」

そこで二人は協議をすると大いに喜び、それぞれ府邸にもどり心ゆくまで酒を飲んだ。昔から「閑事にかかわらざれば、事なく終わるも、ただ身に災禍が及ぶを恐る」と言うところである。はてさて、その後の吉凶はどうであろうか。それは次回をお聞きあれ。

コラム　～『封神演義』について～

（一）

本書は『封神演義』の明代《みん》の版（鍾伯敬批評《しょうはくけいひひょう》『封神演義』国立公文書館内閣文庫蔵）に基づいて、逐語的な訳を試みたものである。

『封神演義』の成り立ちについては、監訳者（二階堂）の著書である『封神演義の世界』（大修館書店）で解説した通りである。一応、ここでも少しまた紹介したい。

『封神演義』は明代の末に書かれた小説であると考えられる。作者については、許仲琳《きょちゅうりん》という人物であるとするのが一般的であるが、多くの説がある。ただ、またあとで述べるが、とうてい一人の人物が書いたとは考えにくい面がある。

その内容は、紀元前十一世紀に起こったとされる殷周の革命をテーマとするものである。殷の紂王《ちゅうおう》が暴政を行った末に、周の武王《ぶおう》に討伐されるというのは、『史記』や『孟子』などでも語られる歴史事実である。それに後世、多くの伝承が付いて、物語が発展していった。

宋から元のころになると、姜子牙《きょうしが》（太公望）を主人公とする語り物『武王伐紂平話《ぶおうばつちゅうへいわ》』が成立し、物語はより複雑化した。天の神々が下界に下って参戦しており、すでに『封神演義』のコアとなる部分は含まれている。その後、明代に『春秋列国志伝《しゅんじゅうれっこくしでん》』という小説が出るが、こちらは歴史小説にだいぶ傾いている。

これらの物語には、雷震子《らいしんし》や殷郊《いんこう》、それに黄飛虎《こうひこ》などの名も見えている。この時期の小説には、だいたい「紂王の暴政、妲己《だっき》は妖怪、それを太公望が討伐」という話は共通して見えている。

そしておそらくこの話をベースに、『西遊記』の影響を受け多くの神怪的な要素を加えて、改編して大幅に内容が増えたものが『封神演義』となる。このときに、哪吒《なた》や楊戩《ようせん》などの民間の神々、元始天尊《げんしてんそん》や通《つう》天教主《てんきょうしゅ》などの道教系の神仙や、接引道人などの仏教系の神仏も加えられる。

そして『封神演義』は、さまざまな仙人や神々たちが、実在、架空の人物や武将たちに混じって戦いを繰り広げる、一種異様な雰囲気の作品となった。登場人物は、宝器《ほうき》(宝貝《ぱおぺい》)を使い、架空の獣に乗り、紀元前の中国の大地を縦横無尽に暴れまくる。殷と周のあいだに政治的なぶつかり合いが多々あることも描かれる。この作品は小説それ自体よりも、これを原作とした演劇や語り物によって広まり、中華文化に欠かせない物語となった。

当時は著作権の考えかたが一般的でないため、『封神演義』は他の先行小説からのパクリが多い。たとえば文王が姜子牙を訪れる場面は、ほぼ『三国志演義』の劉備《りゅうび》が諸葛亮《しょかつりょう》を迎える場面を模している。梅山七怪の袁洪《えんこう》と楊戩が戦う場面は、ほぼ『西遊記』の孫悟空《そんごくう》と二郎神《じろうしん》のくだりのコピーとなっている。なかで使う詩なども、『列国志伝』からの引用が多い。

ただ『封神演義』ほど中国の宗教に大きな影響をあたえた書は、ほかには存在しないのではないかと思う。その影響力の広がりは、『西遊記』ですら一歩を譲ると思う。

監訳者が研修で一年間、シンガポールやマレーシアに滞在して寺廟を調査していた時のことである。シンガポールの風火院《ふうかいん》という廟に入ったとたんビックリした。そこに祀られていたのは、鴻鈞老祖《こうきんろうそ》・元始天尊・太上老君《たいじょうろうくん》・通天教主であったからである。元始天尊と太上老君はいいが、鴻鈞道人や通天教主は『封神演義』で設定された架空の仙人である。しかしそれが本当に伝統的な廟で祀られてしまうのだ。

四川成都の青羊宮《せいようきゅう》を訪れた時も、そこにあった十二仙の像を見て驚いた。ほぼ『封神演義』の十二仙である。広成子《こうせいし》や赤精子《せきせいし》はともかく、文殊広法天尊《もんじゅこうほうてんそん》や普賢真人《ふげんしんじん》まであるのは、意外であった。とはいえ、少しメンバーがずれている。青羊宮といえば、太上老君が降下したとされる、道教の歴史のなかでも由緒のある本山のひとつである。そこに堂々と『封神演義』由来の像があったわけで、とにかく驚くとともに、あきれもした。

いまも常にアジア諸地域の寺廟を調査して歩いているが、『封神演義』の知識がないと、それがもとの廟からの由来なのか、『封神演義』からきた伝承であるのか、見分けがつかない。『封神演義の世界』でも指摘したが、『封神演義』を知っていないと、中国の宗教文化は理解できないのである。

また『封神演義』に基づいた映画やドラマは再生産され続けており、現代においても、その影響力を行使している。

特に、二〇一六年に世界で公開された映画『封神伝奇』は、なんと主役の姜子牙にジェット・リー（李連杰）を据え、妲己にファン・ビンビン（范冰冰）を充て、スター勢揃いの話題作であった。SFXを駆使した特撮超大作であったが、話題にはなったものの、評判はいまひとつであった。ファン・ビンビンは、確かその前の大陸のテレビドラマの『封

映画『封神伝奇』宣材ポスターより

神演義』でも、妲己役で出演していた。この映画、どういうわけか哪吒と雷震子と楊戩ばかりが目立つ。

二〇一四年から一五年にかけて中国で放映された『封神英雄榜』『封神英雄二』も、長大なテレビドラマで話題となった。どういうわけか、やたら若い姜子牙（道術で若くなっている）と、これもまた若い申公豹《しんこうひょう》をはじめとして、美男美女俳優が揃っているのが興味深かった。半分くらい喜劇ドラマなのであるが、なぜか姜子牙の妻の馬氏《ばし》が逃げておらず、武吉《ぶきつ》とコンビを組んで大活躍する。

どうも、いまでもＳＦ、あるいは特撮・アニメとなると、まず『封神演義』が頭に浮かぶようで、それで『封神演義』を題材とするものが多くなるように思える。

そもそも一九七六年に香港で公開されたアニメーション『封神榜』（英文The Story of Chinese Gods、なぜか邦題は『ドラゴン水滸伝』）も、一九七九年に上海で作成されたアニメ『哪吒鬧海《ノーチャナオハイ》』（邦題『ナーザの大暴れ』）も、当時の中華系のアニメーションでは初期の大作であり、ともに『封神演義』を題材とするものであった。

『封神榜』のほうは、楊戩がなぜかブルース・リーになって大活躍する。『哪吒鬧海』は、一部否定するむきもあるが、かなりわかりやすい政治的なアニメでもある。この作品は、文化大革命を背景とするものであり、死してよみがえる哪吒は、失脚して復活した鄧小平《とうしょうへい》を象徴し、四海龍王《しかいりゅうおう》は江青《こうせい》などの四人組を指す。四海龍王に逆らえずに哪吒を罰する父の李靖《りせい》は、毛沢東《もうたくとう》を意味する。この三者の関係を、子どもにもわかりやすく解説してみせたのが、このアニメ製作の動機であったようである。いずれも、その時代時代を反映したものとなっている。

（二）

さて、そのように重要な文学作品ではあるが、『封神演義』は小説としては、残念ながら非常に質が低い。これは『封神演義の世界』でも指摘した通りである。とはいえ、これは当時の通俗小説の多くがそうなので、『封神演義』だけを責めるのは酷である。このころの小説は、文学作品として立派なものもあるが、一方で非商業レベル、同人作品レベルのものも多いのである。

それでも『封神演義』はいろいろと不備が多く、今回の訳出作業でも、何度も頭を抱えざるを得なかった。たとえば、姜子牙が紂王に仕えるまでの一段であるが、姜子牙が料理店を開店したとき、雨が降って客が来ないと書いている。そのわずか数行先で、今度は「半年雨が降らないので」と書かれる。すでに半年過ぎたのであろうか？　いや、たぶん作者たちは数行前に書いたことすら忘れているのである。あるいは連携が取れていないか。

時間概念が曖昧なのは、そのすぐ次の段でも示される。姜子牙が鹿台《ろくだい》を造るのを命じられて逃亡、そのあとは崇侯虎《すうこうこ》が引き受ける。そして鹿台の建設で犠牲者が出るということになるが、姜子牙が逃亡する、たかが数日の間に崇侯虎によって何万人も殺されることにしないと、ここはつじつまが合わない。しかもそのあと、姜子牙はまるで見てきたかのように崇侯虎の悪事を語る。ここも矛盾と言えると思う。

衛聚賢《えいしゅうけん》氏が『封神榜故事探源』で論じていることであるが、何度も出てくる「三十六路」もおかしい。西岐は宿命で「三十六路の兵」が攻めてこないと、次の行動に移れないということになっているが、四聖《しせい》あたりからはじめて、どう数えても「二十四路」くらいにしかならないのである。十絶陣《じゅうぜつじん》を十路と数えるなど、かなりムリをしないと数を合わせられない。おそらく『封神演義』の作者たちは、ちゃんとカウントしていないのであろう。

これも指摘されていることであるが、孫子羽《そんしう》という武将がいる。第二回で崇侯虎の配下として登場するが、あっさりと蘇全忠《そぜんちゅう》に殺される。ところが第五十七回になると、いつのまにか生きかえって蘇護《そご》側についており、そして第七十八回でまた殺される。これも、第二回で殺した設定を忘れているとしか思えない。

魔家四将《まけしvenus》は四天王に依拠する神であるが、その持つ琵琶や傘などの宝器と、持つ人物が、回によってころころ入れ替わっている。そもそも寺院の四天王の持つ宝器とも違うし、封神表でもずれている。たぶん統一しようとする気はないのであろう。

「作者たち」と書いたのは、とても『封神演義』の作者が一人だとは思えないからである。たとえば伯《はく》邑考《ゆうこう》は、登場以来ずっと一貫して「伯夷考」と書かれる。それで統一してくれればいいのであるが、伯邑考が活躍?する第十九回になると、突如「伯邑考」になる。どうも、このあたりはそれぞれ別人が書いているとしか思えない。

胡喜媚《こきび》・王貴人《おうきじん》も回によってよく名前が変わる。ひどいのは呉謙《ごけん》で、黄飛虎配下の彼は、出てくるたびに名前が変わる。

第九十九回の封神表のところも、メンバーの名前が全然一致しない。たとえば四聖で、「王魔《おうま》」と「楊《よう》森《しん》」は合っているのだが、「高友乾《こうゆうけん》」は「高体乾《こうたいけん》」になり、「李興覇《りこうは》」は「李典覇《りてんは》」になってしまっている。これだけ重要な人物なのに、前後で確認していないのである。なおこの封神表も、敵味方合わせて入っているのは理解できるが、紂王やら崇侯虎など、いかにも悪役の側が入っているのも不思議である。
作者が複数で、かつ時間をかけて書き足しているのではないかと考えられる材料は、ほかにもあるし、また異様に文体が異なるところも散見する。

文体といえば、これも『封神演義の世界』で指摘したが、紂王に諫言する文章がとにかく凝っている。典故を多用し、難しい語彙を使い、力が入っていることがうかがえる。しかし、そんな文章には意味はなく、「このように紂王を諫めた」ですませればすむ程度のものである。しかし作者たちは、「こういう文章こそに価値がある」とかたくなに信じているようで、むしろ懸命になって書いている。その努力は確かに感じられる。ただ、いまのわれわれの目から見れば、そんな文章は別にどうでもよく、正直ムダな努力にしか思えない。作者たちの多くは、二流三流の文人でしかないようで、現代とでは価値観のズレが大きい。

これもすでに指摘したが、ストーリー上にも、とにかくムリな展開が目立つ。そして毎度毎度「天命」が都合よく使われる。崇黒虎《すうこくこ》が兄を裏切るところなど、いくら崇侯虎が悪人とはいえ、悪辣に過ぎる気がする。十絶陣において、意味なく弟子がどんどん殺されていく過程もどうにも納得しがたいものがあり、また殷郊《いんこう》・殷洪《いんこう》のくだりの理不尽さも、多くの人が指摘しているところである。鄧・芮《ぜい》の二人の諸侯が周に降る経緯も、その行いはかなり醜悪である。それでも周側は喜々として受け入れる。とはいえ、こういった悪逆な行為の数々も、だいたい「天数だから」と正当化される。

そもそも主役の姜子牙があまり感心できない人物である。目的のために手段を選ばない卑劣さに満ちており、四聖と初めて対面した段など、舌先三寸でヌケヌケと大ウソを述べたてる。『封神演義』の作者たちは、この程度の智慧を機略と勘違いしているような感もある。また最悪なのが「免戦牌《めんせんはい》」で、旗色が悪くなると、これを掲げておいて戦わず、次の助っ人が現れるのを待つわけであるが、このあたりのご都合主義は、正直あきれるほどである。もう少し『史記』の太公望に近いような軍師像とならなかったのか。

道教に対する知識もかなり浅い。なにかといえば、「洞にこもって『黄庭経《こうていきょう》』を読んでいろ」とある。確かに『黄庭経』は重要な経典であるが、それしか知らないのかと疑う。もっとほかに挙げるべき経典はいくらでもある。そもそも仙人が「殺戒を犯す」という設定がおそろしく奇妙である。仙人たちもすぐに怒って殺し合いを行う。『西遊記』に登場する神仙たちと比べると、かなり差があると思われる。

要するに、『封神演義』は残念ながら小説としては完成度が低く、また傑作とは言いがたい。この小説が影響力を持ったのは、これを題材とした演劇や語り物のほうがヒットしたからにすぎない。いわば「原作はイマイチだが二次創作、三次創作に支えられる」構造だったわけである。

ではなぜ二次創作側が流行するのかといえば、それは『封神演義』の設定や小道具が優れているからである。登場人物が駆使する宝器の数々、その乗る騎獣、また仙人が布く陣は、亜空間ともいうべきもので、実に凝っている。このような『封神演義』の一部分だけを切り取り、演劇や人形芝居などで演じるのは、大受けするネタであった。影絵芝居の人形など、他の戦記もので登場人物が乗るのが馬ばかりなのに比べ、牛や虎、四不相《しふそう》に墨麒麟《ぼくきりん》、はては風火輪まで出てくるのは実に「絵になる」ものである。

『封神演義』は、小説単体としてよりも、このような二次創作、三次創作などを含めた大シリーズを作り出したことを評価するべきであると考える。とはいえ、その小説の発想や設定には、非凡なものがあるのはむろんである。「設定のみ」の勝利と言えるかもしれない。

以前に『封神演義』は元祖ＳＦではないと書いたが、いまだにＳＦ超大作を作ると『封神演義』をネタにせざるを得ないのは、やはり『封神演義』それ自体にＳＦ的なものが深く存在しているのであると考える。少なくとも、中国の古典小説では唯一ともいえるかもしれない。このあたり『西遊記』とは質的に違う部分があると言えよう。だから元祖ＳＦと称してもいいのかもしれない。

（三）

さて監訳者は、もともと出版を意図せずに、『封神演義』の冒頭部分の数回を訳出していた。しかし注釈のほうが本文の数倍になるという、とうてい商業出版には耐えられぬものであった。そのため、少しずつ大学の紀要に連載しようと考えていた。

ただその後、思いがけず勉誠出版からお話をいただくことになった。むろん、注釈はほぼすべてカットすることになった。最低限のものは（　）内にて注記している。カットした注釈も、いずれ何らかの別の形で発表できないかと考えている。

なお監訳者がすべてを翻訳することは不可能であったため、知人である山下一夫氏、中塚亮氏、また二ノ宮聡氏にご協力を仰いだ。担当は、二階堂が第一回から第二十四回、二ノ宮氏が第二十五回から第五十二回、山下氏が第五十三回から第七十八回、中塚氏が第七十九回から第百回である。ただ、全員の原稿には監訳者である二階堂が目を通している。不備があれば、それは監訳者が負うべき所が多いと思われる。

ただ、訳出作業は難航し、締切は延期が相次ぎ、担当いただいた萩野強氏には、とにかく苦労をおかけすることになった。感謝するとともに、深くお詫び申しあげたい。

難航した理由は、ひとつには『封神演義』の「意味もなく難渋」な文章にある。難解な文章がある一方で、別の所では異様に白話の軽い文章になっている箇所もあり、訳出は困難を極めた。おそらくまだ誤りは多々存在していると考える。

逐語訳を心がけたが、日本語として不自然な場合は省略し、また前後を入れ替えるなど、いくつも改めている。詩や賦などの韻文については、訓読調にしているが、正確な訓読ではない。おおまかな意を取っているだけのところもある。時に字句は改めており、省略している部分も多々ある。

明版のなかでも人名はかなり変わる。先ほど例に挙げた「呉謙」は「呉炎」など、何度も名前が変わるのだが、本書では「呉謙」に統一した。「胡喜媚」「王貴人」「伯邑考」もそれぞれ統一した。「伯邑考」は、「武王発」「周公旦」という形から見ると、「姫考」ではないかと考えられるが、なぜか「姫伯邑考」と封神の段で書かれてしまう。ただこれは「伯邑考」のままとした。

「四不相《しふそう》」は、一般に「四不像」とされることも多いが、「四不相」で統一した。おそらく四不像とはあまり関係のない架空の動物である。聞仲の騎獣である「墨麒麟」も、時に「黒麒麟」と書かれるのであるが、出現数からみて多い「墨麒麟」とした。十天君の「王天君」は、名前は「王変《おうへん》」のほうが多いので統一した。「王奕《おうえき》」ではない。「百天君」も、流布本では「柏天君」とされるが、これも直した。

『封神演義』の作者たちは、『史記』すらよく見ていないようで、周王朝の先祖などについては、だいたい設定を間違えている。なお「周の三母」や「后稷《こうしょく》」「古公亶父《ここうたんぽ》」などについては、その場面に（　）で注記している。武王の母を明版では「太姫」と書くが、王室と同姓の「姫」という妃がいるのは、さすがにおかしい。これは「太姒」の間違いである。太姫は周王室の王女のほうである。

本訳の底本は内閣文庫蔵の明版であるが、時に活字本、流布本なども参照している。なお四雪草堂本と流布本の関係を、監訳者はよく整理していなかったが、尾崎勤氏の「『封神演義』の簡本について」（『汲古』五一号）を参照し、現行本は流布本と称することにした。

また江蘇古籍出版の活字本『封神演義』（章培恒氏編）はしばしば参考とさせていただいた。流布本によって改めた箇所も多い。このほか、光栄版『完訳封神演義』（上中下）も訳にあたっては大いに参照させていただいた。あらためて、光栄版の訳の大変さも実感した。木嶋清道氏の抄訳版の『封神演義』（謙光社）は、あまり参照していない。ただ、この訳も当時としては大きな作業であったと評価できる。

英訳版としては、ニューワールドプレス社発行の『The Creation of the Gods』がある。これも一部参照した。

安能努《あのうつとむ》氏の『封神演義』（講談社文庫）については、これは訳ではなく、アレンジ改作、あるいは二次創作と呼ぶべきものなので、ほとんど参照していない。ただ、安能氏がどうしてそこまで原作を改めたかについては、時々納得できるところもある。要するに原作がイマイチなので、改変せざるを得なかったのであろう。もっとも安能版の故事は、すべてが安能氏のオリジナルではない。たとえば、文王が姜子牙の乗る車を牽いて周王朝の長さを測る故事は、これは演劇などで「文王拉車《らしゃ》」として有名なものである。安能版の厄介なところは、安能氏の独自設定とよく知られる故事がごっちゃになっているところである。むろん「雷公鞭《らいこうべん》」を持つ、やたら中立的な申公豹などは「安能版設定」となる。これも実際には陸圧道人《りくあつどうじん》あたりにその役割を与えてくれるほうがよかった。とはいえ、安能版が『封神演義』という小説を日本に広めるために大いに役立ったことは評価したい。

ただ安能版は「哪吒」を「なたく」と読んでしまうなど、ルビを間違えているところなどは問題が多い。このほかにも間違いは多く、姜桓楚《きょうかんそ》の名も違うし、賈夫人の年齢もおかしい。おかげで「なたく」「ようぜん」「もんちゅう」「ぶきち」などのおかしな読みが流通してしまうことにもなった。歴史的な人名は、慣用的なもの、仏教に由来するものを除いては、漢音で表記するのが一般的である。むしろ辞書などで確認しなかった編集部に問題があるのではないかと思う。あと「スース（師叔）」の発音も変である。

このため、藤崎竜《ふじさきりゅう》氏のマンガ版『封神演義』（集英社）も、いろいろ間違いを踏襲することになってしまった。ただ、マンガ版の設定も独自で、実に興味深いものになっている。太公望や十二仙、それに十天君などのキャラクターは出色である。特にキンキラな趙公明が面白い。財神だからであろうか。とはいえ、物語では聞仲があまりに強すぎて、ややバランスを欠いているような気がする。

横山光輝《よこやまみつてる》氏の『殷周伝説』（潮出版社）も、『封神演義』を原作とするものである。これは『封神演義』に出てくる道術を、人間が習得可能な体術や幻術で代替しており、非常に合理的で、かつ大胆な改作になっている。この『殷周伝説』での太公望は、人格優れ機略に富む「軍師らしい」軍師に描かれる。横山版の太公望は、『史記』に見える人物像に近いのかもしれない。

諸星大二郎《もろぼしだいじろう》氏の『太公望伝』（潮出版社）は、やはり太公望呂尚《りょしょう》を描くものである。これも独特の解釈で非常に面白い。『封神演義』とは関係ないように見えるが、武吉が登場していたりするので、一部では取り入れているように思える。この作品でも妻の馬氏は逃げているが、息子の呂伋《りょきゅう》は登場している。

『封神演義』では、姜子牙の結婚がやたら遅く、またすぐに妻の馬氏も逃げているので、姜子牙には子がいない。しかしそうなると、斉《せい》の国は太公望の子孫なのであるから、設定上、困ることになりかねない。第百回には「太公望の子孫」とあるので、百歳ぐらいで子をつくった設定とも思われる。しかし、斉の丁《てい》公《こう》となった子の呂伋、それに武王の妃の邑姜《ゆうきょう》も姜子牙の子なのである。正直、斉国に赴任してからでは間に合わないと思う。原作『封神演義』も、太公望の子どもらをどこかで登場させるべきではなかったか。

『封神演義』では妻の馬氏が出世した姜子牙に復縁をせまる、いわゆる「覆水盆《ふくすいぼん》に返らず」の故事が出てこない。単に馬氏が後悔して命を絶ってしまうだけである。これも有名な故事なので、どこかに加えてよかったのではないかと思う。たぶん、馬氏を封神させる都合であろう。これも原作の構成の残念な点である。

なお、このたびの訳出作業において、監訳者は『封神演義の世界』において、流布本をふまえて論じたためのミス、誤って覚えていた箇所などが多々あるのに気がついた。慚愧の至りである。あまり人の批判はできないものである。

二〇一七年五月
シンガポールにて

二階堂 善弘

年	出来事
紂王元年	商の紂王、帝乙に代わって天子となる
紂王3年？	哪吒が陳塘関にて李靖の子として生まれる
紂王7年	北海の諸侯が反乱し、太師聞仲が討伐のため遠征 紂王、女媧宮に参詣に向かい、女媧神に不敬な詩を書く 女媧神、千年狐狸などの三妖に商を滅ぼす手助けをするよう命ず
紂王8年	紂王が蘇護に娘を献上するよう命じ、蘇護は反乱す 紂王は崇侯虎に蘇護討伐を命じ、蘇護と崇侯虎戦う 蘇護、西伯侯姫昌の手紙により反乱を収め、妲己を朝歌へ送る 妲己、千年狐狸に殺され、身体をのっとられる 雲中子、木剣を紂王に進呈す 商容が職を辞し、梅伯は炮烙の刑に処せらる 妲己が費仲と結託して姜皇后を陥れ、惨殺する 殷郊と殷洪兄弟が逃亡するも捕まり、広成子と赤精子に助けられる 商容が紂王を諫めるも、聞き入れられずに頭を柱に打ちつけて死す 紂王が四大諸侯を召し、東伯侯姜桓楚と南伯侯鄂崇禹は殺される、その子の東伯侯姜文煥・南伯侯鄂順がそれぞれ兵を挙げる 西伯侯姫昌、羑里に囚われる
紂王9年？	哪吒、東海龍王の三太子を殺す 崑崙山にて修行していた姜子牙、元始天尊の命により山を降る 姜子牙、馬氏と結婚する
紂王10年？	姜子牙、占い館を開き、琵琶精を退治し、紂王に仕える 妲己、蠆盆の刑を作り、宮女たちを陥れる
紂王15年？	紂王、姜子牙に鹿台建設を命ずるも、子牙は断り、朝歌を脱出す 楊任が紂王を諫めて目をえぐられ、道徳真君に救われる 伯邑考、父姫昌の贖罪のために朝歌に向かうも、殺されて肉餅となる 姫昌が釈放され文王となり、朝歌を脱するところ、雷震子に助けられる
紂王16年？	姜子牙、武吉を弟子にする
紂王17年？	文王姫昌、姜子牙を丞相として迎え入れる 鹿台が完成し、妲己の手下の妖怪たちが宴に参加する
紂王18年？	九頭雉鶏の精である胡喜媚が紂王に仕えることとなる 妲己が策をもって亜相比干を謀殺する 太師聞仲、北海から凱旋し十策を献ずるも、また平霊王の鎮圧に向かう
紂王19年？	春の宴にて、黄飛虎、妲己を傷つけ、恨みを買う
紂王20年	文王姫昌と姜子牙は崇侯虎の討伐を行う 周の文王薨去し、姫発が武王として即位す
紂王21年	武成王黄飛虎の妻賈氏と妹黄妃、妲己の計により殺される 武成王黄飛虎、商に背き、周に仕える
(紂王22年)	紂王の命により張桂芳が周を討伐する 元始天尊、姜子牙に封神榜を授ける 九龍島の四聖が周を攻める
紂王22年？	魯雄の兵が周を攻めるも、滅亡する

『封神演義』年表

年	出来事
(紂王23年)	魔家四将、周を攻める 楊戩、黄天化が周軍に加わる
(紂王24年)	魔家四将が滅ぼされ、太師聞仲が出陣し、黄花山の四将を得る 雷震子下山する
(紂王25年)	聞仲の要請により、十天君が十絶陣を布く 崑崙の十二仙と燃灯道人が降り、十絶陣の大半を破る 聞仲は趙公明に助けを求めるが、趙公明が陸圧の呪術により殺される 武王と哪吒・雷震子が紅沙陣に陥る
(紂王26年)	三霄娘娘が黄河陣を布き、十二仙を捕らえる 老子と元始天尊が降り、黄河陣を破る
(紂王27年)	南極仙翁が紅沙陣を破り、十絶陣すべてが破れる 聞仲が絶龍嶺において殺される 鄧九公の兵が周を攻めるも、土行孫と鄧嬋玉が結ばれ、周に降る
(紂王28年)	蘇護が周を征伐、呂岳がこれを助ける 呂岳が周軍を疫病に陥れるが、楊戩が神農から薬を得てこれを退ける 韋護下山する
紂王28年?	殷洪が下山し、申公豹にそそのかされて周に敵対する 馬元が殷洪に協力するも、殷洪は太極図に殺され、蘇護は周に降る
(紂王29年)	張山が周を攻めることになる 申公豹にそそのかされた殷郊が商に協力する 羅宣が商側に加わって力を発揮するが、李靖によって倒される 殷郊が報いを受けて殺される
紂王30年	洪錦が周を討伐するも、龍吉公主に阻まれ、両人は結ばれる (作中ではこれを紂王35年のことと記すが、改める) 姜子牙が出師の表を奉り、大軍を率いて商を討伐する 金鶏嶺にて孔宣が立ちふさがり、周軍を苦しめるも、準提道人がこれを服す 姜子牙は三路に兵を分ける
紂王31年?	佳夢関にて火霊聖母に苦戦するも、広成子がこれを討つ 広成子が碧遊宮にて通天教主にまみえる
紂王31年	黄飛虎、青龍関に丘引と戦う 汜水関に、余元・余化が周軍と対峙する
(紂王31年)	通天教主が界牌関に誅仙陣を布く 老子・元始天尊・準提道人・接引道人が誅仙陣を破る 界牌関に法戒来戦も西方に帰依
(紂王32年)	穿雲関に呂岳が瘟癀陣を設置するも、下山した楊任によって破られる 潼関に余化龍父子と戦う 截教によって万仙陣が布かれる 闡教と截教および西方教の戦いとなり、截教側が破れる 鴻鈞道人の仲裁により、闡教と截教が和解する 申公豹が北海に鎮められる

年	出来事
(紂王33年)	鄧・芮二侯を送るも周に服属し、臨潼関落ちる 周軍は澠池にて張奎と大いに戦い、苦戦しつつこれを破る
紂王34年?	周軍は黄河を渡り、孟津にて諸侯と会盟する 梅山七怪が周軍の行く手を阻むも、楊戩が梅山七怪を破る
紂王35年?	金吒・木吒の助力で姜文煥、遊魂関を破り、諸侯の兵が孟津に揃う 周は牧野の戦いにて商を破る 紂王は摘星楼で自焚する 武王が諸侯に推されて天子となる 姜子牙が陣没した者たちの魂を集め、封神の儀を行う 武王が諸侯を封じる

※作中の時系列に沿って記したが、実のところ矛盾する表現も多い。ここでは女媧神の「紂王には28年の運がある」という話をベースに組み立てているが、厳密なものではない。

《訳者略歴一覧》

二階堂善弘（にかいどう・よしひろ）

1962年生まれ。中国文学研究者。アジア民間信仰研究。

1985年東洋大学文学部中国哲学文学科卒業。早稲田大学大学院文学研究科博士課程単位取得退学。2009年より関西大学文学部教授。

主な著作に、『封神演義の世界—中国の戦う神々』(大修館書店、1998)、『中国の神さま—神仙人気者列伝』(平凡社新書、2002)、『中国妖怪伝—怪しきものたちの系譜』(平凡社新書、2003)、『道教・民間信仰における元帥神の変容』(関西大学東西学術研究所、2006)、『明清期における武神と神仙の発展』(関西大学出版部、2009)、『アジアの民間信仰と文化交渉』(関西大学出版部、2012) がある。

山下一夫（やました・かずお）

1971年生まれ。中国文学研究者。

1994年慶應義塾大学文学部文学科中国文学専攻卒業。同大学大学院文学研究科単位取得退学。2011年より慶應義塾大学理工学部准教授。

著作（分担執筆）に、『近現代中国の芸能と社会—皮影戯・京劇・説唱』(好文出版、2013)、『中国皮影戯調査記録集—皖南・遼西篇』(好文出版、2014)、『明清以來通俗小説資料彙編』(博揚文化事業有限公司、2016) がある。

中塚　亮（なかつか・りょう）

1977 年生まれ。中国文学研究者。

名古屋大学大学院文学研究科博士後期課程満期退学、博士（文学）。愛知淑徳大学・金城学院大学等非常勤講師。

著作（分担執筆）に、『フルカラーで楽しむ　中国年画の小宇宙』(勉誠出版、2013)、『アジア遊学171　中国古典文学と挿画文化』(勉誠出版、2014) がある。

二ノ宮　聡（にのみや・さとし）

1982年生まれ。中国文学研究者。中国の民間信仰研究。

関西大学大学院文学研究科中国文学専修博士課程後期課程修了。博士（文学）。関西大学等非常勤講師。

主な論文に、「北京の碧霞元君廟会—五頂と妙峰山と丫髻山」(関西大学中国文学会、2012)、「北京の廟会の復興と現状—二〇一一・二〇一二年春節廟会を中心に」(関西大学中国文学会、2014) などがある。